国家出版基金项目
NATIONAL PUBLICATION FOUNDATION

中国乡土小说研究丛书

丛书主编　丁帆

作家作品研究文选

中国乡土小说

主　编　李兴阳　黄　轶

副主编　何同彬　姜　肖

1910—2010

南京大学出版社

图书在版编目（CIP）数据

中国乡土小说作家作品研究文选：1910—2010 / 李
兴阳，黄轶主编. —南京：南京大学出版社，2021.12
（中国乡土小说研究丛书 / 丁帆主编）
ISBN 978-7-305-21873-6

Ⅰ.①中… Ⅱ.①李… ②黄… Ⅲ.①乡土小说-小
说研究-中国-1910—2010-文集 Ⅳ.①I207.42-53

中国版本图书馆 CIP 数据核字（2019）第 062998 号

出版发行　南京大学出版社
社　　址　南京市汉口路 22 号　　　　邮　编 210093
出 版 人　金鑫荣

丛 书 名　中国乡土小说研究丛书
主　　编　丁　帆
书　　名　**中国乡土小说作家作品研究文选（1910—2010）**
本卷主编　李兴阳　黄　轶
责任编辑　施　敏
责任校对　李晨远

照　　排　南京紫藤制版印务中心
印　　刷　南京爱德印刷有限公司
开　　本　710×1000　1/16　印张 42　字数 588 千
版　　次　2021 年 12 月第 1 版　2021 年 12 月第 1 次印刷
ISBN 978-7-305-21873-6
定　　价　198.00 元

网　　址：http://www.njupco.com
官方微博：http://weibo.com/njupco
官方微信：njupress
销售咨询热线：(025)83594756

总　序

丁　帆

"五四新文化运动"已经百年，在它光环笼罩下的"五四文学"也算是经过了许许多多的风雨洗礼，进入了百岁的庆典。我们究竟用什么样的态度去看待"五四新文化运动"旗下的"五四文学"思想潮流呢？这个问题争论了很多年，对其"启蒙"与"革命"的主旨有着各种各样的说法，就我本人而言，就历经了许多次的观念转变，直至后来自己的观念也逐渐模糊犹豫彷徨起来。当然不是鲁迅先生"两间余一卒，荷戟独彷徨"的那种深刻的焦虑，而是那种寻觅不到林中之路的沮丧。

花费了七八年时间编撰成的这套 300 余万字的皇皇五卷的"中国乡土小说研究丛书"，恰恰在"五四新文化运动"百年来临前一年杀青，也算是对"五四新文化运动"百年的一个隆重的纪念和交代吧。

一、中国乡土小说的精神源头："五四新文化运动"

按照既正统又保险的说法，中国现代文学的起源是与"五四新文化运动"不可分割的，那么，中国现代文学已经走过了百年，以此类推的话，中国乡土小说也就是百年的历史。当然，我们并不完全这么机械地看待这个问题，因为就中国乡土小说的发生来看，它显然是早于"五四新文化运动"，而且白话通俗文学在"五四"前就早已流行,将它们打入"另册"也是"五四"先驱者们过激的行为,其留下的遗患也是当初的先驱者们始料不及的。不过,为了适应某种学术研究生态的需要,我们对中国乡土小说发生期的断代保留着进一步考察和研究的设想,一切留待日后学术空间的拓展。

什么是"五四"? 这是一个问题! 毋庸置疑,百年来涉及这个命题的著述可谓汗牛充栋,众说纷纭,观点芜杂,让人在大量活着的和死去的史料堆里爬不出来,总觉得公说公有理婆说婆有理,甚至会把"五四事件"与"五四新文化运动"混为一谈。以至让一些政治家把这个时间的标志当作纪念日:1938年7月9日国民党的"三青团"成立时,曾经提议把"五四"定为"青年节",1944年4月16日重庆国民政府又将它从政治层面下降到文艺层面,定为"文艺节";1939年3月中国共产党的中国青年联合会在延安成立时也提议把它作为"青年节",1949年12月新成立的中华人民共和国又重新正式把"五四"定为"青年节"。可见它在社会层面的政治意义远远是大于文化和文学意义的。

(一)"五四"先驱者们论"五四精神"

什么是"五四精神"? 我们如果用那种简单的逻辑推理就会得出:没有《新青年》何来的"五四"? "五四"只不过是一个时间的标记,用梁漱溟先生的话来说就是:"现在年年还纪念的'五四运动',不过是新文化运动中间的一回事。'五四'那一天的事,意义并不大,我们是用它来纪念新文化运动的。"①他的意思很明确,"五四事件"本身的政治意义并不大,大的就是"五四新文化运动"对中国社会和文化后来的一系列政治运动的发展导向起着的决定性作用,当然对文学的发展走向也起到了巨大的作用。

梁漱溟的话对吗? 说对也对,说不对也没错。因为当时亲历这场运动的"五四"先驱者们在"五四事件"过后也是各有各的说法,有的甚至大相径庭,这就让一帮研究中国现代史的学者无所适从了,何况历经百年之后,面对着各种各样让人眼花缭乱、目迷五色的对"五四新文化运动"不同阐释,"五四"的面目就越加模糊起来,我本人也在这半个世纪(从小学政治教科书中第一次读到对这场"爱国主义运动"的阐述,及至20世纪60年代在我父亲的案头

---

① 梁漱溟:《蔡先生与中国》,《梁漱溟全集》(第六卷),山东人民出版社2005年版,第75页。

看到胡华的《中国革命史讲义》）以来，因读到各种各样有关"五四新文化运动"的论文与书籍后，就像老Q做了一场未庄梦那样，愈加对"五四"敬而远之了。实在想说几句话，也都是梦话而已。

陈独秀对"五四精神"的定义似乎应该是权威的说法吧，他在《五四运动的精神是什么——在中国公学第二次演讲会上的讲演》中说得很清楚：

> 如若有人问五四运动的精神是什么？大概的答词必然是爱国救国。我以为五四运动的发生，是受了日本和本国政府的两种压迫而成的，自然不能说不是爱国运动。但是我们的爱国运动，远史不必说，即以近代而论，前清末年，也曾发生过爱国运动，而且上海有爱国学社和爱国女学校。十年前就有标榜爱国主义的运动。何以社会上对于五四运动无论是赞美、反对或不满足，都有一种新的和前者爱国运动不同的感想呢？他们所以感想不同的缘故，是五四运动的精神，的确比前者爱国运动有不同的地方。这不同的地方，就是五四运动特有的精神。这种精神就是：（一）直接行动；（二）牺牲的精神。
>
> 直接行动，就是人民对于社会、国家的黑暗，由人民直接行动，加以制裁，不诉诸法律，不利用特殊势力，不依赖代表。因为法律是强权的护符，特殊势力是民权的仇敌，代议员是欺骗者，决不能代表公众的意见。清末革命的时候，人人都以为从此安宁了，不料袁世凯秉政，结果反而不好。袁世凯死的时候，人人又以为从此可以安宁了，不料现在的段祺瑞、徐世昌执政，国事更加不好。这个时候，中国人因为对于各方面的失望，大有坐以待毙的现象。自从德国大败、俄国革命以后，世界上的人思想多一变。于是，中国人也受了两个教训：一是无论南北，凡军阀都不应当存在；一是人民有直接行动的希望。五四运动遂应运而生。一般工商界所以信仰学生，所以对于五四运动有新的和前次爱国运动不同的感想，就是因为学生运动是直接行动，不是依赖特殊势力和代议员的卑劣运动呵！
>
> 中国人最大的病根，是人人都想用很小的努力牺牲，得很大的效果。这病不改，中国永远没有希望。社会上对于五四运动，与以前的爱国运动

的感想不同,也是因为有无牺牲的精神的缘故。然而我以为五四运动的结果,还不甚好。为什么呢?因为牺牲小而结果大,不是一种好现象。在青年的精神上说起来,必定要牺牲大而结果小,才是好现象。此时学生牺牲的精神,若是不如去年,而希望的结果,却还要比去年的大,那更不是好的现象了。

以上这两种精神,就是五四运动重要的精神。我希望诸君努力发挥这两种精神,不但特殊势力和代议员不是好东西,就是工商界也不可依赖。不但工商界不可依赖,就是学界之中,都不可依赖。最后只有自己可靠,只好依赖自己。①

倘若我说陈独秀当年做这番演讲的时候还是一个"愤青"的话,我们可以原谅他在政治上的幼稚,他以为诸如法国大革命与俄国革命以流血的代价换来的才是真正的革命运动,唯有"牺牲精神"才能换来革命的胜利,其实,当年持这种想法的知识分子是很多的,他代表着许多"五四"革命先驱者的普遍观念,这就造成了"爱国主义和牺牲精神"才是这场运动本质的假象,殊不知,这才是遮蔽和阻遏"五四启蒙精神"向纵深发展的源头和本质,他让中国大多数的知识分子的思想观念导向了卢梭式的法国大革命的教义和苏俄"十月革命"的实践范例,虽然陈独秀在其晚年将此观念来了一个一百八十度的大颠覆,痛彻反思苏俄革命的弊病,对"五四"运动进行了一次彻底的反省,但为时已晚,"明日黄花"早已凋谢,历史认知的潮流已然成为不可阻挡之势了。历史告诉我们:革命运动无论"牺牲大"还是"牺牲小"与其结果并不是呈反比状态,而是看他的理念有无深入人心。

陈独秀的身份是非常特殊的:他1915年创办《青年杂志》(《新青年》),反对旧道德,张扬自由主义和民主思想,既是新文化启蒙运动的发动者与重要角色,又是"五四文学革命"的重要倡导者,他与胡适等人一起,倡导白话文学;在1919年以学生游行为导火线的"五四"政治运动中,他也竟亲自上街散发传单,并因此被捕。1919年"五四"运动以后,原先包括思想启蒙与文学革

---

① 陈独秀:《五四运动的精神是什么》,原载《时报》1920年4月22日。

命在内的"五四"新文化阵营,发生了分离:陈独秀、李大钊投身政治,胡适退回书斋搞学问,鲁迅则陷入"荷戟独彷徨"的苦闷之中。他们其中任何一位来阐释"五四精神",都会是有差别的。作为"五四"的全面参与者与领导者,陈独秀似乎是诠释"五四精神"的权威角色。然而,在这篇演讲中,陈独秀显然并没有试图对"五四运动"进行"全面"的阐述,他只是以一位政治家的身份,着眼于"五四革命文化运动",阐释政治视野中的"五四精神"。因此,他强调的"五四精神"为:直接行动和牺牲精神。而他演讲的地点——中国公学——恰好是具有革命传统的学校。因此,演讲者的身份和听众对象,决定了这篇演讲是以"五四"青年学生走上街头、干预政治为楷模的宣传、鼓动的文章。这也是让"五四"从"文化革命"走向"革命文化"的滥觞因素之一,难怪林毓生们会将"五四新文化运动"与后来的"文化大革命"相联系,原因就是在于他们只看到了这场运动"左"倾的一面,而忽略了它潜藏在地下奔突的烈火——启蒙给一代又一代现代知识分子留下的新文化遗产,当然还有遍体鳞伤的躯体和灵魂。

　　"五四"是一个说不尽的话题,原因是"五四"是一个含义非常丰富的文化运动。学界普遍认为"五四"的含义应当包括以下三个方面:第一,反对传统道德、提倡民主与科学的新文化思想启蒙运动;第二,反对文言、提倡白话的文学革命;第三,反对帝国主义和专制腐败政治的爱国民主运动。这决定了对"五四精神"注定不可能进行单一视角的归纳,而百年来恰恰忘却的总是最根本的首要任务,启蒙往往却成为纪念"五四运动"餐桌上的佐料。

　　新文化思想启蒙运动崇尚西方文艺复兴以来的人文主义价值,以进化论眼光肯定现代化,否定传统道德与价值观;而在"五四政治运动"中,爱国主义和反对帝国主义,又与"五四"启蒙理想在对待西方和中国文化的态度上相互冲突。可以说,不同时期、不同身份的人,往往根据自己的政治立场和阐释目的,就"五四"的某一方面含义进行了偏执性的强调。总之,百年来围绕着"启蒙的五四"与"革命的五四"之命题,谁也无法做出合乎逻辑的周延性判断。另一方面,似乎"启蒙与救亡"遮蔽了"五四新文化运动"的许多实质性问题,让我们做了问题的"套中人"。

　　而胡适之先生作为"五四新文化运动"的发起人,他原本的"革命"目的何在呢? 在"五四事件"发生的第二年他发表了演说,其内容与陈独秀的观点就有了一些不同。1920 年 5 月 4 日,胡适参加了北京女子学界联合会召开的"五四纪念会",并发表演说。当天的《晨报副刊》上,胡适与蒋梦麟联名,发表了一篇胡适的《我们对于学生的希望》。此文肯定了青年学生运动的贡献,但他还是认为:"这种运动是非常的事,是变态的社会里不得已的事……故这种运动是暂时不得已的救急办法,却不可长期存在的。"[①]显然,胡适是反对用"牺牲"换来的革命结果的,换言之,就是反对以革命的名义进行青年学生运动。

　　而到了 1928 年的 5 月 4 日,胡适在光华大学发表了《五四运动纪念》演讲,其观点来了一个 180 度的大转弯,他又肯定了学生的"牺牲精神",不再提倡钻进"故纸堆"里去了,其重要的一点就是胡适证明"五四运动"印证了一个历史公式,即"凡在变态的社会与国家内,政治太腐败了,而无代表民意机关存在着;那末,干涉政治的责任,必定落在青年学生身上了。这是一个最正确的公式,古今中外,莫能例外。"这也许就是后来坊间一直流传着的那句伟人名言"凡是镇压学生运动的都没有好下场"的滥觞吧。当然,在胡适对自己的观念做出重大修改的时候,他没有忘记自己过去说过的话,于是就用辩证的方法予以圆场:"如果在常态的社会与国家内,国家政治,非常清明,且有各种代表民意的机关存在着;那末,青年学生,就无需干预政治了,政治的责任,就要落到一班中年人的身上去了。""自从五四运动以来,中国的青年,对于社会和政治,总算不曾放弃责任,总是热热烈烈的与恶化的挣扎……青年人的牺牲,实在太大了! 他们非独牺牲学业,牺牲精神,牺牲少年的幸福,连到牺牲他们自己的生命,一并牺牲在内了……"显然,胡适认为牺牲青年是一件迫不得已的事情,与毫不足惜"牺牲"的非人道观念是有区分的。

　　从胡适的观念转变,我们可以看出一个重要的问题症结来——在"启蒙与革命"的悖论当中,"五四"就成了一个在"启蒙"与"革命"之间来回奔跑跳跃的政治文化和精神文化的冠词,似乎这顶桂冠扣在任何言者的头上

---

① 　蒋梦麟、胡适:《我们对于学生的希望》,《中华教育界》1920 年第 9 卷第 5 期。

都很合适。但是,人们忽略的恰恰就是政治和社会的时间与空间的变化给人的思想观念带来的变化。随着时间和空间的变化,也随着各人的生活经历的变化,"五四"先驱者们的观念也在变化,我们如果将他们的思想看成一成不变的固态,就会犯经验主义的毛病。这一点在胡适 1935 年的《纪念五四》一文中得到了印证:"我们在这纪念'五四'的日子,不可不细细想想今日是否还是'必有赖于思想的变化'。因为当年若没有思想的变化,决不会有'五四运动'。"①

直到 1958 年 5 月他读到了女作家苏雪林一篇追念"五四"的"理性女神"的文章,在写信回复时说:"我很同情你的看法,但我(觉得)五四本身含有不少的反理智成分,所以'不少五四时代过来人'终不免走上了反理智的路上去,终不免被人牵着鼻子走。"②恐怕一个 67 岁的成熟老人的思考才是最深刻的。

1960 年,胡适应台北广播电台之邀,发表了一个长篇谈话《五四运动是青年爱国的运动》。其实这篇演讲标题似乎又回到了老路上去了,其实其主旨却是针对犹如西方的文艺复兴运动的"五四启蒙运动"感慨而发:"五四运动也可以说害了我们的文艺复兴。什么原故呢? ……因为我们从前作的思想运动,文学革命的运动,思想革新的运动,完全不注重政治,到了五四之后,大家看看,学生是一个力量,是个政治的力量,思想是政治的武器……所以从此之后,我们纯粹文学的、文化的、思想的一个文艺复兴运动就变质了,就走上政治一条路上……""在我个人看起来谁功谁罪,很难定,很难定,这是我的结论。"我以为,这是胡适晚年对"五四"最为深邃的一次思考,那种试图把"五四新文化运动"安放在"启蒙运动"轨道上的梦想为什么会成为泡影? 归根到底就是一句话:在中国,试图创造一个"纯粹文学的、文化的、思想的一个文艺复兴运动"可能性几乎为零,因为凡是运动最后总是要归于政治的。这就造成了不仅仅是"启蒙"的悲剧,同时也造成了"革命"的悲剧。历史无情地证明了这一历史的规律,并且还将不断地证明。

---

① 胡适:《纪念五四》,《独立评论》1935 年 5 月 5 日第 149 号。
② 胡适:《复苏雪林》,《胡适全集》(第 26 卷),安徽教育出版社 2003 年版,第 160 页。

(二) 世界启蒙运动与中国的"五四运动"

> 人类的前进道路能够通过每一个人对理性的公开使用的自由而指向进步。
>
> ——康德

回顾百年、七十年和四十年来中国社会文化和文学的变迁,我们的学术和思想观念同样经历了几次大起大落的变化。毋庸置疑,在百年之中,我们可以排出一个长长的、聚集着七八代启蒙文化学者的名单,在他们共同奋斗的学术史和思想史的历程中(我始终认为学术史和思想观念史是两个永远不可分割的皮与毛的关系),我们似乎可以看到一条清晰的隐在线索:自由与民主;科学与传统;制度与观念;人权、主权和法权……这些关键词不仅在不同的时空里发生了裂变,同时也在不同的群体里发生了分裂。

康德在 1874 年发表的那篇《答复这个问题:什么是启蒙运动》中说:"启蒙运动就是人类脱离自己所加之于自己的不成熟状态。不成熟状态就是不经别人的引导,就对运用自己的理智无能为力。当原因不在于缺乏理智,而至于不经别人的引导就缺乏勇气与决心去加以运用时,那么这种不成熟就是自己所加之于自己的了。Sapere aude! 要有勇气运用你自己的理智! 这就是启蒙运动的口号!"[①]康德 200 多年前的定义至今还在世界的上空中盘桓,这是人类的喜剧还是悲剧呢?

那么托克维尔在《旧制度与大革命》中揭示的法国大革命的悖论逻辑适用于中国百年来启蒙与革命的逻辑关系吗? 其实,许许多多的实践告诉我们,尤其是中国近四十年来的"改革"恰恰反证了托氏"最危险的时刻通常就是它开始改革的时刻"逻辑的荒谬,我们却对这个结论深信不疑。在中国的启蒙与革命的双重悖论之中,最重要的则是我们难以分清楚什么是启蒙的左右和革命的左右这个根本的悖论性问题。

我常常在思考一个问题:倘若我们把鲁迅作为"五四"以来中国左翼文化

---

① 　[德]康德:《历史理性批判文集》,何兆武译,商务印书馆 2009 年版,第 23 页。

的旗手,而把胡适作为"五四"以降自由知识分子的领军人物,那么,那个坊间传说的设问就显得十分尴尬了:倘若鲁迅活到1949年以后,他还会是左翼吗?我的答案很简单:要么他还是鲁迅,要么他不再是鲁迅,而变成了郭沫若,我想,以他的性格,他不会变成郭沫若,也不会变成茅盾,最有可能变成无言相向的无声鲁迅。这里就有了一个我们怎样区分左和右的尺度问题,因为百年来我们不习惯在不同时空当中辨别左右,也就是说,用今天的眼光来看现代文学史上的鲁迅,他是典型的右派,他的反一切统治的眼光,恰恰就是现代知识分子必须具备的立场,就像萨义德在《知识分子》一书中所言,知识分子永远是站在批判的立场上看待社会的,否则他就没有存在的必要。从这个角度去看鲁迅,你能说他是左翼的吗?都说鲁迅的骨头是最硬的,硬到"十七年"当中,他就是一个右派。就像当下我们看待西方的许许多多的左右派那样,在不同的空间语境当中,我们辨别左右的时候往往是要反着看的。同理,我们看待胡适也同样适用这样的标准。所以,我认为作为衡量一个知识分子人格操守,只能用八个字来检测:坚守良知、维护正义。当"五四的启蒙主义新传统"遭到了空前否定的时候,我们应该选择什么样的价值立场呢?最近我在网上看到了一个治中国古代政治史的学者王霄说:"汉后的儒家,政治理论和政治人格已经失去了孔孟的刚健质正,实践中还造成了大批的伪君子。"古代史的学者为现代文明的鼓与呼,却让我们搞现代文学的人深思。

鲁迅也好,胡适也罢,作为"五四新文化运动"培育下的第一代中国具有现代意识的知识分子,他们承继的都是18世纪以来启蒙运动中普世的价值立场,这一点对一个国家和一个民族来说是很重要的——中国文化为什么没有选择政治家、哲学家和历史学家做旗手,而是选择了文学家,这里面的深意,应该是不言而喻的。然而,百年来,我们对这个问题的认知还停留在学术常识以下的水平,无论我们的学科得到了多么大的发展,无论我们的科研项目达到了多大的惊人数字,无论我们的论文如何堆积如山,却仍然要重新回到启蒙的原点,重新回到"五四"的起跑点上——我们应该反思的问题是:"启蒙的五四"和"革命的五四"两者之间都存在着的双重悖论是百年来我们始终未解的一个难题——这是社会政治文化问题,同时也是文学绕不开的问题。

回顾百年来所走过的学术历程,我们似乎始终在一个平面上旋转,找不到前进的目标,其根本原因就是因为我们在文学的学术史教育中遮蔽了许许多多应该传授的常识性知识。

我近年来一直在重读"五四"先驱者们对"五四事件"和"五四新文化运动"的不同看法,结合法国大革命、英美革命以及苏俄革命对"五四"以后中国革命与文学的影响,进行比较分析,有些观念仍然停留在我几年前的水平上(这就是2017年结集出版的《知识分子的幽灵》),但是今年我重读和新读了三本书后,便又开始了新一轮的思考。

第一,我在重读周策纵的《五四运动史》后,在各种各样纷乱混淆的"五四事件"和"五四新文化运动"梳理中,基本认同了周策纵先生的"五四的来龙去脉说",当然,我们也不必再去追究"五四新文化运动"是谁领导的这个永远说不清楚的问题了,只是让当时各种各样的参与者自己出来说话,不分左右,无论东西。我以为,这本书本应该是中国现代文学学术思想史的基本教科书,只可惜的是,现在我们许多人文学科至多就是把它列为参考书目而已。

今天,我们首先要涉及的问题是:我们为什么要纪念"五四运动"这个难题,我想这一点周策纵先生说得最清楚:他认为"首先必须努力认知该事件的真相和实质"①。也就是说,"五四事件"与"五四新文化运动"虽然有联系,却并不能截然画上等号。周策纵说,有人把他在1969年发表的《"五四"五十周年》一文副标题"译为'知识革命',就'知'的广义说,也是可以的。我进一步指出:这'知'字自然不仅指'知识',也不限于'思想',而且还包括其他一切'理性'的成分。不仅如此,由于这是用来兼指这是'知识分子'所倡导的运动,因此也不免包含有行动的意思。……但是我认为,更重要的一点值得我们特别注意的,还是'五四'时代那个绝大的主要前提。那就是,对传统重新估价以创造一种新文化,而这种工作须从思想和知识上改革着手:用理性来说服,用逻辑推理来代替盲目的伦理教条,破坏偶像,解放个性,发展独立思考,

---

① [美]周策纵:《五四运动史》,陈永明等译,世界图书出版公司2016年版,"繁体再版序"《认知·评估·再充》第13页。

以开创合理的未来社会"①。说得何等好啊！他把"五四新文化运动"的主体定为"知识分子"，只这一点，就避开了纠缠了许多年的"谁领导"的问题，从另一个角度肯定"五四启蒙运动"的基础。虽然这是他五十年前所说的话，但应该仍然成为我们每一次纪念"五四"的目的："后代的历史学家应该大书特书，（'五四'）这种只求诉诸真理与事实，而不乞灵于古圣先贤，诗云子曰，或道德教条，这种只求替自己说话，不是代圣人立言，这种尚'知'的新作风，应该是中国文明发展史上最大的转折点。"②我们治中国现代文学的学人，能够不反躬自问吗？面对"五四"反传统的文化意义被颠覆和消解，我们是呐喊还是彷徨？我们是沉默还是爆发呢?! 至少在我们的心灵之中，应该保持一分清醒的学术态度吧，尽管我们不能肩起那扇沉重的闸门，我们起码能够保持对历史知识传承的那份纯洁吧。

周策纵先生这种中国文化转折的反思视角，恐怕也是许多人对"五四运动"和"五四文学"认识的一个盲区罢，这是我在近期所涉及的关于"启蒙的五四"与"革命的五四"双重悖论中的一个焦点问题，也是对百年"五四"激进派和保守派言论的一种浅陋的反省。

2019年作为"五四事件"发生一百周年的纪念，我们的知识分子又如何"用理性来说服，用逻辑推理来代替盲目的伦理教条，破坏偶像，解放个性，发展独立思考，以开创合理的未来社会"呢？其实，最简单，也是最经济的做法就是周策纵先生的治学方法，即"透过这些原始资料，希望能让当时的人和事，自己替自己说话"③。于是，我也翻阅了过去看过和没有看过，还有看过却没有用心思考的大量资料，想让那些"五四"的先驱者们从棺材里爬出来，用他们当年的文字来重释一遍对"五四新文化运动"和"五四事件"的看法，但

---

① ［美］周策纵：《五四运动史》，陈永明等译，世界图书出版公司2016年版，"繁体再版序"《认知·评估·再充》第13—14页。

② ［美］周策纵：《五四运动史》，陈永明等译，世界图书出版公司2016年版，第13—14页。此乃"1995年9月2日夜深于威斯康星陌地生"的"繁体再版序"《认知·评估·再充》中的文字，其"英文初版自序"则是"1959年10月于麻省剑桥，哈佛"，至今也已经六十年了。

③ ［美］周策纵：《五四运动史》，陈永明等译，世界图书出版公司2016年版，"繁体再版序"《认知·评估·再充》第13页。

是,我要强调说明的是:这并非代表我本人的看法,我只是套用了周策纵先生的方法,试图让逝者百年前的历史画外音来提示"五四精神",历史地、客观地呈现出它的两重性。也许只有这样,我们才能不断地在纪念"五四"中得到对现实的启迪和对未来的期望。我们做不了思想史,我们能否做乾嘉学派式的学科基础学问,让史料来说话呢?让"死学问"活起来,活在当下,也就活到了未来。

第二,另一本小书就是 2018 年 5 月刚刚由北大出版社出版的英国历史学家罗伊·波特撰写、殷宏翻译的《启蒙运动》,这本"解释性的、批判性的和史学史的"小书真的是一本欧洲,乃至世界启蒙的常识性辅导教材,虽然作者只是用一个历史学家的眼光来看待这个具有跨越时空概念的历史运动,但是其普世的意义让人受到了很多的启迪,其中警句迭出,发人深省。

虽然作者是在不断地重复盖伊的观念,但是这种梳理是有教科书意义的:"想要在启蒙运动中找到一个人类进步的完美方案是愚蠢的。认为启蒙运动提出了一系列问题留待历史学家去探索则更为合理。"①以我浅陋的理解,这就是说,无论中西方的历史发展都不会按照启蒙运动所设想的逻辑轨道前进,留下来的问题首先就是要回到历史发展的轨迹中去重新认知启蒙的利弊。这一点尤其适合像中国这样后发的启蒙主义的模仿者。

另外一个问题提得更有意思,作者提出了一个新的诘问:"除了'上层启蒙运动'之外,难道没有一个'下层启蒙运动'吗?难道不存在一个'大众的启蒙运动'来作为对精英启蒙运动的补充吗?……是把启蒙运动视为一场主要由一小部分杰出人士充当先锋的精英运动,还是视为在一条宽广的阵线上汹涌向前的思想潮流,这一选择显然会影响到我们如何评判这一运动的意义。领导层越小,启蒙运动就越容易被描绘为一场思想上的激进革命,是用泛神论、自然精神论、无神论、共和主义、民主、唯物主义等新的武器来与几百年来根深蒂固的正统思想做斗争的运动。我们兴奋于伏尔泰怒吼声中发出的伟

---

① ［英］罗伊·波特:《启蒙运动》,殷宏译,北京大学出版社 2018 年版,第 1 页。

大呼喊叫即'臭名昭著的东西'以及'让中产阶级震惊'，这些口号让教会与国家战栗不已。"①

无疑，这些话颠覆了我们多年来认为的"启蒙必须是精英知识分子自上而下的一场教育认知"的观念，他的观点虽然不能让我完全苟同，却让我深思鲁迅"两间余一卒，荷戟独彷徨"孤独的由来；虽然我还不能完全接受罗伊·波特对启蒙的全部阐释，但是，他开启和拓展了我的逆向思维空间，让我们在中国百年的启蒙运动史中发现了许许多多可以解释得通的疑难问题，包括鲁迅式的叩问。

回顾我们这几十年来现代文学的学术史道路，正如作者所言，我们"用泛神论、自然精神论、无神论、共和主义、民主、唯物主义等新的武器"和方法，甚至许许多多技术主义的方法路径来对启蒙主义思潮以及现代文学作家作品进行了无数次阐释，但是，这些阐释真的有效吗？它们是真学问呢，还是"伪命题"？这个问题值得我们重新反思百年来的学术史，筛选和淘汰掉那些非学术的渣滓，才能重新回到理性学术的起跑线上来。另外，在许多"破坏性"的批判中，我们有没有找寻过有效的"建设性"理论体系呢？尽管我们的"破坏性"还远远没有达到其目的与效果。

同样，在对待法国大革命的态度上，作者给我们的启迪也很大，起码可以让我们用"第三只眼"去看问题："要将启蒙运动视为在旧制度内部发生的一场突变，而由一支志在摧毁它的暴力革命队伍掀起的运动。那么启蒙运动是一场思想上的先锋运动吗？或者要将其看作文雅上流社会创造的一个普通的名词吗？此外，无论在哪一种情况下，启蒙运动是否真的改变了它所批判的社会了呢？或者说是不是它反而被这个社会改变了，并被它所吸收了呢？换言之，是权力集团得到了启蒙，还是启蒙运动被融入权力体系之中了呢？"②这一连串的诘问，正是对我多年来难以解开的心结的一种暗示，也是我们阅读《旧制度与大革命》的一个不可或缺的视角。我们播种的启蒙，收获的是龙种还是跳蚤呢？中国百年来的启蒙运动史给我们带来的是更大的困惑，我们

---

① ［英］罗伊·波特：《启蒙运动》，殷宏译，北京大学出版社 2018 年版，第 10—11 页。
② ［英］罗伊·波特：《启蒙运动》，殷宏译，北京大学出版社 2018 年版，第 11—12 页。

用文学的武器去批判社会,却到头来被社会所批判;我们试图用启蒙思想来改造国民性,自身却陷入了自我改造的悖论之中;我们改造社会,却被社会改造,灵魂深处爆发的革命是一种什么样的"大革命"呢? 它与"五四启蒙运动"构成的是一种什么样的互动关系呢? 这些狂想让我们成为一个又一个时代的"狂人",然而,能够记下"日记"者却甚少。正如此书作者所言:"卢梭始终都被后人视为启蒙运动的一座灯塔,这也确实名副其实,因为在痛恨旧制度的程度上无人能出其右。如果说如此千差万别的改革者们都能在启蒙运动的旗帜下战斗,难道这不就表明'启蒙运动'这个词语的内涵并不清晰,只让人徒增困惑吗?"①当一个朝代的新制度蜕变成一个旧制度的时候,我们在这个历史循环中怎样认识问题的本质,才是最最难以挣脱的思想文化枷锁。解惑的药在哪里?"忧来豁蒙蔽",只有经历了历史的沧桑,我们才能稍稍懂得一些启蒙的与革命的道理,往往是身处变革历史语境中的知识分子的叩问才更有思想价值,但是,我们就是缺少思想家的引导。

检验一场启蒙运动的成败与否,作者给出的答案虽然不可能得到大多数人的认同,却也不乏其合理性:"当最后我们要评价启蒙运动的成就时,如果还期待能够发现某一特定人群实施了一系列被称之为'进步'的措施,那就大错特错了。与之相对,我们应当从以下方面进行评判:是否有许多人——即便不是全体的人民大众——的思维习惯、情感类型和行为特征有所改变。考虑到这是一场旨在开启人们心智、改变人民思想、鼓励人民思考的运动,我们应该会预料到,其结果定然是多种多样的。"②**我苦苦思索了许多年的"二次启蒙"悖论的问题,在这里找到症结所在**。可悲的是,我们连"多种多样"的水平都没有达到,而是沉沦于鲁迅小说《风波》的死水语境之中,你能说我们百年的启蒙与革命运动取得了进步吗?

从世界格局的大视野来看,如果法国大革命是一个重要的历史节点的话,那么从1789年至今,已经有了整整230年的历史。当我们回眸中国百年启蒙历史的时候,同样可以从这本书的结语中得到启迪:"启蒙运动虽然帮助

①　[英]罗伊·波特:《启蒙运动》,殷宏译,北京大学出版社2018年版,第15页。
②　[英]罗伊·波特:《启蒙运动》,殷宏译,北京大学出版社2018年版,第17页。

人们摆脱了过去，但它并不能杜绝未来加诸人类之上的枷锁。我们仍然在努力解决启蒙运动所促成的现代化、城市化工业社会里出现的各种问题。在努力的过程中，我们势必大量利用社会分析的技术、人文主义的价值观，以及哲人们创造的科学技能。今天我们仍然需要启蒙运动的哺育。"①是的，"德先生"和"赛先生"仍然是中国现代社会文化和现代文学研究的指南，但前提是必须重新回到人性的立场上来好好说话，因为"后现代"的话语体系非但人民大众听不懂，就连知识分子也会陷入云山雾罩的"所指"和"能指"之中，而失去对"五四精神"的追问。

　　第三，如果说，《启蒙运动》是一本常识性的大众必读书目，那么还有一本书就应该列为启蒙运动史的第一参考书目，虽然它的观点比较激进，但是对我们今天如何捍卫启蒙运动的成果是有所启迪的。它就是意大利历史学家文森佐·费罗内的《启蒙观念史》，无疑，它让我们开阔了视野，了解到在世界启蒙运动史上，许多国家和地区存在着同样的问题，尤其是在后现代文化语境中坚守批判思维的启蒙立场不是一件容易的事情。文章从"哲学家的启蒙——思考'半人马范式'"到"历史学家的启蒙——对旧制度的文化革命"，呈现出的是两种不同的观念史：从康德到黑格尔；从马克思到尼采；从霍克海默到阿多诺；从福柯到卡西尔和海德格尔；在这两百多年漫长的启蒙哲学的道路上，作者把启蒙观念的变迁与发展梳理出了一条环环相扣的逻辑链条。

　　显然，启蒙与反启蒙的观念史不仅影响着欧美的学者，也会影响到世界各国的许多启蒙主义学者，但是，它对中国的启蒙哲学起着多大的作用呢？我们如果照搬其观念，会对本土的启蒙践行有何帮助呢？这些问题当然需要我们根据中国百年启蒙史做出相辅相成或相反相成的分析和判断。但是，无论如何，康德强调的"持续启蒙"的观点是永远照耀启蒙荆棘之路的明灯。正如康德在《历史理性批判文集》中所言："需要有一系列也许是无法估计的世代，每一个世代都得把自己的启蒙留传给后一个世代，才能使它在我们人类身上的萌芽，最后发展到充分与它目标相称的那种阶段。"②中国一百年的启

———————————

① ［英］罗伊·波特：《启蒙运动》，殷宏译，北京大学出版社 2018 年版，第 120 页。
② ［德］康德：《历史理性批判文集》，何兆武译，商务印书馆 2009 年版，第 4 页。

蒙史比起欧洲少了一百多年,我们遇到的许许多多的问题,同样也在二百多年的欧美启蒙运动中呈现过,所以,我们不必那么焦虑,只要启蒙的思想火炬能够正确地世代传递下去,我们就"有希望达到光辉的顶点"。

我注意到了此书中的两个关键词:一个就是 Sapere aude("敢于认识");另一个就是 living the Enlightenment("践行启蒙")。前者显然是从康德那里继承得来的,这当然是启蒙运动必须固守的铁律,没有这个信条,一切启蒙都是虚妄的运动。后者则是作者根据当今世界启蒙的格局所提出来的观念,它是根据人类遭遇了后现代文化洗礼之后,对一种新启蒙的重新规约。前者是本,后者是变,固本是变化的前提,变化是固本的提升。

同样,在这个"以现代性为对象的试验场"里,我更加注意到的是"启蒙—革命"范式的场域中存在着的悖论关系,而这种关系往往被西方学者解释为一种具有中性立场的价值观,是一个欧洲历史学者眼中具有世界主义维度的"独立的历史现象"。就此而言,我不能认可的是,在中国百年的"启蒙—革命"范式的双重悖论运动过程中,我们遭受的痛苦似乎与法国大革命付出的血的代价是不能同日而语的,其灾难的程度不同和经历的痛苦程度的不同,就决定了持论的态度和价值理念的区别,在这个问题上,我们对启蒙的光感度和对革命的疼痛感似乎更有发言权。

十分有趣,也十分吊诡的是,费罗内在文章的前言开头就是这样描述欧洲当今的启蒙运动的:"套用伟大的卡尔·马克思在《共产党宣言》中的话,人们可能会说:一个幽灵,启蒙运动的幽灵,在欧洲游荡。它看上去悲伤而憔悴,虽然满载荣耀,却浑身都是一场场败仗留下的伤痕。然而,它无所畏惧,依旧带着那讽刺性的笑容。实际上,它换了一副新面孔,继续骚扰着一些人的美梦——他们相信生命之谜全都包含于一个虚幻神秘的神灵的设计,而没有对于人类自由与责任的鲜明意识。"①也许,这也是适用于世界各国的一种普遍的启蒙运动的情形,只要有启蒙意识存在的地方,都会有争斗,但是,启蒙的火种是延绵不绝的,尽管在许多地方它已经是伤痕累累,它却"换了一副新面孔",去"继续骚扰着一些人的美梦",这些人是谁呢?倘若放在中国,是

---

① [意]文森佐·费罗内:《启蒙观念史》,马涛、曾允译,商务印书馆 2018 年版,"前言"第 1 页。

我在做启蒙的美梦,还是他人在做另一种革命的梦呢?因为我也注意到了,此书的第二部分就是专论"对旧制度的文化革命"问题的,显然,这个法国大革命启蒙与革命纠结在一起的幽灵也同样游荡在欧洲的上空,更是游荡在世界各个文化的角落里,用作者的话来说,就是:"当然,他们现在终于可以埋葬那场野心勃勃又麻烦重重的文化革命了。那场革命在18世纪历经千难万险,为的是颠覆旧制度下欧洲那些看似不可改易的信条。人们终于可以扑灭那个用人解放人的不切实际的启蒙信念。那个信念认为人类单凭自身力量就可以摆脱奴役。这股力量还包括对于新旧知识的重新排布,这得益于新兴社会群体的努力,他们拥有一件强大的武器:批判性思维。"①读到这里,我不禁想到了我们百年来的从"人的解放"到"被解放了的人",再到"被囚禁的人"和"身体和思想的解放",我们走过的是一条逶迤的精神天路,这条道路要比欧洲的更漫长,更艰险。

　　"如果人们仔细探视我们时代的阴云,就会看到一幅不同的景象。……那些划时代事件,同样对贫乏的新旧解释范式和虚构的历史哲学起到了解放作用,残酷的现实否定了理论。那些事件引发的风暴,让几缕微弱的阳光穿透了时代的阴云。现在,那场风暴让我们超越了无数的幻梦和再三的失望,重新点燃了对美好未来的希望;它在各处引发了新的研究,也带来了重新研究启蒙运动的要求。这场深刻的文化革命力图解放人,其范围之广、影响之久,只有基督教在西方世界的兴起和传播可以相比。我们今天就那场革命所提的问题,之前从未有人提出。"②无疑,正如作者所言,"'启蒙运动—法国大革命'范式至今仍颇具吸引力,实际上这种吸引力太强大了"。

　　但是,在整个20世纪下半叶,我们只知道短暂的"巴黎公社"理想的伟大,却不知道在100年前通往这条道路上的"法国大革命"为全世界的"革命道路"打下了第一块基石,直到新世纪以降,法国大革命才成为中国学界讨论的热点,尤其是那个叫作托克维尔的《旧制度与大革命》的反思,为我们现今的政治经济提供了一面镜子。然而,我们又有多少人能够读懂其中的"画外

---

① ［意］文森佐·费罗内:《启蒙观念史》,马涛、曾允译,商务印书馆2018年版,"前言"第1—2页。
② ［意］文森佐·费罗内:《启蒙观念史》,马涛、曾允译,商务印书馆2018年版,"前言"第2页。

音”呢？因为我们在“启蒙运动—法国大革命”的范式中从来就是一个无知的小学生。

在“启蒙与革命”的悖论之中，我们往往采取的是“合二为一”的逻辑，虽然这也是某些西方历史学家和哲学家们一种惯常的研究方法，我却以为，一个没有经历过那些大革命血腥洗礼、坐在书斋里进行哲思的人，对革命带来的肉体与精神上的创痛是没有切肤之痛的。所以，我并不能苟同费罗内这样的西方理论家们混淆启蒙与革命的界限，把启蒙与革命简单地用一个等号加以连接。无疑，这种滥觞于尼采和福柯的理论教条，一俟在“践行启蒙”中得以中和与运用的话，就会走向另外一个极端，纳粹的思想所造成的人类创痛就会重演一次。君不见，正是尼采的“强力意志”催生了希特勒那种狂热的国家社会主义的大众革命思潮，那山呼海啸般的大众狂热虽然过去了80年，可巨大的声浪却久久回荡在世界革命的每一个角落，那种宗教般的狂热屡屡给世界带来灾难，却无人能够阻挡。为什么这种革命在20世纪30年代末的德国蔓延的速度如此之惊人，其导致的第二次世界大战让人类陷入了无边的罪恶深渊，这种惨痛的教训应该让每一个历史学家和哲学家牢牢地记取，对那种狂热的革命保持高度的警惕。

相反，百年来，在世界范围内，启蒙的声浪却愈来愈小，最终成为一些学者躲在象牙塔中的喃喃自语。本书的作者如果只是从象牙塔中去回眸历史、瞭望未来，抹去了血迹斑斑的历史，则是一种不可借鉴的研究方法，同样，它也看不清未来之路。相比较英美革命，我以为其借鉴的意义或许更大于法国大革命，法国大革命对后来的苏俄革命也产生了深远的历史影响，而苏俄革命对百年中国的“启蒙—革命”范式影响不仅根深蒂固，且有着十分惨痛的历史教训，直到那场举世瞩目的大革命的到来，当人们总结这一悖论所造成的恶果的时候，不得不用“一场浩劫”来总结“文化革命”所造成的后果，尽管在作者眼里“最终再次凸显这场伟大转变不可磨灭的印迹，它是建立现代西方身份认同基础的真正的文化革命”。也许，在230年启蒙与革命的纠结之中，西方学者眼中的法国大革命已然成为一笔精神遗产，它强调的是“启蒙运动的特殊性——它既是对18世纪旧制度的批判，也是旧制度的产物”。其价值观建立在这样的基础上,对西方意味着什么,对中国又意味着什么呢?

　　"法国大革命"作为一次政治事件,它付出的代价并不大,后来爆发的许多次所谓的"革命",无一是付出巨大血腥代价的,最后演变成街头"革命"的闹剧,那是法国人浪漫主义性格的使然,因为他们知道这种极具表演性质的"革命"至多是在警察局里待上一会儿,就可以仍旧回到咖啡馆或沙龙里去大谈革命的理论去了,殊不知在中国是充满着"污秽和血的"革命。但愿我的这些想法是对此书中的某些理论的一种误读。

　　不过,此书学者在批判实践中的观念陈述是值得我们深思的:"批判实践'通过反批判(counter-criticism)而达到超批判(super-criticism),最终蜕化为某种伪善的道德说教'。如同科泽勒克的大学导师卡尔·施米特在 20 世纪 30 年代所推论的,这否定了'政治'上的自治,并引发了西方世界至今仍未停歇的危机,即无法从永恒革命和意识形态文化战争中逃离出来,而这正是由 18 世纪末期启蒙运动的乌托邦理论和法国大革命所开启的。"①从卡尔·施密特的言辞之中,我们闻到了一个纳粹党人理论流行的普遍性,我的脑海中浮现出的是另一个被我们推崇了二十多年的纳粹理论家海德格尔的肖像,如果我们只从哲学的技术层面去看待这些理论专家,而不从践行理论的实践中去看理论的实际效果,那样的哲学是有用的吗? 所以,我经常在思考一个问题:海德格尔与他的学生兼情人阿伦特的理论有区别吗? 以我浅陋的知识视野来看,不仅有区别,而且存在着一条巨大的鸿沟。这条鸿沟就是在"启蒙—革命"的范式中他们所选择的知识分子的价值立场是截然不同的:前者是为统治者所御用,专门炮制适合于政治体制的理论,毫无感情色彩,是冷冰冰的教条;而后者却是秉持正义,恪守一个知识分子的良知,以人性的价值立场来创造理论。由此我想到这对情人的最终分手,不仅仅是生活境遇和爱情观念所迫,更加不可表述的是他们内心价值取向不同所导致的分道扬镳吧,尽管还有点依依不舍和藕断丝连,但在骨子里,他们就不可能成为同道者和同路人。

　　如果我们再回到启蒙话语里去,可以看出,费罗内对观念史的梳理也是

① ［意］文森佐·费罗内:《启蒙观念史》,马涛、曾允译,商务印书馆 2018 年版,第 110 页。

有益的,尽管许多地方他的陈述是中性的,却也给我们带来了抽象概括精准的惊喜。他的一句断语很精彩:"启蒙运动一直被认为是一个洋溢着进步的历史阶段和意识形态,现在,对这一古旧图景的最终批判必须来自一种新的、启蒙的谱系学。"①显然,我对海德格尔一干哲学家的后现代哲学理论不感兴趣,而对启蒙的原初理论更加青睐:"就'人学'这个概念而言,虽然它仍未得到深入细致的研究,但我注意到,大卫·休谟在他1739年出版的《人性论》中主张,应当将实验的方法扩展到一种未来的'人学'中。"②这个280年前的理论设想,真的有伟大的预见性,在这两个多世纪里,人类始终要解决的终极目标却一直无法解决,这难道不是启蒙主义的大失败吗?

所以,我同意作者的分析:"因此可以肯定的是,从历史角度来看,我们称为启蒙运动的事件是西方世界的一次伟大的文化转向,如何理解它的尝试都面临一个最大的,同时也是最重要的任务:分析它所处的历史语境,以及启蒙运动本身与大革命之前的旧制度之间紧密的辩证关系。"③也就是说,如果我们仅仅把启蒙运动孤立起来进行理论的分析肯定是不行的,关于这一点,费罗内大量引用了托克维尔的理论作为依据是有效的。从这里,我们可以看出旧制度对催生知识分子精英阶层的诞生是起着至关重要的作用的,正如费罗内所概括的:启蒙运动的"进程最后催生出如知识分子或服务于国家的贵族之类的新精英阶层,而这些精英又反过来导致了现代市民社会的产生。这是一个越来越注重个体而非社会集群的社会,它独立于那种绝对国家,虽然后者无心又辩证地在自己怀抱中孕育了它"④。回顾200多年来知识分子从"贵族精英"蜕变成"独立的批判者";再从"自由之精神的代言人"到"消费文化的奴仆",正是"伏尔泰对这种新的'作家'类型发起了猛烈的批判,特别是那些受职业共同体、书商和权势阶层支配的'作家',迎合'公众'的需求和品位的'作家'。他把这些人称作'群氓'、'廉价文人'和'低级文学'的承包商,他们心甘情愿为一点点金钱而出卖自己或者背叛任何人。相对于那种由出版市

---

① [意]文森佐·费罗内:《启蒙观念史》,马涛、曾允译,商务印书馆2018年版,第80页。
② [意]文森佐·费罗内:《启蒙观念史》,马涛、曾允译,商务印书馆2018年版,第192页。
③ [意]文森佐·费罗内:《启蒙观念史》,马涛、曾允译,商务印书馆2018年版,第207页。
④ [意]文森佐·费罗内:《启蒙观念史》,马涛、曾允译,商务印书馆2018年版,第209页。

场供养的生活和文艺复兴赞助机制的庇护,伏尔泰更赞成旧制度的专制文化模式,它是一种以为君主服务的学术集团为基础的集体性模式……由于这个原因,他受到一些作家的严厉批评,先是支持新近重生的'共和精神'的作家如卢梭和狄德罗,后来主要是布里索、马拉、阿尔菲耶里以及其他许多支持18世纪后期启蒙运动的人"。① 诚然,伏尔泰对那种商业化的"廉价文人"的贬斥是很有道理的,且有空前的预见性。但是,他的回到老路上去的主意实在是一种学究式的历史倒退。新兴的知识分子刚刚成为独立的、具有现代意识的群体,好不容易从"贵族精英"的封建枷锁中挣脱出来,作为一个大写的"独立批判者",却又要回到御用文人的窠臼中去,这无论如何是个昏招。

但是,作为启蒙主义的一支重要的力量,新兴的知识精英应该如何选择自己的价值观念呢? 我想还是回到康德的理论原点上去,才是最经得起历史考验的价值观念:"我们的时代是真正的批判时代,一切都必须经受批判。通常,宗教凭借其神圣性,而立法凭借其权威,想要逃脱批判。但这样一来,它们倒成了正当的怀疑对象,并无法要求别人不加伪饰的敬重,理性只会把这种敬重给予那经受得住他的自由而公开的检验的事物。"② 我想,这也是马克思主义批判哲学的理论基础吧。

世界启蒙运动是一个永远说不完的话题,中国的"五四新文化运动"也是一个可以不断深入阐释的论题,无论从哲学的层面还是历史的层面来加以解读,我们对照现实世界,总有其现代性意义。这是"启蒙—革命"双重悖论的意义所在,也是它永不凋谢的魅力所在。

(三)"革命的五四"与"启蒙的五四"之纠结

总的来说,"五四"运动的种种倾向几乎决定了以后几十年内中国的思想、社会和政治的发展方向。在这场思想的骚动中,开始形成的时刻的社会与民族意识一直延续了下来。

---

① [意]文森佐·费罗内:《启蒙观念史》,马涛、曾允译,商务印书馆2018年版,第206页。
② [德]康德:《纯粹理性批判》,邓晓芒译,人民文学出版社2004年版,"序言"第3页。

　　……在批判中国旧传统时,很少有改革者对它进行过公正的或同情的思考。①

　　　　　　　　　　——周策纵《五四运动史·结论:繁多的阐释与评价》

　　在中国百年文化史上,我们总是以"五四新文化运动"作为国族现代性的划界。然而,在百年之中,我们经历的却是两个叠加在一起的"双重悖论",其两个分悖论就是:"启蒙的五四"所遭遇的在"启蒙他人"和"自我启蒙"过程中启蒙与反启蒙的悖论;"革命的五四"所遭遇的是在"革命"与"反革命"(此乃中性词)过程中的认知悖论。两者相加所造成的总悖论就是:"启蒙的五四"与"革命的五四"所构成的百年中国文化史上错综复杂、千丝万缕的冲突,这种冲突从表面上看似简单,实际上却是每一个中国知识分子难以廓清的一种思维的怪圈,在每一次交错更替的"启蒙运动"与"革命运动"中,人们都会陷入盲目的"呐喊"与"彷徨"的文化语境之中不能自已,苦闷于精神出路寻觅而不得。

　　我们往往把鲁迅作为"五四新文化运动""革命阵营"的旗手来对抗"启蒙主义"领袖胡适,其实,这就抹杀了他们在许多观念上的交错和重叠部分的共同性,值得反思的是,为什么百年来我们将"启蒙"与"革命"的界限给抹杀了,在这两个性质完全相异的名词之间画上了等号。

　　鲁迅先生说:"最可怕的情形,就是比较新的思想运动起来时,与社会无关,作为空谈,那是不要紧的,这也是专制时代所以能容知识阶级存在的缘故。因为痛哭流泪与实际是没有关系的,只是思想运动变成实际的社会运动时,那就危险了。往往反为旧势力所扑灭。中国现在也是如此,这现象,革新的人称之为'反动'。我在文艺史上,却找到一个好名辞,就是 Renaissance,在意大利文艺复兴的意义,是把古时好的东西复活,将现存的坏的东西压倒,因为那时候思想太专治腐败了,在古时代确实有些比较好的;因此后来得到了社会上的信仰。现在中国顽固派的复古,把孔子礼教都拉出来了,但是

————————————

① 〔美〕周策纵:《五四运动史》,陈永明等译,世界图书出版公司 2016 年版,第 346—347 页。

他们拉出来的是好的么？如果是不好的，就是反动，倒退，以后恐怕是倒退的时代了。"①这些话与上述胡适的许多言论是高度一致的，从中可以看出许多事情的端倪来，可怕的"反动，倒退"在中国百年历史的长河中流淌，让人陷入了无边的困顿之中，我反反复复揣摩这段话的含义，终于，我没有找到满意的答案，就像老Q那样在祠堂里睏过去了。

于是，我找来这段不知是"启蒙"还是"革命"的谶语，但仍然不能解惑："说到中国的改革，第一著自然是扫荡废物，以造成一个使新生命得能诞生的机运。五四运动，本也是这机运的开端罢，可惜来摧折它的很不少。"②

于是，我再翻阅另外一些"五四先驱者"们的说法，选择几段来进行对比，抑或能在多角度的测量中找到一个较为有价值的坐标来，虽然也很枉然。不过，在对比之前，我还是援引一句余英时先生对"五四新文化运动"的评语："或许，关于五四我们只能作出下面这个最安全的概括论断：五四必须通过它的多重面相性和多重方向性来获得理解。"③

我们在谈"五四运动"的时候，千万不能不把书生谈"五四"与政治家谈"五四"区别开来，也就是说，用学者的眼光和政治家的眼光来看"五四"，是能够读出不同的味道的，甚至是截然相反的两个"五四"来的。

"作为中华民国的缔造者之一，作为著名的政治领袖，孙中山支持'五四'学生运动，这对知识界的分化产生了重大影响，也把青年吸引到革命阵营。列宁十月革命的成功给他留下了深刻的印象，而西方国家对他要求的为重建国家计划提供财政支持的呼吁无动于衷，却承认每一届北洋政府，又使他十分的失望，因此他的思想就趋渐'左倾'。"④也许这就是导致"五四"转向为政治起主导作用的重要因素之一吧。所以，考察"五四新文化运动"初始时的政治人物和文化人物的言论是一件十分有趣，也十分复杂的事情。

用中国共产党缔造者李大钊先生的定义来说："此次'五四运动'，系排斥

---

① 鲁迅：《关于知识阶级》，《鲁迅全集》（第八卷），人民文学出版社 2005 年版，第 227—228 页。
② 鲁迅：《〈出了象牙之塔〉后记》，《鲁迅全集》（第十卷），人民文学出版社 2005 年版，第 270 页。
③ 余英时：《文艺运动乎？启蒙运动乎？——一个史学家对五四运动的反思》，《现代危机与思想人物》，生活·读书·新知三联书店 2005 年版，第 99 页。
④ ［美］周策纵：《五四运动史》，陈永明等译，世界图书出版公司 2016 年版，第 243 页。

'大亚细亚主义',即排斥侵略主义,非有深仇于日本人也。斯世有以强权压迫公理者,无论是日本人非日本人,吾人均应排斥之!故鄙意以为此番运动仅认为爱国运动,尚非恰当,实人类解放运动之一部分也。诸君本此进行,将来对于世界造福不浅,勉旃!"①在这里,作为中国最早的共产主义的信仰者,他并没有把"五四新文化运动"定性为"爱国主义"的运动,"仅认为爱国运动,尚非恰当",而是"人类解放运动之一部分也",请不要忘记其中的这一层深刻的含义,所以,我又产生了遐想:他认为的仅定性为爱国主义"尚非恰当",那么,其"人类解放运动"必定是指向"没有压迫、没有剥削"的"国际共产主义运动",其时正是苏俄革命风起云涌之时,李大钊的暗示其实是不言自明的,也就是说,李大钊先生的眼光是更加辽远的,他的定性没有被纳入后来的教科书,似乎也是一种遗憾。

显然,与上述的中国共产党另一位创始人之一、"五四新文化运动"始作俑者陈独秀的"牺牲精神"观点相比较,他们的共同点就在于是站在彻头彻尾的"革命"立场上来说话的,至于陈独秀后来观点有所变化则是另一回事了,反正我从这里读到的是硝烟之气息。

陈独秀后来又这样说过:"'五四'运动时代不是孤立的,由辛亥革命而'五四'运动,而'五卅运动'、北伐战争,而抗日战争,是整个的民主革命运动时代之各个事变。在各个事变中,虽有参加社会势力广度之不同,运动要求的深度之不同,而民主革命的时代性,并没有根本的差别。所以'五四'运动的缺点,乃参加运动的主力仅仅是些青年知识分子,而没有生产大众,并不能够说这一运动的时代性已经过去。"②从中,我们看到独秀先生似乎切中了"五四新文化运动"的要害处就是知识分子没有"唤起民众"的弊端,算是最初揭示"五四新文化运动"启蒙失败原因的人之一。

所有这些,是导致"五四新文化运动"向着苏俄"十月革命"模式靠拢的动因所在,虽然陈独秀在晚年深刻反思了苏俄革命的种种弊端,但在当时确实

---

① 李大钊:《在国民杂志社成立周年纪念会上的演说》,1919年10月12日,发表于《国民》杂志第二卷第一号,1919年11月,未署名。此文摘自该刊的有关报道。

② 陈独秀:《"五四"运动的时代过去了吗?》,《陈独秀文集》(第四卷),人民出版社2013年版,第588页。

是十分青睐这"十月革命"的鼓声的。因此,周策纵先生描述当时知识分子的心态是"正当中国知识分子尝试着吸收西方思想界的自由和民主的传统时,却遭到了商业和殖民化的严酷现实,在这段关键的时期,苏维埃联邦向他们展示了诱人的魅力"①。当然,这不仅是共产主义者的理想,也是"国父"孙中山先生的政治观念。毋庸置疑,激进主义的思潮往往就是革命的动力所在,而那种带有书生气的、纸上谈兵式的自由民主主义的"启蒙"理性考辨,往往会被激情的"革命"欲望和冲动所遮蔽、掩盖。多少年后,当我们将英美"光荣革命"与法国大革命和俄国革命相比较的时候,也许会冷静下来看待一些问题,看到了血与火,乃至于污秽给人类和社会带来的创痛,我们才能客观地去重新审视历史,从这面镜子里看到现实和未来。

其实,当时的左派知识分子和自由主义知识分子都是围绕在杜威和罗素的"西化"理论上做文章,摸不清楚哪种政治模式适合中国的社会前途。杜威把"民治主义"分为政治民主、民权民主、社会民主和经济民主四类,这个观点受到了陈独秀的极大支持,"由于杜威观察了中国当时经济的情况,他更坚决地放弃马克思主义和传统的资本主义。据他的判断因为中国工业落后,劳工问题和财富分配不均问题还不严重,因此,社会主义和马克思主义在中国没有立足之处"②。周策纵当然是不同意这种判断的,其实,后来毛泽东在1925年12月的《中国社会各阶级的分析》和1927年3月的《湖南农民运动考察报告》里就有了相反的论证。到了1930年代,中国共产党的领导人瞿秋白为茅盾谋划长篇小说《子夜》时,也从政治和社会层面彻底否定了杜威的观点。"虽然那些即使倾向社会主义的知识分子也同意杜威对民主主义的某些诠释,但他们自身仍有明显的偏颇:例如对经济问题的特别注重",只有陈独秀的"什么是政治? 大家吃饭要紧"的理论是迎合杜威的。也许是杜威的观点比较明晰,其走资本主义的倾向昭然若揭,无论是国民党的左派,还是共产党的绝大多数左翼知识分子都不同意,也就是少数的"柿油党"会同意他的观点吧。倒是陈独秀的一句大实话"大家吃饭要紧"的理论,在近半个世纪后才被

---

① ［美］周策纵:《五四运动史》,陈永明等译,世界图书出版公司2016年版,第209页。
② ［美］周策纵:《五四运动史》,陈永明等译,世界图书出版公司2016年版,第227—228页。

重新接了过来,补足了杜威理论在中国没有实践意义的谬论。

而当时为什么无论左右派都对罗素的政治社会学如此感兴趣呢?因为罗素的观点有着充分的两面性,你说是辩证法也罢,你说是翻译出的大毛病也罢,他的理论受到知识界的欢迎是真的:"罗素在中国的演讲甚至公开地明显支持共产主义的理想,并且承认苏俄布尔什维克经济措施的一些成就……如他们实现了经济上和政治上的平等。然后他下结论道:世界上所有的国家都应该协助苏维埃维持她的共产制度,他还说:'此外,我认为世界上每一个文明国家都应该实验一下这种卓越的新主义。'"①

而在另一方面,罗素又开始自相矛盾地"反对苏俄共产主义的广泛措施;一些中国知识分子原来希望全盘采用苏俄的政策,他的反对使他们的想法打了折扣。另一方面,罗素强调增产的必要,他的观点引出了一个问题:中国是否有必要发展自己的民族资本主义制度?"这就是引发中国走不走资本主义道路大讨论的成因吧。

两位洋大人开出的药方虽然不同,却引起了当时中国智识阶级在这个焦点问题上的大分化,最后当然是左翼思潮占了上风,包括1930年代左翼文学的崛起,就标志着整个文化开始进入了大转折时期。《子夜》在不断修改中,用形象的语言和情境严肃而认真地回答了"中国不走资本主义道路"的命题,当然也包括不走"民族资本主义道路",因为"自从来到人间,资本的每一个毛孔都是肮脏的和血淋淋的",为此,中国社会付出了几十年的政治文化代价。

难怪许多党派的政治家和左右知识分子都热衷于他两面俱到的理论,并进行了几乎并无实际意义的大讨论。

温和的自由主义派的"五四新文化运动先驱者"胡适之先生同样掉进了政治的陷阱里,显然,先生的慈善和仁义之心可鉴,他是害怕因"革命"流血的,但是他的话往往不被当时的知识分子所接受,包括那个"肩扛着黑暗的闸门"的鲁迅先生尽管也知道革命是会有"污秽和血"的,但是,在某种程度上他陷入了对"革命"迷狂的矛盾之中,一方面是掷出"匕首与投枪","直面惨淡的人生"的勇气,另一方面又主张采取避开锋芒的"壕堑战"。所以在大革命的

---

① [美]周策纵:《五四运动史》,陈永明等译,世界图书出版公司2016年版,第232页。

动荡时期的激情往往压住的是"小资产阶级"自由主义畏首畏尾躲避鲜血淋漓现实的情调。

　　所以，胡适总结道："这种运动是非常的事，是变态的社会里不得已的事。但是他又是很不经济的不幸事，因为是不得已，故他的发生是可以原谅的；因为是很不经济的不幸事，故这种运动是暂时不得已的救急办法，却不可长期存在的。"①由此，我想到的是，胡适先生是不想看见流血的"革命"的，但是，他似乎又是对"启蒙的五四"抱有一些希望的。流血是残忍的，尤其是青年学生的血，可是要革命总会有牺牲，"死人的事是经常发生的"，"下定决心，不怕牺牲"才是革命必须付出的血的代价，任何革命都不能逃脱流血的悲剧发生，所以，笔者在"五四"80 周年纪念的时候曾经说过：革命只能允许付出一次血的代价，绝不能付出第二次代价，更不能付出 N 次血的代价。办法只有一个，就是在第一次付出血的代价之后，就建立一个能够制止流血的制度和法律出来。

　　更加有趣的是，作为"改良主义"的失败者的梁启超对"五四事件"也表示了极大的关注，而他的态度就像周策纵说的那样："梁启超的观点似乎是在胡适和陈独秀之间，而国民党领导人（笔者注：指孙中山）则对五四运动的政治潜能深感兴趣，因此吸引一些左派知识分子入党。"哈哈，作为一个末代的旧士子，其对"五四革命"的态度是深有意味的，"戊戌变法"最多就是想来一场"宫廷政变"吧，他的骑墙态度究竟是后悔没有流更多的血来完成那次被后人诟病的"假革命"呢，还是后悔一流血变法就破产了呢？即便是在菜市口，不也就付出了六个文人士子头颅吗，这是能容忍，还是不能容忍的呢？我苦思不得其解。

　　总之，无论是"五四新文化运动"还是"五四事件"，似乎政治家的兴趣要比文化界的知识分子浓厚得多，"虽然五四运动在本质上是一场思想革命，然而也正因为新式知识分子对政治的兴趣不断提高，才会有这个运动"②。

　　作为"五四新文化运动"先驱者的教育家蔡元培先生的立场更是一种冷

---

①　胡适：《我们对于学生的希望》，《胡适文集》（第十一卷），北京大学出版社 1998 年版，第48页。
②　［美］周策纵：《五四运动史》，陈永明等译，世界图书出版公司 2016 年版，第225页。

峻的观察角度,显然与其他人不太一样,他一直以为:"原来五四运动也是社会的各方面酝酿出来的。政治太腐败,社会太龌龊,学生天良未泯,便忍耐不住了。蓄之已久,迸发以朝,于是乎有五四运动。"显然,这是肯定"五四事件"对推动整个"五四新文化运动"所起的积极意义。但是,他还进一步痛心疾首地说:"自'五四'以后,学潮澎湃,日胜一日,罢课游行,成为司空见惯,不以为异。不知学人之长,惟知采人之短,以致江河日下,不可收拾,言之实堪痛心啊!"①显然,这又是对"五四运动"所造成的负面效应进行了无情的诟病。毫无疑问,作为一个提倡"教育救国"的先驱者,蔡元培一直是主张"启蒙"大众的,但是,没有"启蒙"的火种是万万不可的,而其火种就在于培养学生,而学生罢学,没有知识作为面向世界的基础,何以启蒙呢? 他之所以将学生置于教育的首位,生怕学生以"牺牲"为祭品,就是不希望在"革命"的行动中输掉"启蒙"的老本。所以"保护学生"的传统便在历次"革命运动"中成为许多教育家义不容辞的职责,那么,我们看到许许多多的校长在革命运动中保护学生的本能,也就不足为奇了。

蔡元培在处理"启蒙"与"革命"的关系时的价值立场为什么与他人有异? 20 世纪 80 年代初的那场"启蒙与救亡的双重变奏"的学术呐喊震撼了许多学者,至今时时还萦绕在人们的耳畔。近年来,如果用"启蒙与革命的双重变奏"的学术观点重新审视"五四新文化运动"以降的文化思潮,显然是一种试图推进学术讨论的积极举措,这也与我近十几年来提倡知识分子的"二次启蒙"思路有相近之处,不过,我并非理论家,只能从"五四文学"大量的思潮、现象和作家作品阅读中获得的直觉体验,提出另一种思考"五四新文化运动"路径,冒着不揣简陋、贻笑大方的危险,博大家一辨,当一回舞台上的小丑,似乎要比阿 Q 强一些,因为小丑是梦醒之后无路可走的人,不像 Q 爷自以为是一个"有精神逃路"的人。

于是,我试图沿着世界近现代史的路径去寻找一个新的理论坐标,将其与中国的"启蒙与革命"进行叠印,找出其重叠和相异之处,抑或可以更加明

---

① 蔡元培:《读书与救国——在杭州之江大学演说词》,《蔡元培全集》(第五卷),中华书局 1984 年版,第 123 页。

晰地看出投影中的些许问题来。

　　好在这几十年来许多人都把目光集中在法国大革命和英美革命与启蒙的关系上,给我提供了许多新的思考理路,但是,我发现,倘若不把俄国革命与启蒙的关系加入进来进行辨析与思考,我们是无法廓清"五四新文化运动"以来的许许多多中国问题,少了这个参照系而去奢谈西方的"光荣革命"和法国大革命与启蒙的关系,似乎仍然解释不了中国社会百年进程中的许多复杂的"启蒙与革命"的因果关系。

　　读了托克维尔的《旧制度与大革命》仍然没有找到解惑中国"启蒙与革命"的关系问题,又读了他的《论美国的民主》虽然能够影影绰绰地找到一些答案,却不能完全解释出"启蒙与革命"在中国百年历史中的双重悖论关系来。他留下过的名言虽然能够打动我的心灵,却解决不了百年的中国文化问题。比如他说"历史是一个画廊,里面原作很少,复制品很多"①,这是多么精彩的断语啊,我们也知道中国百年来的"启蒙与革命"的复制品很多,但是,他没有给出一个真品的样张来供人欣赏、参照和鉴别。也许,倘若他活到今天,就可能看见东方国家的复制品,尤其是"革命"的复制品。尽管他在《旧制度与大革命》中也说过这样的没有可行性的警句:"假如将来有一天类似美国这样的民主共和制度在某一个国家建立起来,而这个国家原先有过一个独夫统治的政权,并根据习惯法和成交法实行过行政集权,那末,我敢说在这个新建的共和国里,其专横之令人难忍将超过在欧洲的任何君主国家。要到亚洲,才会找到能与这种专横伦比的某些事实。"②

　　还有,就是他在《旧制度与大革命》中所说的那两段名言常常被人使用:"对于一个坏政府来说,最危险的时刻通常就是它开始改革的时刻。"③"只要平等与专制结合在一起,心灵与精神的普遍水准便将永远不断地下降。"④着实让我坠入云里雾里,难道那就是让路易十六走上断头台的缘由?是大革命"丰硕成果"还是大革命的败笔呢?凡此种种,这些漂亮的语句虽然不断诱惑

① [法]托克维尔:《旧制度与大革命》,冯棠译,商务印书馆2012年版,第106页。
② [法]托克维尔:《论美国的民主》,董果良译,商务印书馆2017年版,第334页。
③ [法]托克维尔:《旧制度与大革命》,冯棠译,商务印书馆2012年版,第215页。
④ [法]托克维尔:《旧制度与大革命》,冯棠译,商务印书馆2012年版,第36页。

着我,但是,我始终不能从中截获对照中国百年来"启蒙与革命"的解药。

　　于是,我就决定放弃在法国大革命与启蒙关系中找答案的念头,同时,也放弃了从英美"光荣革命"与启蒙的关系中寻找解惑的通道。

　　又于是,我大胆地认为,如果不将百年来中国"启蒙与革命"关系的进程和近乎镜子中的孪生兄弟的俄国"革命与启蒙"关系相对照,也许我们就永远走不出那个早已设定的理论怪圈,可能连"十月革命"的炮声都没有听清楚就去瞎扯"启蒙与革命"的淡,我们还有什么资格去评判"五四新文化运动"呢?!

　　再于是,我对一直引导学界四十年的"救亡压倒启蒙"的观念也发生了怀疑,尽管我曾经对此论佩服得五体投地,尽管我对论者阐释中国"革命"的断语也十分赞同:"影响20世纪中国命运和决定其整体面貌的最重要的事件就是革命。"当然这也是对"五四运动"性质的一种定性和定位。但是,我总觉得"救亡压倒启蒙"只是历史瞬间的暂时现象,它只能解释一个历史时段的表象问题,而归根结底却无法阐释一个长时段的百年中国许许多多理论和实践问题,尤其是后七十年来的许多现实问题,因为当"救亡"不再是"启蒙"悖论的对象时,"启蒙"的对立面仍然是回到了"革命"的位置上,也就是说,"革命"("继续革命")是相对永恒的,"救亡"则是短暂的,"救亡"消解了,但"革命"仍旧绵绵不绝,这就是中国百年来不变的铁律,也是充分印证"影响20世纪中国命运和决定其整体面貌的最重要的事件就是革命"观点的有力论据。

　　所以,我就设置出了"两个五四"的命题,即"革命的五四"和"启蒙的五四"。这"两个五四"究竟谁压倒谁呢?沿着时序逻辑的线索来看,各个不同时期有着不同曲线形态,但是,谁占据了上风,谁占据了漫长的时间段,谁占据了统治地位,这是一部长长的论著也无法解决的历史和哲学难题。我只是提出一个十分不成熟,甚至荒谬的假想,能不能成立,也许并不是我这样功力浅薄的人所能阐释清楚的真问题和大问题。

　　所以,我认为我们是在认识百年"五四新文化运动"的本质问题上发生了偏差,进入了一个否定之否定的理论怪圈之中,当然,这也同时严重地影响了我们对五四新文学作家作品、思潮流派和文学现象的解析,产生出许多误读(这个词并非指西方文论中具有后现代意味的文本阐释的意思)和误判,我希望在"五四"百年之后,我们的学术讨论能够进入一个"深水区",让我们从一个多维度的时空里寻觅到更多的坐标点,以更加准确地定位和定性"五四新文化运动",以及在这一背景下产生的"五四新文学运动"的种种现象。

我一直认为"五四新文化运动"的"启蒙"被不断的"革命"所打断、所困扰,最后走向溃败,其重要的原因就是知识分子在没有完成"自我启蒙"的境况下就匆匆披挂上阵,试图自上而下地去引导大众,在没有大量生力军(教育,尤其是高等教育基础和资源十分匮乏)作为"启蒙运动"的补给线的情况下,在"自我启蒙"意识尚十分淡漠的文化语境中,"启蒙运动"自然就变成了一场滑稽戏和闹剧。如今,高等教育已然普及,但是高等教育中的人文教育是滑坡的,大学里行走着满园的"人文植物人",你让"启蒙的五四"如何反思,你让蔡元培指望的新文化青年队伍情何以堪?

当然,尚有一个关键的问题不能解决,一切所谓的"革命"和"启蒙"都是虚幻的,那就是知识分子"自我启蒙"中难以逾越的障碍物,这一点似乎刻薄的鲁迅先生早就看出来了:"然而知识阶级将怎么样呢?还是在指挥刀下听令行动,还是发表倾向民众的思想呢?要是发表意见,就要想到什么就说什么。真的知识阶级是不顾利害的,如果想到种种利害,就是假的,冒充的知识阶级;只是假知识阶级的寿命倒比较长一点。像今天发表这个主张,明天发表那个意见的人,思想似乎天天在进步;只是真的知识阶级的进步,决不能如此快的。不过他们对于社会永远不会满意的,所感受的永远是痛苦,所看到的永远是缺点,他们预备着将来的牺牲,社会也因为有了他们而热闹,不过他们的本身——心身方面总是苦痛的;因为这也是旧式社会传下来的遗物。至于诸君,是与旧的不同,是 20 世纪初叶青年,如在劳动大学一方读书,一方做工,这是新的境遇;或许可以造成新的局面,但是环境是老样子,着着逼人堕落,倘不与这老社会奋斗,还是要回到老路上去的。"①无疑,鲁迅的进化论的

① 这是鲁迅先生 1927 年 10 月 25 日在上海劳动大学的演讲,后题名为《关于知识阶级》,最初发表在《劳大周刊》1927 年 11 月第 5 期。

思想左右了他把希望寄托在青年身上,而对知识分子的严酷批判与省察也是毫不留情的,从这里,我们看到鲁迅对知识分子"永远是批判性"的定性和定位比萨义德的《知识分子》早了几十年,那么,为什么恰恰在这一点上形成了我们的研究鲁迅的"盲区",当然,有当今的学者倒是阐释过这个问题,可惜却未能深入下去。这或许就是中国的"启蒙"(包括"革命")不彻底或不能持续下去的原因吧。

毋庸置疑,"五四新文化运动"时期的言论自由应该归功于"辛亥革命"前后的宽松文化语境,然而,一俟这个语境消失,"五四新文化运动"就像被抽去了灵魂,不对,应该说是文化运动主体的知识阶级失去了思想的灵魂。他们只有痛苦,而没有牺牲精神。我常常在思考一个问题:为什么许多非知识阶级的群众可以有牺牲精神,成为烈士,有的是小小年纪,有的还是女性。答案难道是他们是有"精神逃路"的人吗? 也许,在百年之中你可以挑出几个鲜见的知识分子作为例证来反驳我,可让我始终不解的是,即便是像瞿秋白这样优秀的知识分子为什么最后还是情不自禁地写下了《多余的话》? 他并不是鲁迅笔下那个考虑自身利害关系的知识分子,他是敢于牺牲自家性命的革命领袖,却留下了千古难解的绝笔。我试图从许许多多的知识分子的面影中找到一个合理合情的答案来,最后还是不得不回到问题的原点上来:"启蒙与革命"的双重矛盾,应该说是二难命题,造就了自"五四新文化运动"以来中国知识分子的文化性格和人格缺陷的"集体无意识":一方面是"启蒙"意识唤起的一个知识分子的良知与担当精神,用人类进步的思想引导社会前行的责任感;另一方面却是面对鲜血淋漓"革命"的畏惧与疑虑,不得不一次又一次向往和臣服于"革命"权威下的苟且与无奈。

其实,在浩如烟海的相关著述当中,我认为,周策纵先生的《五四运动史》是梳理得最简洁清楚的文本,作者在大量的史料钩沉中抓住了问题的要害,客观中性地阐释了"五四"的来龙去脉,并且将其与"五四文学"的关联性也说清楚了。当然,他的核心观点就是在大量的史料梳理中得出的结论:本是一场文化运动,缘何衍变成了政治运动,从旧党的梁启超到新党的国民党和共产党,从"民主主义、资本主义、社会主义和西化",从孙中山到陈独秀、李大钊到胡适、蔡元培那一长串的"五四新文化运动"的当事人,以及当时杜威、罗素这样对"五四"知识分子影响极深的外国学者的革命思想,以及苏俄革命思想的渗透,凡此种种,不一而足。最后,还是回到了问题的原点上:"希望将能呈现一幅充分的图像,以显示这曾撼动了中国根基,而 40 年后仍然余波激荡的 20 世纪的知识分子思想革命。"①如今百年过去了,我们似乎更要叩问中国知识分子的灵魂,根基如何? 思想革命何为?

我们头顶上**"启蒙主义"**的灿烂星空在哪里呢?

我们能够寻觅到引路的"启明星"吗?

二、中国乡土小说的精神之父:鲁迅

"五四新文学"发轫于两类题材,这就是"乡土题材"和"知识分子题材"。毫无疑问,仅仅将鲁迅先生的《狂人日记》作为新文学白话文的开端,以此来证明这个带有模仿痕迹的作品具有现代性,显然是远远不够的,它和晚清以降的讽刺小说的根本区别就在于:同样是揭露黑暗,前者只是停滞在形而下地描写复制生活而已;后者却是注入了形而上的哲思。鲁迅小说的功绩就在于把小说的表达转换成为一种现代意识表现的新表现形式。窃以为,鲁迅的伟大,并不是局限于他用生动的白话语言创作出的新的现代文体,这一点其实在"鸳蝴派"的通俗小说中已经做得炉火纯青了,鲁迅先生的贡献则是在思想层面的,作为一个对中国社会本质认识比一般知识分子更加深刻、视野亦更加开阔的思想者,鲁迅先生选择中国的乡土小说为突破口,深刻剖析和抨击了中国社会的封建本质特征。我往往将他称作"中国乡土小说的精神之父"并非只认为他是中国乡土小说的开创者,而是将他看成中国现代文学中用思想来写作的第一人! 因为他作品中反封建的主题思想一直流灌于中国文学的百年之中而经久不衰,这是任何作家都不可能抵达的思想境界,也是他的作品永不凋谢的现实意义。

"我是说有些新青年可以有旧思想,有些旧形式也可以藏新内容。我也

---

① ［美］周策纵:《五四运动史》,陈永明等译,世界图书出版公司 2016 年版,第 15 页。

以为'新文学'和'旧文学'这中间不能有截然的分界,然而有蜕变,有比较的偏向,而且正因为不能以'何者为分界',所以也没有了'第三种的立场'。"①我在这里找到了鲁迅小说解读的一把钥匙。

我有时会用一种近乎愚蠢的思想和方法去归纳鲁迅先生的乡土小说作品,十分笨拙地提炼出一个似乎很不相干的"四部曲"来阐释:《狂人日记》、《药》、《阿Q正传》和《风波》是否具有思想和艺术的连贯性呢? 是否恰恰构成一部鸿篇巨制的开端、发展、高潮和尾声的时间与空间的结构特征呢?

如果说《狂人日记》是"五四文学"进入现代时空的第一声炮响,它便是以一种全新的人文哲学意识进入小说创作的范例,显然,它的思想性是大于艺术性的,也就是说,鲁迅先生在此是用理性思维来构造乡土社会图景的,其背景图画是虚幻的、不清晰的,人物形象是模糊的,人物是沉浸在自我狂想的意念之中。之所以有人将这部作品当作具有现代派风格的作品,正是由于它的思想性穿透了社会背景的图画,呈现出哲思的光芒,也正是具有模糊而不确定性的人物狂想,让人们看清楚了封建制度"吃人"的本质特征,作品的关键就在于把一个亘古不变的恒定封建社会放大到了一个让人惊恐无措的语境之中,是一剂让人梦醒的猛药。但是这剂猛药有用吗? 答案就在《药》中!

《药》是进一步用猛药来唤醒民众的苦口良方吗? 这恐怕连作者自己都没有抱任何希望,从这篇作品中,我们看到的是一个彻头彻尾的悲观主义者的鲁迅。四十年前,我的老师曾华鹏先生给我们解析《药》的时候,特别强调了作品结尾处的氛围,用他的学术观点来说,这种"安特莱夫式的阴冷"恰恰就是作品最点睛之笔,而并非那个"人血馒头"的像喻,多少年以后,我才悟出了老师的高明之处。显然,这篇作品既是用"人血馒头"来宣示主题内涵,又是用十分清晰的背景图画来展现衬托人物悲剧,理性思维和形象表达的高度融合,让它成为百年文学教科书式的作品典范:突出人吃人的社会本质,当然是题中之要义,而最后那一笔具象的风景、人物、坟茔、老树、昏鸦,构成的正是鲁迅先生在理性思维和形象思维两者之间互补性的艺术选择,所以,有人

---

① 鲁迅:《"感旧"以后》(上),《鲁迅全集》(第五卷),人民文学出版社2005年版,第347页。

用那种简洁明快的白描中透露出来的"安特莱夫式的阴冷"就深深地印刻在我的脑海里了。

　　无疑,《阿Q正传》非但是中国百年乡土小说的巅峰之作,同时也是从20世纪到21世纪以来中国文学最难以逾越高度的作品。尽管在鲁迅先生的旗帜下聚集了一大批"乡土小说派"的作家作品,但是后来者只能望其项背,无人能够超越这样恢宏的力作,原因就是其思想的高度缺那么一点火候。这部作品犀利尖锐的思想性和人物形象的丰富性,以及艺术上的醇厚老辣,都是任何现当代文学作品无法超越的。阿Q成为一个世纪以来中国各个时间和空间中的"共鸣"和"共名"人物形象,它的生命力是鲁迅先生的光荣,却是"老中国儿女"生存的不幸;它的思想穿透力和审美的耐读性成为"鲁迅风"的艺术光环,却成为中国小说,尤其是中国乡土小说艺术的悲剧。至此,鲁迅先生的乡土小说已经达到了"高潮"的境界。但是,"大团圆"的结局,似乎要比任何一国的国民性来得都更加惨烈,因为我们拥有的不只是"沉默的大多数",还拥有更广大的喧闹的庸众,那些个"倒提着的鸭子"似的、嗜好看杀头的大多数"吃瓜的群众"塞满了中国百年的时间和空间,是他们成就了这部伟大的作品,让这部作品永恒,然而,这是中国的幸还是不幸呢?!

　　其实,阿Q也估计错了,他喊出的"二十年后又是一条好汉"的谶语,也是作者鲁迅先生对社会的误判,其实,根本用不着二十年的等待时间,因为阿Q们具有极强的繁殖能力和坚韧的毅力,他们繁殖的速度和密度是空前的,前仆后继、代代不绝的精神让地下有知的鲁迅先生都始料未及。从这点来说,毒舌的鲁迅虽"不惮用最坏的心理"去猜度国人的内心世界,却还是没有看到国民性的种种行状流布弥漫在百年中国的各个时空的每一个角落里。

　　虽然,《阿Q正传》已经是鲁迅作品的"高潮"了,但是,这个永远都解析不尽的Q爷,给我们留下的是永无止境的世纪思考的悲剧!

　　我时常在苦思冥想一个鲁迅先生创作的无解之谜,那就是,为什么鲁迅会中断声誉日渐盛隆的小说创作呢?我以为,在两大题材之中,知识分子题材除了《伤逝》是绝唱外,其他作品并不是此类题材的扛鼎之作,其书写的衰势似乎可以成为鲁迅变文学创作为杂文写作的内在理由,但是,其乡土小说的创作并未衰竭,像《祝福》那样的力作还不时地出现,他完全有理由继续创作下去。诚然,鲁迅先生认为用"匕首与投枪"可以更加痛快淋漓地直抒胸臆,用"林中之响箭"更能直接抵达理性阐释的最佳境界。但是,我以为更深层的原因可能还是在于鲁迅先生早已预判到了中国的悲剧结局是无法改变的。

我为什么幻想把创作早于《阿 Q 正传》一年的《风波》作为鲁迅乡土小说创作的"尾声"呢? 其理由就在于此。

其实《风波》正是鲁迅先生乡土小说创作的中兴期,这篇小说无论是在写人还是状物上都有独到之处,但是,最不能忽略的是小说所揭示出的对国民性无望的悲哀,我们在所有的教科书里都难以找到那种对鲁迅在此奏响"悲怆交响曲"时的心境描写:赵七爷法力无边的宗法势力主宰着这个古老的国度;同是劣根性毕现的"庸众"与"吃瓜的群众"虽表现形式不同,指向的则都是国民性的本质。七斤就是被赵七爷驯化了的羔羊,而七斤嫂却是一株生长在封建土壤里的罂粟,夫妻俩相反相成的互补性格,正烘托出这个"死水"一般的社会已经拯救无望了,任何"城里的风波"都无法改变中国的命运! 让鲁迅先生陷入极大悲哀的是张勋的复辟让他对中国的前途彻底地失去了信心。在这里,鲁迅先生是无力喊出"中国人失掉了自信心了吗"这样的诘问句的。九斤老太"一代不如一代"的咒语虽然是指向了对国粹的批判,也是小说主题的重要核心元素,但是,它更多的则是表现出了鲁迅先生对现实世界的悲哀失望的情绪,是这首"悲怆交响曲"主旋律的重要乐章,它表达出的悲哀旋律一直回响在中国的大地上,久久萦绕在我们的头顶,遮蔽着人们仰望灿烂星空的视线。

我在这里絮絮叨叨地分析了几部鲁迅的乡土小说作品,并不是想对这些作品进行重新梳理,而是想从源头上找出规律性的特征来:中国乡土小说从来就是沉浸在悲剧描写之中的艺术,唯有悲剧才能表达出这一题材作品的深刻性和现实性,这就是中国乡土小说为什么生生不息的缘由所在。

我们尊崇鲁迅先生是因为他的作品用犀利的笔触刺中了中国几千年封建制度的要害,然而,我们并不希望鲁迅作品(包括杂文在内的一切文体)永放光芒,只有鲁迅先生的作品失去了它的现实意义,褪去了它的光环,才证明我们的社会挣脱了封建主义的羁绊,走出了鲁迅先生诅咒的那种世界,也就无须他老人家的幽灵再肩起那"黑暗的闸门"了。

三、中国乡土小说的创作传统:现实主义

鲁迅是"五四新文化"运动的先驱,他开创了中国乡土小说的现实主义创作传统,这种传统已成为乡土小说中最重要的审美文化原型,在不断裂变中获得了新生。因此,透过现实主义在中国百年历史中的命运,可以真切地感知中国现代乡土小说的生命脉搏与历史变迁。

在中国,自"五四"以降,对现实主义的阐释是五花八门、各种各样的,多为改造过的,也有一些是"伪现实主义",怎样梳理和鉴别,却是一个永远的话题。

在百年文学史中,我们对"现实主义"的理解和汲取往往是随着政治与社会的需求而变化的,可以细分成若干个不同历史阶段进行梳理的。大的节点应该有三四个吧。

(一)

从 1915 年《新青年》创刊后不久,陈独秀就提出了"写实文学"和"社会文学"的主张,引导文学"今后当趋向写实主义"。缘于此,中国文学主潮就开始了"为人生而文学"的道路,遂产生了 20 世纪 20 年代中国文学的"黄金年代",如果说鲁迅的小说创作是践行 19 世纪批判现实主义而开创了中国现代小说的现实主义文学的先河,深刻的批判性和悲剧性弥漫在他的小说和散文创作中,这就是所谓的"鲁迅风"——批判现实主义的精髓所在,那么集聚在他旗帜下的众多作家和理论家们,都是围绕着"批判"社会和现实的路数前行的,他们效仿的作家作品基本上都是勃兰兑斯在《十九世纪文学主流》中分析到的名人名著。这里就不能不提及"文学研究会"的中坚人物茅盾了,因为他在"五四"前后写了许多理论文章来支撑中国的现实主义文学,呼唤着"国内文坛的大转变时期"的来临,诟病了"唯美主义"和"颓废浪漫倾向的文学",倡导"附着于现实人生的、以促进眼前的人生为目的"的"现代的活文学"。他还

付诸创作实践,在 1927 年大革命失败之时,激愤而悲观地写下了长篇小说《蚀》三部曲和短篇小说集《野蔷薇》,这些即时性作品既是思想的"混合物",同时又是"悲观倾向的现代的活文学"。这样的作品往往被我们的文学史打入另册,《子夜》这样改弦易张、拔高写实的作品却被大加赞颂,也被其作品的"政治指导员"瞿秋白以及后来许许多多的评论家和文学史家纳入了现实主义的范本,以致后来的茅盾也背叛了自己早期对现实主义的阐释,在恍恍惚惚中自认为《子夜》的现实主义更适合自己的理论生存。当然,我们对《子夜》也不能一概否定,我个人认为这部作品仍然有着 19 世纪批判现实主义的创作元素,许多现实生活的场景都是"现代的活文学",其批判现实的锋芒依然犀利。但是那种要求作家必须从革命发展的需求来描写现实的创作法则,便大大地减弱了作品反映生活的准确性和客观性,所谓"艺术描写的真实性和历史的具体性必须与用社会主义精神从思想上改造和教育劳动人民的任务结合起来"的规约,就把自己锁死在狭隘的现实主义囚笼之中。这在《子夜》的创作过程中表现得就十分明显:原本茅盾是想写中国民族资产阶级在买办资产阶级的压迫下溃灭的主题,试图塑造一个失败了的民族资本家吴荪甫的悲剧英雄人物形象,但为了实行上述创作方法的原则,他就只能遵从一切剥削阶级都有贪婪本质的命题,把吴荪甫的另一面性格特征夸张放大后进行表现,这在某种程度上反而削弱了主题的时代性和深刻性。尽管《子夜》是先于苏联 1934 年钦定的"社会主义现实主义"条例出版的,但是,共产国际的声音早就传达于中国"左联"之中了,让这部巨著变成了另一副模样。

　　总而言之,"五四新文学"第一个十年,中国文学无论是在理论上还是创作上,都是基本遵循着欧美 19 世纪批判现实主义创作法则的。而真正的"大转变"则是 30 年代初"左联"的成立,引进了苏联的"社会主义现实主义创作方法"。当然,这其中也有鲁迅的功绩(这个问题应该是另一篇文章,那时的鲁迅认为一切对社会和政府的现实批判都是知识分子的职责,这也是继承批判现实主义的衣钵的,他的左转是为了适应批判现实,但是,他对左右互换的结果是有所警惕的,这在他的《对于左翼作家联盟的意见》一文中早有预见性的阐释,只不过我们八十多年来看懂的人很少,直到现在,我也就只悟出来了一点点而已。倘若鲁迅先生活到后来,看到现实主义文学那样一次次变种,他肯定是会拿出自己的"匕首与投枪"的)。诚然,也是由于茅盾、胡风等人自1928年7月为政治避难东渡日本后,接受了日本无产阶级理论家从苏俄"二次倒手"而来的无产阶级文艺理论,于30年代归国后,将变种的现实主义理论进行了无节制的倡扬,以致现实主义的本义遭到了第一次的重大篡改。这个问题不仅仅纠结了几代作家和理论家的创作思维和理论思维,更让现实主义在革命和现实的两难选择中滑进了对文学客观描写和主观阐释的混乱逻辑之中,历经八十多年都爬不出这个泥潭。这就使我想起了亲历过这样痛苦抉择的胡风文艺思想,多少年来,我一直纠结在他的"主观战斗精神"和"创作方法大于世界观"的现实主义理论中不能自拔。其实,这种逻辑上的矛盾现象,正是包括胡风在内的每一个理论家都无法解决的创作价值理念与客观现实之间所形成的对抗因子。一方面要执行革命家的"主观战斗精神",另一方面又要尊崇现实主义的创作规律,按照事件和人物本来应该行走的路径前进。我想,任何一个高明的作家都不可能在这种自相矛盾的逻辑中抵达创作的彼岸。这在"胡风集团"中坚人物路翎的长篇小说《财主底儿女们》的创作中表现得尤为突出,作者也无法跳出其领军人物自设的魔圈。说句实话,胡风本人对现实主义的规约也是混乱不堪的,他的理论在许多地方都是矛盾的,并不能自圆其说。

（二）

在共和国文学的长河当中,我们可以看到许许多多为现实主义献身的作家和理论家,我们也可以在现实主义几经沉浮的历史命运中,寻觅出它受难的缘由,但是,现实主义尽管走过那么多弯道,我们却不能因为它踏入过历史的误区,就像对待弃儿一样拒绝它的存在。曾几何时,秦兆阳的《现实主义——广阔的道路》、周勃的《论现实主义及其在社会主义时代的发展》和钱谷融的《论"文学是人学"》,把现实主义抬上了历史的高位,但是1960年代对他们的批判,使现实主义步入了雷区。连邵荃麟和赵树理的"现实主义深化论"和"中间人物论"都成了被批判的靶子。带有理想主义的"两结合"创作方法替代现实主义的真正原因就在于现实主义往往带有批判的元素,是带刺的玫瑰，它往往不尊崇为政治服务的规训。

随着思想解放运动的兴起，"伤痕文学"异军突起，标志着 19 世纪批判现实主义在 1980 年代的又一次回潮。人们怀念 1980 年代并不是说那时的作品怎么好，而是认为那个时代批判现实主义创作方法被激活，是给中国的写实主义风格作品开辟了一个从思想到艺术层面的新路径。这是给启蒙主义思潮打开了一个缺口，让思想的潮流和艺术方法都有了一个新的宣泄载体。

我们一直认为从"伤痕文学"到"第二次思想解放运动"和所谓的"二次启蒙"思潮就是"五四新文学"的一次赓续。从思想源头上来说，这是没有错的，但是，从创作方法上来说，这种极度写实主义风格的写作模式，仍然是来源于 19 世纪的批判现实主义，大量的作品是在挣脱了苏式的"社会主义现实主义"镣铐后回到了"写真主义"的境地之中，以至于后来出现了诸如张辛欣那样的"新纪实"作品，成为新时期对现实主义创作方法的首次改造，一直到了如今的"非虚构"文体的出现，我以为这都是现实主义的变种。其实，这种方法茅盾他们在民国时期就以《中国一日》的报告文学形式使用过，只不过并不强调其批判性的元素，到了 50 年代，有人用批判现实主义的方法来进行对现实生活的"仿真"描摹，甚至将"报告文学"的文体直接冠以"特写"的新文体名头。及至 2003 年陈桂棣和春桃 22 万字的《中国农民调查》出现，这种"写真主义"的思潮，其实是与批判现实主义的思潮相暗合的。这也给后来的"新写实"创作思潮提供了某种意义上的借鉴。

其实，"第二次思想解放运动"这个名词在 20 世纪的历史进程中是有歧义的，如果是站在改革开放四十年历史的角度来看，那是属于"第一次思想解放运动"，倘若从我们这一代人所经历的"在场"思想史，以及我们所接受的历史与政治的教育来看，无疑，当时我们都是将这次运动与"五四新文化运动"对应而视的，把它看作中国民主自由思想的恢复与延续，所以我们一直将它称为"第二次思想解放运动"。

而我始终认为，促发这次思想解放运动呈燎原之势的火种却是文坛上出现的"伤痕文学"，作为对 19 世纪批判现实主义思潮的模仿与赓续，正是应验了周扬那句名言:"文艺是政治的晴雨表。"可以毫不夸张地说,没有"伤痕文学"的出现,所谓的"思想解放运动"的进展是没有那么迅猛的,甚至或许会遭到更大的历史阻碍。

　　我清楚地记得1977年11月的一天,当我拿到订阅的《人民文学》杂志的时候,眼前不觉一亮,一口气读完了《班主任》,从中我似乎看到了春雷来临前的一道闪电,不,更准确地说是看到了中国政治文化的春潮即将到来的讯息。随之出现的大量"伤痕文学",并没有让人们陷入苦难的悲剧之中,而是沉浸在挣脱思想囚笼的无比亢奋之中,因为我们在漫长死寂的冬天里经受了太多的精神磨难,只有批判现实主义才是最好的宣泄方式。

　　卢新华的《伤痕》甫一问世,人们就毫不犹豫地用它来命名这一大批汹涌喷薄而出的作家作品,其根本原因就是被积压了多年的思想禁锢得到了空前的释放。《在小河那边》、《枫》、《本次列车终点》、《灵与肉》、《爬满青藤的木屋》、《被爱情遗忘的角落》、《我是谁》、《大墙下的红玉兰》、《乡场上》、《将军吟》、《芙蓉镇》、《许茂和他的女儿们》……当然还包括了许多话剧影视剧本作品,比如当年的《于无声处》、《在社会的档案里》、《女贼》、《假如我是真的》,等等,其中反响最大的就是话剧《于无声处》,想当年,全国上下,几乎每一个有条件的单位都自发组织起自己的临时剧组,演出这场戏。说实话,从艺术上来说,这些作品的美学价值并不是上乘的,艺术性也不是精湛的,甚至有些还是很粗糙的,它们之所以能够激发起全民热爱文学的激情,更多是因为人们期望通过文学来宣泄多年来的积怨与愤懑,以此来诉求政治上的改革。这是一次中国批判现实主义的创作方法的伟大胜利,就此而言,尽管其作家作品在技术层面是那样稚嫩,然而,我们的文学史叙述是不足的。

　　这持续了几年之久的舔舐伤痕、控诉罪恶的文学作品,带来的是重复19世纪西方文学作品中批判现实主义创作方法的兴起,从那个时代的角度来说,人们都普遍把它与"五四启蒙主义思潮"衔接,作为20世纪中国思想史上的"二次启蒙"看待,就是期望回到一种文化语境的常态当中去。其实,时过境迁后,冷静地反思这样的启蒙运动,我们不得不考虑其热情澎湃的感性背后究竟有多少理性成分,其实它在历史的进程中屡遭溃败的事实是显而易见的,其根本的原因在哪里,则是一个始终没有深入的话题,这个萦绕在我脑际的二难命题久久不能消停,直到新世纪来临,当中国面临着几种文化形态并置的情形后,我才有所顿悟:正因为"五四新文化"的"启蒙运动"是浮游在"智识人"层面的一种学术行为艺术,它始终被"革命"的口号与光环所笼罩和遮蔽,成为一群自诩为现代知识分子的小资产阶级学者试图"自上而下"地改造"国民性"的自言自语,最终只能以失败而告终,一切都恢复庸常,阿Q们依然是那个没有灵魂的肉体,亦如行尸走肉。所以,我在20世纪80年代初就提出了改革开放后的"二次启蒙"(也就是自20世纪以来的"第三次启蒙"),其核心元素便是:只有知识分子首先完成自我启蒙以后,才能完成启蒙的普及,虽然我们的高等教育已经达到了相当的普及程度,但是,我们的人文主义的启蒙还是低水平的,甚至在有些时空中是归零的。这就是我从"第二次思想解放运动"得到的对"五四新文化运动"的反思(当然,我认为"五四"是一个充满着悖论的文化运动,也就是说,在对"五四"的认知上,往往有两个不同走向的"五四"文化革命运动,即"启蒙的五四"和"革命的五四"。而最后的结果是:革了封建主义的命,却不彻底,甚至是走了一个圆;革了文化的命,则丢失了人性的价值),以及对现代启蒙运动之所以溃败原因的寻找结果,尽管用了二十多年的时光,但也是值得的。以此来观察中国作家作品近四十年来的脉象,我们将它们进行归类,也就会清晰地看出一条革命、启蒙、消费三者分离与重叠的运动曲线。所以,文学所担负的社会批判职责还是任重道远的。

　　无疑,"伤痕文学"之后的"反思文学"开始进入了一个较为深层次的理性反思的阶段,也就是说,批判现实主义在中国要成活下去,光是"诉苦把冤申"还不行,还得清除其滋生腐朽的封建专制土壤才行。于是,一批作家开始了深刻的反思,反思的焦点当然就是以往的历史,其反思就是批判的代名词,所以这种反思虽然是建立在广义的现实主义创作方法上,但是其核心内涵依旧离不开批判现实主义的支撑。茹志鹃的《剪辑错了的故事》和张一弓的《犯人李铜钟》之所以成为"反思文学"的代表作,就在于作者用批判现实主义的长镜头记录下了那一段历史的真相,其中我们看到的几乎就是纪录片式的真实历史影像,这让我想到的是"文革"后期在一本艺术杂志上看到的西方 20 世纪 60 年代兴起的"照相现实主义"艺术流派,和几乎是在中国画界同时出现的罗中立的油画《父亲》,它们同属一种创作理念和方法,只不过文学上的表现并没有那么强烈的视觉冲击力而已。

值得一提的是高晓声的创作,人们把注意力集中在他的《陈焕生上城》系列作品中,却忽略了他之前的反思更加深刻的作品,像《李顺大造屋》那样深刻反思的作品其批判现实主义的力度直指中国封建社会之要害,可算作当时最为深邃的作品了。高晓声之所以被人誉为大有"鲁迅风",就是其反思的力度比其他作家略高一筹,不过太过于艰涩的寓言式的批判,虽然深刻,但是看得懂的读者却甚少,像《钱包》《鱼钓》那样的作品,受众面是很小的。

这里不得不提的是另一位大腕级的作家王蒙了,他的"蝴蝶"系列作品被有些文学史定格为"反思文学"的代表作。显然,从内容上来说,他属于"反思文学"的范畴,也具有强烈的批判意识,但是,我为什么没有将其纳入"反思文学"的范畴,就是因为我这里框定的是一个狭义的"反思文学",自设的标准就是连同创作方法都应该具备现实主义的元素。王蒙的这批作品我也十分喜欢,但是从创作方法上来说,它更有现代派的特征,同时也具备了古典浪漫主义的创作元素,读后让人回味再三,尤其是那种淡淡的忧伤,令人感佩其艺术的高超。但是,这与批判现实主义的代表作的创作方法相去甚远,如巴尔扎克的《人间喜剧》、司汤达的《红与黑》、狄更斯的《双城记》、哈代的《德伯家的苔丝》、莫泊桑的《羊脂球》等,所以,我在文学史的定位上,将其放在"新时期现代派起源"的典范作品之列。

对"伤痕文学"和"反思文学"为什么很快就被"改革文学"所替代的原因,我一直认为,这不应仅仅归咎于社会文化思潮变幻,更重要的是,由于政治原因所导致的批判现实主义的溃灭是理所当然的事情。

南京大学胡福明先生发表的那篇《实践是检验真理的唯一标准》正是在"伤痕文学"崛起之时。1978 年的某一天,胡福明先生来到中文系现代文学教研室(西南大楼的一间大教室)里,将这篇文章的初稿给董健先生看,那一刻我正坐在对面的办公桌上写一篇为悲剧作品翻案的文章(那就是我在 1979

年《文学评论》上发表的第一篇稚嫩的学术论文),听到他们的谈话,我对当时批判现实主义思潮复兴更加坚信不疑。

后来我对实践是检验真理的唯一标准这个命题发生了不可思议的叩问:其实不就是一个哲学的普通常识问题吗? 而将它作为高端的学术问题来研究和探讨,这本身就是我们这个国家和民族在那个时代的一个悲剧,好在我们把这一幕悲剧当成了一场扭转乾坤的喜剧,也算是成功推动历史进程的一次批判现实主义的胜利。

当然,这个喜剧的最先得益者应该还是文学界,其首先引发的就是"新时期文学"的命名。1999 年,我和我的博士生朱丽丽为《南方文坛》共同撰写了题为《新时期文学》的"关键词",追溯其来源时是这样描述的:"'新时期文学'是当代文学批评中使用频率最高的语汇之一,自'新时期文学'概念出现以来,它的内涵便自动地随着当下文学的进展而不断延伸。当代文学概念尤其是文学史分期概念往往是紧跟政治语境的变迁而变迁的,'新时期文学'作为一个伴随我们约 20 年的熠熠生辉的文学概念,它的浮出海面,从整体上来说也是得力于'文革'后国家政治语境的剧烈变动。发表于 1978 年 5 月 11 日《光明日报》上的著名的《实践是检验真理的唯一标准》一文最早正式提出了政治意义上的'新时期'概念。……就文学而言,进入新时期之后理论上的拨乱反正和由此引发的讨论主要有三次。首先是关于文艺与政治关系的讨论。70 年代末,中国文学界在思想解放运动的背景上开始对文艺从属于政治的观点重新加以审视。《文艺报》编辑部于 1979 年 3 月召开文艺理论批评工作座谈会,率先对此命题进行了大胆的质疑与冲击。会议认为:'文艺不是一种可以受政治任意摆布的简单工具,也不应该把文艺简单化地仅仅当作阶级斗争的工具。'随后,《上海文学》于 1979 年 4 月发表了评论员文章《为文艺正名——驳'文艺是阶级斗争的工具'》,对文艺从属于政治的命题再度提出质疑。到第四次全国文代会上,邓小平代表中央在《祝辞》中明确指出:'党对文艺工作的领导,不是发号施令,不是要求文学艺术从属于临时的、具体的、直接的政治任务。'周扬也在报告中提出:文艺从属于政治、文艺为政治服务的口号,容易导致政治对文艺的粗暴干涉。1980 年 7 月 26 日,《人民日报》发表社论,正式提出以'文艺为人民服务,为社会主义服务'取代'文艺为政治服务'的口号。这一口号的提出,使长期附庸于政治阴影之下的文学大大解放出来,进入更为自由更具活力的新天地。其次,新时期发轫之初,还进行了关于'写真实'和'歌颂与暴露'问题的争论。文学创作如何处理歌颂与暴露的问题是几十年间一直没有得到很好解决的一个问题。在争论中文学界进一步确认:文学固然可以歌功颂德,但它绝不能美化现实、粉饰生活、掩盖矛盾,更不应该回避严重存在的社会问题,不闻不问人民的疾苦。争论在理论上进一步确立了现实主义文学的主流地位,进一步否定了'文革'时期的'假大空'文艺。同时文学界对真实性问题也做了严肃的探讨。真实性问题是现实主义的基本原则和理论核心。文学首先应该说真话、抒真情、真实地反映社会生活、真实地表达人民的心声,'艺术的生命在于真实',真实性成为这个时期文学的最重要的价值标准。再次,是关于文学与人性、人道主义的讨论。在以往,人性和人道主义问题是创作和研究中的一个禁区。随着新的时代的到来,文学界普遍接受了如下观点:人性既有阶级性的一面,又有共同性的一面,共同人性是在人的自然属性基础上形成的社会属性与阶级属性的辩证统一体;人道主义并不只是资产阶级的意识形态,社会主义的文学也应该有它的一席之地。人们认识到马克思始终是把共产主义与人的价值、人的尊严、人的解放和人的自由等问题联系在一起的,马克思主义实际上是包含了人道主义的;社会主义社会也同样存在着异化现象。这一系列的讨论虽然难以取得统一的认识,但讨论本身极有力地推动了人们的思考。经过这一系列的讨论,文学走上了一个新的高度。这些讨论拓展了新时期文学发展的道路。正是在这样一个背景上,形成了新时期文学的启蒙潮流。"①

　　毋庸置疑,在整个人文领域内,思想最为活跃、创作力最为旺盛的就是那个时期批判现实主义的作家和批评家。如今许许多多经历过那场运动的人都还是在"怀念八十年代",犹如法国人怀想大革命已经成为一种民族的"集体无意识"了。然而,好戏才刚刚拉开序幕,冬天的严寒又袭面而来。于是,

---

① 丁帆、朱丽丽:《新时期文学》,《南方文坛》1999年第4期。

现实主义又变幻了一种方式出现在文坛上,那就是"新写实主义"的兴起。

(三)

显然,"新写实主义"又一次改变了中国现实主义发展的走向,它到头来就是一场对批判现实主义否定之否定的循环运动。那种对现实生活细节描写的"高度仿真",既实现了现实主义创作方法的写真效果,同时,过度地沉湎于琐碎的日常生活描写,带来的却是对现实生活批判性思维在一定程度上的消解。当然,批判现实主义创作方法在不同的作家那里,呈现出的是不同的表现形式,但就总体上来说,其批评生活的创作元素仍然是存在的。

我曾经在一篇文章中说过:在整个世界文学的发展格局中,每一次美学观念和方法的更易,都必然带来一次文学的更新,这种历史性的运动使得文学在一次次的衰亡过程中获得新鲜血液而走向复苏。作为一种美学观念和方法,20世纪20年代出现于德国、美国,后又遍及英法和整个欧洲的"新现实主义摄影"(亦称"新即物主义摄影")给西方艺术界吹进了一股新鲜空气。它鲜明地反对艺术作品中的虚伪和矫饰,摒弃形式主义抽象化的创作方法,要求表现事物的固有形态、细微部分和表面质感,突出其强烈的视觉效果。因此,它主张取材于日常的社会生活和自然风光,扬弃唯美主义的创作倾向,而趋向于自然主义的美学形态。

然而,真正在西方社会引起了巨大震动的美学运动,乃至于给世界文学艺术带来了深刻影响的,是在第二次世界大战结束后崛起的意大利"新现实主义"运动,尽管这个美学流派首先起源于电影界,但它后来波及整个文学领域,尤其是使小说领域的创作发生了革命性的变化,这是先前的倡导者们所始料未及的。这次美学观念和方法的更易,实际上标志着意大利的又一次"文艺复兴"。

首先,就"新现实主义电影"来说,它的美学原则(亦即柴伐梯尼提出的"新现实主义创作六原则")是:"用日常生活事件来代替虚构的故事";"不给观众提供出路的答案";"反对编导分家";"不需要职业演员";"每个普通人都是英雄";"采用生活语言"。就此而言,它不仅向传统的好莱坞电影美学提出了挑战,开创了电影发展史上摆脱戏剧化走向电影化的新纪元,而且也给西方美学乃至世界美学带来了深远的影响。正如温伯托·巴巴罗教授在《新现实主义宣言》中一再强调的"新现实主义"的写实风格那样,"新现实主义"的重要标志之一就是回到生活的原生状态中来。尽管诸多"新现实主义"作家的美学观念不尽相同,但是,在这一点上是没有歧义的。

回顾中国的现实主义理论体系的形成与发展,直到 20 世纪 30 年代"左联"成立以后,才由一批理论家从"拉普文学"理论中阃定出一整套规范,但这一规范难以运用到具体的文学创作中。而随着 20 世纪 30 年代前后的小说视点的转移和下沉,人们把丁玲创作的小说《水》作为中国现代文学史上的"新现实主义"力作。如果对这一创作现象进行重新审视,我们以为这个提法并不科学。在中国,无论是哪次现实主义的论争都未能逾越"写什么"的理论范围,所谓"现实主义的深化"也好,"广阔道路"也好,都很少涉及"怎么写"这个具有美学观念和方法的根本转变的命题。只有到了 20 世纪 80 年代,中国的理论界才真正触及这个关键性问题。我们并非说美学观念不包含"写什么",而是说它更强调"怎么写"。"新写实主义"在 1980 年代的新鲜出炉,就是一种在现实主义绝望的悖论中诞生的结果。

如果说西方 20 世纪历次"新现实主义"美学思潮都是在对"现代派"艺术表示出强烈反感和厌倦的背景下展开的对写实美学风格的回归的话,那么在每一次美学流派的运动中对旧现实主义的美学理解却并无实质性的进展,换言之,也就是"新现实主义"中的美学新意并不突出,即便是像意大利的"新现实主义"对世界电影产生过如此巨大的影响,但必须指出的是,它的美学观念主张并没有逾越现实主义(包括批判现实主义)内容的界定,作家们站在人道主义的立场来反映普通人的生活,来揭示社会生活,这些和传统的现实主义并无区别。所不同的是,作家在强调真实性时,更趋向于表现生活的实录和原生状态,所谓"把摄影机扛到大街上去"的口号便是他们走向现实主义另一个极端的表现。而在整个创作方法上,"新现实主义"的各流派基本上是完全拒绝现代主义表现成分侵入的。在这一点上则和中国 20 世纪 80 年代后期掀起的"新写实主义"小说创作浪潮截然不同,因为 20 世纪 80 年代的中国在经历了现实主义几十年的统治后,又经过了现代主义的洗礼,所表现出的美学态度有极大的宽容性,当然,这也和世界美学发展的潮流有着密切的关系,20世纪40年代的"新现实主义"的倡导者们是绝不可能以高屋建瓴的美学姿态来把握人类美学思潮发展的历史进程的。因此当20世纪80年代中国的"新写实主义"倡导者们重新把握这一美学潮流时,便满怀信心地要表现出现实主义的新意和新质来。这种新意和新质就在于他们在其美学观念和方法的选择中,着重于将现实主义和现代主义的美学观念和方法加以重新认识和整合,将两种形态的创作方法融入同一种创作机制中,使之获得一种美学的生命新质。由此可见,采取这种中和、融会的美学方法本身就成为一种新的美学境界。我们之所以在前文顺便提及了西方(造型艺术的)"变异现实主义"与以往"新现实主义"的美学观念主张的不同点,就是因为它更有生命力,而关键就在于它能以宽容的胸怀融会两种对立的美学观念和创作方法,使艺术呈现出的新质更合乎美学史发展的潮流。同样,中国的"新写实主义"小说的倡导者和实践者们亦从未拒绝对于被历史和实践证明有着强大生命力的现代主义美学的吸纳和借鉴,并没有一味地回复现实主义(包括批判现实主义)的美学传统。换言之,他们对于现实主义的超越就在于不再是机械地、平面地、片面地沿袭现实主义的传统美学观念和方法,而是对老巴尔扎克以来的所有现实主义美学观念加以改造和修正。倘使没有这个前提,亦就谈不上现实主义的"新"。

中国的"新写实主义"既有左拉式的自然主义与老巴尔扎克式的批判现实主义的形态,又有乔伊斯式的意识流与马尔克斯式的魔幻色彩和形态。由此,真实性不再成为一成不变的静止固态的理论教条,而呈现出的是具有流动美感的和强大活力的气态现象。你能说哪一种真实更接近艺术的和美学的真实呢?中国的"新写实主义"者们打破的正是真实的教条和教条的真实,从而使真实更加接近于美学的真实。

现在回想起来,这些理论的归纳似乎还是有道理的,但是,在一个尚未有过真正的批判现实主义成熟期的中国文坛,这种不断变幻的现实主义理论和创作方法,带来的同样是使现实主义走上一条过眼云烟的不归之路的结果。这就是它很快就被消费主义思潮的"一地鸡毛式的现实主义"所替代的真正原因。

在对待现实主义的典型说方面，和一切"新现实主义"的流派一样，中国的"新写实主义"亦是持反典型化美学态度的，这一点当然不能不追溯至中国文坛对恩格斯典型说的曲解和实用主义美学观的强加过程。由于对那种虚假的典型人物表示厌倦和反感，像方方和池莉这样的女作家便干脆以一种对典型的藐视和鄙夷的姿态来塑造起庸俗平凡的小人物，这多少包含着作家对典型的亵渎意识。与西方"新现实主义"诸流派亦主张写小人物不同的是，方方们并没有将笔下的小人物作为"普通英雄"来塑造，而是作为具有两重性格的"原型人物"来临摹。这又和批判现实主义者笔下的"畸零人"有所不同，虽然有时他们亦带有"多余人"的色彩，然其并非被社会和作者、读者所抛弃的人物塑造。正因为他们是生活真实的实录，是带着生活中一切真善美和假恶丑的混合态走进创作内部的，所以，人物意义完全是呈中性状态的，无所谓贬褒，亦就无所谓"英雄"和"多余人"。从所谓的"新写实主义"的创作中，我们看不到"英雄"存在的任何痕迹，在具体的描写中，一俟人物即将向"英雄"境界升华时，我们就可看到作者往往掉头向人物性格的另一极描写滑动。这种美学观既是中国特有的社会哲学思潮所致，又包孕了中国"新写实主义"小说作家在一个多世纪的美学发展中的必然选择，这种选择的正确与否，在中国美学发展中尚不能做出明确的判断来，但就其创造的文本意义来看，我们以为这种选择起码是打破了现实主义典型一元化的美学格局，从而向多元化的人物美学境界进发。

中国的"新写实主义"者们基本上摒弃了尼采悲剧中的"日神精神"而直取"酒神精神"之要义：悲剧让我们相信世界与人生都是"意志在其永远洋溢的快乐中借以自娱的一种审美游戏"；酒神的悲剧快感更是以强大的生命意识去拥抱痛苦和灾难，以达到"形而上的慰藉"；肯定生命，连同它的痛苦和毁灭的精神内涵，与痛苦相嬉戏，从中获得悲剧的快感。在这样的悲剧美学观念的引导下，刘恒的《伏羲伏羲》、王安忆的《岗上的世纪》、方方的《风景》、池莉的《落日》等作品才显得更有现代悲剧精神，因为这样的悲剧不再使人坠入那种不能自拔的美感情境之中而一味地与悲剧人物共生死，陷入作家规定的审美陷阱之中，而它更具有超越悲剧的艺术特征，作家对悲剧人物的观照不再是倾注无限同情和怜悯的主观意念，"崇高"的英雄悲剧人物在创作中消亡。作家所关注的是人的悲剧生命意识的体验过程，以及在这一过程中咀嚼痛苦的快感，这就是我们理解《伏羲伏羲》这类悲剧时观察作家"表情"的关键所在。一般来说，在中国"新写实主义"小说创作的文本中，我们看到的是大量的"形而下"的悲剧具象性描写，却很难体味到那种"形而上的慰藉"，这恰恰正是作者们刻意追求的美学效果。从接受美学角度来看，读者参与可以就其艺术天分的高下而进入各个不同的阅读层面，但这丝毫不影响小说"形而上"悲剧美学能量的释放。

同样，弗洛伊德的心理学给中国"新写实主义"小说的悲剧美学提供了新的通道。对于我们这个"集体无意识"异常强大的民族来说，无疑，潜意识层面的开掘给现代人的心理悲剧带来了最佳的表现契机。而中国的"新写实主义"者们有效地吸收了20世纪以来所有现代主义对弗氏理论的融化后的精华，从潜意识的角度去发掘现代人的悲剧生命流程。从这个意义上来说，悲剧心理学的美学观照呈现出的人的悲剧动因再也不是现实主义悲剧的单一主题解释了，而是呈多义、多解的光怪陆离状态。艺术家并不在悲剧的结局中打上个句号，因此，悲剧美的感受就不能在某一悲剧的疆域里打上个死结。由此来看《伏羲伏羲》和《岗上的世纪》这样的作品，生命的心理悲剧流程就像一道光弧，照亮了"新写实主义"小说的一个描写领域。

"新写实主义"作为一种文学运动，产生于20世纪80年代中后期对现代文艺思潮的借鉴和融会的浪潮中，绝非偶然，确实已经具备了外部和内部的条件。

从某种意义上来说，它既是对批判现实主义的一种变形，同时又是一种对批判现实主义的一次宽泛的拓展，当然也存在着对批判现实主义的某种消解。

而随着对于旧现实主义创作方法的弊端的不满，20世纪80年代相继出现过诸如"现代现实主义"和借鉴拉美文学爆炸的"魔幻现实主义"、"心理现实主义"和"结构现实主义"创作思潮。到后来由于对现代主义与后现代主义

"先锋小说"创作思潮的抗拒心理,导致了"新写实"的崛起,这些正是对社会主义现实主义的一次次修正与篡改,是重新对那种毛茸茸的"活的文学"的重新肯定和倡扬。作为"新写实"事件的策划者和亲历者之一,我们在二十年前就试图从人性和人性异化的角度来解释"新现实主义"与"旧现实主义",尤其是与"颂歌"型的"社会主义现实主义"区别开来。回顾其发展变化的全过程,这个判断大致是不错的。我们不能说这样的概括就十分准确,但是,直到今天似乎它的生命力还在。我们不能说"新写实"是一个完美的现实主义的延续,但是,作为一种创作方法的反动,它在文学史上是有意义的。

再后来,"现实主义三驾马车"的兴起和新世纪"底层文学"的勃起,现实主义似乎又回到了"五四"的起跑点。然而,在现实主义的道路上,我们的文学似乎还是缺少了一个重要的元素,这恐怕就是"批判"(哲学意义上的)的内涵和价值立场。

历史的经验告诉我们:创作方法只有回到初始设定的框架之中,才能凸显出其作品的生命力。

四、中国乡土小说研究史的反思

"看文学史,文坛是常会有完整而干净的时候的,但谁曾见过这文坛的澄清,会和这类的'文官'们有丝毫关系的呢?"①鲁迅留下的这段话虽然不常被人引用,却道出了我们文学"史官"们的众生相。

百年中国乡土小说批评与研究并没有受到应有的关注与研究,梳理中国乡土小说研究自身的百年发展历史,总结其经验得失,辨识其学术价值,推进其发展,正是我们"研究之研究"的目的所在。因为,倘若真正想弄清楚中国社会与政治的变迁,文学是"晴雨表",而中国乡土小说则是这个"晴雨表"上最精密的刻度。百年来,它是如何从农耕文明进入工业文明、后工业文明,也就是它如何走进现代文明的脚印,都清清楚楚、形象鲜明地镌刻在这些乡土小说题材的所有作品中了。

---

① 　鲁迅:《文床秋梦》,《鲁迅全集》(第五卷),人民文学出版社 2005 年版,第 307 页。

　　十七年前,我在《文学评论》上发表过一篇《"现代性"与"后现代性"同步渗透中的文学》,拙文就是想阐释一个观念:中国的农耕文明形态虽然日渐式微,"现代"和"后现代"文明随着中国城市化的进程不仅覆盖了中国的东南沿海,同时也覆盖了整个中原地区和西南地区,甚至也部分覆盖了西部地区。当广袤的农田上矗立起一排排高耸入云的大厦,水泥森林替换了原始植被的时候,我们却不能忘记的是:农耕文明的意识形态仍然会在这些灯红酒绿的奢华城市间穿行,以飓风的速度穿越城市的繁华,它带来的正负两极效应,我们看得见吗? 而且,资本主义尚无法解决的许许多多"现代"和"后现代"的问题,也同时叠加进了中国社会的地理版图中,形成了与西方社会和殖民地国家迥然不同的社会形态和文化形态,但是,我们的作家看到这些东西了吗? 他们有眼光、有能力去开垦这片世界上独一无二的文学创作的处女地吗?

　　如果他们不能,作为一个学者,我们的文学评论家和文学批评家能够在洞若观火中指陈这一现象,为乡土作家指出一条切入文学深处的"哲学小路"吗? 也许,像我们这样的批评家,即使体悟到了这一点,也无法像别林斯基那样去面对惨淡的人生和熟悉的作家。

　　于是,面对重新梳理文学史的我们,能否担当起客观评价这些特殊的文学文本的重任呢? 这是我的冀望,但是,在这部丛书中的著作书写中,显然还没有完全达到这样的要求和高度。这是让我们遗憾的事情。尽管我们可以强调种种不可抗拒的客观原因。

　　中国乡土小说研究之研究,首先要明确的是中国乡土小说研究的对象与范围,亦即要明确乡土小说之所指,从而确定"研究之研究"的对象与范围。20世纪最初的30年间,鲁迅和茅盾对"乡土文学"概念的界定和使用,产生了持久而广泛的影响,"乡土文学"便成为批评界普遍使用的概念。而在20世纪40年代的解放区,"农民文学"取代了"乡土文学"概念,一统天下。再后来,在20世纪50年代,文学中仅使用"农村题材文学"、"农村题材小说"概念。从这种概念内涵的变化中,我们可以看出文学史观和学术史观的分野。

　　中国乡土小说批评,最初是围绕鲁迅乡土小说进行的。从20世纪20年代到现在,乡土小说批评紧紧追随着中国乡土小说创作的时代脚步,在每个历史时期都出产大量的批评文章,从而成为中国乡土小说研究中文献最多、时代性最强的组成部分。但是,我们在梳理的过程中,还是看到了许许多多的遗憾,也就是说,中国乡土小说百年的批评和评论,能够真正毫无愧色地站在文学史舞台上的并不是很多,留给我们的只是一声叹息。

中国乡土小说的历史研究,最早可以从胡适的《五十年来中国之文学》说起。胡适在这篇文学史论性的文章中肯定了鲁迅的短篇小说:"从四年前的《狂人日记》到最近的《阿Q正传》,虽然不多,差不多没有不好的。"虽然胡适的这番话没有从"乡土文学"的角度去进行考辨,但是,他的眼光和气度,让《阿Q正传》早早地进入了文学史的序列。我们从中看到的是,专家学者的眼光与客观评判作家作品的尺度对后来文学史的影响。

但是,我们需要反省的问题恰恰就在于以下几个方面:

首先,我们要解决的是史实问题。

整个文学史的构成既然把文学批评和文学评论作为一个不可或缺的部分,那么,如何看待既往留存下来的"经典"的批评和评论文本?我们必须尊重的是客观存在的历史,也就是说,不管你认为是正面的还是负面的,只要是在那个历史时期引起过反响的理论和批评都要纳入文学史的范畴之列,它是呈现历史样态的文本,从中我们才能拂去现实世界给它叠加上去的厚厚尘埃,看清楚历史的原貌。这一点是文学史家必须尊崇的治学品格,否则我们就无法真正地进入历史的隧道空间来考察。所以,我对那些为了主动"适应形势"而把许多有价值的文本打入"另册"的做法不屑一顾,而对于那种迫于无奈用"附录"来处理一些文本的编辑方式,只能报以苦恼的微笑,因为我们也常常遇到这样的常识性问题,但这确实是无法解决的史学障碍问题。

一言以蔽之,百年文学史可以进入史料领域的材料很多,只有建立史料无禁区的学术制度,才是保证研究的前提和基础。

无疑,在我们编选的这套丛书之中,试图贯穿这样的史料原则,《中国乡土小说理论文选》、《中国乡土小说作家作品研究文选》、《中国乡土小说历史研究文选》和《中国乡土小说流派研究文选》是尽力采取比较客观的史实态度,虽然,我们阈定的是狭隘的"乡土小说"的概念,排除了那种含义诸多的

"农村题材"的概念和创作理论,但是"农村题材"的理论在某一个历史时期的理论恰恰又是对中国乡土小说理论的一种补充,以及对其自身概念和口号的一种理论反思。比如我们遴选了邵荃麟1962年《在大连"农村题材短篇小说创作座谈会"上的讲话》,文中提出的许多问题为什么被后人总结为"现实主义深化论",这其中的变异问题,至今仍然有着历史的现实意义。而后面收入的浩然的两篇文章《寄农村读者》(1965年)和《学习典型化原则札记》(1975年),不仅是作者个人创作的心路历程,而且也是中国乡土小说史那个时段宝贵的史料,都是可以被纳入中国乡土小说历史研究范畴之列的。

在这里需要检讨的人是,由于七八年前制定体例方案时,我们过于强调乡土小说概念范畴的狭义性,导致了选编的偏狭,造成了一些遗珠之憾。

其次,史学研究者面临着的最大困境就是史识问题。

史识不仅仅是胆识,而且还得拥有较高的哲学思维和美学鉴赏的水平,只有具备了充分的人文素养的积累,你才有可能具有重新评价以往的作家作品的能力,而且也获得对以往文学史家、理论家、批评家和评论家的言论进行重新评判的权力!所有这些条件,我们具备了吗?正是带着这样的疑问,我时常会侧目现存的文学史著作,同时在不断否定自己以往的文学史工作。我自以为自己这么多年的工作,只是提出了一种假想,离开真正撰史还差得很远很远。但是,我不能以强调外在的条件不成熟做挡箭牌,去遮蔽自己文史哲学养不足的可悲。

只有具备了史实和史识的两个基本条件,我们才有可能写出一部好的文学史著述来。无疑,我们现在还不具备这样的先天优势,所以,我们的工作只能是一种初始的工作,我们正在不断地补充着自己的人文素养,以求将来编出一部真正既有史实又有史识的鸿篇巨制的中国乡土小说史来,也希望有一天中国能够出现一部真正属于有史实、有史识、有胆识的中国百年文学史来。

中国乡土小说研究史论和史料的工作总结只是一个休止符,我们期待下一部更有学术含量的著述的问世。

我不相信学术的春天是赐予的,春天在于自身的努力之中。

目　录

1910—1949

2000—2010

凡 例

李兴阳

一、本卷所收录的中国乡土小说作家作品研究文献，以 1910 年至 2010 年为起讫点。

二、资料收录范围，主要是期刊、报纸、著作等出版物有关中国乡土小说作家作品的批评和研究性的文字，包括作品集序跋、公开发表的书信、关于乡土小说作家作品的批评、研究的论文与论著等。

三、为了保留资料原貌，一般都收录全文。部分节选的，是原来的论著篇幅过大，本书只选择了与本书主旨关联紧密的部分。文章中有明显的错别字予以更正，其余的一律不变。

四、文章署名，以最初发表时为准。注释都是原有的，编者不另加注。为了保持格式的统一和阅读的方便，所有的注释，不论原文是什么格式，一律改成脚注，但保持原注释的信息不作改动。标点符号一般遵从原作，不作改动。

五、有的文章有摘要和关键词，有的没有。录入时，摘要和关键词一律不录。

六、篇末括号内注明材料的出处。

前　言

姜　肖

　　文学类资料集编纂的意义无外乎有二：一是工具价值，编纂者遍查典籍，在浩繁卷帙中挑拣出善本精品以飨读者；二是历史价值，在资料的罗列中呈现出该领域历史形态的基本线索。中国乡土小说作家作品研究文献的编选，自然也兼有这两方面的意义。编纂的基本方法，就是以时序为纵轴，在不同的时间和空间区域内，选取不同价值立场和美学观念的代表性文章，兼收各家之言，力图呈现乡土小说批评的历史轮廓和流变特征，留存建构其历史形态的各种声音。

　　回顾中国新文学的百年发展历程，乡土小说无疑是其最重要的收获。从20世纪20年代诞生至今，中国乡土小说经过了近百年的发展，其脚步从未停止过。对乡土中国的书写是百年乡土小说贯穿始终的主题。数千年农耕文明所形成的乡土社会性质使得新文学乡土创作不仅仅涵纳了对一个社会阶层的观照，更反映着百年中国社会历史和文化的变迁。文明的交汇碰撞，政治的波云诡谲，时代夹缝中个人的存在状况，知识分子的现代性焦虑和国族想象，都在不同时期的创作中得以反映和伸展。相应地，中国乡土小说批评与研究，紧紧追随着乡土小说创作的时代脚步，在每个历史时期都产生了大量的学术成果，几乎成为中国乡土小说研究中文献最多的组成部分。在海量的文献及其承载的众声喧哗的背后，不仅仅有书斋内美学观念和理论方法的交锋，更有书斋外政治、历史、文化思潮的更迭。对这一历程的审视，需要从其内部与外部两个维度展开，既要从学术自身的发展演变规律进行考察，又要在历史场域的嬗变中进行把握。这一方面取决于批评对象的历史复杂性,另一方面也取决于批评场域中权力话语构成的多重性与多变性。

整体而言,百年乡土小说批评史以其历史场域的相异和批评形态的多变,形成了较为分明的时段性特征,每个时段内部又呈现出各自不同的特点,不同时段之间也存在着或显或隐的区别与联系。

一

从中国乡土小说诞生至 1949 年之前可视为第一个阶段,即乡土小说批评的初创与中兴时期。这一阶段的批评与研究,呈现出理论建设与作家作品评论交融的特征,各家之言皆为之后的乡土文学创作方法与美学观念奠定基础,因而是中国百年乡土小说批评史上最重要的时期。

中国乡土小说批评与研究,最初是围绕鲁迅早期的短篇小说进行的,胡适、张定璜、周作人、茅盾等批评家都在各自的文章中对其给予了不同程度的肯定。在《鲁迅先生》中,张定璜认为鲁迅的作品"满熏着中国的土气,他可以说是眼前我们唯一的乡土艺术家";认为《狂人日记》的出现具有划时代的意义,"读了他们(《双枰记》、《绛纱记》),我们再读《狂人日记》时,我们就譬如从薄暗的古庙的灯明底下骤然间走到夏日的炎光里来,我们由中世纪跨进了现代"①! 在鲁迅研究史上,张定璜的文章是最早的最重要的文献,如有论者所言,认识到鲁迅是中国精神文化从中世纪跨进现代的转型期的文学家,张定璜是第一人,在中国鲁迅学史上具有首创的划时代的意义。②

发端于鲁迅乡土小说研究的中国乡土小说研究,其"乡土小说"概念的内涵、外延乃至其"名称"在不同阶段的变化,与其依从的话语体系和价值取向的变化是大体一致的。③ 而中国乡土小说研究中的话语体系和价值取向是多变的,这一时期首先占据主导地位的是启蒙话语及其价值取向。"五四"运动开启了中国文学新时代,西方文学思潮大量涌入,接受西方先进文化思想熏陶的作家们,带着俯视的目

---

① 张定璜:《鲁迅先生》,《文艺日报》1933 年 7 月 15 日。
② 张梦阳:《鲁迅研究的世纪玄览》,《廊坊师范学院学报》2001 年第 3 期。
③ 丁帆:《中国乡土小说研究的百年流变》,《当代作家评论》2008 年第 1 期。

光,注视着落后的家乡、愚昧的民众,期望通过乡土小说的创作来"揭出病苦,以引起疗救者注意",代表作有鲁迅的《祝福》、许杰的《惨雾》、许钦文的《疯人妻》、王鲁彦的《菊英的出嫁》等。这些创作者同时又充当了批评理论家的角色,他们侧重对乡土小说的"启蒙"价值进行评判。如在概述"五四"文坛涌现的"乡土写实小说流派"特征时,鲁迅看重的是作家们不约而同地对乡土社会中底层农民悲惨命运的关切,他们用现实主义笔触揭露封建制度对农民心灵肉体的戕害,在客观冷静的描摹中展开对"国民性"的批判,这与他先"立人"再"立国"的启蒙思想是一脉相通的。茅盾看到众多青年作家在作品中急切表达对个人未来及国家命运的思考后,兴奋地称颂道:"我仿佛看见各位作家的不同的面貌,不同的方言,不同的性格;然而有一个共通的精神:努力要创造出一些新的美的,以点缀这枯寂灰色的人生,使它稍觉可爱可安。又有一个共通的心:努力要诉出他们的悲哀,描画他们的希望,声述他们的理想……"①

　　而同属启蒙话语批评的分支,以沈从文、刘西渭为代表的乡土浪漫派则坚持诗性的评判。所谓"诗性批评"指批评标准的审美化,以自然平和的态度,品味作品中纯美的人性与人情,注重对人的精神与心灵的考察,同时做到批评语言的优美诗化。沈从文对废名小说的评论堪为代表性篇章,包裹着"自然"启蒙的精神内核,执着于美好人性的想象与建构:

　　　　作者所显示的神奇,是静中的动,与平凡的人性的美。用淡淡文字,画一切风物姿态轮廓……
　　　　……有一点忧郁,一点向知与未知的欲望,有对宇宙光色的炫目,有爱、有憎,——但日光下或黑夜,这些灵魂,仍然不会骚动,一切与自然谐和,非常宁静,缺少冲突。作者是诗人(诚如周作人所说),在作者笔下,一切皆由最纯粹农村散文诗形式下出现,作者文章所表现的性格,与作者所表现的人物性格,皆柔和具母性,作者特点在此。

　　随着国内形势的风云变幻,20世纪30年代左翼乡土文学及40年代的解放区乡土文学批评中,以"革命"、"集体"、"斗争"为主词的阶级话语及价值取向逐渐成

---

① 茅盾:《王鲁彦论》,《小说月报》1928年第19卷第1期。

为主流趋向。批评家们纷纷举起国家意识与民族意识的大旗,将革命现实主义作为评判乡土小说价值的武器,进行全方位的政治内涵解读。最具代表性的即左翼文学领军人物茅盾对于"乡土文学"内涵的阐释:"在特殊的风土人情而外,应当还有普遍性的与我们共同的对于运命的挣扎……必须是一个具有一定的世界观与人生观的作者方能把后者作为主要的一点而给与了我们。"①这种对乡土风情描写的主张明显带有工具理性的配置意味,同时对作家价值观与人生观的建设也提出了新的要求。李健吾对正面表现人民群众武装斗争的小说《八月的乡村》给予了热情赞颂,称它"来得正是时候,这里题旨的庄严和作者心情的严肃喝退我们的淫逸"。同样,周扬对赵树理《李有才板话》的肯定,也正是源于赵树理能够深入农村,接近民众,描写轰轰烈烈的土改斗争。胡风则将浪漫主义"主观战斗精神"与现实主义相融合,形成独特的批评观念:

> 作者和他底人物们一道置身在民族解放战争底伟大的风暴里面,面对着这悲痛的然而伟大的现实,用着惊人的力量执行了全面的追求也就是全面的批判。……没有对于生活的感受力和热情,现实主义就没有了起点,无从发生,但没有热情和思想力量或思想要求,现实主义也就无从形成,成长,强固的。……若就一部作品底创造过程说,这三者总是凝成了浑然一体的、向人生搏斗的精神力,而这里的思想力量或思想要求的成分,开始是尽着引导的作用,中间是尽着生发、坚持的作用,同时也受着被丰富被纠正的作用,最后就收获了新的思想内容底果实。②

值得注意的是,尽管这个时期中国乡土小说批评中的话语体系和价值取向是多变的,甚至呈现出启蒙话语系统与阶级话语系统交汇的态势,但总体而言,批评家们仍能坚守传统的现实主义美学观,并对现实主义的内涵进行多维度的探索,为我国乡土文学的创作与研究奠定了基础。

---

① 茅盾:《关于乡土文学》,《文学》1936 年第 6 卷 2 号。
② 胡风:《青春底诗——路翎著长篇小说〈财主底儿女们〉序》,《胡风评论集》,人民文学出版社 1984 年版,第 91、93 页。

二

　　乡土小说批评的第二个阶段大致划分为 1950 年至 1978 年，即转向与畸变时期。伴随着乡土小说批评由偏重文化转向偏重政治，传统的现实主义美学观逐渐发生变异，直至 20 世纪六七十年代彻底消失。实质上，从 1945 年开始，中国文学的历史语境便出现转折的信息。反法西斯战争之后，国际与国内政治形势发生变化，中国社会的矛盾重心开始转移。现代文学的民族性困惑也逐渐被政治性道路的取舍所掩盖，这一转折在 1949 年之后全面展开，延安时期所逐步确立的文艺工作方针与导向得以彻底贯彻和实施。这使得"阶级"话语及其价值取向在 20 世纪 50 至 70 年代的乡土小说批评话语中占据了主导地位，"乡土小说"的概念迅速被"农村题材小说"所取代。社会主义现实主义的美学观与方法论成为单一性方向与理论资源，对作家价值立场和身份改造的要求凌驾于对文学本身的体悟之上。如对周立波、李准、赵树理、孙犁、浩然等一大批作家的批评仅停留在政治性批判，并未上升至艺术层面。即便有试图在"政治正确"原则中安放文艺理论和美学经验的尝试，诸如李何林对文学批评"政治标准第一、艺术标准第二"原则的重新阐释等，[1]也很快被压制，往往以自我检讨告终。这种乡土小说批评观完全陷入了泥潭。在批评方法和结构文体上，较为标准化的"论文体"是主流的形式。

　　本书所选蔡天心、陈涌、方纪、葛琴、严家炎、范之麟等人的批评文章皆属这一时期主流乡土小说批评范式的代表之作。这些评论往往以彼时土地改革的方针政策和社会主义农村新人建设标准为准绳，衡量作品的利弊得失，提倡以革命浪漫主义和革命现实主义结合的书写模式创造"农民新的英雄人物"[2]，强调作者"理论修养和更丰富的革命斗争经验"[3]的重要性，强调向农民文艺形式学习。而颂歌、赞歌，以及阶级斗争的情绪也十分鲜明地反映在语言和句式的运用上，如："一个共产

---

① 李何林：《十年来文学理论和批评上的一个小问题》，原载《河北日报》1960 年 1 月 8 日，转载于《文艺报》1960 年第 1 期。

② 蔡天心：《从〈暴风骤雨〉里看东北农村新人物底成长》，《东北文艺》1950 年第 2 期。

③ 陈涌：《丁玲的〈太阳照在桑干河上〉》，《人民文学》1950 年第 5 期。

党员,在这种尖锐复杂的斗争关头,轻轻地放下武器,委曲求全,这算得了'斗争'吗?"①"社会主义跟我国农民的那种鱼水不可分的命运,在这里得到了多么有力的证明!"②"只要通过无产阶级先锋队——共产党,经常不断地对农民进行马列主义、毛泽东思想的教育,他们才能自觉地走上社会主义的道路……"③

在主流批评模式的缝隙间,也有个别批评家坚持相对独立的批评观念,如李健吾的批评方法虽然遭到主流的排斥和指责,但在被迫调整后仍然坚持以审美为核心标准;严家炎尝试在"论文体"批评中夹杂漫谈的笔法,对"中间人物"的文学形象展开艺术探讨;黄秋耘的批评也较为注重作家作品的审美体验,本资料集所选《〈山乡巨变〉琐谈》一文相较于同时期乡土小说评论文章便多了几分文学的质感,少了些许政治的味道,其以古典文艺批评的"刚柔"之美概括《山乡巨变》的风格特征,并对乡土小说创作"风景画"与"风俗画"美学特征进行概括和体悟,颇具诗性批评的韵味:

> 勾勒出一幅幅饱含着诗情画意的风景画和风俗画,使全书抒发着浓郁的生活气息,弥漫着清新的泥土芬芳,呈现着明丽的地方色彩……它以亲切、真挚、热情而富有幽默感的笔触,通过对日常生活和人物心灵深处的微妙活动的细致刻画,展示出人物精神面貌的变化,描绘出一幅幅色彩鲜明、诗意浓郁、风趣盎然的生活图画。写人物,则细腻入微,笑语音容,跃然纸上。说故事,则娓娓动听,如话家常,如数家珍。真是浅语皆有味,淡语皆有致,使得你一面低声诵读,一面会心微笑,回味无穷,不忍释手。④

同样,唐弢的批评虽然以作家和作品的思想性为核心标准,强调吟咏"社会主义的颂歌"的重要性,但也有意识地兼顾乡土小说的审美特征,如风景的描写、语言的运用、风俗的描摹等,在评价《山那边的人家》时,他便注意到作者"有意识地在尝试着一种新的风格,淳朴,简练,清新,隽永","从语言的朴素,色彩的明远,调子的悠

① 葛琴:《从"人性论"到"写真实"——评孙谦的三篇小说》,《人民文学》1960年第12期。
② 严家炎:《谈〈创业史〉中梁三老汉的形象》,《文学评论》1961年第3期。
③ 韩西山:《略谈高大泉的形象塑造——读长篇小说〈金光大道〉》,《安徽文艺》1973年试1刊。
④ 黄秋耘:《〈山乡巨变〉琐谈》,《文艺报》1961年2月26日。

徐上，都给人以一种不事雕琢，独具意趣，恰似古人说的，从绚烂到平淡的感觉"。①

三

　　1979 年至 1999 年之间可以划为中国乡土小说批评与研究的第三个阶段，即复兴与繁荣时期。伴随着"解放思想"的潮流，传统的现实主义美学观得以复归，主体启蒙意识再次崛起，这体现在乡土小说批评有意疏离政治，重新聚焦于文学的思想性与审美性，同时注重理论建设与学术方法的多样性更新。这一时期是中国乡土小说百年批评史上最为繁荣的时期，形成了多种不同文化思想、价值取向、文艺理念、美学观点、批评方法、研究理论等未曾有过的多元共存的局面。需要指出的是，本书并不倾向于采取 20 世纪 90 年代"断裂论"的文学史分期，即以 90 年代为界标，将时段划分为"新时期"与"后新时期"。原因有二，一是此二者文学形态并不具有根本的异质性特征。尽管 90 年代末期以降，在政治与经济的转型中，中国社会文化场域出现了十分显著的新质素，但消费文化所导致的诸多变化并未颠覆 1978 年之后所形成的思想文化空间。换言之，80 年代和 90 年代实质上是一脉相承的文学史时期，1949 年至 1978 年文学规范的瓦解趋势在 90 年代仍然继续推进。② 二是将 90 年代的文学与文化现象与"后现代性"相对应的文化反证论不仅有本末倒置的隐患，而且完全消解了作为持论者理论来源的詹明信"后现代"思想的批判性内涵，颇有买椟还珠、削足适履之嫌。对于 80 年代以来文化场域的认知，仍然要在农业文明向工业文明、工业文明向后工业文明转型的视阈下，将"现代性"与"后现代性"理解为一种交错的形式，③这是观察 20 世纪末至今文学与文化现象的前提与基础。

　　这时期乡土小说批评最突出的特征即对文学审美性的充分感知，这也是 80 年代文学批评剥离政治性的主要方式之一。"回到文学本身"与文学审美方式的开掘成为主体启蒙的主要途径之一。其中，对抒情小说或诗化小说的文学史建构与研

---

① 唐弢：《风格一例——试谈〈山那面人家〉》，《海山论集》，人民文学出版社 1979 年版。
② 洪子诚：《中国当代文学史》，北京大学出版社 1999 年版，第 387 页。
③ 丁帆：《"现代性"与"后现代性"同步渗透中的文学》，《文学评论》2001 年第 3 期。

究成为恢复小说审美功能的主要方法。在新启蒙视阈下,抒情小说的概念内涵被纳入人性论与形式美学的视域中,"这种小说明显地融入诗歌,散文因素,具有鲜明的艺术意境,偏重于表现人的情感美,道德美,弥漫着较浓郁的浪漫主义氛围"①。其研究多数将"抒情"的内涵限定于广义的浪漫主义理论框架内,建构出以鲁迅《社戏》《故乡》,废名《桃园》《竹林里的故事》,萧红《呼兰河传》,沈从文《边城》,师陀《果园城记》等为主要作家作品的现代抒情小说的谱系,采用比较研究、影响研究、文本细读研究等方法,对这一脉小说的发生学、审美风格等方面进行考察。不难看出,小说审美抒情性的指认往往落实在乡土文学之中。实质上,乡土文学的发生便是文明碰撞的结果,对逝去文化的追怀必定具有挽歌的抒情意味,而对乡土风景的描摹又是连通诗、文、画的最佳介质,作家以传统笔法勾勒出一幅东方美感的村落图景,诗情便自然氤氲而出。丁帆对刘绍棠创作的批评便主要在这一维度中展开,体现出批评者对文学与风景、与人情慧通美感的妙悟,批评语言也具有诗化的特征,同黄秋耘的诗化批评异曲同工:

　　　　你看,其描写角度有条不紊,富有鲜明的层次感,从堤上到堤下,再到堤内;其色彩又是多么鲜艳:绿色的岸柳、蒲苇、水草和粼粼的清波,白色的鸭子,红色的鸭掌,真是相映成趣,勃发着春天的生机;其画外音又是多么动听悦耳:黄鹂鸣啭、蛙声鼓噪、鸭子的呱呱声……这真是诗的有声画。
　　　　……其格调清新明朗,入诗亦入画。还有动人的音乐美,是一首充满着民俗风味的乐章,这部田园交响诗奏出了花街人们对生活的挚爱和追求。……
　　　　写人物、写风花雪月,采用诗的笔法,写无穷之韵,写不尽之意,使其饱蕴着巨大的含量,神韵、风韵,气韵像血肉与骨骼一样自然的融合,呈现出一种自然形态的、原始形态的结构美,这样的艺术探索,未尝不是有所裨益的。……人物刻画虽着墨不多,然而却又能达到像工笔画那样毫发毕现,栩栩如生,丰腴而具神采之效果。所以,看起来整个作品的结构并不严整,显得松散而无力,但这正是作者新的艺术尝试——创造一种散中见整的艺术结构。②

---

① 凌宇:《中国现代抒情小说的发展轨迹及其人生内容的审美选择》,《中国现代文学研究丛刊》1983年第2期。
② 丁帆:《试论刘绍棠近年来作品的美学追求》,《文学评论》1982年5月。

　　这种对文学审美性的回归在 1985 年"方法年"热潮之后成为主流的趋向,文学批评的理论资源与文体结构开始发生变化。乡土小说批评话语开始融入多元的价值导向、创作理念、批评方法,如叙事学、符号学、文化学、精神分析学等研究方法都是这时被引入的。王晓明对张贤亮小说的研究,就采用了叙事学与精神分析相结合的方法。通过细读张贤亮知青主题乡土小说中作者与叙述人之间的变形与矛盾,王晓明结合作家的人生经历,对其心理特征进行把握,提出了那个日后被广泛引用的观点,即张贤亮小说的"鬼气","张贤亮的灵魂深处,不仅冒出了种种有关背叛行为的阴暗记忆,更涌现出许多对于女性温情的动人印象",其又"懊恼于不能控制自己所释放的力量"。批评者认为,这根源于中国现代知识分子急于表达由于内向反省与忏悔意识所造成的"理智崩溃,人性的脆弱,自己以及类似自己这样的灵魂深处的可怕的变形",然而,文学接纳"忏悔",并不是接纳其道德性,并不需要缜密的理性解释,而应以审美照亮"自己内心深处那些最为隐秘的心理活动",毕竟,"再真诚的自责也难免包含隐约的自辩,倘若作家不能放弃勉强的理性解释,那就难免会有意无意地歪曲自己的真实感受,甚至妨碍对过去的审美的回顾"①。再如以叙事学方法对乡土小说的先锋书写进行解读,彼时颇具影响力的批评当属吴亮对马原小说"叙述圈套"的分析,通过对其小说的虚构性、隐喻性、经验方式和故事形态进行讨论,认为马原的叙事观念是"叙述崇拜、神秘关注、无目的、现象无意识、非因果观、不可知性、泛神论与泛通神论",存在着对文字的执迷心态或称"极端热衷"②。当然,所谓的"先锋小说",或称"新小说",或称"后设小说"等,以拒绝解读为目标进行书写,因而,任何试图对这类创作进行细读的方式,几乎都存在于符号学的编码与解码之间或是新历史主义的再解读方式之中。吴亮对马原的批评之所以影响如此之大,还需将其还原至彼时的历史语境中加以认识。另外,批评自由之风的兴起与多元批评方法的交汇,掀起新一轮的"重评热潮",沈从文、茅盾、丁玲等一大批作家的作品被放在新的历史语境中重新解读,并开启了文学流派的研究与批评。

---

①　王晓明:《所罗门的瓶子——论张贤亮的小说创作》,《上海文学》1986 年第 2 期。
②　吴亮:《马原的叙述圈套》,《当代作家评论》1987 年第 3 期。

四

新世纪以来,乡土小说批评呈现出进一步分流与深化的趋势,"现代性"话语及价值取向成为主流。世纪之交中国社会进入改革转型的矛盾凸显期,现代化进程中乡土社会濒临破碎,乡村的经济结构、生活方式、人口构成、文化形态、农民的精神状态都发生了翻天覆地的变化,乡土文学的创作理念与美学方法随之发生转折,其理论形态和批评方式也开始逐渐聚焦于转折时期的种种新变化。借鉴社会学方法进行分析与观察,对于当下的乡土小说创作而言,最显著的变化即叙事疆域的无限拓展,因而其概念中的题材范围便在批评争议中得到不断调整。徐德明认为:"作为农业大国的主体农民,他们在现代化进程中进入城市的行动选择及心路历程,是当下小说与现代化关联的最有价值所在。这种价值已经为小说捕获,成为一种'亚主流叙述'。"①郜元宝指出:"乡土文学,如果因为概念的限制而只能写仍旧生活在乡土农村的老式农民,那它就应该另外开辟一个分支,即另外探索一个专门关注漂流进城市的广大民工生活的新的文学样式……意味着传统的'乡土文学'将发生某种内在转变。"②丁帆在 2007 年再版的《中国乡土小说史》中,对乡土小说题材阈限进行了重新划定:

> 典范意义上的乡土小说,其题材大致应在如下范围内:其一是以乡村乡镇为题材,书写农耕文明和游牧文明生活;其二是以流寓者(主要是从乡村流向城市的"打工者",也包括乡村之间和城乡之间双向流动的流寓者)的流寓生活为题材,书写工业文明进击下的传统文明逐渐淡出历史走向边缘的过程;其三是以"生态"为题材,书写现代文明中的人与自然的关系。区划乡土小说的题材阈限,就是明确乡土小说的外延,从而确定乡土小说文体的边界。如果没有较为明确的题材阈限,乡土小说便名存实亡。当然,还须特别指出的是,随着

---

① 徐德明:《"乡下人进城"的文学叙述》,《文学评论》,2005 年第 1 期。
② 郜元宝:《评尤凤伟的〈泥鳅〉兼谈"乡土文学"转变的可能性》,《当代作家评论》2002 年第 5 期。

时代的变迁,这里所勾画的题材阈限还会有所变化。①

相较之前的乡土小说叙事题材视阈,这一划定重新整合了社会转型带来的全新的"乡土经验",如"农民进城"、"打工文学"、"底层叙事"、"留守离散"、"乡土生态"、"乡土历史"等元素,为传统的乡土叙事系统注入新的活力,拓展了叙事疆域。在此基础上,对转折时期农民阶层生存状态和文化心理状况的体察也是本时期批评的显著因素,本书所选文章或多或少皆涉及这一社会性难题。

同样,社会激烈的变化极大地推动了文学理念的探索与革新,催生出大量在题材选择、审美趣味、价值取向、叙事手法、美学技巧等方面大相径庭的作品,使得乡土小说创作呈现出前所未有的多元化态势。现实主义、浪漫主义、现代主义、生态主义、新历史主义、宗教主义、技术主义等形形色色叙事现象的出现为乡土文学注入了新的生气,这无疑引起了批评界的注意。丁帆以阎连科和鬼子小说为个案,分析世纪之交乡土小说所着力表现的人性异化的悲剧,并指出此二者创作皆将荒诞色彩寓于传统绘制乡俗民情的素描笔法中,体现了乡土小说在社会语境中的艺术新走向。② 对中国乡土小说在新世纪出现的艺术新走向,汪政、韩春燕、梁鸿、贺仲明、郜元宝、吴义勤、陈晓明、洪治刚等研究者和批评家,从各自不同的角度进行了深入的研究,有许多颇具创见的新发现。如陈晓明以《一句顶一万句》为个案,认为"喊丧"、"哭丧"、"墓地"等哀悼形式在乡土小说中反复出现,表现出作家们对乡土社会现代命运反思的悲剧形式和悲观态度,"乡土不再具有浪漫主义的品性,毋宁说只是现代性的尽头,一种不再有其他可能性的绝境"。"理想性是彻底退隐了,乡土不再是他处、别处或乌托邦,而是此在、此地,是面对的绝境。不再有思念故乡的乡愁了,而只有哀悼之余的幸存。"但陈晓明又进一步认为,乡土浪漫化叙事的终结,恰恰是作家对自我有限性的认知,是乡土文学真正返归乡土的契机,"'喊丧',这是主体对自我的写作绝境的隐喻表达。文学写作变成'喊丧',只有这样的声调,这样的姿态,这样的悲悼仪式,才能呼吁幸存者存在下去"③。

---

① 丁帆:《中国乡土小说史》,北京大学出版社 2007 年版,第 19 页。
② 丁帆:《论近期小说中乡土与都市的精神蜕变——以〈黑猪毛白猪毛〉和〈瓦城上空的麦田〉为考察对象》,《文学评论》2003 年第 3 期。
③ 陈晓明:《"喊丧"、幸存与去历史化——〈一句顶一万句〉开启的乡土叙事新面向》,《南方文坛》2009年第 5 期。

　　至此,我们简要回顾了百年乡土小说作家作品评论历程的流变。但不得不指出的是,以自然时间为顺序,以时段性批评特征为中心的观察和书写方式,固然可得出较为清晰的历史脉络和轮廓,但也同任何试图建构历史的方式一样,有相对遮蔽性之嫌,每一篇评论的具体语境仍然无法得到还原,而历史的细节往往是问题的矛盾之所在,足以引发更深处的思考。这一切,皆有待本书阅读者进一步考释与思索。

1910—1949

鲁迅先生

张定璜

上

朋友们时常谈到寂寞，在像这样的冬夜里，我也是深感寂寞的一人。我们常觉得缺少什么似的，常感到一种未曾填满的空虚。我们也许是在心胸里描写着华丽的舞台，美妙的音乐或新鲜的戏剧罢，眼前向我们躺着的呢，只是一条冰冻的道路；虽然路旁未必没有几株裸树，几个叫花子，几堆垃圾或混着黄灰的残雪，然而够荒凉的了。还好，我们生来并不忒聪明也并不忒傻，我们有宝贵的常识，知道昼夜的循环，四时的交替。我们相信夜总有去的时候，春天终久必定来到。能够相信便不坏，而况相信常识。不过常识间或也会恼人。譬如说，常识告诉我们这个夜是有尽的，这个冬不是永久的，这固然够使得我们乐观，但常识也告诉我们，夜究竟不及昼的和暖，冬究竟不如春的明媚。枯坐在这个冬夜里的我们，对于未来假令有一番虔信，对于现在到底逃不掉失望。于是我们所可聊以自慰的便是做梦。我们梦到明日的花园，梦到理想的仙乡，梦到许多好看好听好吃好穿的东西；有的梦到不老的少年，有的梦到长春的美女，有的梦到纯真的友谊，有的梦到不知道嫉妒的恋爱，有的梦到崭新的艺术的宫。做梦也是人们在这地上享受得到的有限的幸福之一，也有许多人是不能做梦的,多可怜!不过就令你能做梦,梦也有醒的时候。那时你擦擦眼睛,看看周围。那时寂寞又重新爬到你心上来。

不过仔细想时,寂寞于我们并没有什么了不得的坏处也未可知。至少他总比喧噪强一点。华丽的舞台、美妙的音乐和新鲜的戏剧,固然是你心愿的。但与其鉴赏那些三不像的红红绿绿中西杂屭的楼房,听那些拉外国调儿的胡琴,或看那些男扮女装忸怩作态的名角,一方面手巾把子在你头上乱飞,瓜子花生的壳吐着满地,叫好声呵欠声咿哑声嗳哟声接二连三的不绝,烟气汗腥气脂粉气土气凑合成一股臭气,与其如此,你宁肯一个人关在家里守着你的寂寞。在那里你得不着什么,在这里你至少是你自己。我知道两种人。一种是甘居寂寞的人,在他们里面,寂寞已经失掉了我们普通所谓寂寞的意味。在我们以为是一块沙漠的,在他们完全是一个世界,而且是多么丰富的一个世界!那里面有天国,有乐园,有全能的神,有姣好的仙女,有永久的真和善和美。比起那个来,我们现在住的只是一堆粪土,一个肉尸,早晚得化散的东西。住在那里面的人已经不知道了什么是寂寞,因为他们已经知道了什么是不寂寞。幸福的灵魂,世上幸而有你们这点儿点缀,不然,恐怕更没趣的多了。还有一种人,他们不甘寂寞然而舍不了寂寞。他们咒骂人生而又眷恋人生,也许正是因为他们眷恋的太深了,所以不能免于咒骂罢。他们不能摒弃浊酒不喝,然而喝时他们总嚷着:"为什么不给我们上好的花雕?"他们觉得他们的母亲年老了,头发掉了,门牙落了,鼻涕口沫露出来了,衣服穿的不整齐干净了,所以每逢到亲朋来往时的前后,他们总得发一顿牢骚,吐几口气,然而其实他们的真心爱他们的母亲也许在一般所谓孝子之上。他们天天早晨起来不是抱怨风起的不好,就是嫌雨下的太少了,但到夜里,他们依旧睡到各人自以为世界上顶不舒服的一张床上去。他们是真正的大地的儿女。你们可别以为他们绝对不知道快乐。他们也有和前一种人一样的快乐,他们也能做梦。刚才我说过人们不是尽能做梦的,也许说的夸张了一点,因为我听人说,大抵的人一生世里夜间睡在床上时总能做几个梦。不过白昼做梦或虽非白昼而张着眼睛做梦,这可真少了。我们不鄙视夜间的梦,因为他往往是很美丽很有趣的,我们不过想说白昼的梦或非白昼而张着眼睛做的梦往往更美丽更有趣罢了。这样的梦只有两种人能做,只有甘于寂寞的人,或不甘于寂寞而偏舍不掉寂寞的人能做。这样的梦是寂寞的宁馨儿。

鲁迅先生告诉我们，他"青年时候也曾经做过许多梦，后来大半忘却了，但自己并不以为可惜……但我偏苦于不能全忘却，这不能全忘的一部分便成了《呐喊》的来由"。鲁迅先生知道梦的可爱，而自己又做了许多可爱的梦，所以说话时免不掉带一点谦虚，就譬如慈母在客人面前拍拍儿子的头，骂两声"没出息的东西"，因为舍不得教客人听见她说"我的宝贝"；鲁迅先生不但青年时候做过梦，现在还能做梦，而且我们希望他将来还会多多做梦。他是我们里面少有的一个白昼做梦张眼做梦的人。他小时便是寂寞的伴侣；错了，他是寂寞抚养大的。我们不须亲身跟随他去"出入于质铺和药店里"，去学海军，去到日本学医，我们只需读一遍他那篇简洁的自传体的序文就可以想象出他青年时代处的是怎样一个境遇。总之鲁迅先生饱尝过寂寞的滋味，虽然他并不是甘于寂寞的人。他说："凡有一人的主张，得了赞和，是促其前进的，得了反对，是促其奋斗的；独有叫喊于生人中，而生人并无反应，既非赞和，也无反对，如置身毫无边际的荒原，无可措手的了，这是怎样的悲哀呵，我于是以我所感到者为寂寞。"他是不甘寂寞的，因为这不太像甘于寂寞的人说话。然而逃不掉寂寞，他于是做了许多梦，白昼的梦，张开眼做的梦。这些梦不打紧工夫就织成了《狂人日记》以下共十五篇的短篇小说集《呐喊》。

但诸君有读过《双枰记》、《绛纱记》和《焚剑记》的么？无端提起这话来，或有人不以为然。但我以为他们值得没读过的人一读。小时候读小说是家庭里严厉禁止的，我虽然偷偷缩缩的读过一点，然而也就有限的很了。前回，我听见西滢先生说吴趼人是近代中国的一个好小说家，我很相信他的话，因为少读书的我，近人的东西《红楼梦》而外，只忘不了《恨海》。《恨海》的记忆至今还是新的，我为它哭了几遍。待到黑幕派流行时我也离开中国了。一天我偶然间发现了《双枰记》，其次是《绛纱记》，又其次《焚剑记》，我才想到了，原来中国还有人在那里作小说。如今看起来，我们所夸耀的"白话的文学和文学的白话"时代以前的东西在形式上也许不惹人爱。不过我欢喜他们的真切，没闲工夫再去责备他们的不时新。我最感到趣味的是他们的作家写东西时都牢记着他们的自己，都是为他们自己而写东西，所以你读一篇作品，你同时认出一个人。我知道世上也有 Shakespeare, Balzac, 曹雪芹——也许没有这么一个姓曹的罢，但那是考证家的事——等等能够造出整个儿的宇宙的人们，我也佩服他们的伟大，但我依旧以为普遍个人所住的一间屋子是不会大到无限的,而那个人关于那墙壁以内一切事物的知识是比较关于那墙壁以外的更亲切而有味的。因此,我觉得"凡是一个人,他至少能写一个故事"这句话如果有语病,那语病大概不在"能"字而在"少"字。假使个个人能写出许多许多故事来,那应该多么好,应该要增加多少人间的宝库!可惜的是事实上我们的大多数终生连一个故事也不写,那些写的又大多数是至"多"只能写一个故事——他们自己的故事——的人。他们未尝不写一个以上的故事,但我们要知道那时候,譬如鲁迅先生写《不周山》的时候,我们的作家已经不在那间坐卧饮食的屋子里了,已经出外玩游去了。玩游回来,他自然告诉我们一些异地的风光,他乡的景色,然而我们觉得那总不及他说他自己那个小——你真当作他小么?——世界里的事情时,说的亲切而有味。美好的故事都是亲切而有味的故事,都是作家他自己的故事。《双枰记》和另外两篇是如此,《狂人日记》到《社戏》的十四篇也是如此。

这样说并不是说他们是一个东西。我若把《双枰记》和《狂人日记》摆在一块儿了,那是因为第一,我觉得前者是亲切而有味的一点小东西;第二,这样可以使我更加了解《呐喊》的地位。《双枰记》等载在《甲寅》上是一九一四年的事情,《新青年》发表《狂人日记》在一九一八年,中间不过四年的光阴,然而他们彼此相去多么远。两种的语言,两样的感情,两个不同的世界!在《双枰记》、《绛纱记》和《焚剑记》里面,我们保存着我们最后的旧体的作风,最后的文言小说,最后的才子佳人的幻影,最后的浪漫的情波,最后的中国人祖先传来的人生观。读了他们再读《狂人日记》时,我们就譬如从薄暗的古庙的灯明底下骤然间走到夏日的炎光里来,我们由中世纪跨进了现代。

下

鲁迅先生站在路旁边,看见我们男男女女在大街上来去,高的矮的,老的小的,肥的瘦的,笑的哭的,一大群在那里蠢动。从我们的眼睛、面貌、举动上,从我们的全身上,他看出我们的冥顽、卑劣、丑恶和饥饿。饥饿!在他面前经过的有一个不是饿的慌的人么?任凭你拉着他的手,给他说你正在救国,或正在向民众去,或正在鼓吹男女平权,或正在提倡人道主义,或正在做这样做那样,你就说了半天也白费。他不信你。他至少是不理你,至多,从他那枝小烟卷儿的后面他冷静地朝着你的左腹部望你一眼,也懒得告诉你他是学过医的,而且知道你的也是和一般人的一样,胃病。鲁迅先生的医究竟学到了怎样一个境地,曾经进过解剖室没有,我们不得而知,但我们知道他有三个特色,那也是老于手术富于经验的医生的特色,第一个,冷静,第二个,还是冷静,第三个,还是冷静。你别想去恐吓他,蒙蔽他。不等到你开嘴说话,他的尖锐的眼光已经教你明白了他知道你也许比你自己知道的还更清楚。他知道怎样去抹杀那表面的微细的,怎么样去检查那根本的扼要的,你穿的是什么衣服,摆的是哪一种架子,说的是什么口腔,这些他都管不着,他只要看你这个赤裸裸的人。他要看,他于是乎看了,虽然你会打扮的漂亮时新的,包扎的紧紧贴贴的,虽然你主张绅士的体面或女性的尊严。这样,用这种大胆的强硬的甚而至于残忍的态度,他在我们里面看见赵家的狗,赵贵翁的眼色,看见说"咬你几口"的女人,看见青面獠牙的笑,看见孔乙己的窃偷,看见老栓买红馒头给小栓治病,看见红鼻子老拱和蓝皮阿五,看见九斤老太、七斤、七斤嫂、六斤等的一家,看见阿 Q 的枪毙——一句话,看见一群在饥饿里逃生的中国人。曾经有过这样老实不客气的剥脱么?曾经存在过这样沉默的旁观者么?《水浒》若教你笑,《红楼梦》若教你哭,《儒林外史》之流若教你打呵欠,我说《呐喊》便教你哭笑不得,身子不能动弹。平常爱读美满的团圆,或惊奇的冒险,或英雄的伟绩的谁也不会愿意读《呐喊》。那里面有的只是些极其普通极其平凡的人,你天天在屋子里在街上遇见的人,你的亲戚,你的朋友,你自己。《呐喊》里面没有像电影里面似的使你焦躁,使你亢奋的光景,因为你的日常生活里面就没有那样光景。鲁镇只是中国乡间,随便我们走到哪里去都遇得见的一个镇,镇上的生活也是我们从乡间来的人儿时所习见的生活。在这个习见的世界里,在这些熟识的人们里,要找出惊天动地的事情来是很难的,找来找去不过是孔乙己偷东西给人家打断了脚,单四嫂子死了儿子,七斤后悔自己的辫子没有了一类的话罢了,至多也不过是阿 Q 的枪毙罢了。然而鲁迅先生告诉我们,偏是这些极其普通,极其平凡的人事里含有一切的永久的悲哀。鲁迅先生并没有把这个明明白白地写出来告诉我们,他不是那种人。但这个悲哀毕竟在那里,我们都感觉到它。我们无法拒绝它。它已经不是那可歌可泣的青年时代的感伤的奔放,乃是舟子在人生的航海里饱尝了忧患之后的叹息,发出来非常之微,同时发出来的地方非常之深。

鲁迅先生的《呐喊》将来在中国文学史上会给他怎样一个位置,我们无从知道,也毋须知道。时光自然会把这个告诉比我们后来的人。目下我们喜欢知道而且能够知道的大概有两件事。

第一,鲁迅先生是一个艺术家,是一个有良心的;那就是说,忠于他的表现的,忠于他自己的艺术家。无论什么时候什么地方,他决不忘记他对于他自己的诚实。他看见什么,他描写什么。他把他自己的世界展开给我们,不粉饰,也不遮羞。那是他最熟识的世界,也是我们最生疏的世界,我们天天过活,自以为耳目聪明。其实多半是聋子兼瞎子,我们视而不见,听而不闻。且不说别的,我们先就不认识我们自己,待到逢见少数的人们,能够认识自己,能够辨认自己所住的世界,并且能够把那世界再现出来的人们,我们才对于从来漠不关心的事物重新感到小孩子的惊奇,我们才明白许多不值一计较的小东西都包含着可怕的复杂的意味,我们才想到人生,命运,死,以及一切的悲哀。鲁迅先生便是这些少数人们里面的一个,他嫌恶中国人,咒骂中国人,然而他自己是一个纯粹的中国人。他的作品满熏着中国的土气,他可以说是眼前我们唯一的乡土艺术家,他毕竟是中国的儿子,毕竟忘不掉中国。我们若怪他的嫌恶咒骂不好,我们得首先怪我们自己不好,因为他想夸耀想赞美而不得,他才想到了这个打扫厕所的办法。让我们别厌烦他的啰苏,但感谢他的勤勉罢。至于他的讽刺呢,我以为讽刺家和理想家原来是一个东西的表里两面。我们不必管讽刺的难受不难受,或对不对,只问讽刺的好不好,就是说美不美。我不敢说鲁迅先生的讽刺全是美的,我敢说他的大都是美的。他知道怎样去用适当的文字传递适当的情思,不冗长,不散漫,不过火,有许多人费尽苦心去讲求涂刷颜色的,结果不是给我们一块画家的调色板,便是一张戏场门前的广告单。我们觉得他离奇光怪,再没什么。读《呐喊》,读那篇那里面最可爱的小东西《孔乙己》,我们看不见调色板上的糊涂和广告单上的丑陋,我们只感到一个干净。《呐喊》的作风所以产生了许多摹仿,大概就是因为这个缘故。单在这个意义上,鲁迅先生也是新文学的第一个开拓者。事实是在一切意义上,他是文学革命后,我们所得到了的第一个作家;是他在中国文学史上用实力给我们划了一个新时代,虽然他并没有高唱文学革命论。

关于第二件，用得着说的话不很多。鲁迅先生给了我们好些东西，自然也会有好些东西是鲁迅先生没给，因为不能给我们的。在我个人呢，他给了我的已经是够我喜欢了。我们的欲望太大，我们的努力太小。我们往往容易忘记自己的微弱，而责备别人为什么不是李杜再世，为什么没有"莎翁"和"但老"的伟大。伟大是不会从天空掉下来或地上长出来的东西。也许五十年或百年以后我们的文学史上会另有一个花期，像唐代的或盖过唐代的花期罢。不过想说这句话先得做一个预言家，而我又不是一个预言家。我只以为伟大的时代或伟大的作品是只有诚实可以产生出来的，但我们现在的时代，我们现在的生活，我们现在的文坛——假使我们真有一个文坛——什么都齐备了，偏偏缺少诚实。我们的华屋建筑在沙上，我们在那上面想创造我们的伟大！鲁迅先生不是和我们所理想的伟大一般伟大的作家，他自己也知道自己的狭窄。然而他有的正是我们所没有的，我们所缺乏的诚实。我们还说他给少了么？假使我感觉得《呐喊》的作家没有十分的情热，没有瑰奇的想象，没有多方面的经验，我们应该想到，虽然如此，他究竟是自然，是真切，他究竟没打算给我们备办些纸扎的美人或温室里烘出来的盆景。别的人怎么看，怎么感想，他不过问；他只把他所看的所感想的忠实地写出来，这便是他使我们忘不掉的地方。《呐喊》里面有两篇近于自传的东西，写出作家儿时生活的片断给我们看的，格外引起我们一种亲密的感情。一篇是《故乡》，另外一篇是《社戏》。《社戏》并且是一篇极好的，鲁迅先生所不大写的纪行文。我不爱《不周山》，因为我不懂它。其余虽短短的好像不成片段的《鸭的喜剧》，我也读得有趣，因为从那里面我可以知道鲁迅先生，可以知道他所看的，所感受的东西。

有人说《呐喊》的作家的看法带点病态，所以他看的人生也带点病态，其实实在的人生并不如此。我以为这个问题犯不着我们去计较。我记得 Anatole France 说过大致这样的一个故事，现在联想它，就把它写在这里罢。

一天有一面平镜在公园里遇见了一面凸镜。他说："我看你真没出息，把自然表显成你那种样子。你准是疯了罢，不然你就不会给个个人物一个大肚子，一个小头和一对小脚，把直线变成曲线。"

"你才把自然弄得歪东倒西呢，"凸镜冷酷的回答，"你的平面把树木们弄直了，就以为他们真是直的,你把你外面的件件东西看作平的和你里面的一样。树干子们是曲的。这是真话。你不过是一面骗人的镜子罢了。"

"我谁也不骗,"那个说,"你,老凸,倒把人们东西们弄得怪形怪状的。"

两下打架渐渐打得热闹起来了,刚好旁边过来了一位数学家,据说就是那位鼎鼎大名的 D'Alembert。

"我的朋友们,你们俩都对了,也都错了,"他对那镜子们说,"你们俩都依着光学的法则去照东西。你们所容受的人物,两下都有几何学的正确。你们两下都是完好的。如果再来一面凹镜,他必定会现出第三个照像来。和你们的很不同,但一样是完好的。说到自然她本身呢,她的真的形相谁也不知道,并且她除开照在镜子们里面之外,或者竟没什么形相也未可知。所以我劝先生们别因为彼此对于外物所得的照像不一样,就彼此叫作疯子罢。"

（原载《现代评论》1925 年 1 月）

王鲁彦论

方璧(茅盾)

一

谢谢我的朋友郢先生,替我搜集了最近几年来国内新文坛的收获。已经是很丰富的一堆了,虽然所搜者尚仅限于小说。

在那一堆美丽的或朴素的封面下,我仿佛看见各位作家的不同的面貌,不同的方言,不同的性格;然而有一个共通的精神:努力要创造出一些新的美的,以点缀这枯寂灰色的人生,使它稍觉可爱可安。又有一个共通的心:努力要诉出他们的悲哀,描画他们的希望,声述他们的理想,以期取得一个两个同样带着人生苦斗的伤痕的心的共鸣,使他自己暂时觉得并不是完全住在荒凉的沙漠里。

我惘然看着那一堆美丽的或朴素的书面,不禁踌躇满志地油然起了快感。虽然我们这人生照旧的毫无可以兴奋的影像,但是毕竟我们中间已有了不少的希望未死理想未死的人们在那里滋长蓓蕾,努力要撤去旧的换上一些新的,我就觉得凡是新的,不论是如何幼稚,未成熟,总是好的,起人敬爱,发人兴感。

"王鲁彦"三个字从那一堆书面中跳出来接触我的视线。哈,王鲁彦!新近我在《小说月报》上看见了他的短篇小说《黄金》;而这里却又有他的短篇集《柚子》。

哈,王鲁彦! 我似乎看见过他一面。似乎就是那可纪念的 7 月,他带了妻子,正要离开某处的前夕,见过他一面。这种回忆,使我冒昧地自荐地和这位小说家生了亲密的情感;于是我就从一大堆的作品里抽出了《柚子》,开始从头的读下去了。于是我又不免要献丑饶舌,援例写了这一篇。

二

　　假使你是一位科学家,用精密的科学方法,来分析来剥脱中国社会的人层,你总该不至于失望你的工作的简单易完。从最新的说洋话吃大餐到过外国的先生们起,到"士食旧德之名氏,农服先畴之畎亩,商循族世之所鬻,工用高曾之规矩"的老中国的儿女们,你至少可以分出十层八层的不同的人样来;或者是抄一句漂亮话,可以分出十层八层的"文化代"来,过去五十年,一百年,二百年,三百五百年,甚至于一千年,人类的思想方式,生活方式,都像用了"费短房"的缩时术(我以为中国传说上的精于缩地术的费长房该有一个兄弟短房,懂得缩时术)似的,呈现在现代的中国社会内,使我们恍如到了历史博物馆。呵! 中国。神秘的中国,正是如何的广大复杂呵! 这大概是西洋某学者的惊叹,此时在我心上也僭窃似的来了回响。

　　而我此时感到尤其欣慰的,是我们的作家原来并没辜负这神秘的祖国。在我身边这一堆美丽的或朴素的书本子里,藏着整个的中国社会在着;我们社会内的各"文化代"的人们都有一个两个代表站在这一大堆小说里面。或许有人要嫌我这话太夸张了些,以为他们并不是公意产出的代表,只是些"自任"的代表,至少不是全权代表;可是我以为至少是代表。而王鲁彦也描写了一两个,至少也是无疑的。

　　王鲁彦小说里最可爱的人物,在我看来,是一些乡村的小资产阶级,例如《黄金》里的主人公,和《许是不至于罢》里的王阿虞财主。我总觉得他们和鲁迅作品里的人物有些差别:后者是本色的老中国的儿女,而前者却是多少已经感受着外来工业文明的波动。或者这正是我的偏见,但是我总觉得两者的色味有点不同;有一些本色中国人的天经地义的人生观念,曾是强烈的表现在鲁迅的乡村生活描写里的,我们在王鲁彦的作品里就看见已经褪落了。原始的悲哀,和 Humble 生活着而仍又是极泰然自得的鲁迅的人物为我们所热忱地同情而又忍痛地憎恨着的。在王鲁彦的作品里是没有的。他的是成了危疑扰乱的被物质欲支配着的人物（虽然也只是浅淡的痕迹），似乎正是工业文明打碎了乡村经济时应有的人们的心理状况。

这乡村的小资产阶级，很明显的是现代的复杂中国社会内的一层，我以为在王鲁彦的小说里，有着一个两个的代表；作者大概并未自己意识到这一点，所以并未抓住了这一点用力的描写，但是或许因为自身经验的关系，他的作品中时或流露这色彩。

在这里，也就有了我所最喜欢的几篇。

连带的又想起叶绍钧对于城市小资产阶级的描写来。城市小资产阶级，或 civilian，他们的思想方式和生活方式，自然又是一个；在我们这社会内，自然又是一层。在叶绍钧的作品里，我最喜欢的也就是描写城市小资产阶级的几篇；现在还深深地刻在记忆上的，是那可爱的《潘先生在难中》。这把城市小资产阶级的没有社会意识，卑谦的利己主义，precaution，琐屑，临虚惊而失色，暂苟安而又喜，等等心理，描写得很透澈。这一阶级的人物，在现文坛上是最少被写到的，可是幸而也还有代表。

三

就全体而观，王鲁彦作品中之关于乡村小资产阶级描写者，只有很少的一份儿。短篇集《柚子》和未收入的各篇内，很有些抒写作者个人的感想和企图讽刺这混乱矛盾的人生的作品。例如《柚子》中最长的一篇《小雀儿》，便是一篇教训主义色彩极浓厚的讽刺文。发表在《小说月报》上的最近的《毒药》也是这一类。不敬得很，我不大喜欢这两篇。我以为小说就是小说，不是一篇"宣传大纲"，所以太浓重的教训主义的色彩，常常会无例外的成了一篇小说的 menace 或累赘。各人的趣味不同，许有人特别喜欢这两篇，但在自圈的我，总以为不如其他的各篇。同样的，我也承认《秋夜》、《狗》、《秋雨的诉苦》等篇是能够动人的随笔，但亦不是我所最喜欢的。

　　然而有一种共通的情调,隐藏在这些作品内,却也是很显然的。这便是作者的锐敏感觉所发见的人生的矛盾和悲哀。作者的向善心,似乎是在常常鼓励他作一个人类的战士,然而他又自疑没有那样的勇力;《秋夜》里边似乎便有着这种的苦闷的叹息。我们看见作者说:

　　　罢了,亲爱的。不要悲伤,起来痛饮一下,再醉到梦里去罢。

我们又看见作者说:

　　　不能救人,又不能自救,没有勇气杀人,又没有勇气自杀,咒诅著社会,又翻不过这世界,厌恨著生活,又跳不出这地球,还是去求流弹的怜悯,给我幸福罢!……

(《柚子》十八页)

　　在《狗》这篇随笔里,我们又看见作者的更热心的自讼。从他的颇为锐敏的感觉上所发生的向善的焦灼,使他时或对于一切看出悲观的黑影来。我以为《美丽的头发》和《毒药》便是这种心情的产物。《小雀儿》内的太失望的讽刺,似乎也是同样的来源。我好像看见作者的太赤热的心,在冷冰冰的空气里跳跃,它有很多要诅咒,有很多要共鸣,有很多要反抗,它焦灼地团团转,终于找不到心安的理想,些微的光明来。或者有人要说,像这样的焦灼的跳动的心,是只有起人哀怜而没有积极的价值;但在我,却以为至少这是一颗热腾腾跳动的心,不是麻木的冷的死的。
　　我以为这种样的焦灼苦闷的情调是贯彻在王鲁彦的全体作品内的。

四

　　在描写手腕方面,自然和朴素,是作者的卓特的面目。我们读这些故事,就好像倾听民间故事,好像它们从老妪嘴里吐泻出来的一样自然而朴素,同时又是深深

抓住我们的心灵的。这里,有作者的一篇的开端:

> 有谁愿意知王阿虞财主的情形吗?——请听乡下老婆婆的话:
> "啊唷,阿毛,王阿虞的家产足有二十万了!王家桥河东的那所住屋真好
> 呵!围墙又高屋又大,东边轩子,西边轩子,前进后进,前院后院,前楼后楼,前
> 衖后衖密密的连著,数不清有几间房子!"

就这样借了乡下老婆婆对她孙子阿毛说的艳羡,作者写了王财主的富足和致
富的原因;满是自然的朴素的。

《秋夜》的开端也是很可爱的:

> "醒醒罢,醒醒罢,"有谁敲着我的纸窗似的说。
> "啊,啊——谁呀?"我朦胧的问,揉一揉睡眼。
> 黑沉沉的,看不见一点什么,从帐中望出去,也没有人回答我,也没有别的
> 声音。
> "梦罢?"我猜想,转过身来,昏昏的睡去了。

我不禁要用一句很熟的话,像《秋夜》的描写是"诗意"的,诗的旋律在这短篇里
支配着。然而一切又都是自然而朴素的。

轻松的 humor 也时常照耀在王鲁彦的作品内。这里有一段:

> "咳,咳,为了天下的第一奇事,就爬罢,就如狗一样的爬罢!"我没法,便决
> 计爬了。毕竟,做了狗便什么事情都容易,这五六尺高并不须怎样的用力,便
> 爬上了。

(《柚子》四九页)

这是一个例。作者的诙谐大都带一点冷讽的气味,所以虽然只是些瘦瘠的诙
谐,也还有咀嚼的余味。

　　至于描写方面的缺点,也不是没有的。最大的毛病是人物的对话常常不合该人身份似的太欧化了太通文了些。作者的几篇乡村生活的描写,都免不了这个毛病。小说中人物的对话,最好是活的白话,而不是白话文;有人主张对话绝对不得稍有"欧化"的句子,这自然是对的,但我以为假使是一个新式青年的对话,那就不妨略带些"欧化"的气味,因为日常说话颇带欧化气的青年,现在已经很多,我就遇见过许多。不过假使人物是乡村老妪时,最好连通文的副词如"显然"等也要避去。譬如王鲁彦的《黄金》的背景是宁波的乡间,如果把篇中人物嘴里的太通文又近于欧化的句子改换了宁波土白,大概会使这篇小说更出色些。

五

　　王鲁彦的短篇小说,到现在似乎也不过十多篇:我只见了《柚子》中的十一篇和《小说月报》十八卷上发表过的《黄金》、《毒药》、《一个危险的人物》。在这中间,我最喜欢,并且认为思想技术都好的,只有两篇:《许是不至于罢》和《黄金》。余如《秋夜》,是一篇好的随笔,有诗的神韵,却不能算是严格的短篇小说。《狗》也是随笔,似已不及《秋夜》,然尚胜于《秋雨的诉苦》,与《灯》同俦。《柚子》也只能算是不大好的随笔。《小雀儿》因为那太重的教训主义的色彩,落入了浅薄的窝里;并且也不能算是一篇好的童话。《自立》的未成熟,正和《美丽的头发》一样。老实说,我实在看不出《美丽的头发》中间的中心思想是什么。《阿卓呆子》还不失为可读的作品,情调与《毒药》与《一个危险人物》相仿,中间充满着作者对于灰色人生的憎恨;但是作者似乎太有意为之,感动的力量,反倒不及《黄金》。奇怪的《菊英的出嫁》,无疑的也是一篇好小说。死后生存(就是死后的鬼能和活时一样的生长)的原始信仰,活在菊英的母亲的心中,使她十二分认真地留心女儿的阴亲和出嫁;在这里,真与幻混成了不可分的一片,我们看见母亲意念中有真实的菊英在着,我们也几乎看见真实的菊英躲躲闪闪在纸面上等候出嫁。像这样的描写真与幻的混一,不能不说是可以惊叹的作品。

　　再谈到《许是不至于罢》和《黄金》——作者的最好出品。

《许是不至于罢》描写土财主的忧虑。土财主并没有什么享乐,除了乡下人见面时的恭维,也没有什么威风,他反正是过着 humble 生活。当他的三儿子成婚的时候,他在欢笑的包围中独自忧虑着强盗要抢他的未来的媳妇;他这种愁闷,是没有人来为他分担的。当儿子的婚事总算平安的过去以后,又逢到半夜的小偷,那半夜的慌乱的锣声正表示着土财主的惊悸的心的抖颤;然而他这种惊悸,也是没有人来为他分担的。人类的自利,人类的对于别人祸福的不介意,很渲染得明艳。可是土财主并不因此怨恨他的同村人,他以为"他们现在并不来破坏",就很满足了。他更加客气地感谢那些空口敷衍来"慰问"的乡邻。但是土财主却不是像大哲学家懂得"谦逊"之必要,所以这般做的;所以使他谦逊的原因,就是金钱。财产成了他的负罪的记号,使他不得不格外谦虚了。

这就是乡村小资产阶级的心理;他们的处世哲学。

在《黄金》中,我们看见静的悲剧的发展。主人公的如史伯伯,是一位照例的善良的小资产阶级,他有十几亩田,几间新屋,原不是穷得没饭吃的人,但因在外的儿子不能在年终寄钱来,于是这可怜的老人受到了许多意外的——或许正是意中的,揶揄和侮蔑。乡村小资产阶级的产业观念(以为已置的产业而再出卖就是莫大的倒霉,莫大的灾祸,比没有这产业而穷到要饭还坏些),以及周围人的幸灾乐祸,便交织成了这篇小说的静的悲剧的发展。我们怀着沉重的心,跟随篇中主人公走到无形的悲剧的顶点,结果使我们对于这个平平常常的老头子发生了深切的同情,看了这篇小说,我就联想到莫泊桑的短篇《一段弦线》来:同样的主人公的心理作用,同样的周围的冷酷疑忌的心与眼,同样的静的悲剧的发展。所不同者,在《一段弦线》里,主人公的悲剧成了真实;而在《黄金》里,却有一个梦幻的美满的结束。

乡村小资产阶级的心理,和乡村的原始式的冷酷,表现在这篇《黄金》里的,在现文坛上,似乎尚不多见。作者的描写手腕,和锐敏的感觉,至少就《黄金》而言,是值得赞赏的。

六

　　最后,来一个总结罢。

　　王鲁彦不是一位多产的作家,现在只有他的十几篇小说。而在这十多篇中,我认为成功的,亦不过上述的两三篇。然而我对于他有奢望,我以为作者如果完全抛弃了时时有的教训主义的色彩,用他的锐敏的感觉去描写乡村小资产阶级,把他的canvas扩展开来,那么,一定还有更好的成绩。

　　或者有人要不满意于作者之缺乏积极的精神和中心思想。这个缺陷,自然是显然的,但是我以为正亦不足为病。文艺本来是多方面的,只要作者是忠实于他的工作,努力要创造些新的,能够放大了他的敏密的感觉,那么即使像如史伯伯那样平凡的悲哀,也是我们所愿意听而且同情的。

(原载《小说月报》1928 年第 19 卷第 1 期)

女作家丁玲

茅 盾

　　大约是 1921 年罢，上海出现了一个平民女学，以半工半读号召。那时候，正当"五四"运动把青年们从封建思想的麻醉中唤醒了来，"父与子"的斗争在全中国各处的古老家庭里爆发，一些反抗的青年女子从"大家庭"里跑出来，抛弃了深闺小姐的生活，到"新思想"发源的大都市内找求她们理想的生活来了；上海平民女学的学生大部分就是这样叛逆的青年女性。

　　我们的作家丁玲女士，就是那平民女学的学生。那时候，她不叫做丁玲，叫做丁冰之；按照中国的习惯，她应该用她父亲的姓——蒋；但是她戴了她母亲的丁姓，因为她觉得男女既是平等的，那么子女们也可以用母族的姓氏。这也是那时候很普遍于青年男女间的一种思想。

　　在平民女学的丁玲女士是一个沉默的青年。她有两个很要好的朋友，王剑虹女士和王一知女士。前者是四川人，后者和丁玲同乡，也是湖南人。但当这三位青年女性做好朋友的时候，她们全有很浓厚的无政府主义的倾向。

　　平民女学的创办者（陈独秀和他的朋友）因为种种困难，不能使这学校按照他们的理想；丁玲女士她们大概感到失望，所以不久就退学。以后一年中间，她大概没有正式进学校，她和她的朋友王剑虹女士曾在南京住过一些时，过"自修"的生活。1924 年，她又正式进学校，仍旧和王剑虹在一处。这学校便是后来在"五卅"运动中很起了领导作用而且产生了不少革命人才的上海大学。那时丁玲进的是上海大学的中国文学系;她好像对于政治还不感多大兴趣,思想上她还是近于无政府主义。

在上海大学大约一年光景,丁玲到别处去了。那时,她的好朋友王剑虹女士也像先前的王一知女士那样倾向于社会主义了,而且不久就因为肺病死了;也许丁玲因此感到寂寞,因此要换环境了。

1927年,丁玲发表了她的第一篇小说,那时她始用"丁玲"这笔名。这个名字,在文坛上是生疏的,可是这位作者的才能立刻被人认识了。接着她的第二篇短篇小说《莎菲女士的日记》也在《小说月报》上发表了,人们于是更深切地认到一位新起的女作家,在谢冰心女士沉默了的那时,以一种新的姿态出现于文坛。在《莎菲女士的日记》中所显示的作家丁玲女士是满带着"五四"以来时代的烙印的:如果谢冰心女士作品的中心是对于母爱和自然的颂赞,那么,初期的丁玲的作品全然以这"幽雅"的情绪没有关涉,她的莎菲女士是心灵上负着时代苦闷的创伤的青年女性的叛逆的绝叫者。莎菲女士是一位个人主义,旧礼教的叛逆者;她要求一些热烈的痛快的生活;她热爱着而又蔑视她的怯弱的矛盾的灰色的求爱者,然而在游戏式的恋爱过程中,她终于从腼腆拘束的心理摆脱,从被动的地位到主动的,在一度吻了那青年学生的富于诱惑性的红唇以后,她就一脚踢开了这位不值得恋爱的卑琐的青年。这是大胆的描写,至少在中国那时的女性作家是大胆的。莎菲女士是"五四"以后解放的青年女子在性爱上的矛盾心理的代表者!

但那时中国文坛上要求着比《莎菲女士的日记》更深刻更有社会意义的创作。中国的普罗革命文学运动正在勃发。丁玲女士自然不能长久站在这空气之外。于是在继续写了几篇以女性的精神苦闷(大部分是性爱的)作为中心题材的短篇而后,丁玲女士开始以流行的"革命与恋爱"的题材写一部长篇小说了。这就是那《韦护》。这是一部八九万字的长篇小说。在这里,丁玲企图描写她那已故的好朋友王剑虹女士的思想转变。书中的主角丽嘉就是王女士的影子,而男主角韦护是一个老牌的社会主义者,这两个人的恋爱结合很有几分 Romantic,特别是在女主角那方面。丽嘉的思想性格,多少有些和莎菲女士相像,她的恋爱的发生与其说是由于男主角那方面来的思想的感应,还不如说由她那少女的好奇心和浪漫的情热。所以在结合后,丽嘉虽然接受了社会主义,却终不免因为恋人的忙于工作而夺去了他俩的温柔蜜爱的时间而感到戚戚；直到那男主角觉得"恋爱"已经无形的妨害了工作精神而决然舍去的时候，丽嘉方始觉悟，也说要决心投身于实际的革命工作了。而这小说也就在此完结。在这结尾，丁玲特地改变了她的故友的事实，表示了革命战胜了恋爱，但是在全体上，除写了丽嘉那种热情的猖傲的个性以及模糊的政治认识而外，那位男主角韦护是表现得并不好的。那时候（大约是 1923 年—1924 年罢）的社会情形没有真切的描写也是一个缺点。

如果《韦护》这小说是丁玲思想前进的第一步，那么，继续着发表的《一九三〇年春上海》，就是她更有意识地想把握着时代。这也是将近十万字的长篇小说，以1930 这年上海的群众运动为题材。知识分子的主角是懒惰的不革命者，闹哄哄的左翼。学生运动对于他并没有多大影响；但是他的妻——书中的女主角，却积极的参加了工人运动。于是在动摇矛盾的丈夫和极革命的妻中间，发生了"革命与恋爱"的冲突。结果那个妻为了革命而舍去了恋爱。所以在题材上，这《一九三〇年春上海》大约和《韦护》相仿佛；不过作者努力想表现这时代以及前进的斗争者——这种企图，却更明显而且意识的。

一直到这时候丁玲好像尚未加入中国左翼作家联盟，虽然她的爱人胡也频已经是那联盟中的积极分子了。接着就是胡也频与其他四位作家被捕被杀。丁玲女士个人对这白色恐怖的回答就是积极左倾，踏上了那五个作家的血路向前！

从 1931 年夏起，丁玲再不是中国左翼作家联盟阵外的"同路人"，而是阵营内战斗的一员。那时中国的左翼刊物悉遭封闭，出版左倾书报的书店都受严重的压迫。左翼作家联盟在整顿阵容，改变了战略以后，乃有《北斗》杂志出版，这是当时全中国在左联领导下的唯一的文艺刊物，丁玲女士当了编辑。她的短篇小说《水》就在这刊物上发表。《水》在各方面都表示了丁玲的表现才能的更进一步的开展。这是以 1931 年中国十六省的水灾作为背景的。遭了水灾的农民群众是故事中的主人公。他们和洪水奋斗，和饥寒奋斗，最后，逃到城市的时候，又和欺骗他们的官吏绅士放赈奋斗，终于和自己队伍中的动摇思想奋斗。全体的农民就革命化起来。这是 1931 年大水灾后农村加速度革命化的文艺上的表现。虽然只是一个短篇小说，而且在事后来多用了一些观念的描写，可是这篇小说的意义是很重大的。不论在丁玲个人，或文坛全体，这都表示了过去的"革命与恋爱"的公式已经被清算！

沿着这路线,丁玲又写了许多短篇小说。上海的革命斗争是那些小说的题材。为要充实她的生活经验,她在"九一八"以后参加了许多实际斗争。左翼作家联盟所积极进行的工农通讯员运动,丁玲也是实际工作者和指导之一。在左联的干部中,她是一个重要的而且最有希望的作家。她的被绑,(或已被害),不用说是中国左翼文坛一个严重的损失。

她的最近的作品是短篇小说《奔》,发表在五月号的《现代》。这是描写了农村经济破产下的农民到大都市里来找工作,可是大都市中也挤满了失业者,于是他们不得不再回老家去,可是他们坚决的说:不能再忍受地主的剥削了! 此外,丁玲又写了长篇小说《母亲》,据说尚差万把字没有完篇,可是她就被绑了!

在疯狂的白色恐怖下,中国最优秀的作家牺牲了不少了。丁玲女士的被绑,就表示统治阶级维持残喘的最卑琐的手段! 全中国的文化界已经提出了严重的抗议。纸面上的抗议是没多大效力的。全中国的革命青年一定知道对于白色恐怖的有力的回答就是踏着被害者的血迹向前! 丁玲女士自己就是这样反抗白色恐怖的斗争者!

（原载《文艺月报》1933年第1卷第2号）

论冯文炳

沈从文

从"五四"以来，以清淡朴讷文字，原始的单纯，素描的美，支配了一时代一些人的文学趣味，直到现在还有不可动摇的势力，且俨然成一特殊风格的提倡者与拥护者，是周作人先生。

无论自己的小品、散文诗、介绍评论，通通把文字发展到"单纯的完全"中，彻底的把文字从藻饰空虚上转到实质言语来，那么非常切贴人类的情感，就是翻译日本小品文及古希腊故事，与其他弱小民族卑微文学，也仍然是用同样调子介绍与中国年青读者晤面。因为文体的美丽，最纯粹的散文，时代虽在向前，将仍然不会容易使世人忘却，而成为历史的一种原型，那是无疑的。

周先生在文体风格独自以外，还有所注意的是他那普遍趣味。在路旁小小池沼负手闲行，对萤火出神，为小孩子哭闹感到生命悦乐与纠纷，那种绅士有闲心情，完全为他人所无以企及。用平静的心感受一切大千世界的动静，从为平常眼睛所疏忽处看出动静的美，用略见矜持的情感去接近这一切，在中国新兴文学十年来，作者所表现的僧侣模样领会世情的人格，无一个人有与周先生面目相似处。

但在文章方面，冯文炳君作品所显现的趣味，是周先生的趣味。文体有相近处，原是极平常的事，无可多言。对周先生的嗜好有所影响，成为冯文炳君的作品成立的原素，近于武断的估计或不至于十分错误的。用同样的眼，同样的心，周先生在一切纤细处生出惊讶的爱，冯文炳君也是在那爱悦情形下，却用自己一支笔，把这境界纤细的画出,成为创作了。

在创作积量上看,冯文炳君是正像吝惜到自己文字,仅只薄薄两本。不过在这两个小集中所画出作者人格的轮廓,是较之于以多量生产从事于创作,多用恋爱故事的张资平先生,有同样显明的个性独在的。第一个集子名《竹林故事》,民国十四年十月出版,第二个集子名《桃园》,十七年二月出版。两书皆附有周作人一点介绍文字,也曾说到"趣味一致"那一种话。另外为周作人所提到的那有"神光"的一篇《无题》,同最近在《骆驼草》上发表的《莫须有先生传》,没有结束,不见印出。

作者的作品,是充满了一切农村寂静的美。差不多每篇都可以看得到一个我们所熟悉的农民,在一个我们所生长的乡村,如我们同样生活过来的活到那地上。不但那农村少女动人清朗的笑声,那聪明的姿态,小小的一条河,一株孤零零的长在菜园一角的葵树,我们可以从作品中接近,就是那略带牛粪气味与略带稻草气味的乡村空气,也是仿佛把书拿来就可以嗅出的。

作者所显示的神奇,是静中的动,与平凡的人性的美。用淡淡文字,画一切风物姿态轮廓,有时这手法在早年夭去的罗黑芷君有相近处。然而从日本文而受暗示的罗君风格,同时把日本文的琐碎也捏着不再放下了。至于冯文炳君,文字方面是又最能在节制中见出可以说是悭吝文字的习气的。

作者生长在湖北黄冈,所采取的背景也仍然是那类小乡村方面。比如小溪河、破画、塔、老人、小孩,这些那些,是不会在中国东部的江浙与北部的河北山东出现的。作者地方性的强,且显明的表现在作品人物的语言上。按照自己的习惯,使文字离去一切文法束缚与藻饰,使文字变成言语,作者在另一时为另一地方人,有过这样吓人的批评:

> 冯文炳……风格不同处在他的文字文法不通。有时故意把它弄得不完全,好处也就在此。

说这样话的批评家是很可笑的,因为其中有使人惊讶的简陋。其实一个生长在两湖、四川那一面的人,是在冯文炳的作品中(尤其是对话言语),看得出作者对文字技巧是有特殊理解的。作者是"最能用文字记述言语"的一个人,同一时是无可与比肩并行的。

不过实在说来,作者因为作风把文字转到一个嘲弄意味中发展也很有过,如像在最近一个长篇中——《莫须有先生传》(《骆驼草》),把文字发展到不庄重的放肆情形下,是完全失败了的一个创作。在其他短篇也有过这种缺点,如在《桃园》第一篇第一页:

> 张太太现在算是"带来"了,——带来云者……

八股式的反复,这样文体是作者的小疵。从这不庄重的文体带来的趣味,使作者所给读者的影像是对于作品上的人物感到刻画缺少严肃的气氛,且暗示到对于作品上人物的嘲弄。这暗示,若不能从所描写的人格显出,却依赖到作者的文体,这成就是失败的成就。同样风格在鲁迅的《阿 Q 正传》与《孔乙己》上也有过同样情形,诙谐的难于自制,如《孔乙己》中之"多乎哉,不多也",其成因或为由于文言文以及文言文一时代所留给我们可嘲笑的机会太多,无意识的在这方面无从节制了。但作者在《莫须有先生传》上,则更充分运用了这"长"处,这样一来,作者把文体带到一个不值得提倡的方向上去,是"有意为之"了。趣味的恶化(或者这只是我个人的见解),作者方向的转变,或者与作者在北平的长时间生活不无关系。在现时,从北平所谓"北方文坛盟主"周作人、俞平伯等等散文糅杂文言文在文章中,努力使之在此等作品中趣味化,且从而非意识的或意识的感到写作的喜悦,这"趣味的相同",使冯文炳君以废名笔名发表了他的新作,在我觉得是可惜的。这趣味将使中国散文发展到较新情形中,却离了"朴素的美"越远,而同时所谓地方性,因此一来亦已完全失去,代替这作者过去优美文体显示一新型的只是畸形的姿态一事了。

创作原是自己的事,在一切形式上要求自由,在作者方面是应当缺少拘束的。但一个好的风格使我们倾心神往机会较多,所以对于作者那崭新倾向,有些地方使人难于同意,是否适宜于作者创作,还可考虑。

如果我们读许钦文小说,所得的印象是人物素描轮廓的鲜明,而欠缺却是在故事胚胎以外缺少一种补充——或者说一种近于废话而又是不可少的说明——那么冯文炳君是注意到这补充,且在这事上已尽过了力,虽因为吝惜文字,时时感到简单,也仍然见出作品的珠玉完全的。

另一作者鲁彦,取材从农村卑微人物平凡生活里,有与冯文炳作品相同处,但因为感慨的气氛包围及作者甚深,生活的动摇影响及于作品的倾向,使鲁彦君的作风接近鲁迅而另有成就,变成无慈悲的讽刺与愤怒,面目全异了。

《上元灯》的作者施蛰存君,在那本值得一读的小集中,属于农村几篇作品,一支清丽温柔的笔,描写及一切其接触人物姿态声音,也与冯文炳君作品有相似处,唯使文字奢侈,致从作品中失去了亲切气味,而多幻想成分,具抒情诗美的交织,无牧歌动人的原始的单纯,是施蛰存君长处,而与冯文炳君各有所成就的一点。

把作者与现代中国作者风格并列,如一般所承认,最相称的一位,是本论作者自己。一则因为对农村观察相同,一则因背景地方风俗习惯也相同,然从同一方向中,用同一单纯的文体,素描风景画一样把文章写成,除去文体在另一时如人所说及"同是不讲文法的作者"外,结果是仍然在作品上显出分歧的。如把作品的一部并列,略举如下的篇章作例:

《桃园》(单行本)　《竹林故事》　《火神庙和尚》　《河上柳》(单篇)

《雨后》(单行本)　《夫妇》

《会明》　《龙朱》　《我的教育》(单篇)

则冯文炳君所显示的是最小一片的完全,部分的细微雕刻,给农村写照,其基础、其作品显出的人格,是在各样题目下皆建筑到"平静"上面的。有一点忧郁,一点向知与未知的欲望,有对宇宙光色的眩目,有爱,有憎——但日光下或黑夜,这些灵魂仍然不会骚动,一切与自然谐和,非常宁静,缺少冲突。作者是诗人(诚如周作人所说),在作者笔下,一切皆由最纯粹农村散文诗形式下出现,作者文章所表现的性格,与作者所表现的人物性格,皆柔和具母性,作者特点在此。《雨后》作者倾向不同。同样去努力为仿佛我们世界以外那一个被人疏忽遗忘的世界加以详细的注解,使人有对于那另一世界憧憬以外的认识,冯文炳君只按照自己的兴味做了一部分所欢喜的事。使社会的每一面，每一棱，皆有一机会在作者笔下写出，是《雨后》作者的兴味与成就。用矜慎的笔，作深入的解剖，具强烈的爱憎，有悲悯的情感，表现出农村及其他去我们都市生活较远的人物姿态与言语，粗糙的灵魂，单纯的情欲，以及在一切由生产关系下形成的苦乐，《雨后》作者在表现一方面言，似较冯文炳君为宽而且优。创作基础成于生活各面的认识，冯文炳君在这一点上，似乎永远与《雨后》作者异途了。在北平地方消磨了长年的教书的安定生活，有限制作者拘束于自己所习惯爱好的形式，故为周作人所称道的《无题》中所记琴子故事，风度的美，较之时间略早的一些创作，实在已就显出了不康健的病的纤细的美。至《莫须有先生传》，则情趣朦胧，呈露灰色，一种对作品人格烘托渲染的方法，讽刺与诙谐的文字奢侈僻异化，缺少凝目正视严肃的选择，有作者衰老厌世意识。此种作品，除却供个人写作的怪悦，以及二三同好者病的嗜好，在这工作意义上，不过是一种糟蹋了作者精力的工作罢了。

时代的演变，国内混战的继续，维持在旧有生产关系下而存在的使人憧憬的世界，皆在为新的日子所消灭。农村所保持的和平静穆，在天灾人祸贫穷变乱中慢慢的也全毁去了。使文学，在一个新的希望上努力，向健康发展。在不可知的完全中，各人创作皆应成为未来光明的颂歌之一页，这是新兴文学所提出的一点主张。在这主张上，因为作者有成为某一种说明者的独占趋势，而且在独占情形中，初期的幼稚作品得到了不相称的批评者最大的估价，这样一来，文学的趣味自由主义取反跃姿势，从另一特别方向而极端走去，在散文中有周作人、俞平伯等的写作，在诗歌中有戴望舒与于赓虞，在批评上，则有梁实秋对于曾孟朴之《鲁男子》曾有所称誉。又长虹君的作品，据闻也有查士元君在日文刊物上赞美的意见了。一切一切，从初期文学革命的主张上脱去了束缚，从写实主义幼稚的摒弃，到浪漫主义夸张的复活，又不仅是趣味的自由主义者所有的行为。在文学大众化的鼓吹者一方面，如《拓荒者》殷夫君的诗歌，是也采取了象征派的手法写他对于新的世界憧憬的。蒋光慈的创作，就极富于浪漫小说一切夸张的素质与文字词藻的修饰。这反回运动，恰与欧洲讲新形式主义相应和，始终是浪漫主义文学同意者的郭沫若及其他诸人，若果不为过去主张所限制，这新形式的提倡者，还恐怕是在他们手上要热闹起来，如过去其他趣味的提倡一样兴奋的。在这地方，冯文炳君过去的一些作品，以及作品中所写及的一切,算起来,一定将比鲁迅先生所有一部分作品,更要成为不应当忘去而已经忘去的中国典型生活的作品,这种事实在是当然的。

　　在冯文炳君作风上,具同意趋向、曾有所写作的年青作者中,有王坟、李同愈、李明棪、李连萃四君。唯王坟有一集子,在真美善书店印行,其他三人虽未甚知名,将来成就,似较前者为优。

　　　　　　　　　　　　　　　　　　(原载《沫沫集》,上海大东书局,1934 年)

沈从文论

苏雪林

　　"五四"运动以后的六七年中，北方有几个作家颇引起读者的注意，而使得一群青年读者特别倾倒的则推那个年龄最轻而出身又有些奇异的沈从文了。这是一个以作品产量丰富迅速而惊人的作家。屈指他自从事文艺生活以来，至今不过八九年光景，而单行本著作，已有《入伍后》，《蜜柑》，《好管闲事的人》，《阿丽思中国游记》，《旧梦》，《一个天才的通信》，《阿黑小史》，《都市一妇人》，《虎雏》，《石子船》，《山鬼》，《龙朱》，《神巫之爱》，《旅店及其他》，《篁君日记》，《长夏》，《一个女剧员的生活》，《老实人》，《十四夜间》，《从文子集》，《沈从文甲集》，《记胡也频》，《月下小景》等二十余种；零星发表于报章杂志者如《记丁玲女士》，《湘行散记》，《边城》等也还有十来种。我们现在将他的作品总括起来则有以下的四类：一、军队生活，二、湘西民族和苗族的生活，三、普通社会事件，四、童话及旧传说的改作。

　　现在先论他第一类作品。沈从文是当兵出身的，所以熟稔军队生活。像《入伍后》，《会明》，《传事兵》，《卒伍》，《夜》，《虎雏》，《我的教育》等篇所写人物都以军人为典型，所记事迹也不过是军队间日常发生的琐屑。像《我的教育》那篇描写自己少时混迹军队的生涯，每日除上操以外，无非看审土匪，看杀头，看捉逃兵，或在修械所看工人修械。情节原平淡无奇，不过我们读着时很能感觉得一种新鲜趣味。这因为我们普通人生活范围仄狭，除了自己阶级所能经验到的以外，其他生活便非常隔膜，假如有一个作家能于我们生活经验以外，供给一些东西，自然要欢迎了。

所谓富于"异国情调"的诗歌小说得人爱好,也是一个道理。但沈氏在军队中所处地位,似乎比一般士兵优异。据《卒伍》那篇自述,他是在一个亲戚军官领率的队伍中当学习兵,与营长连长儿子同居一处,正如世俗所讽嘲的"少爷兵"的资格是。他没有受过刻苦的训练,没有上过炮火连天惊心动魄的战线,也没有经验过中国普通士兵奸淫杀掠升官发财的痛快,也没有经验过他们饥渴劳顿流离琐尾的惨苦。所以所写军队生活除了还有点趣味之外,不能叫人深切的感动。近来有一位署名黑炎的所著《战线上》,颇为文坛所称道。他的军队生活经验较沈氏丰富,所以他虽显明地受了沈从文这类文字的启示写成,却有出蓝之誉。韩侍桁批评沈从文这类文字道:"带着游戏眼镜来观察士兵的痛苦生活,而结果使其变成了滑稽。"这话说得似乎不大公允。士兵生活诚然是痛苦的,但也有很舒服的。沈氏所过军队生活,原属于后者一类,教他怎样捏造呢?

黎锦明有《水莽草》,《黄药》等篇,论者谓足以表现湘西的地方色彩。但黎氏以写故事为首要目的,表现地方色彩为次要目的,所以成功不大。至于沈从文则不然。他的《旅店》(一名《野店》),《入伍后》,《夜》,《黔小景》,《我的小学教育》,《船上》,《往事》,《还乡》,《渔》,对于湘西的风俗人情气候景物都有详细的描写,好像有心要借那陌生地方的神秘性来完成自己文章特色似的。有些故事野蛮惨厉,可以使我们神经衰弱的文明人读之为之起栗。像《夜》的那篇写自己少时混迹军队时和同伴四个军人寄宿某老人家,各讲自己离奇的经历。一个同伴说自己从前曾和一个住在沙罗寨的苗族妇人恋爱。妇人虽黑却甚美丽,她的丈夫是一个巫师。这军人每夜必邀一个朋友去那巫师屋后树林中与妇人相会。有一夜因为有点事不得早脱身,便使朋友先去通知妇人,自己事毕立即赴约:

> 到了那里,凭借月光,看到妇人同朋友在一株大树下搂在一处,像没有知道他会来,心中非常气忿。走拢去一看,才吓慌了,原来两个人皆为一个矛子扎透了胸脯,矛尖深深的固定在树上,两人皆死了。他不由得惊喊了一声。那个凶手,那个头缠红巾同魔鬼常在一块的怪物,藏在林里阴惨的笑了。像一个鸱枭,用那诅人的口,向他说:"狗,回到你营里去告诉他们,你那懂风情的伙伴,我给他一矛子永远把他同妇人连在一块了。这是他应得的一种待遇。"他

先是为那奇突的事情所恐怖,到后来是为这暗中的嘲弄所愤怒,且明白那伙计是在一种误会中代替了自己遭了这苗人的毒手,他就想跑进深林去找寻这个东西。但是,进去时,已经不知到什么地方去了。他走回营去报告时,这人家已起了火,火焰烛天,这火就是巫师放的,他完全明白。

又像《渔》的那一篇写两个宗族间械斗的情形道:

> 在田坪中极天真的在以相互流血为乐,男子向前作战,女人则站到山上呐喊助威。交锋了,棍棒齐下,金鼓齐鸣,软弱者毙于重击下,胜利者用红血所染的巾缠在头上,矛尖穿着人头,唱歌回家,用人肝作下酒物,此尤属诸平常的事情。最天真的还是各人把活捉俘虏拿回,如杀猪把人杀死,洗刮干净,切成小块,用香料掺入,放大锅中把文武火煨好,抬到场上,一人打小锣,大喊吃肉吃肉,百钱一块。凡有呆气汉子不知事故想一尝人肉走来试吃一块,则得钱一百。然而更妙的却是在场的一端也正如此喊叫,或竟加钱至两百文。在吃肉者大约也还有得钱以外,在火候咸淡上加以批评的人。

据说湘西沅水上游,和川黔边境一带有许多苗瑶民族和汉族杂居在一起,唯其生活习惯与我们大不相同。沈从文是湘西人,又曾在黔边军队混过几年,对于苗族生活比较别人多知道一些,故他的作品关于苗族生活的描写要占一部分。这种描写,许多人称为作者作品特具的色彩,也似乎为作者自己所最得意,观其常引"龙朱"二字可知。但以我个人的观察,则较之湘西民族生活之介绍似逊一筹。我们现在以《龙朱》与《神巫之爱》为例。这两篇故事大致仿佛,可说是姊妹篇。龙朱与神巫同是苗族中的美少年;同为许多青年妇女所倾心而庄矜自持;后来同为一个极美少女所感而陷入情网;同有一个愚蠢而颇具风趣像 *Don Quixote* 里的山差邦托的奴仆。故事是浪漫的,而描写则是幻想的。特别对话欧化气味很重,完全不像脑筋简单的苗人所能说出。像《神巫之爱》里五羊知道主人思慕某女郎,自愿充媒介人而主人不许时的一段对话:

主人,差遣你蠢仆去做你所要做的事吧,他在候你的命令。——仆

你是做不到这事的,因为我又不愿意她以外另一人知道我的心事。——主

五羊喋喋不已,坚欲充任斯役,主仆又有一段对话:

你舌头的勇敢恐怕比你的行为大五倍。——主

主人,说金子是在火里炼得出来的,仆人的能力要做去才知道。——仆

神巫既见所思慕的女子呈现于前,便向她求爱道:

我的主人,昨夜里在星光下你美丽如仙,今天在日光下你却美丽如神了。……神啊,你美丽庄严的口辅,是应当为命令愚人而开的,我在此等候你的使唤。我如今是从你眼中望见天堂了。就立刻入地狱也死而无怨。……我生命中的主宰,一个误登天堂用口渎了神圣的尊严的愚人行为如果引起了神圣的憎怒,你就使他到地狱去吧。

作者原想写一个态度娴雅辞令优美的苗族美男,然而却不知不觉把他写成鲁易十四宫廷中人物了。又苗族男女恋爱时喜作歌辞互相唱和,其歌辞虽非我们所能知,但想也不过和《楚辞》,《九歌》,《巴歈舞歌》,六朝民间乐府,刘禹锡所拟《竹枝词》;以及今日所采集的《蜑歌》,《狼獞情歌》,《岭东恋歌》,《客音情歌》大同小异。不意在沈从文笔下写来,却都带着西洋情歌风味。像神巫所唱:

瞅人的星我与你并不相识,

我只记得一个女人的眼睛,

这眼睛曾为泪水所湿

那光明将永远闪耀我心。

又：

天堂门在一个蠢人面前开时，
徘徊在门外这蠢人心实不甘；
若歌声是启辟这爱情的钥匙，
他愿意立定在星光下唱歌一年。

本来大自然雄伟美丽的风景，和原始民族自由放纵的生活，原带着无穷神秘的美，无穷抒情诗的风味，可以使我们这些久困于文明重压之下疲乏麻木的灵魂，暂时得到一种解放的快乐。我们读到这类作品，好像在沙漠炎日中跋涉数百里长途之后，忽然走进一片阴森翁郁的树林，放下肩头重担，拭去脸上热汗，在如茵软草上躺了下来。顷刻之间，那爽肌的空翠，沁心的凉风，使你四体松懈，百忧消散，像喝了美酒一般，不由得沉沉入梦。记得从前读过法国19世纪大作家夏都伯里阳(F. A. Chateaubriand)的名著《阿达拉》(Atala)、《海纳》(René)等关于美洲北部未开辟时土人生活的描写，颇感此等妙趣。但夏氏曾亲赴美洲游历，对北美蛮族的风俗习惯曾下过一番研究功夫，所以其书虽然富于浪漫气氛，实非向壁虚造的故事可比。至于沈从文虽然略略明白一些"花帕族"、"白面族"的分别；能够描写神巫做法事的礼仪；哪能够知道他们男女恋爱时特殊的情形，而他究竟没有到苗族中间去生活过，所有叙述十分之九是靠想象来完成的。许多地方似乎从希腊神话，古代英雄传说，以及澳洲、非洲艳情电影抄袭而来，虽然另有用意——解释见后——初读尚觉新奇，再读便味如嚼蜡了。最近发表的《月下小景——新十日谈序曲》还是以苗族中间英雄美人做题材，意境也没有超过《龙朱》和《神巫之爱》。不过篇幅很短，所取又是散文诗体裁，使读者陶醉于故事的凄厉哀艳的情绪之中，不暇去苛求它的"真实性"，以文笔论，这倒可算沈从文一切苗族生活介绍之中最优秀的一篇。

关于第三项作品题材，极为复杂。以中上阶级而论，则报馆的编辑、官厅的小科员、大学教授、大学男女学生、亭子间里潦倒文士、官僚、军阀、资本家、土豪、下台后终朝拜佛念经而又干着男女秘密勾当的政客、假作正经暗地养着妍夫的太太、争妍取怜妖淫百出的姨太太、骄贵如太子公主的少爷小姐……都曾在他的文中字间留下了一幅剪影。以下等阶级而论,则像船夫、厨子、仆役、草头医生、小店主、边城旅店的老板娘、私娼、野鸡、荒村的隐者、老农夫、小贩子、运私者、木匠、石匠、建筑工人、猎人、渔夫、强盗、土匪、兵士、军队中的伙夫、勤务兵、刽子手……也曾在他作品中当过一度或数度的主角。不过作者对于写作题材虽然这么"贪多",而他的人生经验究竟不怎样丰富,他虽极力模拟他们的口吻,举止;解剖他们的气质,研究他们职务上特别名称,无奈都不能深入。他所展露给我们观览的每个人物,仅有一副模糊的轮廓,好像雾中之花似的,血气精魂,声音笑貌,全谈不上。我们若把茅盾的《春蚕》、《林家铺子》,丁玲的《法网》、《水》,鲁迅的《风波》、《祝福》、《阿Q正传》等篇,和沈从文作品并读,便可以辨别出写作功力的差异来。这就是说茅盾等人的作品好像一股电气震撼读者心灵,沈从文的作品,则轻飘飘地抓不着我们痒处。

童话有《阿丽思中国游记》上下两卷。这是根据英国加乐里(Carroll)《阿丽思漫游奇境记》(*Alice's Adventure in Wonderland*)而写作的。上卷写阿丽思与兔子约翰傩喜先生到中国游历,发现中国许多腐败情形。下卷则写阿丽思由上海大都市到了他湘西的故乡,看到湘西许多野蛮风俗。这是沈氏著作中最失败的作品,内容和形式都糟。正如他自己序文中所说:"我不能把深一点的社会沉痛情形融化到一种天真滑稽里,成为全无渣滓的东西,讽刺露力乃所以成其浅薄。"又说:"在本书中思想方面既无办法,要救济这个失败,若能在文字的美丽风趣,好好设法,当然也可以成为一种大孩子读物。可惜这个又归失败。蕴藉近于天才,美丽是力,这大致是关乎所谓学力了。"这算是他还有自知之明的话。新近称为改变作风的《月下小景》——原名《新十日谈》——体裁模仿意大利Boccaccio的《十日谈》(*Decameron*),借一群偶然聚集某处的旅客,在消遣漫漫长夜或无聊光阴的方便谈出一个个故事来。题材取之唐释玄晖所撰《法苑珠林》中《知度论》,《大庄严论》,《生经》,《长阿含经》,《树提迦经》,《起世经》,《五分律》,《太子须大拿经》,《杂比喻经》等。或把不完全的故事写成完全;或把几个并非同出一经的小故事连缀一处成为一个大故事;或把故事中人物性格改变了赋以现代人的灵魂血肉。里面如《扇陀》,《慷慨的王子》,《寻觅》,《一个农夫的故事》,《爱欲》,写得都很动人。不过作者存心模仿《十日谈》体裁,把每个美丽如诗的故事,放在骡马贩子,珠宝商人,市侩,农夫,猎人口中说出，我觉得很有些勉强。但这还可恕，最不该是故事中间往往插进作家自己的议论或安上毫无意义的头尾，将好好一篇文章弄成"美中不足"。有人说沈从文是一个"文体作家"(Stylist)，他的义务是向读者贡献新奇优美的文字，内容则不必负责。不知文字可以荒唐无稽，神话童话和古代传说正以此见长——而不可以无意义。《月下小景》这本书无意义的例子我可以举出几个来。像《寻觅》那篇，X地青年为了有所不满足抛弃家财和娇妻远赴朱笛国。朱笛国王为了有所不满足抛弃王位而远赴白玉丹渊国。二人努力的结果，知道宇宙的字典永远没有"满足"这二字的存在，要想快乐除非你自己能"知足"。故事写到这里本可以戛然而止了。但作者为要使故事由本人口中叙出起见，又把那个国王和青年打发上"寻觅"的道路，并把他们一生的运命支配在到处漂泊之中，这岂不成了蛇足么？或者我们的作家以为"知足"是东方懒人思想，永远追求真理，才是现代人精神，所以要给故事这样一个结束。不知道文章的结构是要前后相称的。像裁制衣服一样，你起头既裁成一件宽袍大袖的东方式衣服，后来又加上一个西洋式尾巴，便弄得不伦不类了。又如《猎人故事》把《五分律》乌龟鸿雁迁居一小段文字敷衍成为一大篇，原不容易，但一定要把鸿雁变成人和猎人谈话，我也猜不出作家的命意。《爱欲》那篇被刖刑者的爱，全文既侧重妇人与刖者发生恋爱那一点，则前面兄弟为求学之故携带眷属旅行沙漠以至弟妇自杀等等描写都成了累赘。我考《法苑珠林》前后两段本属两个故事，作者将它们连接一起，又不肯使它们互相照应，所以到底还是两橛。

我们既将沈从文四部分作品讨论完毕，不妨再将他作品的哲学思想和艺术来观察一下。

沈氏虽号为"文体作家"，他的作品却不是毫无理想的。不过他这理想好像还没有成为系统，又没有明目张胆替自己鼓吹，所以有许多读者不大觉得，我现在不妨冒昧地替他拈了出来。这理想是什么？我看就是想借文字的力量，把野蛮人的血液注射到老迈龙钟颓废腐败的中华民族身体里去，使他兴奋起来，年青起来，好在二十世纪舞台上与别个民族争生存权利。中国民族以年龄论并不怎样衰老，我们只需将中国民族组织的历史研究一下便可以知道。先秦时代夏商周三民族历史虽比较久远，代之而兴的楚秦民族却是很青春的。五胡十六国之际鲜卑，匈奴，跖跋等族，以及唐以后辽金元清等游牧民族之同化于我，衰老身体里也增加不少新鲜血液。若说现代欧美民族是个二十左右的少年,我们也不过三十来岁的壮年罢了。说起竞争,我想我们的力量并不见得比他们逊色,不过中国民族的年龄虽不算老,文化的年龄却太老了。文化像水一样流注过久,便会发生沉淀质。我们的文化经过四五千年长久的时间,沉淀质之多不问可知。这沉淀质运行在我们身体里,使我们血管日益僵硬,骨骼日益石灰化,脏腑工作日益阻滞,五官百骸的动作日益迟缓,到后来就百病丛生了。加之东汉以后,又接受了印度文化。印度文化是很奇怪的,那些生长热带衣食无忧的圣人,终日危坐森林:竖则恒河沙劫,阿僧祇劫;横则大千世界,三十三天,将精神驰骋在无边无际的境界里,将心灵陶醉在冥想法悦中。实际生活,永远闭着眼睛不看。这思想流传到中国来,与我们固有的老庄无为哲学结合,于是我们的文化便更酵发一层毒素了。胡适曾说印度人曾赠给我们两种有害礼物:一是佛教思想,一是鸦片烟。这话我认为是极有见地的。因为这种种关系,中国文化不但富于沉淀质而已,后来竟成了一潭微波不起臭秽不堪的死水。无论你是一个怎样勇敢有为的青年,到这死水里洗个浴,便立刻变成恹恹不振的病夫。许多新民族入了这老国以后多则一二百年,少则七八十年没有不腐化的,便是铁样的证据。我们生长在这文化里,生存竞争,引为大戒。乐天安命,视为固然。由保守而退化,由退化而也就失去在地球上立足的权利。我们瞻望民族的前途,哪能不黯然以悲,又哪能不栗然以惧!

西洋民族那样的元气淋漓,生机活泼,有如狮如虎如野熊之观,大约因为他们的文化比较年轻的缘故。我们要想恢复民族的青春,便应当接受西洋文化。接受西洋文化,便应先养成强悍粗犷的气质。记得一个日本学者曾说中国人比之日本人和西洋人,面貌上似乎缺乏一种野兽气息。"五四"运动前陈独秀在《新青年》上极力提倡青年的兽性,或者就是为此。沈从文虽然也是这老大民族中间的一分子,但他属于生活力较强的湖南民族,又生长湘西地方,比我们多带一分蛮野气质。他很想将这分蛮野气质当作火炬,引燃整个民族青春之焰,所以他把"雄强"、"犷悍"整天挂在嘴边。他爱写湘西民族的下等阶级,从他们龌龊,卑鄙,粗暴,淫乱的性格中;酗酒,赌博,打架,争吵,偷窃,劫掠的行为中,发现他们也有一颗同我们一样的鲜红热烈的心,也有一种同我们一样的人性。哪怕是炒人心肝吃的刽子手,割负心情妇舌头来下酒的军官,谋财害命的工人,掳人勒索的绑票匪,也有他的天真可爱处。他极力介绍苗瑶的生活，虽然他觉得苗瑶是被汉族赶入深山退化民族，但他们没有沐浴汉族文化，而且多与大自然接触，生活介于人兽之间，精力似乎较汉族盛旺。所以故意将苗族的英雄儿女，装点得像希腊神话里阿波罗、维纳斯一样。他嘲讽中国文化的地方也极多，如《阿丽思中国游记》，《猎人故事》等等皆是。沈从文文字能得多数青年的同情，或者就因为他文字中具有这种投合青年心理的哲学思想吧。

谈到沈从文作品的艺术，我也有点意见想倾吐。沈氏作品艺术好处，第一是能创造一种特殊的风格。在鲁迅，茅盾，叶绍钧等系统之外另成一派。丁玲在文坛上的地位虽然高过他，但丁玲文体却显然受过他的影响。他的文字虽然很有疵病，而永远不肯落他人窠臼，永远新鲜活泼，永远表现自己。他获到这套工具之后，无论什么平凡的题材也能写出不平凡的文字来。好像吕纯阳的指头，触到山石都成黄金，好像神话里的魔杖能够将平常境界幻化为缥缈仙国。第二，结构多变化。茅盾在《宿莽》弁言中曾说："一个已经发表过若干作品的作家的问题，也就是怎样使自己不至于黏滞在自己所铸成的一定的模型中。"郁达夫除自叙体小说外不能写别的东西，张资平三角恋爱小说千篇一律，可见茅盾所说的困难打破之不易。沈从文小说题材既极广博，结构上要使它不雷同很难办到。但我们的作家，在这方面很显了些手段。他的小说有些是逆起的，例如《喽啰》；有些是顺起的，例如《岚生同岚生太太》；有些是以议论引起来的，例如《第四》；有些是以一封信引起来的，例如《男子须知》。他虽然写了许多篇短篇小说，差不多每篇都有一个新结构，不使读者感到单调与重复，其组织力之伟大，果然值得赞美。而且每篇小说结束时，必有一个"急剧转变"(a quick turn)。像《虎雏》那篇，他所收养教育的聪明小兵终于逃走；《夜》那篇，隐居老人开房示人以死妇尸体；《牛》那篇，牛大伯的牛被拉夫者拉去；《冬的空间》那篇，X女士之投海；《入伍后》那篇，二哥之被仇人肢解；《岚生同岚生太太》那篇，太太闻女校学生烫头发出而掷其火酒瓶……全篇文字得这样一结，可以给人一个出乎意外的感想，一个愉快的惊奇。

第二，句法短峭简练，富有单纯的美。听说沈氏常以此自夸，则这种文笔之造成，一定是他有意的努力。如《我的小学教育》自述小时生活道："正月，到小教场去看迎春；三月间，去到城头放风筝；五月，看划船；六月，上山捉蛐蛐，下河洗澡；七月,烧包;八月,看月;九月,登高;十月,打陀螺;十二月,扛三牲盘子上庙敬神;平常日子,上学,买菜,请客,送丧。"这似由一首旧式儿歌变化而来,句法则似月令。举此一例便可概其余了。

第三,造语新奇,有时想入非非,令人发笑。像"这个人那时正从山西过北京,一个又体面又可爱的人物,在×××最粗糙的比喻上,说那个人单是拿他的脸或者一张口,或者身上任何一部分放到当铺中去也很容易质到一笔大数目款项"(《第四》);"因为好天气,是不比印子钱可以用息金借来的"(《牛》);"人家的怜悯,虽不一定比送礼物来得不慷慨,却实在比礼物还无用的一种东西"(《爹爹》)。诸如此类的言语,沈氏作品中几乎俯拾即是,不必具引。别说这是容易,一个性灵尚未被旧文学格式压扁和窒死的人才能有这样自由的想象,才能作这样有趣的譬喻。

沈从文创作的缺点也不能说完全没有。首先过于随笔化。他好像是专门拿Essay的笔法来写小说的。他曾自己解释道:"从这一小本集子上看可以得一结论,就是文章更近于小品散文,于描写虽同样尽力,于结构更疏忽了。照一般说法,短篇小说的必需条件所谓'事物的中心'、'人物的中心'、'提高'或'拉紧',我全没有顾到。也像有意这样做,我只平平地写去,到要完了就止,事情完全是平常的事情,故既不夸张,也不剪裁地把它写下去了。……我还是没有写过一篇一般人所谓的小说的小说,是因为我愿意在章法外接受失败,不想在章法内得到成功。"(《石子船·跋》)本来用随笔体裁写故事,在法文有所谓"Conte"者之一体。如佛朗士《我友之书》(Le Livre de mon ami),都德的《磨坊尺牍》(Les Lettres de mon moulin)、《日曜故事》(Les Contes du Lundi)就是这类文章,这与小说(Novel)是大有分别的。沈氏原是个"说故事的人",用 Conte 体裁来写故事亦未尝不可,不过篇篇如此,也就有些讨厌了。

次则用字造句,虽然力求短峭简练,描写却依然繁冗拖沓。有时累累数百言还不能达出"中心思想"。有似老妪谈家常,叨叨絮絮,说了半天,听者尚茫然不知其命意之所在;又好像用软绵绵的拳头去打胖子,打不到他的痛处。他用一千字写的一段文章,我们将它缩成百字,原意仍可不失。因此他的文字不能像利剑一般刺进读者的心灵,他的故事即写得如何悲惨可怕,也不能在读者脑筋里留下永久不能磨灭的印象。在这一点上他与王统照初期作风倒有相像处。据赵景深说,王统照的文字"都是经过若干次的修改和锤炼的"，然而我们读了他的《春雨之夜》、《黄昏》、《一叶》等作只觉得它们"肉多于骨"；只觉得它们重复，琐碎，令人厌倦。世上如真有"文章病院"的话，王统照的文字应该割去二三十斤的脂肪，沈从文的文字则应当抽去十几条使它全身松懈的懒筋。作者写文字时信笔挥洒毫不着意，思想到了哪里他的笔锋也就到了哪里。不幸他的思想是有些夹杂不清的，所以文字的体裁也就不能十分精醇爽利。

作者虽未曾受过高深的教育，未曾读过多少书，然而他有像英国哲学家斯宾塞磁石一般善于吸收的头脑，野猫一般善于侦伺的眼光。哪怕在一个平凡人生经验上，一篇书上，一句普通朋友谈话上，都可以找到他创作的灵感。似乎世间没有一件事一件东西不足融化而为他写作的题材的。有时他的灵感从什么地方得来，我们都可以清楚知道，不过叫我们去写却写不出来。他自己说能在一件事上发生五十种联想（《阿丽思中国游记·自序》），大约不是一句夸诞的话。为了他有这样能力，所以拼命大量生产，拼命将酝酿未曾成熟的情感，观察未曾明晰的对象，写成文章。有时甚至不惜捏造离奇古怪不合情理的事实来吸引读者的兴趣，像《都市一妇人》和《医生》简直写成了一篇低级趣味的 Romance，他文章的轻飘，空虚，浮泛等病均由此而起。这时候他过强的想象力变成他天才的障碍，左右逢源的妙笔也变成他写作技巧的致命伤了。我常说沈从文是一个新文学界的魔术家。他能从一个空盘里倒出数不清的苹果鸡蛋；能从一方手帕里扯出许多红红绿绿的缎带纸条；能从一把空壶里喷出洒洒不穷的清泉；能从一方包袱下变出一盆烈焰飞腾的大火，不过观众在点头微笑和热烈鼓掌之中，心里总有"这不过玩手法"的感想。沈从文之所以不能如鲁迅，茅盾，叶绍钧，丁玲等成为第一流作家，便是被这"玩手法"三字决定了的！

但是作者的天才究竟是可赞美的。他的永不疲乏的创作力尤其值得人惊异。只要他以后不滥用他过多的想象力，将作品产量节制一点，好好去收集人生经验，细细磨琢他的文笔，还有光明灿烂的黄金时代等着他在前面！

（原载《文学》1934 年第 3 卷第 3 期）

萧红作《生死场》序

鲁 迅

记得已是四年前的事了,时维二月,我和妇孺正陷在上海闸北的火线中,眼见中国人的因为逃走或死亡而绝迹。后来仗着几个朋友的帮助,这才得进平和的英租界,难民虽然满路,居人却很安闲。和闸北相距不过四五里罢,就是一个这么不同的世界,——我们又怎么会想到哈尔滨。

这本稿子的到了我的桌上,已是今年的春天,我早重回闸北,周围又复熙熙攘攘的时候了。但却看见了五年以前,以及更早的哈尔滨。这自然还不过是略图,叙事和写景,胜于人物的描写,然而北方人民的对于生的坚强,对于死的挣扎,却往往已经力透纸背;女性作者的细致的观察和越轨的笔致,又增加了不少明丽和新鲜。精神是健全的,就是深恶文艺和功利有关的人,如果看起来,他不幸得很,他也难免不能毫无所得。

听说文学社曾经愿意给她付印,稿子呈到中央宣传部书报检查委员会那里去,搁了半年,结果是不许可。人常常会事后才聪明,回想起来,这正是当然的事:对于生的坚强和死的挣扎,恐怕也确是大背“训政”之道的。今年五月,只为了《略谈皇帝》这一篇文章,这一个气焰万丈的委员会就忽然烟消火灭,便是“以身作则”的实地大教训。

奴隶社以汗血换来的几文钱,想为这本书出版,却又在我们的上司“以身作则”的半年之后了,还要我写几句序。然而这几天,却又谣言蜂起,闸北的熙熙攘攘的居民,又在抱头鼠窜了,路上是络绎不绝的行李车和人,路旁是黄白两色的外人,含笑在赏鉴这礼让之邦的盛况。自以为居于安全地带的报馆的报纸,则称这些逃命者为"庸人"或"愚民"。我却以为他们也许是聪明的,至少,是已经凭着经验,知道了煌煌的官样文章之不可信。他们还有些记性。

现在是一九三五年十一月十四的夜里,我在灯下再看完了《生死场》。周围像死一般寂静,听惯的邻人的谈话声没有了,食物的叫卖声也没有了,不过偶有远远的几声犬吠。想起来,英法租界当不是这情形,哈尔滨也不是这情形;我和那里的居人,彼此都怀着不同的心情,住在不同的世界。然而我的心现在却好像古井中水,不生微波,麻木的写了以上那些字。这正是奴隶的心!——但是,如果还是扰乱了读者的心呢?那么,我们还决不是奴才。

不过与其听我还在安坐中的牢骚话,不如快看下面的《生死场》,她才会给你们以坚强和挣扎的力气。

(原载《且介亭杂文二集》,上海三闲书屋,1937 年)

许钦文论

李长之

一、导言

我已经养成一种习惯了,对于一个人的作品倘若没有遇到机会整个的去看的时候,我是宁愿不作片断的浏览的。这理由很简单,就是我怕看不全一个人的作品,容易得到一种不正确的印象,而这不正确的印象久而久之,会成了偏见,便反而妨碍虚心。因为这,我倒是时常惭愧,并不如不从事批评的朋友之欣赏的广博。

从前我没有读过许钦文先生的作品,也就是预备有机会统统去读的缘故。

但是我应当告罪了,这实在是应当早早去注意的一个作家。有着时代的烙印的许钦文先生的作品,其中反映了现实,而毫不勉强,他长于写青年心理,巧于运用对话,善于描摹女性的思想行动,之外,我们又见出他的观察和构思的勤勉与忠实。忧郁起伏的心理之写照,已构成了作者特有的作风。对于有着十余年的创作的历史、长篇五六种、短篇在百数以上的成绩的许钦文先生,我们应当怀着如何的敬意!同时,在他作品中的疏忽或失败之所,我们也当怀着如何的诚意,正如同发现他的优长样的不能随便放过了。

只可惜,就我所知道的许钦文先生的作品中,似乎先有被收入《晨报短篇小说集》中的,我没有细翻,《鼻涕阿二》和所谓《短篇小说三篇》,到底没有见,就中《鼻涕阿二》未得读,觉得尤为可憾,而《爱的突变》一篇,在零散发表时未去读,现在也似乎未有单行本问世,这些都付阙如,那么我所根据的,就只是他的十一本创作集和一本理论《创作三步法》了,因此,我希望读者不要把这看作定稿,因为我却愿意有机会,俟订正于将来。

二、许钦文创作之进展的考察

以一九二二年为始,以至现在的许钦文先生的创作,可以分为三期。第一期是从一九二二到一九二六年,时代背景是"五四"文化运动的余波,代表的作品是《故乡》和《赵先生底烦恼》。第二期是从一九二七到一九二九年,时代背景中是掺入了国民革命后的许多现象了,代表的作品是《若有其事》和《西湖之月》。此后是第三期,"五四"文化运动的内容已变为平常,革命后的现象也已见惯,于是这些遂不复能作为作者小说的取材了,而使他得以发挥他的所长,专写心理现象,因而有更纯粹的艺术制作出现,这便是一九三二年创作的《两条裙子》,第三期也就可以以《两条裙子》为代表。

我们不能不注意《故乡》,因为这是作者的第一个结集;包括小说二十七篇,作品是自一九二二到一九二四年。

不客气地说,这虽然是经过了选择的结集,在开头我们依然看出那失败的痕迹来。首先是文字方面,颇不干净利落,常常多了花样,而更显得笨拙,例如不说"死"而说"早已旅行到非人间的世界去"(页二),是颇为不必要的,又如不说"写出"而说"把它移到纸的条痕版上"(页一七),也只觉得费力而不讨好。在内容方面,则得太单纯,例如《大水》、《毁弃》之类,纵然略有意思,也如跳舞的艺术吧,只跳了一下,无论如何,是使人不能满足的。同时,又有的故事依然简单,而头绪加多了,这只有混乱读者的视线,而感到疲劳,例如第一篇《这一次的离故乡》,至少其中包括学业、职业、生活、婚姻,这令人失却了把握作者的要旨的勇气,审美的气氛当然被破坏。照他的内容论,既然多半是日常生活中的片断和点滴,文字便宜于流动,轻易;但是因此,却往往把那空虚简单的内容,更牵到平淡、抽象里去。所以统体上看起来,是那么淡淡的,使人感印一点不深。

话虽如此,但已经表现了作者特有的才能和勤勉了,在统体上平淡之中,我们已经遇到了像一颗颗耀眼的珍珠样的东西。他写小事非常亲切:

> 回忆我五六岁的时候,一刻不能离开母亲,一天不见,一天流涕。夜半如听见有狗吠或者风吹物响等声音,就必须用手去摸她,看她是否在我的身旁。(页五)

他写青年心理非常活跃:

> 过几天,也是赴学生会会议回来的晚上,凡生欣悦的又和他的同学甜蜜蜜的说:"在那里,姓王的口才最漂亮,不过动作鲁莽些;姓倪的姿态最窈窕,可惜脸上有点麻;还有一个我还不知道她的姓名,我也无心去探问她,反正我并不注意她,虽然她的服装很华丽。我最爱看的是姓赵的,我以为她最得人意,她温和的态度,红润的脸庞,嫩白的手臂……委实最为合适。衣服也很时髦!"
>
> "她,那个姓赵的,还忽然向我盯了一眼,似乎很注意我的样子呢!"凡生思索了一会,现着更是得意的神气,出神的又说。
>
> 凡生重视名誉,他曾对人说过好几次:"名誉乃人之第二生命。"因为他的继母使他获得孝子的名望,他很重视她,他一想到他家里的人,第一个复现在他脑里的印象总就是她。可是自从结识了赵女士以后,他对于继母不知不觉的,逐渐的怀疑起来,觉得她对于他实无切肤的关系了。
>
> 一天一天的过去,凡生的脑里,他继母的印象一点一点的模糊起来,赵女士的一点一点的深刻进去。
>
> "不妨尝试一下吧,"凡生踌躇了半天,终于决定的想,"反正不进行是没有成功的希望的。"于是他又郑重的思索了一回,拿起笔来迅速的写满了两张八行书的信纸,着忙的封好,立刻叫校役赶紧的送进邮箱去。(页二四至二五)

他写女性非常逼真：

> 原来她的以为他可以当作丈夫，和他私自订约，是出于不知不觉，一经她的父兄的提明并且否认，她就也不知不觉的以为做错了。（页六一）

他小说中的对话，自然而真切：

> 只是睡觉，有时起来喝点水，不愿吃饭，也不要点心。"怎么只是睡觉，难过不难过，大概是路上辛苦疲倦了？"他起来喝水的时候，我就停一停工作问他。"没有什么，只是觉得睡觉好，大概是路上辛苦疲倦了。"他回答。
>
> 三天以后的早晨，他觉得嗓子有点异样，仰着头张着嘴要我察看。我看后诧异的和他说："喉头上有小小的一点白呢！""是痰吧。"他说完咳嗽了一下又让我看，可是白头仍然存在；他又说："我在家里常是觉得这样的。""不，出门人宁可小心点，让我出去打听打听医生吧。"我说完收拾工具，预备出去。他起初以为可以不必，思索了一下，说了句"也好，出门人宁可小心点。"又躺下睡去了。（页三七至三八）

这种种特长，以后是发挥得更好了，但是开其端的，就是这在十几年以前的第一个创作集《故乡》。

在创作集《故乡》里，见出作者的用心在观察。人家请客的时候，他在观察，所以有《一餐》；在他去访人的时候，在会客室里他在观察，所以有《请原谅我》；甚而对于猫也有观察，所以在《猫的悲剧》里，他会有对于猫的面貌的详述（页一三四）；对于婴儿也有观察，所以在《父亲的花园》里，他会形容：

> "还有谁要呢？"父亲笑着凭空问道。这时槐弟尚小，不知道要花，只是看见父亲笑了，张着小嘴巴，露着两粒小牙，闭着眼睛的也笑，同时两个小拳头在母亲的头上只乱敲。（页一九〇）

可见他无时不在观察,像画家所不可离的素描工作一样,《故乡》恰恰是代表一个用功的人的素描册。因为观察,这就形成了他的作品的一个特点,就是他的小说中关于人物的面貌衣饰从来不会漏落。他观察之后,则试用种种形式,而把他的观察加以寄托。

自然,他这样用功的去观察是很好的,为一个从事艺术的人所必须。但是为不愿意轻置他这种种观察,以素描而当作了成幅的画看,却令人有不足之感了。因此很容易令人得一个"有观察而无思想,有描写而无结构"的印象。他的取材,既多日常的生活,所以容易是片断,而缺少形式。形式,是的,我所说的形式,是他取自没有形式的现实而组成艺术品时所必需的。

打破了这个难关的,就是他的好作品。《传染病》是一种随笔体,形式可以随便,只须写得很真,就看去十分完整。《一餐》亦然,他写的是一个侧面,所以如实的写下,只要充实,也就可读。其余《口约三章》以松巧胜,《疯妇》以凝整胜,而《妹子的疑虑》、《职业病》、《邻童口中的呆子》、《小狗的厄运》,或用小说中的一种特有的氛围,把整篇的精神统摄,或用故事中的一件不相干的东西而为贯串,总之,使全篇成一个整个统一的东西,所以这都是成功的作品,也便是有了我所谓的形式。

这八篇东西,尤以《口约三章》、《疯妇》、《职业病》和《小狗的厄运》为最出色。在《口约三章》中,写青年夫妇赌过气后吃饭的情形:

> 他很快的吃完了一碗,放下碗筷,站起身来,似乎就算吃了,走了二步,忽然回转身来,又吃了两碗,补足他平时的食量。她平时晚餐两碗,这时终于只吃了一碗,时间却延的很长。(页一二〇)

不能再入微了吧。《职业病》,我认为是这本小说集里第一篇文章,倘若单就这篇看,是很有点莫泊桑风的。

他给人的印象总是轻的,在风平浪静之中,我们时而看到婚姻自由的呼声,我们时而看到旧文化的挣扎的残渣,也有现实之中的理想,但是淡淡的;也有生活空虚里的凄凉,但是淡淡的。他决不浓烈,他的人物决不热狂,没有宗教味的信仰者,也没有固执的幻想的理想主义者。他不利用小巧,却也没有惊人的大巧。但是他忠实,有着时代的烙印而不勉强;他勤勉,他刻画着现代青年男女的心理记录而不松懈。——这是他第一个创作集给人的印象,却也几乎是他所有的创作的面目的轮廓。

继续《故乡》而出的短篇集,是包括二十四个短篇的《毛线袜》。作品是从一九二三到一九二六年的,我们知道在《故乡》中已经收到一九二四年的作品了,所以我疑心这是在编《故事》时所删落了的东西。除了《我看海棠花》一篇以外,大都是失败之作。《我看海棠花》是写在礼教的束缚下,一个小小的牺牲者——竹心想一个尼姑,而不敢说,只好说在看花(页一二三)。其他各篇,所写的也无非是旧式婚姻的不合适、婚后生活的烦闷、三角恋爱的痛苦等等。不错,这里头有幻影的败灭,如《倦》;也有所向往,如《一个油渍》;但都仍是淡淡的。片断,散乱,反映时代有余,表现技术不足,这些倘和《故乡》里的比较,则是多半像《故乡》里那些失败的作品的。

从许钦文创作的内容上看,他的文字须要含蓄,因为他所写的是日常的平淡的故事,倘若再不含蓄,是势必如真实的平板乏味了;同时他的文字须要刻画,因为所谓刻画,就是把现实雕塑得更深刻些。艺术和现实究竟有点距离,所以有的人去追求典型,这是古典主义呵;有的人去夸张个性,这是浪漫主义呵:无非是在距离上作功夫。即是写实主义,那要着也在摄取和剪裁。和现实一模一样,又何必要艺术!在许钦文的作品里,我已说过,他没有热狂、理想、信仰,所以他不容易在这方面发展,而他所要的,乃是在写实方面的技术的求精。表现了含蓄而又刻画的.就是他的第一个长篇,作于一九二六年的《回家》。

以作品的形式论,长篇是易于短篇的,因为长篇东西可以借助于结构,结构又有时候可以取巧于事情的自然进展。短篇是摆不开的。在这种场合,所以以许钦文先生的创作在短篇中以获得形式为必需为困难者,在长篇里可以化为轻而易举了。从这种种方面看,不难了然《回家》是一部无可訾议的作品。

他不但观察,还有讽刺。人物也各有个性。他写何账房的贪吃(页三九),他写李耀祖的点烟(页五一),他写镶着金牙齿的白脸之说话不负责(页六〇),他写一般揣测武断之不可信(页七一),都成了颇可寻味的场面。令人如见其事,这是刻画,令人却有多少在脑子里起一种同情的回味的余裕,这是含蓄。所以这本书,是相当的成功了。

像他的短篇没有刺激人之事一样,他的长篇也没有特别刺激人的情节。但是反映的,有忠实的现实,表现作者勤勉的观察。

同年写的《赵先生底烦恼》,我却认为是比《回家》更好的一个长篇。其最大的贡献,是描写了恋爱与神秘性,人们在婚后之腻,爱情的转换和破灭,尤其出色的,是写女性的心理。

故事是三角恋爱,赵先生夫妇,还加一个赵先生的男学生。后来赵太太和那学生的恋爱也破灭了,这便是那梗概。其中写女性的心理实在太好了。先是赵太太说:

"……以前你不也就是我的恋人么?我们不是由恋爱而结婚的么?可是现在,我常想和你谈谈,想使你得到些快乐,你却欢喜老是起劲的工作。有时候,弄得点东西,想快快乐乐地吃一场,你总是一边吃,一边不知道是在想些什么,或者没有嚼碎就咽下去了,或者吃得一半就算了,总是败兴而终的。好容易领到了点欠薪,以为总可以给你新作几件衣服,多到市场游戏场一同去走几趟,你却就把一大部分送到书铺子里去。总之,我常想使你快乐,你老是拒却我这好意,使我也不能快乐。你自己说,我这些话是不是没有根据的?"

"只要小小地快乐快乐就可以算了么?"我又问她。

"可是做人为什么?恋爱是什么?为什么要有恋人?"

我一时委实不能够简明地回答她这三个问题,可是由她这些话可以知道她是专在求快乐,是在专由自己使人快乐而求快乐,她是要别人因她快乐了才能快乐的。(页二二至二三)

他写的女性,实在逼真。他写女性的曲折,心计和糊涂,我认为单以心理描写论,我敢大胆地说在《西厢》以上,而不逊于《红楼》:

石英昨天晚上就不时地喊"吃力"!夜间不时地呓语,狂叫地惊醒了好几回。她的确病了,所吐的自己也承认是寒痰了。体温很高,发燥得很厉害,病势很有点重了。

　　　　我为她从柳条箱里取衣服，无意中在箱子底里发见了许多包酥糖和别的
　　点心。可见她在大前天所说干点心如数偷吃完是谎话。可见她前几天确也是
　　病的，不过轻点罢了，所吐的确也是寒痰，只是没有像现在的厉害。她原因为
　　已经到了星期五，所以竭力勉强起来，预备招待振东。因为怕得振东始终怀疑
　　她，所以竭力地装作并没有生过病的样子。又怕得我疑惑，特先预备一切，用
　　出种种手段，先把点心藏好，构成许多连环似的谎语，取笑我，阿媚我，抱着我
　　走，大嚼东西给我看，又给我玩。

　　　　问她究竟是不是这样的，虽然不完全承认，也不完全否认，只是含混地对
　　付。可是确是这样的，只是不好意思承认罢了。

　　　　她的用心实在太苦了，可是现在最吃苦的也就是她自己。（页八五至
　　八六）

后来这里所谓振东，就是赵先生的学生，被赵太太石英疑惑是和 LWC 女士好了，
纵然证明了并无其事也仍不能释然：

　　　　丈夫是丈夫，恋人是恋人。是的，在石英，振东原是个寄托理想的东西。
　　理想一经打破是难以恢复的，理想既已打破，虽然振东依然是振东，但是在石
　　英早已变作另一种东西了。

　　　　石英终于不说明前提地断说，振东对于 LWC 女士原是个竞争的失败者。

　　　　她又带着鼻音轻视地说：

　　　　"哼——他！"（页一五八至一五九）

这故事也就收场。《鼻涕阿二》与短篇小说三篇未见，不敢说什么话，以见到的这四
本说：《赵先生底烦恼》不能不说是许钦文在第一期创作里最大的收获了，加上《故
乡》中的几个精彩的短篇，所以我认为是第一期的代表作。

　　第二期的作品开始于一九二七年的《幻象的残象》。在这里的故事完全是革命
后的现象了，这里有劳资问题解决的不满（页一五），有女性解放的不彻底之责难
（页一七），以及一般的假借共产党的罪名的诬陷之设计等（页一九七），也仍有婚

姻、恋爱问题,但是加入革命的成分了,成了一种新式的英雄与美人的场面(页三八)。其描写成功的方面,却还是在心理,例如在《旧妻新婚》里,他写到小说中的主人克刚,遭受了女友黄筱芳的不理,从校门出去,想到世路本甚广阔,听见造币厂的机轮,而想到金钱制度的可恶,忽然想犯法,又以思及铁窗风味之苦而中止,变革和苟安,在心中交战,女友幻灭了,想到母亲,想到家,想到改造自己原来的妻(页一二八至一三一),写这种种起伏,总表现他的才能。以完整论,在这十二篇短篇的结集中,却似乎要算《杨秋音》。

在一九二八年,许钦文出版了三本创作:《仿佛如此》、《若有其事》和《蝴蝶》。

《蝴蝶》是一本就内容说有点温热、就技术说不免浅薄的童话。在这里似乎是一个残梦的光景,有作者一部分生活的意义在,而两性的关系却美化了,理想了,更诗意了。其写女性——象征而为蝴蝶——的若即若离(页六五),令人绝望中又诱引以希望(页六九),仍有他的成功,而他写男性的象征之蜻蜓,心理上起伏又起伏(页一七),尤可以代表出许钦文风。但我总觉得不是一本太用心的作品。

纯粹短篇的《仿佛如此》和《若有其事》,其中却各有精彩的杰作,而且的的确确是超过了《故乡》的。

在《仿佛如此》中,我要特别提及的是四篇:写稚小的性心理的是《小花猫的故事》(页一六三),写在小孩子已经发挥了典型的女性,妒忌和暗要求而不明言,于平淡中而有丝丝的酸味的是《有斯姑娘》(页一二三),十分有诗意,而说明了人生态度之两种:妥协与高傲的是《寒山寺》(页一三一),类似乎《蝴蝶》的企图、而是优美的童话、成功写出了男性追不到的饥渴与犹豫以及女性逃掉了时的高傲的是《兔底肥胖和怕猫》(页一五五)。

同是包括十四个短篇的《若有其事》,其中可取的文章却是更多的。《鬼白》、《昏夜里的独幕剧》、《辞职》、《牛头山》、《狼叫的羊》、《伏中杂记》,都是很精彩的。因为时代背景是革命以后,所以所写的就是武装同志、学校的恐怖、清党、捉人的故事了。文字也转而十分简劲,紧凑和利落。不特是为时代留一迹痕,还加上一种反抗的情绪,这就是《鬼白》,完全为革命时代的青年呼冤的。不特是写心理过程,还有很好的讽刺,这就是《狼叫的羊》,把文学家的故作声势的把戏拆穿。因此这两篇在我认为尤其是精华的精华。

好像故意地为时代留一个影子似的，乃是一九二九年写出的长篇《西湖之月》。文字比《蝴蝶》强多了，不那么松弛。事业和恋爱的心的交战，这也确乎是青年的生活。有几个地方，写人的神情太好了，即如写校中校长和训育主任的诘难：

"可有什么办法呢？"林校长说着斜眼看了看阮主任，"去保释是不成的了，有了这种情形，学校里不能先自举发，我们自己也已不光面，至少要算办事疏忽的了，还有什么话可说呢？"

林校长说了又斜眼看了看站在一旁的训育主任劳天音。劳主任是嘴唇黑紫紫的老黄脸，蓬着分头的西式发，穿着深灰的中山装，这时早已紧张着脸。经林校长斜眼看了，就现出好像将要哭泣的神情，也就颤动起黑紫紫的厚嘴唇来说："真是人心难测，吴梅屏和陈良芝这两个学生在平时看着倒都像很用功的样子的。"（页五四至五五）

又如写青年人所常有的那种辩不到一块去的争辩的结局：

……仍然各是其是，好像以为理论胜利以后，事实也就实现了的样子。终于又陷到了缺第三者作公判人的情形，却也像没有让第三者来公判的机会的样子，因为已经很坚决地各是其是了。

经过了很久的静默，裘汉民借口要去写信，很不自然的走了。方子英看着他的背影移出了视线，顿然觉得非常寂寞了。（页九四）

特别是写：

他已气急得非常愤恨了，觉得已非马上提出辞职不可。但他一想到了提出辞职以后就得怎样作去，多少计划，仍然得不到相当的办法，知道赶到别处去，既然情形都一样，至少差不多，反正总也难免受辱，认为只好暂且忍耐，也就决意暂且忍耐了。可是还想赶到会计课或者径向校长去责问。出一出气，畅快一下。但他再想到了责问以后就得怎样作去，多方计划，也仍得不到相当

的办法,知道结果难免无聊,反正是受辱,认为也只好暂且忍耐,也就决意暂且
忍耐住了。(页七九)

专门擅长写小资产阶级知识分子的犹豫起伏的心理过程,这就是我所谓的许钦文
风。《西湖之月》和《若有其事》是我认为许钦文先生创作的第二期的代表作。

第三期的代表作是《两条裙子》。

在《两条裙子》前,他出版过一本《一坛酒》,是在一九三〇年。不过我很怀疑这
未必是这时的创作。不能遵行《孝经》的苦痛(页一九五),也似乎是"五四"时代的
矛盾,如《团扇》、《情饿》之类,又都似乎是敷衍一点点心理观察的心得而成篇者,文
字每觉词费,内容常感贫乏,所以我疑心有早期删落了的东西,如《毛线袜》然。不
过,像《七月十八》一篇,因为亲切,不失为一篇好的散文,《同情泪》算是有一点
技巧。

作于一九三二年的《两条裙子》,我却认是超过了他所有的长篇。这是写两个
女子的同性恋的,叫作柳子的一个,有一个哥哥是画家,已经死掉,这令人很容易想
到就是陶思瑾。另一个女子是碧栗。她俩起初因遭遇相同而要好,终于证明两人
是十分不相投了。柳子喜欢衣饰,碧栗爱好读书,感情一到了有着裂痕,遂不可收
拾,而以格杀收场。局面是悲惨的,但由许钦文写去,我们并不觉得恐怖,也不觉得
奇异,倒是觉得非常自然,以为这悲剧的收场为不可免。因为,我们已由许钦文那
写实、剖析的笔把我们的情绪给镇静了,只有为书中的主人起一种同情的怜悯。许
钦文长于写心理,尤其熟悉于女性的思想行动,所以这是他十分拿手的题材,无疑
地,这本小说是他最成功的一本纯艺术的制作。

在这本小说中,尤其于两人情感有了裂痕以后,表现了许钦文惊人的心理描写
的才能。他写这两位女性之特别斤斤于衣服与头发,见出二人在性的方面的空虚
(页一三〇、一三一),他写二人之嫉妒小气,见出她们相爱之深而已走入了魔道(页
一七一、一七四),都生动极了。他写女性的使性:

　　谈话声停止了,柳子并不去换穿衣服,也不出去,她和碧栗两个人依然留
在宿舍里。门外路上人声很热闹,不时响着咕咕的汽车声,也夹着自行车的叮

铃铃的声音。

"好了!"过了许久碧栗突然这样说了起来,"柳子! 我等你,你就去换衣服吧! 为着要维持我俩底希望来抵抗苦恼,一切由我认错就是了!"

"我不要换了。"过了许久柳子才这样懒懒地回答。

"为什么呢?"

"因为我已不高兴,懒得换了。"

"那么就这样出去吧!"

"我也不去了!"

"怎么了呢,柳子?"

"兴致已经没有,懒得走动了。"

"一切已经由我认错了呢,柳子! 不要这样吧,你这样我更要难受了,我俩仍然一道好好地出去吧!"

"还是由我来认错吧,碧栗! 一切事情原是我错的呀!"

柳子这样若无其事地说了! 便站起身来,随手解开衣钮,脱去了上衣,似乎就去换穿另一套衣服。但她把刚才脱下来的多了皱纹的上衣挂好以后,就连裙子也解掉,当即倒在床上睡了。(页一三六至一三八)

这算是一窝。其他差不多快近结局的时候的描写都极好。

这一期的《爱的突变》一小说未见,还是不敢说什么话,特如这长篇《两条裙子》,却确乎是十分佳胜的了,所以我认为是第三期中的代表作。

三、结论和余论

许钦文先生的十一种创作,我们算是检讨完了,如上所说,则短篇中最好的是《若有其事》和《仿佛如此》,而《故乡》、《幻象的残象》次之,《毛线袜》、《一坛酒》又次之。长篇中,《两条裙子》最佳,《赵先生底烦恼》、《西湖之月》次之,《回家》、《蝴蝶》

又次之。

他的小说多半不离乎事实。所以在《回家》序上说:"八九年以前所经过的",后记上也说"原如回忆录的变相";在《赵先生底烦恼》上也说许多事实,都是根据亲自报告,允许发表而写;《幻象的残象》的序文上有同样的注脚,而《西湖之月》的后记中,更明白说事情是现代的,免不掉现代人的共通点。

他固然有童话样的创作,但他那是把现实中所观察了的而抽象化,而使阿猫阿狗去扮演一番而已,并不是奇思幻想的想象。像他的小说中没有热狂、信仰、理想样的,他也没有奇幻的想象。充其量的心思的活动,是把现实中的观察加以平均,加以拼凑,加以移挪而已。不过靠观察,就有他观察的勤勉和忠实,这便是他的优长,他又特别有一种才赋,能够把握青年的心理,而特别是女性,这使他的小说成就一种独立的特色,大概也算是他勤勉和忠实的酬劳了。

因为多半是现实的,他不能不求多加一点花样,以避去平板,然而因此,我们在他的小说中时常发现不必要的层次了,例如在《故乡》中,把一个离开爱人的情绪而托之于一张包花生米的字纸的记载(页二四五),在《幻象的残象》中,把父母为不应允女儿的婚姻而要诬陷人作共产党的计划托之于两个小孩的扮演(页一九七),在《若有其事》中,把一个人告诉的故事认为小说材料,即把这以报告为小说的事也写成了小说(页一一二),在《一坛酒》中,把一个人的恋爱而必须是由妹妹所翻到的日记中透出(页二九),把一个人的为情自杀而必须由村人发现了当事者的记载而始得知(页二〇六),这些统统是不必要的。故事的本身动人,不必这种层次,是一样动人的,偏偏这样巧,反而使读者空为这些不必要的层次而疲劳,有时反失却了真实感。

因为取自现实,故事的性质常有雷同的,例如《银幕前》,就类似《赵先生底烦恼》,同是自己的学生与自己所爱的女人恋爱;《夕阳》就类似《一生》,同是失了安慰的老人,虽然一是男,一是女;《等候》一篇,则其看女性如《看演讲去》;彼此心理的相同如《在湖滨》,在这些地方,我认为倘若捉到一个印象,拣好的机会把一个写好,则不必再写了。

取自现实,忠实地在观察,没有热狂、信仰、理想和幻想,是许钦文先生平易轻淡的作风之所自。用更大的篇幅，用更刻画的笔墨，宁自冷酷些，反抗些，诅咒些，这是我们所希望的。

照《故乡》里《已往的姊妹们》所记，许钦文先生在民国元年十六岁，则现在无疑的是四十五六的人了，已可称为中年。我认为他的笔可以写多方面，他之忠实地写出现代知识分子的起伏心理以及女性的思想行动，是其贡献，但他之只写了这些方面，却是他的吃亏。不知道他什么时候生活安定些，我们可以希望有比《两条裙子》更伟大的精心巨构出来呢？

廿四年十二月九日草于济南寓楼

跋：

本文写完以后，又得见许钦文的《短篇小说三篇》（一九二五年）和包括许钦文十八篇小说的《晨报小说第二集》（一九二四年），这使我对于本文又有所印证和补充。

让我印证的是，在《短篇小说三篇》里，我又见出他的观察之勤，如《吃锅贴》；也见出他的熟悉青年心理，愿爱人兼作妹妹与母亲，即得不到答复也有希望中的陶醉，这是《与未识者》；更见出他的小说与事实之关切，可以证诸他的自序："虽然是取材于梦境和幻想，但是基本观念总由于见闻所及。"在《晨报小说集》里，则除了这三点外，我仍见出此期文字之不历落，如《老泪》；仍见出其善写人思索，可称为"许钦文风"，如《琲郎》之末；其写实精神，一无粉饰，如《工人朱贵有》之结；而其太轻淡，只给人片断素描，令人有不足之感，则如《毛大人》和《小白兔》。

让我补充的是，他的幻想成分的减少，描写的题材之专重在都市，是后来才如此的。大概是生活的关系吧。

他在《短篇小说三篇》的序上又说，许多事似乎不自然，但是我们现在的印象却相反了，可见时代有新旧，人的感觉有钝敏，这里是颇有耐人思索之地的。

《晨报小说二集》中的十八篇小说，有六篇已收入《故乡》，三篇已收入《毛线袜》，所余九篇中，要以《老泪》和《孔大有的吊死》为内容最充实，而笔力写得未到，是可赏又可惜之作的。

最后,我要说这十三本创作,全是赵景深兄给先后搜求的,我不能不说声谢谢了。《短篇小说三篇》,还似乎是作者的自印本,因为发售处是作者的家,在我尤觉可喜。同时,马文珍兄也在清华大学图书馆为寻出《毛线袜》和《晨报小说二集》来了,这殷殷的友情也一并可念。——只是没得读《鼻涕阿二》,还像是有点放心不下。是为跋。

　　　　　　　　　　　　　　二十四年十二月十五日夜深长之记

　　　　(原载《李长之文集》第二卷,河北教育出版社,2006 年)

直立起来的《科尔沁旗草原》

巴　人

一

写书评是桩吃力不讨好的事。乖巧的知道怎样地去捧一个作家，或者去打击一个作家，全都适如其分，叫被捧的微笑，叫被打的哭笑不得。这分寸不从作品本身上着眼，而在一个作家的地位。然而直率的，却每每在批评上摔跤。作家可以用无比的讽刺回敬过来，甚至于用种种方法，叫这"批评者""出丑"。于是批评者只好阖上眼，搁笔，什么也不作声。

这里造成了中国文坛上批评的不振现象。从全世界来说，中国的作品固然落后，而批评却更落后。

鲁迅先生说过，作家不要相信中国的所谓"批评家"。作家有自己发展的路：自己的意识，自己的作风，自己的嗜好。听取批评者的意见，是可以的，但不必全信。即使他是好的批评。但批评者也不必顾虑作家的听信不听信，他也必须有自己的立场，自己要说的话——自己的观感。恼怒自己的作品有被批评者误解和错责，作家自然有抗议的自由；但不必急于把批评者意见当作权威，看他高人一等；有时尽不妨让他说去：他也不过说说他的对于我的作品的意见，未必有损于作品的本身，

"真金不怕火烧"。谁说不是？批评者呢，自然也不一定要接受作家对于自己的批评的抗议，批评者不应是随势旋转的陀螺，他应有自己站立的高丘，展望的视野。

作者与批评者不必强求统一，应该是"各有千秋"。这是作品与批评的分离——从工作的领域上来说。

然而，批评与作品必须有相接的交点。那交点，不一定在批评的本身和作品的本身。一篇作品，一章批评，从作者和批评者的主观的感印出发，写成文字，印了出来。于是它们就成为客观的存在而活动起来了。作者的和批评者的感印，在现实社会里交流着。接受与拒绝，欢迎与指责，甚至于冷落与抹杀，全是广大的读者的事，不一定能如作者之所预期或如批评者之所指示的，但由于读者接近那一方的意见，这里显出了长和短。公众是最好的批评家。虽然有时也不免糊涂。然而时间老人会给他们指点，他们会走上正确的路。这里就要看作者和批评者，谁能抒发大众的感情，贡献大众的意见——谁能最接近大众，最理解大众。这是作品的尺度。自然也是批评的尺度。

但相互的理解是必要的。即使在生活、思想习好上，相互间有最大的距离，但还必须求最深度的理解。这唯有各自尊重各自的工作，相互尊重对方的工作。能自尊，知道自己工作的甘苦；自然也能尊人，知道别人工作的甘苦。自大不是自尊。自尊又异于独尊。这是不放弃自己立场的对别人的宽容的一种宽容态度。作者与批评者，在这里，必须求其同一。这也是作品与批评的统一的基点——从工作者的态度方面来说。

在我们的国度里，有过作家与批评家长时间对立的现象。相互抹杀，终至于相互不长进。作家有时会向批评者要作品，有时会指责批评者曾经有过的不成器的作品；而批评家呢，却专出卖"理论的幌子"，将"公式"当紧箍圈，两语表过，一言断定，连作者走过来的路子也没重走一遍，又哪里会欣赏作者所描绘的山海奇景。这是个可悲的现象，而今是应该消灭了吧。

然而，这终究是写这篇文字时的一点感想，一个交代，无关"宏旨"，就此带住。

<h1 style="text-align:center">二</h1>

那么《科尔沁旗草原》是怎样直立起来的呢？我非常抱歉，对我们的作者的其他著作，没有作一次全面的考察。我听过"鸳鸯湖"的忧郁的呻吟，我没有领略过"大地的海"的无边的波澜。那么我们还是先听一听作者自己的表白吧。

> 为了去解答这个问题，我十分的分析过这草原上所有的社会的机构。
> 这里最崇高的财富，是土地。土地可以支配一切。官吏也要向土地飞眼的，因为土地是征收的财产，于是土地的握有者作了这社会的重心。
> 地主是这里的重心，有许多的制度，罪恶，不成文法，是由他们制定的，发明的，强迫推行的。
> 有这重心，作圆心，然后再伸展出去无数的半径，那样一来，这广漠的草原上的景物，便很容易的看清了吧！……

是的。我们的作者是这样做了，而且做的相当成功，这科尔沁旗草原的宏伟，莽漠，倔强，叫人可爱。"是的，这一块草原，才是中国所有唯一的储藏的原始的力呀。这一个火花，才是黄色民族的唯一的火花……有谁会不这样承认呢？有谁会想到这不是真实呢？"终于这科尔沁旗草原，经过长时期的激荡，变成了——

> 海，火一般的怒吼，波涌，激荡，人的头从心底飞溅出的火焰，如紫星的崩溃的星云，在无规律的大昏眩里翻转，整个的科尔沁旗草原的地壳崩毁了。重新又有万千的有机的硫黄质的熔岩，石砾来接受另一个意义，来创造，来喷吐，来垒砌另一个新兴的地层。……

这就是我们作者所要描出的这广漠的草原的风貌。这在我们读了，觉得像读了一首无尽长的叙事诗。作者的澎湃的热情与草原的苍莽而深厚的潜力，交响出一首"中国的进行曲"。音乐的调子,彩色的丰姿,充满了每一篇幅。我们的作者,有一副包容这整个草原的胸壑,倾听着它的啜泣,怒吼,歌唱,哀叫;还倾听着它衰老的叹息,新生的血崩……我们作者是个小说家吗? 不,他是拜伦式的诗人。

然而,我们作者所要捉住的,不仅是这草原的风貌,他非常机敏地指出:

> 首户,他拥有全城最多的土地,他是大地主的盟首。
>
> 像这样的财主之类,他们是有余钱的。土地已经到了饱和状态,所以过剩的金钱,就作高利贷资本,但是这种事业在东北混乱金融里,流动性很大,而在有定量的,农村的吸收量里,并不容易膨胀。所以东北三大企业,烧锅,油房,粮栈,自然就成了大地主的投资的渊薮,所以构成科尔沁旗草原大地上的三大动脉,就是:一、土地资本,二、商业资本,三、高利贷资本。……

我们的作者,是不是把这三大动脉"竖立起来"呢? 没有,缺少了两条动脉。至少也没有把这两条动脉好好地竖立起来。我们作者留存在这里的是电影片上的几句说明:

> 我想上秋收白谷子。日本的食粮不够,所以不得已,便把朝鲜的稻米都收过去。可是朝鲜人同样的也是吃不进高粱,所以每年得到中国来收小米补缺,这个我已品了几年了,历来一到秋收,小米便要飞涨,所以要有钱早存上,等过一个时候,再一出手,就是一泡大钱。

一个字幕:

> "富聚银号"

然而缺少了几幅镜头。自然,我们非常明白:商业资本与高利贷资本还是建筑在这土地资本上,土地资本的根基呈了动摇,商业资本与高利贷资本也就支撑不起来了。我们的作者,把这草原的土地资本的崩溃原因,放在地主与农民的尖锐的对立上。自十一章起,我们作者写出一大群农民的"观念形态",反映出农民的生活状态——我们的作者,因为要展开地主生活的横断面,自然没法正常地而必须从农民的生活状态中来反映出农民的"观念形态"。这题材的侧重,我们没有权力来责怪作者不够把农民形象化——跟地主家的作个对比,而且以"推地"的运动,揭起斗争来了。土地资本的崩溃,自然会使科尔沁旗草原没落了。然而,农民的真实的穷困,那原因于土地的封建剥削之外,还有高利贷,还有商业资本带来帝国主义的侵略,尤其是日本帝国主义。时代是二十世纪的二十年代到三十年代。东北绝不是土著的中国的东北。这典型的东北的草原——科尔沁旗,该不是永远仅仅流着自然的苍莽的潜力了吧?一双太阳牌的自由鞋,是不足以说明经济机构的变化的。而大山的大鼻子的"教师",也不足以说明另一新兴势力的潜力了吧。不错,我们同意而且尊重作者这么做:"大山却是贫困的农民自己站起来的之一。但他吻合于客观条件的,他不能在未播过的地上掘出豆子来,但他可以向掘出豆子来的地方去掘。"我们在这里所感到的,仅是一个读者主观上感到的欠缺。生长在江南的读者的我,所看到的一切:是商业资本转过来控制了土地资本。也许我的这主观上的欠缺,不一定适合那草原上"客观的条件",是一种多余的意见。然而,"九一八"的事变,作了这故事的结束,帝国主义势力的侵入,该还是这草原崩溃的一个因素吧!我以为。

三

内容固然是决定了作品的形式,而形式却也有影响内容的力量。

我所写的,便以科尔沁旗的首户丁家为模型而写的,因为再没有他更足以表现出东北地主的各方面了,因为再没有一个地主的成长史,比他是更完全变态了。……

而且因为我亲眼看见过这一幕大家族史的演换,而且我整整在其中生活过,所以我写也特别熟悉。

　　我写的是他多边的姿态,这是一个很繁杂的处理,因为经过太庞大太复杂,所以这种表现的形式,很是一个问题了。

　　我写出的很多,我采取了电影片的剪接的方法,我改削了很多,终于成了现在的模样。上半是大草原的直截面,下半是他的横切面。上半可以表现出他不同年轮的历史,下半可以看出他的各方的姿态。我觉得这样才能看得更真切些。我描写的是很缜密的,我剪接的是很粗鲁的,我觉得这是我应该做的。

　　这说明我们的作者在这样的一个题材下,有不得不这样做的必要。我们也相信:作者这样做是对的。这电影的剪接法,在我们的作者的笔下,却成为音乐的诗的叙述。多么浩瀚、嘹亮、雄壮的诗篇! 四太爷、大爷、三爷而至于小爷的青年时代,我们的作者以极简练的笔触,画出他们的风貌,习气,以至于灵魂的跳动。作者是一下笔,就将读者整个的心灵吸住了! 不管作者把这镜头更换得如何迅速,但每一个镜头,几乎摄制了每一个人的特点,再也不会叫人遗忘的了。利用这土地的原始性,开始他资本的原始积累的四太爷,打倒了北天王,又展开他土地的兼并政策——"造成丁府财源无限的膨胀期"。于是开始了腐烂,西门庆式的三爷,开了个端,而贾宝玉式(自然不是全同的,这是时代不同呀)的丁宁却不自意识的继其后。中间还有贾政式的大爷,杜少卿式的小爷——所谓篇中的父亲。这一切风貌,在第六章以前,我们已经看得非常明显。有诗的叙述,也有诗的刻画。有《铁流》的劲与光与彩与音乐,又有《静静的顿河》的如画的场面。谁能说我们的作者在文坛上显露他峥嵘的头角是偶然的呢? 然而剪接法——电影片的剪接法,在以丁宁为中心的"横切面"的展开的时候,却时时感到欠缺了。

　　大山的出现,是个有力的场面。这作者理想中所代表的人物,自然是用来批评丁宁的。也许我们的作者不一定想这么做,但大山和丁宁反映到我们眼里时,却是这么看了。可是来到丁府做工以后的大山,我们的作者是怎样安排他呢? 他把大山的影子放到反抗的农民身上,家奴们的搬弄是非的口上去了。我们的作者是有意识地不愿把大山创造出一个"大山 ism",但由于大山的行动处处放在幕后,只给他一个点明,于是大山也就神物化了。终于违反了作者的初衷,使大山成为——

"人的旋涡里,忽然一亮——是大山古铜色的头,狮子样的鬃毛的抖动"。

一个无比的英雄——一首"大山 ism"的歌颂。

这电影的剪接法,是否本质上不适合于横切面的展开呢,我们不敢断定。因为我们相信而尊重作者的意见。但"父亲"的死耗,是突如其来的。虽然离别时,有了"预言",但作者没有把这商业资本的投机买卖,联结到帝国主义的势力的控制,展开或插叙其间更详细的情节。春兄的死耗也是突如其来的。丁宁偷听来的天狗的话是——

> 只悔我今天没听霍大游杆子的话,他把苏黑子的闺女骗来,领我去开苞,我他妈怕走了盘子,都他妈没去。……

这不能证明春兄的死。但作者忽然在丁宁口中给点明一句:"今天是春兄被难的三七了。"

这使读者感到有点突兀。自然,这是小节,作者不须有《红楼梦》的细密,也许这么办,是不错的。但终显出这种剪接法的缺陷。此外如在三奶家里,依姑、小凤是什么身份? 围绕在小地主丁宁周围的一群家奴们的性格有些什么分别? 农民群众的意识之流的喷射,有些什么根基?"见解的不同",固然可显出一部分的性格,而蓝皮阿五式的"闲人",如其没有蓝皮阿五的活动,花占魁也就只能叫我们听听他的"说教"罢了。

为什么我要向我们的作者,说出这一套过分吹毛求疵的话呢? 这在我相信:我们的作者的才力,还不曾用尽,还可做出比这更好的成绩来。那就是:在横切面展开时候,作者必须更扩大每一"镜头"的画面,注意每一画面比较必要的"详细的情节"。恕我在这里套用恩格斯对于文学的一句经典的话:创造典型环境中的典型性格以外,还须注意些"细节"(Detail)——大意——但是我们作者的艺术观,却以为"《红楼梦》的繁琐,是由于它的时代",必须扬弃这些 Detail 了。他愿意批判,分析。而且要作者在作品中直接露出面来,施行批判。

> 是的,就在《红楼梦》上也是如此。曹雪芹所描写的宝玉或是黛玉都不是

健全的性格，都是被批判的性格。当然，曹雪芹他自己，并没有表现出他自己批判的见地和批判的能力。但是他也补写出一个完全的性格来，作他们的补充。在男人里就是柳湘莲。在女人里就是尤三姐。在这两个人的身上，他也放置了他所加于宝玉或黛玉身上的所有的性格。……（二一三页，丁宁的话）

但在我们以为，如其曹雪芹有意来把柳湘莲作宝玉的补充，尤三姐作黛玉的补充（其实还不如说是对照），那么，曹雪芹所做的，却是更适合艺术的手法，一个作者对于人物，不从性格的创造上予以真实的把握，或寄予一种过分的同情，或施之以多余的厌恶，不提供形象——栩栩如生的风貌、行动与灵魂，而只加以分析和批判，这将使艺术走上概念化的道路。陀思妥耶夫斯基的《地下室手记》、《赌徒》，以至于《穷人》，我们是只看到他人物的观念的颤动，歇斯底里的哀鸣。在我以为是有欠缺的。我们的作者，对丁宁之不能冷静的安排（虽然也写出了"有新一代的青年的共同的血液"），那是不为无故的。因为他想批判，他想分析；他——丁宁终于更多一些"共同的"血液，而没有揭露出所传受于这地主家庭的更隐秘的更应该被扬弃的腐烂的性格的一面。……

四

那么，就来说一说这草原的重要的主角——丁宁吧！

"关于丁宁，"作者说，"丁宁自然不是我自己。"我们自然也应该相信作者的话，而且作者也有要求我们这样相信的权利。然而，我们有同样相信这话的必要：

> 而且因为我亲眼看见过这一幕大家族史的演换，而且我整整的在其中生活过……

我们因之也有要求作者允许我们把丁宁和作者在某些点上看作一体的权利；那就是丁宁身上流过了我们作者的血液。

　　作者也许因为对于丁宁过分感到亲切，不能像他对于四太爷、大爷、三爷以至父亲这位小爷那样客观地冷静地来描绘和塑造了，于是在他给予丁宁这广大的篇幅里，却还没有在短短篇幅里描出来的四太爷他们的性格的成功。

　　但作者处理丁宁，是否失败了呢？不，我们不能作这样的断定。我们可以说，没有像作者所可能做到的成功。这里我们可以指出作者写丁宁的成功的地方是：第一，在应付农夫推地的一幕；第二，在小金汤对水水的行动的一幕；第三，对于灵子的幻想一幕——一种弗洛特主义的体现。

　　关于这第一点，作者是这样分析丁宁的：

　　　　他想，人生真是奇怪呀，一切都像做梦似的。我昨天本来是为了一回不自觉的冲动，几乎作成了一个堂吉诃德式的南科留道夫，可是仅仅通过了一次老管事的谨慎的错觉，便使我做了一个大地主风范的传统的英雄。我将在他们眼目中成为一个优良的魔法的手段者，一个超越的支配者的典型，一个如历来为他们所歌颂所赞叹的科尔沁旗草原的英雄地主的独特的作风。受他们不了解的膜拜，受他们幻想中的怨毒。

　　这分析，在我以为反而损害了上面所写出的丁宁的特殊的性格——把他完全说出了竖立在科尔沁旗草原上的地主所秉有的若干的风范，只剩有"新一代青年的共同血液"了。不，丁宁的根底里，似乎还没有充满那样清明的气质，我估量。不在丁宁的理智的领域里，却在丁宁的心的奥秘里，我以为正还"不自觉的"充满一个"超越的支配者"的"意识"。在这以上，作者写出丁宁的狂躁，焦急，以至于南科留道夫的冲动，我以为是无比的真实。然而以此归结于"人生是梦的戏谑"，掩饰了丁宁性格上的缺点，那是作者给予丁宁以太多的同情了。虽然如此，我们对于丁宁的理解，却在作者这一分析以外。我们要做的，正在抓住这一特点，这分析以外的一种特点。

　　在小金汤的一幕，作者写出了丁宁天真与泼辣——继承他父亲的一份性格的遗产，然而，也同样流露了小地主的放浪。不管作者是否有意安排，这小地主的放浪，且和科尔沁旗草原的苍莽的雄姿，和这草原上的人民的自然的爱好，结合在一起了。然而,同样为"猪的喜剧"的惨案,为了一个自然之女的水水之被谗,一个共伴出游的家奴而兼亲戚的大山,突然竟想用手枪来结束这小主人的性命,这又使读者感到突兀了。

作者对于丁宁的过分关切与同情,却每每掩蔽丁宁的性格上应该暴露的弱点。丁宁对于三十三婶是极端憎恶的;丁宁应该有这一憎恶。但丁宁终于接受了三十三婶无耻的赐予。这过错要全归给三十三婶,是不平的;丁宁有他的弱点,有地主糜烂生活中的毒菌的沾染,所以也终于接受这"赐予"了,然而作者却放过了他。丁宁要在科尔沁旗草原上来个新的奇迹,作者可能把丁宁写得硬朗,挺直;这样做我们也觉得是应该的。然而,对于父亲的死,却写得十分坦然,作者在这里却把丁宁硬朗得脱出"人性"的一般规范了。——这样丁宁的性格的塑造,终于有欠缺了。

作者是曾经用很多的文字来描绘丁宁的性格的:

> 好了,我可以简单的用一个公式来说明,是这样的——Nihilism ＋ Egoism ＋ Sentimentalism＋ Bolsvikism＝丁宁- ism。

什么是丁宁- ism 呢?

> 我生下来应该作交趾支那的皇帝。吸着二百十六英尺的烟斗,娶六千个女人,有一千四百个嬖人,用偃月刀斫落我所讨厌的面孔的人头。有 Numidia 的牝马和云石的喷水池。我有大的永不满足的欲念,一种可怕的厌倦和无穷的张口渴望。……我要毁灭创造,和它一同安睡在虚无的永恒中。这为什么就不能够在燃烧的城市的火焰中惊醒,我也喜欢那爆裂在火里的骨头的刮辣声。我要跨过装满死尸的河流,跳过伏地乞怜的民族,用我马的四个铁蹄践踏他们,我要作成吉思汗,铁木儿和尼罗……我就是丁宁。

然而对于丁宁的一方面的意见,却又是——

> 你有一双儿童的眼睛,一颗老年人的心。

一双成人的眼睛，儿童的心。

作者想在这一切新人社同志们的"自我批判"中间，直立起我们的丁宁。但要直立起丁宁来，不须过多的语言，必须用丁宁自己的脚，坚实地站在地上的脚——丁宁的实践和行动。而这一点，我们的作者却又给予丁宁以太小的篇幅。同样是电影片的剪接法限制了我们作者的才能吧！我想。

五

然而直立起了的《科尔沁旗草原》有它最大的成功处。语言艺术的创造，超过了自有新文学以来的一切作品：大胆的，细密的，委婉的，粗鲁的，忧抑的，诗情的，放纵的，浩瀚的……包涵了存在于自然界与人间的所有的声音与色彩。我们能在一切作家里，甚至于中国文学传统里看到极瑰玮的绘画的色彩，但我们很少听到音乐的语言。自然，我们也有过音乐性的语言艺术，在《西厢记》里便有一部分，但没有像我们作者那样的大量的使用。不，我这么说，还不够正确。我们在作者的笔下，是听到了东北同胞的唱片里奏出来的声音，我们的作者正是制造语言的唱片的能手。使没有到过东北的我们，也宛如听到了他们的嬉笑，怒骂，诅咒，叹息——各种各样的语音，使我们感到有点疏远，但又觉得非常亲切。巫婆的哭唱，爷们的唠叨，媳妇们的调笑与控诉，家奴们的恭维与装腔，农民的商量和扯谈，甚至如孔老二老婆的放泼，天狗的谴浪——这一切，真如绘声，没有一个老作家新作家，能像我们的作家那样地操纵自如的安排这语言艺术了——是多么泼辣，而且有生气呵。我想，由于它，中国的新文学，将如元曲之于中国过去文学那样，确定了方言给予文学的新生命。

其次，通过全书，我们的作者都给澎湃的热情控制着。这热情正是科尔沁旗草原透发出来的力量。这力量却又是作者不得不把竖立起来的"科尔沁草原"，成为一宏伟的诗篇。虽然缺乏严密的结构，然而总是朗朗可诵的一篇巨大的叙事诗。这是这作品的优点。但同时也是这作品的缺点。我想，要形容并说明这作品的风

格和它的创造的历程,怕再也没有像作者分析丁宁的话的适切了:

　　　我有时为了把过度硬化的理智带到辽远的境界,有时却又为太感情了的
感情奔驰在和理智完全不能相容的一面。

　　于是这作品——这直立起了的《科尔沁旗草原》有时是自然力的情感的奔放,
有时又是严密的理智的分析,这就构成这作品的一种素质和特色。在风格上那就
成为——莎士比亚的华丽+拜伦的奔放+陀思妥耶夫斯基的颤鸣=《直立起来的
科尔沁旗草原》——一种印象的现实主义的作品。——我这样的感到。

　　　　　　　　　　　　　　　　　　　　　　　(原载《文学集林》1939 年第 2 辑)

萧军论

李健吾

一

萧军先生不苟且。行文犹如作人，他要的只是本色：

> 读过我的几篇文章的读者，对于作者所起的印象是好的？恶的？或竟至
> 什么也不是？这我也不管。我只是按着我要做，我能做，做下来就是。我爱
> "真实"，不过，微小的，只要无伤于大的真实的"撒谎"我也爱。

他对于自己有的是信心，虽说他"不相信自己的文章会有几个读者"。到了连
"撒谎"也于心有愧的时候，他老老实实招认道，"文章到实在写不出也挤不出时，仍
为本行，还是去当兵罢"。服役是他的理想。他不要低声下气谄媚一群见异思迁的
读者："你们需要什么呀？"他的骨气够硬的。因为他认准了一个东西。他信从的真
理。真理只有一个。或者用笔来侍奉，或者用枪来护卫，然而真理只有一个。他以

兵士的单纯的信仰从事文学,然而明了文学不像当兵那样容易。[1]

他人过伍,是"炮兵学校差一天没毕业的学生"。我们难得听到他提起他父亲。从小没有见过母亲的容貌,犹如他自己所谓,他有十足的资格做一个流浪人。他生在东三省,一个有出产木料的森林和出产大豆的平原的处女地。苟延残喘于都市的人们,想象不出那种广阔的庄严的景象。一个没有家或者没有爱的孩子,寂寞原本是他的灵魂,日月会是他的伴侣,自然会是他的营养。而他,用不着社会的法习,变得和山石一样矫健,和溪涧一样温柔,人性的发扬是他最高的道德。就是这样子,他渐渐长大了,迈入人海,踏进一座五光十色的城市,一个东三省的上海,开始看到人类的悲剧。这孤傲的灵魂,从一个惨忍的对比,发见自己戴着脚镣手铐。从前没有家,他有自己;如今他有他自己,却只见一个蚂蚁——还不如蚂蚁,他只是一个奴隶。他眼前摆着一件新东西:国或者民族。商埠码头把悲哀给了他,也把责任给了他。他活着,活着不为视颜人世,而为一种高尚的意义。

这就是我们今日流浪者和法国十九世纪初叶的饮水同志(buveurs d'eau)相异的地方。巴尔扎克形容他那时代的浪子(bohême)道:

> 浪子一无所有,而生活于其所有。希望是他们的宗教,信仰自己是他们的教律,慈悲更是他们的预算。所有这些年轻人,大于他们的不幸,比财富则不足,比前途则有余。永久骑着如果,有报章小说的轻灵,有负债者的欣快,噢!他们负多少债,喝多少酒!最后,这就是我所要说的,他们全在作爱,然而作爱!……一切妇女适于他们的脾胃,他们曾经立下这奇趣横生的格言:在男子之前,妇女一律平等。[2]

萧军先生不属于这类颓唐的唯我主义者。他不是什么"君子",他喜欢饮酒,也喜欢女人。酒则用钱去买,女人则是自己恩爱的伴侣。他也许哀伤,也许给楼下的姑娘写上两首无从投递的情诗。他也许生气,无缘无故和女人吵嘴。他也许偷一

---

[1]　参阅萧军先生的《十月十五日》的前记。

[2]　译自巴尔扎克的短篇小说《浪子之王》(*Prince de la Bohême*)。

片可爱的叶子，当一回风雅的小贼。和巴尔扎克的浪子一样，他曾穷到没有钱来吃药，而且还要残忍，穷得不敢让他女人做母亲。但是，谢天谢地，他们之间有一个基本的差别：我们的浪子不为自己活着。时代不同，地域不同，我们少一个拿破仑撑腰，却多一个实业革命的感觉。天是他们的。我们看着地，地丑陋，可也坚定。一种更大的悲哀浸没我们私人的潮汐。一声更大的呼唤震撼我们微弱的脉搏。为了民族，为了拯救我们这些肉囊饭袋，例如萧军先生，他聚起他所有的气力，让他的：

　　悲哀变成铁的愤恨，
　　眼泪变成黑的血浆。

二

　　他不迟疑了，他不再逗留在松花江的堤岸，杂在一群汗血交流的码头夫中间，望着滚滚的烟浪。他进了炮兵学校。他有了未来。

　　石匠的儿子们，将不再是个奴隶身，为了纪念他们的父亲。

　　他要赎出自己。他要我们赎出自己："揹起我们黑色的十字架"，因为这十字架，

　　不少不多，
　　每人一个。

　　然后一声霹雳，"九一八"摧毁了这次殖民地的江山。他不等待了。"那白得没有限际的雪原"，"那高得没有限度的蓝天"，和它们粗大的树木，肥美的牛羊，强悍的人民，全要从他的生命走失。他当了义勇军。眼睁睁看见自己争不回来他心爱

的乡土。一腔悲愤,像一个受了伤的儿子回到家里将息,他投奔到他向未谋面的祖国,一个无能为力的祖国!萦回在他心头的玫瑰凋了,他拾起纷零的幻象,一瓣一瓣,缀成他余痛尚在的篇幅。①

他需要参考,或者提示。鲁迅恰好把一部苏联的杰作译供大家思维。这是法捷耶夫的《毁灭》,叙列西伯利亚游击队的覆败。作者告诉我们他所表现的主旨道:

> 在内战中是实行人类资料的淘汰,一切敌视的,都被革命扫除,一切无力参加真正的革命斗争的,偶然落在革命营垒的,都中途退出,而一切从真正革命根基中,从千百万民众中生出来的,都在革命的斗争中锻炼着,生长着,发展着。人类资料进行着极大的改造。这一改造所以能够顺利地进行着,是因为革命是由先进分子来领导的,此种分子认清了革命运动的目标,他们领导较落后的,帮助他们去受训练,受改造。

他写了两个典型人物(或者主要人物,实际没有一个不典型的):一个是矿工出身的粗人木罗式加,一个是中学生出身的书生美谛克。他综括全书的结构道:

> 《毁灭》就结构讲,是并不复杂的。它基本的意思是用叙述各队的命运,叙述某队怎样开始搜索白党,怎样抵抗白党,结果怎样冲破了白党的包围,而牺牲了好多战士,但仍情愿迎接新的战斗的方法。②

《毁灭》给了一个榜样。萧军先生有经验,有力量,有气概,他少的只是借镜。参照法捷耶夫的主旨和结构,他开始他的《八月的乡村》。然而《毁灭》的影响——犹如萧军先生所谓,"起始从事写作的人所不能逃避的"良好的影响——并不减轻《八月的乡村》的重量。没有一个人能孤零零创造一部前不巴天后不巴地的作品。我们没有一分一秒不是生活在影响的交流之中。影响不是抄袭,而是一种吸收,或

---

① 参阅萧军先生的《绿叶的故事》的诗文。

② 参阅法捷耶夫的《我的创作经验》,附在《给初学写作者的一封信》(苏联文学顾问会著,张仲实先生译)之后。

者犹如纪德所谓，"一种显示，把我们里面所不知道的部分显示给我们自己：对于我这只是一种解释——是的，把我自己解释给我自己，前人已然说过，相似影响"①。一切原是萧军先生的，他不过说从别人的书得到一点启示。实际再没有比这两部小说不同的，鲁迅在序里指出《八月的乡村》的结构"近乎短篇的连续"，但是还有深沉者在：基于作者各自强烈的个性，出于调理的工拙，作品呈出相反的情调，一个成为一件艺术的杰作，一个成为一种光荣的记录。《八月的乡村》不是一部杰作，它失败了，不是由于影响，而是由于作品本身。

三

读完这部义勇军——或如书中有意的区别，人民革命军——苦斗的血史，第一个印在我们心头的人物，不是那些形形色色的男女，而是具有坚强的性格的自然。在所有的月份之中，他选了八月，一位现代诗人咏做：

> 从没有人说过八月甚么话，
> 夏天过去了，还不到秋天。

这忧郁的季节，农植这时将要达到生命的顶点：

> 高粱梗油青的刚高过头。

给人类仅仅留下

> 田里一窄条路。②

---

① 参阅纪德的讲演《文学的影响》(De L'Influencen literature)，全文由陈占元先生译出，曾在《译文杂志》披露。

② 引自林徽因女士的《八月的忧愁》，曾在《大公报》的"文艺"刊载。

这茂盛的八月,理应给人类带来丰盈的喜悦的,如今却成为徒手的人民争夺自由的屏翼。我们从第一页就看见东三省的风物,听见它们的音籁。然而风景的运用,在《毁灭》里面是一种友谊,在这里却是一种无情。自然不是一团温馨,而是一个冷静的旁观者。作者爱他故乡的风物,却不因之多所原谅。它们不唯无所为力,反而随人作嫁。我们甩了多少年恩爱开垦出来的土地,一瞬间就服服帖帖做了异姓的奴隶。这冷酷的自然,张来也是它,李来也是它,打扮得那样迷离入目,原来娼妓一样迎新送旧! 任你生气,呼号,绝望,它依然故我;你饮恨吞声,毁家纾难,它依然花枝招展。它讥笑人类的忧患,也是人类衷心的奸细。作者的敏感饶不过它:

　　她摊卧着,衣服变得残破,周身渐渐恢复了痛楚! ——太阳在天空没有关涉,高空飞走的白云也没有关涉。什么也似乎没有关涉一样。对于人类的苦痛,对于当前李七嫂的苦痛。

不能宽宥,却那样依恋,多奇怪的无省之民的心情! 谁能不爱,便是朝三暮四也罢,从小长在我们的心头,它属于我们的心头! 我们热烈无望,加倍显出自然的冷酷。这种对于自然的冷酷,这种对于自然的浪漫的心情(跑向自然寻找同情,临了发见自己越发孤独)几乎是每个青年必有的阶段。不像那类十九世纪初叶自私的灵魂,我们的作家拥着一个国家和种族的怨恨。他不能饶恕——谁能? 这也就是为什么,我们发现作者是一个描写的能手,却时时刻刻出来破坏自己的描写。和他不一样,《毁灭》的作者多了一个胜利的喜悦。他曾经失败,然而若干年后,在他从事写作的时节,他已然平静了。我们的作者没有这种福气。他的情感火一般炽着,把每一句话都烧成火花一样飞跃着,呐喊着。他努力追求艺术的效果,然而在他不知不觉之中,热情添给句子一种难以胜任的力量。一个常人极不注目的地方,例如标点符号,有时倒是一种亲切的泄露。让我们随便选一段来看!

　　晚风吹袭庙角的铜铃,响亮清脆而细碎! 门扇早被掀倒在地上,泥塑像没了庄严,肚子残破的躺在每处! ——一处庙脊角,被流弹扫了去。

好像一道一道的水闸，他的情感把他的描写腰截成若干惊叹。文字不够他使用，而情感却爆竹一般随地炸开。不仅仅描写，就是刻画人物，他用惊叹符号把自己（情感，意见，爱恋，等等）活活献给我们。例如这类造句：

> 另一队员说着的时候，显着很贪婪！
> 一种本能的力冲荡着他。还笼罩着淡淡一层嫉妒！
> 而后全来围住这个垂死的，受着苦难的家伙！

这三个例证就在相连的三页里面。我们可以意会作者的存在，虽说他没有一句解释。这些惊叹符号显出他的热情，却也显出他的浮躁。在情感上，他爱风景，他故乡的风景，不免有所恨恨；在艺术上，因为缺欠一种心理的存在，风景仅仅做到一种衬托，和人物绝少交相影响的美妙的效果。和《八月的乡村》恰好相反，《毁灭》的风景是煦和的，一种病后的补剂，一种永生的缄默的伴侣。这是一种力量。写到最后一章，游击队几乎全部沦亡，仅仅剩下队长和十八位弟兄。我们随着他们的绝望走出森林，忽然天色开朗，露出一片无际的田野。一段精致的描写开始把希望向我们展开。一种强于死亡的深厚的生命浸透后死者的皮肉。那"全身顿然失了气力，萎缩下去"的队长，重生了，从自然得到一种提示："于是他不哭了：他必须活着，而且来尽自己的义务。"尤其显得风景的力量的，更是第一部第九章的风景人物的交织。自然在这里不是一种孤峙，而是内心一个必然的条件。把风景用得这样富有生命力的，《包法利夫人》是一个优越的例证。法捷耶夫的艺术达到现实主义的峰顶。然而法捷耶夫是乐观的，一种英雄的浪漫的精神和他政治的信仰将他救出通常现实主义悲观的倾向。

四

因为年龄，修养，以及种种错综的关系，我们今日的作家呈现一种通病：心理的粗疏。心理分析是中国小说自来一个付之阙如的现象。这属于一种全人的活动的观察,而我们在传统上向来缺乏这种训练。我们有奇巧的情节的组合(例如所有的传奇),优美的叙述的文笔(例如《红楼梦》),然而我们把人生看得命运化,男女多是傀儡,或者类型,缺乏明显的个性,深致的内心的反映。我们的人物大部分在承受(作者和社会的要求),而不在自发地推动他们的行为。谄媚或者教训,是我们小说家两个最大的目标,是我们文化和道德两种相反而又相成的趋止。我们织绘的风景大半和人物无涉,我们刻画的人物不一定和性格有关:一切缺乏艺术自觉,或者说得透骨些,一切停留在人生的戏剧性的表皮。我们有悲欢离合,我们没有戏剧。往深里去看,从四面来看,成为我们今日文学造型的急切的需要。

我们无从责备我们一般(特别是青年)作家。我们如今站在一个漩涡里。时代和政治不容我们具有艺术家的公平(不是人的公平)。我们处在一个神人共怒的时代,情感比理智旺,热比冷要容易。我们正义的感觉加强我们的情感,却没有增进一个艺术家所需要的平静的心境。我们不要饶恕敌人,也不愿指出敌人优胜的原因。但是,《毁灭》的作者,事过境迁,对于苏俄怀有坚强的信念,晓得怎样达到一个更高的艺术效果。他绝少正面叙写敌人的行动,如若叙写,绝少流于情感的贬责。《毁灭》的第三部便是一个有力的说明。但是,尤有甚者,他能陈述敌人胜利的可怕的原因:

> 到八月底,日本军开始前进了。他们从这田庄进向那田庄,一步一步都安排稳妥,侧面布置着严密的警备,伴着长久的停止,慢慢的进行。在他们的动作的铁一般固执之中,虽然慢,却可以感到有自信的,有计算的,然而同时是盲目的力量。

译者特别提出这一段来赞赏。和我们比较,法捷耶夫其实是幸运的,他有一个自己爱护的蒸蒸日上的国家。他不计较那些意气作用。而且,不知为不知,他的智慧不愿意他离开他的现实,陷入一种不克自制的兴奋。这正是苏联文学顾问会要人"只写你所深知者"的道理。忽略这种臆度的叙写的危险,或者想象不能从事一种公平的深入,结局作品呈出一种逾量的夸张,作者读者不过得到一时的痛快。《八月的乡村》的第五章正好碰上这样一座礁石。

心理的深致决定人物的刻画，同时也决定作品的精窳。这种工夫越下得深，一部小说越获到人物的凹凸，现实的普遍性也就越发吸收我们的同情。否则，我们看到的是作者的文章，是作者的独白，不是和人生一致的情理兼备的正常现象。《八月的乡村》的第六章的前半，叙写李七嫂——从一个庸常的女人变成一个由绝望而走入革命的女英雄，需要一种反常的内心分析，不应当拿诗和惊叹符号作为她的解释。也就是这种内心生活的虚浮，人物和风景同样只是一种速写。其中唯一的连贯是作者外加的情调。他要他的人物如此，不是他的人物实际如此。政治的爱恋不能让他心平气静，人世的知识不能帮他刻画。由于这种缘故，坏人都是可笑的，都是一副面孔，他们缺乏存在：他们不是"人"，只是一种障碍。我们在这里可以清清楚楚发见作者的两种人格：一个是不由自主的政治家，一个是不由自主的字句画家。他们不能合作，不能并成一个艺术家。他表现的是自己（仿佛抒情的诗人），是意造的社会，不是他正规看出来的社会。谈到小说的真实性，金岳霖先生帮了我们一个结论：

　　不能仅仅写成条例，因为没有具体和个性在，普遍性就要黯淡无色，因而也就空洞无物了；另一方面，也不能仅仅描写了事，因为过分加重细目，普遍性就要失掉，而个性和具体也就漂浮无根了。要想美满的传达给读者，这一切必须交织进一种人类的关系的式样的经纬里。①

五

即令作者犯了这两种病，他文章的鲜嫩和他心情的严肃，加上题旨的庄严，完全把我们擒住。我们难得从他的文章寻见陈腐的辞藻。他用语新奇，有时甚至于生涩。他有他的文法。像这种句子：

---

① 原文载在英文的《天下杂志》，题目是"Truth in the Novels"。

当：担着人的担床，走过陈柱他们的眼前，那张惨白的，嘴角还在向外面沁着血的面影，寒颤着他们。

会引起我们意外的停留。他有富丽的想象（我们可以参看他的比喻），甚于想象，他有鲜活的生命，他缺乏的是修辞的内在的清醒，在叙述上，他不自觉地陷于冗赘：

　　——啊！这是一片轰鸣！这轰鸣一直是由山谷里倾泻出来，向着对面山头上有红旗飘动的方向，广漠的飞扑过去。

这最后的副词只是作者情感的表征，同样缺乏谐和的，是他的对话。他不忌讳粗野，却能非常斯文，这种不伦不类的语汇，一种现实的忽略，特别妨害性格和心理的分析。甚至于来到《第三代》，一部最近成书问世，表示绝大的进步和更大企图的制作，我们还不时看见书本气的对话。

一个乡下的少妇会说："我请求你们。"

她的婆婆，即使多有来历，也不至于说出："贱货们……全变得这样无礼貌了。这孩子一定要是大命的人物罢！他会恢复了我的光荣！"

不久，她会喃喃自语："呗呗，无怜悯的贱货们呦！"

我们明白作者在替他的人物说话。也就是这同样情感的蒙蔽，人物的话语会和作者的文章不合情理地相似。

汪大辫子的老婆替她丈夫和一个村民呼吁道："至少你们应该去保证他，除开打儿子，他应该是这村中最良善的人！还有老林青，他是春天似的在我们村中生活着……"

这是一位读书人的白话文章。

然而这是一种通病。几乎没有一个作家，在中国现今，能逃得开这种严格的检验。我们彼此原谅，犹如我们原谅《第三代》的作者。在我们这样一个狂风暴雨的时代，艺术的完美和心理的深致就难以存身。传统和生活不会一下子合好无间。二者之间，有一道鸿沟：我们少壮的作家，仿佛野生的草木，一丛一丛，在石隙土缝顶出他们充满希望的新芽。我们喜欢他们的鲜嫩。我们喜欢《八月的乡村》的文字，因为这里孕育未来和力量。我们不替作家辩护。他有苏联文学顾问会所说的两极端的弊病："不是拿粗陋的，纪录式的，干燥的，死板的，含混的语言去写，便是以雕琢的，伪美丽的，巧辩的，距谈话用语很远的辞句去填充故事。"缺乏所要求的"最简单，最通俗，最易了解，而同时又雅致的表现形式"。这也就要他再三嘱咐的"质朴"。

《八月的乡村》来得正是时候，这里题旨的庄严和作者心情的严肃喝退我们的淫逸。它的野心（一种向上的意志）提高它的身份和地位。

但是，萧军先生的血泪渐渐倒流进去，灌成一片忧郁的田地。他平静了。走出《八月的乡村》，来到此后他长短的写作，我们好像沿着一道冲出夹谷的激湍，忽然当着潺湲的河流。他敛起他的浮光，露出他深厚的本质。刚刚放下枪杆，他有兵士的单纯，粗疏，拿久了笔杆，他的思维供他观省的机会。祖国的旅居把悲哀注入他的愤恨。火在心里郁住，四围却有加无减地冷了上来。和他的情感一样，他的文字不像以前那样跳掷了。从前好像一下子一下子往上冒，如今却一句一句畅适地流着。间或不由自主，水面起了漩涡，然而立刻一股暗流把它吸没。不知不觉，他进步了。他从学习摸出一条路来。

六

他没有变。他只是换了他的对象，或者病象。他叙写病情，追寻病原，把症候交给我们自己看。不要做一个走方郎中，他搜索他经验的角落，把他耳濡目染的各个片段，沉重地，本色地，铺陈在我们的眼前。看《八月的乡村》，我们兴奋；看他的短篇小说集，我们抑郁。我们不叫嚣了。我们思维。他并没有变。热也好，冷也好，他牢牢抱住他的希望。不同于鲁迅，他临尾多少给我们留下一些安慰。现实如若有罪，未来至少无辜。成人也许无可救药，儿童的天真却是一副补剂。也就是这种悠长的用心，这点儿可爱的理想主义，或者使用苏联文学的术语，一种浪漫的现实主义，最后把微笑和生机撒在荆棘的原野。萧军先生的希望含着绝望的成分。

但是绝望究竟不是死亡,中国还有挣扎的可能。尤其难能可贵的是,他不硬拿希望和贴膏药一样贴在小说的结尾。希望不是舶来品,而是小说进行之中一种自然的演述。《羊》是这种结构的一个最好的例证。

　　从任何方面来看,《羊》或许是他今日短篇小说里面最完美的一篇。这里是一个政治犯的一段监狱生活,像日记,平常,无聊,没有结构,今天押来一个囚犯,明天放出一个囚犯,现在他笑着,回头他就死了,一切像不经意,可是艺术就活在里面。这种交响曲①似的进行,到了另一篇小说的《鳏夫》,就越发显著了。如今不是事的交错,而是时的交错。一个大意的读者,特别是当着没有时间性的中国动词,会分不清那一节属于现实,那一节属于过去。《鳏夫》的技巧,原来可以自成一格,因为倒叙时叙述的混淆,形成意外的失败。这里缺乏一颗调节的匠心。一篇小说不怕琐细,不怕平衍,怕的是重复,圆环而突兀,臃肿而没有力量。萧军先生描写的本能在这里得到充分的证明,但是用来漫无节制,风景近似一种泛滥。《鳏夫》进行有乡野生活的宽敞,纡徐,害处不在它和乡野生活一致,在它枝叶的重叠。和《鳏夫》一比,《羊》的叙写便到匀停的工夫了。

　　实际就人物看,《羊》和《鳏夫》,以及分别收在《羊》和《江上》两个集子里面的各个短篇小说,诸色人等完全属于同一阶级。他们立人檐下,陷于社会下层,各人事业不同,意义不同,或者盲目,或者清醒,或者软弱,或者强硬,各人得到不同的结局。作者绝少重复他的材料,它们来自一个沦亡的角落,具有强烈的地方色彩,昭示一种共同的命运,展开各式各样的生活。这里有书记,有志士,有舞女,有水手,有排字工人,有吹号手,有小兵,有政治犯,有小偷,有看林人,有寡妇,有扛东西的,有拣垃圾的,有流浪人……他们有一点相同:全要活着。

　　现在我们到了作者所要暗示的中心思想。贫富贵贱强弱,一个世俗的道德标准,不能产生真正的评价。生存的意义不是活着,活着不是苟延残喘,苟延残喘不是受人欺蒙压榨。李和为了活着,甘愿接受违心的职业。一个月薪十五元的书记而已,他绝想不到这是一张卖身——卖灵魂的契约。他把自己卖掉,可怜是他不得

---

　　①　梁宗岱先生必须饶恕我一再使用这个比喻。纪德有一本小说叫作《田园交响曲》(*Symphonic Pastorale*,有丽尼先生中译本),借用音乐名词。墨西哥的上海总领事爱狄密勒(笔名)在他《冒险家的乐园》(阿雪先生译成中文),有一章题做《虚伪与欺骗的交响乐》,借用音乐名词。我希望他们有一天答复梁先生。

不如此做。职业让他变成敌人：自己和朋友的敌人。他想苟延残喘，不晓得像他那样一个肺痨鬼，死才是他有意义的活着的方式。同样是排字房的工头，为了活着，不惜出卖同人的利益，助纣为虐。等他害了一身花柳病，工作的效能减低，老板绝不留恋，把他立地辞掉。书记和工头同是弱者，不值得恨，值得可怜。同样无知无识，例如吹号手王胡子，跟了营长十几年，临了差一点儿把命送掉。一个老兵敌不住一个四姨太太。同样无知无识，例如看林人金和，辛辛苦苦，为东家植了十年树，连一个性的满足（一种自然的要求）也叫人剥削掉，直到病了，残废了，爱人死了，他才抖起反抗的意识，带着他唯一的伴侣（狗）流浪去了。穷人没有爱情：他没有钱，礼教也不在他这边。礼教和金钱是这不合理的社会的两位男女大媒。同样无知无识，例如偷羊贼，天真或者愚昧是他唯一的罪名。我们用不着比较这些人物，把李和说得坏些，把金和说得好些，反正他们都是恶劣的社会机构的牺牲品。作者暗示我们，唯一的活路不是苟生，而是反抗。这种强烈的社会意识，到了作者的《第三代》，虽说如今才有两卷问世，我们已然感到它的力量和作用。阶级斗争，还有民族抗战，是萧军先生作品的两棵柱石。没有思想能比二者更切合现代，更切合一个亡省的人的。

（原载《大公报》[香港版]1939 年 3 月 7、8、9、10、13、14 日）

叶紫的小说

刘西渭（李健吾）

这，这是什么世界啊！

——叶紫：《夜哨线》

一个批评者，穿过他所鉴别的材料，追寻其中人性的昭示。因为他是人，他最大的关心是人。创作者直从人世提取经验，加以配合，做为理想生存的方案，批评者拾起这些复制的经验，探幽发微，把一颗活动的灵魂赤裸裸推呈出来，作为人类进步的明证。他应该是一个古代希腊人，尊奉的只是人与其崇高的意志。艺术便是这种理想的表征，活动是自由的，同时是向上的，人类幸福是它的目标，不受任何羁缚，除去他个性的范畴，仿佛一个大神主义者，心头有一个"天"在，并不信奉尘世的三姑六婆。

这也许是非分之想。我们抛离不掉先天后天的双重关联，存在本身便是一种限制。一个艺术家，无论是创作者，批评者，带着独有的深厚的禀赋，脱然而出，翱翔于海阔天空的明日。这种与存在相挣扎的力之激荡形成人生最美的伟观，正如浦罗米修士，反抗是他最高的意义。

批评者应当是一匹识途的老马，劈开字句的荆棘，导往平坦的人生故国。他的工作（即是他的快乐）是灵魂企图与灵魂接触，然而不自私，把这种快乐留给人世。他不会颓废，因为他时刻提防自己滑出人性的核心。在他寻索之际，他的方法（假如他有方法)应该不是名词的游戏,然而也不是情感的褒贬。客观和主观全在他的度外,因为这里不是形而上的推论,而是肉眼肉脑的分析。罗斯金(Ruskin)指斥二者荒谬,以为"客观如此"与"主观如此"应当用"原本如此"与我"觉得如此"代替。我们不想指斥,但是我们以为最正常的,最鞭辟入里的,便最有道理。

当着一位既往的作者,例如叶紫,在我们品骘以前,必须先把自己交代清楚。他失掉回护的可能。尤其不幸是,他还没有活到年月足以保证他的熟练。他死于人世的坎坷,活的时候我们无所为力,死后他有权利要求认识,然而,距离这般近,相失偏又那样远,生在这"乱世之音怨以怒"的时代,违误相当值得原宥。

我们不晓得叶紫的年龄,仅仅听说他在一九三九年十月五日下午七时一刻逝世,留下三两无依无靠的孤儿寡妇,薄薄三册长短小说,和若干没有成形的材料与无可实现的计划。接着这不幸的消息,我们看到一些零星的纪念文字,相当揭露他贫病的飘零生涯。一个中等以下身材,柴一样瘦腿,说话腔调仿佛妇女,走路向前微微弯曲,喜欢笑,害着一种不可救药的肺病,贵族病。一个穷苦青年(他奋斗的意志让他永久是青年),流落在都市,文章卖不出钱,做小学教员糊不了口,局蹐在阴沉的角落,结识了一些热情的朋友(和他一样穷),东拼西凑来过活。拖着一个干瘪的肺叶,每星期注射两次空气针,他还得时时忘掉自己,把别人的疾苦织进字句。自己向人借钱,他慷慨把钱借给别人。自从侵略的毒焰展到上海,文人纷纷走向内地,他带同妻小回到故乡。[①]

虽说身体孱弱,叶紫没有留下一篇感伤颓废的作品。从作品推测它的作者,犹如从雕像神往米开郎吉罗,我们会以为他强壮,健康,魁梧。一种精神的拔山倒海的力量汪洋在这营养不良,朝不保夕的壳囊。生命似乎早就要走开,然而意志把它留住,直到最后一刹那,他还在思维他的长篇《太阳从西边出来》。他不瞑目。其实

---

① 叶紫什么时候来到上海,我们不清楚,大约总在 1933 年写作《丰收》之前。同年 5 月 2 日,他写成《丰收》;6 月 10 日,《火》;9 月 1 日,《电网外》;9 月 29 日,《向导》;12 月 26 日,《夜哨线》;然后 1934 年 6 月 13 日,《杨七公公过年》:以上六篇收在 1935 年 3 月出版的《丰收》(奴隶丛书之一)。1937 年 4 月,《山村一夜》(良友书店印行)短篇集问世,里面也是六篇:1935 年 2 月 20 日,他写成《偷莲》;4 月,《鱼》;1936 年 5 月 19 日,《校长先生》;7 月 9 日,《山村一夜》;10 月 2 日,《湖上》;最后一篇是《电车上》。1935 年 3 月,他写成中篇《星》,其中第四章于 1936 年 8 月补成,全书于 12 月问世。神圣的抗战爆发,他在 9、10 月之间离开上海。

仅仅写下这个荒诞的题目——荒诞,然而真实,因为最真实的不是事实,而是寄托——他已经十足表示他精神的胜利。孟子把活着的最高表示叫做浩气,叶紫要是在身体上,命运上,甚至于作品上——我们回头就来穿凿——注定失败,他所象征的搏斗的精神足以令他不朽。在中国有万千青年这样做,也同他一样夭折,默默无闻,消逝在群众的波涛。叶紫并不孤独。正因为平凡,正常,永远在反抗,他才可贵。

叶紫生在(怕也长在)湖南益阳的兰溪。这在洞庭湖的西南。他的小说除去两篇——《杨七公公过年》与《校长先生》——和随笔一则《电车上》之外,全是乡土风光。小说里面的地名,因为各篇重见,我们相信并非捏造。没有去过洞庭湖,我们可以从那些名字想象它们的美丽;那向来为人爱比做风景的眼睛的水,或者是湖,或者是河,闪烁在每篇每章的额头;谈情有寥旷的湖心的蓼花洲;无路可走,便有雪峰山,银盆山好去落草;月明之夜可以去采菱,捕鱼,唱山歌。在全中国肥沃的稻田之中,这算得上一个。山光水色映在叶紫的心灵。

但是,大自然遮拦不住他情智的发育。他依恋风景,并不感伤。犹如沈从文先生(另一位湖南人),他知道运用风景配合心理的变化,虽说没有灌输生命的语言织绘,他用心追求这种效果。他们全爱故乡的男女:沈从文先生爱的是本位的人,叶紫却是某类的人。说实话,只有一类人为叶紫活着,他活着也就是为了他们,那被压迫者,那哀哀无告的农夫,那苦苦在人间挣扎的工作者。我们不知道叶紫是否田舍出身,实际这没有关系,对于中国人,土地是他们的保姆,看护和送终的道姑。它是我们起码的保障,然而忘恩负义,我们把它看做低矮的脚座。但是,以农立国,中国传说之中的第一首民歌便是关于农耕的:

　　　　日出而作,日入而息,凿井而饮,耕田而食,帝力于我何有哉!

这表示快乐,也象征反抗,充满了独立自得的情绪。我们在这里听到一个黄金时代农人骄傲的自白。经了三四千年封建制度的统治,物质文明(工商的造诣)与享受的发扬开始把农人投入地狱。正常成了反常,基本成了附着,丰收成了饥荒。"凡物不平则鸣。"讴歌田园的陶潜不复存在,如今来了一片忿怒的诅咒的抗议。

　　不是诅咒田地,因为我们还有良心;然而是抗议,抗议那可诅咒的不公道的遭遇。最初,忿怒是一般的,情感的,渐渐一个新法则与其构成的理想的憧憬出现,我们有了理智的解释,有了社会主义。不过,我们的忿怒那样激越,那样出人意表,一方面毫无准备,一方面毫无提防,便火山一样崩裂,狂飙一样卷起,一九二七年的事变向原野疾驰而下。风脚横扫过去,湖南正好首先轮到。"共产"两个字变成青年的口号,虿蝎的蛇蝎。这和春梦一样,和噩梦一样,骤雨似的流了一阵血,火花似的散失了。

　　但是,这没有消灭。这成了野火。侥幸逃出虎口的青年活了下来。有的修正他们的行动,继续他们的行动;有的把火郁在笔梢,用纸墨宣泄各自的痛苦和希望。叶紫应该归在这后一类。他的全家曾经浴血,他说他的作品,"无论如何,都脱不了那个时候的影响和教训"。不幸是,"体力和生活条件都不够",他的尝试一次一次失败;他"不能够一气地写下去",然而仅仅材料,便堆满一只破箱。他的《星》勉强"补缀"成功,他指望用《菱》达到"一个较好的结果",然而我们如今看到的,不过是没有完结的一章。至于他要写的"那久久被血和泪所凝固着的巨大的东西"——不知道是否即《太阳从西边出来》,那应该做为一部杰作的,永远随着作者西沉了。

　　农人和一九二七年是他的前仓后库。然而,人人知道,许久以前,茅盾先生已然采用武汉政变,写成他一鸣惊人的《蚀》与若干长短小说;同样,江南的农人在他小型的三部曲出现:《春蚕》,《秋收》与《残冬》。最后,他以凝重的《水藻行》再度表示他缜密的注意和广大的同情。他为自己也为文学征服了万千读众,为同代也为后人开辟了若干道路。我们时常听人讲起,鲁迅创造的阿Q最是中国农民的典型。这话未免似是而非。阿Q是一个农村的短工,一个在田舍漂泊的流氓,自然这不是他的罪过,因为他同正人君子一样需要活着,可怜是他没有田,也不曾租田,我们从他看不见真正愿实的道地农人。阿Q有的是本能,一种弱者自卫的本能——人家把这叫做阿Q主义。其实我们在这里看见的,倒是一种普遍的人类的弱点,并非农民爱土爱乡的特征。仿佛活跃在中国政治舞台的一种寄生虫,所谓政客者是,最机诈也最愚蠢。他的痛苦出于社会积层的压轧。然而他的悲哀生在他的人性。来到茅盾先生的时代,经过将近二十年的相为因果的扰攘,交通方便了,思想展开了,好像齐太后的镯子,一切挽成一环,不知道什么地方开端,什么地方结尾,只见潮汐在都市乡村之间涨落。或者说的更正确些,一个什么样的酵母在发作,都市骚动,乡村鼎沸。政治革命不曾停息,社会革命放宽我们的视野。

　　没有比我们这个时代更其需要力的。假如中国新文学有什么高贵所在,假如艺术的价值有什么标志,我们相信力是"五四"运动以来最中心的表征。它从四面八方来,再奔四面八方去。它以种种面目出现,反抗是它们共同的特点。销毁如《沉沦》,铿锵如《死水》,隐遁如《桥》,轻鄙如《飞絮》,感伤如《海滨故人》,未尝不全站在传统的边沿,挣扎而前,希冀对于人性有所供献。鲁迅的小说,有时候凄凉如茔绝境,却比同代中国作家更其提供力的感觉。他倔强的个性跃出他精炼的文字,为我们画出一个被冷眼观察,被热情摄取的世故现实。不停留在琐细的枝叶,然而效果如宋画的宫苑,鲁迅的艺术是古典的,因为他的现实是提炼的,精粹的,以少胜多,把力用到最经济也最宏大的程度。修养上他最属于传统,然而一颗感受锐敏的灵魂,没有比他更反抗,也更孤独的。孤独,因为他用力把自己提出恶俗。

　　然而不怕恶俗,仿佛一个医生,把人生连脓带血摆在我们的眼前,有社会主义者的茅盾先生。鲁迅的小说类似空谷足音,来得最中人心的,首推一九二七年之后的《蚀》。同北伐过程相比,辛亥革命是柔荏的。这仿佛一个骗局,许多热情的男女被当时所谓的民国骗进骗出。这里可哀,也可笑。北伐把一个狰狞的现实活活揭露:我们的毒恨经过长期的酝酿,再三在失望的刀石磨错,终于磨成利刃,握住阶级的矛盾,要求全部洗改。没有人晓得这尖锐的斗争将以何种形式结束。我们现代前进的作家,直接间接,几乎人人在为这个理想工作。一种政治的要求和解释开始压倒艺术的内涵。鲁迅的小说是一般的,含蓄的,暗示的。临到茅盾先生,暗示还嫌不够,剑拔弩张的指示随篇可见:或者是积极的人物,有力然而简单(因为不在正面),例如多多头之群,或者是热烈的词句,感情然而公式化。在《春蚕》的第二节,我们看见这样一句:

　　　　他们都怀着十分希望又十分恐惧的心情来准备这春蚕的大搏战!

　　然而,翻过一页,同样冗长的感叹符志跳进我们的眼帘:

　　这是一个隆重仪式！千百年相传的仪式！那好比是誓师典礼，以后就要
开始了一个月光景和恶劣的天气和厄运以及不知什么的连日连夜无休息的大
决战！

一种可以意会的移情作用影住作者修辞的清醒。他在演说：他就欠跳下讲坛参加
"决战"的行列。茅盾先生不过偶而酩酊。然而这种措辞，不知不觉，成为若干青年
作家的表现方式。一种明显的按语，一种指导的引线，我们往往在一篇或者一章的
煞尾遇到。《春蚕》正是这样一个例子。

　　撇开这些瑕疵，我们必须承认茅盾先生是一位天生的小说家。沈从文先生的
淳朴要是感动我们，巴金先生的热情要是吸引我们，茅盾先生的材料却最切近自然
主义者的现实。站在我们这些俗人当中，他最游刃有余。他明白现代物质文明的
繁复的机构。他作品的力并不来自艺术的提炼，而是由于凡俗的浩瀚的结识。坏
时候，他的小说起人报章小说的感觉；然而好时候，没有一位中国作家比他更其能
够令人想起巴尔扎克。他的效果往往不在修词润句，而在材料的本质。小说家需
要凡俗，凡俗即力。缺乏这种凡俗的质料，沈从文先生是一位美妙的故事家，巴金
先生是一位伟大的自白者。

　　没有作品承继《蚀》，没有另一部作品更其接近一九二七年的小中产阶级的知
识分子。茅盾先生不写一九二七年的农民；他有道理：他不熟悉。然而，自从《春
蚕》问世，或者不如说，自从农业崩溃，如火如荼，我们的文学开了一阵绚烂的野花，
结了一阵奇异的山果。在这些花果之中，不算戏剧在内，鲜妍有萧红女士的《生死
场》，工力有吴组缃先生的《一千八百担》，稍早便有《丰收》的作者叶紫。

　　叶紫的小说始终仿佛一棵烧焦了的幼树，没有《生死场》行文的情致，没有《一
千八百担》语言的生动，不见任何丰盈的姿态，然而挺立在大野，露出棱棱的骨干，
那给人苦壮的感觉，那不幸而遭电殛的暮春的幼树。它有所象征。这里什么也不
见，只见苦难，和苦难之余的向上的意志。我们不妨借用悲壮两个字形容。他不悲
观，虽说他应当清楚自己寿命不长。给他的作品寻找一个比喻，那最确切的，最象
征的，怕还就是他的身体。即使神圣的抗战不会发生，随便在什么时日，什么地点，

脉息会有全部停止的可能的身体。他的情形是觖望的,然而远瞩未来,他的灵魂自身便是希望。他必须写。他必须撒布光明的种子。他把这叫做债。[①] 我们说这是力,赤裸裸的力,一种坚韧的生之力。

他的内容,无论详略,永远是斗争的,有产与无产相为对峙,假如无产这方面失败了,他给无产留下象征的希望。在真实的叙写之中,我们常常感到勉强与夸张。决定他观察的角度的,不是一个艺术家的心情,而是态度和理论。《秋收》里面的通宝是一个典型的劳而无功的老农,犹如《樱桃园》里面的费尔司(Firse),在封建社会长大,随着破灭的封建社会死去,然而茅盾先生的政治意识不肯让他糊里糊涂撒手:

> 当他断气的时候,舌头已经僵硬不能说话,眼睛却还是明朗朗的;他的眼睛看着多多头似乎说:"真想不到你是对的! 真奇怪!"

这里积极的暗示超出了正常的自然主义。我们接受这种"似乎"的字样,因为这在我们理想的人性之内。同茅盾先生一比,叶紫成了一位百折不挠的军官。他的人马出生入死,疮痍满身,踬而复起。云普叔的遭际把老通宝的痛苦比成黯然无色,虽说病倒了,虽说"迟疑",他有一口活气鼓励他的儿子造反。《电网外》里面的王伯伯还要悲惨,然而他不自杀,他跳下上吊的脚凳,

> 背起一个小小的包袱,离开了他的小茅棚子,放开着大步,朝着有太阳的那边走去了!

同样是《星》里面的梅春姐,丢下阴沉的家屋,

> 没有留恋,没有悲哀,而且还没有目的地走着。

---

① 参见满红先生的《悼丰收的作者——叶紫》,载在第1卷第2期的《长风》月刊。叶紫曾经对他讲:"我现在的生活,全然不能由我支配。我精神上的债务太重了。我亲历了不知多少斗争的场面……凡是参加这些搏斗中的人,都时刻在向我提出无声的倾诉,'勒逼'我为他们写下什么,然而,我这支拙笔啊! 我能为他们写下些什么呢? ……"

她有目的。星光在指点她：

　　你向那东方去罢！

当时的东方是江西。

　　要是老通宝失败，茅盾先生另外给我们安排了一个小儿子，那不长进的反抗的多多头。他们属于同一阶级，象征两种存在：前者是过去在现实之中结束，后者是未来在现实之中成长。阶级在斗争，老少在交替。这是一种题目的对比。这种同一阶级的对比，我们不时在叶紫的小说看见。云普叔有一个不孝的儿子立秋同他山上的伙伴，杨七公公有一个倔强的儿子福生和他们的同乡小五子。父亲与父亲的一代（《星》里面的四公公，老六伯伯和关胡子……）是迷信的，安于命的；儿子与儿子的一代（那数点不清的凸出的一群……）是坚强的，叛逆的。然而，息息相关，在这同一阶级，服从与友爱滋润着外来的暴戾之气。

　　他们全要活着。他们没有道路去活。这种生之意志的执着，犹如地之恋的深永，正是我们农人美好的品德。为了少许希望，一线光明，中国人可以忍受猪狗不如的生存。叶紫的观察并不错误。王伯伯的出走不合情理，然而从这一点去看，未尝不是应当。还有比人世本身更不合情理的？

　　赤日炎炎似火烧，野田禾稻半枯焦，
　　农夫心内如汤煮，公子王孙把扇摇。

他们是被逼上梁山。自古如此。强壮，仁厚，他们结成不可轻侮的一群。云普叔备了一桌丰盛的打租饭，未曾软化地主者群，反而遭受他们的抢掠。他是一个前车之鉴。佃户挽成一道绝崖，何八爷之流站立不得，滚下万劫不复的深渊。《火》是积极的指引，《山村一夜》是消极的教训。

　　作者无从把持他的情感。他憎恨那些虎伥，地主与军警。他把爱全给了农夫、革命者，他们的轮廓因而粗大，却并不因而多所真实。这是情人眼里的西施，然而仅仅是些影子，缺乏深致的心理存在。至于那些分不到他些微同情的男女，他的憎恨同样不容他过细停留。他把他们勾成花脸小丑。这里是盛怒，沉郁；这里是不饶恕。他不能够平静。他的回忆在沸腾。一切是力，然而一切是速写。我们明白主宰是政治的意向，但是，我们烦躁，因为惊叹符志那样多，我们在艺术领会之中，不时听见作者枯哑的呼喊。父母出卖女儿，"目不转睛的噙着泪水对英英注视着"，随即是：

> 再多看一眼罢，这是最后的相见啊！

作者不克自制，他从叙述一步跳到诗歌。刘嫂妈为了复仇做假向导，把军队带进埋伏的阵地。军队发见受了骗，给了她一枪。她"浑身的知觉在一刹那间全消灭了"，作者安慰我们，

> 她微笑着。

虽说没有惊叹符志，强烈的情感把现实化入象征的世界。我们接受作者的渲染，因为我们和他一样敬仰刘嫂妈。《星》的题目来自一个造作如若不是孩气的象征，情人的眼睛类似北斗星，北斗星好像光明。在这部一九二七年事变的插曲里面，惊叹符志多到不堪想象，俯拾即是：

> 当他们快要爬到那湖滨的时候，……突然地，给一个东西一绊——梅春姐和黄便连身子都给绊倒下来了！
> 三四只粗大的黑手，连忙捉着，抓住着他们的胸襟！——当他们明白了这是怎么的一回事情之后，便一齐震得，疼痛得昏迷过去了！……
> 夜的黑暗的天空中，正开始飘飞着一阵细细的雨滴！……

作者把自己遗失在他为别人修建的迷宫。

而且缺乏词汇。他没有字句调节他情感的沉浮。他指出"秋虫的悲哀的鸣咽"，跳过三四段，重复一句(仅仅改换词性)：

虫声更加呜咽得悲哀了。

他修辞的方式和他的情感同样直来直往,每每陷入雷同,衬出他学殖的贫瘠。《丰收》有这样一个有力的句子:

整个的农村,算是暂时的安定了。安定在那儿等着,等着,等着某一个巨大的浪潮来毁灭它!

《火》里面仿佛故雨重逢:

田原沉静着,好像是在期待着某一个大变动的到来。

这在《夜哨线》成了公式:

夜色,深沉的,严肃的,像静着一个火山的爆裂。

我们勿需乎苛责,叶紫是清醒的,《丰收》的自序是一篇忠实的检举。他明白自己太缺少艺术成分。然后:

这里面只有火样的热情,血和泪的现实的堆砌。毛脚毛手。有时候,作者简直像欲亲自跳到作品里去和人家打架似的!……

他一语道破他的长处短处。他没有字句,他的热情也不容他有。他所能够给的是黑白分明的铅画,不是光影匀净的油画。他揉搓不出富有造型美丽的人。

不曾为自己准备工具,又"没有余裕的工夫",他郑重声明他"年青得很","能够刻苦的,辛勤的,不断的学习"。从《丰收》到《星》,假如文字依然故我,是舶来的,是生涩的,我们看见他在努力扩展自己。他的农夫繁复了,例如陈德隆,一个粗犷然而值得原谅的汉子,是梅春姐的魔星,却同她一样是封建制度与社会组织的牺牲。

一九三六年八月,在他大病之后,他补成《星》的第四章,开始从事另一个中篇。《菱》的第一章写了一万字光景,他搁下笔,去了内地。如今读着这没有完成的第一章,我们惊于他的进步。① 文字不再跳动,叙述增加妩媚,尤其是第五节,乡下人月夜采菱,官保(仿佛是这部小说的主角)划了一只小筏子,等候堡子里面的小姐,在湖心和一个赖皮打架……下文不可复睹了!

还有比这可痛惜的? 死带走了最好的部分。

然而有人将牢牢记住叶紫。他成全了历史。在我们青年活动的记录上,他将占去一页。我们从他的小说看到的不仅是农人苦人,也许全不是,只是他自己,一个在血泪中凝定的灵魂。

一九四〇年二月十二日

(原载《咀华二集》,文化生活出版社,1942 年)

---

① 原稿未曾发表,现由巴金先生保存。

青春底诗

——路翎著长篇小说《财主底儿女们》序

胡　风

　　时间将会证明,《财主底儿女们》底出版是中国新文学史上一个重大的事件。

　　在这部不但是自战争以来,而且是自新文学运动以来的,规模最宏大的,可以堂皇地冠以史诗的名称的长篇小说里面,作者路翎所追求的是以青年知识分子为辐射中心点的现代中国历史底动态。然而,路翎所要的并不是历史事变底记录,而是历史事变下面的精神世界底汹涌的波澜和它们底来根去向,是那些火辣辣的心灵在历史运命这个无情的审判者前面的搏斗的经验。真实性愈高的精神状态(即使是,或者说尤其是向着未来的精神状态),它底产生和成长就愈是和历史的传统、和现实的人生纠结得深,不能不达到所谓"牵起葫芦根也动"的结果,那么,整个现在中国历史能够颤动在这部史诗所创造的世界里面,就并不是不能理解的了。

　　在封建主义里面生活了几千年,在殖民地意识里面生活了几十年的中国人民,那精神上的积压是沉重得可怕的,但无论沉重得怎样可怕,还是一天一天觉醒了起来,一天一天挺立了起来;经过了无数的考验以后,终于能够悲壮地负起了这个解放自己的战争底重担。人能够概括地对这提出简单的科学的说明,人更应该理解这里面的浩瀚无际的、生命跃动的人生实相。在那中间的青年知识分子,一方面是最敏感的触须、最易燃的火种,另一方面也是各种精神力量最集中的战场,因而也就是最富于变化的、复杂万端的机体。这种夹在锤和砧之间的存在,人能够简单地对它提出科学的分析和批判,但那里面的层出不穷的变幻、如火如荼的冲激、鲜血淋漓的斗争,在走向未来的历史路程上,却有着多么大的教育的意义。

在这里,作者和他底人物们一道置身在民族解放战争底伟大的风暴里面,面对着这悲痛的然而伟大的现实,用着惊人的力量执行了全面的追求也就是全面的批判。说全面的,当然不应是现象底巨细俱收的罗列,而是把握住精神现象底若干主要的倾向,横可以通向全体,直可以由过去通向未来的倾向。我们看到了封建主义底悲惨的败战、凶恶的反扑、温柔的叹息,以及在伪装下面再生了的丑恶的形状,我们看到了殖民地性个人主义底各种形式,一直到被动物性主宰着的最原始的形式,一直到被教条主义武装着的最现代的形式。在这中间挣扎着忠实而勇敢的年青的生灵(们),虽然带着错误甚至罪恶,但却是凶猛地向过去搏斗,悲壮地向未来突进。这一切,被自"一·二八"到苏德战争底爆发这个伟大的时代所照耀,被庄严而又痛苦的民族大战争所激荡,被时代要求和战争要求鞭打着的这古国底各种生活触手所纠缠。

人没有权利怀疑作者为什么把舞台限在后方,为什么不正面地接触到劳苦人民底世界,因为这不是作者要在这里负起的任务,人却应该感受得到,在这部史诗里面所照耀的,正是劳苦人民底神圣的解放愿望和他们底伟大的战斗目标。人更应感受得到,作者底一切努力一切争斗,正是为了和读者们一道通向那个愿望,突向那个目标。

作者自己说,一切生命和艺术,都是达到未来的桥梁。正是这个把自己变成达到未来的桥梁或踏脚石的志愿,才有可能产生了把七十个左右的人物底命运旋转在那个愿望那个目标下面的庞大的气魄。从这里就可以理解作者所说的,他所追求的"是光明、斗争的交响和青春的世界底强烈的欢乐"。

是的,是"欢乐",但可以把这换写为"痛苦",也可以把这换写为"追求"。欢乐,痛苦,追求,这些原是"我们时代的热情"(借用那个蒋纯祖底用语)还没有找出适当的表现语的那个 Passion 所必有的含义。时代底 Passion 产生了作者底 Passion 和他底人物们底 Passion。作者说,作为他底对象们底综合性人物的那个蒋纯祖,是举起了他底整个的生命在呼唤着,然而,人不难感到,作者自己更是举起了他底整个的生命向他底人物们和读者们在呼唤着的。

原来,作者底对于生活的锐敏的感受力正是被燃烧似的热情所推进,所培养,所升华的。没有前者，人就只会飘浮，但没有后者，人也只会匍伏而已罢。没有前者，人当然不能突入生活，但没有后者，人即使能多少突入生活，但突入之后就会可怜相地被那裂缝夹住"唯物的"脑袋，两手无力地抓扑，更不用说能否获得一种主动的冲激的精神了。

不过，这些当是易于被人感受的，除非他是一段木头，但人也许不易感受到贯串在这里面的神经系统似的要素，作者底深邃的思想力量或者说坚强的思想要求罢。没有对于生活的感受力和热情，现实主义就没有了起点，无从发生，但没有热情和思想力量或思想要求，现实主义也就无从形成，成长，强固的。前者使教条主义狼狈地溃退，后者使客观主义不能够藏身。但若就一部作品底创造过程说，这三者总是凝成了浑然一体的、向人生搏斗的精神力，而这里面的思想力量或思想要求的成分，开始是尽着引导的作用，中间是尽着生发、坚持的作用，同时也受着被丰富被纠正的作用，最后就收获了新的思想内容底果实。人会吃惊于这部史诗里面的那些痛苦的境界，阴暗的境界，欢乐的境界，庄严的境界……然而，如果没有对于生活的感受力和热情，这些固然无法产生，但如果对于生活的感受力和热情不是被一种深邃的思想力量或坚强的思想要求所武装，作者又怎样能够把这些创造完成？又怎样能够在创造过程中间承受得起？正是和这种被思想力量或思想要求所武装的对于生活的感受力和热情一同存在的，被对于生活的感受力和热情所拥抱所培养的思想力量或思想要求，使作者从生活实际里面引出了人生底悲、喜、追求、搏斗和梦想，引出了而且创造了人生底诗。

正由于抱着了这思想力量或思想要求，所以作者能够创造出"光明、斗争的交响"。说交响，当然是在众声底和鸣中间始终有着一条主音在。人不难看到，被民族解放战争中间的时代要求和人民要求所照耀，被对于半封建半殖民地意识形态的痛烈的批判所伴奏，回旋着前一代青年知识分子底由反叛到败北，由败北到复古主义的历程，这一代青年知识分子底在个人主义的重负和个性解放底强烈的渴望这中间的悲壮的搏战。

在那个蒋少祖身上，作者勇敢地提出了他底控诉：知识分子底反叛，如果不走向和人民深刻结合的路，就不免要被中庸主义所战败而走到复古主义的泥坑里去。这是对于近几十年的这种性格底各种类型的一个总的沉痛的凭吊。而在那个蒋纯祖身上,作者勇敢地提出了他底号召:走向和人民深刻结合的真正的个性解放,不但要和封建主义做残酷的搏战,而且要和身内的残留的个人主义的成分以及身外的伪装的个人主义的压力做残酷的搏战。这是这一代千千万万的青年知识分子应该接受但却大都不愿诚实地接受,企图用自欺欺人的抄小路的办法回避掉的命运。不用说,和一切真实的心灵一样,作者是向着未来,为了未来的,所以他底热情的形象到了以蒋纯祖底传记为主音的第二部,就更凄厉,更激荡,更痛苦,也更欢乐而庄严。

在被丢掉了的初稿里面,相当于蒋纯祖的那个人物,是走上了比他更年青、更单纯、也就能够直线突进的、在这里的少年陆明栋所走的路,但这里的蒋纯祖却留在了后方,承受了痛苦的搏斗,而且终于倒下了。这是,人物性格底内在要求不能不这样,作者自己的思想要求也不能不这样。走向未来,当然有种种的路,那里面也当然有直线突进的路,但直线突进的路并不能变为对于此时此地的负担的逃避,而蒋纯祖底性格更不是这样的幸运儿。他得承受更大更大的痛苦的搏斗,从他底搏斗里面展示出更深更广的历史的意义。一个蒋纯祖底倒毙启示了锻炼了无数无数的蒋纯祖。就这样,作者完成了他底史诗底构成和他底人物底经历。

在我们底文艺领野,矗立着鲁迅的大旗。在今天,人会承认这面大旗,人更乐于自命是这面大旗底卫士,但人却不愿或不肯看见,多年以来(包括鲁迅在生的时候),虽然也有一些来自这个传统的真诚的战斗,但却有多少腐蚀这面大旗,淹没这面大旗的乌烟瘴气。什么是鲁迅精神?岂不就是生根在人民底要求里面,一下鞭子一个抽搐的对于过去的袭击,一个步子一印血痕的向着未来的突进?在这个意义上,不管由于时代不同的创作方法底怎样不同,为了坚持并且发展鲁迅底传统,路翎是付出了他底努力的。

自新文艺诞生以来,一直肯定着学习世界文学底战斗经验。然而,虽然不能抹杀那努力下来的痕迹,但可悲的倒是太容易发现结构底模仿、主题底窃取、人物底抄袭……世界文学底战斗经验应该指的是,那些文艺巨人们虽然各自在时代底限制和思想底限制下面,但却能用着最高的真诚向现实人生突进,把人生世界里的真实提高成艺术世界里的真实的,那一种战斗的路径和战斗的能力。那么,由于人类解放思想底武装和我们伟大的时代底要求这些有利的条件而摆脱了他们底思想上的限制或苦恼,从战斗底需要出发,汲取甚至征服着几个伟大的作家(特别是 L. 托尔斯泰)底现实主义,路翎也是付出了他底努力的。

　　但作者是二十几岁的青年,而且成长在生活在激荡一切的、伟大的民族解放战争时期,所以他底搏斗、人生上的和艺术上的搏斗,都燃烧在青春底熊熊的热情火焰里面。人如果能够看出这灼人的青春底火焰对于我们底人生、我们底文艺有着怎样的寄予,人就能够把作者自己所说的"失败"和"弱点"只当作青春的热情所应有的特点来理解的罢。

　　所以,《财主底儿女们》是一首青春底诗,在这首诗里面,激荡着时代底欢乐和痛苦,人民底潜力和追求,青年作家自己的痛哭和高歌!

　　就暂用这几节话当作对于这首诗和他底读者们的祝福罢。

　　　　　　　　　　　　　　　　　　一九四五年七月三日,记于渝郊避法村。

　　　　　　　　　　　　　　　(原载《文艺杂志》新 1 卷第 3 期,1945 年 9 月 15 日)

沙汀创作的起点和方向

杨　晦

一

　　我们的作者沙汀，可以说，是一个农民诗人。你看，他是用多么优美的，散文诗一般的文字来写我们的农民，我们的所谓川西北的农村生活呀。他自然也写知识分子，然而，他所写的知识分子也差不多都是农村出身的，都市化的色彩并不浓厚，就是他所写的 H 将军，也是革命的农民领袖。所以，他的主要的，也正是他所醉心的题材，是农民。

　　其实，沙汀不但是醉心于农民的题材，他的也正是农民的性格。他跟一般在农村社会里生长的人们一样，曾经在一个狭小的地域生活惯了，习于那种在"一个狭小的范围内看得更深一点，更久一点"的生活方式。这使他不愿意"接触更多的生活"，限制了他的生活范围，以致于他住在上海那样的十里洋场，却"终天把自己关在闸北一间破后楼里，便是热天也不肯轻易出门一步"；这也妨碍了他写作范围的扩大，他远在晋西北的前线的时候，所写的也还是《联保主任的消遣》那样的故事。这不能认为是特别看重乡土气氛的原故。就是他自己所说的那种难产，以及他的所以"带点拘谨"。我认为，这都是农民性格加给他的束缚。而且，难产和拘谨，在农民的性格上,就有着连带的关系。由于所谓"慢工出细活",才自然形成难产的现象;也就由于是农民的手工副业,逐渐才发展为家庭手工业的原故,才能容许,而且会有"慢工出细活"的那种工作态度。这是生产技术水准低落的自然结果:只能靠着世代相传的手艺,靠着个人的特殊技能,才能制出专精的产品;靠着时间,靠着历史,才能挂出祖传专精的招牌。在这种条件下的工作者,怎能不带点拘谨——拘谨地从事于一种物品的制造呢? 这是农村社会的生产限制,并不能由某一个人来负这种责任。

一到工商业的都市社会里,情形自然就要改变。连文艺都有了市场,这就是说,文艺作品要以商品的资格出现在读者主顾的眼前了。文艺作家也就成了精神生产品的工人。为了应付市场的需要,就不管是冒牌的也好,赝品也好,粗制滥造的也好,只要有货物上市就行。而且,都跟百货商店要能满足各种各样的主顾一样,也就需要有不管是诗歌、是戏剧、是小说、是杂文、是报告文学、是各地通信,等等形式的东西,什么都能写的那样作家。这中间自然难免要有流于俗恶的市侩气的一面,而主要的却还是一种进步。因为社会上的需要,因为生产技术的进步,产量自然要增加,而货色也一样会提高起来。而且,因为生活的日趋复杂,应付环境的能力加强,写作的方面虽然多了,写作的成绩也并不一定会就此低落下去。

然而,在过渡的期间,像中国近些年来的情形,却自然要演成了一些艺术家的悲剧。

从前,不是颇吵过一阵京派海派的问题吗? 其实,这中间正有着一个农民派的问题,却不为人所注意。当时的海派,自然携带一些洋场的泥沙,走的却是上升的路线;京派虽然仿佛很高雅,这种士大夫气派的没落,却是历史给注定的,没法逃避。而所谓农民派,在当时正是一种乡下佬进城后的情形,既然讨厌海派那种洋场气,不愿意去沾染,同时当然也不甘心跟京派去一同没落下去,却是偏于保守,往往仰慕京派的高风,容易站到京派的这一方面来。

于是,形成所谓农民派作家的悲哀:有的,积习过深,不能适应新的环境;有的,头脑顽固不肯适应新的环境,于是讨厌而且憎恶这种环境以及在这种环境里应运而生的人们;有的,经过几度的挣扎,却终于消沉下去,或是回到了他原先是跳了出来的家乡,或是另谋了别的生活;有的,虽然始终都在挣扎,却突不破他的重围,于是,陷于悲观与苦恼里边,感到生活的空灵,感到心情的忧郁,没有沉沦堕落,也没有力量自拔,好像悬在那里一般。你看,我们不是有许多近于埋没的那样作家吗?他们的自视颇高,自信颇深,却跟他们的时代不大发生联系。他们的艺术水准很高,作品却特别少,也不大为他们的同时代人所知。虽然已经不是那样的时代了,却依然在怀抱着所谓名山事业的那种理想,以所谓曲高和寡,作为一种不得已的安慰,这已经不止于是这种作家的个人悲哀!你可以想象:被时代的浪潮,从我们的农村社会给涌了出去,涌进了都市的港口,却又被逆转的风涛给卷了回来,这不是我们时代的悲剧吗?至于那些在逆潮的当中,虽然不能迎风破浪,却也没有转回头来,顺风扬帆,只是退到一旁的沙滩上,在悲哀与苦恼当中,梦想他们海市蜃楼的建筑,他们的处境虽然可哀,他们的这种精神,未尝不足以唤起人的尊敬。

我们的农民派作家,所走的路,所遭的命运,不能不跟我们的农村社会的发展,我们的农民革命运动同样地迂曲,同样地艰难,也同样地终于要有他们的前途。

我们转回来看看沙汀的情形吧。他虽然像他自己所说的那样难产,却终于一篇一篇地写下去,要完成他"以写作为终身事业"的企图。他虽然是带点拘谨的人,在抗战前"很少写过别类性质的文章",在抗战后,却终于写出了"似报告非报告的小书:《我所见的 H 将军》及《敌后琐记》"。他虽然还要教书,好像农民的种田一样,来维持他的生活,却终于保持住他的作家的资格,继续生产他的精神产品,写出了他的《淘金记》和《奇异的旅程》。他不但为他自己在作家的群里,争得一席特殊的地位,成为我们的农民诗人,我们四川社会的叙事诗作者,同时,也为我们这些年来几乎没有出路了的农民派作家,开辟了一条道路,建立下坚实的基础。虽然他一时不为读者所欢迎,我相信,只要他能继续走他的路,终于要为我们的读者所认识,所爱戴,不止于他的作品在文艺市场上,会增加了销路而已。

二

沙汀的写作,据他自己在《航线》的《前记》里说,是开始于一九三一年,也就正是"九一八"事变的那一年了。而且,他的开始写作生活是在上海。这个时间和这个地点,对于我们的作者沙汀,都有着极大的意义。这个上海,这个等于殖民地的商埠,自然是帝国主义的势力侵略到中国内地的联络总站,同时也是中国内地的一个缺口,被看成了一条出路。一方面尽管是冒险家的乐园,一方面也是我们民族解放,社会革命的一个主要据点。在北平失去文化中心的地位以后,上海便以新兴的工商业都市,吸引着内地的知识青年。然后,一个生长在内地的知识青年,到了上海,不是像刘姥姥进了大观园那样目眩神迷,就是要像沙汀那样感到好像"四周都布置着铁丝网,使人无法和它接近"。在这种情形下,再赶上"九一八"前后,受到"那时候新的拼争"的"重新激发",像沙汀那样,感到手足无措,于是想要从事创作,觉得写作才适合一点脾味的,来自田间的青年作家,绝不止于沙汀一人的吧。

就这样,从一九三一年开始,到一九三七年"八一三"抗战前止,沙汀写出了《航线》、《土饼》和《苦难》的三部短篇小说集,另外还有三个短篇:《在祠堂里》、《兽道》和《祖父的故事》。

上海对于一个来自农村社会的青年,是仿佛布置下了铁丝网的一般。然而这只是幻术一般的障壁,对于一个终天把自己关在一间破后楼里的,才更加神秘不可测起来,假使你使出行动的长矛,是一挑就会开出一条路来,放你进去的。因为对于社会上的变动,感觉到手足无措,想到写作生活,才适合自己脾味的时候,这就是艺术生活跟实际行动分离的起点。要知道,就因为一个的关门生活,才会到了我们民族的生死关头,只知道关心,只有感愤,而"不知道应当怎样去干"的;然而,也因为不知应当怎样去干,才更感到自己的站在铁丝网外,于是关起门来,去从事自认为合于脾味的写作生活。自然,对于"民族底悲苦的命数"的关心,以及感愤,并不会被关在门外的,于是,这种关心,这种感愤,好像《浮士德》里的魔鬼一般,把我们的作者沙汀,领回到他的故乡。他的故乡,虽然远在川西北那样的偏僻地方,不也同样地在受着"我们这民族底悲苦的命数"的支配吗?所差的只是没有领他到行动的路上去罢了,在艺术的范围内,却是把他的心情给安放在最适于生存的领土。一切农民气质特别浓重的作家,像沙汀那样的情形,就算是撞破了上海的铁丝网,他一时也不容易就能适应这个新的环境,更不容易就能看得更深一点,写出更为真实的作品,像他现在这样。自然,一个人并不一定就要成为作家,假使他能在上海那样的环境里,用他的行动,慢慢克服了他农民性格的拘束,成为一个行动的人,并不一定不比他现在这样的一个作家,对于我们社会变革的贡献更大。不过,这是另外的问题,我们可以不去谈它。

　　请你翻开他的《航线》、《土饼》和《苦难》看看吧。这我们不能不感谢文化生活出版社出版的几集《文学丛刊》,是对于作家和读者两方面都有极大的贡献的,就是我现在所以能这样完全地读到沙汀在抗战前的作品,恐怕也要归功于这些集《文学丛刊》的出版才对。从沙汀的这三部短篇小说集里,我们可以看出来,虽然他的第一篇小说《风波》,是乡村生活的纪实,写的是他家乡的故事,但是,他并没有就甘心站在上海的铁丝网以外,对上海完全绝望。而且那不正是"九一八"事变的年份,接着就是"一·二八"的吗?"九一八"的事变,在沙汀的小说里,虽然只留下一点很微弱的反应,而"一·二八"却发生了极强烈的震动,对于这位年青的作家。"九一八"虽然是那么关系一个国家的生死存亡的大事变,不过,这好像在死水里投进了一块石头,虽然是大的石块吧,在较远的地方却只剩下一点微波在那里荡漾了,所以,在上海铁丝网外的沙汀,所能接触到的,只是一个杨梅疮疥上的店客,欠了二十三块钱的店账,穷极无聊了,投在黄浦江里,却留下遗书,想要"能因己之一死,激起同胞爱国热忱"来,于是被认为"爱国自杀",得到了"没有料到的荣誉";以及一个所谓"做广告的",玩着宣传的把戏,"跳他们自己的加官"而已。不过,假使不嫌过于苛责的话,我们未尝不可以说,这是因为作者站在铁丝网外的原故。中国社会虽然好像是一池死水,"九一八"事变,却在这里边给激起了极大的波浪,而且从此把一池死水给翻腾起来,一直不曾平静下来,不然,怎么会掀起"一·二八"那样轰轰烈烈的怒涛呢?

　　至于"一·二八"沙汀虽然只是写了个尾声:"撤退"和撤退中间的发现"汉奸"却反映出当时士兵和民众情绪的高扬,"汉奸"的活动,以及"撤退"的政治原因。这就像刚开出的汽车,正开足马力地跑上了几公里的道路,就抛了锚的一般,是多扫兴而且泄气呀!然而,却没有修好车继续开行的希望,只能再回到原来的地点,无期地呆等下去。我们的作者,假使不随着我们民族解放的斗争,受到了这样的打击,是可以随着展开他的生活的吧。这中间他不是写过《莹儿》和《码头上》两个短篇的吗?这都是从一个来自内地农村者的观点,来看上海的生活的,实际上,也是关于儿童教育,家庭和社会两方面的重大问题。一个在母亲的娇惯下生长的莹儿,到了垃圾堆上的小英雄们群里,哪能不摔跟头的呢? 莹儿的死,实在是中国近年来并非不普遍的儿童悲剧。中国的社会,已经由半封建半殖民地的性质,交织成一个大的垃圾堆了。只有在这个垃圾堆上,推推撞撞,跌倒爬起,做着无情斗争的英雄们,才有他们的前途。然而,我们的做父母的,自然是些比较所谓新式的家庭里,以及被社会上认为特别办得好的学校,都是在尽力为我们的孩子制造着暖房。这种暖房里培植出来的花木,只有装在火车或是轮船里,送在通商大埠的客厅,或内地官绅的府第内,才能生存。它们一吹风,一晒太阳就要枯萎的,何况是在垃圾堆上吹? 另外,你看那三个在码头上活跃的孩子吧。虽然是"一只不可见的手,把他们从母亲底胸膛上撕开了"……"然而,饥寒又教养了他们,使他们能够拿自己的手抓住每一根活命的草"。他们不但不怕没的吃,而且自然会走上解放他们自己的道路。

这其实也正有着我们作者自己的慨叹在吧。他既然不能"像自己的父辈样,在烈日下,在风雨下,推着犁头,挥着汗水,用自己底手争取自己底生存",离开了土地,又离开了家乡,到了上海这样的码头,也不能像那三个小英雄们那样在污浊里,在垃圾里,如入无人之境一般地活跃。他当然不会演莹儿那样的悲剧的,然而却不免有同感了吧。

《码头上》的这一篇小说,可以说是一篇流浪儿之歌的,使人读了,好像看过《生路》的电影一样。

三

随着"一·二八"民族解放战争高潮的低落,我们的作家沙汀,这时候,虽然没有离开他那无法接近的上海,却把他的关心与感愤,移放到内地的农村:在那里起伏着剧烈的变动,激发着血的斗争,农民革命的怒焰,有的地方被扑灭了,有的地方又在汹涌起来。我们的作者,不是深深地感到过成都的"恐怖",不是真切地经历过长江上游的"航线"吗? 在这种时代的剧变下,我们作者的故乡四川,特别是所谓川西北的那个角落里,农村社会的悲苦命数,能不叫他特别的关心,特别的感愤吗?

"我们的社会发展",正如作者在《这三年来我的创作生活》里所说的,"是太不平衡了"。然而,在根本上,却相差不远。中国是半封建半殖民地的社会,这已经是无可置疑的事实。不过,因为是内地或是沿海,是都市或农村,却有着程度上的差异,以致于色彩的浓淡,显出不同来;性质上却无二致。社会发展的铁则,就无论是山南海北,还是穷乡僻壤,更无法逃避了。

你看,就是所谓川西北那样僻远的地方,不是"为的……五老爷……好把银子运出去做大生意……并且要用汽车运机器开什么厂",就修起公路来,结果是"狂风般地,一辆黑色的汽车飞过去了"吗?所谓五老爷的,不过是等于帝国主义许许多多代理人中的一个罢了。

而且,也就在那里,虽然弥漫着封建余孽那样重的迷雾,农民革命的风暴不是也一样地吹到了吗?自然只是过境一般地又吹过去了,反给我们的农民留下了更为"苦难"的命数。然而,时代的风,还时时都在吹着,不能不随处都在酝酿着社会的变革,随处都有着"风波",随处都燃起"野火"。

从前,早就有所谓"天下未乱蜀先乱"那样的话流传着。这平常大概都是以川人好乱的理由来作解释的。其实不然,四川的天然物产虽然特别丰富,四川人的生活却并不都特别舒服。四川出产使人饱食暖衣的天然物产,然而,却更充满着比天然物产还要丰富的种种罪恶与黑暗势力:地主,豪绅,军阀,官僚等各式各样的老爷以外,还有许许多多的大爷,结成了"诈欺和剥削"的联盟,演出"人吃人的把戏"。于是到处暗藏着所谓乱的根苗,每遇天灾人祸,天下将乱的时候,这里就往往先乱起来。

不过,这种所谓乱的,只是破坏了社会的秩序,打破了社会的现状罢了,并不能促进社会的发展,变革社会的性质。等到一旦所谓乱平了的时候,也许是从前的富者而今贫了,也许是从前的贱者而今贵了,却重新又结成了封建统治的网,罩在社会的上面,而且又重新在暗地里伏下了乱源。

自从帝国主义的侵略加紧以来,一方面是把中国的古老社会给半殖民地化了,同时却也把封建统治的网给撞出了破洞,成为半封建的性质。这自然加重了对于人民大众的压榨,但是也动摇了封建社会的基础,改变了封建统治的旧观。这时候,已经不是从前所说的那种乱源的暗伏,而是所谓社会变革及酝酿。虽然是半殖民地的性质，也限制了工商业的正常发展，因而，社会的发展时常发生逆转的倾向，反使封建余孽的气焰高涨起来，往往造成一种特殊势力横行一方的局面。这使内地的人民大众，特别是佃农和贫农等的生活，反被逼得似乎无路可走，加重了他们的悲剧的色彩。

这也就使我们的作者沙汀，在他那两部短篇小说集《土饼》与《苦难》里，充满了悲剧的情调。

沙汀不是因为他自己的看重乡土气氛，感觉到束缚了吗？这自然使他不容易扩大他的写作范围，就跟他的农民性格，使他不愿意接触更多方面的生活，一样地对于他要发生一种局限的作用。然而，却正因为他的这种乡土气氛，才把这在偏远内地所谓川西北的社会情形，给全盘地呈现在我们的眼前了。这虽然只是在一个狭小范围内的，却也未尝不有着中国内地农村社会的全貌。

在封建社会里的农民，被捆绑在土地上面，就跟在资本主义社会里的劳动者被锁在资本上面，是同样的牢固，同样的凄惨可怕。我们的农民，一直到抗战的前夜为止，在内地的农村里，还是除掉做农民往地主的田里滴着血汗，忍受着一切的压迫与剥削，饥渴劳碌，老死而后已以外，没有别的出路。他们的信条，是要安分，要忍耐。他们的希望，是只有"年岁总会好起来的"这一点点而已。然而，就算是年岁真像他们所希望的那样好起来了，又有他们的什么好处呢？那剥削他们，以吃他们为业的地主，决不会让他们有什么甜的可吃的。他们的剥削就是水涨船高，年岁越好，他们的剥削就越行加紧。就看《淘金记》里的何寡母吧，这已经是抗战以后的事情了，她一发觉她的佃户们的生活"比以前容易过活多了，有的人甚至养着肥猪，家里有了整匹的布匹"，马上就要"一亩加半个棉花"。态度是那样的强硬，丝毫没有商量余地。然而，到了年岁真正坏起来，或是遭到战争一类的灾祸的时候，却决不会随着水落，他们的船就低下来。他们有的是"大斗和皮鞭"的，哪怕你是"拿命来给"，也得给的呀。所以，会使我们在"战后"归途上的"难民"们，一想到地主的凶焰，马上就织成了或生或死的恐怖，一齐惊叫起来。在《醉》里，大圆的母亲，王大妈，在临死的迷迷糊糊里，又看见她丈夫在生前被地主们踢打的景象，低微地说出"有钱人脾气都大呢，得说好话啊"那样的话来。

然而，就是这样，也只能忍耐下去，不然，就会更糟。我们的年青农民大圆，不是因为不甘心地把最后的一滴血也挤到江太爷的土地里去,退了租吗? 然而,他既然不能走上兵匪流氓的道路,又不能像他所羡慕的全生那样,在工厂里做上一两年的工,积下了钱,然后"再回到乡下,买点田地,自己做自己的主人",因为在城里就"有成千成万的人,都挤紧肚皮"找不到工做。而肚皮又非喂不可,到了连骨头都没有可磨了的时候,他就只有在"比那以前更刻毒的佃约上颤着手画上个十字",继续去流他的血汗了!

就因为这样,我们的农民,才在他们的忍耐和苟安下,受着种种的欺压与剥削。就因为这样,才在我们的农民上面,织成了一层欺压与剥削的网罗。也就因为这样,才演成种种的惨剧:有眼看着"大家弄的这样血泊泊的了",却连赈款都吃下去的官绅;有把灾民就当作"瘦狗"一般,却还要在他们身上"炼他三斤油"出来的"代理县长";有"为了两升粮的缘故"而谋杀老太婆的惨事;有因为家里死了人,去办理丧事,却被拉夫拉去,而且被逼着做他弟弟的"凶手"的断脚大兵;也有因为丈夫被拉夫拉失踪了,受着"饥饿和磨折",只有拿"土饼"来哄骗孩子的母亲。至于"兽道"的横行,"在祠堂里"的惨剧,"有才叔"的惨死;啊,这还算是生活,这还是在人间吗!

然而,就是"兔子逼慌了也要咬人的","忍耐和苟安绞成的牵绳"总不免要有"挣断"的一天。于是,在"贪馋和饥饿的旋风"里,煽起了"野火"。连打水都发出了反抗的吼声,"小市民们的怯懦"自然被踢翻了。为了反对贴印花,小贩们罢了市,而且大闹了印花局。

一群"面目阴晦而且可怕"的难民,"仿佛奔丧的一般",回到了他们地狱一般的家乡,这时候却来要他们"送什么德政匾",会不演成一幕"混打"的好戏吗?

何况这是"年头变了","是和原先不同了",中间"还有他们没有悟出的什么"呢? 不是连"老人"那个规规矩矩,有几分傻气的儿子,都成为懂得大道理,并且是有主见的人了吗? 不是在江太爷比以前更刻毒的佃约上画了个十字的大圆,就"以大胆的热情和忸怩的嘴唇"叫喊出"得推翻一切"了吗? 我们的农民已经知道:"有些地方,人们是怎样对付地主和收成"的。到了"在实际的旷野上,人真像荒春里垂死的饿狼"的时候,眼睛里在"闪烁着时代的苦,和时代的焦灼"的少年人,他们的脸上,怎能不被那"正在古老河流的西岸,辉煌着的火炬"给燎红呢?

然而,在"野火"燎原后,是"一列军队正在开来",这纯粹由于愤怒爆发出来的野火,不能不在军队的水里,暂时熄灭了。

而且,乡村里的形势刚刚一变,"老人"的脚下踏着的是自己的土地了,马上又已经是该清醒的时候到来。于是,那"在晨风里摇着金色的头"的稻穗,被那带有一小队老总的长官给"帮忙"了去。

这中间,虽然"白河已经杀成了血河",虽然"在那古老河流的两岸,辉煌着火炬",虽然有乌老二的一场搅和,把那见钱就吃的张狗老爷,给"闹得木偶下台,净人一个";"……等到暴风雨一过,亡命的绅士们照样回来,做他们发财和恢复的好梦",那些巨变下的牺牲者,却以灾民的资格,成为官绅们吞食赈款的奇货。于是人间又成了地狱,而且更增加了许多凄惨可怕的景象,甚至连山上的青猴们,都仿佛跟着"感到了我们这时代的大的'苦难'"一般,在凄凉的月夜里,"啼出哀音"!

你看,我们的作者沙汀,用多么哀婉而深切动人的散文诗篇,在他的短篇小说集《土饼》和《苦难》里,歌咏出我们农村的生活,我们农民的悲剧,和我们时代的苦难呀!

> 月亮升上来了。水一样的光亮从屋顶上淌下来,清冷而且苍白,比阴暗还可怕。
>
> ——《土饼》

这真是清冷而且苍白的月亮。就在这样的月亮下,马贩子发出"怎么是个了结啊"的干叫;就在这样的月亮下,山上的青猴啼出了它们的哀音,也就在这样的月亮下,孩子们柔声地哼唱出:

> 月老爷,月光光,妈在河里洗衣裳。……

充满了幸福之感地在等待着他们的母亲,在回来的时候给他们做好的黄泥饼子!

天呢:

　　天白皑皑的、干燥，显着一副呆子的面貌，好像一切都与它无关：生命，灾祸，人吃人的把戏。在它下面，旷野，村落，灰色的城堡，街道，没有一丝生气。

　　　　　　　　　　　　　　　　　　　　　　　　　　　　——《野火》

　　我们再看看，在《战后》那篇小说里，吹在难民们身上的风吧，这是时代的风呢。

　　十一月的风吹打着树林，土丘，肮脏的鼻子和颈脖，和它所碰着的一切。然而，风都是有定向的。时代——是风。

　　我们的农民就是在这显着一副呆子的面貌，对一切都好像无关的"天"底下，受着他们时代的苦难；就在这比阴暗还可怕的月光里，发出他们清冷而苍白的恐叹和叫号呀！然而，也顺着时代的风向，走他们的道路，虽然那是"因为少有人走"，"已经模糊了"的道路。

　　　　　　　　　　　　　　　　　　　　　　　　一九四五年一月

　　　　　　　　　　　　　　　　　　　　（原载《青年文艺》新一卷第六期）

论赵树理的创作

周 扬

在被解放了的广大农村中，经历了而且正经历着巨大的变化。农民与地主之间进行了微妙而剧烈的斗争。农民为实行减租减息，为满足民生民主的正当要求而斗争，这个斗争在抗战期间大大地改善了农民的生活地位，因而组织了中国人民抗敌的雄厚力量。抗战胜利以后，减租减息与反奸、复仇、清算的斗争结合起来，斗争正在继续深入发展。这个斗争将摧毁农村封建残余势力，引导农民走上彻底翻身的道路。经过八年抗战，农民已经空前地觉悟和团结起来了。他们认识了他们贫穷的真正原因，他们决心为根本消灭这个原因斗争。他们把斗争会、清算会很正确地叫做"挖穷根"。这就是说，要把贫穷的根子挖出来，将它斩断。农民的革命精力正在被充分地发挥，这个力量是没有什么东西能够抗拒的，是无穷无尽的。它正在改变农村的面貌，改变中国的面貌，同时也改变农民自己的面貌。这是现阶段中国社会的最大最深刻的变化，一种由旧中国到新中国的变化。

这个农村中的伟大的变革过程，要求在艺术作品上取得反映。赵树理同志的作品在一定的程度上满足了这个要求。

赵树理，他是一个新人，但是一个在创作、思想、生活各方面都有准备的作者，一位在成名之前已经相当成熟了的作家，一位具有新颖独创的大众风格的人民艺术家。他第一篇为人所知的短篇小说《小二黑结婚》，在一九四三年发表之后，立刻在群众中获得了大量读者，仅在太行一个区就销行达三四万册，群众并自动地将这故事改编成剧本,搬上舞台。接着发表了中篇《李有才板话》,这是一篇非常真实地、非常生动地描写农民斗争的作品,简直可以说是一个杰作。不久以前,又发表了同样主题的长篇《李家庄的变迁》。

我们面前是三幅农村中发生的伟大变革的庄严美妙的图画。

《小二黑结婚》写的是一个农村中恋爱的故事。故事很简单:小二黑,一个特等射手的年轻漂亮的农民,和一位美丽的农家姑娘小芹相好。但是小二黑的父亲二孔明和小芹的母亲三仙姑,这村子里的两位"神仙",却反对他们的结合。二孔明为他儿子收了一个八九岁的小姑娘作童养媳,但是小二黑不认账,他对父亲说:"你愿意养你就养着,反正我不要。"小芹也不认母亲为她定下的婚事,把彩礼扔了一地,对母亲说:"我不管!谁收了人家的东西,谁跟人家走!"你看,他们回绝得多么干脆,多么坚决!当村里的恶霸金旺兄弟将这对情人双双拿住,企图诬告他们的时候,小二黑一点没有畏怯,他是理直气壮的,因为他"打听过区上的同志,人家说只要男女本人愿意,就能到区上登记,别人谁也作不了主",结果,自然是小二黑胜利了。作者是在这里讴歌自由恋爱的胜利吗?不是的!他是在讴歌新社会的胜利(只有在这种社会里,农民才能享受自由恋爱和正当权利),讴歌农民的胜利(他们开始掌握自己的命运,懂得为更好的命运斗争),讴歌农民中开明、进步的因素对愚昧、落后、迷信等等因素的胜利,最后也最关重要,讴歌农民对封建恶霸势力的胜利。作者对二孔明与"三仙姑"的描写,算得是够讽刺的了,但当我们看到这两位"神仙"为自己儿女的事情弄得那么狼狈不堪的时候,我们真有点可怜起他们来,待到后来看到他们的转变,简直要喜欢起他们来了。原来作者攻击的对象,并不是他们,而是金旺兄弟,那些横行乡里的恶霸们。

在《李有才板话》中,便正面展开了农民与地主之间的斗争。斗争围绕在改选村政权与减租两个问题上。老户主阎恒元,作者在这个人物身上描出了地主的老奸巨猾的性格,他把持了村政权,操纵了农救会。关于他,李有才曾经编过一段快板:

　　村长阎恒元,一手遮住天,自从有村长,一当十几年。
　　年年要投票,嘴说是改选,选来又选去,还是阎恒元。

　　不如弄块板，刻个大名片，每逢该投票，大家按一按。

　　人人省得写，年年不用换，用他百把年，管保用不烂。

　　李有才，这位农民的天才歌手，用他的快板反映了村子里的事件和人物，表达了农民对于这些事件和人物的情绪的反应。这些快板是多么真实，多么畅快，多么锋利呀！正因为这些快板戳穿了阎恒元们的假面，李有才被他们撵出了村子。农民中的积极分子被打击，分化，收买。年轻，热情，但是没有经验，犯了主观主义、官僚主义的章工作员被愚弄着，完全蒙在鼓里，他还说阎恒元是"开明绅士"呢，并且还把阎家山奖为"模范村"呢。然而农民们的眼睛是明亮的，他们唱道：

　　模范不模范，从西往东看；西头吃烙饼，东头喝稀饭。

　　他们继续斗争着。一个小元变坏了，其他许多"小字号的人物"还是积极的。有才老叔撵走了，还是有人编歌子；他们的嘴是封不住的。当县农会主席老杨同志，这位从群众中生长起来，熟悉群众要求，有群众作风的人物来到村子里的时候，那一伙年轻积极的农民便好像给吸铁石所吸引一样，都团结到他的周围了。他们重新组织起农救会，发动了斗争，改组了村政权，实行了减租法令，斗争胜利了。作者在这里正确地处理了农村斗争的主题，写出了斗争的曲折与复杂性，写出了农村中的各种人物：地主；农民，包含积极的，中间的，与落后的；两种类型的工作干部。他没有把人物与行动简单化；没有只写胜利，不写困难，只写光明的一面，不写阴暗一面。他的笔是那样轻松，那样充满幽默，同时又是那样严肃，那样热情。光明的，新生的东西始终是他作品中的支配一切的因素。

　　《李家庄的变迁》的主题，同样是写的农民与豪绅地主之间的斗争，而且这个斗争范围更广，过程更长，因而也更激烈、更残酷。前两篇作品所特有的幽默的调子在这里被一种沉重的空气所笼罩。农民主人公铁锁的性格也比那些"小字号的人物"更深沉，他有比他们更多的经历，他的活动更带自觉的性质。全书的故事就是以他做中心来展开的。他是李家庄的一个外来户，受尽了当地豪绅地主的剥削压迫，跑到哪里也逃不出他们的魔掌。只有在太原和一个叫作小常的青年共产党员的偶然相识,才第一次在他的生活史上投射了一线光明。这个小常几乎成了他以及后来他的全村的偶像。抗战开始,小常恰好被派到他们县上来工作,他亲自到了他们的村子里,在这里轰轰烈烈地展开了牺盟会的工作。铁锁和农民中其他积极分子冷元、白狗都活跃起来了。豪绅地主李如珍一伙也在加紧活动,他们抵抗减租减息,他们想叫牺盟会不起作用。中央军、日本人来了,他们便得志起来,对农民实行了血的报复。小常被活埋了。铁锁、冷元投入了八路军。而当八路军第二次解放这村子的时候,村里剩下的人,连从前的一半都不到了。斗争是残酷的,而且是长期的。作者在故事结尾处写到了庆祝抗战胜利大会本来就可以住笔了的罢,然而他却不能不加写一场为自卫战争欢送参战人员的大会,向读者强烈地暗示了:斗争还在前面! 他灌输了读者以胜利信心和斗争勇气。

《李家庄的变迁》虽只写的一个村子的事情,但却衬托了十年多来山西政治的背景,涉及了抗战期间山西发生的许多重要事件,包含了历史的和现实的政治的内容;可以看出作者在这里有很大的企图。和作者的企图相比,这篇作品就还没有达到它所应有的完美的程度,还不及《小二黑结婚》与《李有才板话》在它们各自范围之内所完成的。它们似乎是更完整、更精炼。但是就作品的规模和包含的内容来说,《李家庄的变迁》自有它的为别的两篇作品所不可及的地方。

在巡视了赵树理同志的这三篇小说之后,我想说一说在他的创作中有些甚么特点,甚么独创的地方,特别值得研究,值得学习呢? 我打算说两点:一是他的人物的创造;二是他的语言的创造。

作者在人物创造上,第一个特点就是,他总是将他的人物安置在一定斗争的环境中,放在这斗争中的一定地位上,这样来展开人物的性格和发展。每个人物的心理变化都决定于他在斗争中所处的地位的变化,以及他与其他人们相互之间的关系的变化。他没有在静止的状态上消极地来描写他的人物。

首先,他写了农民中的积极分子和工作干部。他们是站在斗争的最前线。创造积极人物的典型,是我们文学创作上的一个伟大而困难的任务。原因是:一、作为我们遗产的过去优秀的作品几乎都只写了农民消极的落后的方面;二、现实中新的人物,新的个性也还在形成、生长之中。作者虽还没有创造出高度集中的典型,像阿Q那样的,但他无论如何写出了新的人物的真实面貌,那些"小字号的人物"

们可以看作新的农民的集体的形象。而且,是多么生动的、可爱的形象呵! 但是作者也并没有将他们理想化。这些都不过是普通的农民,他们年轻、热情,有时甚至冒失;他们所身受的豪绅地主的剥削压迫,迫使他们不能不走向革命。他们在苦难与斗争中渐渐成长起来,他们渐渐学会了斗争的方法和策略,他们敢说敢干,且又富于机智和幽默。每个人都在斗争中显示出各自的本领与才能,正如《李有才板话》中的老杨同志所说的,"老槐树底有能人"。群众的斗争——这就是决定一切的力量。斗争教育了农民,培养出了他们中间的积极分子。赵树理同志的创作就反映了农民的智慧、力量和革命乐观主义。在老杨同志这个人物身上,他创造了一个杰出的农民干部的成功的形象。

作者同样出色地描写了地主恶霸和他们的"狗腿"。他的重点也是放在他们和农民对立,和新政权对立的关系上。他们对于农民的要求减租与组织农会、改组村政权等等活动,进行了顽强的坚决的抵抗;这种抵抗在不能使用公开暴力的时候,就凭借狡猾的手腕;他们"一肚子的肮脏计"。他们充分地利用了农民的自私、落后,以及工作干部的没有经验、主观主义、官僚主义。《李有才板话》中"丈地"一章便提供了关于这一方面的非常特殊的描写。

农民与地主之间的界线是划分得十分清楚的。农民凭着他们的阶级本能和经验,对于这个分界一点也不含糊。我们只要看看,当小元还是积极分子的时候,那些"小字号的人物"对他多么亲,而一当小元做了武委会主任,受地主同化之后,他们对他就疏远了。他们前后态度是完全不同的,他们从心底发出了两种不同的情感。两个农民在被指派给小元锄地的时候有段对话是妙极了,我只引其中的两句:

> 小福道:"头一遍是咱给他锄,第二遍还教咱给他锄!"小顺道:"那可不一样! 头一遍是人家把他送走了,咱们大家情愿帮忙,第二遍是人家升了官,不能锄地了,派咱给人家当差。早知道落这个结果,帮忙? 省点力气不能睡觉?"

作者也写了农民中的落后分子,如像《李有才板话》中的老秦,他"吃亏,怕事,受一辈子穷,可瞧不起穷人",但他也有个好处,"只要年轻人一发脾气,他就不说话了",他到底还是善良的。落后的人物在斗争的环境中也不能不起变化。不只这个老秦,还有《小二黑结婚》中的那两位"神仙",到后来都有些变了,你也许觉得他们的变化太小,而且近乎消极罢,但作者是现实主义的,他不能把一个人物写成一个晚上就完全变了样子,像有些作者写人物转变那样;他只是着重写了环境的力量,他虽没有告诉你他的人物转变得怎样,但却叫你不能不相信他们的转变。

作者在描写他的人物方面,其次一个特点就是:他总是通过人物自己的行动和语言来显示他们的性格,表现他们的思想情绪。关于人物,他很少做长篇大论的叙述,很少以作者身份出面来介绍他们,也没有作多少添枝加叶的描写。他还每个人物以本来面目。他写的人物没有"衣服是工农兵,面貌却是小资产阶级";他写农民就像农民,动作是农民的动作,语言是农民的语言。一切都是自然的,简单明了的,没有一点矫揉造作,装腔作势的地方。而且,只消几个动作,几句语言,就将农民的真实的情绪、面貌勾画出来了。让我再从《李有才板话》中引用一段,这是写农民们在听到他们村长撤职的消息时的反映:

　　一进门,小元喊道:"大事情! 大事情!"有才忙道:"什么? 什么?"小明答道:"老哥! 喜富的村长撤差了!"小顺从炕上往地下一跳道:"真的? 再唱三天戏!"小福道:"我也算数!"有才道:"还有今天? 我当他这饭碗是铁箍箍住了! 谁说的?"小元道:"真的! 章工作员来了,带着公事!"小福的表兄问小福道:"你村跟喜富的仇气就这么大?"

就这么短短的对话,听来是那样轻松,那样愉快,然而又是多么有力地表示了农民对于地主恶霸的仇恨心理。这种仇恨在《李家庄的变迁》中就成了爆发式的:农民们在龙王庙将汉奸地主李如珍活活打死的那个血淋淋的场面,也许会有人感觉到农民的报复太残忍了罢,但是请听一听农民怎么说的:"这还算血淋淋的? 人家杀我们那时候,庙里的血都跟水道流出去了!"还有比这更正当、更公平的辩白吗? 这些农民都是积极的活动的人物,所以他们的语言和行动是紧紧结合的。语言表现行动,而又凝成于行动之中,所以总是简练的、生动的。斗争的语言和日常生活的语言完全融合起来了。农民的机智和幽默在斗争的火焰中磨炼得光芒四射。他们把讽刺的话叫做"开心话",叫做"扔砖头话",这就是对豪绅地主、官僚、恶霸、"狗腿"们"扔砖头",这是斗争的语言。就这样,作者从这些行动和语言中,将新的人物的性格显示出来了。

最后,作者在处理人物上,还有一个特点,就是明确地表示了作者自己和他的人物的一定的关系。他没有站在斗争之外,而是站在斗争之中,站在斗争的一方面,农民的方面,他是他们中间的一个。他没有以旁观者的态度,或高高在上的态度来观察与描写农民。农民的主人公的地位不只表现在通常文学的意义上,而是代表了作品的整个精神、整个思想。因为农民是主体,所以在描写人物、叙述事件的时候,都是以农民直接的感觉、印象和判断为基础的。他没有写超出农民生活或想象之外的事体,没有写他们所不感兴趣的问题(当然写别的主题的作品,又是另外一回事)。他把每个人物或事件在群众中的反映及所引起的效果,当作他观察与描写这个人物或事件的主要角度。农村的事情,还有谁比农民了解得更深切,更透彻的吗?就是对于农村中干部们工作的好坏,农民也是最正确的批判者。因为群众的意见总是正确的。在《李有才板话》中,李有才的那些真实反映了群众意见的快板,如果单从形式上看,也许会被看作中国旧小说所特有的"有诗为证"的一个变体,但我却以为它表现了赵树理同志创作上的一个重要精神。这是他创作上的群众观点。有了这个观点,人民大众的立场和现实主义的方法才能真正结合起来。

若有人怀疑,赵树理岂不只是一个农民作家吗?他的创作的和思想的水平不是降低到了"农民意识"吗?回答当然不是。他不但歌颂了农民的积极的前进的方面,而且批判了农民的消极的落后的方面。他写了好的工作干部,这是在农村中实现无产阶级领导的骨干,没有这骨干,农民的翻身是不可能的;同时也批判了坏的工作干部。这好与坏的一个主要区别的标准,就是能不能和农民打成一片,替他们解决问题。老杨同志和章工作员的区别就在这里。两个人物的对照的描写充满了现实的教育的意义。

关于赵树理同志在人物创造上的基本特点,我所看到的就是如此。现在我就来说一说他在语言上的创造的工作。

他在他的作品中那么熟练地丰富地运用了群众的语言,显示了他的口语化的卓越的能力;不但在人物对话上,而且在一般叙述的描写上,都是口语化的。在他的作品上,我们可以看出和中国固有小说传统的深刻联系;他在表现方法上,特别是语言形式上吸取了中国旧小说的许多长处。但是他所创造出来的绝不是旧形式,而是真正的新形式,民族新形式。他的语言是群众的活的语言。他在文学创作上,不是墨守成规者,而是革新家、创造家。

"文艺座谈会讲话"以后,学习民间语言、民间形式的努力,产生了很多的优秀的结果。就在小说创作方面,也有成绩。但有些作者却往往只在方言、土话、歇后语的采用与旧形式的表面的模仿上下功夫。赵树理同志却不是那样。他执行了他自己作品的创造的任务。

在他的作品中,他几乎很少用方言、土语、歇后语这些,他决不为了炫耀自己语言的知识,或为了装饰自己的作品来滥用它们。他尽量用普通的、平常的话语,但求每句话都能适合每个人物的特殊身份、状态和心理。有时一句平常的话在一定的场合从一定的人物口中说出来,可以产生不平常的效果。同时他又采用了许多从群众的生活和斗争中不断产生出来的新的语言。他的人物的对话是生动的、漂亮的,话一到了他的人物的嘴上就活了,有了生命,发出光辉。

他在作叙述描写时也同样是用的群众的语言,这一点我以为特别重要。写人物的对话应当用口语,应当忠实于人物的身份,这现在是再没有谁做另作主张的了;唯独关于叙述的描写,即如何写景写人等等,却好像是作者自由驰骋的世界,他可以写月亮,写灵魂;用所谓美丽的词藻,深刻的句子;全不管这些与他所描写的人物与事件是否相称以及有无关系。要创造工农兵文艺,这片世界有打扫一番的必要。人物与环境必须相称。如果环境中的甚么事物,在一个人物的心中是不存在的,即是他对这事物不感兴趣,这事物与他的生活毫无关系,那么,作者为什么要耗费气力去写它呢,仅仅为了自己个人的爱好?我们来看一看赵树理同志怎样描写环境:"阎家山这地方有点古怪,村西头是砖楼房,中间是平房,东头的老槐树下是一排二三十孔土窑,地势看来也还平,可是从房顶上看起,从西到东却是一道斜坡。"(《李有才板话》)这里,风景画是没有的。然而从西到东一道斜坡不正是农村中阶级的明显的区分吗?

再看一看他如何描写李有才的窑洞:"李有才住的一孔土窑,说也好笑,三面看来有三变:门朝南开,靠西墙正中有个炕,炕的两头还都留着五尺长短的地面。前边靠门这一头,盘了个小灶,还摆着些水缸、菜瓮、锅、匙、碗、碟;靠后墙摆着些筐子、箩头，里面装的是人家送给他的核桃、柿子(因为他是看庄稼的，大家才给他送这些)；正炕后墙上，就炕那么高，打了个半截套窑，可以铺半条席子，因此你要一进门看正面，好像个小山果店；扭转头看西边，好像石菩萨的神龛；回头来看窗下，又好像小村子里的小饭铺。"这岂止是在写窑洞呵？他把李有才的身份和个性写出来了。

作者在描写人物的时候所使用的方法和语言也是非常特殊的。他往往不从正面来写，而从人物的举止行动在别人身上所发生的效果反衬出来。

他这样描写着小二黑的漂亮："小二黑是二诸葛的二小子，有一次反扫荡打死过两个敌人，曾得到特等射手的奖励。说到他的漂亮，那不只在刘家峧有名，每年正月扮故事，不论去到哪一村，妇女们的眼睛都跟着他转。"写小芹也用了同样的方法："小芹今年十八了，村里的轻薄人说，比她娘年轻时候好得多。青年小伙子们，有事没事，总想跟小芹说句话。小芹去洗衣服，马上青年们也都去洗，小芹上山采野菜，马上青年们也都去采。"

最精彩的是写小芹的娘三仙姑到区上去的那一幕："刚才跑出去那个小闺女，跑到外边一宣传，说有个打官司的老太婆，四十五了，擦着粉，穿着花鞋，邻近的女人们都跑来看，挤了半院，唧唧哝哝说：'看看，四十五了！''看那裤腿！''看那鞋！'三仙姑半辈子没有脸红过，偏这会撑不住气了，一道道热汗在脸上流，交通员领着小芹来了，故意说：'看什么？人家也是个人吧，没有见过？闪开路！'一伙女人们哈哈大笑。把小芹叫来了，区长说：'你问问你闺女愿意不愿意！'三仙姑只听见院里人说'四十五'、'穿花鞋'，羞得只顾擦汗，再也开不得口。院里的人们忽然又转了话头，都说'那是人家的闺女'，'闺女不如娘会打扮'。也有人说'听说还会下神'，偏又有个知道底细的断断续续讲'米烂了'的故事，这时三仙姑恨不得一头碰死。"

从上面的引用，我们可以看出作者在作任何叙述描写时都是用群众的语言，而这些语言是充满了何等的魅力呵！这种魅力是只有从生活中，从群众中才能取得的。

不用说，作者在语言上是用过很大功夫的。据赵树理同志自己写给我的自传材料及杨献珍同志所告诉我的，他一贯努力于通俗化的工作；他在写这三篇作品之前做过许多文字的活动。他竭力使自己的作品写得为大众所懂得。他不满意于新文艺和群众脱离的状态。他在创作上有自己的路线和主张。同时他对于群众的生活是熟悉的。因此他的成功并不是偶然的。这正是他实践了毛泽东同志的文艺方向的结果。他有意识地将他的这些作品通叫做"通俗故事"。当然,这些决不是普通的通俗故事,而是真正的艺术品,它们把艺术性和大众性相当高度地结合起来了。

我的文章写到这里该停笔了罢。关于赵树理同志的创作,我还有甚么要说的呢? 你或者要说,我只说了他的好处而缺点几乎一点也没有讲。是的。我与其说是在批评甚么,不如说是在拥护甚么。"文艺座谈会"以后,艺术各部门都得到了重要的收获,开创了新的局面。赵树理同志的作品是文学创作上的一个重要收获,是毛泽东文艺思想在创作上实践的一个胜利。我欢迎这个胜利,拥护这个胜利!

（原载《解放日报》1946 年 8 月 26 日）

1950—1978

从《暴风骤雨》里看东北农村新人物底成长

蔡天心

从一九四六年到一九四八年两年时间内,解放区各地所进行的土地改革运动,对于中国革命是具有着伟大的历史作用的。在这一巨大的农村的变革中,身受数千年压迫的农民,在党的领导下站起来,经过激烈的,曲折复杂的斗争,打倒了地主阶级的封建统治,分配了土地,使自己成为新的农村的主人,这是一个翻天覆地的大变化;而在这大变化的农村中也出现了新人物——新的农民英雄,就是这些新的英雄站起来,推动了这个变革,推动着时代和历史前进。这是过去不远的现实斗争。而反映在文学创作上则有丁玲的《太阳照在桑干河上》,立波的《暴风骤雨》,马加的《江山村十日》和一些短篇作品,这些作品基本的表现了这一伟大的历史斗争过程,描绘了农村的新人物,成为人民历史发展的里程碑。这许多作品的产生,对于我们不能不是一很可庆贺的事件。这里我不想把范围涉及的太广,只就立波同志的《暴风骤雨》来研究一下东北农村的英雄人物底成长。

东北农村过去一直受着帝国主义,封建主义,官僚资本主义的压迫和剥削,"九一八"事变沦为殖民地以后,农民就直接地处于日本法西斯军阀的公开掠夺与压榨之下。其间充满了血泪,痛苦和死亡;也充满了英勇的反抗和斗争——如杨靖宇,李兆麟,周保中将军所领导的抗日联军等。但,所有这些都没有在文学里得到真实的正确的反映。东北过去在文艺上,确是一片尚未开垦过的荒野。即或有的作品写过农民,那也大半都是被歪曲了的形象。"八一五"东北解放以后,日本法西斯在东北的武装关东军被彻底地摧毁了,伪满统治政权在各地倒台了,东北农民开始翻身了,紧接着就在我党领导之下,在各地建立起民主政权。但,在土改以前,农村中封建势力并未推翻,他们勾结敌伪残余势力和国民党匪帮,建军头子等等⋯⋯到处骚扰,掳掠,进行破坏。受压迫已久的农民,还慑于国民党的疯狂进攻,犹豫观望,而少数先进分子则在党的领导下勇敢的站起来,经过诉苦,提高阶级觉悟,组织自己阶级力量,团结斗争,经历着顿挫与失败,终于打倒了封建势力。《暴风骤雨》就掌握了这一现实斗争中最重要的主题,描写了土地改革的全部过程,表现了农民推翻地主阶级统治的斗争。并从此显露出农民——农村新人物,如何在党的领导下,逐渐觉悟起来,以及他们如何组织自己阶级的力量,打倒数千年地主的反动统治,把自己的幸福,命运,前途牢固地掌握在自己的手里,堂堂正正地,做起了农村中的主人。在这里,作者用他那种强烈的,深沉的对人民的爱,歌颂这一伟大的变革;用他那热情洋溢的笔锋,描绘农村中新英雄的出现和成长,整个作品,充满着一种新鲜,明亮,愉快,喜悦的情感,这是新的农民在胜利的斗争中产生出来的情感,新的农村生活的情感,这完全不同于过去那种阴凄,闭塞,苦难,叹息和眼泪的乡村的描写。时代在飞跃,作者从现实斗争中汲取这种新的喜悦的情感,创造了新人物的形象,推动并鼓舞着人民斗争前进。

这就是《暴风骤雨》最大的成功的地方。

现在,让我们来看看《暴风骤雨》里所描写的人物吧:

在这部小说里,第一个出现我们面前的是赶大车的老孙头。这是一个久经世故的老头子,作者用生动的笔触,描写着他的风趣:诙谐,可爱,活泼,会讲很多很动人的故事,他在哪里一出现,那里就热闹起来。他在旧社会生活了几十年,为了应付地主富农阶级的压迫与剥削,学会一套看风转舵的办法。工作队来时,他从心里来说是欢迎的。这是由于他的阶级地位和经济条件决定的。他有翻身的要求,因此他愿意同工作队接近,要好,甚至在斗争地主时打锣集会;但有时却因为受谣言的恐吓,和群众未发动起来,农民阶级力量没有形成,整个东北形势的"敌强我弱",也会使他犹豫:把分给他和邻近三家一匹青骒马送回农会。这就是他在没有认识自己阶级力量的另一面的表现。因为旧社会的影响较深,有时就观望,独善其身,在最后分马的时候,表露出残存在他身上的那种落后的"自私性"。但他却始终是站在反对地主的立场上,形势转变后,斗争越胜利,他就越积极。这一切都合乎现实的,老孙头这种人是农村里贫雇农阶级中的中间分子,是群众思想动态的代表人物,作者成功的形象的刻画了他,成为《暴风骤雨》写人物写得最突出的一个。他是带着兴奋的喜悦和对新事物的好奇心来到作品里的。

第二个人物便是老田头。他是元茂屯佃农中受压迫最厉害,因而也是痛苦最深的一个。他的女儿裙子,被地主"韩老六把她绑在黄烟架子上,扒了衣裳,打的皮开肉裂,要她供认她许配的新姑爷是通抗日联军的,她死也不说"。"他们打了她半宿,才放开来,她吐血了,因为受惊,伤重,不到半拉月她死了。"妈妈因为女儿死的屈,把眼睛都哭瞎了。老田头因为他自己受地主韩老六的欺压,一开始在韩老六家中出现时,早已经就怀着对革命军队的好感,有了初步的认识,虽然老实胆小,但却没有完全被韩老六威吓住。老实,厚道,淳朴,在旧的封建社会中尽折磨,由于亲身体验革命所给予的好处,确在本来老实厚道的品质上发展出一种舍己为人的道德观念。因此,老田头这个人物是土地改革中新人物之一,是农村中老一代积极分子的形象。老年人最后出现的是老初,这个人遇事不紧不慢,有时好乱插言,不跑在前边,也不落在后面,是积极分子中比较落后的人物。

在年青力壮的小伙子们中间,作者前后介绍了这样一些人物,赵玉林,白玉山,李常有,郭全海,张景祥,张景瑞,开始进步参加党土改后又消极了的花永喜和中农刘德山;而在妇女当中也介绍了赵大嫂子,白大嫂子,刘桂兰。当然,我们从全部作品中,可以看出作者的用心所在:上卷主要人物是赵玉林,作者从他的自我介绍中描写他的身世和为人,在工作队员小王的影响下,开始觉悟,在对地主韩老六的斗争,如何从犹豫,动摇,走向坚决的全部过程。赵玉林是农民中的先进分子,他是从思想上得到了一定的认识,因此虽然在"敌强我弱"的时候,他仍然带头敢干,就是无数这样的农民中的英雄,在敌人疯狂的进攻下,坚决地同我们的党和军队站在一起,打击盘踞在广大农村里的封建势力,配合主力部队消灭流窜各地的国民党建军土匪,初步地创造了根据地,增强了自己的力量,停止了敌人的进攻……作者有力的描写了赵玉林在斗争地主韩老六的勇敢坚决,描写他在抵抗韩老七匪帮袭击元茂屯时战斗负伤和为革命的牺牲精神,这标志着农民觉悟性的提高。赵玉林虽然牺牲了,但,千百个赵玉林式的农民英雄却在农村里成长起来,他们正像赵玉林一样坚毅不拔的斗争着。在《暴风骤雨》里,作者用赵玉林的死显示着农民这种新品质的普遍的成长。当然,在这里,由于作者没有很好的揭示出赵玉林思想成长的内部矛盾(只在最初有点动摇,犹豫),这样就使赵玉林显得单薄,不够突出,不够有力,不像老孙头那样栩栩如生,而对他的历史的烘托也显得有些贫弱。下卷的中心人物则为郭全海,作者用力刻画了郭全海的出身,受尽了折磨和苦难,而且衔着很深的仇恨。他在上卷中是小说的次要角色,在下卷却成为作品的主人,作者用很大的精力描写他的勇敢精明,机灵正派,和他那种舍己为人的精神,终于在土改完成后,离开了刚结婚不久的妻刘桂兰,而带头参军。在这里,作者形象地显露了土改与战争的关系;觉悟了的从土地上站起来的农民,是如何不顾一切的走上前线,这是我们时代的精神,这种精神是非常感人的。作者在这里的描写是真实的,是崇高的新的道德的赞美诗。这种对新的人民英雄在土地改革运动中的成长歌颂,以及他自觉参军的描写,就具体的告诉读者:我们中国人民解放军之所以战无不胜,攻无不克最重要的原因何在了。根据确实统计:三年来,东北人民参军的数目有一百六十万人(林枫:《东北三年政府工作报告》)。其中绝大部分是分得了土地的农民。就是这些像郭全海一样觉悟了的,坚决而又勇敢的农民英雄,参加了我们的军队,因而使我们短时间内解放东北,直下平津,接着又配合其他野战军横渡长江,打到西南边疆,使全国迅速获得解放。这就是农民的土改运动为什么会成为人民解放战争胜利的源泉,作者在《暴风骤雨》的卷尾真实地把两者联系起来,强烈地显示出了解这一关键问题的锁钥。当然作者在郭全海的描写上也是有缺点的:这主要的是因为作者在上卷和下卷的题材处理上有矛盾的地方。上卷主要的描写赵玉林,没有有力的描写郭全海,作者以全部的热情付予赵玉林,这就不能不减低人们对郭全海的注意,尽管郭全海的过去出身那样吸引人,也不能不在赵玉林之后,而相形见绌。特别是在小说的布局上:作者因为使下卷工作队有再来元茂屯工作的可能,而选择了二流子张富英窃取了农会大权,把郭全海等人都排斥于农会之外。这在现实中当然完全是可能发生的。但在这里,作者却忽略了这种安排所产生的对郭全海形象的破坏:这一点就明白的显露出郭全海的无能,尽管作者在下卷如何描写郭全海的机智,有办法,但绝不能完全遮掩作者在无意中所加于郭全海的损害。尤其是下卷中地主阶级与反动富农的势力已趋于没落,农村中阶级对立又不像上卷那样势均力敌,因此也就无法生动的表现郭全海的机智和内在的思想斗争。特别作者有意的避免那些在土改运动中严重发生的问题(这一点我后面还要谈),因而徒然地拖长了许多关于挖财宝和起枪的细节的描画,没有能使郭全海的性格更完整的突现出来。

其他人物:白玉山也是比较成功的。"他原是一个勤快的小伙子",受地主韩老六的欺压,打官司,蹲大狱,把地卖给韩老六,从狱里回家,就懒起来了,总是睡觉,缺吃少穿,他也振作不起来,两口子干仗。孩子活让韩老六给整死了,也不敢去打官司,不敢报仇。工作队来了,他参加了农会,当了小组长,后来又做了武装委员,人也改变了,成天脚不沾地,身不沾家,心里老惦记着事情,两口子的感情比新婚还好。虽然中间受着韩长脖子的挑拨发生了一次纠纷,但最后还是和好了。白玉山参加了党,在下卷开始时,他已经调往双城公安局工作去了。这是农民脱离生产参加革命工作的一个。作者在描写他同他的老婆白大嫂子吵架,和过年时候回家,描写他们夫妇相逢时的情景,和他帮助郭全海去榆树县捉韩老五。这些都是作品里最为生动的场面。至于李常有,张景祥,张景瑞则是有些模糊的人物了。而对于开始积极,最后消极的花永喜却只表现出他所以落后的一面,而没有加以解决。对中农刘德山一般心理的显露比较真实,但由于作品在接触中农问题思想不深,这就不能更深的发掘这一现实斗争的实质。

在描写妇女方面,赵大嫂子从开始就给人以沉闷的感觉,在赵玉林死后她收养了小猪倌吴家富,舍己待人,这是新人物的优良品质,但她每次在作品中出现时,总带着烈属的悲悯,这是非常不健康的表现。赵大嫂子没有从赵玉林的死的氛围中解放出来,这不能不是作者失败的地方。

其次白大嫂子和刘桂兰,这是下卷中作者用力描写的两个人物。与赵大嫂子相反,她俩是带有新的品质的人物,特别是刘桂兰的身世和遭遇的描写非常感人,作者生动的描写她在反对封建婚姻的压迫中解放了的性格的成长,在和郭全海恋爱的许多场合都表现出刘桂兰的勇敢,活泼,大胆;以及参加土改工作后农村妇女的积极性。特别是和郭全海结婚后,郭全海离家参军的时候,刘桂兰的表现就更为动人了。

总之,《暴风骤雨》在表现人物上基本是成功的。作者本质的描写了新人物的新品质的成长，这种农民新的英雄人物，成千成万地参加了人民解放军，为革命立功，为解放全中国进行战斗，而有的却成为农村的干部和土改后新农村的主人，这些人物在现实中生活着，而且不断地成长，不断的前进！

　　其次，《暴风骤雨》也比较详细地描写了土地改革的全部过程。描写地主阶级代表韩老六的阴谋诡计，以及他如何与狗腿子设谋反抗，欺骗，迷惑，拉拢，陷害个别落后分子，破坏土改运动。在另一方面作者也真实地反映了农民群众的动摇，犹豫，以及如何经过思想酝酿，起来与地主斗争的过程。在这两点上，作品的上卷是比较成功的，而下卷则过于拖长，读起来使人感到松散无力。琐屑事物的描写，现象的罗列太多，而土改过程中本质事物的显露则显得太少，有些属于本质的事物，被许多无关重要的挖浮财的追问细节所掩蔽，不能凸现出来。

　　谈到这一问题时，我们感到《暴风骤雨》的缺陷方面，是作者在作品里回避了土改中许多比较重要的问题，部分地修改了现实斗争生活，这就不能不减低作品对现实的指导意义。在土改运动当中，最初曾有过照顾地富阶级的右倾思想，而在接近后期也曾经出现过"放手就是政策"，"运动就是一切"，"贫雇农当家"，"彻底满足贫雇农要求"，农业社会主义以及侵犯中农利益等过左的思想和行动，这种先右后左的偏差，在各地都或多或少发生过。我以为作者如能加以正确的描写，深刻地暴露现实中本质事物的冲突，加以形象地批判，这就能更完整地表现农民思想底成长，而使作品更富于典型意义。在土改以前农村的农民，一般是有着比较浓厚的宿命，迷信，封建等落后观念，经过工作队的教育启发，开始觉悟，但仍不敢和地主撕破脸进行斗争，动摇、犹豫，又经领导上的撑腰，农民才逐渐打破顾虑和地主讲理，后又因为对政策的掌握不够，发展成为一种小资产阶级平均主义思想，出现了严重的侵犯中农利益和在打杀人问题上过左的行动，然后由领导上予以纠正。启发农民如何团结中农与如何对待地富阶级，领导农民自己动手纠偏……这是东北农民在土改运动中思想发展所经过的道路，抽掉这过程中间的任何一部分，都难以了解农村的新人物如何在思想上逐渐成长起来，并如何从实际斗争中学会以主人的姿态，掌握农村政权。在这里作者曾经在一篇题名为《现在想到的几点》（《生活报》七十六期四版）一文内，谈到《暴风骤雨》下卷的创作情形时，他说："北满的土改，好多地方曾经发生过偏向，但是这点不适宜在艺术上表现。我只顺便捎了几笔，没有着重的描写。没有发生过大的偏向的地区也还是有的，我就省略了前者，选择了后者，做为表现的模型。关于题材，根据主题，作者是要有所取舍的。因为革命的现实主义的反映现实，不是自然主义式的单纯的对于事实的模写。革命的现实主义的写作，应该是作者站在无产阶级立场上站在党性和阶级性的观点上所看到的一切真实之上的现实的再现。在这再现的过程里，对于现实中发生的一切，容许选择，而且必须集中，还要典型化……"从这一段叙述里，我对作者在理解革命的现实主义上是有疑问的。"革命的现实主义反映现实，不是自然主义式的单纯的对于事实的模写。"但革命的现实主义的取舍，绝不能抽掉现实斗争中丰富而生动的内容，回避本质事物的冲突去描写人，因为这就不能真实地描写出人底成长。土改的偏向，是否不宜在艺术上表现呢？表现了土改的偏差是否就违反了"站在无产阶级立场上党性和阶级性的观点上所看到的一切真实之上的现实的再现"呢？我认为土改的偏向，是可以在艺术上反映，问题是在于作者如何去反映：站在偏向的立场上，自然主义的，纯客观，鼓励赞扬偏向是错误的；但，如能站在现实主义的立场上，揭示现实斗争中所发生偏向，通过艺术的形象，加以批判，则是一个革命的现实主义作家最应该选择的题材和主题。由于作者对于革命的现实主义的认识有偏差，只注意反对自然主义单纯的事实的模写，没有充分理解和掌握党的政策的精神；因而也就不能正确地选取农民在土改斗争思想上本质冲突的问题，集中起来，形象地予以解决，这就丧失作品对现实的更大的教育作用。这一点不能不说是一个缺陷。

　　另外，在写农民新人物的成长上，有些地方还显得比较单纯，有些概念化，这主要的也表现在作者对描写赵玉林和郭全海的内部思想斗争的不够明显。赵玉林在参加斗争之前思想上是有顾虑的，但刻画得仍不够深。我觉得没有内在的思想的揭露，新与旧的斗争，进步的思想怎样克服落后观念的斗争，就不能突出的表现一个新人物底成长。赵玉林的坚决勇敢和最后的流血牺牲是可以想象的，是现实斗争当中的真实的人，但整个说起来，作者在他底思想的成长却表现得不够。全书里作者在某些人物身上——如花永喜、老孙头等，或多或少的表现了农民落后的一面，而对赵玉林、郭全海，作者就没有注意到他们的身上是否也存在着某些落后的观念？没有这样深刻的观察，没有仔细的研究，分析，好像他们原来就是坚决勇敢，精明干练，完美无缺。当然描写积极因素是主要方面，但也应描写积极因素是怎样在与消极因素斗争中成长起来的。没有这样认识,也就不能突出的表现这些新人物如何在火一般的斗争中,克服外部困难和思想的矛盾而成长起来,因此就不能不使读者对他们感到模糊,单薄,不满足。好像开始时这个人物是什么样,参加斗争过后,还是差不多那个样似的。对于中间和落后的人物也如此,像老孙头就自始至终都没有多少改变。我认为这还是由于作者对现实生活观察、研究不深的缘故。

　　以上是从创作方法对《暴风骤雨》提出来一点意见。虽然这样,但我觉得《暴风骤雨》却不失为一部优秀的作品,在这里,作者曾以他无比的兴奋描写东北农村巨大变化,歌颂这巨大变化中的人,我们所有的读者,都会沿着作者清新的笔触,从思想和情感同广大的解放了的农村接近起来,增加对自由的土地上耕耘着的农民的热爱。

(原载《东北文艺》月刊 1950 年第 1 卷第 2 期)

丁玲的《太阳照在桑干河上》

陈 涌

一

　　中国伟大的土地改革运动给文艺创作带来了无限丰富的内容，《太阳照在桑干河上》便是最初出现的反映这个运动的长篇小说。

　　这部小说所写的范围是土地改革初期，即一九四六年中共中央"五四指示"到一九四七年九月全国土地会议以前这一个时期。从全国土地会议以后，中国土地改革的具体政策曾经有过一些改变，中国农民为取得土地而进行的斗争也积累了更丰富的经验，由于历史的限制以及其他方面的限制，这部作品在现在看来还存在着一些缺点。但只要是一部大体上比较本质的反映了当时运动的作品，我们便应该承认这是一部正确的现实的作品，这样的作品，便不但在当时能够教育读者，而且在今天也不会丧失了它的根本意义。也因为这样，《太阳照在桑干河上》这部在当时是比较成功的作品，也和别的比较成功的同类作品一样，被国内和国外的读者视为可以从它们理解中国土地改革运动的代表作品之一。

　　《太阳照在桑干河上》的故事发生在华北一个叫暖水屯的村子。按照作者原定的计划，这作品还有第二和第三部，目前我们所见的第一部还只表现到斗争了一个为群众所最痛恨的恶霸地主，还只是斗争告一段落。我们从这第一部里，便看到作者安排了一个比较宏大比较繁复的结构，这种比较宏大繁复的结构，是和农村土地斗争的规模和它的复杂的性质相适应的。作者在这里正面的展开了农村阶级斗争的各种场景，希图在尽可能正面的客观的描写里，使读者对土地改革的过程有一个比较丰富、完整的认识。应当承认，要完成这样一个复杂的任务并不是容易的，在这方面，作者也同样留下了一些缺点，但就是达到了我们现在所见的程度，也需要我们的作者有较高的艺术修养、政治水平，以及较丰富的农村斗争的知识。而这部作品出于一位亲身参加过土地改革的我们前一辈的作者，并不是偶然的。

二

我们有些反映农村土地改革斗争的作品，往往令人感到没有充分的表现农村斗争的复杂情况。例如我们很少写到地主阶级内部的差别和矛盾；在表现地主和农民的关系时，往往也容易公式化，往往过分简单的去看农村的剥削和被剥削的关系，没有看到农村各个阶级之间的错综复杂的社会联系，而这种错综复杂的社会联系正是使农村的阶级关系无限复杂化的。这样的作品自然不能真实的反映我们复杂丰富的现实。当我们看过了不少过分简单的表现现实的作品以后，《太阳照在桑干河上》是会给我们稍为不同的印象的。

这个作品最使我们不能忘记的，正是作者注意到了农村阶级斗争的复杂性，注意到了农村复杂的阶级关系。作者在这里表现了两个不同类型的地主：一个是胆小绝望的，在优势的革命力量面前一下子便感到自己的威势完全崩落的李子俊，他在土改工作团下乡不久便带了自己的财物逃到城里去了；另一个则是这作品所写的地主的主要代表钱文贵，他是一个阶级感觉敏锐的镇静而有经验的人物。他在当地解放以后便把自己的儿子送去参军，使自己成为一个"军属"；为了分化农民队伍的目的，他还希望诱使自己的一个侄女去和原来自己的一个雇工，后来成了农会主任的程仁去结婚。在这里，如果李子俊可以给我们这样的启示：一切反动势力都终于会和他一样绝望而崩溃，那么，钱文贵便告诉我们，要彻底消灭我们周围的封建势力,我们还需要经历许多复杂严重的斗争。

　　但在作者的笔下,地主钱文贵这一切作法,在这个地主家庭内部,也遇到了不同的态度。儿子被送去参军,媳妇二姑娘是感到恐惧和苦痛的。她还没有生过孩子,同时她还要常常担心着她公公那淫邪的"咄咄逼人"的眼光;另一方面,被钱文贵视为工具的侄女黑妮,原是一个没有地位的孤儿,她并不是永远忠实于她的伯父的。而且,和黑妮本来便有着恋爱关系后来成了村农会主任的程仁,是一个忠心于人民解放事业的雇农。因而在这里所写的他们之间的关系便要比有些作者所设想的复杂得多。

　　作者告诉我们,虽然黑妮并没有按照她伯父的意旨去进行破坏活动,但在紧张尖锐的阶级斗争面前,程仁对于一个仍然附着于地主家庭的少女不断的怀念,不能不增加了他的顾虑,也不能不降低了他的斗争锐气,他的内心经常停留着迟疑不决的阴影。作者在这个事件中间放进了深刻的意义,而越出了通常所谓"美人计"的公式。

　　作者在这作品里也写到了一个富农家庭的复杂关系。这个叫顾涌的富农的家庭关系是这样的:他的大女儿嫁到另一个村子的一个富农家里;他的二女儿(也就是我们前面提到的二姑娘)嫁给了地主的儿子钱义;他的一个儿子参加了人民解放军;他的儿媳妇出身是一个贫农;而他的另一个儿子顾顺就在村子里当青联主任,是一个不坏的干部。我们看到,是这样错综复杂的阶级关系,这简直是没有身历其境的人所想象不到的。

　　但使农村的阶级斗争增加它的复杂性,因而也增加了这个作品的现实性的,便是这里还加进了在革命方面的干部不纯的问题。现实的斗争证明而且还要继续证明这个问题在土地改革过程中是占着重要位置的。在这里我们看到,村治安员张正典成了地主钱文贵的女婿,后来又凭借自己以及他丈人的力量压倒了被他强夺土地的一个叫刘满的贫农,便逐渐的坠入地主的阵营中去。这是十分突出的一例。此外,作者也还涉及某些干部的自私、骄傲自满等问题,但大约是由于篇幅也由于作品的主题关系,这方面的事件并没有得到充分的展开。

　　当然,就整个作品来说,作者更主要的是写农民反封建的斗争,一部正面反映土地改革的作品所要求的这个重心是没有被作者模糊的。作者在这里所表现的农村干部,大部分基本上都是好干部,这在表现到他们和张正典的完全分裂的那一章里看得十分清楚。这是符合解放区农村的基本情况的。作为两个阶级的生死搏斗,作者是从多方面注意到它的复杂性、尖锐性。她把这个斗争在一种严肃、紧张而微妙的气氛下加以描写。可以说,在这方面,我们目前还很少别的作者像她表现得这样真实。

三

在整个说来,作者对表现人物还留下很大的弱点。作者在这里表现的一个主要人物是雇农张裕民,他有着沉着、老练、忠心等等特点。但这个人物的色彩是不够丰富不够鲜明的。作为一个农民中间的先进分子,他的行动的积极性,是表现得不够的。他后来曾经在斗争中表现的多疑、犹豫等缺点,也被作者写得相当模糊。虽然立波的《暴风骤雨》的英雄人物赵玉林也是有点单薄的,但由于作者对他表现得比较鲜明,也赋予他以更多的行动的力量,因此他给我们的印象也比较强烈。创作典型的人物,首先是新人物,一般说来仍然是我们今天创作的一个重要问题,也是《太阳照在桑干河上》的一个重要问题。

但在表现人物方面,作者显然也有值得我们学习的地方。如同作者不把农村的阶级关系写得太过简单一样,作者表现新人物的方法也并不太过简单,作者把她心爱的、对他充满同情的人物,也放在最残酷最尖锐的斗争中加以考验。在她看来,像程仁这样在本质上是正派的干部,也需要经过十分艰难苦痛的自我斗争才能最后摆脱小生产者的动摇、不坚定的缺点。这个作品清楚的告诉我们,在紧张、尖锐的阶级斗争面前,人们想站在斗争之外是不可能的。阶级斗争考验每一个人的立场、态度,真是洞若观火。雇工出身当了农会主任的程仁,就因为不能迅速抛弃那点个人的顾虑,便使他没有力量勇往直前。在很长的发动群众的过程中,他都变得比别人矮小,"他没有勇气,他常常想要勇敢些,却总有个东西拉着他下垂"。而群众的斗争热情是逐渐高涨起来,斗争是无可避免的了,胜利也是必然的,正当这时候,钱文贵的老婆想利用他和黑妮的关系来收买他,但却遭遇到他的拒绝。作者描写程仁的毅然转变不仅由他自己主观的思想准备所决定,同时也是由于当时整个群众斗争的形势所决定。这是十分合理的。作者描写程仁经过最后剧烈的内心斗争斥责和拒绝了钱文贵老婆这个场面,和作者在其他地方对程仁的矛盾心理的分析,都是真实、动人的。在这些地方,我们有可能来认识作者的艺术修养、她对人物内心的观察的深度,以及她已经达到的表现能力。我们就举一个例子看看作者怎样描写程仁在转变以前的心理活动吧:

> 程仁跟着大伙儿走回家去,显得特别沉默,人家高声说话,笑谑,人家互相打闹,碰在他身上时,他也只悄悄地让开。他无法说明他自己,开始他觉得他为难,慢慢成了一种委曲,后来倒成为十分退缩了。仿佛自己犯了罪似的,自己做了对不起人的事,抬不起头来了。这是以前从没有过的感觉。他听章品说了很多,好像句句都向着自己,他第一次发觉了自己的丑恶,这丑恶却为章品看得那样清楚。本来他是一个老实人,从不欺骗人,但如今他觉得自己不诚实,他骗了他自己。他发现自己从来说不娶黑妮只是一句假话,他只不过为的怕人批评才勉强的逃避着她,他疏远她,只不过为着骗人,并非对她的伯父、对村上一个最坏的人,对人人痛恨的人有什么仇恨。他从前总是问心无愧,以为没有袒护过他,实际他从来也没有反对过他呀! 他为了他侄女把他的一切都宽恕了呀! 他看不见他过去给大伙儿的糟害,他忘了自己在他家的受苦和剥削了。他要别人去算账,去要红契,可是自己就没有勇气去算账! 他不是种着他八亩旱地二亩水地么! 章品说不应当忘本,他可不是忘了本! 他什么地方是为穷人打算的呢。他只替自己打算,生怕自己把一个地主的侄女儿,一个坏蛋的侄女得罪了。他曾经瞧不起张正典,张正典为了一个老婆,为了某些生活上的小便宜,一天天往丈人那里凑过去,脱离了自己兄弟伙子的同志,脱离了庄户主,村上人谁也瞧不起他,可是他呢,他没有娶人家闺女,也没有去他们家,他只放在心里悄悄的维护着她,也就是维护了他们,维护了地主阶层的利益,这还说他没有忘本,他什么地方比张正典好呢!

深刻细致的分析人物的心理,作者的这个特长,在写到别的人物时也是可以看到的。当然,这种看来是成功的心理分析,在这个作品里还只是片断的,暂时还未能贯彻到作品的所有各个部分中去的。但这些片断终究是容易使我们记起的片断。例如写到一个年青、对革命无限忠心的干部杨亮遇到一个贫苦农妇的情景:

> "呵！你就是村副家里的?"杨亮不觉望了这个半裸的女人,她头发蓬乱,膀子上有一条一条的黑泥,孩子更像是打泥塘里钻出来的,杨亮从心里涌出来一层抱歉的感情,好似自己有什么对不起他们母子似的,用手去亲爱的抚摸那两个孩子,同时答应她回来时一定来看她——

不但对于革命方面的人物,就是对于反革命的地主阶级方面的人物,作者也同样表现了她这个特长。我们曾不止一次的听说过,我们的创作里写旧生活和旧人物,胜过写新生活和新人物,就两者一般的加以比较,这个看法是正确的。但对于旧生活旧人物,我们是否就已经写得很好了呢? 我们往往惯于把反面的人物,写成只是一个可笑的丑角;我们往往只知道在地主身上罗列许多罪恶的事实,却很少比较深入的去发掘作为一个剥削者和压迫者的地主的心理过程。我们有些作者往往喜欢简单,往往因为自己写的是一个阶级敌人便用轻率的嘲弄来代替严肃的现实主义的描写。高尔基曾经说过,一个作者在描写吝啬者的时候,不能不把自己想象为吝啬者;在描写贪欲者的时候,不能不把自己想象为贪欲者。每一个愿意自己的人物真正具有艺术生命的作者都不能忘记的这个意见,却是往往为我们有些作者所忘记的。因此我们也就很少写出深刻的地主阶级的典型。

就全体说来,《太阳照在桑干河上》也没有满足我们创造地主阶级典型这个要求,钱文贵作为一个丰富的典型的个性来看,也仍然是不够的。但作者在表现地主阶级的时候,也注重严肃的客观的描写。作者并没有也不能隐蔽自己对敌人的憎恨,但现实主义却要求她把这种憎恨的感情,和严肃、精确的描写结合起来,因而作者便给我们留下一些足以作为范例的片断。

我们就拿地主李子俊的女人来说吧,在这个人物身上,主要是描写她家里的果园被没收时她的心境,是很可以看出我们作者的特性的。作者显然并不满足于表面的描写,显然努力使自己设身处地的体会这个地主女人的灵魂的秘密,因而真实的写出了她在失势以后的绝望的怨恨：

> 这个女人便走到这一点的地方坐下来。她望着树，望着那缀在树上的红色的珍宝。这是他们的东西，以前，谁要走树下过，她只要望人一眼，别人就会赔着笑脸来解释的。怎么如今这些人都不认识她了，她的园子里却站满了这末多人，这些人任意上她的树，践踏她的土地，而她好像一个不相干的讨饭婆子，谁也不会施舍她一个果子。她忍着被污辱了的心情，一个一个的来打量着那些人的欢愉和对她的傲慢。她不免感慨的想道："——好，连李宝堂这老家伙也反对咱了，这多年的饭都喂了狗啦！真是事变知人心啦！"

"她不是一个怯弱的人"，作者接着这样介绍她的这个地主女人说。虽然从一年前她的娘家被清算起，她便"从不显露她和这些人中间有不可调解的怨恨"。这个地主女人，在她认为是"被掠夺"的果园里，在那一群充满欢乐的，她所不能理解的在她看来是"劫掠者"的面前，我们的作者为我们展示了她全部心理的秘密。这里同样显示了作者丰富的经验和无可置疑的创作才能：

> 到中午时候，人们都回家吃饭去了。园子里显得安静了许多。她又走过来，巡视着那些顿时失去了灿烂的绿叶，连不大熟的都被摘下来了。她又走过那红色的小丘，这在往年，她该多么的喜悦呵！可是现在她只投过去憎恨的视线。"嗯，那树底下还坐得有人看着呢！"
>
> 她通过了自己的园子，到了洋井那里，水汩汩的响着，因为在水泉突出的地方，倒覆了一口瓦缸，水声便更清脆，再从缸底下流出一条小渠来。这井是他们家开的，后来一道卖给顾老二了。顾老二却从来没有改变水渠的道路，也就是说从来没有断绝它的水源。这条小渠弯弯曲曲的绕着果子园流着，它灌溉了这一带二三十亩地的果子。她心想："——唉，以前总可惜这地卖给别人了，如今倒觉得还是卖了的好！"
>
> 顾涌的园子里没有人，树上结得密密层层，已经有熟透了的落在地上了。他的梨树不多，但他的红果却特别大。这人舍得上肥和花工呵！可是，还不是

替别人卖力气。她感觉到这三亩半园子也被统制了,她不禁有些高兴,要卖果子就谁的也卖,要分地,就分个乱七八糟吧。

如前所述,作者在她的作品里注意到地主家庭内部的矛盾和差别。她给予地主家庭内部不同处境的人物以不同的倾向和特征。例如作者这样描写丈夫被送去参军后她的恐惧和苦痛:

> 钱义去参军,她不愿意,并非全为舍不开他,只是说不出理由,她哭了。钱义忍心不下,想着她年青,没有儿女,可是父亲一定要叫去,钱义心一横就走了。

这位媳妇在家里还要经常担心着她公公——钱文贵那淫邪的"咄咄逼人的"眼光。作者这样写道:

> 公公的眼光已经落到个姑娘的手上,手腕上套了一副银镯子,粗糙的手在这种咄咄逼人的扫射下,很拘束,她卷着衫角,雪白的洋布短衫便把那黑红色的手盖住了。
> 顾二姑娘是一个种庄稼出身的女人,她欢喜在野外活动,愿意做费劲的简单的事,现在却只能烧烧饭,做做针线,侍奉公婆,她实在觉得闷。曾经要求和黑妮一道去识字班,也没有被准许。——其实这都不是使她生活不安的理由,她主要是怕,她怕什么呢? 这是连她自己也不敢对自己说的,她怕,她怕她公公。

这个媳妇便这样过着烦闷的恐惧不安的生活,在某种意义上,她是地主阶级的牺牲品。作者在这里写得很简单,同时也很细致,很含蓄,这个地主家庭生活的腐朽以及它内部的一出悲剧是呈现出来了。然而这位媳妇,在阶级斗争发展到十分尖锐,已经威胁到她所依附的阶级的生存的时候,她却本能的做出了维护她所依附的阶级的工作。

　　……顾二姑娘平日是恨她公公的，只有这次她却做了他的忠实传达者，她听见她公公说这次村子上要是闹斗争，就该轮到顾老二了，她害怕得要死，觉得要是不把这些话传给家里，她就是个没良心的人。……

　　在这里，我们是很可以看到作者的严峻的现实主义的态度的。

　　此外，我们还应该提到，作者分析张正典走向叛变的道路，也是颇近情理的，深刻的。她认为他起初对钱文贵同情，"实际也的确是因为他年轻、没有经验，没有阶级觉悟受了丈人的欺骗"，但后来却"为了自己的安全，有意识的明白自己需要凭借一种力量来把刘满压住，不准他起来"，于是他便"不得不更关心和极力活动来保持他丈人在村中的势力"。作者在表现他最后完全和其他村干部决裂而完全投到钱文贵那里去的场面，是使我们深深感到生活的逻辑力量的。

四

　　说到一个作品的缺点，通常都是可以从思想上和艺术上加以讨论的，但对于我们目前这个作品，一般读者似乎首先感到的是艺术方面的问题，我们这里也不妨首先从艺术方面谈起。

　　艺术的形式，对一个作品是起着重大作用的。我们过去的经验也证明了这点。《吕梁英雄传》、《新儿女英雄传》这些作品，尽管它还有着缺点，但有生动丰富的行动性、故事性，却是使这些作品获得广大读者的重要原因。许多读者都共同感到，《太阳照在桑干河上》不少地方是令人感到沉闷的。在这个作品里，并不是每一个重要的地方都达到同样完满的地步，贫乏的令人厌倦的部分和深刻的成功的部分往往并列在一起。在前面大约三分之一的篇幅里，这类地方更见明显。在这里作者主要的注意是介绍每一个重要人物的身世和特点，以及他们对土地改革的态度。介绍的方法通常都采用单调的缺少色彩的叙述，并且附带还有若干不必要的景物的描写。作者也围绕着土地改革问题描写了农村生活的一些侧面，但事件的进行也太过缓慢。只有大约过了三分之一的篇幅直接表现农民对地主的紧张的斗争行动以后,作品才开始发生较大的吸引读者的力量。

不少读者认为《暴风骤雨》在思想性方面,在反映现实的深度方面,较之《太阳照在桑干河上》是有逊色的。然而《暴风骤雨》也自有其优点,其中也有一些为《太阳照在桑干河上》所不及的形式上的优点。《暴风骤雨》几乎完全排除了那一切引不起艺术效果而相反的会引起读者厌倦的叙述,它也追述每一个重要人物的过去,但我们看到的也往往是和对于现在的描写同样活跃的镜头。加之作者善于描摹农村日常生活的动态,甚至没有忘记在现实生活中间存在的那许多幽默的有趣的细节,而且这一切都出之于单纯、明快、简洁的语言形式。许多同时读过《太阳照在桑干河上》和《暴风骤雨》的人表示,《暴风骤雨》更使他感到亲切,这里的原因自然很多,但它在形式上的优点是起了重大作用的。

也许有人说,一个作品要写得活泼有趣,要更能吸引读者,要有生动、丰富的行动性和故事性,这是迎合群众的"低级"、"落后"的心理,它和我们所要求的思想性是矛盾的。这个看法并不正确,因为过去在历史上也并不是每一部著名的有思想的作品都是使人昏昏欲睡的,相反的,过去大多数成功的有思想的作品都同时具有一个使人满意的可供欣赏的形式,有着简直无可抗拒的艺术的魅惑力。问题只在于我们在这方面还研究得很少,我们还未能具体的解决思想性和艺术性、思想性和群众性这样的问题。

自然,这个问题往往是和作品的语言问题联结起来的。在吸收群众的语言方面,作者在这里显然有着更加自觉的努力,单是比较起文艺座谈会以前大部分是描写群众生活的《我在霞村的时候》来,在语言方面也可以看到从知识分子的习惯中得到更多的解放。它也吸收了更多的群众的语汇,但整个说来,它自然并不就是群众的语言,也还不是在群众语言基础上经过自然的加工和提高的那种艺术的语言。它一方面已经抛弃了原来知识分子的旧套,但另一方面,还缺少群众语言的光彩和魅力。它看来是一种尚未成熟的处于过渡阶段的语言。

这里我们可以举一个例子来加以说明:

"鬼话可多呢。"李昌又接下去了。他们三人边朝老韩家里走着,李昌又说:"真也奇怪,今天早晨在她家里出现了一条蛇,蛇又钻到屋檐下去了,她一早就下了马,她是个巫婆,说那是她的白先生显原身——呵,白先生你们不懂,那就是她供的神嘛!白先生说真龙天子在北京坐朝廷了,如今应该一统天下,黎民可以过太平日子了,百姓要安分守己,一定有好报,……她就常编这末些鬼话骗人,今天好些人都跑到她家里去看白先生,刘桂生的老婆抱着娃娃给他瞧病,她说白先生说的村上人心不好,世道太坏,不肯发马,药方也没开,把那个女人急得要死。"

这里是一个农民在说着村里一个惹人注意的迷信故事,这里没有显著的知识分子所谓"欧化"的句法,而且作者显然还努力模仿着农民说话的口气——使这个说话者就真像一个农民在说话一样。但我们读完了这段本来应该很有趣的话以后,却感到这样平凡,这样缺少光彩。每一个稍有经验的读者,只要把它和自己经验过的农民说话的情形比较一下,便会感到,作者在这里还没有完全把握到群众语言的精神与实质。

只要我们注意一下,便发现知识分子习惯的想象,还不时侵入到关于农民生活的描写中去,知识分子的语汇也就不时的出现。特定的语汇,表现特定的生活的气氛。如果承认,像这里一样,用"内疚"、"忧郁"、"寂寞"、"年青的豪情"、"这个穷女人却以她的勤劳,她的温厚稳定了他"这类的语汇和语句来表现普通农民的感情和生活是不适合的,那么,像下面似的描写雇工张裕民接近了共产党以后的内心的变化,是完全不适合的了:

他觉得他们对他是如此的关心,如此的亲切。当一个人忽然感到世界上还有人爱他,他是如何的高兴,如何的想活跃着自己的生命,他知道有人对他有希望,也就愿意自己生活得有意义些,尤其当他明白他的困苦,以及他舅舅和许多人的困苦,都只是由于有钱人当家,来把他们死死压住的原因,从此张裕民不去白娘娘那里了。

对于一个知识分子的作者说来,学习群众的语言,大约总是要经过许多困难和摸索的。我们的《太阳照在桑干河上》的作者,在语言方面,要想突破现有的界限,大约还需要下更多的功夫。

五

我们已经说过,《太阳照在桑干河上》是表现一九四六年中共中央"五四指示"到一九四七年九月全国土地会议以前解放区农村斗争的情况的。从"五四指示"到现在,土地改革的政策曾经有过一些变化。但只要是一部比较本质的反映了当时运动的作品,它便不但在当时能够比较深刻的教育读者,而且也不会因为以后若干具体政策和情况的改变,便丧失了它的根本意义。这里所谓比较本质的反映当时的运动,主要的就是正确的反映运动中各个阶级的面貌和它们之间的关系。如前所述,作者在这方面是有了比较深刻的表现的。然而也就在表现农村的阶级关系方面,作者还留下一些比较重大的缺点。作者在这里所写的富农,是并没有具备富农这个阶层的特征的。在这里我们看到,作为富农代表人物的顾涌,他全家十六口人完全参加劳动,他实际上只有轻微的剥削,他自己还受过地主的压迫,对于农民反封建的斗争,他一方面是有顾虑,一方面又是同情,乃至拥护的。这样的一个人物,作者一方面说他是富农,一方面许多地方又都只能引起读者的同情。这中间是存在着矛盾的。

当然,如大家所知道的,富农在不同的时期也是有不同的政治态度的。但作为一个剥削阶级,富农和他的被剥削者的矛盾是不可调和的。而且中国富农一般地还带着浓厚的封建与半封建剥削的性质。他们大都兼收地租并放高利贷,其雇佣劳动的条件也是半封建的。在目前"保存富农经济"的政策下,自然不应该强调富农和贫农、雇农之间的矛盾,而应该首先强调地主和农民这个主要矛盾,只有这样,才能达到孤立地主和中立富农的目的。但是不论过去和现在,隐蔽或模糊了事实上存在着的矛盾,甚至把富农一般的描写成农民反封建斗争的拥护者和参与者,都是不对的。

我们可以这样设想,或者《太阳照在桑干河上》的作者对于富农有着不正确的看法,或者她在这里实际上表现了顾涌是一个被划成富农的中农。据说,作者自己曾经向人表示,正是属于后一种情形。如果这样,那么,也应该承认我们的作者在当时还未能对这问题有确定的认识,至少在作品里没有得到确定的表现。作者在作品里没有用适当的方法表明,把顾涌划成富农,这是一种错误。虽然关于顾涌的成分问题,作者也曾提起过工作团中间引起的一次争论,但作者对于这个争论的描写,可说是客观主义的:

> ……干部们和评地委员已经又开了一次会,他们把全村的庄户,都重划了一次阶级,一共有八家地主,以前有几家是订错了的,大伙对于他的成分,争论很多,有人还想把他订成地主,有人说他应该是富裕中农,结果把他划成了富农,应该拿他一部分地……

如果作者有意把顾涌写成是一个被划成了富农的中农,那么,为了真实,为了更好的教育读者,作者似乎还需要把当时造成这种"左"的错误的原因和这种错误所造成的影响更好的加以描写,这就是说,需要进一步的反映当时领导的问题以及一般中农的问题。在这作品里,我们可以找寻到一些造成这种"左"的错误的领导方面的原因,例如从县上到村里来指示方针和解决问题的章品,他自己的政策思想便是模糊的,缺少团结中农的观念的。下面都是他说的话:

> "不管,错了我负责任,土地改革就只有一条,满足无地少地的农民,使农民彻底翻身,要不能满足他们,改革个卵子呀!"有时有些富农来献地了,也会有些人说这个富农不错,不能拿得太多,怕影响中农,可是他也总说:"要拿,为什么不拿呢,还要拿好地。"他是很坚定的人,虽然他的坚决同他稚嫩的外形并不相调衬。
>
> 只要老百姓乐意怎样,就能怎样。……

但作者对于当时是代表领导机关的章品这一类表现,是作肯定的描写的。虽然作者也曾认为章品有他的"稚嫩的外形",但当他完全忽视中农问题的时候,作者还是认为他是"坚定"的。

　　而且,问题还不仅在于章品说过的这几句话,问题还在于这作品里工作团的同志平常都很少把中农问题放在自己的视线之内。当然,作者是写到过一般中农问题的。在处理顾长生的娘的问题上,我们看到工作团正确的稳定了中农,其他几个地方作者也通过工作团的干部解释过关于中农的政策。但这仍然是很简略而且多半是出于被动的。在这里,工作团从未见讨论过中农的问题,甚至听到村里有"斗倒富农斗中农"的谣言出现以后,也没有看到他们把它当作一个重要的问题加以处理。共产党对中农的政策是完整的积极的,它要求不仅在经济上,而且在政治上、思想上、组织上贯彻巩固的团结中农的方针,而对于这样的一个完整的积极的方针,在这个作品里是没有得到充分的反映的。当然,在当时的运动中可能正是有过对中农问题注意不够的情形的,因此,我们不能要求作者把一切都表现得很美满,但既然是当时工作有缺点,那我们是需要批判的加以表现的,但作者在这里却是不自觉的不加批判的反映出来了。

　　因此《太阳照在桑干河上》这方面的问题,并不是处理某一个个别人物或个别形象的问题,而是关系到整个农村阶级关系和阶级斗争的问题。问题是重要的,但问题本身也是十分复杂的。如果在今天它便比较容易看得清楚,那么,作者在写这本小说时(一九四六年九月—一九四七年夏天)没有能够把这问题完全澄清,是多少受到当时的历史条件限制的。当然,如果一个作者是一个有更高的理论修养和更丰富的革命斗争经验的作者,是一个已经能够更好更完全的独立思考问题的作者,也并不是不能较早的采用自觉的批判的精神来对待当时运动中的偏向的。在这方面,我们当然也可以得到有益的教训。

　　新中国有关土地改革的文艺作品还很少表现到我们运动中的错误和偏向。但是有些错误和偏向在一定的历史条件下是不可避免的,我们要想深刻的反映一个历史的运动,也就很难避免接触到这些错误和偏向。有些人认为反映这些错误和偏向是"不适合"的,是违背浪漫主义的原则的。这是一种把浪漫主义和现实主义对立起来的看法,是对于浪漫主义的抽象的庸俗的看法。浪漫主义并不是离开强固的现实基础的什么独自存在的事物,它是从现实中间派生的,是现实主义的一个有机部分。逃避现实中的困难,简单的陶醉于目前的胜利,而不敢正视现实中的困难,并且从困难中看到克服困难的信心和条件;逃避现实中的本质的事物,而不是客观的反映现实中的本质的事物，这样的浪漫主义并不是无产阶级的浪漫主义。在这方面，我们目前有些作者，是可能迷误的。

我对于《太阳照在桑干河上》的意见以及有关的一些创作的意见，暂时说到这里为止。《太阳照在桑干河上》的优点和缺点，自然还可以说得更多，但我所能看到的，主要的就是这些。

（原载《人民文学》1950 年第 5 期）

《不能走那一条路》及其批评

李　琮

　　一九五三年十一月二十日《河南日报》发表了李准的短篇小说《不能走那一条路》。这篇小说企图通过一个农民想购买别人土地的事情,来反映当前农村生活中社会主义和资本主义两条道路的斗争。作品发表后,立刻受到了读者,尤其是中南及河南文艺界领导方面的重视和推崇。十二月二十日出版的《河南文艺》和二十五日的《河南日报》,先后发表了苏金伞同志的分析和介绍这一作品的文章(《读〈不能走那一条路〉》)。同期的《河南文艺》并发表了根据原作改编的曲剧。作者李准曾被邀请到开封报告写作经过及体会。《河南日报》编辑部和河南省文联在作者的参加下,接连举行了两次关于这一作品的座谈会。《河南文艺》并发出通知,要求该刊的通讯员普遍而认真地学习这一作品。接着,河南省人民政府文化事业管理局和河南省文联又把这一作品改编成话剧、梆子、坠子、连环挂图等等,大量印发各地作宣传材料。据了解,到今年年初,各地农村剧团和中小学将这篇小说改编成剧本上演的在五十处以上。今年一月,《长江文艺》又转载了这一作品,同时发表了于黑丁的专文:《从现实生活出发表现人物的真实形象》,对这一作品作了极高的评价,认为这一作品无论在主题思想、人物形象、表现矛盾冲突以及语言等等各个方面都"非常的"真实和深刻。

　　李准是个新人,开始练习写作还不到一年,《不能走那一条路》是他写的第一篇小说。对于这篇作品的这种高度的重视,说明了中南和河南文艺界领导方面十分注重帮助和培养青年初学写作者的工作。这个工作是很重要的。我们的文学艺术队伍需要不断地输进新的血液来,需要不断地扩大和发展,因此也就必须用很大的力量来帮助青年写作者。这是争取我国文学艺术繁荣的必要条件之一。在这方面,中南过去已经有一定的成绩。第二次全国文代会后,对于领导创作和培养青年写作者的工作,有了更进一步的重视,这种重视,无疑地是很正确的。

但是,在对于《不能走那一条路》的评论和介绍中,我觉得,也反映了一个在培养青年写作者的工作中值得注意的问题。

《不能走那一条路》的情节大致是这样的:农民宋老定,过去扛过十八年的长工,土改后,分得了土地,曾在他儿子东山的带动下参加了互助组。这几年生活好些了,他总想买几亩地:"做庄稼人啥贵重,还不是得有几亩地!"这时,正碰上了倒卖牲口赔了本的张拴要卖地(这是个不想努力劳动生产,"光想吃飞利"的人,他想在卖地后还账,同时也想"剩几个钱再去捞一家伙")。宋老定很想趁此机会买上几亩,但遭到了他的儿子、共产党员东山的反对,最后在东山的劝说和东山对于张拴的支持下(如动员别人和互助组借粮、借钱给他,代他向信贷合作社贷款等),加上宋老定想起了自己和张拴他爹过去卖地时所受的痛苦,于是就放弃了买地的计划,并且自己也把钱借给了张拴。

在作品中,作者把宋老定安排为自发的资本主义倾向的代表,东山则是以社会主义思想的代表者出现的。作者企图通过宋老定想买地、东山反对、宋老定被说服这样一些事情,来反映当前农村生活中的重大矛盾——社会主义和资本主义的两条道路的斗争,及前者在斗争中的胜利。作者想在作品中反映当前现实生活中重大、尖锐的问题,这是很好的。就作者自己的介绍,我们了解,他对于现实生活中的这样重大的斗争是有实际的感受的,并且曾经对他所亲眼看到的农村中的某些阶级分化的现象长久地思考过,最后经过学习和多次的思索,对现实又有了进一步的认识。这说明作者的写作态度,是严肃认真的。

这作品也使读者感到作者对生活有比较真切的感受。作者对于主要人物宋老定的描写是比较真实、生动和具有特征的。例如描写宋老定走到地里,看到高粱穗子扑棱开像一把小伞,"他想着千说万说还是多置几亩地算事,以后东林分家时,一个人能分一二十亩地多好。孩子们早晚提起来时说:'经我爷买了多少地!'他们也知道爷爷是个'置业手'"。当他因听到媳妇和婆婆的谈话而生气时说:"我要到集上吃肉哩!""我给谁省哩,我把八股套绳都拉断了,还落不下好!"但他到集上只吃了一碗豆腐汤煮馍。此外如对宋老定偷偷地到张拴地里想看看有没有足够的亩数的一段描写等等,都是接触了一个习惯地沿着旧的道路向前走的农民的内心,这样的人物在今天的农村里是有他的代表性的。整个作品写得也很朴素,语言也比较生动和简练,使读者读起来感到相当亲切;特别在看多了概念化的、内容贫乏的作品的时候,这样的作品就更容易为读者所喜爱。而且在大规模地向农民宣传国家总路线时,我们将这样的作品改编成各种各样的艺术形式,作为广泛的宣传材料,也是十分需要的;我觉得,河南和中南的文艺领导在这方面的做法是很合时而正确的。

其次,《不能走那一条路》也像一般初学写作者的作品一样,有一些由于作者生活经验、思想水平和艺术能力的限制而产生的缺点。这主要地表现在下列几个方面:首先是对于张拴的处理上的不当。如前所述,作品是通过宋老定的企图买地和东山的不同意来表现农村中的社会主义和资本主义两条道路的斗争,及前者在斗争中的胜利的。但是,我们拿宋老定和张拴比较一下:宋老定,一个正直、俭省、热爱劳动的朴实的农民,早已开始走上党所指引的互助合作的道路——参加了互助组,并且在组内"一些小事也不怕吃亏了"。因此,虽然他仍有自发的资本主义趋势(这是难免的,正如列宁所说的:"改造小农及改造他的一切心理和习惯这一件事,是整代的事。"),但只要有进一步的教育,他一定会提高自己的觉悟。而张拴是一个不肯好好从事农业劳动,尽想"吃飞利"的人,虽然倒腾牲口赔了本,但他还想卖了地后再去倒腾。显然,他的情况是更为严重的。要想如作者所想象的,使农民避免阶级分化,也必须着重地帮助和吸引张拴这样的人走上互助合作的道路。但是,作品中却只把宋老定当作了自发资本主义思想的代表者,而把张拴放在不足重视的、好像不需要着重地批判和改造的地位上。要知道,宋老定的落后思想和张拴的"吃飞利"思想,是同时存在,并且相互联系的。两者都是农村资本主义倾向的根据。

据作者说,他之所以没有将张拴写好,是由于他"受了作品中结构上单线条发展的限制"。这当然也是作者的能力问题,但同时也正说明作者对于复杂的生活现象及其相互联系的理解还不够深刻。

此外,作品中斗争的开展,在东山来说,完全依靠的是讲一般的道理,斗争的解决;在宋老定来说,则完全是依靠对于过去的回忆。(苏金伞同志文中曾认为作品细致地、成功地描写了宋老定转向新道路的三个关键:"一是谈起了过去,原来他也卖过地";再一个是他在张拴地里,看见了从前和他一块受过苦的张拴他爹的坟;三是听到张拴说:"我也知道老定叔,……他也知道卖地啥滋味。"这些事实上都是回忆过去的痛苦。)这样就使人感到,要使得农民克服自发倾向,走上社会主义的道路,是不需要互助合作运动的实际的、长期的教育,而只消说些道理,回忆一下过去,就可以办得到的。这样的描写,容易使作品本身所提出来的矛盾被掩盖起来,使人感到农民的克服自发倾向和向农民进行教育,都是容易的事。

最后,正如苏金伞的文章所分析的,这一作品对于东山的描写是很概念化的,软弱的。在斗争中,他的精神状态是处于被动的、应付的地位,我们看不到他的性格和面貌,也感受不到他对于旧的事物积极进攻的精神。这些,作者自己也是大致认识到了的。

但是,这些缺点,对于一个初学写作者来说,完全不应该受到过大的责备,首先,他的优点应该得到承认和鼓励。

正因为应该鼓励和帮助青年写作者,我们就必须实事求是地来评价和分析他们的作品。我们不应该只看到它的粗糙而忽视作品中所表现的才能的萌芽(哪怕是很幼小的),而应该积极地、大力地扶植这萌芽的成长;同时,为了要使萌芽健康、旺盛地成长,就必须耐心地来帮助他去克服许多弱点。不实事求是地、不正确地一味歌颂,是和不实事求是地、不正确地一味抹煞,同样有害的。

我以为,中南和河南的文艺领导方面对《不能走那一条路》的作者的帮助上,还有不是实事求是的地方。苏金伞同志的文章中,我觉得,有不少分析和论点,都是比较切合作品的实际的,如对宋老定性格的分析、关于东山写得概念、张拴批判得不够等等,这种鼓励和批评,都将对作者有益。但是,在他的文章中,认为作品写得很深刻、很成功,"通过人物形象,通过具体斗争,通过复杂的内心斗争而解决了矛盾,使自发的资本主义思想受到批判,社会主义思想获得了胜利",它的"教育意义是很大的"等等,却是一种超于作品的实际的估价。

于黑丁同志的评价,我觉得,还更其过分。在他的文章中,他全面地谈到了这篇作品的各个方面的成功,从作品的总的面貌以至作品主题的选择及其体现,人物形象、表现矛盾冲突以及语言等等,作者全部都给以极高的评价。例如,认为《不能走那一条路》"用着新颖的大众风格,非常真实地,非常生动地,非常朴素地(重点是我加的,下同——作者)描写了农村生活的真实,描写了农民思想变化的真实,描写了党在过渡时期对农民的领导和农民自觉地进行斗争胜利的真实,可以说是一篇具有感染力和说服力的优秀作品"。"正确地表现了作者对现实生活一种关心的、热情的、深刻的理解而概括和描绘出来的明朗的战斗的主题,与生活斗争的真实的音调"。"用冷静的理智和深厚的感情"创造出了"矛盾斗争的典型的事物","用有力的笔触""深刻地描写和刻画"了"真实的人物形象","语言是生动的,漂亮的,富于表现力的","语言充满生命、发着光辉"……几乎整篇文章,就是被这样的形容词所充满着的。甚至于把作品中表现无力和处理不当之处也当作是极大的成功来加以肯定,并作了很大的赞扬。例如说,连小说作者自己也已认识到了的写得概念化的东山,于黑丁同志却认为"作者有力地描写了正面人物"东山,"作者用了丰富的感情和激动的力量描写了正面的典型人物。东山和秀兰正是被作者所创造和所热爱的赋予以充沛的生命力的新的人物"。他们"是新的农民集体的形象,……充满着朝气,充满着智慧,充满着理想"。他们是"多么健康,多么亲切啊!""多么轻松……多么有力啊!""他们拥抱了这新的世界,时时在为这新的世界说话。"……甚至把宋老定最后借钱给张拴,也看作了张拴的"胜利"。而于黑丁同志下了这么多肯定的论断,立论的根据又往往只是人物的一两句十分一般的对话。例如说,秀兰这个写得并不成功的人物在和她婆婆闲扯时,说了几句关于合作社、集体农庄怎样好,怎样幸福的话,评论的作者就推崇备至,说秀兰的"回答真干脆!……多么轻松,多么愉快,多么……她用心灵的声音在向宋老定这一类人宣战。这是农村妇女的先进代表者的优美的性格。她的身上却强烈而鲜明地表现出集体主义的、热爱生活、热爱劳动的崇高的品质"。"她坚定不移地站在现实斗争的面前……把我们引到更高的境界里",等等。

这种分析和评价,显然不是实事求是的,作为文艺批评看固然不够客观和不切实际,作为对于一个新作者的鼓励和帮助,也不会带来好结果。那种不是根据整个人物的塑造,根据作品反映现实的忠实、深刻的程度,而只是从人物的某几句对话中就得出这是什么主义、这是什么品质的结论的办法;那种不问人物到底在艺术表现中是否有典型性,而只要看到是"正面"的便评定为"典型人物",甚至把概念化的人物也加以歌颂的办法,其实际的结果,只能是助长了公式化、概念化的倾向。同时,对于一个初学写作者的作品,不是实事求是地加以分析,从而进行鼓励和帮助,而是不适当地加以过多的歌颂,甚至把它的缺点也当作了优异的才能,这样做,实际上并不能给作者以真正的益处,而恰恰容易使作者不能很好地去认识自己的劳动的成果和努力的方向,以及他的缺点或错误。

忽视对于青年写作者的培养,这是错的。但我们也不应该赞同"拔苗助长"的办法,因为它对于青年写作者并不是真正的帮助。

(原载《文艺报》1954年第2期)

一个有风格的作家

——读孙犁同志的《白洋淀纪事》

方 纪

一

孙犁同志的短篇小说集《白洋淀纪事》将要出版了,有关杂志,嘱我写一点介绍文字,我很高兴地接受了这个任务。

早在前年读完孙犁同志的《铁木前传》时,我怀着十分喜悦的心情给他写过一封信。信的大概意思是说:从《铁木前传》看来,这个独具风格的作家,接近于成熟了。那时,我就想到要写一点什么。

后来和孙犁同志当面谈起,他很谦逊,不承认这一点,但实际上,一个作家在写作上走过的路,走了多远,用了多少力气,读者看得出,作者自己是也多少明白的。

因此在他生病以后——他病了一年多了,愿他立刻好起来——每次见面,他总是想着今后的写作。看起来,他意识到这一点了,想写更多、更好的东西给读者。

现在读着他这部从抗战以来,直到《风云初记》之前的短篇小说集,就仿佛眼前出现了这样一条一个作家所努力走过来的明晰的路。……

孙犁同志是有他的读者的。这无须我说。但也有说他缺乏时代特色的人。这大约是指他作品里的细腻的柔情,和我们时代豪迈粗犷的气氛有距离吧?关于这一点，我不预备争论。但如果说一个作家，在我们这个时代的暴风雨般的斗争生活里，不止表现了那些激流中的滔滔巨浪，也表现在它周围继续展开的明亮的波纹，因而更烘托出了这巨浪的力量，是不是更加显示了我们生活的光彩呢？我们愿意看到我们时代的巨大斗争生活反映在我们的文学作品里；同时我们也愿意看到我们时代的斗争生活在各方面深入地展开。正像鼓动的心脏，把血液送到每一根最细的血管里，于是从手指的最轻微的颤动，我们也感到心脏的鼓动的力量那样。

于是我热心地读着这本集子的校样。其中许多是在他写作时就已读过的。因此，不单是作品本身所表现的，连同这些作品写作时的生活场景，也生动地出现在眼前了。

读着，我随手记下下面一些片断的感想。

二

小说集开头的几篇：《看护》、《小胜儿》、《山地回忆》、《吴召儿》等，主角都是写山区老根据地的一些女孩子。这几篇都是入城以后写的，带着热烈的回忆。入城以后，生活条件变好了，这时作者却想起了那时的艰苦，那时帮助了自己——八路军和共产党，并取得胜利的人民。这些人在作者的回忆中是那样亲切，富有感情，以及那时人们坚定乐观的情绪，和想起来就会令人激动的人与人的关系。

在《吴召儿》这一篇的开头，作者用了古代"话本"的形式，先写了一节"得胜回头"——这当然不在于形式的模仿，而是为了这句话的双关意思。作者写道：

> 这二年生活好些，却常常想起那几年的艰苦。那几年，我们在山地里，常常接到母亲求人写来的信。她听见我们吃树叶黑豆，穿不上棉衣，很是耽心焦急。其实她哪里知道，我们冬天打一捆白草铺在炕上，把腿伸在袄袖里，同志们挤在一块，是睡的多么暖和！她也不知道，我们在那山沟里沙地上，采摘杨柳的嫩叶，是多么热闹和快活。……

接下去,作者写了一大段那时生活细节的回忆,从抽烟,划洋火,争墨水瓶,直到洪子店的豆腐,雁门关的辣椒面……不用说,这一切抒情的回忆,使得凡是经历过这种生活的人,一下子就又回到了那种艰苦、但是快乐无穷而又充实高尚的生活里去了。没有经历过的人读起来,也会感觉到:作者所说的生活,并不是物质享受和安定,而正是这样一种充满战斗、友爱的高尚理想。

一点也不错,那时的生活,把人锻炼得多么坚强、乐观;而人同人的关系,是多么亲密。

在开头几篇里写的那些女孩子们,实际上就是这种生活的集中体现,这种精神的代表。

就说吴召儿吧,一个平平常常的山村的女孩子,这样的女孩子在全国不知道有多少。过去她们的命运是什么? 奴隶! 奴隶的女儿和奴隶的母亲! 可是共产党一来,她们那里变成了抗日民主根据地,她们的生活改变了,精神面貌也随之改变了。她们变成了有觉悟的人,生活的主人。

在民校里,她们这样念书:

　　　　她端正的立起来,两手捧着书,低下头去。我正要催她,她就念开了,书念的非常熟快动听。就是她这认真的念书态度和声音,不知怎样一下就印进了我的记忆。下课回来,走过那条小河,我听到了只有在阜平才能听见的那紧张激动的水流的声响,听到在这山草衰白柿叶霜红的山地,还没有飞走的一只黄鹂的叫唤。

就是这样的女孩子,在战争时成了女自卫队员,在反"扫荡"的时候,成了军队的向导,带领一组干部到神仙山顶上去坚壁;在敌人出动的时候,她又带领那一组干部,一面转移,一面截击敌人。

　　　　天黑的时候,我们才到了神仙山的脚下。一望这座山,我们的腿都软了,我们不知道它有多么高,它黑的怕人,高的怕人,危险的怕人,像一间房子那样大的石头,横一个竖一个,乱七八糟的躺着。一个顶一个,一个压一个,我们耽心，一步登错，一个石头滚下来，整个山就会天崩地裂房倒屋塌。她带领我们往上爬，我们攀着石头的棱角，身上出了汗，一个跟不上一个，拉了很远。她爬的很快，走一截就坐在石头上望着我们笑，像是在这乱石山中，突然开出一朵红花，浮起一片彩云来。

为什么是一朵红花，一片彩云？原来这个女孩子被村长派了向导，带领干部去反"扫荡"，出发时却换了一件自己劳动赚来的新做的红棉袄。村长抱怨说："又不是到区里验操，也要换换衣裳！红的目标大呀！"女孩子笑着回答说："尽是夜间活动，红不红怕什么呀，我没有别的衣服，就是这一件。"这样，便在黑魆魆的神仙山的乱石丛中，在敌情紧急的时候，人们爬得筋疲力尽，而她像是"突然开出一朵红花，浮起一片彩云来"，给人们以召唤，鼓舞……

有人会说，这不真实。其实这比真实还真实。不错，这里面有一点儿浪漫主义，这个形象无疑是夸张了的。但不正是因为这样，这个形象才更其鲜明生动，而且准确地表达了当时人们心里的希望么？

事实也正是这样，由于这样的女孩子，她的坚定的信心，崇高的责任感，和勇敢的行为，才和这些干部们一起，坚持了反"扫荡"的胜利。

这样，每天黎明，吴召儿就把我唤醒，一同到那大黑山的顶上去放哨。……山顶上有一丈见方的一块平石，长年承受天上的雨水，给冲洗的又光亮又滑润，我们坐在那平石上，月亮和星星都落到下面去，我们觉得飘忽不定，像活在天空里……这一夜下起大雨来，雨下的那样暴，在这样高的山上，我们觉得不是在下雨，倒像是沉落在波浪滔天的海洋里，风狂吹着，那块大平石也像要被风吹走。

吴召儿紧拉着我爬到大石的下面，不知道是人还是野兽在那里铺好了一层软软的白草。我们紧挤着躺在下面，听到四下里山洪暴发的声音，雨水像瀑布一样，从平石上流下，我们像钻进了水帘洞。吴召儿说：

"这是暴雨，一会就晴的，你害怕吗？"

"要是我一个人我就怕了，……你害怕吧？"

"我一点也不害怕,我常在山上遇见这样的暴雨,今天更不会害怕……"

"为什么?"

"领来你们这一群人,身上负着很大的责任呀,我也顾不得怕了。"

她的话,像她那天在识字班里念书一样认真,她的话同雷雨闪电一同响着,响在天空,落在地下,永远记在我的心里。

这里面也有浪漫主义,这个环境,就是被充分浪漫主义化了的。但这又是多么好的描写!多么真实——在这样的环境里,这个女孩子说出这样的话来,因为她觉悟到了自己的责任。她们面对着敌人,在人迹不到的大黑山顶上,又受着自然的威胁,但她"也顾不得怕了"。还有比这更真实崇高的心境?

随后,敌人上山了,吴召儿的姑父故意把一群山羊打得四散奔跑,好来掩护干部转移,吴召儿把手榴弹的弦全拉开,去截击敌人——

……她在那乱石堆中,跳上跳下奔着敌人的进路跑去。

我喊:

"红棉袄不行啊!"

"我要伪装起来!"吴召儿笑着,一转眼的工夫,她已经把棉袄翻过来,棉袄是白里子的,这样一来,她就活像一只逃散的黑头的小白山羊了。一只聪明的、热情的、勇敢的小白山羊啊!

她登在乱石尖上跳跃着前进。那翻在里面的红棉袄还不断被风吹卷,像从她的身上撒出来的一朵朵的火花,落在她的身后。

聪明、热情、勇敢的"小白山羊",身上散放着火花,向敌人冲去……这就是那些在战争中锻炼出来的、我们年轻一代的人民。

我最初读这篇小说的原稿时,吴召儿的形象就像生命的火花一样,永远留在我的记忆里了。

现在重读它,我仍然保持着充分新鲜的感觉。就是从这些女孩子身上,我们不仅回忆到那时的生活,也像那时就预想到现在,现在能预想到将来一样,在我们生活的道路上,永远有那些生命爆发着火花的崇高的性格照耀着。

三

接下去,是一篇较长的(在这本集子里最长的)反映冀中土改的《村歌》。《村歌》分上下两篇,上篇:互助组,是写土改前的;下篇:复查以后,是写土改复查的事。这里面的人物,除主角双眉外,其余的李三、大顺义、香菊,都在这本集子的其他篇里出现过,或者有单独成篇的记叙。如后面的《王香菊》、《香菊的母亲》、《张金花纺织组》、《曹蜜田和李素忍》等。后者实际是这篇东西的素材,都是四七年前后作者随时写下来,到以后,就变成了这篇经过结构的小说。

从这里也可以看出作者的勤勉,如何积累材料,以及构思的过程和方法来。

现在只说说这篇小说里的那个主角——双眉。

双眉这种人物,是很不容易着笔的。《铁木前传》里的小满儿,也有双眉的影子,但更饱满了,灵活了。现在还不知道小满儿的结局怎样,大约比这里的双眉,波折会更多的吧?

这种形象显然也被作者赋予了浪漫主义色彩,但又是非常真实。这样的人,无论在什么地方,革命深入了,就一定会碰到她们。旧社会给了她们比别人多的折磨,特别是精神上的折磨,也锻炼了她们的反抗性,革命精神。在旧社会里,敢于和那些压迫者面对面碰一碰的,也只有这种人。由于她们生长的环境,和商业资本,和贫无立锥之地的流浪无产者的接触,使得她们在精神上比起那些只死守在土地上的农民,要开阔得多。因此她们多半是聪明的、敏感的、带点神经质;容易接受新事物,走上革命的路,但也往往经不起挫折,容易伤感。在这些人物身上,带着小资产阶级知识分子的狂热性和脆弱性,而她(他)们的社会地位,又使她们往往不是站在斗争的正面,而是站在它的旁边。

这种人在过去的农村里,特别是冀中的农村里,每一个村子都能找到一两个最突出的。她们性格鲜明,精神强烈,最有名,也最被人看不起。

双眉在这里,虽不像小满儿在《铁木前传》里发展得那样充分,但已经是一个特殊的人物了。只是在土地改革这个大革命中,她才在党的正确领导下,找到了自己的路,一步一步成长起来。

一开头,她就给人一种与众不同的强烈的感觉,区长老邴正坐在香菊家里台阶上看文件,"他听见吃吃的笑声。转过脸来,看见一个姑娘抱着一个小孩,正用青秫秸打枣,逗着小孩笑。这姑娘细长身子,梳理的明亮乌黑的头发,披在肩上;红线白线紫花线合织的方格子上身,下身穿一条短裤,光脚穿着薄薄的新做的红鞋。……她仰着头望着树尖,像是寻找哪一个枣儿红的透,吃着可口,好动手去梆。……那姑娘准备好一个姿势,才回过脸来。她好像早就测量好方位距离;一眼就望到区长的脸上,笑了笑,扔下青秫秸,和孩子哼哈说笑着转身走了"。"老邴看准了她的脸,她的脸在太阳地里是那么白,眼睛是那么流动。……""那姑娘走出院,往东去了……老邴觉着奇怪,跟到那里看看。一进白梢门,是三间土甓北房,新糊的洒油的窗纸,镶着小玻璃镜。那姑娘正在屋里脸贴着镜子,望着老邴。"

你看,这不很奇怪吗?这外表,这举动。

但她一开口,才更奇怪哩——

　　双眉说:"……我问区长,凭什么,她们不叫我参加?"

　　"参加什么?"老邴问。

　　"参加生产组。"双眉的嘴唇有点发白,"不是讲生产吗?我们可以比一比呀,她们一天卸一个半布,我一天卸三个,他们不叫我参加,你看看!"她一扯自己的花褂子,"她们能织这样的布?一道街上,都到我这里来讨换布样子,可她们不叫我参加。"

　　"谁不叫你参加?"老邴问。

　　"她们!"双眉的眼里噙着泪。

　　"她们说什么?"

　　"说我参加过剧团,有男女问题。"双眉的声音放低了。

　　"有错误,纠正了就完了!"老邴站起来想走。双眉又高声说:

　　"我没有问题。我问区长,什么叫流氓?"

　　老邴笑了笑。

"这里说的明白!"双眉跑到屋里,拿出一张报纸,交给老邴,在问事处栏里,有关于流氓的解释。

"我得叫她们看看报,她们为什么给我扣帽子!"没等老邴看完,双眉就把报纸扯了回去。

"我问区长:登台演戏算不算流氓?"

"那是宣传么,怎么能叫流氓?"老邴说。

"夜晚演戏算流氓吗?"

"那也不是。"

"出村演戏算流氓吗? 出村体操算流氓?"

"不是那么个问题。"老邴说。

"什么问题?"双眉说,"她们就根据这个叫我流氓。我问区长:好说好笑,算不算流氓? 赶集上庙算不算流氓? 穿干净点算不算流氓?"

"报上说的明白,"老邴很郑重地说,"流氓主要是不生产。"

"却又来!"双眉扬眉一笑,"我一天能卸三个布。好说好笑是我的脾气,赶集上庙是我要买线卖布,穿的花布是我自己织纺的。我问问她们还能说出我什么来!"

就是这么一个聪明、能干、泼辣、敢于斗争,而又带着浑身弱点的双眉。

这种人的精神生活往往比较丰富,个性比较发展,在旧社会里的反抗,也往往是个人的。因此到了新社会,在集体里面,就会产生不谐调,突出个人,强迫命令,和群众对立。双眉原来是妇女自卫队长,后来就因为强迫命令,被撤了职。

加以她的出身,环境——姥姥家是拉大宝局的,娘从小在那种环境里长大,长得好看,很多人想算着,却嫁了个开小店的老实头郭忠,生了双眉,又和她娘一样好看,村里乱七八糟的人,就短不了往她家里跑,难免不出闲话。她又"强迫命令,瞧不起不如她的人,说话刻薄,这样得罪的人就多了,有一个人吹气,就刮起风来"。

但吹气的人是谁呢? 是大地主郭老太的侄子郭环。因为"双眉把他骂了出来"。郭环指使了一个真破鞋大器,在小组上提出来,又碰上个主观主义的道学家王同志,就撤了双眉的职。

所以老邴说:"啊,是这样一个人说双眉是流氓,为什么你们就听信?""我们不能把真正坏蛋的话,当成金口玉言,把自己的人推在外边。"

这样在党的支持下,双眉才走上了正路。

双眉参加了互助组。但这是怎样一个互助组呢?双眉,双眉她娘,好说媒的大顺义,好抹牌的小黄梨,四个人开会,往炕上一坐,"中间就缺一幢牌"。

但是这个组到底弄好了,还和全村顶棒的李三互助组挑了战。双眉说:"大娘们,咱们可得要做出个样叫他们看看,争这口气。"

果然,她们没有丢人现眼,双眉他们小组的经验被当做典型推广了。

她还把因为想她,参了军又从部队上跑回来的她的爱人兴儿,说服归队。

在这几段描写里,在生产劳动中(特别是掏井的那几段),双眉变了,双眉的形象显然和开初作者的介绍有所不同。是作者忽略了呢,还是有意避开了那些不可避免的尖锐的内心斗争?因为在这里,改变的不只是区长老邴对待双眉这种人的政策,也包括双眉的内心世界,和她的环境。也许在《铁木后传》的小满儿身上,我们能看到比这里更充分的描写吧。

但是接着,作者就把情节的发展,推移到阶级斗争上去了,这正是最能够表现双眉的本质的方面。因此上述的省略,使你几乎感觉不到。土改复查的时候,双眉和地主郭老太面对面地进行了勇敢的斗争。

　　双眉有一支小概枪。这天晚上,她到没收的郭老太的地里去,她远远就放轻脚步,拨开两旁的庄稼,不叫它哗啦哗啦响。她看见有一个黑影,从谷地里站起,手里有一弯放光的东西,在空中一闪。她听到削倒谷子的声音。她跑了过去,喊:

　　"谁呀!"

　　那黑影立时蹲了下去。当双眉跑到地头的时候,那黑影站了起来,是郭老太那老头子,老头子四处张望一下说:

　　"双眉吗?就你一个人?"

　　"就我一个又怎么样?"双眉说。

　　"我说就你一个,我就不害怕。"老头子阴森森的笑了。

"你为什么削我们的谷子?"双眉说。

"削你们的谷子? 你们的谷子?"老头子狠狠的说。"这是我的谷子! 我全把它削了!"

"我看你削削试试,你再削一棵! 我把你送到代表会去!"

"不要吓唬我,双眉,不管怎样,我们还是一姓一家,我还是你的一个爷爷!"

"你是谁的爷爷?"双眉尖声问,"你是地主,我是贫农,我们不是一家子,你不要和我拉近乎。"

老头子无力地坐在地下,他说:

"就算我们不是一家子。我也不敢高攀,我求求你们,叫我收了这一季谷子,不行吗?"

"你凭什么收割,这地是你剥削来的!"双眉说,"我长了十八岁,没见你捅过镰把锄柄,今儿个是头一摸! 只在破坏我们的庄稼的时候,你才抓起镰来!"

"你们不要赶尽杀绝!"老头子忽的站起来,镰刀在他手里抖颤,像受伤的鱼鳞,"我和你们拼了!"他转过身去,向谷子乱砍一阵!

"停下来!"双眉把背在后面的枪冲着老头子一扬,"你再砍,我放枪了!"

随着就往上一举,砰!

在阶级敌人面前,她不勇敢吗?

正像区长老邴说的:她是自己人,这是本质。而且就在晚上,她提出了入党。她唱着歌。

但是,比起那些紧紧联结着土地的农民来,双眉又总是有那么一些不切实际的东西。复查以后,她又半夜半夜的排戏了,又犯了强迫命令,总是手里提着青秫秸,"训教那些地主富农,也训教那些顽固落后队"。有了秋收大队,互助组也不想要了。"我就不明白,为什么走一步又退一步! ……以后反正是要集体吧,现在已经集起来了,东西在一块,人也在一块,大锣大鼓也敲过了,又要哼哼吱吱吹细乐了! ……"她就是这样想,也这样做的,这是她可爱的地方,也是她脱离实际的地方。因此党批评她,帮助她,双眉在党的帮助下成长。

　　而她的精力,是那么旺盛,她的兴趣,总集中在那些新鲜事物上面。大牛生小牛了,她黑更半夜跑去帮助老改给牛接生;小牛生出来,她亲自去喂,拿二举人熬燕窝的小铜锅给小牛熬粥喝,还给小牛角拴上五尺红绫。……

　　作者赋予了她多少新鲜、引人的特征。

　　但是在支委会讨论她的入党问题时,依然有各种各样的意见。七个支委,三个不同意,一个不表示意见。不同意的说:"咱村的党也成立九年了,她很早就参加了工作,人们也想把她吸收,就为她这个作风,实在没个分寸。群众对她有意见。"支书李三说:"打春天受了批评参加了互助组,也总算好多了。一个女孩子,咱们说的:从小呼吸着新民主主义空气长大,也不能叫她像我们这些上点岁数的人一样。群众对她有意见,有时也是群众们的老理。我们看一个人,要从她的立场上看,工作上看。按工作说,成立了互助组,双眉的工作不错。在立场上说,这次复查,她不顾情面,斗争积极,带动大伙。那些日子,我们都觉着少不得这样一个人,就好比出兵打仗,这是一员闯将。"副支书却说:"不好办。这个人好反油。"另一个支委说的更妙:"有些地方实在不成话! 一个十八九岁没出门的大闺女,黑更半夜,跑到牲口棚里,帮助老改去接小牛,这个作风,我怎么也看不惯!"

　　但最后,总算拧拧支支通过了,交小组讨论双眉的组织问题。读者一定很关心双眉的政治生命,到底能不能光荣的成为一个共产党员? 但作者只写到这里为止了。作者给双眉,也给自己的作品,留下了考验的余地。很明显,作者对自己的人物,充满了同情,也给予了批判。更重要的是,作者写这样的人物,并不是因为它特殊,在生活里发光;还在于:通过这种性格,作者写了我们的时代——党,群众,集体。区长老邴,支书李三,怎样领导群众组织起互助组,打井抗旱,斗倒地主,平分土地……正是在这样的时代,这样的环境,双眉的性格才得到健全的发展,放出来光辉。

四

　　以下从《嵩儿梁》起到《碑》十篇,都写于解放战争期间。这十篇贯穿着一个主题：军民关系。说得文一点，那种在战争里面，把前方和后方，把军队和人民，把一切革命的人民联结在一起的那个崇高的信念。这里面种种的人都卷入了那神圣的战争。战争的胜败，就是他们自己生死的命运；他们的幸福、温饱、自由和光荣。因此军队和人民是一体，人民把自己的命运交给了军队，也用自己的一切，直到生命，支援军队，支援战争。无论抗日战争，解放战争。战争给人民带来灾难，但人民在战争里受到锻炼，赢得胜利。正是在这些看来顶平常的人民和军队相依为命的故事里，体现了我们所进行的十多年战争的正义性质。

蒿儿梁的妇女主任为什么那么快活的给伤员做饭？她从小给川里地主家当丫头，十六岁嫁了一个比自己大一半的丈夫才住到这五台山的北台顶上来，如今还种着川里的地。地主看她出息得好，要用三亩地换了她。她看到伤员转移，就耽心仗打得不好。她说："不把敌人打走，我的命还在人家手心里攥着哩！""我就盼咱们打胜仗，要把川里也占了，咱们的日子会更好过哩！"

所以伤员来了，她"整天卷着两只袖子，带着两手面，笑出来，笑进去"的给伤员搓最拿手的莜面窝窝。

而且，这十几户人家的一个蒿儿梁，"自从添了这么七个生人，小庄上热闹起来，两盘碾子整天不闲，有时还要点上灯推莜麦，青年人要去放哨、坐探，小孩子要去送信、砍柴，妇女们拆洗伤员的药布衣服，分班做饭。全村每个人都分担了一点责任，快乐并且觉得光荣"。

这就是那时人民共同的意念。在那样的年代，受了伤的战士，转移到最偏僻、最穷困的地方去。而正是在这种地方，遇到了最善良、最热情的人民。作者对于这样的现实，是有深刻的感受的。

站在这山顶上，会忘记了是站在山上，它是这样平敞和看不见边际，只是觉得天和地离的很近，人感受到压迫。风从很远的地方吹过来，没有声音，卷起一团团的雪柱。

走在那平平的山顶上，有一片片薄薄的雪。太阳照在山顶上，像是月亮的光，没有一点暖意。山顶上，常常看见有一种叫雪风吹干了的黄白色的菊花形的小花，香气很是浓烈，……薄薄的雪上，也有粗大的野兽走过的脚印。深夜在这山顶上行走,黄昏和黎明,向着山下号叫,这只配是老虎、豹。

……

杨纯站在山顶上,他觉得是站在他们作战的边区的头顶上。千万条山谷,纵横在他的眼前,那山谷里起起伏伏,响着一种强烈的风声。冰雪伏藏在她的怀里,阳光照在她的脊背上。瀑布,是为了养育她的儿女,永远流不尽的乳浆,现在结了冰,一直垂到她的脚底。杨纯想到:他的同志们,他的队伍,正在抵挡这寒冷的天气,熬受着锻炼,他们穿着单薄的军衣,背着粗糙食粮,从这条山谷转战到那个山头,人民热望他们胜利。

这种抒情的散文描写,在孙犁的小说里时时处处在发光。这正是他的特点,形成他的独特风格的因素。而这一段,给了我深深的感动。我觉得,作者在回忆起、描写到这种生活时,心里鼓荡着的那种强烈的、战斗的爱国主义情绪,是非常具有特色的。

正是这样的情况,使作者通向了他所描写的人民的崇高精神世界。

在《浇园》里面,一个伤员住在香菊家里,这姑娘是那么"心里沉重的厉害,这些日子,她吃的饭很少,做活也不上心"。"总是愁眉不展,在炕边呆呆的站一会,又在窗台下呆呆站一会。"她怕有一点声音惊动伤员,告诉小妹妹,"鸡下了蛋就把它赶出去;有人来捶布,叫他到别人家,不要惊动病人"。

这是多么细致的体贴。没有和人民共呼吸的感受,能想象出来吗?

等伤员病好了些,和香菊去浇园,他想,地是那么干燥,"要吸收多少水,才能止住这庄稼的饥渴?要流多少汗,才能换来几斗粗粮,供给我们吃用?他深深的感觉到战斗流血的意义,对香菊的辛苦劳动,无比的尊敬起来"。

军民之间,就是这样心心相印,血肉相连。他不止一次提到公家人吃"一斤四两小米"的事。他不是从别人,而正是从自己,从一个普通劳动者的心里,感到这种关系的崇高。

尤其在《纪念》里,部队住在一个军属家里,转战到东北去的丈夫来了信,妻子儿女高兴的夜里睡不着。战士在院里树上放哨,听到母女二人这样的谈话:

"……要不是顽军来进攻,你爹也许就家来了!"

"王八老蒋!"过了一会,小鸭又说:"……娘! 我看还是叫爹回来吧,听说陈宝三的大儿子参加了还乡队,要领着人回来夺地哩!"

"不要听他们胡囔囔,"母亲说,"有八路军在这里,他们不敢回来。……"

我不禁心里一震。原来在深深的夜晚,有这么些母亲和孩子,把他们的信心,放在我们身上,把我们当作了保护人。我觉得肩头加上了很重的东西,我摸了摸枪栓。……

这种心情正是当时我们每一个普通战士都能感觉到的崇高的心境。

天明,还乡队进攻了。战斗就在屋顶上进行。战士渴了想喝点水,缸里没有了,母亲冒着子弹,爬到园子里去打了水来,把屋顶捅个窟窿,把水系到屋顶上。

这水是多么甜,多么解渴。我怎么能忘记屋子里这热心的女人和把一切希望都寄托在我们身上的孩子? 我要喝一口水,她们差不多就献出了自己的生命。他们的生命是这样可贵,值得尊敬,这生命经过长期的苦难,正接近幸福的边缘。我的责任是什么? 我问着自己。我大声说:"小鸭,我们就要冲锋了!"

还有比这更真实,更感动人的心理描写吗?

军民关系,这是那时候大家挂在嘴边,常说的、普通的题材,但是到了孙犁笔下,就出现了这样抒情的、动人心弦的意境。

这不是偶然的。这里面有着作者深刻的、独特的感受。他不仅从"应该如何"去描写了这些,而是描写了自己感受到的生活里最真实、最典型的情节,因为作者对生活有自己的崇高的信念。

《嘱咐》就是表现了这种信念的。那不只是水生媳妇对水生一人的嘱咐,是全体冀中人民,对于自己子弟兵的嘱咐。水生打八年仗,回到冀中来,路过自己家乡,绕道回家住了一晚。第二天,妻子撑了冰橇,滑过白洋淀送丈夫回部队。临分手时,女人说:

爹活着的时候常说,水生出去是打开一条活路,打开了这条活路,我们就得活,不然我们就活不了。八年,他老人家焦愁死了。国民党反动派又要和日本一样,想来把我们活着的人完全逼死!你应该记着爹的话,向上长进,不要为别的事情分心,好好打仗。八年过去了,时间不算不长。只要你还在前方,我等你到死!

这些话很普通,但是安排在一种情节中,在一种特定环境下,一个普通的女人说出来,却变得崇高、神圣,而响亮……

而且,这些普通的人,老人、妇女、孩子,并不仅仅是为了简单的活下去。我们的人民,尤其是那些送走了自己亲人的妇女们,她们懂得生活,比谁都深刻。她们不但要活,而且要活得光荣、体面、有志气。只有那些不明大义,不识大体,只想着眼前安逸的人,才窝窝囊囊的活一辈子;而有的女人,为了活得有志气,牺牲一切。

《光荣》里面的秀梅,就是这样的女人。"七七"事变那年,她不过十四五岁,和她的拾柴火的同伴原生,一起卡了一个国民党逃兵的枪,原生就带着这枪,参加了队伍。

原生的媳妇小五,是他爹在船上,"夜里推牌九,一付天罡赢来的",原生走后,守不住了,散了,还说秀梅调着她的男人去当兵,逼着秀梅不许寻婆家。

"谁挑着你家的人去当兵?当兵是为了国家的事,是光荣的!"秀梅说。
"光荣几个钱一两?"小五追着问,"我看也不能当衣穿,也不能当饭吃!"
"是,"秀梅说,"光荣不能当饭吃,当衣穿;光荣也不能当男人,一块过日子!这得看是谁说,有的人窝窝囊囊吃上顿饱饭,穿上件衣裳就混的下去,有的人还要想到比吃饭穿衣更光荣的事!"

是的,就是为了这个光荣,这种志气,秀梅没有出嫁,帮原生家种地,直等到原生回来。

原生出去十年,打了胜仗,立了功,回到家来,全区给他庆功,秀梅在会上讲了关于光荣的话——这是一切懂得光荣、爱护光荣、为光荣付出代价的妇女们的话:

戦士们从村里出去，除去他的爹娘，有些人把他们忘记了，以为他们是办自己的事去了，也不管他们哪天回来。不该这样，我们要时时刻刻想念着他们，帮助他们的家，他们是为我们每个人打仗。

有的人，说光荣不能当饭吃。不明白，要是没有光荣，谁也不要光荣，也就没有了饭吃；有的人，却把光荣看的比性命还要紧，我们这才有了饭吃。……

这就是在那些年代，战争的年代，人们生活的哲学。出去打仗的人们，取得了胜利，挣来了光荣；在家的人们，帮助他们取得了胜利，挣得了光荣。那些为光荣付出了生命的，人们永远纪念他们，连同流过冀中平原的滹沱河的水。

《碑》，就是这样立起来的。一小队战士，在一个晚上经过这个村庄，摆船的老金把他们渡过河去，打击敌人，就再没有回到河这边来。在那次寡不敌众的战斗里，有的牺牲在北岸，有的负了伤，淹死在滹沱河里。人民纪念他们，连河水也纪念他们——

老头固执的要命，每天到那个地方去撒网。一直到冬天，要封河了，他还是每天早晨携带一把长柄的木锤，把那个小鱼场砸开，"你在别处结冰可以，这地方得开着！"于是，在冰底下憋闷一夜的水，一下就冒了上来，然后就又听见那奔腾号叫的流水的声音了。这声音使老人的心平静一些。他轻轻地撒着网。他不是打鱼，他是打捞一种力量，打捞那些英雄们的灵魂。

我们不要拿《渔父》、《招魂》等等来比拟孙犁的构思吧！它在这里是独特的。也许向水中打捞英雄的灵魂，是我们民族的一种传统；但作者把这篇小说命题为《碑》——是战士的英雄业绩和人民的怀念以及滹沱河的水，是人和自然，共同建立的不朽的纪念碑。

在这十篇小说里，只有《"藏"》和《钟》，从另一个角度描写了冀中人民的斗争。冀中的"五一"大扫荡，是一件惊天动地的事，《"藏"》，就是通过一个年青妇女浅花，和她丈夫的捉迷藏似的情节，表现了冀中人民怎样迎接这场"扫荡"的。在生活的真实和表现上，我觉得它是那么地富于人民性。

《钟》表现了一个尼姑的命运——什么人的命运都在战争中改变了。她因为和村里一个青年恋爱,生了孩子,又被地主欺负,几乎死去。但作者说:"时代还需要她做一个助手,做一个见证,看看将来的事变。"因此她活下来了。当地主林德贵在敌人面前出卖大秋(她的爱人,村干部)的时候,她咬着牙一个字一个字地说:"我看着,大伙也看着,看着谁敢当汉奸!"

什么是人民呢?怎样理解战争年代的生活?理解我们已经取得的胜利?那么,就认识认识这些平常的、有志气的冀中老百姓吧!

五

《芦花荡》、《荷花淀》、《麦收》、《杀楼》、《村落战》这五篇,我把它们看成是和前面十篇在风格上有显著区别的另一组小说。这区别我到后面再说。

先说我初读这小说时的记忆。那时我在延安《解放日报》当副刊编辑,读到《荷花淀》的原稿时,我差不多跳起来了,还记得当时在编辑部里的议论——大家把它看成一个将要产生好作品的信号。

那正是延安文艺座谈会以后,又经过整风,不少人下去了,开始写新人——这是一个转折点;但多半还用的是旧方法……这就使《荷花淀》无论从题材的新鲜,语言的新鲜,和表现方法的新鲜上,在当时的创作中显得别开生面。

顺便说一句,由于文艺座谈会以前,大家长期的学外国、学古典,特别是学外国的古典文学,在语言上、方法上,所形成的那种欧洲的、俄罗斯式的氛围中——至少是一部分人当中,《荷花淀》的出现,就像是从冀中平原上,从水淀里,刮来一阵清凉的风,带着乡音,带着水土气息,使人头脑清醒。

这五篇小说带有明显的浪漫主义色彩——这种说法,也许需要一点解释,我心目中的浪漫主义一向是:第一,指的革命浪漫主义;第二,和"粉饰"的含义无关;第三,也绝没有不真实的虚构、夸张的意思。我指的是革命的浪漫主义——高尔基所谓之积极的浪漫主义。这是在现实真实的基础上把生活提高(不是虚夸),美化(不是粉饰)。这需要作者有一点理想;而这种理想,能够和现实生活的核心——人民精神里面最革命、最先进的东西——社会主义，相一致。

当然，这五篇东西虽具有同类性质，但不是同样完整，同一水平的。其中最有代表性的，自然是《荷花淀》。作者在这些作品里，写出了那么些性格明朗，情绪乐观，行为勇敢的人。在这些人物的性格中，你连一个黑点也休想找到；而他们正生活在艰苦的年代，艰苦的环境，为了生存时时进行着战斗。我想，正因为这样，人民的精神状态才最高涨，最饱满，把全部的信心和力量聚集到日常行动中来，表现在性格上。而作者抓到了这一点，表现了这一点，作者的思想——情绪的升华，赋予了人物形象以高涨的精神状态。这就是这些性格的力量，也是这些作品闪耀着独特光彩的地方。

就说《荷花淀》吧——

《荷花淀》的水生和那些青年们，水生媳妇和那些女人们，不是一个个都像淀里的荷花和藕，那么新鲜纯净吗？

水生说："明天我就要到大部队上去了。"正在月光下编席的女人，"手指震动了一下，想是叫苇眉子划破了手，她把一个手指放在嘴里吮了一下"。

水生说："今天县委召集我们开会……我是第一个举手报名的。"女人低着头说："你总是很积极的。"

水生说，别的青年们"怕家里人拖尾巴，公推我代表……他们全觉得你还开明一些"。女人过了一会才说："你走，我不拦你，家里怎么办？"

水生嘱咐了家里的事，女人鼻子有些酸，但并没有哭，只说："你明白家里难处就好了。"

水生想安慰她，但只说了两句，"千斤的担子你先担吧，等打走了鬼子，我回来谢你"。

这种夫妻话别的场景你在哪里见过？多么简洁，深刻！没有情节叙述，没有心理介绍，寥寥几笔，两个人的心境面貌，周围的环境气氛，统统出来了。

以下，青年们走了，女人们"藕断丝连"，找借口去看自己的丈夫；没有找到，"各人在心里骂着自己的狠心贼"，说："你看说走就走了。""可慌哩……""……拴马桩也不顶事了。""不行了，脱了缰了！"正在说笑，遇上了敌人。看看要被敌人追上，周围忽然响起枪声，她们以为被包围了，却"看见不远的地方，那宽厚肥大的荷叶下面,有一个人的脸,下半截身子长在水里。荷花变成人了? 那不是我们的水生吗? 又往左右看去,各人就找到了各人丈夫的脸……"原来是区小队打了敌人的伏击。仗打完了,水生捞着一盒饼干,一面凫着水,对荷花淀吆喝:"出来吧,你们!"好像带着很大的气。区小队长问水生:"都是你们村的?"水生说:"不是她们是谁,一群落后分子!"说着却把一盒饼干顺手丢在女人们船上。回来的路上,女人们又说笑起来——

"你看他们那个横样子,见了我们爱搭理不搭理的!"

"啊,好像我们给他们丢了什么人似的。"

"我今天也算看见打仗了。打仗有什么出奇,只要你不着慌,谁还不会趴在那里放枪呀!"

"回去我们也成立队伍,不然以后还能出门吗!"

"刚当上兵就小看我们,过二年,更把我们看得一钱不值了,谁比谁落后多少呢!"

整篇就是这样的语言,这样的调子。好像是淀里的歌声,带着水汪汪的回音;好像淀里的鱼,跳跃,闪着银光。

在孙犁的作品里缺少那种强烈的东西,也许有一点冲淡吧? 但却是对生活、对人,有着深厚的体会,而又能自然出之,读起来意味隽永的那种"冲淡"。这似乎和通常理解的浪漫主义的夸张性不谐调,正是在这里,在生活和意境,真实与理想,在似与不似之间,孙犁创造了自己的风格。

按照我的理解,浪漫主义同样是在真实的基础上产生的。只不过它强调了生活中那最好的、最积极的一点罢了。在我讲到孙犁同志作品里的浪漫主义成分时,也只是按照这样的理解。它比现实要高,多一点理想。浪漫主义是不能离开现实主义的,现实主义也不能置浪漫主义于不顾。一个进步的、革命的作家,总要有一种高尚的理想,这就使现实主义和浪漫主义结合起来了。孙犁的风格,我以为就是建筑在这样的基础上。

不信,请看这本小说集后半部那些很短的短篇。这都是素材,生活的真实记录、作者的亲切感受,正是在这样的基础上,产生了那些精心结构的,独具特色的作品。

前面提到的《王香菊》等篇之于《村歌》;《采蒲台》、《采蒲台的苇》、《织席记》、《新安游记》等等之于《荷花淀》,不都是的吗? 把这些作品联系起来,是非常之有意思的——不但可以看到作者积累材料的方法，也可以看到作者现实主义的发展。

作者的现实主义我认为在《丈夫》一篇里达到了顶点。这里不去多说这篇小说的背景材料，就看作品本身吧，在情节，心理刻画所构成的形象上，一笔一笔多么有力。就是结尾的一句"竟连那圆圆的月亮也忘了看"，分明有着鲁迅式的现实主义影响。而这一篇在先，写于一九四三年，比上面提到的所有的作品都早。那么，这以后的发展，在作者积累了丰富的生活，现实主义达到一定的高度，能够进一步认识生活，更自由地表现它们时，那么，作者对生活的热情和理解，就相应地发展了，产生了新的变化，形成了新的风格——这从这本集子里所收作品的写作过程，是也能清楚看到的。

六

这只是一篇介绍性质的文章，不是全面讨论孙犁同志的作品；而且所写的都是感想，没有进行综合分析；加以我个人对孙犁同志作品的偏爱，就可能有不够客观的地方。说得过分的，不够的，都有待于大家指正；并在以后有机会全面研究了孙犁同志的作品，再来补正吧。

当然，孙犁同志在创作上是有他的弱点的。主要是在生活面前还不够勇敢，有时回避生活中的尖锐矛盾；有时只表现自己所感受到的一个较小的精神世界。这当然和作者在革命斗争中的实际锻炼有关，对他的才能也是一种限制。他很想突破这种限制，更有力地表现出我们伟大时代的伟大生活来。这一点，和他熟悉的人是都知道的，他的朋友和读者们，也这样期待着。

一九五八年三—四月写

（原载《新港》1959 年第 4 期）

风格一例

——试谈《山那面人家》

唐　弢

　　作者有了丰富的生活，像弄潮儿熟悉水性一样熟悉他的题材，这个题材吸引着他，纠缠着他，通过思想感情的铸冶，逐渐地形成一个胚胎，然后用他自己的表现方法把它抒写出来，如果是一个比较成熟的艺术家，这种铸冶的过程也就是产生风格的过程。资产阶级批评家说艺术家的唯一本领是说谎，是善于编造，我们的观点恰恰与此相反，我们认为艺术的生命是真实。所谓写真实，一方面指的是生活的真实，另一方面也要从思想高度上写出作者自己的感情的真实，进一步求得两者的统一。在这里，作者的世界观就起着深刻的作用。服从主观，从偏见出发，一味的迁就个人情趣，这样的作品是歪曲现实的，不真实的，它的结果是个人放诞和自我扩张，谈不到什么风格。相反地，自以为忠实于客观，掩藏了个人的感情，或者对生活勉强凑合，所谓不加判断和摒除倾向，这样的作品就没有什么感染力，给人的印象还是一个不真实。风格呢，当然也谈不到。

　　如果说得通俗一点，不妨拿书法作个比喻。把生活当作法帖，像临摹法帖一样临摹生活，即使笔肖划似，写得再好，也不会有真正的独立的风格；反之，没有临过法帖，不讲究书法的规律——在创作上是生活的规律和艺术的规律，任意涂抹，虽然写来每人不同，或如蝌蚪，或如蚯蚓，甚至自命为野兽派或者恶魔派，能不能说他们已经像成熟的书法家或者艺术家一样，有了自己的风格呢？也不能。马克思同意布封的话："风格是人"，因为人的个性是组成风格的一个重要的条件，然而个性并不等于风格,风格不可能不求而得,也不可能一蹴即就。所谓成熟,指的是作者在思想上、艺术上、性格上、趣味上都有一定的锻炼,主观世界的感情的真实,在一定程度上统一于客观世界的生活的真实。我在这里特别强调感情,因为由我看来,一个革命的作家不仅要有正确的思想,还要进一步让这种思想渗透到感情里去,作者灌注在作品里的感情,爱什么,恨什么,往往不只是依靠单一的正确的思想,而是根源于他的整个世界观———从思想到感情的全盘的变化。布封又说:"所谓写得好,就是同时又想得好,又感觉得好,又表达得好;同时又有智慧,又有心灵,又有审美力。"①从这点上说来,尽管组成风格的因素很多,然而,首先离不开在世界观指导下,作者感情的真实与生活的真实的联系。

写到这里,我想起了立波同志的短篇。

除了长篇《山乡巨变》外,立波同志在这一时期里还发表了不少短篇,就以《禾场上》(见一九五六年《人民日报》)、《山那面人家》(见一九五八年十一月号《人民文学》)、《北京来客》(见一九五九年六月号《人民文学》)三篇而论,我们可以清楚地看出,作者是有意识地在尝试着一种新的风格:淳朴、简练、清新、隽永。从选材上,从表现方法上,从语言的朴素、色彩的明远、调子的悠徐上,都给人以一种不事雕琢,独具意趣,恰似古人说的"从绚烂到平淡"的感觉。然而立波同志的风格的特征,却绝不止于"平淡",而是通过平淡的故事,寄托了深厚的感情,字里行间,处处跳跃着发自作者内心的对生活的喜悦。不错,作者没有直接表达他的激动,他的思想深入到故事的内容,使感情的真实和生活的真实和谐地糅合在一起,既写出了客观的现实,也写出了作者的感情。三个短篇的故事并不惊险,色彩并不绚烂,情调并不强烈,他写的是最平凡同时又是最根本的变化,伸入日常生活深处的变化。隐藏在纸墨背后的作者的感情,我看还是十分激动的,三篇中的任何一个短篇,就其内容实质来说,都是作者一往情深的对社会主义的颂歌。

我说得过分了吗?不!我没有说得过分。

就以《山那面人家》来说,当然,小说并不是没有缺点的,作者在渲染生活情趣时,某些笔触,匠心中还不免透露做作,或多或少地留下了斧凿的痕迹。例如:一开

----

① 《论文笔》,《布封文钞》第9页,人民文学出版社1958年版。

头说姑娘们为什么要笑,问了一位"专家",说是"她们笑,就是因为想要笑"。因此就——"我觉得这句话很有学问";新房里摆着一对细瓷罗汉,头上戴了"红星帽子",于是便——"我想,他们一定已经改造了"。这种地方显得作者是在故意缠弄笔头,读起来趣味不高。但整个小说的调子是和谐的,通过生动的细节的描写,每一个人物,每一件东西,每一段情节,都蘸满了作者的喜悦的感情,创造了掩盖不住的欢乐的气氛。如果说,由于对社会主义的激情,作者曾经淋漓尽致地歌颂了土地改革,展开了绚烂多彩的长卷——《暴风骤雨》;现在,同样是由于对社会主义的激情,作者却余味无穷地赞美了农村新气象,在《山乡巨变》之外,又提供了安详轻松的小幅。这是生活的继续,是革命的进一步发展。作者为自己的艺术创作开辟了新的天地,建立了新的风格。符·阿·赛罗夫描写十月革命,绘出《冬宫攻下了》那样的名画:一个赤卫队员和他的同伴老年士兵,两个人站在散乱着弹片和碎石的冬宫台阶上,点燃起剧战后的第一支烟卷,那么安闲,那么舒畅,观者的感情不由自主地被刚刚结束的紧张的斗争牵引着。我觉得立波同志的短篇也有类似的情调。当然,今天的农村离开土地改革时期已经较远,不同于刚刚攻下的冬宫,时间给予作者以更多的描写新的生活的条件,然而阶级斗争还没有结束,无形的弹片和碎石依然存在,例如兽医的"包办论",社长的不满足的婚姻,不仅和过去社会有着千丝万缕的牵系,同时也说明狼烟尚未消歇。不过赛罗夫的目的并不在于刻画弹片和碎石,而是要通过弹片和碎石所反映的紧张,衬托出此刻的安闲和舒畅;立波同志的目的,也并不在于诅咒旧婚姻制度的残余,而是要通过包办婚姻所反映的苦恼,衬托出年轻一代的幸福和欢乐。在这点上,他们的风格有着彼此一致的地方。有些同志只爱看直接描写,不许有间接烘染,更有些同志认为作者没有写农村的剧烈斗争,却去写一对青年人的婚礼,是"游离于阶级社会之外,脱离了政治"。这些看来不免都是偏见。姑不论什么时候总有人要结婚,有人要参加婚礼,说不上"游离"不"游离";今天,"山那面人家"的一对青年人,有了称心满意的结合,姑娘们"看着别人的幸福,增加自己的欢喜","嘻嘻哈哈地笑个不断线",年轻一代的生活沉浸在欢乐愉快的气氛中,这又是怎么得来的呢?难道这里面就没有一点政治吗?

不!这是政治,这是隐藏在作者世界观里最根本的东西:旧的沉下去,新的升上来。不过这回是偏重后者,因而不是采用"暴风骤雨"的形式,而是表现了风和日丽的风格。由于作者对社会主义的倾心,对农村新气象的情不自禁的赞叹,笑,成为贯串整个小说的一条红线。姑娘成了堆,总是爱笑。一路上是嘻嘻哈哈地笑,到新房是轻声地笑,哄往门外去一路笑,躲在窗外又爆发一阵笑,到堂屋里肩挨着肩,咬着耳朵笑,听新娘讲话时吃吃地笑,一直到婚礼结束,客人散去,微风还送来她们一阵阵欢快的、放纵的笑声。她们为什么笑呢?正如作者所描写的:"青春,康健,无挂无碍的农业社里的生活,她们劳动过的肥美的、翡青的田野,和男子同工同酬的满意的工分,以及这迷离的月色,清淡的花香,朦胧的、或是确实的爱情的感觉,无一不是她们快乐的源泉。"那么,她们又为什么不笑呢?不仅她们,新郎也笑,新娘也笑,客人们也笑,送亲娘子的一个三岁伢子,也被逗得高兴地笑,满屋子的人都笑,连挺着胖大肚子的一对细瓷罗汉,也在哈哈大笑。只有一个人不笑:乡长。然而这个不笑的乡长偏偏又是最会说笑话的人,看来,他也正是"快活的源泉"。作者挑选了一个这样的环境,通过一对青年的婚礼,渲染了"歌声载道,喜气盈门"的"大跃进"中农村的新面貌,刻画了人们在新社会里的精神状态,这是作者眼里看出来的生活的特征:淳朴、轻松、愉快。风格从哪里来?我看首先就是通过现实生活的印证,在这种思想感情培育下逐渐地形成起来的。

立波同志的风格的形成,另一方面,也由于他适当地运用了农民的语言,描画了农村的风习,使整个小说洋溢着朴素的乡土的气息。作者对农村生活的谙熟,知识的丰富,写来得心应手,好比搓泥丸子一样,搓得烂熟,这就大大地有助于他的风格的创造。譬如写听壁脚,写送亲娘子,写哭嫁,写窗格、锡烛台、小镜子、瓷壶、瓷碗上贴红纸囍字,写新房里的陈设,一切都是土生土长,展示了农民的风俗和习惯。然而值得称道的是,作者在描写这些的同时,又给所有风俗习惯涂上了一层十分匀称的时代的色泽,使人觉得这一切都是旧的,然而又不完全是旧的,时时反射出一种新的光彩。这是什么呢?是人的精神面貌的折光吗?你看,新娘子掏出她的劳动手册来了,两千工分,还说她不是吃闲饭靠人来的,是过来劳动的;你看,新郎公趁着婚礼进行,大家一不留神,偷偷地溜到山边地窖里,检查红薯种去了;你看,除了那位还在改造中途、目前显得有点不伦不类的牛郎中外,所有参加婚礼的人,从老社长到后生子,他们在为什么叫好、为什么拍手呵!正是这些生活习惯、精神面貌上的细节,织成了作者心头的喜悦,成为他的风格的要素。有同志说,这篇小说存在着"严重的笔墨浪费现象",写了太多"与主题无关紧要的东西","用五六百字"就可以写完,而且主题思想可以"更为鲜明"。我并不认为《山那面人家》不能再压缩,倘说可以压到"五六百字",使主题思想"更鲜明",却实在使我吃惊。如果世界上真有这样的能手,我极愿立刻卷起铺盖,登门执弟子礼,好好地学会这个本领。只怕事实并不如此。因为一篇有风格的小说,它的细节描写往往和人物的性格相联系,也和作者的思想感情胶合在一起,不可能拆散分开。加以删削,不仅风格将完全失去,而且主题思想也不会"更鲜明",而是会更模糊。《山那面人家》里的细节,那些有关风土人情的描写,基本上合乎这个规律,作者并没有太多地浪费自己的笔墨。我完全赞成把小说写得短些好些,但是短些不应该妨碍好些,好比写字——哦!我又谈到书法上来了——大概是苏东坡说的吧,他说:写大字要收紧,写小字要放松。我看这句话很有道理。在艺术创作上也一样。所谓放松,当然不是说短篇就可以拖沓,而是说写短篇时作者的意境要开广,撒得开,看得远。唯其是短篇,题材的限制很大,作者不仅要深入眼前的对象,还得像《水浒》里公孙胜使唤天兵天将一样,从自己的全部经验里,唤起所有的生活知识——新鲜的、生动的、具有民族特征的、经过严格选择的形象,来支援艺术风格的诞生。我以为立波同志的长处,是他对中国农村生活有丰富经验,对民族风习有广泛知识,运用起来十分熟练。所以他的风格除了淳朴厚实之外,还能够有含蓄,饶余味。

　　作者的意境要开广,读者的意境也要开广。如果表现在作品里的思想感情不健康,加以批评,这是完全必要的,然而不应该流于俭啬和狭隘。我并不是说立波同志的短篇已经写得那么好,没有一点缺点。我只是就风格说明一点自己的意见。和《山乡巨变》一样,这些短篇也是作者整个风格的体现。在《山那面人家》里,社长不同意兽医在婚礼上大谈国内外形势,有人说这是"不关心政治";社长称道新娘的两千工分是真正嫁妆,有人说这是"金钱观点";新娘讲话时说"我快活极了,高兴极了",有人说这是宣扬"结婚就是幸福主义";姑娘们来"听壁脚",有人说这是"低级趣味"的"庸俗观点";新房全部铺盖,只有两个枕头是新的,有人说这是歪曲农民生活;用了五块钱社长还要监督,有人说这是诬蔑干部和群众关系;写月光花香树影,有人说这是小资产阶级情调,称空口白话为"八股",有人说这是修正主义。总之,"主义"一大堆,"观点"满天飞,片面地根据看来似乎是正确的原则,去判断丰富复杂的生活,判断反映这种生活的作品,不但割裂了生活,实际上也是割裂了作者的世界观,把作者思想感情里错综衔接、互相统一的关系,还原到一个简单的公式。这样,生活干瘪了,思想枯竭了,作品处在这种精神状态下,它的结果必然:风格的萎缩。

　　然而我们是要有风格的,我们党提倡风格,赞成艺术园地里出现多种多样的风格,在一切成熟的——不管是年轻的或者年老的作家的笔底,新的风格正在成长。暴风骤雨是一种风格,风和日丽也是一种风格;绚烂是一种风格,平易也是一种风格。不同的风格都可以为社会主义服务,而且服务得很好。布封还说:"历史只画人,并且画得恰如其分。"①这句话很有意思。生活是多彩的,人也是多种多样的。我们既赞成奔放、雄伟、刚健、热烈,也赞成淳朴、厚实、清新、隽永,这一切都符合于我们的民族气派与时代精神。我们要求的是多种多样恰如其分的人,也要求多种多样恰如其分的风格。如果有人徘徊于有无生灭之间,寄情"枯树",托意"小园",从生机蓬勃中追求虚无空灵的风格,那就干脆告诉他:我们不赞成!

一九五九年六月十日

(原载《人民文学》1959 年第 7 期)

---

① 《论文笔》,《布封文钞》第 11 页,人民文学出版社 1958 年版。

从"人性论"到"写真实"

——评孙谦的三篇小说

葛 琴

一

孙谦同志曾经写了不少电影剧本和短篇小说。他的短篇小说,大部分收集在他自己编的《伤疤的故事》集子里。其中一部分作品是一九四六年前写的,虽然艺术上不算太成熟,但总的倾向是健康的。另一部分作品是一九五四年以来写的,在这部分作品中间,我们看到了孙谦同志创作上一种严重错误的倾向。我现在就这个集子中的三篇比较主要的小说,来分析一下这种错误倾向的内容。这三篇小说就是《伤疤的故事》、《有这样一个女人》和《奇异的离婚故事》。

孙谦同志在一九五二年发表的电影剧本《葡萄熟了的时候》,曾经被文艺界批评为无冲突论的倾向。以后孙谦同志似乎注意到描写矛盾冲突,但是他不是从现实生活中去描写社会和阶级的矛盾,而主要是以一种"人性"的矛盾来代替阶级的矛盾;以"人性论"的观点来代替阶级观点。这样就使他走上了歧路。

《伤疤的故事》是作者在一九五八年写的,后来又改为电影剧本。故事发生在一九五四年秋至一九五五年冬。正是我国农业合作化高潮的一年。作品描写两个贫农出身的亲兄弟。哥哥陈修德曾经在十多年前,抚养了弟弟陈友德长大成人。

一九四四年弟弟陈友德参加了八路军,经过了抗日战争、解放战争、抗美援朝战争。在战争中曾几次负伤流血,成为共产党员,于一九五四年退伍归来,担负组织农业合作社的工作。哥哥陈修德这十多年中,在土改翻身以后,由于娶了一个有家产的女人,已经由贫农上升为富裕中农(实际上已经蜕化成为富农了)。他不但坚决反对农村社会主义的道路,而且搞剥削,放高利贷,倒卖粮食,成为忘本的阶级异己者。

这样的两兄弟,在这样的时刻见了面,该是多么令人关心啊。摆在这个弟弟陈友德面前的,一方面是兄弟的情谊,一方面又是两条道路的矛盾。作者就是通过这样一种矛盾来展开他的故事的,并企图通过弟弟陈友德这个人物来解决这种矛盾。"……我还欠着我哥很多恩情;我是他养大的,如果没有他,说不定我早饿死啦。而且,不管他怎样落后、保守、自私,我总有开导他的责任——他早晚要走社会主义道路的,而改造他的责任却是我自己。"这就是弟弟陈友德的心情。一方面他要报答哥哥的恩情,一方面他要改造这个坚持要走资本主义道路的哥哥。弟弟带着一片"苦口婆心",企图去"改造"他哥哥;而做哥哥的则是"铁石心肠",丝毫不领弟弟的情。弟弟一提到合作社的优越性,哥哥就认为弟弟要陷害他。有一天弟弟见哥嫂在太阳底下担水浇地,忽然觉得他们挺可怜,于是"好心地"要用合作社的抽水机替他们去浇地。而做哥哥的却反过脸来说:

"你就恨我穷不了——老是思谋的'漆害'我!"
我问他:"我什么时候'漆害'过你?"
他没有搭理我的问话,气恼地向地上吐了一口唾沫,一边走一边说道:"我算白养活了你十几年——早知道你是这样的,我准把那些粮食喂了狗!"

这两兄弟,就"根本弹不到一根弦上"。弟弟碰了哥哥的这么一个钉子,没有办法了,"只好自认倒霉"!

然而做哥哥的,却变本加厉地继续搞他的投机买卖,放他的高利贷,用五分大利盘剥贫农,还硬要人家用工票顶账。大概一个劳动日能分一块五毛,他却只顶八毛钱,就是这样狠毒地来挖农业社的墙根。这一切做弟弟的非但毫无觉察,而且当他的爱人小凤,一个普通的群众,向他揭露出以后,他还不肯相信。"不会吧? 你看我哥那木头样子,哪儿像个搞投机买卖的?"这个"老好人"的弟弟,就是这样一味的体谅他的哥哥。但事情终究暴露了,当他的哥嫂在黑夜里偷运粮食,给他碰上了。他要制止他们这种犯罪的行为时,他哥哥却向他喊了起来:

> "好,我发不了财,你也别想发——老子毁了你这个忘恩贼!"
>
> 他嗖地从身后掣出一张铁锹来,说时迟,那时快,月光下,我眼看着那闪亮的锹头,向我脑袋上劈来,我赶忙一躲——脑袋躲过了,肩膀却没有躲过去。我觉得狠狠地挨了一锹,马上就不省人事了……

小说写到这里,已经是矛盾的顶点了。这个讲"手足之情"的弟弟,却碰上了这样一个"阶级立场"十分坚定的哥哥。哥哥并不跟他讲什么"手足之情",竟要跟他性命相搏了。这是一场多么尖锐激烈的斗争! 在农业社会主义的改造中,两条道路的斗争,确是一场你死我活的斗争。正像这个哥哥陈修德那样,"老子毁了你!"设想一下吧,当你身临其境,或者挨了那一铁锹的共产党员就是你,那你该怎么办? 那么我们来看一看,孙谦笔下这个三次负伤十年炮火锻炼的党员陈友德,当他重伤昏去又醒来的时候,是怎样对待这个斗争的。

> 我醒来时候,人们已经把我放到担架上。小凤伏在我身上哭着——我想告诉她我不会死,可是我说不出话来。我哥和嫂还拉了我那小侄子,一排溜地跪在担架跟前。我听不清楚他们说什么——看样子,好像是恳求我不要向法院告发他们。亲兄弟竟会闹成这个样子,想起来,真使人心酸,我的眼泪怎么也忍不住了。我记着我哥对我曾经有过好处,我要给他留一条活路。我痛楚地向我哥点点头——我饶恕他了。……

"我饶恕他了",这就是小说的中心思想。作者所要描写的这兄弟之间的两条道路的斗争,结果倒是他哥哥的这一铁锹解决问题了。从此以后,他的哥哥嫂嫂也就"天良发现"随着大溜涌进了农业社。一场严肃的斗争,就在作者这种"良心论"

的指导下烟消云散了。

故事发展到这里,经过"人性的感化",这个哥哥变成农业社的"好劳动"了。于是作者又热烈地通过主人公这样说:

> 当然啦,我哥虽然是个好劳动,但他不是个好社员——我相信他会变成好社员的,不过还得一些时间。

这是说,人是并不需要经过斗争和教育就会自己变好的。只要有耐心,能等待,什么样的人也可以变得好好儿的。这正如巴人所说:"学会爱人而成为社会风气的时候,我想,残余的阶级敌人也将无所施其伎俩了。"这是多么真切的写照啊!

作者结束这篇小说的时候,这样写着:"现在我才明白,农村的社会主义建设并不是件简单事情,和在战场上打仗差不多。所不同的:在战场上只是和敌人作战,在村里除了和敌人斗争以外,还得和自己人斗争——这种斗争有时候也会流血的。"看来孙谦同志认为这就是所谓"和自己人"的"斗争"了。可是这算是什么样的斗争呢?哥哥用一铁锹"斗争"了他;而他呢,却用"宽恕"和"怜悯"对付了这个"斗争"。一个共产党员,在这种尖锐复杂的斗争关头,轻轻地放下武器,委曲求全,这算得了"斗争"吗?就算是对于"自己人"吧,谁又见过这样的"斗争"来的?而事实上那一铁锹所引起的问题的严重性,这是连哥哥陈修德心里,也是十分明白的事情。要不然,他们又何苦要"一排溜地跪在担架跟前"祈求"饶恕"呢?看来这个哥哥之所以敢要"老子毁了你",而用铁锹来对待他,一方面也正是由于这个共产党员,不能坚持党的原则,是个怯弱的温情主义者吧。然而作者孙谦,却偏把这种可耻的温情,当作是共产党人的"高贵品质",来加以宣扬和歌颂。从通篇小说中,我们看到作者就是在宣传着这样一种思想:用对于恶行的"宽恕"和"人性的感化",来对待现实生活中两条道路的斗争。"人性的感化",战胜了阶级异己者的狠毒;兄弟的"恩情",解决了两种意识的矛盾;"宽恕"和"怜悯",代替了"斗争";"人性论"代替了阶级观点,这正是修正主义者所鼓吹的腐朽透顶的人生哲学。孙谦同志竟用这种腐朽透顶的人生哲学,来描写我国社会主义革命中两条道路的斗争,用这种观点来描写社会主义建设中的共产党人,这难道能够写出真实来吗?

从土改到农业合作社的过程中,我国农民的思想意识,确实起了极其巨大的变化。绝大部分农民自觉地走上社会主义道路。也有一小部分富裕中农,企图和富农一起,顽强地坚持要走资本主义道路。在他们中间,也有极少数像陈修德那样是从贫农上升为富裕中农的人。对于这样的人,不是不能改造,而且在农业合作化高潮中,确实有许多这样的人,是被改造过来了。这是一场极其复杂的阶级意识的斗争。我们在这个斗争中所以能够取得这样的胜利,主要是依靠党的教育和群众的斗争,提高了他们的觉悟。没有党的教育和群众的斗争,这种改造是不可能想象的。当然我们并不反对宽恕和感化。我们常常说严肃的批判和宽大的处理相结合。对于一个犯了错误的人,经过了彻底的批判,使他真正认识了自己的错误,是可以和应该宽恕的。同样对于感化,我们是主张革命的感化,就是用无产阶级英勇行为和高尚品质,在斗争中去教育和感化广大人民。而这种感化,总是和坚持原则的群众斗争相结合的。而在孙谦同志的小说中,我们既看不到党的教育,也看不到群众的斗争。作者只是一味用基督教式的"宽恕"、"怜悯"和资产阶级的"人性的感化"去"改造"这个哥哥。这不仅在现实生活中是不真实的,而且也是阶级斗争中一种最有害的思想。

这种资产阶级的人性,正如毛泽东同志所说,有些小资产阶级和知识分子所鼓吹的人性,实质上不过是资产阶级的个人主义。孙谦同志这篇小说中,恰好证明了这一点。这个久经炮火锻炼的"英雄"陈友德,正好就是一个突出的个人主义者。对于他哥哥的反社会主义的种种行为,他可以忍受而不去追究;他可以大讲"宽恕"、"怜悯"和"手足之情"。但涉及个人利益时,他却百倍警惕,分毫必争。特别是他和小凤结婚以后,更是谨小慎微。整天除小凤外,几乎什么人也怕来往。据说这是为了免去和人"磕磕碰碰","惹麻烦"!于是鼠目寸光,对于鼻子下面的小事情,却格外的清醒和敏感了。譬如他那"三只手"的嫂子,如何把他小时候的一把银锁据为己有呀,如何偷他们的煤铲子呀,以及其他一些"不翼而飞"的"小家什"呀等等,他都历历记在心头。最后,为了一只小铁锅,他却居然暴跳如雷,和他的哥哥干起仗来了。

> 别的,我可以忍下去;但是谁要欺侮小凤,那我决不能站着不管!我忍不

下去了。我窜出了屋门。只见我哥端了我那小铁锅，"嘣噔"地就把它扔在地下。铁锅碎了，水流了一地。我一时性起，掣了一根磨杆，跑到凉棚下边，几下就把生铁炉子打了个粉碎。我哥见我打碎了炉子，顺手就提起了劈柴斧头，三五下把只风箱砍了个稀烂。小凤和我嫂都吓坏了，直着嗓子喊"救命"。我们兄弟两个手里都拿着"武器"，我们两个都愤怒的直喘粗气——如果不是有人跑来拉架，我看那天总得出人命。

这样一个人物，就是孙谦笔下的"英雄"。就是一个经历了三次负伤十年炮火的退伍战士的形象。也就是作者心目中的一个"优秀"的"共产党员"。这对于劳动人民的形象，是作了多么严重的歪曲啊！

因此，这个陈友德的"伤疤"，实在很不体面。和他从炮火中带来的"伤疤"，是截然不同的两回事。这是资产阶级人性的"伤疤"，卑劣的个人主义的"伤疤"，而孙谦同志却沾沾自喜的把这个"伤疤"，当作光荣的"伤疤"，这就不能不令人感到作者的思想陷入多么严重的错误啊！

二

资产阶级人性论者，总是把资产阶级的人性当作世界上唯一的人性，普遍的人性。而且认为只有描写了这样的人性，才合乎艺术的真实；否则，就不合乎真实。于是当他们来描写无产阶级和劳动人民形象的时候，他们也就把这种资产阶级的人性硬塞到无产阶级和劳动人民的性格里去，把资产阶级的世界观或人生哲学硬装到他们的脑子里去。这样就"创造"出一些衣服是劳动人民灵魂是资产阶级的不三不四的"英雄"。劳动人民的形象完全被歪曲了；艺术的真实性完全给破坏了。

如果说《伤疤的故事》里的陈友德，是这样一种"创造"，那么在另一篇小说《有这样一个女人》中，孙谦同志的这种"人性论"和"真实论"，就显得更加发展了。

《有这样一个女人》，描写一个贫农出身，有十五年党龄的女共产党员，村支部书记，区妇联主席田桂香，被一个一贯奸污妇女的坏分子丈夫刘国本玩弄了达十三年之久,而在被揭露以后,这个坏分子被法院判刑了,这个女主人公却仍然千依百顺,百般忍受,等待她丈夫改邪归正。结果她失败了。当那坏分子刑满以后,依然干着他的那一套,而把这个女主人公扔掉了。小说以悲剧结束,女主人公由于刺激过甚送到医院里去了。

这样的悲剧,在旧社会中确是很寻常的。在旧社会中,不知多少妇女遭受过这样的悲惨命运。当她们阶级意识还没有觉醒的时候,她们遵循着嫁鸡随鸡、嫁狗随狗的封建道德,痛苦地度过一生。在我国古典文学里有不少作品,描写过这样的题材。那些作品揭露了封建道德的罪恶,而其中一些杰出的作品,还描写了妇女对于这种罪恶的英勇反抗。这些作品无疑是具有进步的历史作用的。然而孙谦所描写的"这样一个女人",却是一个怎样的女人呢?是生长在怎样环境中的一个女人呢?她是从小遭受地主残酷迫害和蹂躏的贫农子女,是在老解放区成长起来的新社会妇女,是有十五年党龄的老共产党员,是支部书记和区妇联主席——也就是说,是从革命中培养出来的党的骨干,是全区妇女运动的领导者。孙谦同志却竭力要把这个女共产党员描写成一个三从四德,嫁鸡随鸡、嫁狗随狗的妇女,而且还大声的赞扬她这种"驯良"的"人性"。这难道不令人吃惊吗?孙谦同志也许预料到会有这样的责难,因此他在篇末特别写了附注,说"这是一篇纪实故事",而且还说,"我不认为这是一个很有典型意义的故事——我很希望它是我们现实生活中绝无仅有的特殊事例"。

不是"很有典型意义的故事",那么至少还有些典型意义吧?不然,作者又为什么要去描写它呢?作者之所以要去描写它,还是因为他从这个故事里看到了他所认为有人生意义的东西吧。

用"纪实的故事"的名义,是堵不住读者的责难的。因为任何"纪实故事",总是要通过作者的大脑,也即是通过作者的世界观表达出来的。一通过作者的世界观,这"纪实"中间也就不免有作者自己的东西了。在田桂香性格中间,我们不恰好看到孙谦同志所宣传的那一套人性论的哲学吗?作者不恰好是把他的那套人生观硬塞到这个受尽地主迫害而最后终于战斗起来成为共产党员的女主人公身上吗?把这种三从四德的陈腐观念和这样一个革命妇女联结在一起,难道是有丝毫可信之处吗?这难道仅是"不很有典型意义"的典型吗?只有否认世界观对于创作方法的关系的人才会说:我这是"纪实",因而它就是"真实"。这种"真实论"是不堪一驳的。

　　田桂香在十三年以前,当她还只有十八岁的时候,就被坏分子刘国本骗上了,于是他们就结了婚。这种情况在当时倒也不是不可能的。但是经过十三年,田桂香已经成为一个老练的党员干部,一个区的妇联主席了。十三年中,这个刘国本继续在暗中胡搞男女关系,他先后奸污了十二个女人,还想把乡村中年轻妇女都"占为己有"。他的"原则"是:"老婆就是老婆,我对她忠实,她也是我的老婆,我对她不忠实,她也还是我的老婆。"而同这样一个坏蛋日夕相处十三年的田桂香,并且是领导过全区妇女运动的田桂香,却竟然丝毫也没有觉察她丈夫的罪行,始终把他当作最可爱的丈夫,这凭普通常识来判断,难道是可能的吗? 如果这是可能的话,那么田桂香也就不是共产党员的田桂香,更不可能是领导全区妇女运动的田桂香了。要是真有这样一个麻木不仁的区妇联主席,群众还能容忍吗?

　　但是,事情终于揭露了。刘国本因为又一次强奸少女而被法院逮捕了。当田桂香看了法院的档案,了解她丈夫的一连串罪行以后,读者们会想象到这个女主人公该是怎样的愤怒,怎样的憎恨和要怎样跟这个流氓丈夫进行斗争吧? 曾经做过区的妇女运动的领导者,对于这样一种罪行,而且犯罪者就是自己的丈夫,怎么不会感到极端的愤怒和憎恨呢? 然而出人意料的,在作者笔下描写出来的田桂香,却竟然是这样:

　　　　田桂香脑子麻木了。……她只知道自己受了骗,受了委屈,但怎么样摆脱掉现在的困境,她却想不出来。一股哀伤情绪冲上来,她忍不住了,大颗大颗的眼泪沿着鼻凹流下来,洒落在她的衣襟上。

　　麻木,就是这个女主人公的唯一反应。作者也许以为这种麻木是悲哀的最强烈表现。但是人们怎么能够理解呢,当一个共产党员遭遇到这样事情的时候,竟然会毫无愤怒,也毫无憎恨,而却是像作者所描写的:"也许是深重的悲哀打击得她麻木了,也许是心灵和肉体都太疲乏了,她刚坐到地下就呼呼地入睡了。"

　　而"善良"的作者,却在这时急忙地来安慰他的女主人公了。他这样写着:

　　　　睡吧,可怜的田桂香,让那些欢乐的回忆偷偷地溜进你的梦乡,温暖一下你那受伤的心灵吧。

　　人们又怎么能够理解呢,一个自命为革命的作家,竟然会在这样的场合下,劝慰他的女主人公去重温那"欢乐的回忆"(好个"欢乐的回忆"!),而且还要凭那种"欢乐的回忆",去"温暖"她"受伤的心灵"!

　　在这里,我们看到了作者的精神状态,也看到了作者所制造的一个共产党员的精神状态。这个田桂香不但没有丝毫的愤怒和憎恨,没有丝毫的共产党员应有的阶级感情,而且立刻对这个无恶不作的丈夫予以"宽恕"了。作者是这样地描写着她当时的心理:"法院已经惩处他了,你又何必再打他一棍?"她只想去见一见她的丈夫,"好坏总是夫妻一场,看看他还有什么话安托"。

　　田桂香"宽恕"了她的丈夫,可是她的丈夫对她却丝毫也没有"宽恕"。当她到监狱里去探望她丈夫的时候,刘国本递给她一张预先写好的离婚书,要同她离婚。

　　　　田桂香吃惊地望着那张纸头,急忙说道:"不! 不! ……""……以前的,不说了,以后……"

　　"宽恕",仍然是"宽恕";"宽恕"就是"美德"。这就是作者在小说中所宣扬的一种基督教的人生哲学。而把这种哲学硬塞在女主人公的身上了。她一直这样"宽恕"下去。"她省吃俭用,每月总要给丈夫汇点钱,寄点纸烟和吃食。"直到丈夫刑满了,田桂香把她丈夫接了回来。"这一天啊,过得多么痛快! 多么惬意! 田桂香像年轻了十年,脸上泛起了兴奋的红润,清脆的笑声又回到这家的屋里。"作者这样激动地描写着,而且还像牧师似的,向这对夫妇祝福起来:

　　　　睡吧,亲爱的田桂香,时间不早了,该着睡了。睡吧,亲爱的田桂香,用不着为那些伤心的往事哀伤了,用力地拥抱你那复活了的久别的丈夫吧……

　　多么庸俗! 多么丑恶! 作者的人性论哲学竟发展到了如此地步。作者是用一种多大的"热情"在赞扬着这个"驯良的妻子",多么热烈地在赞扬着这种"宽恕"和"驯良"啊!

尽管田桂香这样"驯良",这样"宽恕",到了最后,那个坏分子刘国本还是毫无怜悯地把她抛弃了。在出狱后不久,刘国本却对她倒打一耙,反过来污蔑她和别的男人发生关系,断然宣告和她离婚。在这最后一次打击之下,这个"驯良的妻子"受不住了,她昏倒在地上。医生宣告说:"这个女人就是不死,也得发疯。"

从这个故事本身来说,倒恰好是对于人性论的讽刺。甚至作者也可以作这样的辩解,说他之所以写这个故事,正是要说明对于一个坏分子不能单凭一片好心。确实作者也写了这样的话:"天底下有田桂香这样的东郭先生,也真有刘国本那样的中山狼。"似乎作者也是在批判人性论了。可是问题是作者对于这种东郭先生的人生哲学,究竟是在讽刺呢,还是在赞扬呢? 在通篇小说中,我们不但看到作者是怎样把这样一种东郭先生的性格,硬装到一个劳动妇女而且是共产党员的身上,而且自始至终,作者对于这个毫无阶级界限的"驯良"女人,不断地予以赞扬,不断地歌颂她那种"宽恕"的精神。作者几次站出来说话,用激动的情绪来安慰和鼓励他的女主人公。什么"让欢乐的回忆……来温暖你那受伤的心灵吧",什么"用力地拥抱你那复活了的久别的丈夫吧"等等,这难道是对于田桂香的批判吗? 难道是对于这种东郭先生哲学的讽刺吗? 显然,作者是把她当作正面人物来描写的。作者丝毫没有谴责过她,他只是告诉读者,这是个多么"善良"的女人啊,一个遭受多么不幸的"善良"的女人啊! 作者一方面怜悯着她的"驯良",一方面却又竭力在赞扬她这种"驯良",这就是作者对待他的主人公的态度。

在现实生活中,像刘国本这种中山狼,像田桂香那样的东郭先生,倒并不是绝无仅有的。但是应当指出像田桂香这种性格,绝不是无产阶级和劳动人民的性格。绝不是像孙谦同志所描写的有十五年党龄的共产党员的性格。其次,应当指出,对这种所谓"驯良"和"宽恕",应当无情地加以批判,而绝不是像孙谦同志那样的予以赞扬和怜悯。东郭先生对于中山狼的怜悯是错误的(东郭先生最后自己也了解这一点了),而人们对东郭先生的那种怜悯加以赞扬,则更是错误的(还不如东郭先生)。孙谦同志未始不知道田桂香不应该那样去对待刘国本,然而他却又同时去赞扬和怜悯了田桂香对待刘国本的"驯良"和"宽恕",这就可以看出在孙谦同志的世界观中,正是资产阶级人性论在作怪。这种人性论,使《伤疤的故事》中的陈友德吃了一铁锹,而在《有这样一个女人》中,则几乎把田桂香全部毁了。可是孙谦同志却无论对陈友德或者田桂香,都是当作正面人物来描写的,对于他们这种"宽恕",当作是善良的品质。如果说,田桂香是东郭先生,那么孙谦同志恰好就是东郭先生的歌颂者。

三

最后,我想谈谈孙谦同志的另一篇小说《奇异的离婚故事》。这篇小说后来曾经被作者改编为电影剧本《谁是被抛弃的人》。但不论是小说或电影剧本,我们都可以看到,作者是怎样忠实地按照修正主义者所谓"写真实"的理论,在描写我们新的社会生活,因而不能不严重地歪曲了我们新的社会生活的真实。

《奇异的离婚故事》,描写一个有十七年革命历史的党员干部于树德蜕化变质的丑恶形象。抗日战争中,这个于树德,曾被一个农村姑娘杨玉梅救过性命。之后,他们就结婚了。全国解放后,党派于树德进城工作,不久他便担任了一个局的办公室主任。从此开始蜕化变质,吃喝玩乐,很会"生活"。在他很会"生活"的生活中,作者告诉我们,他大概干了这么些事情:第一,因为他是本机关有名的舞迷,便"在他亲笔批示下"搞起了一个设备完全的跳舞场;第二,"因为他很忙,便又在他亲笔批示下,机关就购置了一辆公用小汽车——实际上就是给于主任买了一辆专用车。他坐着小汽车去出席会议,他坐着小汽车去接洽事务,他坐着小汽车去百货公司买东西,他当然也可以坐着小汽车逛公园……";第三,因为他"逐渐学会了'吸收生活的乐趣'的本领",便和机关上的女同事陈佐琴发生了关系,并使她怀了孕;第四,因为他和陈佐琴发生了这样些关系,就不得不去和家乡的"黄脸婆"闹离婚;第五,因为要去闹离婚,便就坐了那辆小汽车,到"五百里地,来回走四天"的家乡去了;第六,当他在家乡闹离婚的同时,陈佐琴因发现他已经有了老婆,向法院控告了他,终于使他受到法律的制裁。

小说的故事梗概就是这样。这也许算是一篇以批判官僚主义为主题的小说吧。作者会很有理由说,他的目的正是要批判像于树德这样蜕化变质的官僚主义分子。这样的人物,在现实生活中是确实存在的。那末对他的批判又有什么错误呢?

我绝不是说,孙谦同志不应该去批判这种官僚主义,更不是说孙谦同志批判得太过火了。恰恰相反,对于这种蜕化变质的官僚主义分子,革命文艺应当狠狠地批判。孙谦同志并不是批判得太过火了,而恰好是并没有作真正的批判。但是问题还不在这里。问题是:作者站在什么立场、用什么观点去批判? 是站在无产阶级的立场和用马克思主义的观点呢,还是站在资产阶级的立场和用修正主义的观点? 两种不同的立场观点,就会产生对于现实生活的正确的和错误的两种不同看法;在艺术上就会产生真实的和虚假的两种不同的效果。孙谦同志的错误正是出在这一点上。

《毛泽东选集》第四卷出版了,其中有一篇《党委会的工作方法》。在这篇文章中,毛泽东同志告诉我们说:

> 划清两种界限。首先,是革命还是反革命? 是延安还是西安? 有些人不懂得要划清这种界限。例如,他们反对官僚主义,就把延安说得好似"一无是处",而没有把延安的官僚主义同西安的官僚主义比较一下,区别一下。这就从根本上犯了错误。

孙谦同志正是由于不懂得划清这种界限,不懂得做这样的区别,所以从根本上犯了错误了。

为什么要区别这种界限呢? 因为这是两种截然不同本质的现象。所谓"延安的官僚主义",是指革命政权下残存的某些官僚主义的现象。它是旧社会残留下来的事物,是资产阶级意识形态的一种表现。这种资产阶级的意识形态在新社会中是没有合法地位的,是被逐步消灭的对立物。但是它也不会随着革命胜利而立即自动消灭的。在一定时间内和一定程度上,它还可能腐蚀极少数阶级立场不坚定的革命干部。正因为这样,所以党总是经常号召我们同官僚主义作坚决的斗争。这种斗争的目的,就是为了要彻底肃清资产阶级思想的影响,巩固和发展社会主义的制度。至于所谓"西安的官僚主义",则是指反动政权统治下的官僚主义。在全国解放以前,西安是国民党反动派在西北的统治中心。毛泽东同志这里是借用"延安"和"西安"来比喻革命和反革命的。反动政权下的官僚主义,就是反动社会制度和反动政权本身的产物。反动政权正是通过这种官僚主义的统治来压迫人民。所以我们反对这种官僚主义,也就是意味着反对这种政治制度和社会制度,要对它进行彻底的革命。

这就是两种不同本质的区别,就是敌我界限的根本问题。一个作家在描写不同时代的现实生活时,如果连这一点道理也不懂得,连这一点立场都没有,他怎么不会从根本上犯错误呢？又怎么能写出时代的真实呢？修正主义文艺家就是故意要抹煞这种界限,这种区别。他们装做是超阶级的样子,反对从阶级观点去认识真实,描写真实。他们把旧社会的某些本质的反动的现象和新社会的某些非本质的局部的落后现象等同起来；把新社会生活中的一丝乌云夸大成为满天阴霾。他们宣传一种天下乌鸦一般黑的哲学,有意识地歪曲和污蔑社会主义社会的生活。他们机械地搬用过去文学上的批判现实主义方法,来批判现代社会主义的生活。其目的无非是企图对社会主义的制度进行诽谤和批判。站在这样一种立场,运用这样一种反现实主义的艺术方法,他们能够反映出什么真实呢？他们所标榜的所谓"写真实"的实质是什么呢？这就不言而喻了。

我不是说孙谦同志就是修正主义者,但是孙谦同志确实是受了修正主义者这种所谓"写真实"论的深刻的毒害,他在《奇异的离婚故事》的结尾时感慨地说："这个故事虽然有点荒诞,但是生活中确实有这样荒诞的事情。"这是作者在结束故事以后表达他自己的看法和心情。而这种看法和心情表现了什么立场呢？作者几乎是"纯客观地"对于我们的新社会生活发出无限的感叹。你瞧,在我们这新社会中,就存在着这种荒诞的事情呵！应该指出,这是过去资产阶级文学中一种极其陈旧的手法。在批判现实主义的作品中,我们常常可以听到这样的叹息。那些作者十分感慨地告诉我们,资本主义社会的生活是多么不合理啊。资本主义时代作家们的这种叹息,尽管是消极的,但究竟还揭露了一定的真实。而在这个伟大的社会主义革命的时代里,人们从孙谦同志的这种感叹中间所得到的又是什么呢？

这里是反映出孙谦同志对于我们社会生活一种极其错误的态度。在他的这篇小说中,我们感觉不到一点阶级斗争的气息,觉察不到一点作者对于革命生活的感情,读者所感到的只是作者对于新的社会生活的感慨和冷嘲。作者竭力企图渲染他这个官僚主义者的形象,然而也许连他自己都没有明显地意识到,他把周围的社会生活都加以讽嘲了。

小说从于树德工作的机关里所进行反对铺张浪费运动的描写开始的。作者之所以选择这样的开头,也许是想借党所领导的反对铺张浪费运动,来反衬出于树德这个铺张浪费、蜕化变质的官僚主义者的形象吧?可是作者所达到的结果,恰恰是通过于树德这一系列行动的描写,对于党所领导的反对铺张浪费运动作出了一个强烈的讽刺。让我们看一看作者的描写吧。这个蜕化变质的官僚主义分子,对于党支部要叫他去做思想检查的群众会议,简直若无其事,而且几乎是忘记了。他凭着一份没有写完的反省提纲,凭着他"善于检讨"的老本领,有把握地去"蒙混过关",而这个"关"果然是被他轻易地蒙混过了。然后他带着一种旁若无人的气焰,立刻坐上他没有资格可以乘坐的小汽车,飞驰到公园去,又从公园飞驰到机关的舞场。作者有声有色地描绘了这个机关在反铺张浪费运动中的周末舞会,描绘了机关干部们如何尽情地在享受这个官僚主义分子亲笔批示下修建和购置的舞场设备,怎样在电唱机的时而轻快时而徐缓的音乐中愉快地转着圈子。而这个主人公,精明老练的官僚主义分子于树德,却就在第二天早晨堂而皇之的坐着公家那小汽车,到五百里地以外的乡下去办他和"黄脸婆"的离婚手续去了。

作者把于树德猖狂进攻的行为,写得气焰万丈,而对于这个机关生活和群众运动却写得麻木不仁,毫无生气。就在运动的热潮中间,于树德的这一切荒唐行为居然可以丝毫也不受到领导的注意,丝毫不受到群众的监督。这不恰好是表现了这个机关的所谓反对铺张浪费运动,本身就是一种官僚主义吗?而且人们甚至也不能不怀疑,于树德的蜕化变质,不也就是由于这种官僚主义的机关生活所造成的吗?

不仅如此。现在我们主人公的汽车飞驰到乡村公路上了,作者几乎用了小说四分之一的篇幅,来淋漓尽致地描写小汽车在乡村公路上的威风。显然在作者看来公家的小汽车,就是官僚主义的一种化身。他这样写着:

突然从前沟里传来一阵怪响，像是打闷雷，又像是狗打架，——不，不像；像是老牛喘，又像是煽车响——不，也不像；呃，对啦，像是日本飞机来扔炸弹。

平静的桂花村突然骚乱起来了：狗儿吠着，鸡儿飞上墙；老人们惊惶地走出院门，伸长脖子向沟里探望，穿着开裆裤的娃娃们像一群出窝的小鸡，叽叽喳喳跑下沟里去了……

小汽车一出现，无论人畜车辆都得给它让路：驮着粮食的骡驮子躲开了，拉着大木料的胶轮车躲开了，连载着建筑材料的载重汽车也躲开了。

呵，好大的威风呀！这使我们想起了封建时代官员下乡那种"军民人等肃静回避"的气焰，想起了国民党时代军用吉普车横冲直撞的气焰，而不料在孙谦笔下描写的社会主义的时代，也依然一模一样的气焰。这难道有丝毫可信之处吗？显然，这已经不是对于于树德这个人物的讽刺了，因为舒适地坐在汽车里的于树德是发挥不出这种威风的。这里是直接对于新社会进行公然的污蔑了。谁都知道，在我们的公路上，小汽车已经不是什么稀罕的事物，而在我们的社会里，绝不可能产生如此的骚扰。作者为什么要这样毫无根据大肆渲染来描写呢？老实说，这是流露着作者一种极其庸俗的个人东西，这里包含着一种对于城乡生活带挑拨性的阴暗情绪。

以上两段描写，虽然是属于细节的，但是也可以看到这里所描写的究竟是怎样的"真实"。典型的环境是通过若干细节的真实而构成的。而孙谦笔下所描写的这些细节，究竟有哪一点是合乎我们这个时代的真实呢？作者所描写的环境究竟是"延安"还是"西安"呢？这就是根本的问题了。

现在我们再进一步来看一看，作者是怎样处理他的题材和对待他这个蜕化变质的官僚主义主人公的。当于树德"衣锦荣归"地回到家乡以后，采取了"快刀斩乱麻"的手段直截了当地向他的妻子提出了离婚，小说的主要矛盾尖锐地展开了。这是一种什么样的矛盾呢？对于这两个有过十几年党龄的老干部来说，一方面固然是个夫妻关系的问题，同时也是共产党员的党性问题，品质问题。是一个共产党员对于另一个蜕化变质的党员的斗争问题。如果真是从批判这个蜕化变质分子的意义来说，那末后一种矛盾将是更主要更基本的东西。可是作者丝毫也不曾想到要从阶级的观点上去处理他的题材和人物,甚至根本不曾意识到,这是两种阶级意识的矛盾。作者以一种极其庸俗的心理,把这个严肃的斗争,贬低成为旧小说里"痴心女子负心汉"的矛盾了。

杨玉梅,抗日战争中参加革命的共产党员,农业社的副社长,被作者当作正面形象来描写的。她对于这个突如其来的袭击的反应是怎样呢?这个女人,在个把钟头以前,还曾经为了丈夫的"荣归"而感到自己是"世界上最幸福的人",而现在——

> 杨玉梅呆住了。希望,多年的希望,一下子破灭了!等待,长久的等待,等待来的却是被人抛弃、愚弄和耻辱!她突然觉得一阵昏晕,身上像抽了筋骨似的发软。她用手扳住了炕沿,呆呆地看着她那日夜盼望着的"丈夫"。

没有愤怒,没有斗争,也没有一点阶级感情,出现在她面前的,不是一个无产阶级的蜕化变质分子,而只是陈世美一流人物;而她呢,甚至连秦香莲也不如。她只是"觉得受了委屈,心上像蒙上了一层乌云,大颗的眼泪遏制不住地流了出来"。最后她"再也忍不住了,……她用手捂住了眼睛,大步地奔出了屋子,伏在核桃树干上抽泣着……"

在这种突然刺激之下,杨玉梅的哭泣当然是可能的。我绝不责备作者描写了杨玉梅的哭泣,然而他是怎样描写的呢?孙谦被杨玉梅的眼泪感动了,他抑制不住从作者的地位上挺身而出,喊了起来:

> 哭吧,善良的玉梅,痛痛快快地哭一场吧——眼泪会把你的悲苦洗干净的……

看来这就是作者对于这个蜕化变质分子最激动的一次"抗议"和"斗争"了,也就是对于被侮辱的共产党员妇女最激动的一次"支持"和"鼓励"了。从这里,我们看到了作者是在一种什么精神状态下写出这篇作品来的。作者的政治水平看来并没有比这个杨玉梅更高一点。杨玉梅对于这全部事件的看法,不过是她受了一次骗。"受骗,只能是一次!"这就是这个女共产党员最坚决的一句话。在整个过程中间,这个女共产党员,从来没有站在党员的立场上对她"丈夫"说过一句斥责的话,她甚至连心里都不曾意识到。自然,这并不是她,而是作者自己。作者连自己也不明白,他究竟是站在什么立场谴责这个蜕化分子啊。

作者又通过另外一个共产党员,农业社社长周立本来"批判"这个于树德了。这个共产党员同样没有一点党员的立场。他居然"严正地"责备于树德说:"你不应该回来——你让她痛苦等待了五年;现在,你又一下子把她推到油锅里边……"在这个农业社社长看来,似乎于树德的过错,就是回到乡下来把他的原形向他妻子显现了。这个农业社社长看来又是一位"良心主义"者,他最严厉的一句话(也是通篇小说中最严厉的一句话)是:

　　你摸一摸你的良心吧——它让狗吃啦!

这种可怜的良心主义,怎么能够打击这个蜕化变质的官僚主义分子呢? 难怪于树德冒火了:"一个小小的周立本,竟敢说他的'良心让狗吃了',竟敢当他的面前吐唾沫! 真是岂有此理!"瞧吧,这个官僚主义者的气焰,就是比作者笔下的"正面形象"高过十倍,他甚至觉得和这样的人生气,都是没有意思的。

除此之外,整个村庄的群众,对于这个蜕化分子的猖獗行为,对于这个官僚主义者给予劳动人民无耻的耻辱,却是丝毫反应也看不到。而杨玉梅对待这个"丈夫"的唯一"战斗"方法,就是坚决离开他。她只是不愿再受第二次的欺骗。作者大概就是用这样的处理来显示劳动人民的"坚强性格"。然而,这只是阿Q式的战斗方法。如果不是陈佐琴的告发,那末对于这个蜕化分子来说,岂不是正中下怀,可以拿着离婚书到城里去继续他的荒唐生活了吗?

作者企图要批判的这个蜕化变质分子,自始至终是神气昂扬的,一直到他离开村子的时候,他的官僚主义没有遭到丝毫的损伤。当杨玉梅最后和他决裂了,"于树德突然向着小王喊道:'开车!'"他那种官僚主义的狂焰和威风,何尝有半分减低呢? 而被作者当作和这个官僚主义者"斗争"的"正面人物",却是多么可怜的一群呵:麻木不仁的机关干部,唯命是听的汽车司机,良心主义者的农业社社长,希望破灭了的杨玉梅。这一切形象凑合在一块,构成了一幅被极端歪曲了的、孱弱无力的革命干部和革命群众的画像。这就是作者笔下的"新社会的力量",也就是作者所谓新社会的"真实"。这种所谓"写真实"的实质究竟是什么,难道还不清楚吗?

作者也许会辩解说,这个蜕化变质的于树德终究是受到惩罚了。他遭受了行政的撤职和法院的制裁。可是这算得什么批判呢? 党和群众的力量在哪里呢? 两种阶级意识的斗争在哪里呢? 这个蜕化分子的思想上和精神上又遭受过什么打击和损伤呢? 俗话说"老鼠过街,人人喊打"。但在孙谦这个作品中却只见过街的老鼠,不见喊打的人。老鼠是猖獗的,而人却是孱弱的。所以说孙谦同志实际上并没有对于这个蜕化变质的官僚主义分子进行任何的批判。而相反地却是"批判"了这个社会,对于新社会和人民进行了可耻的歪曲和污蔑。这篇小说给予读者的效果,更主要的倒是挑拨人民对于新社会生活的不满,对于革命干部的丑化。而对于官僚主义,则半根毫毛也不曾动。通过这篇小说所得到的唯一结论,就是孙谦同志自己所说的:在我们生活中是存在着多么荒诞的事情呵!

从孙谦同志上面的三篇小说的分析中间,我们看到作者的根本问题,是一个世界观和立场的问题。这也就是说他是用资产阶级的腐朽的道德观念,来描写我们今天的新生活。孙谦同志有一种奇怪的"创作方法",就是他自己所说的,他脑子里储存着各种各样的"人干"①,当他需要的时候,他便把这种"人干"拿出来泡一泡,就可以进行写作了。"我让他进步,他就进步;我让他落后,他就落后。""他们是我笔下的傀儡。"这是一种多么荒谬的"方法"啊! 这种荒谬的"方法",同他这种错误的世界观结合在一起,怎么会不产生严重的错误呢! 应该说,这是一种修正主义的观点,和公式主义的方法结合的产物。我们必须彻底地批判这种错误倾向。而从这里,再一次提醒我们,对于一个作家,正确的世界观和立场,以及对于生活的深入的认识,是多么重要啊! 离开了这一些,就是离开了文艺的工农兵的方向,离开了生活的真实。即使有多大的本领,也创作不出好的作品来的。

(原载《人民文学》1960 年第 12 期)

---

① 见《我在创作电影剧本中的一点体会》,载 1953 年《电影剧作通讯》第 6 期。

谈《创业史》中梁三老汉的形象

严家炎

　　五亿农民走上社会主义道路,从资本主义后备军变成社会主义的可靠同盟军,这在历史上是了不起的大事。艺术地生动地反映这个伟大事件,乃是我国文学的光荣任务。《创业史》之引人注目,就因为它在反映这个伟大事件的深度和完整性上,比同类题材的作品有了很大的进展。尽管作品第一部还只写了互助组阶段的农村的情形,却已经相当明晰和深刻地揭示出了当时整个农村的阶级关系和生活动向。处于土改和合作化运动这两个高潮之间的农村生活,表面看来似乎是波平浪静的。但是,作家却透过表面上平静细微的波纹,生动地表现了生活河流底部那种潜在的阶级斗争的激流。不仅如此,作家更以异常精细的手笔,成功地描画了潜在于广大农民心灵深处的激流——他们从资本主义后备军向社会主义可靠同盟军转变中的精神状态及其变化历程。《创业史》在这方面的成就,最突出地表现在梁三老汉形象的塑造上。

　　单独提出梁三老汉形象来谈,并不意味着认为其他人物都写得不好。《创业史》中绝大多数人物的艺术塑造都可以说是在水平线以上的,并且跟其他同类题材的作品相比,在革命农民形象的塑造方面有它独特的成就。但是,我不能同意这样一种流行的说法:《创业史》的最大成就在于塑造了梁生宝这个崭新的青年农民英雄形象。一年来关于梁生宝的评论已经很多,而且在个别文章中,这一形象被推崇到了过分的、与作品实际不完全相符的程度;相对地,梁三老汉的形象则被注意得这样少,这恐怕不能认为是文艺批评上的公正的现象。梁生宝在作品中诚然思想上最先进。但是,作品里的思想上最先进的人物,并不一定就是最成功的艺术形象。作为艺术形象,《创业史》里最成功的不是别个,而是梁三老汉。这样说,我以为并不是降低了《创业史》的成就,而正是为了正确地肯定它的成就。梁三老汉虽然不属于正面英雄形象之列,但却具有巨大的社会意义和特有的艺术价值。作品对土改后农村阶级斗争和生活面貌揭示的广度和深度,在很大程度上有赖于这个形象的完成。而从艺术上来说,梁三老汉也正是第一部中充分地完成了的、具有完整独立意义的形象。

梁三老汉在作品中处于怎样的位置,这是值得特别注意的。我们知道,《创业史》里的人物,在土改后新的阶级斗争风浪中,结成了两个队伍。一个是以富农姚士杰、富裕中农郭世富为首,其中也包括了互助组的"挂名组员"梁大老汉和生禄父子俩。另一个则是梁生宝、高增福、冯有万、欢喜、任老四等革命农民。他们之间的斗争暂时虽然还没有发展到剑拔弩张的地步,但双方都在暗中使着劲,正像拔河比赛一样,每个方面都用力拉引着,想叫对方服输。然而,这两队人暂时都还只占农村人口的少数。双方都在争夺群众,而不少的贫农和下中农还在那里看着。因此,梁三老汉的形象,就有了很大的意义。梁三老汉在互助合作初期所表现的那种精神状态,在一定程度上是具有这种代表性的。从许多单干农民,到郭锁这样的互助组员,一直到任老四这样的积极分子身上,我们都可以程度不同地发现不少本质上相同于梁三老汉思想的因素。梁三老汉这样的农民走向哪一方面,被哪一种力量拉引过去,就会影响着两条道路斗争的胜负。当然,梁三老汉最终走向哪一方面,以及在这一过程中会经历怎样的曲折,这些都不是由谁的主观愿望所能决定的。它归根到底取决于老汉本身的经济地位,取决于党对农民的领导和党的政策的贯彻。柳青同志塑造梁三老汉形象的成功之处,就在于一方面按照生活实有的样子,充分写出了他作为个体农民在互助合作事业发展过程中曾经有过怎样的苦恼、怀疑、摇摆,有时甚至是自发的反对;另一方面,又从环境对人物的制约关系中充分发掘和表现了梁三老汉那种由生活地位和历史条件所决定的终于要走新道路的必然性,从而相当深刻和全面地揭示了生活发展的辩证法。

农业互助合作运动,即使在斗争还不十分尖锐的初期,也是一场比土地改革远为复杂、深刻得多的革命。它之所以复杂、深刻，根本的原因在于它会遇到几千年旧制度旧传统所形成的习惯势力的抵制。而尤其困难之处，在于这种阻力大量地来自政治上作为党的基本群众的广大农民方面。梁三老汉，当土地证往墙上一钉的时候，立即跪下给毛主席像磕头；在处理女儿和抗美援朝战争中受伤的女婿的婚姻关系上，他也表现得"贤明、不迟疑、识大体"，有强烈的爱国感情；可是对党领导的互助组，却在一个时期内自发地表示了反对。儿子的热心互助合作事业，竟使他一时变得心灰意懒，不吃饭也不觉得饥饿，躺在麦地里半天不想动弹，以致老鹰们竟误以为他是可以啄食的东西。为了阻止生宝借钱给互助组作进山的资金，老汉不惜对家人有意"寻衅"，竟然宣布要索钱"下馆子"、"买汗褂"，而且还要把五个母鸡下的蛋"早起冲得喝，晌午炒得吃，黑间煮得吃"。这些行为，读来诚然令人失笑，但同时也隐隐显示了事态发展的严重性和老汉身上旧习惯力量的顽固性。这种顽固性，特别由于得到了农民祖辈相传的那种"发家"理想的支撑，而更其显得严重。老汉自己对生宝所发的牢骚："我不吃做啥？还想发家吗？发不成家啰！我也帮着你踢蹬吧！"便道破了他跟生宝这样认真赌气的全部秘密。

人们常说：农民最讲究实际。这自然是完全正确的。但如果就此以为可以忽视或低估理想在庄稼人生活中的重要作用，那恐怕就是对农民的很大误解。每个阶级都有自己的实际和自己的理想，所不同的，只是他们各自在特有的生活天地中按照特有的方式来驰骋自己的理想罢了。梁三老汉不仅有理想，而且已经热烈到了"梦寐以求"的地步：他梦见自己当了"三合头瓦房院的长者"，"穿着很厚实的棉衣裳"（按老汉想，这是儿子和媳妇"出于一片孝心"特意为他老人家做的！），满院子是"猪、鸡、鸭、马、牛"，"加上孩子们的吵闹声"……简直是一幅极乐图！从社会主义和共产主义思想高度来看，这理想是微不足道的，然而对于个体农民，它却是极为迷人的。正是这个理想，给了梁三老汉以力量，支持着他十年、二十年、三十年如一日地苦熬着，不吃盐，不点灯，拼命干，死了两回牛也不消极，落个气喘病、罗锅腰也不抱怨。他失败了，连父亲留下的三间瓦房也没有保住，但却始终不曾放弃这个理想。土地改革，对于梁三老汉来说，正好给他加了油，使他这个快要熄灭了的"发家"理想重又燃烧起来。他以郭世富为榜样，相信共产党的到来为他实现理想开辟了道路。在这里，我们就看到了小农理想的反动性（就终极意义来讲）。如果农民

"务实"的一面使党有可能通过实际生活的教育引导他们走上集体道路；那么，农民热衷于发家理想的一面就只能阻碍他们接受无产阶级的领导，使他们易于接受剥削阶级的影响，跟社会主义背道而驰。曾经表示"不赞成残酷剥削"的梁三老汉，就在作了这个诚恳声明之后的第二天，竟又怂恿生宝去"取他们（任老四等）几个利息"，这就是一个极好的明证。

　　帮助梁三老汉彻底打破"发家"理想，在这里是特别重要的。但要做到这一点，也恰恰是最困难的。梁三老汉眼里的现实和梦想，恰好都是颠倒过来的。他那种"发家"的空想，尽管在旧社会里已经令他碰得头破血流，在新社会里也早已被根本堵塞了通路，却还是被他顽固地看成为可行的现实；反过来，生宝所宣传的集体富足的新道路，却被老汉讥笑为"不着边际的空谈"。土改中，他把分得土地的现实当做梦，"老是觉着不是真的"；土改后，又把个体劳动发家致富的梦当成现实，仿佛自己真的成为"三合头瓦房院的长者"了。现实和梦想被如此颠倒，是很可笑的，带有很大的喜剧成分。然而在喜剧背后，又隐藏着很深的悲剧内容：农民本身提不出也看不到新的社会制度和历史道路，他们的挣扎带有极大的盲目性，因而不可避免地招致悲惨的命运。柳青同志正是通过梁三老汉形象的塑造，对旧社会里农民的悲惨命运寄予深厚同情，并且站在共产主义思想的高度，含着微笑批评了他们的弱点，指出他们在新社会中坚持这种空想的危险的后果。梁三老汉的这些表现，形象地揭示了"严重的问题是教育农民"这一著名论断的深刻意义。如果连梁三老汉这样贫苦、勤劳的"党的基本群众"，也会在土改后如此自发地热切向往资本主义道路，不就有力地证明了党把革命由民主主义阶段不停顿地推向社会主义阶段的必要么！

　　但是到这里，梁三老汉的形象还仅仅完成了一半，而且是许多作品都曾不同程度地表现过的那一半。《创业史》塑造梁三老汉之不同凡响的地方，在于作家精细地看到了并准确地表现了另一面：由阶级地位所决定的跟党跟社会主义有着潜在的感情联系的一面。这是更重要的一面。梁三老汉想走资本主义道路，毕竟是不自觉的；当他意识到取利息本身就是"剥削"这一点时，甚至自己也感到"吃惊"。梁三老汉决不像有的评论文章所判断的那样，属于"批判形象"之列。①

―――――――――

① 黄展人：《评〈创业史〉第一部》，《上海文学》1960 年 9 月号。

如前所述,梁三老汉有热切的"发家"幻想,这种幻想在终极意义上带有反动的性质。但是,任何人都必须生活在现实中,不能只是生活在幻想中。而现实生活,常常铁面无情地击碎人们的幻想,把他们从云端里拉到地面上来,逼着他们走比较现实的道路。梁三老汉在自己的幻想中是个受人尊敬的"三合头瓦房院的长者",但在现实生活中却是草棚院里贫困的屈辱者。他和他爹两辈子创业的历史,是一部充满了血泪、辛酸的历史;"实在说,那不算创业史,那是劳苦史、饥饿史和耻辱史!"一翻开作品就见到的那幅惨苦的流民图,正是梁三老汉和他千千万万农民兄弟旧生活的缩影。老汉活了五十多岁,却连本来的名字也不被世人所知(人们只称他为梁三,至于"梁永清"这个"官名",如果没有那张他和宝娃妈结婚时的"婚书",谁也无从得知)。随着贫困而来的,更有屈辱。尽管在年龄和辈分上,老汉高出许多人,但他仍不免受人欺负。孙水嘴当众嘲弄他,有个中年人拨动他头上戴着的旧毡帽来侮辱他,甚至连自己的侄儿梁生禄都能凭富裕中农的地位气势汹汹地教训他。贫富悬殊,就使一切都颠倒过来:仿佛生禄等人成了长者,而老汉倒是他们的晚辈。这一切,作品都揭示得极为深刻。正是这一切,使他有可能清楚地知道"他自己在精神上和王书记、卢支书、生宝他们挨近着哩!"也使他在保留对环境压迫逆来顺受的习性的同时,产生了对富农姚士杰的憎恶和戒备,又"用很讨厌的眼光,盯着梁生禄家"。严酷的生活,逼得梁三老汉非变不可!而当他在媳妇坟上"想起过去的凄惶日子"流泪时,这里面就包孕了一种转变的契机。

困难的是小生产地位限制了他的眼光,使他一时看不清社会主义新道路的光明前途,对新生活缺乏必要的信赖,常常为生宝的"不稳当"而感到"寒心",甚至"看不惯"生宝的行动。这自然是梁三老汉作为个体农民的一种根本弱点。但是,这个弱点并不可怕。连任老四这样的积极农民,当互助组搞水稻密植时,也还流露了小农的怕经风险的动摇情绪,经过了很大一阵斗争。在这里,重要的倒不是这种一时的动摇情绪,重要的是他们最终所得到的可喜的进步。像梁三老汉这种"对于历史的一切变革都要战战兢兢"的农民,在一定时期内对新生活将信将疑,疑信参半,应该说是一种正常的现象。他们前进得确实不快,有时甚至趑趄不前,但他们跨一步是一步,每步都很落实。正像生宝所说,"我爹他一天吃饭、干活、咄呐,三样事。咄呐是咄呐,心眼可正。今年他和咱们不一心,明年他就是咱们里头的人了。"人物的实际发展状况正是这样。梁三老汉最初是对旧道路坚信而对新道路根本怀疑的，他跟家人吵闹不休，即使听信了郭二老汉的劝说，声明"咱啥啥也不管"之后，也还会时而憋不住气，发泄自己的不满。但随着互助组活动的进展，老汉身上便逐渐发生了一种微妙的变化：由对旧道路的自信到失去自信。"从前，梁三老汉只是在村人面前感到自卑，现在他在生宝面前也感到自卑了。"跟卢支书谈话后，他形成了一种想法："只要给我吃上、穿上，你生宝看怎弄怎弄去！世事是你的世事！"从对旧道路失去自信到承认"世事是你的世事"，这里又进了一步：开始有了信赖新生力量的因素。到了最后，"梁三老汉，经过了买稻种的事实，进山割扫帚的事实，面对着两户退组而不动摇的事实，他对儿子服气了"。这样写是令人信服的。虽然我们知道老汉要真正克服小生产地位所赋予的弱点，还须得有一个漫长的过程，他的思想发展还会有波折（吸收白占魁入组一事，就超出了他的想象力）；但到第一部结束的时候，梁三老汉"最替儿子担心害怕的时期已经过去了"，就是说，他终究已经看到了社会主义新事物的巨大生命力，并且对它有了相当的信赖。

然而，对于社会主义，梁三老汉决不只限于消极的适应和转变。在他身上有一种更可贵、更带积极意义的东西，这就是一种以曲折方式表现出来的对社会主义的热忱。还当梁三老汉采取观望态度的时候，他对生宝互助组的命运也远非漠不关心；或者更确切地说，他的关心并不亚于组内那些实心实意的组员。跟"阴阳人"梁生禄等那种"身在曹营心在汉"的情况相反，梁三老汉尽管在一个时期里跟生宝及互助组行动上采取不合作态度，但他的大半颗心却在组内。他注视着组员们的一切，看出了组内潜伏着矛盾，为互助组的成败担心，因而主动向卢支书反映情况："贫农也有不实心的，我注意看他们的容颜举动哩。"生宝进山后，农技员韩培生几次发现老汉偷偷去看互助组的"扁蒲秧"，生宝妈告诉农技员说："土改的时候，对分得的土地，也是这神气！"此后，梁生禄和王瞎子两户退出了互助组。在这个事件的考验面前，梁三老汉也有可喜的进展：对互助组表示了更大的同情（虽然同时也保留了某些疑虑），"对梁大老汉和王瞎子没有好感"。他以默默的劳动，证明了进一步靠拢互助合作事业。如果说，梁三老汉对生宝互助组这些关心出于父子感情的话，那么它确是纯朴的真正劳动人民的父子感情。但这一切显然不能只用父子感情所解释和包括得了的。它实际上是老农身上社会主义积极性的另一种比较特殊

的表现形态。所以说"特殊",是因为老汉对社会主义事业的这种关切,常常跟他对
新生事物因缺乏足够信赖而产生的过分担忧联结在一起的。而且,即使在这种对
集体事业的关切中,也还打有小私有者的思想烙印。他总怕儿子"太傻","看不透
人的心思",而他自己所用的正是一种小私有者的逻辑。老汉的关切又常常是和赌
气相伴随的。他一方面认真地生儿子的气:"你小子不喜愿对我说嘛,我也不喜愿
问你!"另一方面又情不自禁地替互助组做了许多谁也没有要他做的事。所有这
些,都使老汉的举动蒙上一层很重的喜剧色彩(顺便说说,梁三老汉身上的喜剧色
彩,在前半部中大致可以看做是作家对人物的善意讽刺,后半部中则主要成为对人
物的进步所作的颇带风趣的赞扬)。透过这层喜剧色彩,他那种摆脱穷困生活的强
烈要求和背负的沉重精神包袱,以及他特有的那种忠厚、天真、脾气倔强的个性,都
得到了极为传神、极为准确的表现。

　　在有些反映互助合作运动的作品中,老一代贫农形象常常只被强调了保守、顽
固的一面,仿佛连他们最后走上合作化道路都没有丝毫的内在要求,而完全是消极
地迫于客观形势似的。这便难免会模糊了农村社会主义革命到来的历史必然性。
而《创业史》则在正面表现"群众中蕴藏了一种极大的社会主义的积极性"[1]这个主
题方面,有了很大进展。它不仅写了年轻农民中成批的社会主义闯将,同时也写了
老一代跟党走合作化道路的农民。在老一代农民中,又不止于从任老四身上发掘
表现了穷庄稼人对互助合作如饥如渴的要求,而且还探索了肉体上和精神上都有
一块"死肉疙瘩"的梁三老汉,毫不放松地抓住他潜藏的哪怕是些微的社会主义积
极性,准确地加以表现。这样,作品不仅令人信服地描述了当时互助组的巩固和发
展过程,而且向读者清楚有力地预示了未来合作化运动的磅礴气势。

　　《创业史》第一部只写到互助组转为初级合作社时就结束了,书中的人物形象
和故事内容,都有待于以后几部来进一步发展。但在第一部中,梁三老汉的形象却
肯定是已经独立地完成了的。虽然整个农村距离高级合作化尚有一段过程,但梁
三老汉却可以说已经基本上走完了一个历史阶段(当然不是说以后可以不再继续
发展了)。从"题叙"到"结局",梁三老汉作为老一代贫苦农民的代表,经历了恰好

---

[1]　毛泽东:《〈这个乡两年就合作化了〉按语》,载《中国农村的社会主义高潮》中册,第587页。

成为鲜明对照的两个时代、两种生活的巨大变化。这是新旧两个世界——不仅是客观世界，也包括主观世界——的巨大变化！只要回想一下作品开头两章中所写到的老汉那种生活贫困、地位屈辱、情绪抵触的状况，再对比一下结尾时老汉穿起整套新棉衣，在黄堡集上受人尊敬地、以"生活主人的神气""庄严地走过庄稼人群"这种情景，谁能不为之深深激动。社会主义跟我国农民的那种鱼水不可分的命运，在这里得到了多么有力的证明！也许从作家的主观上说，梁三老汉并不是他所最要着力刻画的人物。但在实际上，由于这一形象凝聚了作家丰富的农村生活经验，熔铸了作家的幽默和谐趣，表现了作家对农民的深切理解和诚挚感情，因而它不仅深刻，而且浑厚，不仅丰满，而且坚实，成为全书中一个最有深度的、概括了相当深广的社会历史内容的人物。

（原载《文学评论》1961 年第 3 期）

《山乡巨变》琐谈

黄秋耘

一

有那么一种作品，以雄浑的笔墨、高亢的调子、宏伟的气魄，写出轰轰烈烈的生活场面，惊天动地的英雄业绩，它的人物总是站在矛盾的尖端和生活的激流中间，经历着如火如荼的斗争，出生入死的考验。整部作品是充满着那样排山倒海的力量，那样惊心动魄的情节，那样烈火狂飙般的英雄人物，使得你读了它，兴高采烈，血液沸腾，心怦怦然不能自已。这自然是好作品。

另外还有那么一种作品，并不以上述这些特色见长，却同样有吸引人的地方。它以亲切、真挚、热情而富有幽默感的笔触，通过对日常生活和人物心灵深处的微妙活动的细致刻画，展示出人物精神面貌的变化，描绘出一幅幅色彩鲜明、诗意浓郁、风趣盎然的生活图画。写人物，则细腻入微，笑语音容，跃然纸上。说故事，则娓娓动听，如话家常，如数家珍。真是浅语皆有味，淡语皆有致，使得你一面低声诵读，一面会心微笑，回味无穷，不忍释手。这同样也是好作品。

这两种作品体现着两类不同的艺术风格。我国古代文人们往往喜欢用"阴阳"、"刚柔"等字眼来概括这两类不同的艺术风格。例如清代著名学者和散文家姚鼐就对这两类不同的艺术风格作过一番对比和分析：

> ……文者天地之精英，而阴阳刚柔之发也，自诸子而降，其为文无弗有偏者。其得于阳与刚之美者，则其文如霆，如电，如长风之出谷，如崇山峻崖，如决大川，如奔骐骥。其光也，如杲日，如火，如金镠铁。其于人也，如凭高视远，如君而朝万众，如鼓万勇士而战之。其得于阴与柔之美者，则其文如升初日，如清风，如云，如霞，如烟，如幽林曲涧，如沦，如漾，如珠玉之辉，如鸿鹄之鸣而入寥廓。其于人也，漻乎其如叹，邈乎其如有思，暖乎其如喜，愀乎其如悲。观其文，讽其音，则为文者之性情形状，举以殊焉。(《复鲁絜非书》)

说文章是"天地之精英"，是天地间阴阳刚柔之气所生发出来的，这自然是唯心的、夸大的说法，但姚鼐认为这两类艺术风格各有各的佳妙处，不宜有所轩轾；他并且指出，像欧阳修和曾巩的文章就是偏于阴柔之美的，这也并不影响他们成为宋代的大散文家。这番话，还是说得有理的。

用"阴阳"、"刚柔"等字眼来概括或比拟我们今天多样化的艺术风格，当然是不够用的，而且是不尽贴切的。可是，我们应当看到，在现代创作中，上述这两类不同的艺术风格也是同时存在着的。如果说，《红旗谱》和《保卫延安》较接近于前者，那么，是否可以说，《山乡巨变》更接近于后者呢？或者，就同一个作者的不同作品对比着来看，是否可以说，《暴风骤雨》较接近于前者，而《山乡巨变》更接近于后者呢？

不同艺术风格的作品，往往从不同的角度，采用不同的艺术表现手法，来反映现实、创造人物、概括时代，在这些方面，我们应当充分尊重作家的选择自由，不必强求一致。《山乡巨变》较多采用纤细的笔墨，对于时代风貌比较着重从侧面来进行描写，有关日常生活和风土人情的描绘，在书中占有较多的篇幅。但，作者总是力求透过一些看来是很平凡的日常生活事件，来显示出它们所蕴藏的深刻的社会意义，透过个人的生活遭遇和日常言行，来挖掘人物性格中的社会内容。细心的读者不难看出，刘雨生与张桂贞的离婚，与盛佳秀的结合，陈先晋一家的争吵，王菊生的装病和假闹夫妻反目……无一不是和农业合作化运动息息相关。作品之所以着重描写这些日常生活，正为的是要表明农村中的社会主义革命浪潮，怎样渗透到生活的每一个角落。因此,总的说来,作品还是能够以精致而优美的艺术形式,正确地、多方面地反映了农业合作化运动过程中两条道路的斗争和新旧意识的矛盾冲突,为读者清晰地描绘出这场革命运动的基本情况和来龙去脉,以及它在人们的阶级关系上、家庭关系上以至内心深处所引起的复杂微妙的变化,从而出色地塑造了一系列的农村中各个阶层的人物形象,它的思想意义和艺术成就,都是值得我们充分肯定的。

二

自然,《山乡巨变》的艺术成就,不仅在于它以所创造的艺术形象充实了我们的文学画廊,而且在于它以卓越的艺术经验丰富了我们的文学园地。无论在塑造人物的手法上,驱遣语言的技巧上,以至在民族形式的探求上,它都显示了独特的风格,给我们提供了许多有益的借鉴。

我们常常提到,建国以来长篇小说创作当中所取得的一个突出的成就,就是有许多作家,特别是一些富有创作经验的老作家,已经在创作上逐渐形成了自己独特的艺术风格。在这些独具风格的老作家当中,周立波同志是很值得称道的一个。他那种富有民族特色和地方色彩的、平易而又隽永、凝练而又自然、细腻而又明快的艺术风格,在《暴风骤雨》中已经初步形成,而在《山乡巨变》中更有所发展,并且进入成熟的境界。不过,充沛在《暴风骤雨》中的那种"阳刚之美",到了《山乡巨变》却显得逐渐减弱了。

在《山乡巨变》中最令人击节赞赏的艺术特色,就是作者能够用寥寥几笔,就活灵活现地勾勒出一幅幅人物个性的速写画。以亭面糊为例:这位老倌子不出场则已,一出场,他的一言一笑,一举一动,无一不使他的性格焕发着奇异诡谲、丰富多彩的光芒。当你看到他向邓秀梅吹嘘自己也曾起过几次水、差一点就成为富农地主的时候,当你看到他在动员入社的大会上悄悄溜去睡懒觉、事后又声明要"打个收条"收起人家对他的批评的时候,当你看到他在乡政府里有声有色地编造那段实际上反映了他在入社问题上的矛盾心理的"夫妻夜话"的时候,当你看到他大讲什么"人畜一般同"的养牛经、给耕牛戴上一顶破草帽的时候,当你看到他奉命去侦察反革命分子龚子元的阴谋活动、反而被人家灌得酩酊大醉的时候,当你看到他禁不住酒香的引诱、亏空了八角钱公款去大喝一顿、回到社里来被当会计的儿子"卡住"的时候……你都会被他那些幽默的、喋喋不休的谈吐,那些天真得可爱而又荒唐得可笑的行为强烈地吸引住,禁不住莞尔而笑。作者用在亭面糊身上的笔墨,几乎处处都是"传神"之笔,把这个人物化为有血有肉的人物,声态并作,跃然纸上,真显出艺术上锤炼刻画的工夫。亭面糊的性格有积极的一面,但也有很多缺点,这正是这一类带点老油条的味儿而又拥护社会主义制度的老农民的特征。作者对他的缺点是有所批判的,可是在批判中又不无爱抚之情,满腔热情地来鼓励他每一点微小的进步,保护他每一点微小的积极性,只有对农民充满着真挚和亲切的感情的作者,才能这样着笔。

比起亭面糊来,作者用在菊咬金身上的笔墨是少得多的,但仍然写得有声有色,情貌无遗。这完全得力于作者善于选择几个有典型性的细节:例如在《正篇》中写他对继父继母所玩弄的权谋机诈;为了抗拒人家动员他入社,不惜扯痧装病,跟堂客相里手骂;在《续篇》中写他发动一家三口拼命和社员竞赛挑泥,在社里宣布封山的第一个早晨,他还钻了空子,把大枫树劈成柴禾出卖;临到决心入社的关头,还要送一副腰舌给刘雨生做人情,好找个靠山。……书中只抓住这几个细节着力描绘了一下,就充分揭示出这个顽强的"老单"工于心计和自私自利的本色,令我们一见不忘。在这些地方多加玩味,我们就可以悟出作者之所以能够以少许胜人多许的道理。

"严重的问题是教育农民。"亭面糊和菊咬金这两个人物,形象地阐明了这句名言的深刻意义。

有些同志认为,在《山乡巨变》中,落后农民形象的艺术光彩盖过了正面人物的艺术光彩,我看这也未必尽然。比如刘雨生这个人物,还是写得相当丰满和鲜明的。且不说在《正篇》中已经写到他怎样以忠厚的态度来对待那个负心地遗弃了他的妻子,怎样以坚忍不拔的意志来克制自己内心的痛苦,怎样以任劳任怨的精神来应付头绪纷繁的工作,使得他那劳动人民的"本真的至性"焕发着动人的光辉。在《续篇》中,这个人物的性格又有了进一步的发展,主要是他那作为一个农村党员干部的思想品质和内心世界得到了更为充分的表现。作品一方面通过刘雨生处理工作、从事劳动等重要社会活动,正面地描写了他那公而忘私、谦虚谨慎的美德,另一方面又通过对他和盛佳秀的爱情的描写,真切动人地展示出他的内心世界的丰富性。我想,每一个读者读到刘雨生去动员盛佳秀出借肥猪的情节(《续篇》第十七章),都会禁不住执卷凝思,悠然神往,感到这真是一段绝妙文章。这儿没有惊心动魄的情节,没有剑拔弩张的争论,没有火辣辣的语言,这一对爱人体贴、温存、抱怨、疑虑、伤心、欣慰……种种复杂微妙的心情,个人利益与集体利益的矛盾,新旧思想的斗争……完全是通过一些随随便便的家常话,一些日常生活中的细微动作巧妙地表现出来的(例如开始进行谈判时,盛佳秀紧张得把手里擦着的碗掉在洗碗盆子里,一下子打破两只,刘雨生却坐在桌子边默默地抽烟;最后问题得到圆满解决时,盛佳秀只是温情地问刘雨生一句"你还没有吃饭吧?我热饭给你吃。"就放下针线,起身去舞饭)。我们读起来,好像作者不大着力刻画,不大注意技巧,不故作惊人之笔,你看,他写得多么朴素平易,不加雕饰,其实,这才是真正高明的技巧,真正到家的功夫。这在文学史上不乏先例。比如陶渊明的诗,柳宗元的散文,吴敬梓的小说,大抵都是经过惨淡经营然后达到貌似平易而实隽永的境界,比之那种锋芒毕露、力竭声嘶、一览无余的作品,自有高下之别。王安石说得好:"看似寻常最奇崛,成如容易却艰辛。"一般艺术修养不够、艺术经验不足的作者,不容易体会到此中甘苦。

听说有人认为,像刘雨生这样的农村党员干部,虽则是那么忠心耿耿,淳朴踏实,但缺少雷厉风行的作风,叱咤风云的气派,因而他的精神境界不是很高的。我看,这样的要求对于这样一个人物来说,未免是过分责备求全了。我们有各种各样的共产党员,有各种各样的农村干部,像刘雨生这样一个有实事求是之意、无哗众取宠之心、立场坚定、作风踏实的人,经作者艺术地再现出来,倒是十分可贵的。况且无论在了解情况、掌握政策、联系群众、团结干部等各个方面,他都做得很好,在社员中很有威信,这样朴素谦逊而又公道能干的基层干部,正是我们党在农村工作中最可依靠的力量。值得注意的是,这样的正面人物过去很少出现在我们的文学作品中。现在周立波同志特别赏识这样的人物,给他塑造了富有特色的艺术形象,虽然还不是概括得很高,但不能不说这是作者在生活当中有胆有识的发现,在塑造正面人物的创作劳动上一个重要的成就,值得我们欢迎和重视。同时,对比着刘雨生和李月辉,作者还写了一个盛气凌人、作风生硬的朱明,虽则着墨不多,但几处地方用的都是"阳秋贬笔",在这里,我们可以看出作者对这两种不同的干部作风的评价。

书中有一些着墨不多的次要人物,如刘雨生的新旧两个爱人——盛佳秀和张桂贞,治安主任盛清明,甚至那位开口诗云、闭口子曰的李槐卿老夫子,都有较为鲜明的个性特征。当然也有着墨较多而写得不成功的,如龚子元和他的堂客就是。这也许是由于作者对于反面人物、反面现象还认识不深,跟这一类"牛鬼蛇神"没有打过什么交道,因而在艺术上也不免有"巧妇难为无米之炊"的遗憾了。

<h2 style="text-align:center">三</h2>

作者不仅善于描绘人物个性的速写画,也同样善于用寥寥几笔,勾勒出一幅幅饱含着诗情画意的风景画和风俗画,使全书抒发着浓郁的生活气息,弥漫着清新的泥土芬芳,呈现着明丽的地方色彩,这是《山乡巨变》在艺术创作上另一个可贵的特色。我们还记得,在《暴风骤雨》中,作者对"千里冰封、万里雪飘"的北国风光作了优美的描绘,到了《山乡巨变》,这些风景画中的山容水色又换了一番风貌,俨然是雨景空濛、峰峦映翠的湖南山乡了。作者并不经常作大段大段的自然景物描写,他比较喜欢把对自然景物的描写溶化在故事情节中,借此烘托出生活环境的氛围。请看,这就是亭面糊的家:

> ……邓秀梅远远望去,看见一座竹木稀疏翡青的小山下,有个坐北朝南,六缝五间的瓦舍,左右两翼,有整齐的横屋,还有几间作为杂屋的偏梢子。石灰垛子墙,映在金灿灿的朝阳里,显得格外地耀眼。屋后小山里,只有疏疏落落的一些楠竹、枫树和松树,但满山遍地都长着过冬也不雕黄的杂草、茅柴和灌木丛子。屋顶上,衬着青空,横飘着两股煞白的炊烟。
>
> 走近禾场,邓秀梅看见,这所屋宇的大门的两边,还有两张耳门子,右边耳

门的门楣上，题着"竹苞"，左边门上是"松茂"二字，看见有人来，禾场上的一群鸡婆吓跑了，只有三只毛色花白的洋鸭，像老太爷一样，慢慢腾腾地，一摇一摆地走开，一路发出嘶哑的噪叫。一只雪白的约克夏纯种架子猪正在用它的粗短的鼻子用劲犁起坪里的泥土，找到了一块瓦片子，当作点心，吃进嘴里，嚼得嘣咚嘣咚的响。

寥寥几笔，不仅描绘了一幅浑合自然、错落有致的山村风景画，而且展示出我国农村在土地改革后生气蓬勃的欢乐气氛和翻身农民的幸福生活，即便作为一篇写景的短文来读，此中佳趣也足供玩索。而写得更为兴会淋漓、神采精湛的还有《续篇》、《雨里》章中的一些片断：

雨落着。盛家吃过了早饭，但还没有看见一个人把孩子送来。盛妈坐在堂屋门边打鞋底。亭面糊靠在阶砌的一把竹椅上，抽旱烟袋。远远望去，坡里一片灰蒙蒙；远的山被雨雾遮掩，变得朦胧了，只有二三处白雾稀薄的地方，露出了些微的青黛。近的山，在大雨里，显出青翠欲滴的可爱的清新。家家屋顶上，一缕一缕灰白的炊烟，在风里飘展，在雨里闪耀。

雨不停地落着。屋面前的芭蕉叶子上，枇杷树叶上，丝茅上，藤蔓上和野草上，都发出淅淅沥沥的雨声。雨点打在耙平的田里，水面漾出无数密密麻麻的闪亮的小小的圆涡。篱笆围着的菜土饱浸着水分，有些发黑了。葱的圆筒叶子上，排菜的剪纸似的大叶上，冬苋菜的微圆叶子上，以及白菜残株上，都缀满了晶莹闪动的水珠。

雨越下越大，天都落黑了。屋檐水的水柱瀑布似的斜斜往下拉。地坪里，小路上，园土间和山坡上，一下子都漫满积水，流走不赢。田里落满了，黄水漫过田塍，一丘一丘，往下边奔流，水声响彻了田野。

隆隆的雷声从远而近，由隐而大。一派急闪才过去，挨屋炸起一声落地雷，把亭面糊震得微微一惊，随即自言自语似的说：

"这一下不晓得打到么子了。看这雨落得！今天怕都不能出工了。"他吧着烟袋，悠悠地望着外边。

这一幅雅淡幽美的山村雨景图，真是可以媲美米芾的山水画。但，它和山水画又有所不同：一则，它不仅作静态的描写，而是静中有动，初写小雨，继写中雨，最后写大雨，一层深似一层，各有各的景色；二则，它不光是写景，而是情景交融，通过这几段对雨天气氛的描写映衬出亭面糊那股慢腾腾的懒散劲儿，恰到好处。

作者不仅对自然景色作了优美而精确的描绘，在他的清淡明秀的笔墨中，又蕴藏着对农村新生活多么热情洋溢的赞美和饱含诗意的抒情啊！例如《续篇》中《竞赛》、《插田》、《双抢》等章节，都对集体劳动生活作了富有诗意的描写；在《联欢》那一章里，荡漾着社员庆祝丰收的欢乐气氛；篇末描写刘雨生和盛佳秀洞房之夜的章节，也分明是一幅喜气洋洋的农村新风俗画。它们不仅给予读者以丰富的美感享受，而且在他们心里唤起对农村新生活的热爱和向往。这些描写不仅富有诗情画意，同时也是有思想性的。

作者固然擅长于写景状物，但并不是为写景而写景，为状物而状物，他主要是通过对生活环境和生活气氛的描绘，来表现出人物的命运和性格特征。菊咬金家那个严丝密缝的谷仓、那座贴着"血财兴旺"的猪栏、那些用了多年还完整如新的农具，显示出这个野心勃勃的中农发家致富的"雄图"。陈先晋家那顿碗碗不离辣椒、中间放着一钵清汤寡水的白菜的晚餐，真是菜如其人，烘托出这个勤俭持家的老倌子执拗的个性。谢庆元家的床铺上一条绣花红缎子被窝和一块补丁驮补丁的粗布褥子的对照，标志着这位贫农出身在土改时得到了好处的副社长的家境。盛佳秀那座门虽设而常关的宅院，更点染出女主人公守活寡的不幸身世。所以写景状物，归根到底，还是为了写人，使人物的性格、情绪融化于具体事物的描写中，或寓情于景，或寓情于物，或寓情于事，这些都是需要相当深厚的艺术修养才能运用自如的笔墨。

《山乡巨变》的作者所取得的高度艺术成就，分明是与他成功地吸取了中国古典作家丰富的创作经验有关。从周立波同志一些早期的作品中，可以看出较为显著的欧化的痕迹。周立波同志在一篇文章中也提到过，自己"选读中国的东西太少了，这是偏向"。有鉴于此，他近年来颇致力于钻研中国古典作品，认真学习这些作品的优点而不受它们的局限，把这些优点和他从外国名著中所吸收到的长处糅合起来，加以融会贯通，有所发展，有所创造，逐渐形成一种更加圆熟、更加凝练而富有民族特色的艺术风格,有某些外国古典作品之细致而去其繁冗,有某些中国古典作品之简练而避其粗疏,结合两者之所长,而发挥了新的创造。

四

周立波同志在谈到《暴风骤雨》的创作经过时,曾经谦逊地指出这部作品有"三不够"。首先是气不够,其次是材料不够,第三是语言不够。《山乡巨变》是否有不够的地方呢? 恐怕也是有的。在这里,我想提出一些坦率的然而不见得是确当的意见,希望能得到作者和读者的指正。

我觉得,主要还是"气"不够,这里所说的"气"是指作品中的时代气息而言。作为一幅有景有情、有光有色的生活画卷,《山乡巨变》达到了相当完整的艺术境界;但作为一部概括时代的长篇小说,《山乡巨变》对于农业社会主义改造这一历史阶段中复杂、剧烈而又艰巨的斗争,似乎还反映得不够充分,不够深刻,因而作品中的时代气息、时代精神也还不够鲜明突出。是的,作品对农业合作化运动的各个重要方面都作了比较准确的描写,可是还有若干不足之处。例如写合作化运动,深入串连、发动群众、申请入社、合作社成立、与单干户竞赛获得胜利、合作社进一步巩固和发展等一系列过程都写到了,却没有充分写出农村中基本群众(贫农和下中农)对农业合作化如饥似渴的要求,也没有充分写出基本群众在党的坚强领导下,在斗争中逐步得到锻炼和提高,进一步自己解放自己,全心全意为集体事业奋斗到底的革命精神。仿佛农业合作化运动这场深刻的社会主义革命只是自上而下、自外而内地给带进了这个平静的山乡,而不是这些经历过土地改革的风暴和受到过党的教育和启发的庄稼人从无数痛苦的教训中必然得出的结论和坚决要走的道路。又例如写农业合作化过程中错综复杂的矛盾斗争,两条道路的斗争、新旧意识的斗争和敌我斗争都写到了,但总嫌写得比较表面化、简单化一些,思想内容还不够深湛,没有能够进一步挖掘出矛盾的核心,没有通过人物和事件显示出这几种矛盾斗争的内在联系,因而使得作品的思想深度和作品的艺术成就似乎显得不够相称。比之《暴风骤雨》,《山乡巨变》在艺术上无疑是更为成熟和完整的,但缺少前者那种突出的时代气息,那种农村中阶级矛盾和阶级斗争的鲜明图景,这是令人感到美中不足的地方。

当然,也许作者在生活中所看到的农业合作化运动,就是出现在笔下的这个样子,我们没有权利要求作家去写他所不曾看到过的、或者还不曾熟悉的东西。这里,我们只想提出一个问题:就是作家深入生活的深度和视界的广度、思想的高度有很好地结合起来的必要,对局部地区的生活细致的观察和对全国形势深刻的理解也要很好地结合起来,也就是说,作家在满腔热情、全神贯注地反映某一个地区的生活变革的同时,必须着眼于全国的革命形势和整个时代的主流,好比下围棋,虽然着手于一子,却要着眼于全局,只有这样,才能对生活进行更集中、更高度、更全面的概括。从这一方面说,《山乡巨变》似乎还有作进一步努力的余地。

此外,我们也还可以举出作品一些次要的缺点:例如对龚子元的反革命活动写得不够真实;对谢庆元的错误根源挖掘得不够深刻,对他的转变过程又写得过于简略一些;在文字上,冷僻的方言用得多了一些,稍嫌驳杂;《续篇》枝蔓较多,而且不无斧凿的痕迹,不如《正篇》那样畅适自然;同时到了《续篇》,作者的生活底子就显得不是那么丰厚,个别地方甚至笔力不逮,因而在艺术的完整性上也不免有点逊色了。

总的来说,《山乡巨变》的作者在艺术的追求上取得了很大的成就,以其独特的艺术风格、耀目的艺术光彩、对人物的性格和心灵细致的剖析、对农村新生活富有诗意的描绘,开拓了文学创作的新境界。从《暴风骤雨》到《山乡巨变》,作家的艺术风格显然是有所变化的,如上所述,作为一个比拟,前者偏重于"阳刚之美",后者则偏重于"阴柔之美",这自然是可以的。可是,也许由于作家的美的趣味的追求偏得稍微过了一些,相对地忽略了生活中阶级斗争的严峻形势,这就使得作家的眼界受到一定程度的局限,因而在概括时代的深度和广度上也多少受到了一些影响。在这个意义上,《山乡巨变》比之《暴风骤雨》,是既有所得也有所失的。关于这,我有一种大胆的设想:这两类不同的艺术风格最好是能够互相结合,互相交融,可以有所偏重,却不宜过于偏废,或者截然划分,特别是在长篇小说中,我们更不妨使用几副笔墨。既然在《暴风骤雨》中也颇有一些纤细的笔墨,时时吐露珠玉之声,那么,在《山乡巨变》中,假如作者稍稍采用一些雄健的笔墨,抒写一点风云之色,大概也还不至于损害艺术风格的和谐罢。一个作家的艺术风格,尽管已经达到成熟的境界,但总还是在不断发展、不断提高,而不是一成不变的,如果《暴风骤雨》是作家过去阶段的艺术风格的标志,《山乡巨变》是作家现在阶段的艺术风格的标志,那么,在未来阶段中,我们相信,这两者一定会有更好的结合,更好的交融。

（原载《文艺报》1961 年 2 月 26 日）

试谈《艳阳天》的思想艺术特色

范之麟

《艳阳天》是浩然同志正在创作中的多卷本长篇小说。这部小说以社会主义革命和社会主义建设时期农村的阶级斗争、两条道路斗争为题材。已经出版的第一部在比较广泛的读者中引起了注意。目前，全书还没有写完，还难以根据它的全貌进行评论。就以作品第一部的内容来看，尽管还有个别不足之处，但是在目前描写农村阶级斗争、两条道路斗争的长篇小说中，它不失为一部有特色、有现实教育意义的好作品。

《艳阳天》（第一部）对农村阶级斗争、两条道路斗争的描写有着明显的特色。它写的是一个坚持社会主义方向的年轻的党支部书记依靠贫下中农向阴谋夺取高级社领导权的阶级异己分子作斗争的故事。这一内容的重要意义，在于反映出社会主义改造在生产资料所有制方面基本完成以后，在新的历史条件下，阶级斗争的新的特点。这个特点是：阶级敌人力图采取"打进来"、"拉出去"的方式来篡夺我们的基层的领导权，用"和平演变"的方式来恢复资本主义。对作品内容的这一个特点，我们应该充分予以重视。

作品中的阶级异己分子马之悦，挂着"共产党员"的招牌，担任东山坞农业社的副主任，却趁着城市中资产阶级右派分子进攻的时机，暗中煽动富裕中农"闹事"，打击党支书兼社主任，企图独霸东山坞。

马之悦的活动，就其性质来说，并不是闹个人地位，而是作为反社会主义阶级敌人的代理人在夺权、搞复辟。作品表明：他富农出身，犯过告密罪行，思想从未改造，是个道地的剥削阶级分子；而且他一贯搞资本主义活动。过去他带头跑买卖，现在又煽动"土地分红"。还有，他与地主富农暗中勾结，为非作歹，平时又受到富裕中农的拥护。这样，他的夺权活动实际上就是代表了阶级敌人和资本主义自发势力的利益和要求。可以设想，如果他一旦掌握了东山坞的印把子，资本主义复辟将成为必然的后果。

　　马之悦的活动固然可以肯定是代表阶级敌人进行的复辟活动，然而他是在很早以前就混进革命队伍的，并不是在合作化以后为适应新形势才"打进来"的。为什么说他的活动反映了新的历史条件下阶级斗争的特点呢？这样的疑问并不是完全没有道理的。如果作品写的是一个在新的历史条件下，自觉地"打进来"进行复辟活动的阶级敌人，对于敌人的活动方式和新的历史条件之间的联系，我们可能会看得更清楚一些。但是，我们认为，作品现在的写法也还是同样反映了新的历史条件下阶级斗争的新特点。第一，作品中的东山坞，地主富农都躲在幕后，不敢公然进行破坏活动，主要是通过马之悦利用他的特殊身份来搞复辟。他们对马之悦保住已经取得的"权势"十分关切。这表明马之悦虽然是过去"混进来"的，却适应了新的历史条件下阶级敌人活动的需要。第二，马之悦的活动是在一九五七年的新条件下进行的，这时候社会主义改造在所有制方面已经基本完成，无产阶级专政更加巩固，社会主义思想日益深入人心，阶级敌人进行明目张胆的反社会主义活动也更加容易被我们所识破。这种形势迫使阶级敌人也采取了更隐蔽、更狡猾的"和平演变"的方式。马之悦的活动方式就是适应这种新条件的。他玩弄两面手法、腐蚀干部、篡夺领导权、利用富裕中农等一系列活动，都是"和平演变"的方式的具体内容。作品把它具体地反映出来。就具有普遍的认识意义。

　　除了写出了阶级异己分子的活动而外，《艳阳天》对富裕中农的描写也有特点，这就是把富裕中农的资本主义自发倾向和阶级敌人新的活动方式联系起来。阶级敌人暗中利用富裕中农的资本主义自发倾向，富裕中农也仰仗当了权的阶级异己分子的活动。这样就明确地表现了富裕中农和阶级敌人及其代理人在新的阶级斗争舞台上的"前台"和"幕后"的关系，以及由此造成的在两条道路斗争中人民内部矛盾和敌我矛盾错综交织、而敌我矛盾更多地以人民内部矛盾的形式表现出来的特点。这在作品里具体体现在富裕中农弯弯绕、马大炮和阶级异己分子马之悦、富农马斋的关系上面。

由于作者是在党的思想的照耀下，根据党的十中全会对阶级斗争形势的分析，抓住了阶级斗争的新的特点，去描写一九五七年的阶级斗争的，作品就不只是为我们提供了一幅历史的画面，而且它能够帮助我们观察今天农村阶级斗争的形势，帮助我们识破阶级敌人的新的斗争方式，具有现实教育意义。

《艳阳天》的另一个思想特点，是比较坚实地表现了捍卫社会主义的强大的阶级力量，写出了一群比较鲜明的贫下中农群众的形象，以及他们在复杂斗争中的成长、壮大和必然的胜利。

要想真实地反映出阶级斗争的总的趋势，仅仅成功地创造出反面形象而没有树立起鲜明的正面形象，来表现革命阶级在阶级斗争中的强大力量，那是不可设想的。《艳阳天》在反映阶级斗争上取得的成就，同作者塑造出一群贫下中农和干部的正面形象是分不开的。这一群形象表现了在新的阶级斗争形势当中捍卫农村社会主义阵地的最可靠的阶级力量。

作品对正面形象的塑造，也紧紧从阶级斗争形势出发，力图从这两个方面去刻画人物性格：忠于社会主义的思想品质和进行阶级斗争的本领。

这一意图在党支书萧长春的塑造上表现得最为突出。一方面描写了他的革命"硬骨头"精神、他的坚定立场、他和贫下中农群众的血肉感情、他的大公无私等思想品质；另一方面，又从斗争发展过程中，表现了他的阶级斗争观念的不断加强，对党的斗争策略的领会不断提高。在具体描写中又表明，这二者是互相结合的。例如，萧长春在"干部吵架会"上及时地察觉出马之悦在捣鬼，对待马连福采取克制的态度。掌握住了会议一触即发的局势，都表现了他善于掌握斗争。而他能够做到这一点，又是建立在他不顾个人得失、以全局为重的品质和对贫下中农兄弟般的阶级感情基础之上的，没有后者也就不能做到前者。

对贫下中农积极分子的描写，也体现了作者的这个思想。

焦二菊那样简单化地作"动员"工作的那一段描写是耐人寻味的。她一心为社，不惜拿自家的粮食去堵落后社员的嘴，结果却受到了丈夫的批评。丈夫对她说："阶级斗争越来越深入，越来越复杂了。""光靠积极，光靠好心，不一定能干出对咱们农业社有好处的事情!""都得从头学习新的斗争办法。"这实际上也是作者对贫下中农革命群众提出的要求。对于这一要求,焦二菊恍然有所觉悟,这说明她正在进步。

老贫农马老四对农业社的赤胆忠心给我们留下很深的印象。与此同时,他敏锐的阶级嗅觉也引起了我们的注意。他劝告萧长春要提防马之悦,说马之悦"不像个党员样子","笑里藏刀",就表现出他对阶级敌人的高度警惕。可是马老四也需要成长。他接受了萧长春的意见,由简单地想揍儿子马连福替萧长春出气,改变为对马连福进行阶级教育,这一变化显示出他对如何进行阶级斗争在认识上有所提高。

从贫下中农群众对农业社、对党的深厚感情里,我们可以感觉到社会主义思想已经深深地在贫下中农心中扎下了根,谁想要从他们手里把社会主义的果实夺走,他们是决不会答应的。

从萧长春以及贫下中农在阶级斗争中的成长和提高上面,我们又看到了党关于阶级斗争的思想正在为他们所掌握。而他们掌握了这一武器就可以击败任何狡猾的敌人而无往不胜。

作者在写出了阶级敌人更加狡猾、阶级斗争更加复杂的同时,又表现了贫下中农和干部保卫社会主义的坚定立场,表现了他们正在提高对付复杂的阶级斗争的本领,这就预示了复辟阴谋必将失败、社会主义必将胜利的斗争前景。

《艳阳天》虽然只是描写了一个小村子东山坞,在这个村子里,作者却让我们看到了农村中各种各样人物的精神面貌。人物形象的丰富多彩也是这部作品的一个特色。

作品里的人物并不一定越多越好。人物多而写得一般化,还不如集中力量只写出一两个有典型性的人物来。但像《艳阳天》这样,人物写得多而却又大都写得真实、生动、有个性,也有利于表现丰富的生活和复杂的斗争。在这里,既有表面装老实的反动富农这种公开的阶级敌人,又有打进来的阶级异己分子,此外还有投机商人,有各个阶层各种类型的农民,有不同出身和思想觉悟的年轻人,有各种农村干部。中农里边,又分别写出了一些富裕中农和一般中农。富裕中农也各有不同:有迷恋资本主义道路的富裕中农,也有不那么迷恋资本主义道路而随风倒的。同是迷恋资本主义道路的富裕中农又各有特点:有专门"绕人"的,也有大炮式的。一般中农里,有积极的"政策迷"焦振茂,又有落后的钻牛角尖的韩百安。中农以外,那么多贫下中农,也大都各有面貌,并不重复:马老四、焦二菊、五婶和哑巴都写得个性鲜明。从这许多形象的创造中,可以看出,作者对农村生活的熟悉,以及善于从生活中发现新的性格的艺术才能。

在塑造上述各种各样的人物的时候,作者不是仅仅粗线条地勾勒人物的轮廓,而是从多方面对人物性格进行比较细致的刻画。人物刻画得比较细致,是《艳阳天》艺术表现上一个显著的特点。

首先,作者很注意刻画人物的思想动态和心理特征。这是刻画人物比较细致的一个重要标志。作品中,马之悦的阴暗的、对现实充满敌意的心理状态,加深了我们对这个阶级异己分子的认识。动摇的富裕中农马子怀三天中间的思想变化,也给我们留下了较深的印象。马斋的变天幻想,马大炮的"我是劳动群众"和"共产党怕中农"的心理状态,都有一定的典型性。作者还常常抓住人物在戏剧性的场合中的心理活动加以比较细致的揭示。萧长春在干部会上看到马之悦可疑的眼神之后,产生了复杂的心理活动,这是刻画萧长春性格的很重要的一笔。焦振茂在藏粮问题上的思想斗争以及"精神上比别人低了一点儿"的心理,都是写得细腻的笔墨。全书许多这样的片段,读起来使人感到不同程度的艺术上的满足。

其次,作者善于通过类似讲故事的形式,娓娓动听地介绍人物的独特经历,使我们了解形成人物性格的一些历史因素。例如,萧长春的躲在山洞里的故事,焦二菊和韩百仲共患难的故事,哑巴入社的经历等等,都写得很动人。马之悦的投机历史,也是一连串生动的小故事。作品对人物历史的介绍,一般都有助于人物性格的刻画,读起来也使人产生兴趣。只是这种倒叙的介绍过多,对情节的进展有一定的阻碍。

再次,作者也注意用环境和背景的细节描写来烘托人物特点。例如,弯弯绕的外表破、里边好的土墙火瓦房和圈占公地而来的小菜园,马大炮家的各有任务的截然不同的两座猪圈,马斋家房院里把他和儿子分割开来的秫秸寨子,都打着各自主人性格的鲜明烙印,都是作者匠心的表现,都起了烘托人物的作用。

人物刻画和背景描写比较细致,就增强了作品生活内容的具体感和真实感。

　　《艳阳天》的语言也有特点。它写得干净,生动,富于形象性,有北京郊区的地方色彩。这是和作品的生活内容以及作品的清新、明朗的风格和谐一致的。

　　《艳阳天》是浩然同志的第一部长篇小说。他一向以写短篇小说为我们所熟悉。现在写了长篇,表明他正在向创作中的一个新的领域发展。作为一个新的尝试,《艳阳天》能够生动地写出了众多人物,反映了复杂的斗争,线索清楚,而且写得有特色,是很值得我们注意的,是作者的新的可喜的收获。自然,这也并不意味着作品是完美无缺的。既然是向新的领域发展,就常常需要有一段摸索的过程,不可能一下子就非常成熟。因此,人们在喜爱和肯定《艳阳天》的同时,还感觉它有不能使人满足的地方。有的读者认为《艳阳天》的情节枝蔓较多,还举出:贫下中农会议虽早已提出但总是岔开去,而迟迟不见描写会议的召开作例子。有的读者还认为对萧长春的描写不够充分。[①] 我们觉得,这些意见是有道理的。

　　我们认为,作品的事件和人物描写不够集中,与之相关联的艺术结构比较松散,是这部长篇的最主要的缺点。

　　从表面看来,似乎并不存在这样的问题。因为作品以萧长春和马之悦的斗争为主线,以这两人为主要人物是明确的;以"土地分红"和"闹粮"为中心事件也是清楚的。特别是情节进展,压缩在三天之内,似乎是更加集中了,怎么还会有什么不够集中的问题呢? 其实问题还是存在的。

　　第一,萧长春和马之悦的斗争这条主线虽然明确,但是在具体描写中,常常被一些游离于主线之外的情节或插曲所打断。这或者是由于一些人物的描写和情节主线的进展结合不紧,或者是由于一些次要线索和主线结合不紧造成的。结果便是情节进展缓慢,情节主线不能很突出地贯穿到底。

　　这一问题,在作品的上半部主要表现在人物出场和介绍上。作者要在情节发展的很短的时间里,把许多主要人物一一介绍出来,而且又要给每个人物集中地写一篇"小传",因此使一些人物的出场和情节发展结合不紧,并不是随着情节进展的需要而出现又反过来推动情节的进展。如十四、十五、十六这三章马老四的出场,焦振茂一家的介绍和青年苗圃一群青年人的描写,都和当时正在暗中进行的"土地

_____

　　① 见《文艺报》一九六五年第二期《贫下中农喜读〈艳阳天〉》。

分红"的斗争和干部会的准备没有多大关系。又如,二十章利用马翠清从干部会跑出来找哑巴助战的机会来介绍两个人的历史,和马翠清急于找人的情节不很和谐。哑巴这个人物作为独立的插曲确实比较生动,但是从对情节的发展的作用来看,就显得可有可无了。这一些情况当然影响了主线的展开。

线索与线索之间结合不紧的问题,表现在作品的下半部更突出一些。最明显的是焦淑红和马立本的纠葛以及与此相连的焦淑红的婚姻问题。这一条线索在上半部就提出来了,下半部更集中用了三章(二十八、二十九、三十)来写马立本"追求"焦淑红的活动和焦家父女的误会,以后还有几次马立本单相思的描写。对马立本借看麦子耍流氓的描写似乎占的篇幅过多。整个这条线索如果扣紧马之悦借此利用马立本的意图来写也未尝不可(恐怕也不是很好的线索),但现在作品中的描写,作者的这一意图没有贯彻,写了马之悦两次借此拉马立本,却没有写出下文,没有把马立本有机地进一步卷入马之悦的复辟阴谋当中,因而成了游离的线索。

再如,从干部会以后,作者把笔墨集中到几个中农身上,描写了他们在"闹粮"事件中的不同态度和思想波动。也写了贫下中农对粮食问题的态度。但是使我们觉得许多描写没有和主线紧密交织起来,没有明确地集中到马之悦的复辟阴谋和萧长春对他的斗争上来(例如写双方更有意识地争取中农)。因此,也冲淡了主线,显得松散。

第二,"土地分红"和"闹粮"两个中心事件的矛盾斗争展开得不够充分。闹"土地分红"虽然议论纷纷,但是在干部会上,萧长春由于保持了冷静,一下子就顶回去了。对农业社好像没有造成多大的威胁。"闹粮"的富裕中农更是在群众中很孤立,而且靠一个极偶然的情节——焦振丛无意中发现卖粮活动及被动地加以揭发——就揭了闹事的富裕中农的底,压下了他们的气焰。因此也没有使人感到这一事件对农业社造成什么大的威胁,只是觉得弯弯绕、马大炮一再吵闹很愚蠢。

第三,主要人物没有得到充分的描写。这是和以上两点联系在一起的。主要矛盾斗争展开不够就不能充分描写主要人物在斗争中的作用,一些枝蔓的情节和插曲的干扰也就常常把主要人物挤到场外,得不到充分活动的机会。在干部会以前的描写中,两个人物出场还较多,还能起到一些展开描写的穿线作用。干部会以后,就时常退出场外。例如,从二十二章开始到结尾的章节中,有多一半章节萧长春没有登场。马之悦在干部会以后的活动,描写得就更少了。只是在王国忠下乡时露了一次面,给马立本打了两次气,表现了一些悲观情绪。当然,如果人物没有时常正面登场,在写其他人物的时候能从侧面来烘托他,突出他,间接地给以描写也是可以的,但《艳阳天》也不是这种情况。

由于以上的原因,就使得《艳阳天》虽然在创造出丰富多样的人物、写出不少生动的插曲方面显出了特色,但是却似乎得不偿失地削弱了对两个主要人物的描写。因此这两个基本上写得成功的人物,没有得到更进一步的刻画。

对于马之悦,作品着重从他的笑里藏刀、顺风转舵、使圈套、耍手腕等等手法上来揭露他的阴险狡猾的性格,也表现了他对"权势"的野心。这样来写出他同那些公开的阶级敌人某些不同之处。然而按照作者所设计的那样一个人物(有长期的政治投机的经验、混进党内多年、已经窃取了副主任职务)来衡量一下的话,就觉得还没有把他应有的"厉害"和可能造成的危害性充分表现出来。如果把这个人写得更有"政治头脑",更有深谋远虑,他的夺权更有比较明确的政治上和经济上的考虑,他利用现有的"权势"和"招牌"已造成或将要造成更大的危害,或许作品中描写的阶级斗争会显得更为惊心动魄一些。像现在作品中这个样子,他把希望完全寄托在萧长春动武和翻粮上面,一旦落了空,就变得毫无办法,似乎和作者对这一人物的设计还是有相当距离的。

对于萧长春,作品写出来了他身上的一些优秀品质和他在阶级斗争中的成长。在他身上是可以看出我们农村中的优秀的干部的一些真实面貌的。不过,作为一个艺术典型来要求,也还可以考虑写得有更高的概括性。萧长春的形象从这方面说来,也似乎有不足之处。从具体描写来看,主要问题是在第一部中还没有写出他经历了更严重的考验,因而也就没有表现他有更突出的作为。作者在这场斗争里,只给他安排了两个考验:一个是"土地分红",特别是表现为干部会上马之悦设下的圈套。萧长春靠着冷静和克制,没有上当,顶回了进攻。这一场是表现了萧长春的优点的。但好像由于他一"克制",什么问题都解决了。矛盾解决的过于容易,也就难以突出他的作为。另一个考验是马之悦鼓动他翻粮和弯弯绕的吵闹。马之悦再次鼓动翻粮,是在萧长春从乡党委接受指示以后.萧长春已经可以很容易地识破它。而且,乡党委书记也在场,这实际上不算什么考验。弯弯绕的吵闹又是靠一个农民极偶然的揭发卖粮才平息下去的。对这一矛盾的解决,萧长春也没有起到什么决定作用。他虽然根据党的政策作了一些工作,例如争取马子怀,但是没有突出表现他在斗争胜负上的重要作用。这样,作者要突出萧长春的"硬骨头"和斗争智慧这一意图,就没有能够通过人物行动,更充分和突出地体现出来。

萧长春和马之悦是作品主要矛盾冲突的对立面,这两个人物创造的成就直接影响着作品的成就。由于这两个人物的典型化还不够,就在一定程度上限制了作品对阶级斗争作出更为惊心动魄的反映。对于这种题材、这样篇幅的长篇小说,读者期待它具有惊心动魄而又发人深思的艺术力量是合理的;然而,这一期待却没有十分得到满足。

《艳阳天》存在这样的不足之处,可能和作者对长篇小说的结构问题还在摸索探讨之中有关。结构是作品的艺术表现方面的一个问题,但它又不单纯是技巧问题。它涉及对生活本身的内在联系的掌握。这或者也表现出作者对生活挖掘得还不够深透。

当然,我们还要估计到,《艳阳天》目前的写法或许是作者有意为第二部留下余地。或许作品的第二都能够在某些方面补足我们在第一部中感到的不足之处。

（原载《文学评论》1965 年第 4 期）

略谈高大泉的形象塑造

——读长篇小说《金光大道》

韩酉山

如何塑造英雄形象,是繁荣社会主义创作的一个重要课题,是文艺家按照唯物史观还是唯心史观观察世界反映世界并提出改造世界的主张的问题。在这方面,革命样板戏给我们提供了丰富的成功经验。浩然同志的多部长篇小说《金光大道》第一部对于高大泉形象的塑造,也取得了可喜的收获。

一

无产阶级的英雄人物,最显著的标志就是坚定不移地执行无产阶级革命路线,文艺作品只有把英雄人物放在尖锐复杂的两条路线斗争的典型环境中描写,才能展示英雄人物的崇高精神境界。能不能这样做,是决定作品的成败,人物形象是否具有生命力的关键。《金光大道》正是在两条路线激烈斗争中展现高大泉的无产阶级的战斗风姿的。

首先,作者把高大泉放在社会主义革命初期的阶级斗争和路线斗争的历史环境中描写,表现了高大泉是那个特定的历史时期捍卫毛主席革命路线的英雄人物。

这个时期党内两条路线斗争的焦点,是走社会主义道路,还是走资本主义道路。按照毛泽东的革命路线,即不间断地把资产阶级民主革命转变为无产阶级的社会主义革命，农村在土改以后要趁热打铁，发展互助合作运动，引导农民走社会主义道路，限制和消灭农村中的资本主义。叛徒、内奸、工贼刘少奇则倒行逆施，竭力鼓吹"发展富农经济"，"巩固新民主主义秩序"，妄图把农民引入资本主义的黑暗深渊。高大泉所在的芳草地围绕着走什么道路而展开的错综复杂的斗争，就是这个时期两条路线斗争的缩影。获得了土地的芳草地的贫下中农，迸发出从未有过的生产积极性，热切希望"在新政权的领导下，一心一意地奔好日子"。而挂着共产党员招牌的村长张金发，却在热衷于走资本主义道路的个别县、区领导人的支持下，拼命推行刘少奇的反革命修正主义路线，鼓吹"发家竞赛"，"为巩固新民主主义而奋斗"，狂叫"谁富了谁光荣，谁穷了谁狗熊"。在这个口号的鼓动下，漏划富农冯少怀买骡马，置大车，投放高利贷；地主歪嘴子拆墙卖砖，勾结张金发；还有那个神秘人物范克明上蹿下跳，煽风点火，为张金发出谋划策，呐喊助威；富裕中农秦富将信将疑，等待观望，跃跃欲试。农村资本主义势力在"发家致富"的黑旗下集结起来了。

面对资本主义势力的挑战，作者没有让高大泉匆忙地同张金发进行面对面的交锋，而是利用长篇小说的特点，多方面地描画了贫下中农、富裕中农和张金发及其所代表的地富分子的心理活动。这种心理活动是围绕维护什么样的生产资料所有制，走什么样的道路展开的，既有各自的个性特征，又打上了鲜明的阶级烙印。透过对于农村土改以后不同阶级、不同阶层和不同个人这种奔什么"日子"的心理描画，《金光大道》深刻地揭示了高大泉同张金发之间的斗争，不是少数个人的行为，而是"阶级对阶级的斗争"，"是社会的阶级矛盾和新旧事物的矛盾在党内的反映"。我们决不可片面地强调情节发展的紧张尖锐，便看轻《金光大道》这种描写的艺术魅力。应该说，这是《金光大道》把高大泉放在社会主义革命初期阶级斗争和路线斗争的典型环境中来刻画的比较成功的一着。它在表现土改后农村两个阶级、两条路线、两条道路斗争的必然性时，不仅鞭挞了张金发灵魂的丑恶，更重要的歌颂了高大泉灵魂的壮美。

同时，作者在描写高大泉同张金发斗争的酝酿阶段，别开生面地插入了高大泉带领困难户去北京临时参加一个火车站的建设这一情节。这样写，对于塑造高大泉的英雄形象有两个突出的好处：一方面，把芳草地围绕着所有制问题而展开的斗争,同祖国的社会主义建设和抗美援朝的伟大战斗紧密结合起来,给高大泉设置了广阔的同时又是符合当历史特点的政治斗争的舞台,赋予高大泉的斗争精神更加深广的社会内容;另一方面,在建设火车站的亲身感受中,高大泉看到了工人阶级的伟大情怀,看到了一家一户的小农经济同社会主义建设事业的不相适应,他从活生生的现实中经受了时代风雨的沐浴,已经初步懂得了在芳草地应该怎样为建设社会主义而斗争。

正是经过了这样一番精心的刻画,作者才让高大泉同张金发展开了第一次正面冲突。当刚刚从北京回来的高大泉,得知张金发指使于宗保到处写"发家致富"之类的标语,又同地主歪嘴子勾勾搭搭的时候,他连自己家的门也没有进,便径自找张金发去了。他一见张金发,就以高屋建瓴之势,一针见血地指出那些"发家致富"的标语是不对的,它不符合党和政府的号召。"党和政府号召农民增加生产,多种棉花,不单单是让农民发家","主要是为了让农民支援国家恢复发展工业,为支援志愿军,保卫祖国,为巩固工农联盟"。张金发理屈词穷,恼羞成怒,反诬高大泉"敢在背后跟上级唱反调"。高大泉理直气壮,肺腑之言,喷薄而出:"咱们的最高上级是党中央,党章上明文规定,要为共产主义奋斗到底,你也宣誓过;宣誓完了,扔在脖子后边,再也不提,口口声声巩固新民主主义。你说,咱们谁的胆子大,谁跟上级唱反调,你说呀!"并进一步质问张金发:"上级的文件,哪一篇,哪一页,写着'发家致富'这个词儿? 还有什么地方又写着'谁富了谁光荣,谁穷了谁狗熊'这样的话?"步步逼紧,问得张金发张口结舌,虚汗直淌。与此同时,高大泉又授计周永振找地主歪嘴子训话,但不直接提到卖砖给张金发这回事,而是旁敲侧击,两面夹攻,既给歪嘴子点颜色看,又叫张金发恼不得,怒不得,好"给翻身户长长威风,让芳草地的群众通过咱们治安小组的活动,弄清是非"。这次交锋,写得有气势,有光彩,有力地展现了高大泉敢于斗争善于斗争的英雄性格,表现了我们的英雄正迎着时代的风雨在茁壮地成长。

春播开始,高大泉为解决困难户春播问题熬红了眼,操碎了心;而张金发则趁机卖套,盘剥困难户。双方酝酿了一次新的冲突。如果说,在这次冲突之前,由于矛盾没有充分展开,高大泉还只是觉得张金发的"'农民意识'太浓厚,太严重了",那么在这次冲突中,他却认清了张金发代表一小撮地富分子利益的真面目,懂得了这场斗争的严重性，一方面揭露了张金发"跟敌人眉来眼去，勾勾搭搭"，"想方设法从穷哥们身上揩油"的罪恶行径；另一方面，以极大的毅力和自我牺牲精神，帮助刘祥、邓久宽等困难户克服困难，及时春播，并且成立了第一个互助组，取得击退张金发等人掀起的资本主义妖风的第一个回合的胜利。小说这样的描写，表现了两个阶级、两条路线、两条道路的斗争是不以人们的意志为转移的，到了一定的时候它必然要表面化尖锐化，像张金发这样的给人以假象的人物总是要跳出来表演，暴露他的真象，而同张金发的对立和斗争的高大泉，随着矛盾的不断激化，他的路线觉悟不断提高，他的精神世界必然要进入一个光彩照人的阶段。

有些作品也力图从两条路线斗争中表现英雄人物的精神世界，但往往缺乏感人的力量。原因就在于当矛盾冲突接近解决的时候，才让英雄人物出来评判是非，回避了斗争锋芒。而《金光大道》却不是这样。它总是把高大泉放在矛盾冲突和情节发展的关键时刻来刻画，将高大泉的语言和行动统一起来，让他在同反面人物和错误思想的对立和斗争中，充分发挥推动和解决矛盾的主要力量的作用，在两条路线斗争不断深入的过程中，不断深化了高大泉的形象塑造。这样写，出现在读者面前的高大泉便有血有肉，生动感人。

二

塑造无产阶级英雄有一个重要问题，就是如何正确处理英雄人物同他周围群众的关系。马克思、恩格斯说："历史活动是群众的事业。"英雄人物是在群众斗争的风雨中产生和成长起来的，他代表着群众，领导着群众，同群众一起推动着历史潮流奔腾向前。无产阶级文艺作品必须反映无产阶级英雄的这种本质特征。高大泉这个英雄形象之所以生动有力，就是因为《金光大道》的作者是遵照历史唯物主义观点，揭示这个本质的。在作者的笔下，高大泉处处想到群众的利益，把群众的根本利益同毛主席的革命路线紧密地联系在一起。他从北京回来，同张金发初次交锋之后，作者通过他同他爱人吕瑞芬的一段对话，揭示了他的内心世界。

吕瑞芬对他的行动不理解,问他初次见面就同张金发争吵,"这样好吗?"

　　高大泉:"好,还是不好,这要分从哪一边看。从个人主义看,生气伤神,争吵误工,还得罪人,这很不好;从群众这边看,从革命这边看,就非常好。……他不为穷人办好事儿,心里没有革命,没有国家,专门为自己打算,护着冯少怀,跟歪嘴子拉关系,这样下去,芳草地要变成啥样子呢?"
　　吕瑞芬:"我怕你斗不过他。"
　　高大泉:"光杆一个人跟他斗,可能斗不过他,我是带着大伙儿跟他斗。"

　　高大泉总是把群众利益同革命利益联系在一起,把自己的斗争同群众的斗争联系在一起。在刘祥一家遭受灾祸时他所表现出来的态度,就不仅仅局限于一般的阶级同情,而如他自己所说的,"我们好按照党的指示,一块儿奔社会主义"。他为刘祥而同张金发发生冲突,也并非一般的是非之争,而是关系引导群众走什么道路的大问题。

　　在这里,作者不是从一般言行上,表面地表现高大泉同群众的关系,而是从阶级关系和阶级命运的深刻描画中,揭示高大泉同群众的血肉联系的。正因为这样,作者围绕着高大泉塑造了那么多栩栩如生的贫下中农形象。这些人物形象是高大泉吸取智慧和力量的源泉。不是吗? 冯少怀买骡子示威,高大泉不在场不知道,邓三奶奶,这个早已对革命作过贡献,善于用阶级和阶级斗争的观点看待人和事的军属,扶病告诉高大泉,并对他提出希望:"咱翻身户还是个刚出壳的小雏,你们党员得想办法让大伙儿长全羽毛,飞起来;要不然,我看到底谁能把谁压过去,十有八九不保险哪!""让大伙儿长全羽毛",表达了贫下中农走社会主义道路的一片热忱,鞭策着高大泉前进。老贫农周忠在党的教育下,有着"风来顶着去,雨来快步行"的斗争精神,是一个走社会主义道路的有心人,他立场坚定,旗帜鲜明,眼光敏锐,善于斗争。他看出高大泉"是一棵有出息的苗子",但刚出土,没成材,全力地予以帮助。高大泉对冯少怀买骡子示威的事开始没看准,而周忠一眼就识破了冯少怀的阴谋:"不是光为了气气翻身户,是探脚步,想趁火打劫"。他提醒高大泉,搞"发家致富"

就是要把贫下中农"拉回旧社会":"歪嘴子想翻回旧社会,冯少怀想变回旧社会","张金发魔鬼缠身,想悄悄地跟回旧社会去",从而下定决心要"当好党的耳目",帮着高大泉领大伙走社会主义道路。还有高大泉的妻子吕瑞芬,她不是单纯由于对丈夫的爱体贴高大泉,而是从革命利益着眼支持高大泉。刘祥家遭灾,她自觉地帮着高大泉解决刘祥家的困难。高二林闹分家,她表现出同传统观念决裂的莫大勇气,大义凛然。你听听她怎样批评高二林的吧:"二林哪,二林,万万没有想到,几天的工夫,你变成这个样子。那好吧,你讨厌高大泉这个共产党员,我喜欢他! 你要跟搞社会主义的高大泉分家,我要跟他一辈子,他就是上刀山,下火海,跳油锅,我也要跟着他!"吕瑞芬的这一席钢铁誓言,不是感人至深地表现了她同高大泉不是一般的夫妻,乃是并肩战斗的同志吗? 的确,像邓三奶奶、老周忠和吕瑞芬这许许多多的人物在斗争中表现出来的社会主义积极性,对高大泉是最有力的支持和鼓舞,使他捍卫毛主席革命路线的斗争建立在非常坚实的基础之上,具有所向披靡的强大威力。

同时,作者还表现了高大泉善于在斗争中正确地引导群众前进。朱铁汉受骗上当,跟着张金发宣传"发家致富",不听周忠等人的劝阻,还要处分抵制错误宣传的周丽平,高大泉帮助他从路线上分清是非;刘祥因灾祸精神状态不好,高大泉用革命的大目标鼓舞他的斗志;中农秦恺在两条道路斗争中态度暧昧,高大泉循循善诱,教育他要站在贫下中农一边。高大泉就是这样地把群众的积极性引导到社会主义方向,并不断把它提到高级的程度的。这种描写,没有丝毫损伤群众,抬高高大泉的地方,恰恰相反,作者突出地表现了翻身户的骨气和那颗奔社会主义的红心。正像高大泉在同张金发斗争时所说的那样:"我们穷,我们现在还穷,这是真的。可是,我替把种子撒不到地里的刘祥发愁,也替他高兴。他为了解决这个穷,去投奔亲戚;我也替雇套种地的占奎高兴,为了解决这个穷,他用自己的血汗钱换小苗。总的一句话,他们穷,他们穷得有骨气,有志气,他们没有为了改变这个穷,就丧尽天良地去跟敌人眉来眼去,勾勾搭搭,更没有想方设法从穷哥们身上揩油。我们的红心,就是这个,你再开开眼吧。"

总之,由于《金光大道》的作者掌握了历史唯物论的基本观点,正确处理和表现了英雄人物和群众之间的血肉关系,因而出现在读者面前的高大泉既不是居高临下的"救世主",也不是鹤立鸡群的"天赋之才",而是生活在群众之中,同群众有着共同的愿望和要求,领导着群众前进的可亲可敬的无产阶级英雄。

三

高大泉之所以成为无产阶级的革命英雄,有他的历史根源和深厚的群众基础,但起决定作用的是党的教育和引导。这方面作者着墨虽不多,但在揭示高大泉的成长过程时充分体现了这一基本思想。

小说清楚地告诉我们,高大泉是党的七届二中全会精神哺育起来的无产阶级英雄。旧社会的痛苦经历,使他引出这样一条信念:只有跟着共产党和毛主席干革命,"走应该走的道路,拆这个地狱,为穷人夺印把子","才是穷人的活路"。他带着这种朴素的思想投身于人民大革命的洪流,一开始就听到梁海山传达毛主席在七届二中全会上发出的伟大号召。土改时,作为党的负责人和高大泉的入党介绍人罗旭光,又用毛主席在七届二中全会上阐明的马克思主义不断革命的思想教育这个新党员:"共产党的最终目的是实现共产主义,土改以后要搞社会主义。……革命不能歇气,脚步不能停留,得接着往下闯。"马列主义、毛泽东思想照亮了高大泉的朴素思想,他决定"把自己这一百多斤交给党",为实现共产主义思想奋斗终生。从此之后,他就把党的光辉思想作为自己在斗争中观察问题分析问题的依据和行动的准则,使他在路线斗争中具有敏锐的观察力和革命到底的决心。当斗争处于困难的阶段,高大泉感到"浑身的劲儿没处使"的时刻,县委书记梁海山又结合斗争实际给他讲解七届二中全会精神,批判"趁水和泥"走资本主义的谬论,强调"共产党人应当高喊'趁热打铁'——趁夺取了全国胜利的热潮,趁土地改革、消灭了封建制度的热潮,趁全国人民革命的热潮,打社会主义的铁,造社会主义的钢铁江山",使他进一步认识到社会主义的"路程更长,工作更伟大,更艰苦",穷人只有毛主席指引的互助合作的金光大道,才能"长全羽毛","展翅飞翔"。看到眼前的道路越来越宽广的高大泉,他的精神境界产生了新的飞跃,他的信心更足了,斗志更强了。高二林闹分家,使两条路线斗争更加深化和复杂。张金发以为高大泉这下会处于被动地位,该求他"搭搭手了",妄图以此来动摇高大泉走社会主义道路的决心。刚刚从县委书记那里得到教育和支持的高大泉面临这场斗争,头脑非常清醒。不仅仅看到弟弟思想落后,是一个家庭问题,而且自觉地把这件事同两条道路斗争联系起来,戳穿了张金发的阴谋。他豪迈地说:"慢说只是分了家,就是一颗炸弹把这个家炸平了,我回来之后,大人孩子都不见影了,我也得照样儿革命,照样儿往前奔。"真是掷地有声,肝胆照人!

在新民主主义革命转变为社会主义革命的前夕,毛主席就英明地指出:"严重的问题是教育农民"。作者正是遵循毛主席这一教导,令人信服地揭示出高大泉由一个普通农民成长为一个无产阶级英雄的过程的。罗旭光在离开芳草地的时候,给高大泉有一段临别赠言,要求高大泉"在改造客观世界的同时,也要改造自己的主观世界,不断地克服农民意识,不断地增强党性"。作品从多方面表现了高大泉按照这个思想严格地改造自己的具体情景。在北京做临时工时,他不放松学习工人阶级的高度社会主义觉悟和严格的组织纪律性;邓三奶奶讲志愿军战斗故事,他不忘从中吸取斗争的力量;在同梁海山研究互助合作问题时,不仅注意到要同传统的所有制关系实行最彻底的决裂,而且注意到要同传统的观念实行最彻底的决裂,客服自己身上的"农民意识"。平时在工作中,谦虚谨慎,不骄不躁,时刻想到自己身上的弱点、缺点和错误。正是通过这样一个艰苦的自我改造过程,高大泉才在斗争中茁壮地成长为无产阶级的英雄的。

作者对高二林这个形象的描写,从另一个侧面衬托出高大泉接受党的马列主义、毛泽东思想的教育对他成长的重要性。高二林同高大泉是亲兄弟,旧社会受的差不多是同样的苦难,但由于高二林不愿意参加政治活动,接受党的教育较少,在他身上表现出来"农民意识"非常突出,经不起所谓"成家立业,生儿育女,白头到老"的那种旧的传统习惯的诱惑,给张金发鼓吹的"发家竞赛"迷住了心窍,以至上了冯少怀的圈套,闹到同高大泉分家的地步。这个人物告诉我们,只有通过无产阶级先锋队——共产党,经常不断地对农民进行马列主义、毛泽东思想的教育,他们才能自觉地走上社会主义的道路,而高大泉正是接受了马列主义、毛泽东思想,自觉地走社会主义道路的一代农民的光辉形象。

由此可见,对人物塑造的具体情况不作具体分析,笼统地说什么《金光大道》没有很好地描写党的领导,这种批评的方法我们认为是不够恰当的。

当然,《金光大道》第一部还处在矛盾的铺陈阶段,有许多问题有待作者在二部、三部或者更多的篇幅中去巧妙地加以解决。这也就是这篇文章没有涉及《金光大道》的缺点的缘故。

(原载《安徽文艺》1973 年第 1 期)

1979——1999

关于《许茂和他的女儿们》的通信

周 扬 沙 汀

沙汀同志：

殷白同志寄给我他写的一篇评论，推荐了蜀中一位值得注目的新作家周克芹同志的长篇小说《许茂和他的女儿们》。他对这篇小说热情称赞，他的文章是有分析的，写得也生动，没有像某些评论文章的那种公式化、八股气。我已读了这部长篇的大部分，的确是一部引人入胜的书。故事发生的时间是在一九七五年我国人民和"四人帮"激烈斗争中的一个短暂的曲折时刻，地点是四川的一个偏僻的农村。历史背景回溯到农业合作化初期，展示了从那时以来的时代风云的变化莫测和农村新旧势力的反复斗争，描绘了各种人物之间错综复杂的关系。每个人物的面貌都不相同，亲近如父女之间、姐妹之间的关系，也由于每个人的性格、遭遇和觉悟水平的不同，心灵深处各藏有自己的秘密，彼此也并不能完全开诚相见。人物的命运，和当时我们整个国家的命运一样，走在坎坷不平的道路上。他们在生活中经受了多少的颠簸，心中有多少良好的愿望，他们的思想感情又是多么丰富啊。作者对农村环境和人物个性的描绘是栩栩如生的。谁能说农村不是一个广阔的天地呢？谁能说这些普通的每天从事平凡劳动的农村男女特别是青年男女不是足以震撼大地的伟大力量？当然，我并不是说这部小说已经充分地把农村的广阔天地展现在我们面前了，但是无论如何，已使我们多少看到了这片令人神往的天地，看见了在其中活跃的一些充满活力的可爱的人物。小说也描写了我们农村中、社会中的不少消极面、阴暗面,但并不给人以消沉的感觉,相反给人以鼓舞的力量。这是我们现实生活中所蕴藏的无穷潜力。我们的文艺作品应当努力表现劳动人民中的这种真正的力量。

这篇作品中是否发议论和抒情的词句多了一点,就是说写得太显露了一点,不够含蓄,给读者的想象没有留下足够的余地呢? 这是值得作者考虑的。但有一点我是相信的,作者抒发的是自己的真情实感,所以不论怎样,它还是能够感动人的。

我还没有看完这部长篇,我现在谈的只是读后一点初步的印象。我将很快地把它读完,然后再通盘思索一番。

现在我把殷白的评论文章和发表在《内江三十年文学作品》上的这篇小说统寄给您看。我看的是《红岩》上转载的据说稍有修改的本子,您如有时间,可以对照再看一遍。您对四川的作家,包括这位年青作家,想必有所了解。您对故乡的人情风俗,都很娴熟,您创作上又素来以现实主义手法见长,您是最有资格来评论这篇小说的。我盼望能听到您的宝贵意见。

发现人才,爱惜人才,十分重要。爱惜人才不只要热情鼓励,还要严格要求。对有希望、有才能的作家,也不能乱捧,乱捧只有害处。

殷白同志的文章,请您阅后转罗荪同志,看能否在《文艺报》上摘要发表,以引起大家的注意。我觉得《文艺报》应该更多地注意地方上的作品。

　　此致
敬礼!

周扬　二月三日

周扬同志：

　　花了两三天工夫，总算把周克芹同志的长篇小说《许茂和他的女儿们》读完了。的确是本好书，无怪《红岩》编辑部、《四川文学》编辑部都先后向我推荐，您又特别寄来《沱江文艺》特刊和殷白同志根据这个特辑版本写的文章，并告诉我您读了大部分后的感想和对作品的初步评价。我读完全书后的印象是，它不止是三年来反映在"四人帮"阵阵妖风横扫下四川农村生活的佳作，就从三十年来反映农村生活的长篇说，也相当难得。因为尽管还不能说它已经达到某些早有定评的名著的水平，但却有所突破。

　　这部小说，可以说是为中国农民写的一首颂歌，他们是热爱党的，愿意走社会主义道路的。尽管"四人帮"不断刮起的妖风弄得他们困苦不堪，疑虑重重，他们却都情不自禁地缅怀土地改革、合作化高潮那些兴旺年代。作者写了他们善良、朴实的一面，同时却也写了他们的坚强和巧于抵制邪恶势力的侵犯。群众在一次会上对郑百如大吹大擂的冷漠态度，以及暗中支持金东水和代理支书大搞"两面政权"就是明证。至于许茂老头儿的自私自利、投机倒把，那是"四人帮"的走卒把生产糟蹋得不成样子，把农民的生活摆布得难以过活的结果。为此，当一个由靠边站的县委女同志颜少春领起工作组来到了葫芦坝，开始除旧布新，他也逐渐清醒过来，对他一向视同路人的女婿金东水和他大女儿两个遗孤产生了应有的爱怜之情。而且，因为感到羞惭，尽力回避开那些为了集体利益活跃在葫芦茎工地上的人们。

　　许茂的刻画是成功的。被风派人物打下台的支部书记金东水的形象虽然还欠丰满，却也有血有肉，不是概念化的人物。就是那个反面人物郑百如，作者也没有简单行事，把他漫画化。我们不妨说，全书十来个人物，举如三辣手夫妇、七姑娘许贞、九姑娘许琴等等，也都性格鲜明，写得不错。这既需要生活，也需要一定政治思想水平和写作才能才办得到。当然，写得最好、最叫人同情的是四姐许秀云，她是郑百如被糟蹋、被侮辱的前妻，又是前支部书记金东水的小姨子。而主要的故事，就是在一场政治风暴中，从这三个人物之间的关系上发生和发展起来的。特别得提一句，金东水在郑百如不断陷害下，尽管妻子病死，房舍焚毁，那个最小的遗孤，也在流言蜚语中被迫从许秀云抚养下领回来自己照顾，处境十分困难，但他对党所领导的社会主义农业的信心却毫不动摇！日夜为解决水利问题设计蓝图。

这本小说有它自己的特点,主要方面也就是我前面说的有所突破。它对农业生产方面写得不多,也没有着重写群众运动,作者把他的注意力主要集中在许茂同他两三个女儿和两位女婿的个人遭际上,写她们在那些灾难年月里的悲欢离合和对生活的思考。可以说,故事主要是以四姑娘许秀云为中心展开的,因为她的遭遇最惨,牵涉的方面也多,特别牵涉到金东水和郑百如这两个在思想、政治、作风等方面尖锐对立的人物,而前者是铁铮铮的丈夫,名实相符的共产党人,后者则是流氓加恶棍的双料坏蛋!

全书结构,除开后面一部分,一般说也相当谨严,经历的时间无非一二十天,故事就结束了。这主要是作者抓住了一个个较好的时机:正当我们党和国家在长期动乱中出现转机的一九七五年冬;许茂正准备过生日;许秀云同郑百如离婚不久;一个新的工作组即将到葫芦坝。这后一点很重要,因为它引起了群众的揣测,特别风派人物郑百如的嗅觉更灵敏了:担心政治气候会有变化,于是为了堵塞漏洞,大耍流氓手段。

在今年二月六日《人民日报》五版有一篇介绍《许茂和他的女儿们》的文章,不知您看过没有?刚才我又找来翻了翻,作为"简介",基本上我觉得不错。但是,它丝毫没有触及作品的弱点和不足之处,这不大好。首先,全文倒数第二段的说法,我就认为值得商讨。

我的看法恰好同晓凡同志相反,而同您的意见倒比较一致,觉得这部小说的缺点之一,正在于作者用"哲理性的抒情笔调"来刻画人物的内心世界,至少是太多了!您知道,我是在所谓十九世纪俄罗斯文学的染缸里泡过来的,特别推崇托尔斯泰,因此,我一向以为,作家应该从所选择、塑造的人物自己的生活、性格和处境出发来刻画人物的内心世界,判断么,让读者去做,更不必担心他们不会了解作者的政治思想倾向。可是《许茂和他的女儿们》中人物的内心世界,乃至人物在一定条件下的所作所为,作者似乎总喜欢解释一番,评价几句。由作者出面评价、解释人物的思想和作为,当然并非绝对不行,但是得看情况,而且要适可而止。有些篇章,作者是用讲故事的口气写的,有些地方,又是用的第三人称。在前一种情况下,作家不妨有所选择地发表意见,在后一种情况下可得慎重行事。

当然,我上面提出的看法可能是一偏之见,而且正像您说的那样,作者抒发的是自己的真实感情，它将增强作品对读者的感染力量。我说一偏之见，因为正如来信所说，我在创作上长期倾向于现实主义，喜欢写得含蓄一些，自己从不轻易在作品中流露感情，发抒己见。但正如茅盾同志指出过的那样，有时含蓄过甚，致使读者卒难理解。由此可见，即或含蓄是优点吧，用过头了，也会变成缺点。这个道理我想同样适用于用抒情笔调刻画人物的表现手法。我希望我的这些意见不致有碍于周克芹同志通过创作实践，逐步形成他自己独特的艺术风格。

　　我对《许茂和他的女儿们》一书，还有点意见，就是五章以后，四姑娘许秀云、金东水和郑百如之间这根主线，有点被其他矛盾掩盖，或者说冲淡了的情势。例如连云场赶集那天，为了描写许茂搞投机倒把的全过程和撞下的烂子，以及七姑娘许真在"要朋友"上的出乖露丑，作者花费的笔墨似乎多得一点。这些情节不是不可以写，突出郑百如向老丈人讨好，并帮他解围，就很有必要。但是也以写得简要一些为好，力求节约些篇幅来刻画其他主要人物。作品后面一部分之所以显得松散，金东水这个正面人物形象之所以不够丰满，可能就是这么来的。

　　紧接着连云场赶集引起的纠纷，此后一些人物的遭遇，作者在艺术处理上，似乎有点追求情节，让读者感到紧张和惊奇的意图。例如，四姑娘许秀云因为受辱离开会场后的一连串行动，特别是她在短暂时间内接连两次投水自杀，是否合乎人物在其处境中性格发展的需要呢？值得考虑。当然，五章以后，扣人心弦的篇章也很不少。应该说，这部小说，比之于我三十年代在上海期间所写的作品，不管思想水平、写作才能，都高明多了。我所感到的缺点和不足之处，即或比较准确，也是一个作家成长过程中不可免的，而且一定能够逐步克服。只是得注意一点，作品写成后，必须舍得下功夫进行修改。我在这方面是有过教训的，切忌仓促发表。艺无止境，更不宜故步自封。

　　此外，我还想指出，书中有些概述一般情况的措辞，也值得考虑。如像"沿铁路线历史性的饥饿大军"之类，是否可以建议作者出单行本时把分量减轻点呢？因为据我所知，虽然当日沿铁路线逃荒、乞讨和做转手生意的人们不少，却还不能称之为"历史性的饥饿大军"。因为谁能说葫芦坝之外，不会存在"两面政权"式一类的抗争呢！而且这种说法同全书总的倾向也不怎么一致。听说《红岩》全文发表时有些修改，我想，如果所作修改，是作者根据编辑同志的建议，或者编辑部取得作者同意后进行的,这是一种对作者、读者负责的好办法。而且,就我所看的《沱江文艺》特辑的版本来说,倒也的确应该修改、加工,因为有的缺点相当明显。我倒真想照来信所说,再看一看《红岩》上修改过的全文,查对一下,可惜《红岩》是新五号字排的,同时也没有这份精力。

我可能见过周克芹同志,据说,现已四十一二岁了。高中毕业后,一直在简阳工作,先在城镇做团的工作,随后又长期住在农村,当过生产队长。我想,这个简历多少可以说明作品取得成就的主要因由。读了他的作品,我是很高兴的,因为它出自一个六十年代初开始写作,在"四人帮"横行时停笔多年的业余作家之手,特别难得。还有,他所反映的农村生活,证实了党中央的判断是正确的:我国的农民已经是社会主义的农民了!如果把他们看成旧时代原封未动的小生产者,我们将不可能较好理解在党中央八字方针的指引下,近两年来我国社会主义农业恢复和发展速度的迅猛,并将影响我们对四个现代化的信心。

当然,在读完这部作品以后,我也不无忧虑,担心这位大有希望的作者是否经受得住考验?但望他能够在群众和专业评论家的赞扬面前,永远保持清醒的头脑,记住这个成就从何而来。一定要像多年以来那样,长期地、无条件地、全心全意地作为农民群众中的一员,和他们同甘共苦,为社会主义农业的现代化而奋斗!

罗苏同志来,我们已经约定,等他们看完作品后,就派人来同我就作品和殷白同志的文章交换意见。这事您就暂且不必管它,安心做您目前更为迫切需要您做的工作,等您有了时间,再看那剩下的一部分,然后对作品进行通盘考虑吧!

祝健康!问候灵扬同志。

沙汀　八〇年二月十八日

(原载《文艺报》1980 年第 4 期)

何士光和他的短篇小说

蹇先艾

近四年来，在文艺的春天里，贵州出现了一批文学新秀，何士光就是其中杰出的一位。我在这里不顾自己能薄材谫，写此小文，介绍一下这位青年作家和他的一些主要作品。

他发表在一九八〇年八月号《人民文学》上的《乡场上》，已经引起了全国广泛的注目，文艺报刊纷纷发了评论，《红旗》杂志、《新华月报》（文摘版）在不久前还推荐了这篇作品。尽管如此，我还是要不避重复地从它谈起。

《乡场上》是一篇不到七千字的短篇小说，情节集中、紧凑，比较深刻地反映了贯彻中共中央关于农业问题的两个文件以后，实行了各种生产责任制，调动了农民的积极性，农民生活逐渐改善，精神面貌随之而起的新变化。小说通过梨花屯一场平凡的纠纷，刻画了一个忠厚老实而又可爱的老农民冯幺爸，在所谓乡村"贵妇人"和曹支书双重压力下，经过剧烈的思想斗争，最终他还是冲破了包围，勇敢地作了真实的见证，狠狠地打击了母老虎罗二娘和她的帮手的威风，伸张了正义。

这篇小说还揭露了"四人帮"横行时所造成的"穷过渡"的惨景。由于农村经济发生了变化，冯幺爸这个破了产，东挪西借，靠吃回销粮，被人看作没有丝毫价值的庄稼人，才挺起了腰杆，恢复了他长期被践踏的尊严，解放了他的精神世界。

冯幺爸对乡场上的纠纷作证时，有两段话很有代表性：

　　"老子前几年人不人鬼不鬼的，气算是受够了！——幸好，国家这两年放开了我们庄稼人的手脚，哪个敢跟我再骂一句，我今天就不客气。"

　　"……只要国家的政策不像前些年那样，不三天两头换，不再跟我们这些做庄稼的过不去，我冯幺爸有的是力气，怕哪样！"

　　他对今昔所作的鲜明对比，表达了广大农民的心愿。他们只要手头有粮(这是他们的物质利益)，脚踏实地，自然心里不慌，喜气洋洋。小说形象地显示了经过人民实践后的新的农村经济政策的正确性，但是，它着重刻画的，是人物的精神世界的变化，与那些干巴巴地图解政策或者图解已经作出的结论的小说，毫无共同之处。

　　这个短篇，截取生活的片断，从侧面来反映今天农村的新变革，调整了生产关系的农村新景象，从小见大，用相当精炼的笔墨，勾勒出了梨花屯这个小乡场和场上的几个人物，特别是农民形象、语言和习俗，都富有浓厚的贵州的地方色彩和乡土气息，并且具有较大的思想容量，使人读了以后，受到鼓舞，感到农村确实是现出了光明和希望。

　　何士光的短篇小说，到现在为止，我见到的共有十六篇，大都发表在地方刊物上。远在十八年前，这位青年作家还在大学读书的时候，就已经开始学习写作了。《山花》一九六二年第十二期上曾登过他的处女作《卖瓜记》，当时还没有引起读者的注意。一九六四年，他从大学毕业以后，被分配到贵州凤冈县，先后在凤冈中学和琊川中学担任语文教师。他非常热爱农村，不久就和琊川公社东风生产队的一位回乡女知青结了婚。从二十一岁起到今天，他在偏僻的乡场上安家落户已经十六年了，对农村的一切人，诸如村姑、老伯妈、老农、小媳妇、基层干部、生产队长、支书、小学校长、回乡知青，都相当熟悉(这些都是在他的小说中常见的人物)。他一面教书，一面参加一些劳动，不仅积累了生活，而且认真阅读了许多中外名著。他尤其爱读屠格涅夫、契诃夫的小说，泰戈尔的诗，不断加强了艺术修养。粉碎"四人帮"以后，一九七七年他就正式从事业余写作了。他在一篇"自述"中说："我写一点东西，大抵取材于我置身其间的农村，写我每天都见到的农民和农村生活，写出他们之所热爱和他们之所切恨，在这一点上，我和他们总是一致的。也正是这一点，才使我提起了笔。今后我还要这样做。"事实告诉我们，很多写农村的作家都有同样的经验：只有自己的思想感情和农民的思想感情打成一片，和他们同呼吸，共命运，才能把农民的形象写得有声有色。

除了《乡场上》外，何士光的主要作品，还有《秋雨》(《山花》一九七九年第三期)、《春水涟漪》(《山花》一九七九年第十期)、《乡情》(《贵州日报》一九七九年十二月)、《山林恋》(《山花》一九八〇年第七期)等篇。

《秋雨》是"十年浩劫"结束后，何士光的第三个短篇。在这篇以前，他还发表过控诉"四人帮"罪行的《风雨乐陵站》(《贵州文艺》一九七七年第五期)和《银杏树下人家》(《贵州文艺》一九七八年第四期)。《秋雨》在刊物上一发表，就博得读者们的好评。这篇小说触及了现实生活中一个大家普遍关心的问题，揭露了教育战线上一场小小的矛盾、冲突，作者确是有感而发的。他写了一个性情傲岸的女知青齐凤容想考大学，屈辱地去走后门而碰了壁的故事。情节虽然简单，但是结构紧凑，富有情致。小说把情与景融合在一起，作者对环境和天气的渲染，完全达到了为主题服务的目的，因此就增强了这篇小说的艺术魅力。另外，他还给了我们一个发人深省的启示，就是在这个新旧交替、复杂纷纭的社会中，我们固然要对习惯势力、歪风邪气和恶劣的行径坚决地作斗争，另一方面知识分子也要克服自己在困难面前顾虑重重、摇摆不定的弱点。齐凤容如果不经过内心的搏斗，她就根本战胜不了那种不正确的思想。在这点上，何士光对生活的发掘，是有一定的深度的。他逼着我们不得不去理解和思考隐藏在事件里的深刻意义。用"秋雨，变得像春雨一样"这样一句话作结，就透露了光明，显得余味悠然。

《春水涟漪》的内容，是中年夫妇吴培生和树惠一天晚上散步街头，看见一个年轻姑娘和情人约会的情景，树惠不由就联想到她青年时代和另一个男子恋爱的"悲剧"，使她十分伤感，她便把往事原原委委地告诉了她现在的丈夫。她后来和吴培生结婚，是因为她自身的软弱，屈从了父母之命。事隔多年，他们已经有了两个孩子。虽然她一直不爱吴培生，但又觉得青春时期的理想，早已付诸东流，只好随遇而安地把没有爱情的、不愉快的漫长岁月打发下去。小说含有一点哲理，就是说，由于春风(党的新的政策精神)的吹拂，人们被冻结了很久的感情复苏了，被扭曲了的性格和生活，就像解冻的春水，又泛起涟漪。这个充满激动感情的夜晚，只是一个缺口;即使涟漪平静下来,也不会是原来的样子了。这点哲理,倒也耐人咀嚼。令人难解的是女主人公的哀愁,压抑在心头这么多年,为什么今天才发泄出来?其次,有些地方,好像不是树惠在抒发她的情怀,而是作家在那里发议论。有一位小说家认为《春水涟漪》中的两个人物的道德情操不高,不值得同情,不能起到鼓舞和推动人民前进的作用。这种看法究竟对不对,还可以研究。

《乡情》是一篇三千多字的短篇小说,写一个责任感很强的北方老干部杨平山,被迫害了二十年,平反后,又自愿回到原来工作过的小乡场,去帮助农民治穷。主题很有现实意义,也涉及了一点农民怕纠偏、怕多变的思想。杨平山书记和农村妇女桂芬在井边相遇的两个场景,写得娓娓动人。结尾,杨平山一面喝着井水,一面静听田野上农民搞生产用来助威的锣鼓声(这是梨花屯的习俗),使他想起了二十年前的一支歌子:"好久没到这方来,这方凉水长青苔;拨开青苔喝凉水,凉风悠悠吹进来。……"正是此情此景的好写照。它把我们带进了一个充满诗情画意的境界。何士光对我们说过,在他的小说中,他自己倒偏爱这一篇,这是他写小说从自发到比较自觉的开始;文章虽短,写的时候,他却费了工夫。

《山林恋》是一个美丽的爱情故事。何士光用第一人称,写了城里一个"不小的干部"的儿子(路线教育工作队的副队长),爱上了杉树沟的一个农家姑娘,想同她结婚,却遭到他父母的反对。("因为那时的人情,对待农村的人很冷酷和歧视。一个城里的人听说自己有可能去当农民,就恐惧得浑身发抖,下放到农村已成了一种惩罚。")作品提出了引人重视的"城乡差别"问题。这个问题很复杂,短时期是解决不了的,作者没有作出解答,其实,一个作家也不一定负有非解答自己提出的问题不可的责任。

《山林恋》比作者过去的短篇小说跨了一大步,从这篇起,何士光更注意了刻画人物。他以前的小说,多半着重情致、情趣,有时人物显得淡了一些。在《山林恋》中,他对周正良一家人都有所描绘,对惠姑娘也描写得比较细致。艺术的手法,比过去更精炼了,黔北山乡的景色,历历如绘,使我们不啻身临其境。但在读者中有一个共同的反映,就是女主人公对年轻副队长的感情,作者写得还不够丰满,使惠姑娘的被逼出嫁造成的这个悲剧的艺术力量,就相对减弱了。这正是这个短篇不足的地方。

总起来说,何士光在短篇小说的创作上已取得了一些优异的成绩。首先因为他深入了生活,同农村中各种人物经常保持接触,理解他们也比较深。取材又多从实际生活出发,不赶浪潮,不粉饰现实。事情看来好像很寻常,但他都是经过细致和深刻的观察以后才下笔的,每篇都有不同的社会意义。何士光有自己的创作个性,从来不追求大起大落、离奇惊险的情节甚至于刺激人、麻醉人那一类的事件(这当然与作家的生活环境有很大的关系)。他的笔锋随时流露出真实的情感,所写的故事又都出自他亲身的经历感受,经过带有哲理的思考、分析,透过现象抓住了生活的本质,所以写来,自然、隽永、生动,发人深思,耐人寻味。对社会过去的阴暗面,他常常都是透过今天的光明来看的,这也与众不同。他在小说的艺术构思和概括上,很用了一番力气,着重凝练、深沉,从不作连篇累牍的冗长描写,而是把错综复杂的社会生活通过一件平凡而有意义的小事或者一个场景表现出来,基本上掌握了短篇小说的艺术特点,做到了"借一斑略窥全豹,以一目尽传精神",他学习和追求的是短篇小说大师契诃夫和鲁迅的手法。

何士光的作品,也存在一些缺点,我觉得抒情的笔调多了一些,有时不免流于感伤;他喜欢用散文式的叙述来代替细节描写,有些小说写农民的性格语言也还不够(《乡场上》除外);这些无疑地都会影响到作品的艺术感染力,不能等闲视之。目前,何士光深入了梨花屯和杉树沟(可能不是真实地名)的生活,这当然很好;我们希望作者今后扩大他的视野,不断熟悉新的生活,在创作实践中多作一些试验和探索,促使题材与思想日趋广阔深化,正确认识和反映我们这个时代,塑造社会主义新人的生动形象,取得更好的艺术成果。

(原载《文艺报》1981 年第 1 期)

试论刘绍棠近年来作品的美学追求

丁 帆

　　……一个天才的头脑是一片沃土和乐园。那地方幸福得像爱利西亚姆仙境，肥沃得像坛普，而且享受着一个永恒的春天。创造性的作品就是这个春天的最美的花朵。

——杨格①

一、他在寻觅新路

　　刘绍棠在丰沃的生活原野里勤劳刻苦地培育着美丽的奇葩，力图寻觅一条艺术的新路。这个在新中国五星红旗升起时出现的文学新星，与祖国一起经历了多少次痛苦的磨难，他在艺术的道路上追求、探索、闯荡、迷惘……历经酸甜苦辣，终于又踏上了光明的坦途。一九四九年十月，刘绍棠这个"头顶着高粱花儿，脚踩着黄泥巴"的少年，带着新中国翻身农民的喜悦和欢乐激情，一头闯开了文学的大门，为新中国文坛带来了乡野的晨露，吹进了新鲜的空气。像"青枝绿叶"的嫩苗，他的作品充满着青春的活力和泥土的温馨芬芳，显示出顽强的生命力。虽然这些作品

---

　　① 《论独创性的写作》，引自《西方文论选》（上），上海译文出版社 1979 年版。

还脱不掉那种孩子气的幼稚，但是人们都用惊讶感叹的神情注视着这个来自运河滩上的"神童"，甚至似乎还有点不敢相信他的才华；随着《山楂村的歌声》、《运河的桨声》、《夏天》、《私访记》、《中秋节》等中短篇小说集的问世，人们不得不为这位少年所具有的独特艺术才华而折服。可是"天有不测风云"，一九五七年的一场政治风暴，使他落入了生活的底层，如同一朵凋谢的花，从此销声匿迹。但用辩证的眼光来看，扩大化了的反右斗争和"十年浩劫"反而成就了这个生活功底尚不够深厚扎实的年轻作家，他付出了三十年的时间代价去体验生活，拼命地吮吸着大地母亲给予他的丰富营养。土里刨食，这对于一个农村作家来说，是值得庆幸和欣慰的。动荡的生活不但使他更深刻地认识了包孕丰富社会内容的大千世界，亦更使他认识了艺术的真谛，当文艺界"双百"方针得以真正贯彻的时候，他为自己丰厚的生活积累找到了喷射的火山口。

随着人们艺术鉴赏能力的不断提高，时代向作家们提出了更新更高的艺术要求。一个发表过若干作品、并且颇有点名气的作家，倘若跟不上这历史车轮前进的步伐，他的艺术光泽就会黯淡，也就必然会被人们逐渐遗忘。只有当他经过艰苦的艺术探索以后，创出一条自己的艺术道路时，他才能真正获得新的艺术生命。

可以作这样的估价，粉碎"四人帮"以后的一两年中，由于多年来"左"倾文艺思想给人们带来的痼疾尚不能根治，文学界所发表的好作品寥若晨星。而刘绍棠也没有能够摆脱陈规旧套，他的作品在艺术上非但不见长进，甚至还没能超过五十年代的水准。他的新作《地母》、《含羞草》、《燕子声声里》、《藏珍楼》等都存在着较浓厚的概念化倾向。这些作品一经发表，便使人感到一种莫名的担忧，似乎有种潜伏的危机在威胁着作者。寻根找源，这是因为作者没有能够为自己丰厚的生活找到一条闪光的艺术道路。但随着思想解放运动的蓬勃发展，文艺界呈现出的繁荣局面促使他去作深刻的思考。终于，他悟出了一条艺术的真谛："文学作品的寿命不能短暂如雪花"；"艺术性问题应该作为文学创作的生死存亡大事来重视"。[①] 于是，他开始用新的艺术形式和表现手法去开掘生活中的美了。当八十年代的历史帷幕徐徐拉开的时候，刘绍棠用"从生活的大书上扯下来几页"的中篇小说闯出了

---

① 《本刊邀请部分外地作家举行座谈会》，《新苑》1980 年第 3 期。

自己的新路,不断向"乡土文学"的纵深突进,终以独异的风格而蜚声文坛。他以《蒲柳人家》为信号,打出了"乡土文学"的旗帜,即以他丰厚的乡土生活为本,创作出"田园牧歌"式的"美文学"来。这些作品通过对丰富生活的描绘,鲜明地体现出生活的充实性与和谐性,给人以闲逸恬静、心旷神怡的美感,有较大的可视性。一部作品的优劣并不取决于歌颂还是暴露,而是要看作家能否根据自己的创作个性和本身的素养再现出真实动人的生活图画来;是否能像恩格斯说的那样"从美学观点和历史观点"(《致拉萨尔》)来作为自己创作的尺度。离开了这一点,作家就会变成悬在空中的安泰。刘绍棠十分佩服沈从文那充满湘西一带风土人情的"美文学",他将沈从文的《边城》与同时代的蒋光慈的《田野的风》和丁玲的《水》相比较,决心摒弃那种图解农村阶级斗争的写法,而"更多地学习沈从文先生那样表现生活,让生活说话"①的艺术手法。他要"在自己最熟悉的乡土上打深井……永远坚持写农民,写田园牧歌,写光明与美"②。鉴于这样的艺术见地和主张,我们欣喜地看到刘绍棠在探索艺术新路中所取得的可喜成就,仅两三年的时间,除长篇和短篇以外,他的中篇小说创作就有三十部之多。而就刘绍棠整个创作来看,他的艺术成就以中篇里的"乡土文学"为最。这些作品以浓郁的土气乡情取悦于读者,像春天清晨绿色原野里的一朵朵花蕾,"每一滴露水在太阳的照耀下都闪耀着无穷无尽的色彩"③。这些作品标志着刘绍棠的创作已进入了一个崭新的艺术阶段,表现出作者新的美学追求。这正是由于作者扬长避短,向自己风格深处开拓的结果。他说:"人人都有性格,作品应有自己的特色。我在自己的作品中,总是注意自己的创作个性,从构思、选材、描写的角度到语言修辞都要体现出自己的特点。"④不错,刘绍棠近年来"乡土文学"的中篇创作是颇具特色,这种艺术特色诚然是与作者的创作个性有着血缘关系的,因此,我们在分析他的作品时,必须找出其规律性的艺术特点来,由此而看清作者的美学追求。

---

① 《刘绍棠谈自己的经历、情趣和创作》,《当代文学研究参考资料》1981 年第 9 期。
② 《刘绍棠、陆文夫、张弦谈创作》,《长春》1981 年第 10 期。
③ 《评普鲁士最近的书报检查令》,《马克思恩格斯全集》第 1 卷。
④ 《刘绍棠性格心理调查表》,《人才》1981 年第 7 期。

二、追求"天然去雕饰"的真朴美

歌德曾说过："假定一位具有天赋才能的艺术家,一个把自己的手眼在模特儿上锻炼一定程度的人,开始就以最准确的笔触,忠实而勤奋地去摹写自然的形状和色彩;假定他从来没有想到背弃自然,并以自己眼前的自然作为绘制每幅图画的起点和终点;那么,这样的人将永远是一位值得注意的艺术家,因为他一定可以达到惊人高度的真实,他的作品必然是可靠的、有力的,丰满的。"①可以看出,刘绍棠在自己的创作中,尤其是在像《蒲柳人家》、《花街》、《瓜棚柳巷》、《草莽》、《渔火》、《荇水荷风》、《小荷才露尖尖角》、《绿杨堤》等这样的乡土中篇里,刻意追求着一种"天然去雕饰"的真朴美,让真善美的艺术图画释放出所蕴藏着的最大能量。作者虽胸有成竹,但挥洒却很谨慎——一切时代的色彩,人生的奥秘,社会的底蕴决不由作者自己吐露,而完全靠生活本身来作解释,使作品无论是在思想上还是艺术上都留下深长的韵味。一部好的艺术作品也只有将自然的生活作为蓝本进行描摹,呈现出它的多义性,给读者留下思索联想的余地,方才堪称佳作,才能达到用艺术的魅力去净化人们灵魂的目的。反之,将容易导入概念化的流俗。我认为有些同志在评论刘绍棠作品《蒲柳人家》时的某些论点是不够妥当的。当然,那时刘绍棠刚刚才开始进行新的艺术探索,尚没能以更多的创作实践来证明自己的创作主张和理论的可取性,它有个逐步完善的过程。所以,有的同志的结论似乎下得过早了一些,认为《蒲柳人家》看起来"似尚未用心深入地思考与发掘"②。原因就在于作品"时代色彩并不凝重"。恰恰相反,这正是作者在进行新的艺术尝试——把自己成熟的思考渗透在动人的艺术画面之中,使之成为有机的艺术整体,而丝毫不露雕琢的痕迹,杜绝一切概念的笔墨强行进入作品,以防破坏艺术画面的和谐美。一切按照人物自身的生活发展线索去写,自然而贴切,一切社会风貌都应成为人物以及景

---

① 《自然的单纯模仿·作风·风格》(歌德著,王元化译),引自《文艺论丛》第11期。
② 《读作品记》(一),《新港》1980年第10期。

物辅助性的描写而存在,而决不能将人物、景物当作奴隶,从属于它。所谓时代色彩,并不是作者在作品上涂上某种外在的印记。好的艺术作品不一定都是将时代的气息和背景勾画得清清楚楚,倘若是让它自然地含蓄隐蔽地渗透在作品中,则更显得丰富、深刻。作者用自己的创作实践说明了时代的精神和色彩并不要求作品去有意地突出强调,而是要依靠读者自己在具体的生活画面中去寻觅、联想,从中挖掘出某一时代的精神与特征来。深深的寓意靠读者的“再创作”去完成,这也是艺术的享受。在某种程度上,它像咀嚼品味含蓄的诗那样惟妙有趣,因为形象的内涵往往可以大于思维,甚至可以跨越很长的时代,释出其永恒的美。如果作家动辄就是采用大幅度暴露性的时代气氛渲染,唯恐读者看不出时代背景而犯抹煞社会性、阶级性(即狭义的“典型环境”)之忌,这样做并不一定高明,往往会把生活和时代肢解开来,使本来很和谐的生活画面变得支离破碎、矫揉造作。有人认为用“风花雪月”去表现时代的色彩是不易成功的,这个说法似不很确切,固然,“风花雪月”是没有阶级性的,但是它和具体的生活环境和人物联系在一起,无形中就带有社会和阶级的属性。作家在具体的描写当中并不需要把人物景物、社会结构、社会风尚等按“三结合”的比例分配来写,而应是将后者有机地渗透在人物和景物的描写之中。作家社会学的观点隐蔽得越好,这对一部艺术造诣高超的作品来说就越妙。《草长莺飞时节》里的那段大堤内外的景物描写是足能说明这个问题的,看起来,这纯粹是一幅描写优美自然风光的图画,你看,其描写角度有条不紊,富有鲜明的层次感,从堤上到堤下,再到堤内;其色彩又是多么鲜艳:绿色的岸柳,蒲苇、水草和粼粼的清波,白色的鸭子,红色的鸭掌,真是相映成趣,勃发着春天的生机;其画外音又是多么动听悦耳:黄鹂鸣啭、蛙声鼓噪、鸭子的呱呱声,奏出了一曲和谐的“百鸟朝凤”。这真是诗的有声画。但更为可贵的是我们从自然从容的信笔描写中,触摸到了跳动着的时代脉搏,那绿色原野中正在插秧的人,已不是成行结队的“大忽隆”了,因为吃大锅饭的日子已一去不复返,联产责任制、分工到劳的新体制改革已渗透到这乡村一隅;难道我们不可以从这田园牧歌中看到获得第二次经济解放的农民那种欢欣喜悦的激情吗? 这样含蓄的笔墨才具有诗的意境,才具有强大的生命力,它所包孕的社会内容是深邃而巨大的。倘若这部作品通篇都采用这样的艺术描写,也许会是一篇上乘之作。刘绍棠作品“时代色彩并不凝重”,这正是作者的匠心所在，只有细心的读者才能从具体的生活情境之中看到社会的风貌、斗争的风云、时代的变迁。但这都不是概念的演绎，而是生活本身释出的折光。倘若不如此写来，岂不失却了"荷花淀"派的艺术风格？

有些同志似乎将刘绍棠作品的"失败"——"结构稍松，总体无力"——归咎于作者没有把人物和社会、时代融为一体，我觉得这种说法是失之偏颇的。就以《蒲柳人家》为例，作者着力刻画了好几个人物形象，但从整个画面之中无不透露出中华民族崇高的社会风尚——京东运河岸边人民勤劳勇敢、善良朴实的严谨生活态度，无不洋溢着抗日烽火蓬勃发展的时代气氛。这风土人情、这时代氛围都是通过人物的活动得以体现的。作者采用了新的艺术表现手法，即"无主角"的写法，其人物似乎都是信手拈来，随意涂抹，笔墨放纵，不事用工，很有写意的笔法。但仔细品味，似乎它又兼有工笔画之妙，因为人物刻画虽着墨不多，然而却又能达到像工笔画那样毫发毕现，栩栩如生，丰腴而具神采之效果。所以，看起来整个作品的结构并不严整，显得松散而无力，但这正是作者新的艺术尝试——创造一种散中见整的艺术结构。结构是形式，它是为内容而存在的，内容决不可作它的奴隶。削足适履的做法只能破坏艺术的美感。刘绍棠认为："……主角戏往往把其他人物写成主角的佐料，把生活剪裁得失真，结构上也显得造作。"[1]为追求自然朴素的美，作者力图按照生活的"主线"去结构作品，不受结构形式的束缚，使艺术结构更趋于接近生活的自然，更具有生活的真实感。"比如我写的《蒲柳人家》，何满子是主角？那么点小家伙，光着屁股，那么点小肩膀，六岁，生活担子他挑得起来吗？你说是望日莲、周檎吗？也不是，我按生活，这样写起来自然，可以避免脱离生活。"[2]诚然，作为艺术作品，亦应该考虑到讲求结构的精美，但倘若露出刀斧切割的痕迹，那么就会破坏整个美的形式的表现，乃至破坏艺术的自然美。刘绍棠循着生活这条"主线"去构造作品的支架，显示其自然形态的美，另辟艺术蹊径，这是难能可贵的探索精神。他的作品人物众多，但性格毕出；结构似松散，然神韵犹在。他今年在《人民文学》上发表的《小荷才露尖尖角》是一篇脍炙人口的佳作，作者仍然是按照生活的线索去结构

①　《我与中篇小说》，《鸭绿江》1981 年第 6 期。
②　《刘绍棠谈自己的经历、情趣和创作》，《当代文学研究参考资料》1981 年第 9 期。

作品的间架的,全文八个章节,而五六个主要人物占的篇幅比重相差无几,显得比重不突出,有时一个人就是一个单元,乍看起来,作品似觉松散,但仔细琢磨,便可见其中妙不可言的艺术效果,每个人的故事都是一部性格发展史,而它们之间关系的总和又构成一个总主题,成为整个社会的剪影,使我们触摸到了跳动着的时代脉搏。

写人物、写风花雪月,采用诗的笔法,写无穷之韵,写不尽之意,使其饱蕴着巨大的含量,神韵、风韵、气韵,像血肉与骨骼一样自然的融合,呈现出一种自然形态的、原始形态的结构美,这样的艺术探索,未尝不是有所裨益的。

刘绍棠作品既是"田园牧歌"式的作品,那么,作品的画面应该呈现出优美的诗情画意,这种诗情画意是"拿一种第二自然奉还给自然,一种感觉过的,思考过的,按人的方式使其达到完美的自然"①。刘绍棠作品的自然美也正是表现为作者在对自然的描绘中倾注自己炽热的情感,"是一种丰产的神圣的精神灌注生气的结果"②。无论写人状物,作者力图创造出一种爽朗清新,对未来充满信心和憧憬的优美意境,做到意与境谐;也只有从风物画中透露出具有纵深感的社会内容,才算是大手笔的风度。就拿《花街》第一章为例,作者在介绍花街这个世界时,用简练的笔法勾画出了花街的地理环境,人情世故。通过对景的描绘透露出时代氛围。写景,虽有灰暗的色彩,但亦无不画出那充满生机的光明亮色;通过写人透露出作者的美学评判。写人,虽有使人悲哀的情感,但更多的是写向上的情绪。你看,老人早逝,男人们扛长工、打短工、赶脚、拉纤、卖苦力,小孩子"抽四六风,蒲草一捆,草丛中刨个坑儿一埋"。女人们"不是私奔,就是拐卖"。这里的笔调是如此凄惶悲凉,但作者笔锋一转,用大段笔墨去描绘了充满生活情趣的风俗人情:男人们在河边挑水时的嬉笑怒骂;女人们浣衣时的争风撒村,以及她们在暮霭晚霞映照中脱衣下河洗澡时的嬉戏玩耍,躲避路人的一闹一静的无限情态,是一幅多么富有生活情趣的人情风俗画啊,其格调清新明朗,入诗亦入画。还有动人的音乐美,是一首充满着民俗风味的乐章,这部田园交响诗奏出了花街人们对生活的挚爱和追求。他们不被生活的重荷所压倒,他们是精神的富有者,原来生活的溪流里还淙淙地流淌

---

① 《〈希腊神庙的门楼〉的发刊词》(歌德著,朱光潜译),引自《西方美学史》。
② 《歌德谈话录》,引自《西方美学史》。

着诗一样的情感哩。从中我们窥见到了真善美的巨大力量给作品增添的美感。美好的旋律与痛苦的音符交织在一起,形成反衬对比,作者从中渲染了一种向上的情绪,一种美好的追求。穷困,压不垮人们对美好生活的渴求和愿望,生活在底层的人民也能从苦难的生活中寻找到精神的乐园。画面只有情景交融才能构成诗的意境。作者把情、景、人三者的描绘交融渗和,使之成为一个完美的、和谐的生活图画。画面中充满着浓郁的生活韵味,不仅写出了花街人们精神世界的美,而且亦表现出作者高度的描写技巧,它显现出画面的优美清新风格,动中有静、静中有动,节奏感强,音乐欢快和谐,洋溢着"田园牧歌"式的生活情趣。

从作品的整个第一章来看,它都显示出这种清新优美的笔调,作者的艺术情趣与艺术技巧融合在一起,创造出了动人的生活画面,勾起你对生活的向往,这便是意境的艺术功效,也是"田园牧歌"式作品的美感作用吧。可以说,刘绍棠自《蒲柳人家》以后创作的"乡土文学"(主要是中篇创作),格调之优美清新,是接近了炉火纯青的艺术境地的。作者在优雅闲适的自然形象之中融进诗的意境,"寄至味于淡泊",使作品有较高的美学价值。刘绍棠一再主张"在风韵上要自然从容。自然,写出作品自然,不矫揉造作。从容,游刃有余,好像信笔游之,然而又见功力"①。唯有做到此点,作品才能给人以美的享受。他的中篇《绿杨堤》呈现出的优美自然的风韵使人身临其境,除去田园风光的景物描绘外,其人物描写、环境描写都向生活中的真实自然形态靠拢,以生活中的琐屑小事来折射出主题思想的光辉。作者摒弃了那种说教式的描写,撷取生活中富有情趣的故事情节,使你在自然生活的欣赏中得到美的陶冶。

三、力求富有魅力的语言美

茅盾认为"文学的民族形式的主要因素是文学语言","必有赖于诗的语言。所谓诗的语言,和一般的文学语言一样,是在民族语言的基础上加工提炼,使其更精

---

① 《刘绍棠谈自己的经历、情趣和创作》,《当代文学研究参考资料》1981 年第 9 期。

萃,更富于形象性,更富于节奏美"①。刘绍棠在自己的作品中塑造了众多风姿绰约的人物形象,使这些形象获得成功的重要因素之一便是作者运用语言的功夫。像高尔基那样,作者不止一次地喊出了"语言,是文学的第一要素"的强音,他在语言的描写上作了刻苦的磨砺。孙犁同志说:"他的语言功力很深,词汇非常丰富,下笔汪洋恣肆。"②不难看出,刘绍棠在人物刻画上善于采用个性语言,人物身份、人物性格、人物心理全靠精当传神的个性语言加以表现。倘若一部作品能够做到将语言写成大浓度的诗化的生活语言,尽力少用议论式的旁白、哲理性的警句,而将生活的底蕴都包孕其中,那么就更能显示出"美文学"的艺术特色和民族风格来。《草莽》里桑木扁担和陶红杏在商量怎样搭救被卖在花船上倍受蹂躏的月圆时的对话,是很能体现个性语言的神韵来的。在这段简短的对话中,两个人物的不同个性表现得很真切,同是侠肝义胆的好兄妹,但性格各异。陶红杏大胆粗犷热情有余而计谋不足;桑木扁担虽淳朴憨厚,但内心却似一团火,他毕竟闯荡江湖多年,比陶红杏更有心机。他俩的内心世界在这里表现得淋漓尽致。陶红杏救人心切,不惮用激将法刺痛自己的义兄,这是因为她深深地体会到花船上那种对女人非人般的蹂躏的痛苦,作为一个忠烈侠义的少女,她虽已脱离苦海,但她岂能忘记沦落风尘、身陷囹圄的好姐妹呢。桑木扁担也是十分惦念与钟情曾经有过一饭之恩的救命恩人月圆的,只要能救出她,哪怕是粉身碎骨、赴汤蹈火也在所不辞;但从孝道、人道的伦理道德出发,他又不忍连累父亲和红杏,因此才在走投无路的情况下,急中生智想出了一条假扮门神爷,巧夺不义财,赎出月圆的妙计。当然,这段短短的对话也是情节发展承上启下的契机,但是作为人物个性的语言来品评,就不得不使你考虑其更深长的意蕴,这意蕴的外衣不是哲理的演绎,而是活生生的生活情趣。也只有撷取充满着生活情趣的语言,对生活进行高度的艺术浓缩,才能使作品放射出永久的光辉。有一些涂饰着说教色彩的"哲理性"语言,固然有时也似颇能激动人心,闪烁出炫目一时的光华,但时过境迁,它便会失去生命的光彩,因为文学作品的生命力就在于形象地再现出使你想起的动情生活,唯有它才能永葆其文学作品的艺术青春。

---

① 《漫谈文学的民族形式》,《人民日报》1959 年 2 月 24 日。
② 《读作品记》〈一〉,《新港》1980 年第 10 期。

人物语言的动作性是我国古典小说描写的精华，通过人物语言的描绘，使人物的神形并出，气韵生动，达到与具体的矛盾冲突和情节发展交融渗和的艺术效果。刘绍棠是很考究人物语言的动作性的，就以《瓜棚柳巷》为例，花三春骂大街一场戏里有两段对话很能体现出语言的动作性的。花三春这个曾经在"放鹰"堆里长大的放浪女子，她的身上终究沾染了撒泼放刁的世俗陋习。她欺软怕硬，有意先避开正面的敌手，而乘虚向柳梢青进攻，从而从侧面来制伏柳叶眉。她采用的软硬兼施的战略战术是很奏效的，完全可以从这两段道白中表现出来。她用"又尖刻又含蓄又歹毒又泼辣又优美"①的骂声丰富了自己强烈的个性以及那活灵活现的面部表情的变化。尤其是两次第二人称"您"和"你"的巧妙变换，确是神来之笔，进一步强化了人物的个性特征。无须外加更多的肖像描写，就可以看出她此时此刻的神情骤变，这便是人们常说的"如闻其声，如见其人"的艺术效果吧。也就是说，我们不仅通过这段人物语言描写可以看到人物的外部动作，还可以窥探到人物的"心理动作"，读者看到了人物语言中充满的内心活动，与具体的情境结合在一起，为人物形象增添了风韵神采。刘绍棠作品中的肖像描写不多，但个性语言的动作性完全可以使读者展开想象的翅膀，自行联想、刻画出其人物的毕肖神情，颇有词断意续，笔不到意到之功力。

人物语言的节奏感和音乐感是使作品更加诗化和引起读者美感的重要因素。刘绍棠很注意对民间口语的"归整"，使其更具节奏与音乐之美，他说："农民说得口齿伶俐，都是四六句，你看舌头底板压人的主儿全是这样，敲鼓点一样的，有张有弛，有紧有慢，说得你绝没有办法。"②《花街》里狗尾巴花调戏叶三车的漫声浪语就很有节奏感和音乐感，突出表现了其放浪的个性。这段话轻而缓，带有拖腔和尾音，不但写出了狗尾巴花寡廉鲜耻、放浪形骸的外在表情和奸狠毒辣、口蜜腹剑的内在本质，而且语言节奏性和音乐性正有助于深化"这一个"的性格特征，活画出了这个浪妇的丑恶嘴脸。像《草莽》中桑铁瓮搭救陶红杏的那段肺腑之言更能说明节奏感和音乐感的功能。

---

① 《刘绍棠谈自己的经历、情趣和创作》，《当代文学研究参考资料》1981 年第 9 期。
② 《刘绍棠谈自己的经历、情趣和创作》，《当代文学研究参考资料》1981 年第 9 期。

　　　　桑铁瓮热泪盈眶,说:"侠肝义胆的好公子,我不光更像亲生女儿一样疼爱
她,还要把全身的武艺传授给她;教她拳头上站得人,胳膊上跑得马,眼里不揉
一粒沙子,一辈子顶天立地。"

这段话的节奏重而快,斩钉截铁,一气呵成;旋律急骤,如重石掷地,铿锵有力,使桑
铁瓮那豪侠的江湖个性形象跃然纸上,更富有立体感。

　　像这样富有节奏感和音乐美的村言俚语,经过作家的"归整",大量运用于作品
之中,尤其是作品中人物对白一般都以四六句式出现,这就更增添了作品明快简洁
的色调。仍举《草莽》里云锦和叶雨初次相见时的一段对白为例:

　　　　"我想问叶雨几句话。"云锦脸红心跳,捧住胸口,"叶雨,学如逆水行舟,不
进则退;你虽然在三千人中独占鳌头,可要记住满招损,谦受益,这些日子是不
是在温故知新,增长学问?"

　　　　"打鱼!"叶雨直通通答道。

　　　　云锦也皱起眉头,又用老大姐的口气规劝道:"收网回家,也还要囊萤映
雪……"

　　　　"习武!"叶雨打断她的话。

　　　　云锦吃了一惊,问道:"你为什么荒废学业,偏爱舞枪弄棒?"

　　　　"大难临头,防身自救,路遇不平,拔刀相助!"叶雨声音朗朗。

　　这段对话真像是两人在填词作对,充满了古典诗词的韵律美,倘若不加"归
整",用无节奏的语言说出来亦未尝不可,但经过作者加工以后的人物语言,更能刻
画出他们之间不同的个性特征。前者受儒家正统规训教育较深,字里行间表现出
大家闺秀对自己所敬重的男子的恭谦,柔情,其节奏轻缓,语调柔和缠绵;而后者在
潞河中学读书,受进步思潮影响较深,谈吐之间潇洒大方,富有青春的活力,其语言
节奏短促有力,语调刚直铿锵。这组对白就像一组复调结构的"创意曲",用不同凡
响的语言奏出了人物心灵世界的美德来,同时显现出其性格的差异。如果刘绍棠
能够更注意这种节奏感、音乐感强烈的语言锤炼,或许会使这"田园牧歌"式的作品
更能增添无穷的诗意和美感。

四、探索交融渗和的创作形式美

综上所述,可以看出刘绍棠是在努力追求着一种适合于自己表现力的自然的艺术形式美,倘若谁要是硬用什么现成的创作方法公式去套其作品而得出一个肯定的答案来,那么这也许是徒劳的。读刘绍棠的作品,使你很难判定作品是现实主义的创作方法,还是浪漫主义的创作方法。当然,它也不是两者的机械结合。它的现实主义因素和浪漫主义因素并不是有意识的撮合,而是自然而然地相互渗透和影响着,是在现实生活的土壤上描绘出的一幅富有浪漫色彩的"田园牧歌"式的绚丽画卷,折射出了作者的美学追求。有人认为,现实主义就应该是冷峻刻板而带批判眼光的客观描写,而浪漫主义就应该是热情夸张而尽情歌颂的主观描写。这种看法未免太狭隘,时代在前进,一切旧有的创作方法是远不能够适应深沉博大、丰富多彩的社会生活内容的,所以创作方法的变革与创新也是势在必然的新潮流,否则创作的路子就会愈走愈窄。很显然,刘绍棠在这方面是作了一些探索的。你说他的作品是浪漫主义的吗?然而他的笔下确实呈现出一幅幅生活在底层的劳苦大众受凌辱受压迫的血淋淋的痛苦生活实景,对生活丝毫不加粉饰,即便是现实生活题材的作品,他也如实地揭露出了生活的阴暗面。《蒲柳人家》里望日莲受迫害,《草莽》里月圆遭受的水妓生活的痛苦蹂躏,《花街》里蓑嫂所经受的种种磨难……不正是构成了挣扎在水深火热生活逆境中万般苦痛的妇女群像吗?作者难道不正是在强烈地抨击着吃人社会的罪孽吗?《小荷才露尖尖角》里秋葵所遭受的肉体和精神上的折磨,不也是令人心悸发怵吗?他的作品确确实实写了许多假丑恶的生活场景,然而,倘若你给作品下个现实主义的定义的话,又显然是不妥的,因为作者虽然写了痛苦生活的一面,但却更多的是表现出人们在痛苦煎熬中的那种对真善美生活执着的追求、充满着信心和力量的崇高精神。这种向往、追求的目标,并非是小资产阶级想入非非的"乌托邦"式的理想国,而是存在于沸腾着的现实生活之中,是建筑在现实生活痛苦与欢乐之间的一种高尚情操的精神美。从描写角度上来看,作品的客观描写大于主观描写,实感很强。但是只有当你进入作品的具体情境之中,才能发现这个"让生活说话"的客观描写中融进了作者许多对生活的哲学的、伦理学的、社会学的真知灼见和美学追求。因为刘绍棠深知"作家首先是写生活,再现生活,表现生活,如果你把生活表现得好,它可能闪出思想家的光辉"①。一切都围绕着艺术的宗旨——尽力描摹自然中能引起美感的生活,让思想巧妙地包容在生活的图画之中,使作品中的真善美与假恶丑在鲜明的对比中保持统一和谐,从而达到现实主义与浪漫主义的互为渗透。

有人认为刘绍棠的作品是浪漫主义的。但是它又和十九世纪英国"湖畔派诗人"那种强调主观想象力,否定文学反映现实,否定文学的社会作用,"远离现实斗争的题材,讴歌宗法式的农村生活和自然风景,描写神秘而离奇的情节和异国风光"②是迥然不同的。诚然,刘绍棠作品也是主情的,但他更多的是从具体的生活场景中来抒发感情,而不是"纯牧歌"式的。他向巴尔扎克学习,尽力使自己成为社会的风俗史家,在摹写自然生活的背后,含蓄地点出作品的主题——"痛苦要转为希望,歌颂人民,才是永恒的主题"③。从而达到寓教育于娱乐之中。从《小荷才露尖尖角》里我们看到了田园里的悲凉,听到了牧歌里的哀调,但它的主旋律却是高昂亢奋的。我们从这些乡土文学的组曲中,得到的是道德美的陶冶,在那些勤劳质朴、侠义忠勇的普通劳动者身上汲取了丰富的精神营养、增强了生活的信心和希望。尤其是一九八二年以来,作者更致力于现实生活题材的创作,试图以乡土文学的样式准确地描画出富有时代精神的生活图画来,使人们从这生活大书的一页里得到更多的启迪和教益,激发起对生活的热爱。其创作方法仍然是现实主义和浪漫主义相互渗透的。

艺术真实是现实主义的最高原则,刘绍棠作品的现实主义因素鲜明地表现为"除细节的真实外,还要真实地再现典型环境中的典型人物"④。作品呈现出的逼真的生活细节不必说,就人物来说,他们是典型的,既有共性,又有个性。他们的脉搏是和着作品特定的典型环境一起跳动着的。从他们身上表现出民族的精神实

① 《刘绍棠谈自己的经历、情趣和创作》,《当代文学研究参考资料》1981 年第 9 期。
② 《欧洲文学史》(下),人民文学出版社 1979 年版。
③ 《刘绍棠、陆文夫、张弦谈创作》,《长春》1981 年第 10 期。
④ 《致玛·哈克奈斯》,《马克思恩格斯选集》第 4 卷,第 461 页。

质。每一个人都是一个世界,通过他(她),我们可以窥见不同阶级、阶层在现实生活中的剪影。在日常生活的细致描写中突出描写人物的个性特征,这是现实主义的惯用手法,而刘绍棠作品正是刻意追求这一点的。他笔下的人物着墨虽然较平均,但是人物个性却都能栩栩如生、跃然纸上,这是因为他采用的艺术手法是现实主义的真实生活细节描绘,进而通过这样的细节描绘来达到抒发带有浪漫主义色彩的向上情感。

无论是从内容和形式上来说,刘绍棠作品包含着现实主义和浪漫主义两种不同因素,"这既不是现实主义,也不是浪漫主义,而是两者的一种综合"①。诚如毛泽东同志也相应主张的"两结合"(但不是机械平均地分割)创作方法一样,刘绍棠的创作实践为我们提供了对这种创作方法的再研究课题,因为刘绍棠的作品说明了这也是一条可以探索的艺术道路,它是有生命力的。正如高尔基所说的那样:"我们的艺术应该站得比现实更高,并且在不使人脱离现实的条件下,把他提升到现实以上。"②这便是源于生活、高于生活的艺术真谛。

综观刘绍棠的作品,可以清楚地看到,一旦作者离开了自己的创作个性,离开了他所熟谙的生活基地,作品就变得枯燥无味,甚至会出现概念化的倾向,这是值得作者引起注意和思考的问题。艺术探索的道路是无止境的,要使自己的作品达到臻于完美的艺术境地,也只有不断从生活的深处开掘适合于自己表现力的艺术形式,才能撞击出引起读者共鸣的心灵的钟声。自然的生活,生活的自然,这是艺术生命得以繁衍的源泉,一切伟大杰作的萌动、生长都离不开这广袤无垠的丰沃土壤。我们热切地关注着刘绍棠的今后创作,盼望着他艺术创作上的新成就。

一九八二年元月八日初稿毕于扬州

一九八二年七月十日三稿毕于扬州

(原载《文学评论》1982 年第 5 期)

---

① 《给华·伊·阿努钦》,《高尔基论文学》,广西人民出版社 1980 年版。

② 《论剧本》,《高尔基论文学》,广西人民出版社 1980 年版。

高晓声论

范伯群

一

　　一九七九年仲夏,高晓声在《雨花》召开的座谈会上讲了一则简隽的小故事,题名《摆渡》。故事的"尾声"曰:"作家摆渡,不受惑于财富,不屈从于权力;他以真情实意享渡客,并愿渡客以真情实意报之。过了一阵之后,作家又觉得自己并未改行,原来创作同摆渡一样,目的都是把人渡到前面的彼岸去。"忽然有一个念头在我的脑海中闪出:这岂不是《探求者》启事的"续篇"? 时隔二十二年,这位《探求者》启事的执笔者似乎比过去要深沉和成熟得多。昔日的"探求者"今天以"摆渡人"自比,其实探求的目的就是为了摆渡,探求是摆渡人为了摸清航路的底细:流速缓急,潮汐涨落,漩涡浅滩,暗礁险阻,从而不管酷暑严寒,风紧浪高,要"把人渡到前面的彼岸去"。在《探求者》启事中他还宣称:"我们将勉力运用文学这一战斗武器,打破教条束缚,大胆干预生活,严肃探讨人生,促进社会主义。"今天,沉默了二十二年复出的高晓声又有了新补充:文学的职责在于"干预灵魂",她只能通过"干预灵魂",将人的灵魂塑造得更美,同时又去挽救那些变坏了的灵魂,才能间接地影响我们的生活。

其实在发表"摆渡宣言"之前,高晓声早已背着人们在暗中探索着这渡口和航路。在一九七八年的盛夏酷暑中他就挥笔不已,将二十二年中亲历的农民的苦难、欢乐、斗争、希望,涌流倾泻于笔端。他蛰居在低矮黝暗的农舍,为了抵御蚊虫的侵袭,脚下是一桶井水(像冰箱),头上是一盏沼气灯(像火炉),坐在用千把块碎木拼凑镶嵌而成的写字台前,半夜半夜地在这冷热夹攻中忍受着煎熬,简直置生命于度外,废寝忘食,如癫似狂,结撰了一批短篇,他决心以握了二十二年锄头钉耙的手来酿制"灵魂营养品"。在这种强烈的创作冲动下,他立下一个宏愿:"一个作家应该有一个终生奋斗的目标,有一个总的主题。就我来说,这个总的主题,就是促使人们的灵魂完美起来。"他要做一位"超渡"灵魂的"摆渡人"。

就在高晓声发表"摆渡宣言"的同时,他的成名作《李顺大造屋》和《"漏斗户"主》相继问世。《李顺大造屋》荣获一九七八年短篇评奖一等奖,《陈奂生上城》又于一九八○年短篇评奖名列前茅。在广大读者中,在粉碎"四人帮"后的文坛上,激起了一股"高晓声热"。深情怀念人民作家赵树理的广大农民奔走相告:老赵复活了,老赵回来了。是的,赵树理不会死,但他却又明明是老高。

作为描绘中国农村生活的杰出画师,赵树理、周立波、柳青……都是高晓声的先行者。但是他们又都是带着自己独特的生活经历步上文坛的,都是在特定的境遇下应运而生,去回答时代所提出的问题,去形成自己独有的风格。赵树理是以"文摊"作家的身份,带着葱郁的中国作风和中国气派,赢得广大农民的拥戴,在党所领导下的中国农民刚刚冲破旧社会浓黑云翳的时代,引吭欢歌抗日民主根据地的光明图景。他是带着微笑去看生活,去反映小二黑、小芹、"小字辈"们如何开始掌握自己的命运。周立波是怀着强烈的革命责任感,全心全意投入土改这场具有历史意义的气势磅礴的阶级大搏战,他要创作的是新民主主义革命时期农村暴风骤雨般的宏伟斗争的历史长卷。无论是赵玉林的牺牲、赵大嫂的哀恸、郭金海的参军,都给作品增添了悲壮豪迈的色调。柳青既是一位县委副书记,又是一位普通社员。他沉迷而深邃地注视着合作化运动中,一个新制度是怎样诞生的:蛤蟆滩过去没有影响的人有影响了,过去有影响的人没有影响了。旧的让位了,新的占领了历史舞台。他用满腔热情和艺术遐思去探索小生产者的改造问题。高晓声却大不相同。他经历的是一九五八年的"自家人拆烂污";经历的是一九六○年后的三年自然灾害，"深感饿肚皮的滋味实在不好受"；经历的是一九六六年后的"史无前例"中饱览过"红色治安分部"网砖上的"天然图画"；当然，他也经历了"探求者"错案得到纠正，看到那"拔光了毛的翅膀这一回又会长出毛来高飞了"的新农村。他为农民的屡经磨难的命运真有操不完的心。他是流着眼泪："既流了痛苦的眼泪，也流了欢慰的眼泪"，诉说着农民的坎坷不平、曲折起伏的命运。

　　高晓声不仅与赵树理、周立波、柳青的经历不同，而且身份也极不相同：他一不像赵树理那样，是党的宣传文化干部；也不像周立波那样，是一位参加土改工作队的知名文化人和作家；更不像柳青那样，是县委副书记。他是在"反右"斗争扩大化中被揿下去的。他在朋友的视野中已经完全消失了，有"消息"传来，他已在贫病中死去。不仅如此，他与"探求者"的其他成员也略有差异：陆大夫和方之也被揿下去了，但有时那只巨掌稍稍松动，他们又在水面上冒了一下，咕噜噜地翻起几个水泡，让我们感知他们的存在，然后再揿下去……但高晓声是一揿到底的，深深地陷入了污泥。生活是那样困难，疾病是那样严重，政治地位是那样低微，经济负荷大大超载。他的身份是一个回乡的劳改对象，但又像捐过门槛的祥林嫂，得不到人们的承认。他与下乡体验生活的作家相比，有着本质的区别。

　　赵树理深入生活的经验是"久"：久则亲，久则全，久则通，久者约。周立波深入生活的体会是"换"："心是需要用心换的"。柳青深入生活的结果是"化"——农民化：站在关中庄稼人堆里，是分辨不出他竟是作家；而高晓声"揿入"生活的不足为训的经验是"死"："青年作家早已矣，一个老农活忒忒；雄心壮志尘与土，二尺田垾云和月……自以为乐莫大于心死。""死"指的是曾经"死了创作的这条心"。他之所以还想做"摆渡人"，是因为党的十一届三中全会的春风，竟使他发现自己还并不是一堆死灭了的冷灰，竟使他发现自己内心隐蔽处还保存着一星火种，"现在，这火种像得到了充分的氧气，哗啦啦旺发起来，燃烧成一片火，生命的意义，生命的意义回复了……"高晓声是置之死地而后生的，是从毁灭后的新生中，发奋重操摆渡旧业，二次登上文坛的。原以为被揿入污泥的这颗种子已腐烂窒息，但到头来却感到了这污泥的肥力，一旦发现了自己这个精穷的老庄稼汉在这二十二年中竟积累了如此巨大的生活财富："我像是'无意'插的'柳'，'塞翁'失了'马'；难到绝顶，才知道这'难'也难得；穷到极点，竟发现'穷'也有用，真是半生生活活生生，动笔未免也动情。"

现在,回头看,"久"、"换"、"化"这三个字,高晓声不仅占全了,而且还有他自己的独特性,那就是"不仅使自己成为农民,而且组成了一个地地道道的农民化家庭。这和所有的农民家庭一样,是公社、大队、生产队的一个细胞,我的家庭成员一样参加生产队劳动,一样投工、投资、投肥,一样分粮、分草、分杂物。……总之,农民生活中涉及的每一个角落,也都有我的印记……我毋需去了解他们在想什么,我知道我自己想的同他们不会两样。二十多年来我从未有意识去体验他们的生活,倒是无意识地使他们的生活变成了我的生活"。高晓声"化"到了"家庭农民化"的程度,所以与其说他是为李顺大、陈奂生"叹苦经",倒不如说他是在"表现自己":"我写他们,是写我心。"

作为一个置之死地而后生的作家,在高晓声的眼睛中,农民并不是其他作家腕底笔下的歌颂或改造对象。农民——首先是他大难不死,赖以生存下来的一根"精神支柱"。他对农民,由衷地敬仰与感激,"我能够正常地度过那么艰难困苦的二十多年岁月,主要是从他们身上得到的力量。正是他们在困难中表现出来的坚韧性和积极性成了我的精神支柱。"在这样的前提下,才再谈得上去深刻解剖农民,深刻解剖自己:李顺大、陈奂生身上还背负着沉甸甸的因袭的重担。

上述这一系列的对比,使我们粗略地看到了高晓声的独特性和传奇性。他就是带着他自己的这些特性,提起笔来,首先急于要向广大读者倾诉的是从五十年代末期到八十年代初期这二十多年中农民的苦辣酸甜。他的生活经历决定他要谱写的是这一马鞍形时代的农民命运交响曲。

二

读了高晓声的作品,有人说他是个悲观主义者,但我们则认为高晓声是个坚定不移的现实主义者。以"摆渡人"自比,以"干预灵魂"为己任者,从本质上来说,是与悲观无缘的。高晓声自命为"乐观派",铁证之一是,他能活下来,活到今天,既不怀沙自沉,也不悬梁而逝,还不算乐观? 同时,在我们这个社会中,作为一位执着的现实主义者,也决不会悲观。通过"四人帮"的被粉碎,通过现代化道路的被确认,又一次证实了我们的民族是有希望的民族,所以,现实主义者高晓声也必然是充满希望的。高晓声说:"形势这个东西不要往上看,不要听哪个说了一句话,哪一股风又吹来了……你要看就看人民。""假如我们多看看这方面的事情,我们就会乐观。"与农民有根"系心带"紧紧相连着的高晓声,以人民的希望为希望,以人民的乐观为乐观。他也就必然会成为一个"向前看"的作家。

说到现实主义,又可略略追溯历史渊源。在高晓声执笔的《探求者》启事中,就只承认"典型环境和典型人物统一的现实主义创作原则",而对"空谈社会主义现实主义的洋洋宏论,我们认为毫无道理"。这在当时是高晓声的一大罪状。但是,时隔二十二年,他还是保持着这种真知灼见。开除"文籍"二十二年的"好处"之一是,使高晓声没有受到"左"的文艺思潮的污染:他既没有受"粉饰太平的现实主义"的污染,也没有受"天花乱坠的浪漫主义"的污染。"这空白也使我高兴,因为它帮助我排除了僵化的、已经走入死胡同里的极'左'文艺的影响。当我一旦提起笔,我依旧是现实主义者。"这位现实主义者坚信:是生活干预作家,在他的作品中,是生活自己在说话。"小说要在读者中起作用,首先使读者看了相信。"只有以活生生的现实作为起点,才能将今天的生活引渡到美好的彼岸。所以高晓声说:"我既不曾美化也不曾丑化"。

但是,作为一位现实主义者,他面对李顺大、陈奂生身上背负着的沉重的因袭重担,是深沉地浩叹的。这是压在我们民族脊背上的一座无形的大山。作为一位"干预灵魂"的愚公,只有"毫不动摇,每天挖山不止",才能将灵魂塑造得更美。因此,高晓声的作品里乐观中有叹息,叹息后他毕竟又乐观。看看我们在治愈创伤,重建家园,他是乐观的;看看鲁迅常讲的"国民性",他不免叹息。他的《李顺大造屋》和陈奂生系列小说都是这两种情绪汇合的现实主义的产物。

当《李顺大造屋》刚发表,作品的深刻和尖锐简直令人吃惊,不仅其真实性令人折服,而且其艺术力量也令读者叹为观止。我们感到最为钦佩的是,作品在大胆开掘生活的同时,具有一种精当的分寸感,因此,私下虽有人喊喊喳喳地说:《李顺大造屋》"是攻击我们社会主义制度的",但始终摆不到桌面,写不上纸面。矢忠于生活的高晓声告诉读者们,李顺大要造三间屋的"雄心壮志"是"只有到解放后才能产生",能产生这一动机的本身就足够伟大了,新社会毕竟使李顺大有了翻身感。但"雄心壮志"却成了"苦难历程"的媒介,而这是"自家人拆烂污"的路线错误所引起的恶劣效果,即使效果如此恶劣也没有动摇李顺大作为一个忠心耿耿的"跟跟派"的品性,他对那"赐予他伟大动机"的人是始终感恩的,即使他已变成眼泪簌簌的"跟跟派"。李顺大产生跟不下去之感是在"史无前例"之时,"四人帮"及其爪牙当道又怎么能跟得下去? 于是他唱起了很有点"反动嫌疑"的《稀奇歌》,而这支《稀奇歌》却是他与一位真正的共产党人刘清的"共鸣点":"刘清央求他再唱一遍《稀奇歌》,他毫不犹豫地唱起来,那悲惨、沉重、愤怒的声音使空气也颤抖,两人都流下了眼泪。"在粉碎"四人帮"后,还是这位刘清,不仅"邀请"《稀奇歌》的作者与他一同去改变社会上的歪风邪气;同时又帮他得到了实现"雄心壮志"的物质基础——砖头。刘清要净化社会风气的宏愿,也使在歪风中变得有点眼红的李顺大的灵魂更纯净,使他半夜扪心自责:"唉,呃,我总该变得好些呀!"《李顺大造屋》的分寸感是无懈可击的,其最根本的经验是作家严格遵循现实主义的创作原则,作品的成功再一次显示了现实主义的伟大胜利。这篇作品既不美化也不丑化,它真正来自生活,那恰到好处的分寸感是现实主义的必然产物。这种忠实于生活的优良传统的恢复,也启示读者去向前看,使我们展望"彼岸":莫看李顺大小屋即将落成,它使我们用心灵的眼睛看到了社会主义大厦的建成也大有盼头了。《李顺大造屋》的成功,也说明了那些喊喊喳喳者倒是掩耳盗铃的编谎家。

与《李顺大造屋》这篇成名作可以媲美,而被高晓声放置在更广阔的生活背景上展示农村图景的是系列小说:《"漏斗户"主》、《陈奂生上城》、《陈奂生转业》、《陈奂生包产》。这组系列小说加上《柳塘镇猪市》、《水东流》、《崔全成》等作品,基本上将一九七八年以后的中国农村在政治经济上的进展和变化反映了出来,但它们又不是报陈年流水账,而是通过对人物的精神风貌的细腻的刻画,摄录下社会迈步的足音和人物灵魂的演进。

《"漏斗户"主》中的陈奂生是一架可怜的"饿着肚皮的产粮机"。敢于写种粮人的"饥肠辘辘",这是连《稀奇歌》中也找不到的歌词,但却是"十年来颠三倒四"时代的真实。陈奂生是七十年代初期"吊足胃口,骗饱肚皮"的政策培养成功的"新生的缺粮户"。"漏斗户"的可恶的帽子在陈奂生身上产生了一系列的恶性连锁反应。

在有些人眼里"漏斗户"就是贪吃懒做的窝囊废,而有些人对他的口吻,不亚于昔日的地主在嘲弄佃户。"你就只晓得我粮食不够吃,却不晓得我一生出了多少力!"这是陈奂生忿怒的辩白和沉痛的抗议,但一切都无济于事。他本来就缺乏主人翁应有的翻身感,现在更被逼成一个"自卑的看客",他大概只会反复地说一句话:"看看再说吧","还是再看看吧","再饿一年看"。他似乎对任何政策也失去了信仰,性格变得"越来越沉默了,表情也越来越木然"。他真是饿得连心都发了凉。使陈奂生心灵中的坚冰解冻的是十一届三中全会后"三定"政策兑现的暖流。这篇小说既大胆反映了农民的苦难,又充分表达了作家的乐观情绪:春风吹醒了农村,春风吹活了农民。有了足够的口粮,就意味着摘掉了"漏斗户"的帽子。陈奂生在畅怀欢笑中热泪奔进。作家是流着眼泪写下这个激动人心的剧变的:"这里的眼泪,既是陈奂生和大家的,也有我的。"他在作品中破例地站出来向我们预告:你们"将马上发现我们伟大的农民无一不是耍弄粮食的超级杂技演员,能够用他们各自特有的方式将它变出千百万种无穷无尽的奇珍异宝"。这兴高采烈的预言实际上是开启《上城》、《转业》、《包产》这几篇作品的一把钥匙。

陈奂生这位"耍弄粮食的超级杂技演员"的第一套节目是上城卖油绳。这位"漏斗户"主已不是为卖五斤黑市米换盐而偷偷摸摸,似乎见不得人;今天是"自家的面粉,自家的油,自己动手做成的"油绳,冠冕堂皇,悠然自得。物质变精神,吃饱穿暖使陈奂生无忧无虑,他简直"满意透了"。过去沉默寡言得像哑巴,今天他为自己的笨口拙舌感到难过。我们为陈奂生庆幸,同时也为这种小生产者目光短浅的自满自足感到焦虑,这实际上是一种"灵魂近视症"。作家笔下的陈奂生上城就是陈奂生奇遇记。正在他踌躇满志时,生活奇遇为他安排了吴书记对他的"高级关心",陈奂生在这样的高级招待所的床上感激得自惭形秽。可是当他知道要五元住一夜,而又受到服务员的冷淡后,他为自己的被耍弄被嘲讽所激怒了,他再回高级房间时就对皮沙发和新枕巾表现了报复的敌意。陈奂生的这种忿愤发泄是来自"差距":为什么"困一夜做七天还要倒贴一角"? 吴书记虽然是个好干部,但他竟对这种差距显得很茫然,高级关心得到如此的效果也表现出一种隔膜。就陈奂生来说,他虽然用老祖宗传下来的精神胜利法治愈了"破财心疼病",但毕竟大开了眼界,他又被推上台去表现新的杂技节目,目的当然是为了缩小他已经看到的"城乡差距","官民差距",系列小说被推进到《转业》的情节中去。

陈奂生的"转业"做采购员,是要令人惊奇得瞠目结舌的,但高晓声却从这偶然中看到了必然性。因为农民要增加收入,弥补在"上城"中表现过的巨大生活差距,必须走多种经营的道路。而搞社队工业与种庄稼相比,在农民看来,简直是一本万利。可是办社队工业有多条通道。《柳塘镇猪市》中的公社书记张炳生就说了他们那里的两种做法:"把国家工厂需用的原料开后门挖出来,让自己生产废品,别说前途,我看后途也没有。我们办工厂,应该为农副产品加工,搞手工业制品,你看我们公社,绣品厂不垮,粮食加工厂不垮,机床厂、汽车配件厂都垮了,经验教训不明摆着!我看搞荤食品工厂好,符合实际。"但是,有人不信张炳生的一套。八仙过海,各显神通嘛。于是有的社队就把一切可以搞到机器设备、加工原料的关系和门路都应用了起来,真可谓"人尽其才",调动了一切"积极因素"。简直掀起了一个大规模的磕头求拜运动,将粮食杂技表演中变出来的鸡鱼蛋肉作为贿赂,真是十八般武艺啊!而对某些干部说来,这宛如一次大腐蚀攻势。陈奂生也就昏昏然地被这股旋风卷了进去。用一名勉强过了河的卒子去对付地区管工业的主帅吴楚,这是大队干部和厂长们的精心策划,真可谓"出奇制胜"。他们知道,作风正派的吴书记是一把保险柜上的保险锁,他们得找一把对号钥匙,这把特制的钥匙名叫陈奂生。结果,陈奂生"战胜"了吴楚,得到了四吨紧张万分的原料。陈奂生用来"征服"吴楚的武器不是什么"贿赂",而是他的"老实"和"勤劳",是一种单纯的、真挚的、深沉的感情。读完《转业》简直令人拍案叫绝。陈奂生得了六百元奖金,"陈奂生却比以前更沉默了,他认定这一笔飞来横财不是他的劳动所得。他拿了,却想不出究竟有哪些人受了损失"。从"漏斗户"主的沉默,到"班师回朝"的采购员的沉默,陈奂生的灵魂更敞开在我们面前了,从他被自己演出的魔术吓呆了的表情中,我们更感到他的可爱。

作为一位现实主义作家,高晓声非常坦率地告诉读者,他对《转业》这样的题材,是"只能把问题显示出来",却"无法解决"。但是在《转业》的续篇《包产》中,对陈奂生何去何从,他倒是放手让人物自己作出了抉择。

《包产》中勾勒了一幅八十年代第一春的江南农村春节的生活图画,这里的人们真是酒酣心畅啊!但是陈奂生却心事重重,既视采购员的行当为畏途,又在包产责任制面前不敢举步。多年来跟着队长的指挥棒转惯了,他的翅子已经麻痹,何况还怕练习飞翔时会遇到鹰和猫呢?陈奂生只差说一句,我习惯捆住手脚跳舞,求求你,千万不要为我松绑。这又令人多么的悲哀?但是陈奂生尽管迟钝,他缺德的事是不干的。厂长开导他:"看准了,就要蚂蟥叮螺蛳;就是石头,也要钻它一条缝。"但蚂蟥他是不做的,更不能去吸吴书记的血,所以堂兄陈正清说他:"你想发财叫别人犯错误,这不是缺德!?"陈奂生哭了。他肚皮饿得咕咕叫时也没落一滴泪,但想到他做采购员的本身,就是叫吴书记犯错误,此时此刻落下的几滴泪要比政策兑现时的热泪奔迸得更宝贵。陈奂生不是做采购员的料子,干包产才是他的正道。

上述这一组系列小说,紧锣密鼓地揭示了目前农村的现状,这就是一九七八年后农民的命运交响曲。用《水东流》中刘兴大的话说:"这样的光景,只要太太平平过三年五年,漏碗也能盛满水。"作家在这组系列小说中活灵活现地刻画了陈奂生这个典型形象。有的评论家说,高晓声对他笔下的李顺大和陈奂生是"爱其善良,悯其坎坷"的;作家也一再说:"我敬佩农民的长处,也痛感他们的弱点。"他在《且说陈奂生》中说了陈奂生的许多好品质,但在写小说时,将陈奂生的弱点也暴晒于光天化日之下。一句话,在应该做主人的时代,却还不是一块做主人的料子。他的阿Q性时时有所流露。住了五元钱一夜的高级房间,他大吹牛皮,似乎从末路到了中兴。在责任制的更多自主权面前他也总觉得站不直,像阿Q一样,"身不由己的蹲了下去,而且终于趁势改为跪下了"。所以在高晓声作品的字里行间,恐怕还有"痛其浑噩,促其更新"。当然,在高晓声笔下也有新人,如《崔全成》中的崔全成。但读来总还觉得没有像李顺大、陈奂生那样真实而可信。至于《水东流》中的李才良和李松全父子是不是农村中的"当代英雄",作家也没有为此花多少笔墨,这一对次要人物大概也属于"只可显示,不能定论"的。但有一点是肯定的,小农经济田园牧歌式的生活已经结束,刘兴大的治家之道的算盘打得太陈旧了。别看那双鞋子的细节,它宣布了几千年为农民所笃信的价廉、坚固、耐久、实用的经济信条逐渐让位于灵巧、美观、赏心、悦目等带有精神享受的生活美学准则。李顺大的住、陈奂生的吃、朱谷的烧之类的问题解决后,刘兴大的老伴就要想到看(电影),他们的女儿刘淑珍就要想到听(收音机),这是一场要改变几千年来的生活和生产方式的巨大而深刻的变化,犹如大江东去水东流。沉默了二十二年复出的高晓声躬逢其盛,怎么能不为这巨变献出他的交响诗的乐章!?

当我们欣赏了这些精美乐章时,我们真会感到高晓声不愧是一位高明的作曲家。他善于在乐曲的第一小节就定准了整个作品的调子,他能按照主人公的命运和他对这种命运的特定情绪找准这个基调。例如《"漏斗户"主》的开端是这样写的:"欠债总是要还的。现在又该考虑还债了。有得还,倒也罢了,没有呢?"这个开头引出了"投煞青鱼"陈奂生走投无路的命运和作家对其爱莫能助的同情。起首的调子定准了,乐曲才能以起伏有致的旋律演奏着。《上城》的开端是:"'漏斗户'主陈奂生,今日悠悠上城来。"这就看出了"投煞青鱼"时来运转的端倪。作家的情绪也随人物命运的好转而显得欢快;同时也还包孕这一种契机:他悠悠上城,还要"悠"出一幕令人捧腹的喜剧来,在欢快中不免掺和着善意的嘲讽。《转业》的开端是:"哈哈,这世界真是万花筒,千变万化,好看煞人。"这就从"上城奇遇记"发展到"转业历险记"了,陈奂生简直像个牵线木偶人,他的命运简直离奇得出格,作家在这场出奇制胜的"点将"趣剧面前惊诧莫名。《包产》的开端则写陈奂生班师还朝时,贵有自知之明,晓得采购员这饭碗不是他端的,准备重操本行——种田、卖油绳。他毕竟没有忘乎所以,作为一个本色的农民,命运与他开玩笑,他可不拿命运去押宝。

高晓声对笔下的人物是"烂熟于心"的,一旦调子定准后,他就能委婉舒徐地铺叙人物的种种遭遇,引人入胜地精心布置情节的跌宕起伏,很自然得体地倾注作家的喜怒哀乐。他的格调是细密深沉,风趣诙谐的。放得开,也收得拢:在造屋中旁涉到拆屋,在"转业"中插入其他采购员的侧影,高晓声都将他们一一融汇到有机整体中去。随着情节的展开,矛盾的激化,作品到最后就形成一股冲力或气浪,它们有时使读者忍俊不禁地卷入强烈的感情漩涡,如《"漏斗户"主》和《包产》;有时则能引起耐人寻味的咀嚼和久久不能忘怀的遐想,如《上城》和《转业》。当陈奂生因坐过吴书记汽车和住过高级房间之后,他的身份显著提高,连大队干部对他的态度也友好得多,我们会有何感触?打个不伦不类的比喻,像阿Q从城里回到乡下,"在未庄人眼睛里的地位,虽不敢说超过赵太爷,但谓之差不多,大约也就没有语病了"。唉,这阿Q的子孙们,要改也难!作为一个要把人的灵魂塑造得更美丽的

"摆渡人",高晓声这位现实主义者在乐观之余,也知道这抑浊扬清的启蒙工作是多么艰巨呵!

<h1 style="text-align:center">三</h1>

从一九八〇年二月创作《钱包》开始,高晓声饶有兴致地在培育另一种小说品种,这类作品至今与读者见面的,已有《山中》、《鱼钓》、《飞磨》、《绳子》等。高晓声对这一项品种试验,曾多次作过理论上的阐释。他在一个报告会上说:"我们现在搞的现实主义,太拘泥了,放不开,很多地方不及传统。"接着他口述了《飞磨》的故事情节。"我说这不是神话,虽有浪漫主义色彩,但却是现实主义的。因为它其实不是写石磨转得飞起来,而是用这飞速转动的形象来形容财主的神经紧张……这不是现实主义么?像这样描绘人物的内心世界,我们现在的作品里还找不到。这就是说,我们还没有很好继承……"

《飞磨》是用常州的民间故事加工而成的小说,在人物形象的再创造上有很大的发展。讲的是掌握地方政权的乡董许炳林等人与豪富而权势单薄的"肉头户"姚祖荣的一场钩心斗角。姚祖荣早想用财力去换权势,以便在掌政权的实力派面前扬眉吐气,在柳塘镇能站稳脚跟。他知道这个权是不易夺的,如果不发生特殊原因,他只能一辈子低头受气。正巧乾隆微服出巡,姚祖荣夸下用八千石碎米赈灾的海口,得到乾隆嘉许,还要论功行赏。于是姚祖荣就石磨碾米,在石磨旋转中,他隐约看到了自己已成人上人,两只脚就在人头上走路:花八千石就使柳塘镇成了他的天下,值、值、值!读罢沉思,我们觉得在这篇小说中讲了中国旧社会中钱和权的关系。在资本主义社会中金钱万能,在封建社会中权势至上。豪富只有出钱买权势,才能用权保钱,仗势捞钱。因此,这种小说品种不妨称之为讽喻小说。但是讽喻绝不是赤裸裸地说教。如果没有高晓声去着力地进行人物形象再创造,对许炳林和姚祖荣的唇枪舌剑的交锋写得如此绘形绘声,作品也就黯然失色。

我们再以《钱包》为例来剖析这一小说品种。高晓声说:"《钱包》中黄顺泉这个人物,我熟悉他,也熟悉他摸钱包的故事,我从小就听讲过这些。但几十年来我不曾了解它的意义,一九七九年社会上'向钱看'的风气却一下子触发了我,真像一个闪电照亮了我的脑壳,于是他变成了我的宝贝。"由此可知,作家向我们述说这个故事是为了告诉我们:"向钱看"的人"看到后来有什么结果呢?"但是有人告诉作家:故事说明旧中国农民要寻觅发财机遇是妄想。黄顺泉摸着钱包反倒担惊受怕,结局是双手空空还挨了一顿痛打;一名河工挖到"金菩萨",十一个武装集团赶来掠夺,他几乎被撕成碎片。这种看法也得到了作家的认可。有人又对作者说,《钱包》是写:有时希望虽然实现了,却往往是大失望的序幕。这种观点也得到作者的首肯。就像《陈奂生上城》发表之后,不少评论家各自揣摩出作品几个不同的主题一样。我们认为,一个作品的多主题的现象是不足为怪的,因为形象总是大于概念。作家只忠实地反映生活,而不是用生活去图解概念。高晓声是先量了"生活的脚"去定制"作品的鞋"的,他反对用"主题的鞋"去砍削"生活的脚"。对《钱包》的多主题是完全允许的,这是从各种不同角度看生活时的各取所需,只要不歪曲所反映的生活规定情景,这各取的"需"是可以并存的。但当我们读《钱包》这类小说时,往往感到这种讽喻是在不知不觉中自然渗出的,因此往往是借助于一种暗喻,而这种暗喻的哲理意味较浓,不妨也可看成是寓言的扩大,或称之为哲理小说。但是哲理小说绝非"说理小说",它首先是因为作家熟悉人物,也熟悉人物摸钱包的故事。多彩多姿的生活使作家"慢慢悟出一个道理",而读者也是从形象的感染中悟出了哲理,有时他们还不大承认作家悟出的道理,这就因为生活形象大于概念,而不是等于概念,更不是小于概念。

这类品种中外古今都是存在的,因此不想称它为"新品种"。只是因为它在当代文学领域中较为少见,所以高晓声的这类作品一经发表,就引起了一定的反响,说"新"者有之,说"怪"者有之。"写出这种东西来,江郎才尽了。"有人贸然下了判断。我们倒不敢贸然反驳。但有一点是可以肯定的,这个判断实在为时尚早,何妨不学学陈奂生的口头禅:看几年再说。"这是受了西方现代派的影响。那飞磨腾空而起,砸地成塘,至今还在水中飞转,岂非西方现代派手法?"又有人这样说。我们认为,适度地合理地有批判地接受一些外来手法,使之洋为中用,是完全许可的。我们无法否认高晓声丝毫也没有受外来影响,但我们认为他的继承传统要比接受外来影响深远得多。如果拿这类品种与他从小酷爱而熟读的《聊斋》比较,就有许多相通和继承的痕迹。我们以为,在百花齐放的方针下,应该允许和鼓励对这类小说的培育。而且我们还认为,经过这种讽喻哲理的小说的尝试,高晓声的现实主义作品在深度之外还显示了一定的厚度,也许小说品种的相互嫁接,今后会逐渐结出硕果来,而现在居然已露出了一点好的苗头来。这里指的是《大好人江坤大》和《水底障碍》的某些方面的成就。

像江坤大这样的人物,在旧社会,在旧社会,一定会像果戈理笔下的《外套》中的小公务员那样,其命运是十分悲惨的。他会觉得自己活着就是给人家添麻烦——讨债。这是最卑微的被侮辱与被损害者的典型心理。但他竟生逢其时,长在新社会。以他的聪明才智拼命为人们造福,拼命克己奉公,使别人得益。他是培养银耳的土专家。我们觉得他就像银耳——只需几担枫杨树枝,竖着喷喷清水,可是奉献给人类的却是满棍子的花,雪白粉嫩,成了高级营养品。是的,江坤大的需求是如此小,但他对集体的好处却像银耳大补品,贡献巨大。可我们再也忘不掉那作品的结尾,江坤大驮了刘国光这位副业场长在泥泞的村路上蹒跚踯躅的场面。一种发自内心的呼唤提醒我,我们的有些老实巴交的农民背上驮着像刘国光这样的干部,他们在奔四化的道路上能跑得动吗?!不能驮着这种社会主义的蛀虫再在泥泞道上蹒跚踯躅了,他们应该和《柳塘镇猪市》中的张炳生那样的干部在四化大道上并肩迅跑。可惜江坤大诨名是大好人,你听他说:"不累不累,我是驮惯的。"唉!这一切还不够令人沉思默想吗?这篇作品的成功绝不亚于陈奂生系列小说。

江坤大对人有用,但他却傻乎乎地去驮一条肥硕的大蛀虫,当然不足为训。而《水底障碍》中的张雨大却真是敢于对付各式各样蛀虫的一条好汉。他拼着老命要一个一个排除柳塘浜的水下障碍,而且决心要挽救那些灵魂变得下贱了的人。高晓声笔下的人物是栩栩如生的,作品是富于哲理性的。它使我们联想到:由于"史无前例"中留下的种种后遗症,摆在我们面前的水底障碍真是盘根错节。我们为了搞好一桩工作,有时竟无法单刀直入,先得为这桩工作做许多"工作"(清扫外围)。更有甚者,还要为扫清外围的外围做许多荒唐可笑的"扯皮工作"。我们生活中多么需要张雨大那样的测雷排雷的英雄工兵啊!

高晓声的大胆继承,精心的嫁接,似乎是他要求创作有所发展的新尝试和新探求。

    允许尝试就是鼓励探求,支持革新就是促进发展。高晓声的创作前程还未可限量。他的种种新尝试和新探求,使我们感到:他正以赤诚之心,使出全身解数,撑船摇橹,把人渡到前面的彼岸去!

一九八二年七月一日,写于苏州四平园

(原载《文艺报》1982 年第 10 期)

关于中篇小说《人生》的通信

阎　纲　路　遥

路遥同志：

短简收悉，高兴非常。

你带来了好消息，你的消息唤起我种种想法。近期以来，很少有小说像《人生》这样扣人心弦，启人心智。你很年轻，涉世还浅；没想到你对于现今复杂的人生观察得如此深刻。在创作道路上，你也很年轻，经验不足；没想到你纵身一跃，把获奖的中篇《惊心动魄的一幕》远远地抛到后边。作为一个文坛的进取者，你的形象，就是陕西（家乡）作家（年轻作者）的形象。

有同志说这是一部爱情小说，从严格的意义上讲，我认为不是，或不全是。有同志说这是一部揭露生活阴暗面的小说，从作品立意之高来看，我认为不是，或不完全是。有同志说作品主人公高加林是农村社会主义新人；有同志说他是个人奋斗者典型。有同志说高加林见新忘旧、喜新厌旧；有同志说他追求真正婚姻的自由，为事业寻找文化相当的合法配偶……其说不一，不一而足。按我的经验，作家笔下的性格复杂到使评论者聚讼纷纭、莫衷一是，往往证明这一性格确真而不矫情。有同志说《人生》中偶然的机缘主宰着人生的命运，使一个有为的青年难以有所作为。但是，我想问：在偶然的背后呢？有没有主宰偶然的东西？这个东西又是什么？这个问题，你——作者有所感，但没有明言；我——读者，有同感，却难以言传。你好像不以教育者自居，只管让你的主人公在人生的道路上如实地表现自己——奋斗又奋斗，碰壁又碰壁，挣扎又挣扎，最后，觉醒又觉醒，终于，在人生观的高度上领略人生的真谛。但是，你没有写完，没有写到觉醒；尽管作品已经露出真情和深意，完全可以独立成篇，然而，毕竟没有写完。

你给读者出了难题。

读者解题的过程，就是艺术欣赏的过程。高明的作家，总是留有余地，激发读者投身其中，死死地拽住他们，以其无比丰实的聪明才智，和作家一起共同创造自己的典型形象。

爱情的描写异常动人。你发现了一个多么可爱的女子啊！我指的是巧珍。她虽土而不俗，不知书却达理，自卑而不自贱。她爱高加林，如痴般地爱着，但绝不向爱乞求，她自始至终没有失掉自己的尊严。她可以为他而死，但必须以对方的爱情作为前提。她恨高加林，但更多的是怨而不怒。她不像有些农村姑娘失恋之后，或者忍气吞声，甘愿在命运面前认输；或者死去活来，一哭二闹三上吊。她反而从失恋中痛感到文化知识对于普通农妇的重要，反而以已嫁之身暗中扶助加林而毫无报复的企图。巧珍的可爱，足以使读者的精神为之升华。较之高加林，这是一个丰富而不复杂的灵魂。较之电影《乡情》中的那位翠翠，和《牧马人》中的那位秀芝，巧珍一点也不逊色，甚至还更易使人动情。

归根结蒂，《人生》是一部在建设四化的新时期，在农村和城市交叉地带，为青年人探讨"人生"道路的作品。目前，探讨"人生"的小说多了起来，大多数是不错的，但也有的小说把"人生"引向宗教，把"人生"引向虚无，把"人生"引向自我，把"人生"引向生存竞争。在这种纷扰的情况下，而且在目前中国的、革命的现实主义受到挑战和冲击的情况下，《人生》的出世，怎么能不教人高兴非常呢？当一些文艺作者不顾生活的真实，不顾艺术典型化的方法，不顾文学艺术在精神文明建设中的特殊作用，华而不实、花里胡哨、咋咋呼呼搞那些伪文学、"隐私文学"、"性爱文学"的时候，一个年轻的、不大为人们注意的作家闷了整整三年，几次动笔，几次作罢，终于在一九八二年上半年默默无闻地献出了这部十二、三万字的精心之作，这样认真而踏实的态度，难道不使人高兴非常吗？

我成了义务推销员，最近以来，凡有机会，都要宣传《人生》；宣传《人生》多么好，多么适合改编电视剧和电影；宣传现实主义的不过时；宣传现实主义并非老而无用。我当然不认为现实主义不要发展、不要扩大。我也不认为只有现实主义才能描绘中华民族的面貌和心理，反映中国社会主义的革命和建设，罢黜百家，独尊儒术。我们有过教训，我们没有那么狭隘。

平心而论，现实主义需要充实和发展，因为时代充实了、发展了。你路遥是坚持现实主义、革命现实主义的，你多年来孜孜不倦，读了不少外国作家的名篇，很好。以生活和人民为基础和前提的艺术创造、艺术革新，都理应受到鼓励而坚决地不准横加干涉。

我扯得远了，请你给我以提示：你怎样写作《人生》，怎样理解《人生》才不致离题万里？

我刚自外地开会回来，迟复为歉。武汉太热，涿县凉爽，保定中暑，北京时热时好，西安如何？

握你手！

阎　纲

一九八二年八月十七日　北京

阎纲同志：

　　收到你八月十七日信时，我正在搬家，里外一片混乱。读罢你的信，我很激动，这主要是由于你对《人生》的敏锐的理解所引起的。

　　这部作品写完已经一年了。你的信重新唤起了我过去几年中为这部作品前后所经历的那些沉重的思想经历、感情经历和工作经历；唤起了我对这部作品中的那些"老熟人"的深沉的回忆——我把他（她）们送到读者面前时，像刘立本出嫁完巧珍一样只是感到终于了结了一桩沉重的心事，长出一口气，以后就淡了：嫁出去的女子泼出门的水，由人去看去说吧。现在你把这些人物又引到我的眼皮底下，使我的心不由得又为他（她）们震颤起来。

　　是的，避免人物的简单和主题的浅露，正是我在这部小说中尽力追求的，我自己也很难确切说出这部作品的全部意思来。我当时只是力求真实和本质地反映出作品所涉及的那部分生活内容。当然，我意识到，为了使当代社会发展中某些重要的动向在作品里得到充分的艺术表述，应该竭力从整体的各个方面去掌握生活，通过塑造人物（典型）把我们时代最重要的社会的、道德的和心理的矛盾交织成一个艺术的统一体，把具体性和规律性、持久的人性和特定的历史条件、个性和普遍的社会性都结合起来——也就是说，应该向深度和广度追求。

　　《人生》显然没有达到应有的深度和广度。我的能力不够。我告诉过你，我为这部小东西苦闷了三年——苦不堪言！灰心和失望贯穿始终。面对大量复杂的多重的交错关系而一筹莫展，同时，对主题的发展线索没有深邃地理解的时候，也是作家痛不欲生的时候。就我的体验而言，这个过程主要是和自己的浅薄和无能作斗争的过程，收益如何，看你对自己能狠心到什么程度。

　　现在我向你谈谈这部作品写作之前的一些零乱的思考。

　　我国当代社会如同北京新建的立体交叉桥，层层叠叠，复杂万端。而在农村和城市的"交叉地带"（这个词好像是我的"发明"——大约是在你和胡采同志主持的西安地区作家座谈农村题材的那个会上说的），可以说是立体交叉桥上的立体交叉桥。我在另一篇文章中已经说过，由于现代生产力的发展，又由于从二十世纪六十年代中期开始，在我国广阔的土地上发生了持续时间很长的、触及每一个角落和每一个人的社会大动荡，使得城市之间、农村之间，尤其是城市与农村之间相互交往日渐广泛,加之全社会文化水平的提高,尤其是农村的初级教育的普及以及由于大量初、高中毕业生插队和返乡加入农民行列,城乡之间在各个方面相互渗透的现象非常普遍。这样,随着城市和农村本身的变化和发展,城市生活对农村生活的冲击,农村生活对城市生活的影响;农村生活城市化的追求倾向;现代生活方式和古老生活方式的冲突;文明与落后,现代思想意识和传统道德观念的冲突等等,构成了当代生活的一个极其重要的方面。这一切矛盾在我们社会的政治、经济、文化、思想意识、精神道德方面都表现了出来,又是那么突出和复杂。

实际上,世界各国都存在着这么个"交叉地带",而且并不是从现代开始。从古典作品开始,许多伟大的作家早已经看出了这一地带矛盾冲突所具有的突出的社会意义。许多人生的悲剧正是在这一地带演出的。许多经典作品和现代的优秀作品已经反映过这一地带的生活;它对作家的吸引力经久不衰,足以证明这一生活领域是多么丰富多彩,它所包含的社会意义又是多么重大。当然,在当代中国社会中,这一生活领域矛盾冲突所表现的内容和性质完全带有新的特征。

你知道,我是一个血统的农民的儿子,一直是在农村长大的,又从那里出来,先到小城市,然后又到大城市参加了工作。农村可以说是基本熟悉的,城市我正在努力熟悉着。相比而言,我最熟悉的却是农村和城市的"交叉地带",因为我曾长时间生活在这个天地里,现在也经常"往返"于其间。我曾经说过,我较熟悉身上既带着"农村味"又带着"城市味"的人,以后在有些方面又和这样的城里人和乡里人有联系。这是我本身的生活经历和现实状况所决定的。我本人就属于这样的人。因此,选择《人生》这样的题材对我来说是很自然的。问题是如何表现,这就是我前面已经简略地谈到的我的苦恼所在。

目前我国的文学创作的天地无疑宽阔多了,严肃的作家都在努力追求。但正如你指出的,情况有些"纷扰"。最通常的"流行病"有两种:制造时髦的商品或有震动性的"炸弹",不是严格地从生活出发,以"新"和刺激性为目的;另一种是闭着眼不面对生活和艺术的现实,反正过去的都是永放光辉的法宝,新出现的都是叛逆,都应该打倒,老公鸡叫鸣,总就那么一声!而最糟糕的还不仅仅在此,最糟糕的是在以上这两种东西互相指责对骂、混战一场的时候。这似乎是逼迫所有的作家必须在他们之间选择此甲或彼乙,否则,你就可能会成为"被遗忘的角落"。

真正的文学,真正的革命现实主义文学与以上两种现象毫不相干。但是,在中国,要在作家的灵魂和工作中排除这些现象的干扰并不是一件容易的事。平心静气地在这种"夹缝"中追求自己的道路,需要一种强大的精神力量和对事业的虔诚的态度。在国内有两位前辈作家在创作和创造生活上对我发生过极其重大的影响,一位是已故的柳青同志,一位是健在的秦兆阳同志,他们对文学和从事这个事业都有着深刻的理解和抱有一种令人尊敬的严肃态度。他们都直接地教导了我。只是我自己经常时不时露出毛躁的毛病,这是常令我痛心不已的。就我个人来说,《人生》的写作,一方面是在"夹缝"中锻炼走自己道路的能力和耐力;另一方面,在某种程度上也是我向这两位尊敬的前辈作家交出的一份不成熟的作业。

归根结底,作家不能深刻理解生活,就不可能深刻地表现生活。对于作家来说,有生活,这还不够;必须是:有生活,并且深刻理解了这些生活才行。只有这样,才可能在大量多重的、交错复杂的人物关系中伸缩自如;才可能对作品所要求的主题有着深邃的认识和理解;然后才可能进行艺术概括——当然,这个过程更加繁难,否则,尽管你对生活有了一定的理解和认识,也仍然可能制造出赤裸裸的新闻性质的所谓作品来。这样的作品和作品中的人物,即使最及时地反映了当前的政治和政策,也只能是像马克思在责备拉萨尔的悲剧时所说的:"席勒式地把个人变成时代精神的单纯的传声筒。"

不知不觉已经写了许多,至于《人生》,我实在不想多说什么,我从读者写给我的信中强烈地意识到,当代读者的智慧和他们理解与欣赏作品的水平,已经向作家提出了很高的要求,我们必须拿出更成熟的作品来,才能与我们的时代和人民的事业相适应。我自己并没有多少信心,但我总是想努力的。自我们认识以来,你对我的创作一直寄予热忱的关怀。我不仅希望你对我鼓励,同时也希望你对我批评——后一方面比前一方面更重要!

西安今年出奇地凉爽,几乎过了一个"冷夏"。最近有机会回家乡看一看吗?
致敬意!

路　遥
一九八二年八月二十一日　西安

(原载《文论报》1982 年 9 月 10 日)

《黑骏马》的诗学

——兼及张承志小说的艺术特色

程德培

前年《黑骏马》问世后，是否像某些人所说的产生过张承志热，我们大可不必轻率地去肯定或否定。但是，《黑骏马》打动了许许多多的读者，它的问世受到了许多评论家的问津，却无疑是事实。

这部自始至终喷涌着诗人般的情感，混合着诗人才有的那种无穷无尽想象的小说，几乎仅仅是一个古老的故事，然而它所给予读者的和又都是最最现实的感情。一个草原普通妇女的人生，它朴素、平凡，所以使人感到贴近。然而小说所展现的那种爱情、婚姻，又糅合了落后农村原始草原和现代城市的种种冲突、纠葛、矛盾，此中蕴含了一切和谐的和不和谐的。索米娅作为一个母亲，在她身上所体现的母爱的延续，是那么朴实自然，它可以看作是人类生活的周而复始。然而索米娅之为母亲，又牵系着那么动人的故事，那么繁多的形象，那么深沉的情愫，那么令人痛心的落后习俗。在这种普通的母爱身上（包括它的象征意念）包括了相当复杂的内涵，它揭示了现实中国社会传统美德最崇高之一隅，而作为对巴帕的撞击所引起的怀恋、痛苦、幸福、内疚……则无疑又是掀开了人的思想许多最深层的角落。

读这样的小说，将长久地唤起我们对于人生，对于现实生活的思索。

一

《黑骏马》最抓人的特色表现为强烈的抒情。

汉族人白音宝力格从小被父亲送到额吉奶奶的毡包里,他在草原生活中度过了整个青少年时代,在奶奶的慈爱之下,他与同岁的索米娅一起长大,伴随而来的是圣洁的青春爱恋。由于可怕习俗所造成的恶果,白音宝力格离开了索米娅,离开了草原。小说是写他又回来了,带着他对现代都市的全部现实感情、带着他的全部爱憎、思索回来了。整个《黑骏马》就是表达这种感情的交响诗。它通过古朴的形式,揭示了一个现代人的深邃的思想,通过索米娅这样一个极朴素的灵魂,表现出人生丰富的底蕴。

《黑骏马》的前六章,随着"我"的思绪,牵引着读者走过那"必须步步实践的泥泞的逆旅和必须口口亲尝的酸涩苦果",这个古朴的悲剧之中充满着一种爱情的深沉和挚切。在骑手心底积压太久的那种心绪,已经悄然上升。它徘徊着,化成一种旋律,一种抒发不尽描写不完,而又再简朴不过了的滋味,一种独特的性灵。糅合着一种此世难逢的感伤。我们实在可以想象那重又相见的第七章该是一场怎样悲伤的团圆了。但是,这里却是一节高亢明丽的乐章,作者雄健的笔触写下的是震撼人心的音符。索米娅经过那么多的曲折,那么重的感情压力,那么长时间的煎熬,见到巴帕也只是若无其事的一声普通问候。她没有我们能够意料,能够想象的哭泣,悲痛欲绝的诉说,也没有流露出对往事的伤感和委屈。

然而,过于反常、长久的闲谈,正隐藏了内心的激情。索米娅越是竭力显得淡漠平和,越是催动了内心马上要沸腾起来的激动情绪。当她看到骏马钢嘎·哈拉时,"久久地抚摸着它,……眼睛里盈满泪水,肩膀在微微地发抖"。这匹马是他们之间一切美好过去的见证,对索米娅说来,无疑是一次感情上的"冲击波"。索米娅飞快收拾屋子,不断地做着、忙着。她的一个自然的心理反应便是尽快地掩饰掉内心将要爆发出来的一切,强人所难地想忘掉这一切。

入夜了,一切都寂静了,两个人之间的内心才真正发出声响,轻轻的一声叹息,却是震心灵的轰鸣,往日的一切都出现了:儿时的耳鬓厮磨、两小无猜、青梅竹马般的六、七年是那么的纯真无邪,而那进入青春期的爱恋萌发又是那么纯净透明,充满着脉脉温情……巴帕哭了,从来不哭的男子汉哭了。索米娅心里在流血,但她却以一种比男子汉更豁达、更开朗的心胸来安慰巴帕。索米娅以一种不能想象却又合情合理的平静,叙说着艰难、曲折的不平静岁月。在这种时刻,她却能有一种抑制的力量,这需要何等的坚毅,何等的勇气和何等的牺牲精神。感情的波动,在小调部分发出音响,而主调则始终是深沉平静的。那曾经有过的美好东西,对索米娅,唯其珍贵,才能埋藏得这样深。

索米娅的平静是一个人需要付出极度努力才能做到的,而过长的平静则使索米娅筋疲力尽了。埋藏得过深、过多的感情岩浆似的爆发了。张承志是多么懂得:感情的爆发是如何从平静之中逐渐上升,从弱渐渐到强。只要是真实、自然地让人物控制住自己,那么这种时间越长,越持久,其最终的爆发,才越有力。

"过了许久,她猛烈地昂起头来,用一种异样的、嘶哑的声调大声问我:'为什么你不是其其格的父亲呢? 为什么? 如果是你该多好啊……哪怕远走高飞,哪怕……'"犹如黑暗之中发出的光亮,一下子照亮了索米娅的整个心绪、整个性格、整个灵魂。这才是小说的灵魂。它仿佛是在巴帕万念俱灰的心境之中重新燃起了希望之光。对这一颗曾经年轻、激动、憧憬的心来说,真是袒露出索米娅的一切,她的整个人生:包括了全部的幸福和痛苦,全部的失望和希望,全部获得的和失去的。正像作家爱伦堡写到过的:"一个人能够这样爱、这样痛苦、这样哭、也是幸福……"

整个第七乐章是张承志抒情艺术的典范乐章,忽略它是难以了解张承志的。这里,笔者运用了评述式的方法,因为除此之外的"A、B、C"分析,未免太黯然失色了。作为人的极度痛苦、幸福,难以承受的分离和重逢,以及由此而及的许多情感、心绪构成了整个《黑骏马》抒情乐章的悲怆、雄壮和开阔。

二

像索米娅这样的女子形象,并不是单一地表现为刚强的,她也是一个弱女子,她有善良的愿望,有金子般的美好向往,她多么希望自己的命运不像奶奶唱的歌中说的那样:"姑娘涉过河水,不见故乡亲人……"

可是,这充满人性和人情的憧憬,在现实面前又都变成了梦。人类有多少憧憬? 它除了有美好的一面外,还多少总有着并不现实的一面。由于现实并不总是遂人心愿,而是往往和人的意志、爱好、愿望相逆行,因此"命运"这一词在文学所要描写的人生面前出现。索米娅在可怕的现实面前,并不反抗,她至多只是用一种麻木的心情来对待粗暴的蹂躏。她就是要反抗的话(这是可以理解的),也不见得成功。因为在她面前出现的并不是个人偶然的罪恶,而是被整个民族的优点所"掩盖"的,被整个民族的风俗、习惯、伦理、道德、愚昧状态所合法地认可的"罪恶"。索米娅在这种"命运"面前难以反抗,她也不见得会有多少反抗的意识(这令人吃惊)。

然而,光是这些还不够,如果在索米娅身上体现的仅仅是这些的话,那么它们毕竟太单薄了,毕竟太短暂了。小说的成功正是在于,作者在那位不失天真纯洁,不失温情脉脉,不失柔弱勤劳的女性形象身上,写出合乎人物命运遭际,合乎地方风情,合乎民族特性的粗犷、冷峻的韧性来。

当巴帕还沉浸在那甜蜜的爱情和幸福的狂想之中时,索米娅的生活已经发生了急剧的变化。

作者写道:"……她的目光和神情非常古怪,甚至可以说是神伤黯然。她小心地、迟疑地盯着我,那眼光不仅使我感到陌生,而且似乎含着敌意的警惕。那是一种女人的眼神。"当巴帕知道索米娅怀孕,勃然大怒地,也有点失去理智地扑向索米娅的衣领时,"'松开'——索米娅忽然锐声尖叫起来。'孩子! 我的孩子! 你——松开! 松开——'她哭叫着,在我死命地钳住她的手里挣扎着。突然,她一低头,狠狠地在我僵硬的手上咬了一口!"

此时此境,索米娅那"敌视的眼光",那"咬了一口",不正是在此独特环境、境遇中的性格反映吗?"敌视的眼光"真是射出了索米娅无法用口诉说的全部的爱和怨;也只有"咬了一口",才能表达出索米娅对巴帕、对孩子的爱,才能表现出那种尖锐冲突和无法共存的性爱和母爱。

我们看到索米娅这样的弱女子,一旦在自己的母体中孕育了新的生命,一旦她意识到自己将做母亲时,便爆发了特有的刚强和勇气。她再也不会向一切压力低头,哪怕这种压力是不违背她内在愿望的。这种母爱的力量,多么像屠格涅夫在散文诗《麻雀》中讴歌救出雏鸟的老麻雀时所写的:"爱比死,比死所带来的恐怖还更强有力。因为已有爱,只因为有爱,生命才能支持住,才能进行。"

　　张承志写人,并不满足于仅仅把人的感情多样性展现出来,而是善于将这些多样性,甚至看来是难以统一的不同侧面,融会于一个性格的有机整体之中,从而体现了形象的完整性、丰富性、复杂性和独创性。索米娅的爱并不是单向的,它同时也包含了更沉重的痛苦。当巴帕悲愤地拔出刀子要杀掉那凌辱索米娅的坏蛋时,额吉奶奶说的却是:"不,孩子。佛爷和牧人们都会反对你,希拉那狗东西……也没有太大的罪行,……有什么呢? 女人——世世代代还不就是这样吗! 嗯,知道索米娅能生养也是件让人放心的事呀。"这真是一颗容忍之心诉说的一个不可容忍的现实,这也是一位世代生活在草原上的长者,一个母亲以其智慧所表现的愚昧啊! 太善良,也可能是太麻木、太无知了,也可能是太重的压力之下无法抬起头来的表现。美和丑,善和恶似乎是不可分割地存在。张承志处处架起对立统一的桥梁,令人震撼、战栗,产生一种强烈的共鸣。

　　多少年了,巴帕再回到草原上来,寻求那逝去的旧梦,"茫茫草原上有骑手在踽踽独行"。他能有男子汉的气魄忍受大自然的一切严酷,但往事之于内心则一直有一种飘忽的思绪。而当他重新找到索米娅,重新认识索米娅时,旧梦则以一种新的形式,新的美的魅力树立在新岸之中。这个新岸是索米娅建立的,她并不沉浸在过去的旧梦之中,而是以一种坚韧的姿态来对待生活。其实,她的生活并不那么轻松:远离家乡,失去唯一的亲人,沉重的家务,繁杂的工作,还有并不体贴她的丈夫。但她面对这一切,又表现了一种乐观的迎战,一种生活下去的乐观态度,劳而无怨;她并不是以忘却过去的方式来对待生活的现实,但也不以旧梦的回忆来维持现实的生活。她是时时回忆过去的,那位没有父亲的心爱女儿,正是她过去生活的见证和果实。她也是不会忘记过去的,忘记也就不会发生她与巴帕重逢时的一切事。人心好比像是一个弦乐器,它不是一弦,而是多弦的体系。张承志就是一位出色的演奏家,他懂得如何使众弦呼应齐鸣,唯此才撞击人的心胸。《黑骏马》并不是十分真实地写出人们生活多层次的复杂结构和众多经历。作者从巴帕和索米娅之间提炼出一种十分单纯的情愫,像香料从鲜花中提取出来一样。这种感情是十分纯净的，因此它就有力量对我们感情起疾速的药剂作用。这种成分，是《黑骏马》突出的诗学，它有效地净化和陶冶着人的灵魂。

《黑骏马》唱出了人的心灵世界极为开阔壮观的美态。巴帕和索米娅之间曾经有过的，曾经失落的，他们的分离和重又相见，吐露出周而复始、低回不尽、长咏不尽的心绪，你可以为它哭泣、为它悲悯、为它欣慰、为它自豪，从而产生许多憧憬的思绪；你也可以从无数断面来看待它，但是你随便怎样都难以讲清楚《黑骏马》究竟是哪个断面，或是哪些断片。那么，这个完整的作品究竟给予你什么呢？这好像不是一个简单的问题，甚至索米娅自己也弄不清楚。她的生活是那么的平凡、琐碎，又是那么地显示出人民从土地获得的创造力和生命力；她是那么的软弱，但是作为整个形象象征着"母亲"的牺牲精神和崇高……索米娅不见得真正懂得自己的苦，也不见得知道自己有多美；她不知道自己的美，也难以理解这种美的深处隐含着许多悄然的悲痛。这是一个极为朴素的灵魂。唯其这一点，她才深深地吸引着我们，打动着我们。"那个梳着羊犄角小辫和我同骑一牛的小女孩，那个紧束着腰带朝北奔来的少女，那个红霞中的姑娘，还有那个赶车人泥屋里的主妇"，都像浸透着记忆情绪的镜头系列在眼前掠过，我们从中辨出了一道轨迹，看到了一个震撼人心的人生。它在贫乏而没有诗意的外表下面，在沉重琐碎的生活所形成的冷峻外壳下面，有一颗热烈的心，在朴素单调的言辞背后，有一个温暖的灵魂。

巴帕重又离开索米娅时，索米娅给予他的最后的话竟是："我有一件事，不，有一个请求。……如果你将来有了孩子，而且又不嫌弃的话，就把那孩子送来吧。……把孩子送到我这里来！懂么？我养大了再还给你们。"索米娅想做的竟是和额吉奶奶曾做过的一样。这完全可以看作是一个普普通通的要求，但它出于索米娅之口，一旦有了过去的幸福和痛苦，艰辛和曲折，这一要求便令我们感到震惊。那就是从索米娅心底流露出来的不可泯灭的深情，承担一切重压，也愿作出牺牲的爱的表露，这是一个真实的、不那么容易理解而又非常感人的要求。要求得那么少，给予的那么多，牺牲的那么多，得到的又是那么少。这种母性之于孩子的爱抚之心，恰是如同之于土地，之于人民的胸怀。

三

对《黑骏马》来说,除了索米娅,巴帕无疑是最重要的人物。但是,作为艺术性格的表现来看,后者和索米娅是不同的。如果说索米娅是一个完整统一的性格,那么,巴帕这个性格则是常常纠缠不清的。由于《黑骏马》完全地服从一种情感抒发的统一,巴帕又是和小说中第一人称的"我"同一,而这种抒情性的第一人称又不时地处于一种反省的状态。正如别林斯基说的:"一个人在反省状态中会分裂成两个人,其中一个活着,而另外一个则观察他,评他。这时候,根本谈不上任何感情、任何思想、任何行动的丰满性……"①巴帕对于草原,对于这么一块曾经带给他幸福,也同时带给他痛苦的土地,为什么会在经历了那么一段文明都市的生活以后才会如此难以忘却呢? 难道小说中那几句多少带有点偏颇,也多少有点枯燥的对城市生活的概括能解答读者的困惑吗? 不错,我们从巴帕对草原所流露的全部真情中,隐约地感受到作者对于文明城市生活的思索。但是,我们如果用后者来逆证前者的话,那么便多少有点模糊。

我们也可以把这些理解为其次的,因为最主要的是巴帕这个性格的长处和短处,毕竟圆满地、成功地刻画了索米娅这个动人的形象。同时巴帕不时地反省不仅表达了作品诗情的统一,而且也充分地表现了作品的思想深度。

张承志笔下大自然的美态是相当令人神往的,他笔下的大草原,和梁晓声的北大荒,邓刚的海,晓剑、严亭亭的大森林合在一起,汇成了当今文坛描写自然的新倾向。他们的作品和以写自然风光见长的乡土文学是显然不同的,他们追求的是大自然的心灵化,人格化,是富于象征意味的自然。

张承志笔下的草原风光,正像普列汉诺夫说的:"是能够激发他产生与自然融为一体的意识的自然景色。"②《黑骏马》在巴帕和索米娅互吐真情的那一瞬间,是

---

① 《别林斯基选集》第二卷。
② 《俄国作家批评家论列夫·托尔斯泰》。

这样描写他们所感受的日出的："耀眼的地平线上有半轮鲜红欲滴的,不安颤动的太阳露了出来。从我们头顶上方一直伸延东去的那块遮满着长空的蓝黑色云层,在那里被火红的朝阳烧熔了边缘。熊熊燃烧的,那红艳动人的一道霞光,在坦荡无垠的大地尽头蔓延和跳跃,势不可挡地在那遥远的东方截断了草原漫长的夜。"一种自然日出壮观的意象,使人感受到人的情感世界对于自然的一种同化和超越。另外像痛苦之时的草原黑夜,欢乐之时的草原阳光,沉重之时的草原黄昏,惆怅之时的广漠草原,清冷之时的天葬沟旁,心旷之时的青青山梁……无不写得精彩贴切,真可谓是妙造自然而气象雄浑的。张承志创造的自然画面,不是以一种你没有见过的山光水色来吸引你,而是用人的感情世界及其个人独特的体验色彩来打动你,启示你的。正如张承志写大坂的难以逾越隐喻了人生的难度和现实的陡峭一样,他的草原无疑是象征着土地——人民——母亲。

《黑骏马》具备着那种动人的力量,当我们读完小说时,正像是刚听完骑手那扣人心弦,撞人心胸的长调和咏叹。小说中新的声、旧的情、雄浑的音响、悲怆的咏叹、头上的长云、脚下的草原、胸中的大地、母亲、人民……作者陶融万汇的手法,使整个小说充满了一种为音乐所特有的有机性、整体性和流动性,草原的清澄、悠远和强悍,深藏不露的气味都渗透在他的整个作品中了。可以说《黑骏马》每个形象都像是民族的一滴血液,每个"乐思"都有着栩栩如生的民族气质,每一种情感都有着纯朴的民间风味。

或许有人会问:作者是否有意识地去追求那种情感的炽热和情绪的强烈?这不能断定。但是,他那喷涌的言辞势如奔马,情势跌宕,那种无拘无束的抒情表达无疑是和作者个人心理素质相默契的,他似乎只有在这种浓烈的口味之中才会得到灵感的安宁。张承志的行文是随意式的。那种精巧的,匀称而经济的结构不是他的艺术特色,他的作品大概也是不会受什么形式上的法则支配的。相反,顺从于一种合乎创作个性的情绪酣畅和淋漓尽致,才是张承志创作的方圆。在张承志的抒情之中,可以明显地感受到那种草原人民所独有的粗犷剽悍,那种血液沸腾的强烈、矫健勇猛的有力,人物感情强度的压力犹如折弯的钢条……这样一种力量的美,不仅存在于草原火热的白天和明净的夜晚,更重要的是存在于人的无穷无尽的心灵世界之中。

整个《黑骏马》回荡着一种阳刚之美。

四

小说创作中缺少阳刚之美，这已经是相当引人注目的问题了。在这个意义上讲，张承志作品的出现是更加引人注目的。《黑骏马》的创作只有张承志那种力透纸背式的抒发才能胜任。一种风格倾向的存在和发展。很大程度是取决于长处的极端发展的，正如勃兰兑斯在他那本《十九世纪文学主流》中讲的"作家追求自己倾向的典型的勇气，常常就是使他的作品产生美的关键"①。

张承志的小说是独创一格的，无论在意境方面，在风格上，在意趣方面，都难以找到模仿的痕迹。这位作家是独立于当今同辈作家之中的，他的作品似乎是深受流传久远的民歌影响的，然而，他所歌唱的、所咏叹的、所抒发的也都是现实的人生，他将同情倾注于笔下的女性之中，然而他的作品从来都是充满着一种真正男子汉的气概的。

张承志的小说是不受什么别的小说家的影响的，但是，别的小说家要想获取他的影响也是难以想象的。那些经常出现的太多太滥的爱情之作，在张承志的《黑骏马》面前，似乎都显得有点黯然失色，即使是抒发了真情的爱恋之作，也会显得太无力了。

读《黑骏马》，我自然地联想到俄国十九世纪著名风景画家艾瓦佐夫斯基的那幅油画《九级浪》，作者不仅以杰出的艺术手笔画出了大海汹涌磅礴的气势，高耸的浪峰扑涌而来的伟力，同时也画出了在海浪面前，即将被巨浪吞没的那一根断桅上的几位幸存者。画面上海浪的力量和人的力量对比是如此之悬殊。但是，在凶猛海浪排天而来之时，正是有了那根断桅，以及断桅上那几个筋疲力尽，甚至奄奄一息，随时都面临着生命危险的人，才会引起人们对于画的丰富想象。在这幅画面前，我感受到的，将不再是海浪的伟力，而是与之搏斗的人的伟力。像额吉奶奶，像

---

① 《十九世纪文学主流》第三册，《德国的浪漫主义》。

索米娅,像张承志笔下众多的女性,她们在人生的大海面前不正是弱小的吗?! 与那种主宰生活的"规律"相比,不也是力量太悬殊了吗?! 张承志不仅懂得如何写出这种难以结合在一起的对比,而且更能懂得如何寄情于弱小的一面,并且写出她们真正动人的伟大的一面。

当《黑骏马》的"长调和全部音乐终于悄然逝尽的一霎间,我滚鞍下马,猛地把身体扑进青青的茂密章丛之中……"是的,那朴素、平凡、弱小的一切开始展现出其宽广的美态,它大于这草原,这天宇……这是作者对《黑骏马》诗学的形象自白,是在以强烈的美、崇高的美,净化人的心灵、提高人的境界……

《黑骏马》真是首献给母亲的歌,它弥漫着一种崇敬的真情,尽管它也隐含着一种不清晰,甚至是偏激的情绪。但它是真正能打动人的。它没有那种陈陈相因的大团圆,更没有那种故作惊人之笔的大惨剧。它明明唱的是美好东西的流逝,而唱出的却又是那"永志不忘的美丽红霞和伸展着我们亲人们生活的大草原",它明明诉说了一个草原生活的古老故事,而给予我们的又是"怀着一颗更丰富,更湿润的心去迎接明天"的昂扬态度。

《黑骏马》真是一首苦涩的悲怆的歌,然而它的旋律又是多么的优美刚健。这真是写出了"天宇和大地奏出的浑厚音乐",它似乎很久以前就唱出了,然而今天又格外的动听,格外的美。

(原载《当代作家评论》1984 年第 2 期)

所罗门的瓶子

——论张贤亮的小说创作

王晓明

在谈到高晓声的时候，我曾经说，他们这一代作家长期受过苦难的重压，身心受到严重的伤害，程度不同地都有些变形；他们当然要竭力消除这变形，但这却主要得通过对苦难的追根寻源，通过对自己精神历程的深刻反省才可能做到；谁要是淡忘了对苦难的记忆，那就等于是丧失了纠正变形的可能。似乎不用为张贤亮感到担心，他这几年的绝大部分小说，都是在执拗地回顾过去，就像他一篇短篇小说《夕阳》的主人公，作家桑弓所说的："在我的笔下，不知不觉地就会出现过去的东西，而且，新的东西，在我看来，也只有和过去联系起来才有意义。"桑弓甚至从这种联系当中悟出了一层特别的美学意义：那个久别重逢的女人所以使他心荡神驰，就因为让他记起了自己过去的幻想。这分明是张贤亮自己的体会，《夕阳》无异于他的一篇宣言，他用那样热烈的语气描述桑弓的美学领悟，似乎就是想表明，他打算以这种态度去回顾历史。这就更使人感到宽心。我们都才刚刚从那大部分是由苦难组成的历史阴影中挣脱出来，理所当然要依照道德的标准去诅咒过去。可是，历史并不能仅仅用善恶来概括；对张贤亮这一代作家来说，他们对往事的回味又每每引发出对自己精神历程的反思，那就更不能仅仅停留在道德的观察点上。只有登高一步，你才能看清楚刚才站脚的确切位置，单是为了勾勒出自己道德变化的真实曲线，你也得另换一把比道德容量更大的标尺。对一个作家来说，这把标尺就是文学审美的标尺。和道德相比，文学回顾历史的视域更为宽广，它尊重过去发生的一

切事情,包括那些被道德指为丑恶,不屑一顾的事情。它知道这些事情同样凝聚着
人的感情经验,正是这些经验和另外一些经验一起,构成了人的精神历程。同样,
它的态度也要比道德更为从容,它并不急于对这些经验多加评判。它早已把自己
的理解糅合进对这些经验的回味当中,正是随着这种回味的逐步深入,那些经验的
丰富蕴蓄——包括道德价值——日益清晰地显露了出来。这就是说,只有认真从
审美的角度去清理记忆,作家才算是抓住了消除变形的可能。从张贤亮的《夕阳》
来看,他似乎知道应该这样去做。

　　但我又有点怀疑,他真能实现自己的宣言吗?要捕捉到那不堪回首的往事所
包含的美学意义,他必须要有尊重过去的诚意,而这正是历史感的核心;他还要有
正视自己的勇气,那正需要追求完美人性的信念。他能做到吗?

　　我想先从张贤亮小说中的叙事人说起。我们以前常常太粗心,忘记了在小说
家和他笔下的景物之间,还站着一个叙事人。和直接抒情的诗歌不同,小说是一种
叙事的体裁,小说家往往首先充当了一个讲故事的人。抒情不能掺假,叙事却可以
虚构,越是有才华的小说家,就越不愿仅仅以真率动人,他总要另扮一副模样来讲故
事,越装得活灵活现,就越觉得自己成功。何况,他又和我们每个人一样,心中活跃着
形形色色的欲念和冲动,即使他有心实录自己的内心体验,也总会不自觉地掺进许多
幻想的成分。在他和自己扮演的叙事人之间,终难避免种种程度不一的差别。

　　也许,在阅读大多数二十世纪中国小说的时候,忽略这种差别并没有多大关
系。一般说来,人并不害怕暴露自己对别人的真实看法,他只是不愿意别人把自己
看得太清,因此,往往只有在担心自剖过于坦率的时候,作家才特别要假扮与本相
不同的叙事神态。中国知识分子历来就缺少自我揭示的习惯;进入二十世纪以后,
作家们又大都投身于改造人生的社会斗争。他们想要诉说的,常常都是对于现实
环境的看法;而当诉说的时候,又不自觉地每每以民族良知的身份自居。即便是那
些似乎专注于抒发主观情感的女作家,她们表现的实际上也多半是对于环境压迫
的情绪反应,而非对自身心灵的审美剖视。这就使小说家们很少想到要掩饰自己,
在全神贯注于社会的时候,他们常常并不顾忌自己的赤膊上阵。[①] 正是中国现代

　　————————————

　　① 　在这方面,只有极少数作家是例外,譬如鲁迅和郁达夫。

小说家的这种普遍的叙事特点，决定了在大多数现代小说中，我们很少能看到那种似乎独立于作者的叙事人。这好像已经成为一种传统，它一直延续到今天，高晓声就是它的出色继承者。在很大程度上，张贤亮也是这个传统的继承者，他一九七九年重新执笔以后写下的第一批小说，几乎都是在直接描述他对身外现实的切身印象。譬如他的成名作《邢老汉和他的狗的故事》，你从那些对主人公和大黄狗之间微妙情感的细致描写中，不就特别强烈地感觉到那股发自作者内心的悲愤情绪吗？仿佛是张贤亮当面在向读者讲述邢老汉的故事，我们自然不必再分心去注意那个几乎无形的叙事人。

　　但是，从一九八〇年起，张贤亮笔下却走出了一个把你一下子就吸引住的叙事人。这是一个身材高大的男人，他在《土牢情话》中化身为石在，直接以第一人称陈述自己的经历；到《灵与肉》里又变成许灵均，小说尽管是用的第三人称写法，实际上仍然是依他的思路展开叙述。在张贤亮此后的大部分小说中，我们都能看见这个男人，他最近一次的名字叫作章永璘。他不但始终充当了小说的男主角，而且同时担任着故事的叙事人。① 他的出现可以说是张贤亮小说世界中最重要的事情，它意味着作者不再自己上场去评论那个颠倒的时代，而是请这个男人来追忆他在那个时代里的精神变化。过去不再被含糊地看作是一段社会和国家的历史，个人的遭遇仅仅是这种历史的一点投影；而是被明确地归结为一个人的历史，一个人的种种埋藏在记忆深处的印象和情绪。随着这个叙事人的逐渐走近，那个在《邢老汉和他的狗的故事》当中几乎可以触摸得到的张贤亮，却反而从我们眼前退远去了。不能再像以前那样粗心。要把握张贤亮的小说世界，正应该首先来瞧瞧这个叙事人。

　　张贤亮为什么要放弃他颇为擅长的传统叙事方式，②而制造这样一个叙事人？在我看来，这似乎是出于不得已，在他的这种改变背后，正可以看到他个人的一部令人悲哀的受难史。张贤亮是个自视甚高的人，聪明，有才气，身高力大，仪表堂

---

　　① 这种男主角和叙事人合二一的现象，似乎是张贤亮小说的一个特点，即使他的不少第三人称写法的小说，也常常是依照男主角"他"的思路来展开叙述，《灵与肉》和《河的子孙》等都是如此。
　　② 有评论家认为《邢老汉和他的狗的故事》是他迄今为止在艺术上最为真挚自然的作品，表现了相当出色的刻画才能，这种看法是有道理的。

堂。他似乎从小就爱好幻想，总是把自己想象成一个英雄，显示出那种张扬自我的浪漫气质。可能正是这种气质赋予了他一种情感亢奋的诗人的特性，他最初在文学王国里露面的时候，就正是一个言辞火热的诗人。但是，命运之神却不允许他如此潇洒，一九五七年，他才二十出头，就被打成了右派。几年之后，借用《绿化树》里的陈述："我以'书写反动笔记'的罪名被判三年管制。'社教运动'中，我又以'右派翻案'的罪名被判三年劳教。劳教期满，回到农场，正遇上'文化大革命'，我升级成为'反革命修正主义分子'被群专起来。一九七〇年，我被投进农场私设的监狱……"也许应该归功于他那天生的自负，在这一连串残酷的磨难面前，他竟没有丧失生存的勇气，相反，他调动起全部的意志力，拼命去适应环境，千方百计要活下来。这是一场生与死的韧性的苦斗，他胜利了，当许多曾经和他一样神采飞扬的年轻人一个个变得目光呆滞、神情麻木的时候，他却能够以饱满的精力迅速恢复过来，重返文坛，勃发出新的艺术活力。但是，这场胜利的代价却是惨重的。一个人在为起码的温饱而拼命挣扎的时候，他根本顾不上自己灵魂的是否纯洁。就像《绿化树》里，章永璘为了填饱肚子而欺哄朴拙的老乡时，他内心并不惭愧，他也无暇去惭愧，这种感情不属于一个饥饿难耐的人。也许这就是人类发展的残酷法则，为了满足生存的功利需求，人类经常会解除道德上的自我约束。张贤亮似乎就正是如此，他赢得了生存的胜利，却难免要付出心理变形的代价，这不是那种不知不觉的智力退化，而是有意为之的道德松弛，不是丧失人的自觉，而是放弃人的自持。

在当时，张贤亮并不会怎样痛惜这种代价。但是，随着那个疯狂时代的结束，随着他张扬自我的浪漫天性的重新萌发，这种代价却势必越来越成为他的一块心病。就像一个长久受锁的人，一旦卸除铁链，他本能地就要想抡开手脚，大蹦大跳。他一九七九年的最初几篇作品，就洋溢着一种表现英雄壮举的热烈冲动。但是，他很快就发现自己并不能真正尽情地舒展手脚，那些道德变形的记忆依然纠缠住他，它们是那样尖锐地刺激着他的道德神经，使他周身上下都隐隐作痛，不得安宁。他非得摆脱它们不可。为了能在今天续接上早年诗人式的幻想，他必须尽早除去对于昨天的道德上的惭愧。这是对的，他应该反省自己。但从另一个意义上说，他却又不必过分被这份自愧束缚住。他倒是应该坦然地承认人在苦难的折磨下难免会变形，只有这样，他才能够毫无顾忌地彻底去提示这变形。在这里，承认变形的难以避免,并不等于承认它的合理性,恰恰相反,正是要以这难以避免为线索,追究出那造成它的更大范围的荒谬来。可惜的是,张贤亮似乎做不到这一点。即使他有心像桑弓那样用审美的眼光去回顾往事,他的双腿却常常会被狭隘的道德顾虑羁绊住。他对自己的心理变形看得越清楚,就越不愿意把它和盘托出,仿佛总有一个声音在他心头唠叨:太丑恶了,太丑恶了! 他怎么也挥赶不去这个声音,以至竟忍不住想把那最卑劣的一角掩盖住。他不得不重叩记忆的大门,却又害怕里面那毁灭之火的灼烧;他不得不释放那些久久困扰着他的阴暗记忆,却越来越不敢承认那正是他自己灵魂受碾后的碎片——这就是张贤亮的心病,一个被苦难推下过地狱的诗人的痛苦,无论他在实际的物质生活中摆出怎样蔑视戒规的恣放姿态,一进入心灵的审判所,他却不由自主地就要为自己辩护起来。

正是这种充满痛苦的矛盾心理,决定了张贤亮对叙事方式的独特选择。尽管是要回顾自己的精神历史,他却并不打算一五一十地坦率陈述,因此,他势必会违反那种传统的叙事方式,假扮另一个人物坐进候审席。但是,他毕竟又要通过这个叙事人来抒遣积郁,洗刷污点,就又不能让他和自己相差太多。总之,既要走过和张贤亮类似的精神历程,能代替他回顾往事,又要能时时证明这段历程的清白无垢,连带着消除作者自身的道德内疚:这就是张贤亮理想当中的叙事人,他正是按照这个理想,设计出了我们看到的那个男人。我甚至怀疑,他重新执笔以后,不返回熟悉的诗坛,却到小说的营地中来另辟新区,是否正是看中了可以假扮一个叙事人,依靠他来曲曲折折地为自己辩解呢?

他在好几年间一直确立不下这个叙事人的中心话题,似乎就证明了这一点。唯其要在他身上实现那样微妙复杂的目的,张贤亮就难免要不断改变对他的基本设计。在《灵与肉》和《肖尔布拉克》里,他似乎是有意要让他表现自己的丈夫气概,无论是许灵均终于不愿抛弃那条扬起团团灰尘的大路,那片泛出黄色的草滩,毅然回到瘦小的妻子身边去,还是闯荡戈壁滩的汽车司机接二连三地援救落难女子,都暗暗表现出一种俯就式的忠诚姿态,一种男子汉保护柔弱者的英豪之气。这当然并非虚情,张贤亮曾经是那样一个感情热烈的诗人,对那些在穷山恶水间无依无靠、苦苦挣扎的女人,自然会产生真诚的怜爱之心。正因为他自己也是历遭磨难,这种怜爱就常常会使怜爱者自己都深受感动。他为什么要在不少作品中反复描写许灵均和秀芝这样相濡以沫的场面,就因为从对这些场面的玩味当中,他的确能找到某种自我安慰。但是,人类意识的那种极易朝相连的印象流动的特性,又使张贤亮在强调那个男人的忠诚的同时,每每会记起另一些教人愧谈忠诚的欲念,许灵均们尽可以真诚地怜爱秀芝,但如果遭遇生存危机的逼迫,他们还能保持住这种怜爱吗? 对苦难扭曲人的情感的这一种可能性,张贤亮是太熟悉了,他在解释《肖尔布拉克》里那位汽车司机对上海女知青的爱情时,笔墨顿显粗略,就泄露了他的缺乏自信,他似乎不想深入去探究那个男人的忠诚意识,谁知道那里面会不会泛上来另一些与忠诚截然相反的东西呢?

在中篇小说《龙种》和长篇小说《男人的风格》里,他又进行了另一种尝试,干脆让那个男人转过身来,充当现时代叱咤风云的改革家,仿佛是要用对他今天昂首挺胸的雄姿的赞叹,来抵销对他昨天的佝偻身躯的记忆。他屡屡点明龙种和陈抱帖在外形上的高大和英俊,更极力为他们创造显露男子气概的机会。不但让龙种像勒马当阳桥头的张翼德那样,独自一人仁立在场部空荡荡的台阶上,迎战那四面拥来的愤怒人群,而且把陈抱帖放进宽阔的体育场,让他对全市居民发表振奋人心的就职演说。当然,这一切都只是暴露了张贤亮身上那种近乎天真的诗人气质,龙种和陈抱帖也好,他们拿出来的那一套改革农场和城市的方案也好,都显得有点不切实际,缺乏令人信服的真实力量。就对那个叙事人的肯定而言,龙种们还及不上许灵均。张贤亮必须约束住自己,不能太性急了。无论是重温患难时的忠侠心肠,还是渲染改革中的大呼猛进,让叙事人作直接的自我标榜,看来都很难收到预期的效果。应该让他去回顾自己付出的心理代价,甚至应该用忏悔的口气去回顾,那才是他最合适的话题。张贤亮写完《男人的风格》之后又转回对旧事的回顾,似乎表明他终于明确了这一点。不错,要想证明自己在地狱中的清白,总得先把那些需要证明的事情说出来。

其实,几乎从恢复写作的时候起,张贤亮就已经在这样做了。从写于一九七九年的《霜重色愈浓》开始,他的笔墨总是有意无意地集中到男主人公的背叛行为上去。在《霜重色愈浓》里,仅仅是出于情场上的怨恨,阚星文就不惜在反右斗争中公开揭发同窗好友周原的家庭背景,从政治上诋毁他。在《土牢情话》中,石在出卖了热恋他的女看守乔安萍,致使她受到奸污和摧残。在《河的子孙》里,大队书记魏天贵心中揣着那样一连串不可告人的秘密,从事出有因的瞒哄到不择手段的欺骗,而最使他寝食不安的,就是把穷兄弟郝三送进了监狱……至于《绿化树》和《男人的一半是女人》中的章永璘,不但在吃饱了马缨花的土豆馍馍之后,反倒暗暗地瞧不起她,更在黄香久使他恢复了男性的生机之后,干脆抛下她远走高飞了。我觉得,正是这种对于叙事人背叛行为的持续关注,赋予了张贤亮的小说一种震慑人心的揭示力量,那阴森潮湿的土牢里的形形色色的精神病态,章永璘们生存本能的那些可怕的扭曲表现,甚至像《绿化树》的开头,那大车碾过木桥时的嘎嘎响声,都仿佛能一直撞进我们的心灵深处,使人忍不住一阵阵揪心地疼痛。

但在张贤亮,他揭示这些背叛的目的却是要解释它们。在《霜重色愈浓》里,他是直接搬用理性来解释。他把这种解释各分一半给阚星文和周原,前者代表了对背叛的反省,靠在牛棚里捧读《资本论》而幡然悔悟;后者显示出对背叛的宽恕,他发现正是在劳改生活中,他完成了一个“真正的劳动者的洗礼”,“他的知识才第一次附着于坚实的形与器之上”。不用说,这两个人物的思路都相当生硬,仿佛是作者把那个叙事人的想法直接嵌进了他们的头脑。但是,也唯其如此直露,它们倒使人预先看清了那个叙事人日后以各种方式不断重复的自我辩解的实质内容,那就是掩盖住背叛的深层心理原因,把它仅仅归结为理智思维的失误。既然阚星文当初是受了血统论的蒙骗,才那样去揭发周原,现在他一旦认清了这种谬误,自然要作出真诚的忏悔。谁能说自己一定不会发生认识上的偏差呢? 于是周原理所当然应该宽宏大量了。说到底,从理智上去解释背叛,正是为了要运用理智去宽恕背叛。但是,张贤亮那一代人亲身经历的事情,却远不像阚星文和周原表现的这样简单。在那些陷身地狱的日子里,人的整个灵魂都受到深重的摧残,背叛的根底早已穿过人的理智思维,一直深扎进人的深层心理。在许多情况下,背叛几乎是不知不觉就发生的,正像一个溺水者,他是身不由己就要去攀抓身边的任何一件漂物的。张贤亮不可能回避这一切,既然写到了背叛,他灵魂深处对这背叛的真实感受就不可避免地会要在具体的形象描写中渗漏出来。在整篇小说中,生动的场景描写常常和人物的那些大段的内心独白明显不协调,以至看上去,这些独白就像是漂浮在水面上一样,给人轻飘飘的感觉。这是否正表明了作者的真实记忆对那个叙事人的不合作态度呢? 说到究竟,这个叙事人不过是张贤亮的理智的产物,他只能在理智管辖的范围内,在情节和人物的基本设计上真正以叙事人的口吻说话。然而,光靠这些理性的框架并不能建造优美的小说殿堂,从这篇《霜重色愈浓》就可以看出,张贤亮是陷入了怎样一种两难的困境:那个叙事人要把从他记忆深处涌出来的许多真切印象都一一锁进后台,但他一个人瘦骨伶仃地跑上台去,几乎立刻就会招来一片厌烦的倒彩声。

在中篇小说《河的子孙》里,这个叙事人似乎变得聪明了,他现在化身为魏天贵,一个土生土长的泥脚杆,几乎是凭本能和直觉,凭那种农民式的狡猾干下了那些不可告人的勾当。这似乎是暴露了背叛行为的深层心理因素,但你稍一细看,就会发现在魏天贵这些不假思索的念头当中,始终渗有一种理智的权衡,那就是目的的高尚可以抵销手段的卑劣。这真是一种对背叛的绝妙解释,不知不觉就把背叛移到了一个无须宽恕的位置上,对背叛的动机认识得越清楚,反而越会引起对背叛者的敬意,难怪张贤亮要那样放手渲染魏家桥人对魏天贵的拥戴之心。那个男人几乎可以在这里达到目的,通过展示魏天贵的背叛行为而洗刷自己了。但是,张贤亮的内心感受再次阻挡了他。既然写到了魏天贵的本能和直觉,对他下意识领域的其他角落的揣摩和体验,也就难免要泄露一二。这结果就是小说的第四章:教唆郝三捅羊。无论是救助全大队社员度饥荒的堂皇理由,还是以为最多只能判三年刑的错误估计,都掩盖不住魏天贵那似乎并不自觉的卑劣用心:找一个人代替他私心喜爱的寡妇韩玉梅去蹲劳改!在这里,张贤亮第一次揭示了背叛行为的深层心理基础,那绝非理智思考的失误,而是人本性中的私欲。无论韩玉梅如何挑逗,也无论自己的情欲如何炽热,魏天贵始终不敢去叩敲韩玉梅家的大门,他总觉是郝三的影子在前面挡住她——这是整部小说中最激动人心的描写,它充分体现了作家艺术感受的强大力量,它足以冲破一切理智的束缚。尽管满心想让那个叙事人洗刷清自己,一旦深入触及他的心理变形,张贤亮还是会不由自主地首先去揭示它。他勉强安排了一个魏天贵和韩玉梅大团圆的结尾,却写得那样飘忽粗糙,徒然证实了那个叙事人的自觉理亏。在那生活欲望的赤裸裸的扭曲形态面前,在这种扭曲所包含的令人悲哀的广阔意义面前,在自己诗人气质对这一切的艺术敏感和刻画冲动面前,张亮贤似乎失去了纵容那个叙事人强词夺理的勇气。

在从《土牢情话》到《男人的一半是女人》那一系列第一人称的小说中,这种情形似乎尤其明显。正是在这些作品里,道德变形的真正根源被陆续揭露了出来。石在对土牢的恐惧,他的求生本能,以及他对其他一切比自己幸运的人的那种疯狂的嫉恨;章永璘的饥饿感和性冲动,他那被逼到内心深处却又盘桓不去的文化优越感和个人野心,特别是他在长期非人待遇下逐步养成的那种道德上的麻痹感——正是这些东西共同造成了"我"的一系列背叛行为。那个男人的面目越来越清楚了,他非但不是英雄,也谈不上是大恶,甚至常常不能算一个男人。希望破灭后的沮丧,幼稚引起的惊慌,良心未泯所造成的苦恼,求生本能逼迫成的卑劣——他正是这一切的混合物,一个集软弱和机敏于一身的受难者。不必对他愤怒,更无须为他开脱,他在某种意义上就像阿Q一样,已经成为某种"政治"状态的象征,他的背叛一如那个疯狂的时代,都是理性泯灭之后的产物,只能引起人深深的悲悯。当然,暴露出这样一副面目,那个叙事人是没有想到的,他原是为了辩解才暴露自己,谁知这暴露的结果却大大超出了辩解所能包容的范围。我们完全可以把这几篇小说当作控诉书来读,在张贤亮的同时代作家中,还没有多少人能像他这样,对那黑暗时期里人性的遭劫暴露到如此深入的程度。和这暴露相比,在这几篇作品中,叙事人的自我辩护却比《河的子孙》还要无力。石在有一段对乔安萍是否真诚的怀疑,章永璘又有一番不愿意连累马缨花和黄香久的思量,再之外,就仍旧只能搬出阚星文的那本《资本论》,以及周原那貌似辩证的苦难有益论了。在对背叛的揭示上,他比《霜重色愈浓》大大推进了一步,可在对背叛的解释上,依然是原地踏步。这就难怪在这些小说中,令人战栗的刻画和招人厌恶的辩解会形成那样强烈的反差。张贤亮的感受记忆和他理性意图之间的矛盾,显然日趋尖锐了。

文学审美活动竟能产生如此不可抗拒的净化作用?张贤亮分明是满怀爱意地领着那个叙事人走进小说,现在却不由自主要和他疏远起来;他分明是在频频首肯他的自我辩护,却同时又在各种场面有力地谴责了他。这谴责常常并不具有那种明晰的思想锋芒,而是表现为一种潜移默化的情感的净化,它虽然不能够一下子振聋发聩,但在我看来,却是文学所能进行的最为有力的谴责。我始终觉得,审美感情本身就包含着非常鲜明的道德成分,你能够从审美的角度体验到一种情感,就必然同时对这情感产生了自己的理解,审美体验越是深切,这理解也就随之越加深化。因此,对丑恶的揭示本身就意味着一种谴责,恐怕没有什么抽象的批判能比对丑恶的形象感受具有更大的道德力量。无论你是作家还是读者,一旦真正沉入审美体验的境界中去,心理就势必会发生变化,甚至不自觉地焕发出一种你从自己的理性意识中吸取不到的道德激情。似乎正是这种激情逐渐扩大了张贤亮和那个叙事人之间的微妙距离,也正是这种激情帮助我们看清了那个男人无意之中暴露出来的真实面目。张贤亮真应该感谢缪斯女神,多亏了她,他才能赢得不少读者的强烈关注。

可是,张贤亮似乎并未意识到这一点,或者说,他并不关心这一点。他显然有点笨拙,他那种感情膨胀式的浪漫气质使他不大能够体会那种精微和含蓄的意味,自然也不重视那个男人的自我剖示所隐含的道德启示。就像他总要赋予他们各位化身一种高大有力的体态一样,他总想让读者接受对那个男人的明确热烈的肯定。可是,叙事人的自辩那样漏洞百出,他不得不转向另一面,从对背叛者的宽恕入手。他写过一个周原,可那种把苦难神圣化的论调毕竟太勉强。他又让郝三以报恩观念来宽恕魏天贵,谁知反更衬出了后者的罪孽。对背叛的揭示已经深入到了下意识领域,也就只有产生于这个域领的宽恕才能和它对上榫头。在我看来,对这一种宽恕的强调正构成了张贤亮小说创作的另一个基本部分。就艺术效果来说,这一部分似乎远比那些背叛者的自辩成功得多,因为他这次突出的不再是男人的理智,而是女人的感情。

的确,无论那个叙事人走到哪里,也无论陷身于怎样窘迫的困境,他身边都会出现一个女人。在《吉卜赛人》里,"我"慌不择路地爬上一节铁皮闷货车,却早有一位"卡门"式的姑娘睡在里面;石在被关在土屋当中,却又推门进来一位女看守乔安萍;在魏天贵和龙种治下,各有一名漂亮的寡妇韩玉梅和穆玉珊;章永璘就更不用说了,继马缨花和黄香久之后,我相信他还会不断遇到别的漂亮女人。冷静想想,这些女人都来得有些蹊跷,但我们常常顾不上细加考究,她们那热情的丰采早已吸引住了我们。不仅如此,她们更支撑住了那个男人的形象。他身上挂满了形形色色的装饰物和遮羞布,看上去简直就像是一尊蜡像,唯有和这些女人交往,他才显出了男人的活气。《圣经》说女人是男人的一根肋骨,可在张贤亮的小说中,女人却每每成了那个男人的脊梁骨。在他的每个化身旁边,都有一位对他满怀怜爱,不惜为他牺牲的女人:这几乎成了张贤亮小说的一个基本程式了。

这似乎是写小说的大忌。张贤亮自己是那样一个富于幻想，又历经坎坷的男人，他对女性的感情势必是相当丰富的，倘若放手抒发，应该不会形成如此一律的格局。但他似乎顾不了这些，首先得实现那个洗刷背叛者的理性目的，最初正是这个目的把他引向对女人的刻画的。不管他在那个男人的额头上添画多少道思考的皱纹，也无论给他多少篇幅，让他滔滔不绝地谈论国家大事，他其实并非知识分子的代表，更谈不上民族良知的体现，他仅仅是一个男人，一个为生存而拼命挣扎的男人。因此，尽管他的背叛主要是由身外的压迫所促成，带有相当普遍的社会通性，但这背叛本身，却依然是一个男人对操守的不由自主的放弃，一种发自男性本能的背叛。要想宽恕这样的背叛，那就需要女人。只有女人能够既被男人抛弃而又一往情深地爱着男人，也只有女人能够在被抛弃的同时，又以感情的痴迷衬显出背叛者的价值。张贤亮大概再也找不到比乔安萍更适合洗刷石在的对象了，他当然要反复地刻画她们。从实现那个理性目的的角度说，他能够形成这样一种固定的程式，非但不犯忌，还是一项颇大的成功哩。

也许张贤亮并没有意识到，当他要求那些女人宽恕并且依旧热爱那个男人的时候，他实际上是把她们当作了人类的代名词，当作了遭到背叛的善的化身。因此，他势必会把自己的全部浪漫幻想都倾注到她们身上，正是在刻画她们的时候，他那份诗人的敏感才真正发挥了出来。我们经常谈论作家的艺术个性，可从某种意义上说，这种个性首先正是取决于作家把什么东西当作人类和善的化身，因为他正是要从这种化身那里，去汲取支撑他全部审美冲动的人格力量。譬如鲁迅，唯其把不畏独战的启蒙知识分子看作是民族良知的代表，一直以启蒙者的眼光去审视人生，他才能形成那样冷峻深沉的艺术风格。可惜的是，越益严酷的时代似乎不允许后来的作家再像前辈们那样独力去体会人类和善的特性，逼得他们按照一种固定的模式去设计自己的理想寄托物。因此，看到张贤亮竟然把这些活生生的女性形象抬上了善的尊位，我们自然要格外注意。正是对理想寄托物的这种独特的选择，暴露了他的独特的艺术个性：尽管他心中躁动着张扬自我的激情，处处想显示男子汉的力度，他实际上并未完全从苦难强加给他的软弱心态中解脱出来。他毕竟是个诗人，他那股热烈的豪气主要来源于感情的亢奋，它很容易在严酷的物质压迫下转变成掺杂着怨恨的沮丧，甚至是暗含惶恐的感伤。他在理智上还不能摆脱那种狭隘的道德意识,在感情上也就不容易摆脱这种沮丧和感伤。那个叙事人就证明了这一点,为什么魏天贵唯有把头枕在韩玉梅的怀中才真正感到安宁?就因为张贤亮自己也还缺乏足以自振的坚强力量。这就是说,他实际上并不擅长弹奏辉煌的男性奏鸣曲,倒是那种面对女性的悲哀缠绵的咏叹调,似乎更适合于他。

这就造成了他对那些女性形象的描写本身的矛盾。在理智上,他要把她们写成是甘心情愿充当那个男人的垫脚石。随着对背叛者的解释和开脱的需要,他几乎是随心所欲地规定她们的牺牲方式。在《吉卜赛人》里,他似乎还不想明确揭露"我"的怯懦心理,就让那位"卡门"姑娘主动跳下车去引开检查人,尽管仔细推敲起来,那样一个饱经风霜的流浪者竟会如此行事,未免有些突兀。他几乎一下子就捅出了石在的卑劣根性,那就只有加重乔安萍的憨傻,倘是稍微机灵一点的姑娘,决不会在被出卖之后再给他写那样一封痴情的信。对龙种们,他主要是从正面进行赞颂,就只要求穆玉珊们做好随时去安慰他们的准备,能够招之即来就行。至于马缨花们,因为对章永璘的揭示日益深入,她们的形象也就相应地丰满起来,既要单纯、漂亮和热烈到足以激发他的爱情,还要深明大义,能够原谅他的背弃。比起那位"卡门"来,马缨花们的性格明显丰满了,似乎张贤亮对自己真实感受的抒遣在渐趋多样;可同时,我又感觉到,他那理智意图的干涉也在日益强化。这些女性形象越是丰满,那种强扭硬按的缺陷就越触目,紧接着乔安萍的过于憨傻,我们又看到了穆玉珊的过于爽朗和通达,看到了马缨花对章永璘的那种突然而起的爱情,以及黄香久最后那番令人费解的爱的施舍……

但是,文学毕竟是情感的产物,越是有才华的作家,他的理智意图就越不可能完全约束住他的内心真情,而在他的所有情感中,对异性的情感也许最不容易抑制。它往往是一个男人心灵中的最后一块诚实之地,他可以在其他方面,甚至在对女人的言行中装模作样,但在对她的情感上,他却不可能同样作假。张贤亮再怎样竭心尽力,把马缨花们都写成死心塌地的女奴,他对女性的那种发自心底的感激,那种不可遏止地要向她们讨温暖、寻依靠的冲动,毕竟会不断地溢泄出来。读者仔细体味就可以发现,所有这些女性人物在有一点上都非常相像,那就是她们对那个男人的怜爱,那种近于母性的怜爱。无论是乔安萍对石在的关怀,还是韩玉梅对魏天贵的体贴,也无论穆玉珊对龙种的困境的理解,还是马缨花望着章永璘狼吞虎咽时的笑意,甚至黄香久最后对他的诅咒,都使你感到一种温情,一种怜悯。那也许是爱情,但却很少有那种对强有力的男性的渴求,而更多的是一种母性的给予;那的确是宽恕,但却很少有深究原委之后的通达,而更多的是一种居高临下的迁就,一种夹带着怜爱的姑息。不管张贤亮心中升起过多少自我尊崇的幻想,他长期经受的毕竟是那样一种被人踩在脚下的屈辱,一种不断泯灭男性意识的折磨。在他的记忆中,从女人那里得到的也就不可能有多少倾慕和依恋,而多半是怜悯和疼爱。也许,正因为曾经丧失过男性的权利,他才这样急迫地渲染那个叙事人的男性力量? 也许,正因为不愿回味那接受女人保护的屈辱境况,他今天才这样坚决地要在她们脸上添加那种对于男主人公的仰慕神情? 可惜,他的情绪记忆又一次破坏了那个叙事人的企图,他极力想要显得比马缨花们高过一头,可结果,读者发现她们竟常常是用了俯视的眼光在看他。

《天方夜谭》里屡次提到一种铜制的瓶子,说是所罗门把魔鬼装在里面,沉入海底;后世的渔人把它捞上来,好奇地打开锡封,魔鬼立刻冲出来,把渔人吓得发抖,懊恼不已。在我看来,这样的瓶子在文学王国也几乎是俯拾即是,张贤亮就分明陷入了那位渔人的困境。正如那个叙事人的自我暴露超出了他的辩解范围一样,从他记忆中请出来的这些女人,也一个个都不听调派。非但不能帮助他肯定那个叙事人,反而常常加剧读者对他原有的反感。人可以谅解感情上的迷失,倘若马缨花和章永璘之间是燃起了一场狂热的爱情,他们的离异也许只会唤起人的一笑。可现在马缨花们是用女人的爱抚,甚至首先是用食物喂活了章永璘,他的背叛就显得不能容忍,这些女人越是动人,读者就越无法原谅那个背弃她们的男人。虽然,和那渔人不同,张贤亮的瓶子并非是从海底捞上来,而就埋在他自己的心底;从所罗门的瓶子里钻出来的是魔鬼,而从张贤亮的灵魂深处,不仅冒出了种种有关背叛行为的阴暗记忆,更涌现出许多对于女性温情的动人印象。但是,在懊恼于不能控制自己所释放的力量这点上,他却和那位渔人最初的神态颇为相似。我甚至觉得,他迄今为止的几乎全部小说,都在不断地证实着这种相似。

中国现代知识分子的痛苦太深重了。陈抱帖说陀思妥耶夫斯基是有意沉湎于痛苦,这是十足的武断。痛苦并不像朋友,可以应招而来,它倒有点像怨仇,会一直纠缠你不放。从鲁迅到今天的一代年轻作家,有谁真能够摆脱痛苦? 人们常说,中国作家的痛苦首先就表现为一种外向的忧患意识,这当然不错,正是这种意识促成了中国新文学史上最优秀的小说《阿Q正传》的诞生。但我要说的是,痛苦还赋予了中国作家另一样东西:那就是内向的反省与忏悔的意识。理智的崩溃,人性的脆弱,自己以及类似自己这样的灵魂深处的可怕的变形,这一切都引起他们深深的震惊、迷乱和不安。必须要将这些情感释放出来,以摆脱困惑,求得精神的平衡:这实际上也就是从个人反省的角度去悟知人性的深层蕴蓄。就对人类精神的理解而言,这种悟知常能达到比对外部环境的刻画更为深入的程度,我们理所当然要预料,它同样能促成卓越的抒情作品的出现。由于种种原因,相当长一段时间里,这种可能性并未得到实现,即便是鲁迅吧,他对"狂人"和魏连殳们的刻画也明显不如对阿Q那样深邃。但是,半个世纪过去了,当中国知识分子再一次从深重的折磨中恢复过来,情不自禁地要抚探自己的创伤,回顾精神的历程,甚至到这种回顾中间去寻找生存启示的时候,我们却忍不住又要热切地期待,中国作家的反省与忏悔的意识将会得到明显的深化,把中国文学对人类深层心理的发掘大大地推进一步。

但同时,张贤亮的小说创作又使我感到担忧:中国作家要在对内心情感的忏悔式的解剖中达到真正深入的程度,恐怕先得排除掉那种完全只依据理性观念去进行解释的冲动。我们并不能真正再现过去的心境,看起来作家是在追忆往事,可他实际表现的却并非是真实的往事,而是他今天对这些往事的理解。忏悔的本意就在于重新去理解过去,因此,对自己已经表现出来的东西再作理性的解释,单就忏悔来讲,也显然是多余。严格说来,"忏悔"是一个属于道德领域的词,文学接纳它,是因为它能触发对人类心理的深入剖析,而并非对它所包含的那种理性的自责——更不要说自辩——有多少兴趣。因此,对自己内心深处那些最为隐秘的心理活动,那些真正应该痛加忏悔的欲念,理性自责的灯光倒反而可能照射不到,不像审美感觉那样,会在刹那间照亮一切。再真诚的自责也难免包含隐约的自辩,倘若作家不能放弃勉强的理性解释,那就难免会有意无意地歪曲自己的真实感受,甚至妨碍对过去的审美的回顾。张贤亮笔下的那个叙事人,就是这种妨碍的一个极其明显的例证。

我知道,要克服这种解释的冲动是不容易的,它背后有着一连串颇为复杂的民族和历史原因。但是,从张贤亮的小说创作中,是否也能约略看出其中的一种原因呢？他写过这样一句话："从炼狱中生还的人总带有鬼魂的影子。"说得太对了！在现代中国，往往正是那些曾经身陷地狱而又未被阎罗王收编的人，会产生深沉的忏悔意识，可另一方面，那牵制他们深入自剖，甚至催促他们自我掩盖的力量，又恰恰来自他们身上那股从地狱里带来的"鬼气"。张贤亮的那种急于自辩的意图，不就分明散发出了这样的"鬼气"吗？我不敢奢望它能够迅速消散，因为中国曾经有过那样悠久的灾难史。但我也有足以欣慰的所在，那就是张贤亮毕竟打开了瓶口的锡封。情感记忆一旦冲出束缚，它们所包含的审美基因就会不可遏止地发展起来，从《男人的一半是女人》就可以看出，它们已经在不少地方扩大了对于理性解释的突破口。鬼气不可能长久地包围住一个真正的诗人，我对张贤亮依然抱有衷心的期望。

一九八五年十二月　上海

（原载《上海文学》1986 年第 2 期）

韩少功论

曾镇南

诚实的劳动者总要承受巨大的精神重荷。

——韩少功:《远方的树》

在长江以南的青年作家中,韩少功可以说是最善于对生活进行思索,也最勇于对艺术进行探索的一位了。读完他迄今为止的两本中短篇小说集《月兰》、《飞向蓝天》;以及近作中篇《爸爸爸》,短篇《归去来》、《蓝盖子》,在我的脑子里出现了一个苦苦地、执着地向大地、向群山叩问着生活和艺术的秘密的跋涉者的身影。牵引着他前行的是一个蓝色的梦——那是湘中明瑟的山水、迷濛的雾岚、醇厚的村情、悠远的蓝天交织成的美丽而神秘的梦;但是他在大地和群山中留下的足迹却是黑色的、沉重的。他开始的步伐也不免有些趔趄、凌乱,但后来就渐渐坚实、果决了。虽然我们的眼力有点跟不上他那在幽深奇崛的山谷中渐行渐远的背影,但是,我们理解他那寻找楚文化的信念和热情,相信他不会失落那浸透着湘人的时代敏感和明丽的诗心的梦——韩少功特别喜欢的蓝色的梦。

因此,尽管孤陋和愚钝,还是让我和这位"诚实的劳动者"一起,走进他的艺术世界,去承受他在这样一个时代、这样一片国土上所感受到的一切精神负荷吧! 毕竟,他的时代也是我的时代,他的蓝天也是我的蓝天,他的土壤也是我的土壤,他的哀乐也是我的,不,我们这一代人的哀乐啊!

一

如果把韩少功最早的稚拙生硬的习作《七月洪峰》当作一个起点,把他最近的圆熟古怪的中篇《爸爸爸》、短篇《蓝盖子》当作一个暂时的终点,那么,在起点与终点之间,可以说横亘着一个漫长而曲折的对人的认识深化的过程。这个过程其实也是作家对社会、对历史认识深化的过程。因为对于像韩少功这样具有社会批判精神和历史探索精神的作家来说,人始终不是单个人的抽象物,而是具体社会、具体历史的聚焦点。只有当韩少功把他天性中喜好的对社会、对历史的理性的思索投注在对具体的人、具体的人性的开掘的时候,他的小说才能获得引人注目的长进。

在这方面,最值得细加剖析的是韩少功笔下的农民形象。这是怎样一群杂然并陈、声态并作的人物啊。在这些农民群像中,寄寓着作家对民族性格、心灵的透视与解剖。

我是在读完《爸爸爸》、《蓝盖子》之后才回过头读韩少功最初的习作的。起点与暂时的终点之间落差之大给我极为讶异的一个强烈印象。对他的近作我也并不是完全满意,下面的分析也许将表明我是并不太在行的吹毛求疵者。但是,这些近作在技巧上的圆熟、特别是在文学语言的个性化方面达到的较高较难的水准使我惊叹不已,也使我简直很难相信这位作家是从《七月洪峰》等起步的。韩少功的这种惊人的艺术进步,对于我们的青年创作界来说,是有某种普遍性的。这是整个青年作家群的进步,是整个文学时代在艰苦地"换代"。

在《七月洪峰》、《吴四老倌》里,简直可以说看不到尔后为读者熟知的韩少功的影子。或者可以说,在这些习作中,作家韩少功尚未问世。如果说我们现在还需要提到这些作品的话,那也是因为这些作品说明,韩少功在创作生涯开始的时候,也有一段承动乱年月的创作思想、创作风尚的余绪的短暂日子。虽然他流露了巨大的政治热情,在作品的某些细部也有才能的征兆在闪烁;但总的来说,驱使人物去观念化地演绎主题的痕迹太重了。《七月洪峰》中顶逆风,排浊浪,忘我抗洪的市委书记邹玉峰与阴险毒辣的市委副书记张明的对立,主要地并不表现为活生生的人物的性格的碰击,而是表现为两种政治信念、情操的尖锐冲突——关心群众安危疾苦与只顾自己升迁利禄的对立。虽然这种思想冲突也是从特定的政治漩流和特定的生活情势中触发、汲取的,但作者的着眼点,还没有集中放在对处于这种思想冲突中的人物的性格(行为与心理)的探究与表现上,而更多的是放在对丑恶现象、丑恶思想的愤慨上。灼然的社会义愤的直露表达,使这类作品对人的刻画还停留在较浅的层次上。对立的人物之间是非臧德,了了分明,色调简单,很少余味。

即使是在性格刻画显得幽默可喜的《吴四老倌》里,把吴"党委"吴伟昌整治得哭笑不得的吴四老倌,他的那些带着湖南乡音的泼辣的口语里,也包含了太多的教训的味道。作者写得痛快淋漓,大有借吴四老倌之口一吐积郁的味道;这就使他无暇更深入地去探寻这一类老农民的心态及社会背景,把人物的言动处理得过于浅易了。——虽然这一篇小说第一次显示了作者驾驭乡音的才能,在语言上颇有神气。

《战俘》虽然不是写农村人物的,但这个短篇却是韩少功追求人物性格的丰富性、复杂性的审美意识在创作实践中的第一次觉醒。小说以一种完全新的眼光去观察、处理一位当了战俘的国民党军官赵汉笙,对他的复杂性格作了较深的发掘。这位赵汉笙,从被俘之初坚守忠于党国的匹夫之志,发展到临终高呼"红军万岁"、成为一名皈依真理的红军战士,他的性格,表现为一个曲折、生动的发展过程。他是由于事实的教训,轰毁了原先的思路,才毅然走向真理的。对信念的严肃态度,即使他顽固于当初,也使他坚定于尔后;即使他幻想说服同监的红军连长一起"反水",也使他在起义失败后面对旧友的说降冷言拒绝、义无反顾。这是一种对生活、对信念特别认真的人。他念诵的"哲人日已远,典型在夙昔",反映了他的精神支柱乃是中国儒家文化中重节操、重修身的积极传统。由于现实的触动,才注入了新的真理内容。由于小说采用了从一位粗豪爽直的红军连长的眼光进行观照的视角,多少有些限制了对赵汉笙的气质、心理及灵魂的内在搏斗的表现,影响了人物性格的深度。但是,我们必须记住,小说写于一九七八年五月,其时创作界的板滞、僵硬局面尚未打破,人物塑造上"左"的因袭还相当沉重。在这样的情况下,《战俘》是具有一定的率先冲击的作用的。它属于《班主任》、《伤痕》等作品造成的潮流之列,在题材性质上,与《内奸》更为相类。虽然笔法没有《内奸》成熟,但同样开启了用一种更为真实的眼光去表现那些在政治上被贬斥的人物的内含人性的新的创作思想。

不过,在那样一个文学刚刚睁开眼直面"文化大革命"的血迹伤痕,猛然爆发战叫的特定时期,《战俘》这种与现实较少勾连的作品不若《内奸》那样引人注意,这也是很自然的。倒是那一篇浸透着善良的中国农村妇女在浩劫年月的血泪、具有猛烈的控诉性的《月兰》,第一次为韩少功赢得了全国性的文学声誉。

《月兰》写于一九七九年三月,可以说是在党的十一届三中全会之后,率先触及"十年浩劫"中我国农村的愁惨现实的力作之一。小说以一个知识青年出身的农村工作队员对往事的沉思,展开了月兰的惨剧。这个涉世很浅的善良的青年,带着对当时极"左"的农村政策的盲信和改变农村贫困面貌的好心,竟然铸成了逼使月兰自杀的悲剧。由四只鸡被药死所逐步酿成的长顺家的灾祸,是小说中的"我"始料不及的。当"我"被月兰家里的赤贫状况所震惊,开始为月兰说情时,情势已经无可挽回了。以他稚弱的善良,根本无法改变那种"对付农民一要吓,二要蛮"的已成习惯和定则的做法;以他有限的人生经验,也无法洞察一个因为疾病成为家累,又受着婆婆的冷眼和唠叨的农村弱女子的哀戚无告的心理——她只能靠老实的丈夫的温存和疼爱支撑着生存,一旦这种温存和疼爱被粗重的一巴掌打碎之后,她就失去生存的支柱了。于是,"我"和乡亲们虽然在深夜的油茶林里找到了她,但她的生命之魂已远逝了,没有什么力量能唤回这一缕柔弱的哀魂,大家只能眼睁睁地看着她走上轻生的路。

就这样,韩少功在一种内心风暴的袭击中,以真诚的忏悔和痛定思痛的深哀,把月兰的形象推到一切尚未泯灭社会良知的读者之前,哭吐了这样震撼人心的质问:"……可我怎么会成为杀害你的工具之一? 到底是谁吃了你? 这是怎么回事呵? 月兰! ……"这质问实际上是一个伟大的民族在经历了可怕的历史动乱之后对自己提出的质问,它当然会在千千万万读者中卷起同等强度的内心风暴! 由于凝聚了历史的心音,《月兰》产生了巨大的撼动力。这种巨大的撼动力固然是由于主题的激切和行文的真挚造成的,但月兰这个农村妇女形象塑造的成功,也是一个重要的因素。

在月兰的命运中,作家综合了相当丰富的社会政治、经济因素,也综合了某些极为动人的心理因素,而且这一切都是用精心选择的典型性较高的细节,饱满地表现出来的。现实的月兰,在"我"的心目中,一再违反禁令放鸡下田,似乎是自私的;但月兰家墙上十几张陈旧的奖状,六叔讲的那件春插时献鸡蛋、甜酒把牛吃的往事,却画出了一个历史上无私的月兰。历史和现实的比照,使月兰的性格变得深邃了。她的品质并没有改变,改变了的是政治环境和经济状况!离开农民所身受的生活压力特别是经济压力去奢谈农民的道德水准,把改变农村的贫困面貌和提高农民的精神素质的希望放在完全脱离实际的"斗私批修"、"割资本主义尾巴"上,这是一种最愚妄的历史唯心主义。月兰的形象,以她纯朴的默默的存在,把这种声势汹汹、光怪陆离的历史唯心主义击了个粉碎!她临死前为"我"洗净补缀的那件灰上衣,凝聚着她对人——哪怕是伤害过她的人——的温爱善良的心意,从心理上更强化了对那种历史唯心主义的控诉力量。

但是,月兰的形象在心理深度上显然也存在着限制。作家在创造这个形象时,对中国农村妇女几千年来形成的传统心理因素综合得不够。依我看,导致月兰的惨死的,更深沉的原因是几千年来陈旧的社会生活、风俗习惯所造成的中国农村妇女的自卑和忍从,以及精神世界的狭小。婆婆的那种后悔不该收这个"药罐子"媳妇的唠叨,以及丈夫在酒后心躁时的发作,无疑是促使她走绝路的具体的动因。在这里,有着使她在心里"苦到极处"的复杂的传统心理因素,这种传统心理因素与现实的政治、经济压力想扭结,终于碾碎了一个善良的、自卑、忍从的灵魂。在这方面,小说的开掘还是不够深的。

《月兰》之后,韩少功对生活的思索更深沉更开阔了。他写出了反思 1958 年"大跃进"时期农场生活的力作《西望茅草地》。这部作品和茹志鹃的《剪辑错了的故事》、刘真的《黑旗》、张一弓的《犯人李铜钟的故事》、高晓声的《"漏斗户主"陈奂生》等,共同为那场经济蛮干及其灾难性的后果留下了历史的真实影像。

《西望茅草地》以粗犷有力的笔触,塑造了茅草地"王国"的"酋长"张种田的形象。这个形象体现了作家在塑造人物上新的自觉的探索。他力图突破那种反现实主义的"叙好人完全是好,叙坏人完全是坏"的简单化的类型描写,努力按照社会生活本身的丰富性和复杂性进行典型创造。他笔下的张种田的形象虽然缺乏一种浑和完整的风貌,但这个性格呈现的"杂色"却凝聚了多方面的足供思索的历史内容。——甚至从他名字的由来到他被解职后的新的任命,都渗透着我们共和国在那一段历史生活中的整个气氛。如果说,张种田的某些极端不近人情的举动应该归咎于他那多少有些特殊性的个人性格弱点,那么,他那些用来治理茅草地"王国"的基本思想却是带有普遍性的。农民式的狭隘和固执使他无师自通地在政治生活中走向带着浓厚封建色彩的独断和专制,而这种独断和专制因为需要心理支援必然为袁科长之流的野心家造成滋养的土壤;农民式的只注重下苦力的传统经营习惯和生产规模狭小造成的经营思想的板滞,又使他排斥农业大生产所需要的科学技术;农民式的辨别忠奸、美丑、是非的简单化的思维习惯被提升为一丝不苟的"原则性"之后,又成了他那种荒唐的、超级"左"的锻炼、考验青年的方法的思想依据;最后,战争年代养成的那种农民式的军事共产主义作风和游击习气,在五八年那种跑步进入共产主义的荒谬宣传的蛊惑下,顺理成章地变成了经济生活中的绝对平均主义和精神生活中的抹平一切个性表现的苦行僧式的禁欲主义。这一切成功地综合成了一个"革命"而愚妄的农民当权派张种田。他在茅草地这个历史舞台上淋漓尽致的表演是以一种外观荒诞而粗陋的形式进行的,但却隐括了存在于我们辽阔的国土上的那种骨子相通、但层次更高、更具有精致的理论伪饰的治国之道,也悲惨地预示了后来发生在"文化大革命"中的民族灾难的某些因由。例如,张种田那种本能地认为"城市是腐化蜕变的发源地",主张"以后最好把机关学校都迁下乡来"的想法中,不就含有后来"十年动乱"时某些极端而荒唐的举措的萌蘖吗?

　　张种田这个人物的典型意义可以说是双重的:第一,他以一个联系着传统生产方式和传统思维习惯的、没有文化、眼界狭小、素质很差的农民当权派的身份,去指挥内含着现代化要求的生产活动、社会生活乃至精神生活,自然处处凿枘不合,扮演了背时的唐·吉诃德的悲剧角色。第二,他以一个从革命烽火中闯出来的老战士的忘我舍身的劲儿,来演出他的带闹剧色彩的历史场面。他的革命信念、热情、献身精神,总之,他身上那些"我"认为不应该只用嘲笑声来埋葬的一切好的东西,难道不都是和他的愚妄胶合在一起并加强着这种愚妄吗?而他的愚妄,难道不都在主观上的革命幻觉支配下进行,并加强着当时社会与人群的所谓"革命化"(这种"革命化"的历史结果就是"文化大革命")的趋势吗?历史老人的嘲笑比"猴子"和"大炮"们的嘲笑更严厉无情。

韩少功自己在谈到张种田时曾经说:"这个'王国'的土地上,徘徊着违反科学社会主义的平均主义的幽灵。我想这才是他的主要精神特质。"这种解释,大概是着眼于他经营方式的悲惨的经济后果而发的吧? 但实际上,在《西望茅草地》中,张种田虐杀小雨和小马的爱情是一条浓重的主线,他作为青春和爱情的虐杀者的特征,几乎压过了他的其他一切特征。说小说几乎是一曲爱和生命毁灭的悲歌,其实也未尝不可。

细察张种田压制青年人谈恋爱的方式,我不禁想起当年被鲁迅痛斥过的杨荫榆式的治校办法。虽然两者在政治素质上绝不相类,但在处理精神现象上却不谋而合。张种田在青年们的私生活领域中的专制是骇人听闻的。如果在这样一个领域里都不允许任何个性和人情的流露,那么,这位酋长的治理方式在别的领域里给人造成的压抑也就可想而知了。作家在无意中为青年们喊出了他们要求作为人正常地生活的呼声,这似乎成了小说的主旋律。

于是我们就看到了张种田这个形象塑造上稍嫌支离生硬的地方。作家由于沉思历史、解剖民族病态而生发的种种思想,都想综合到张种田身上,也都有相应的某些生活细节的支撑。但是建构张种田主要性格特征的情节主干,却是他与小雨、小马的爱情追求的冲突。他作为无意的精神虐杀者的身影浓重地浮现在小说的屏幕上,而他作为一个革命而愚妄的农业王国酋长的其他特征只是作为一些闪烁的黑点出现。人物是杂色的、丰富复杂的。但缺乏一种浑和的统一,一种丰富所酿成的单纯。

这种人物塑造上追求复杂性但又未能达到具有浑和的神韵的状况,在中篇小说《回声》中,表现得更加明显。这部写得有点头绪纷繁的小说描写了"文化大革命"这场政治动乱在青龙洞山区的诡怪的"回声",详细展开了所谓"革命"的发动、推进、高潮以致最后演成一场血腥的宗族械斗的过程,广泛触及"革命"所造成的各种世态人心,带有辛辣的讽刺意味。贯穿小说始终的,是一个颇具阿Q相的农家浮浪子根满的形象。作家在塑造根满的形象时,大概是有意以他在社会狂涛中的各种琐屑卑微的小动机、小欲望、小算计为参照物,照出"文化大革命"的荒谬性和怪诞性。把这场充满豪言壮语和神圣幻觉的政治动乱放在一个封闭、贫困的农业小王国里来考察,更加可以看出"文化大革命"与任何社会进步风马牛不相及的主观虚妄性。在这个意义上,小说提供了否定"文化大革命"的一个独特的视角,为我们艺术地留下了那个动乱年代的某些耐人寻味的史影。

仿佛是有意和那个"革命"开玩笑似的,被"革命"的形势造成的造反"英雄"根满,却以他的最为卑俗和实际的欲望,使那些"革命行动"的灵光黯然失色。在他喊出的"横扫四旧"的口号背后,是对家底殷实的玉堂老倌的妒忌;而他决心带头闹"革命"的念头,却起于"老子何事不也去赚两碗面呢?"那胡牵八扯的"语录创作法",是为偷富农婆的南瓜和强"借"公款找护法神而发明的……到公社去夺权进驻,最惬意的是过了几天当干部的美日子;……总之,"光焰无际"的"革命",在山村一搞就变成了根满这一类浮浪农民满足小私利、小私欲的闹剧。这真是有着某种典型意义的。实际上,在农村,人们对"文化大革命"这样一件怪事的态度真是各怀心思的。他们从自己的经济地位、实际需要出发,各取所需,毫不顾及"革命"的"神圣意义"。那个听说山外搞"红海洋"使漆匠们都赚了大钱的油漆匠,就总埋怨青龙洞"宣传毛泽东思想"不够;而爱上路大为的竹珠之所以准备积极参加"文化大革命",主要是因为她认定"只要是路大为要她做的,是跟他做的,什么都统统行"!……这种社会现象大概是很普遍的。韩少功的另一部中篇小说《远方的树》中也写到类似的社会现象:例如有一位农民老爹认为"毛主席福气大,画了他的像可以避邪";还有一位矮汉子农民则说:"农民干社会主义,工人吃社会主义,下次搞运动,我要背着锄头进城去,造工人的反。"像这些地方,可以说是把"文化大革命"中农村的世相人心写到骨子里头去了的。

所以,作家塑造根满这样一位浮浮沉沉,终于稀里糊涂变成罪犯的农民造反派形象,可以说从生活的底层,提炼了农村"文化大革命"的"精华"的结果。

当然,根满也不是打根上坏得出奇的人物。他并未完全泯灭农民朴素的爱憎和是非。他不理解为什么说丁德胜抓副业也是错,心里一直保留着当年跟着丁德胜去岳州搞副业"吃了两个月的好伙食"的美好回忆,因此在去揪斗丁德胜时他终于溜了号。他对竹珠的单恋也不乏真挚的成分,他在械斗中带头发疯似的冲杀,竹珠的惨死显然是直接的刺激。总之根满这个形象也显出了某种"杂色",他的性格的复杂性为人们提供了研究那个动乱年代的农村现实以及剖析民族的某些病态的活生生的材料。

　　但是,由于作家想综合到根满形象里去的思想过于繁复丰富,环绕着根满的各种人物也各个综合着很多思想,而所有这些思想又缺乏一个贯穿、统一的东西,往往随着根满及其"战友"们的东奔西突而随时触发,所以根满的性格尚未能完全构成浑和的有机体,倒是长成多叉的珊瑚枝的模样。我理解人物性格的杂色并不是诸多色调的简单拼凑,而是诸多色素的均匀浑和形成的一种自然色。一如自然光在光谱仪的析解下含有诸多色调,但在大自然中实际表现为均匀浑和的自然光一样。张种田、根满这类形象,在向这一较高的美学境界的进发上,可以说"已升堂矣,尚未入室"。

二

　　稍稍"入室"的人物形象,当然应该首推《风吹唢呐声》中的哑巴德琪和他的哥哥德成。特别是哑巴德琪的形象塑造,充分显示了韩少功在思想、艺术上的独拔和超绝,我以为可以和屠格涅夫的短篇小说《木木》中塑造的哑巴木木的形象相较而无愧色(这也可以说明我国新时期文学要获得与世界当代文学对话的资格,并不像某些同志所说的那么困难)。

　　德琪是不会说话的哑巴,刻画他的性格无法借助他的语言。作家完全凭借对他的动作、神态,"嗷嗷"的叫声和他吹出的唢呐声的描写,把这个性格内在的东西异常深沉、异常鲜明地刻画出来了。要是没有深厚的写实功力,是不能达到这种境界的。

　　和张种田、根满这些处于或被卷入社会政治、经济活动中心的农村人物不同,德琪这个人物,几乎是一块被遗忘在生活河床边上的沉默的石头。在他身上,没有张种田、根满那种触目的政治、思想色彩,那种与历史事件的明显的联系,但是,作家通过他高度个性化的描写,仍然在德琪身上综合了多量的社会历史因素和民族心理传统。就其性格隐括的生活内容而言,他也是一个"杂色"的人;虽然他的性格的自然外观和内在气质呈现为比张种田、根满更为匀和的、统一的艺术结晶体。

　　在这个艺术结晶体的某些侧面中,也可以说结晶着我国几十年农村社会生活变迁史遗留下来的某些积极和消极的东西。比如说,在他对各类奖状的嗜好中,就积淀着解放后新生活在农民中培养成的上进心和荣誉感,也积淀着这种上进心和荣誉感中包含的盲目和轻信。又比如说在他对集体利益的维护和公共事务的热心中,既积淀着党对农民长期进行思想教育的痕迹,也积淀着含在这种维护和热心中的偏执和过分(他把小孩砍的生树丫也得意洋洋地拖到猪场去了,惹得孩子们骂他"假积极")。在他因为被哥哥夺了饭碗,不得已走进猪场翻出两个红薯被孩子们发现、围攻的那个沉重的场面中,我们不是可以清晰地感到极"左"政策下的乱批乱斗给农民造成的心理压力吗? 甚至像德琪这样一个好社员,当他被孩子们威胁着要"吊块牌,像万玉一样"时,他那说不出话来的灵魂也簌簌发抖了,一串串表示恳求的手势和取悦孩子的唢呐声,使作家听出了哑巴心里流出的鲜血。这在嬉笑中浸着血泪的一幕所具有的社会概括性是惊人的,中国农民在那"斗斗斗"、"割尾巴"盛行的年月里的命运和心理,似乎都浓缩在这一幕中了。

尽管这样,作家在这个艺术结晶体中,更加着意的却是表现中国农民中长期形成的劳动者的善良,力图开掘出民族性格中固有的美。德琪对上面来的干部原来是有着一种天然的尊崇的。但是,在办点干部搞"破产还超支"时,他却从沉默的人群中挺身而出,为平时与他积怨甚多的三老倌求情、抗议。当他未能挽回事态的发展反而因此遭到厄运时,他就把小指头向办队干部愤愤地竖起以表示他的憎恶了。这是他所能表现出来的最伟大的社会愤怒,而点燃这怒火的,恰恰是他天性中那种浓厚的人类同情。

如果说在社会生活中,德琪由于生活范围、社会交往的狭小,不能完全展现他富于人类同情的心灵的话,那么,在家庭生活里,德琪却在与善良贤淑的嫂子二香的特殊关系中,找到了倾注其人类同情与爱心的精神空间。德琪的生活中是没有温爱的,二香的出现,第一次为他的生活带来了温暖和同情。作家大胆而又严谨的艺术处理使我们看到德琪以畸形的方式表现出的对异性的兴趣,虽然丰富了这个人物的人性内容,但这在他与二香的关系中,并不占主要的成分。善良而又处于弱者地位的劳动者之间的相互维护和同情,才是他们精神联系中的主要内容。面对德成的恶,被侮辱与被损害的善连成了一气。特别是二香的存在,几乎成了德琪的生命支柱。他的肉体生命,虽然是在二香走后才在一次偶然事故中失去的;其实他的精神生命,早在二香噙泪离去时就已经熄灭了。在这里,德琪的性格显示了震撼读者良知的伦理深度:在农村的新生活刚刚展开,德琪本来可能享有较好的命运的情况下,财富所带来的新的邪恶,却把他吞噬了。在德琪的生命终止的地方,一个新的人类伦理课题在这样一个改革的时代里被作家敏锐地抓住,并有力地提出来了。

就这样,韩少功把人物性格的社会深度和伦理深度融汇在一起,在高度个性化的描绘中,完成了德琪性格的塑造,并使自己跨过了创作历程中的一个难得的高度。

显示韩少功在人物性格创造中的新的进展和新的遗憾(即使是艺术珍品有时也会留下一点遗憾,艺术探索的得与失往往互相依存)的,是他的引人注目的近作《爸爸爸》和《蓝盖子》。

在写了《远方的树》之后,韩少功停笔休整了一段时间。这种休整,当然是一种"修养生息",是作家沉入民族生活的底层获取新的养分,准备生息出新的文学花叶。他的近作,在艺术作风上,一变过去作品的激切、强烈、明朗、贴近时事,走入沉郁含蓄、幽深奇峭、似幻似真、若今若昔、迷离恍惚一途。这种巨变,是他的文学寻"根"理论的艺术实践。表面看去,似乎是他的创作道路的一次断裂,前后难寻相续的端倪;但细心寻绎,仍然不难发现旧作与近作之间的联系。

在某种意义上,可以说《爸爸爸》是《回声》中描写到的那一场"文化大革命"中的宗族械斗——"鸡"头下的刘姓人与"鸡"尾下的周姓人的械斗——的深掘与生发。这两篇作品可以说反映了民族生活的两个层次:现实的充满激浪和浮沫的表层(《回声》)与历史的积淀着腐泥和烂叶的深层(《爸爸爸》)。把这两个层次相互映照,也许《爸爸爸》中描写的那些鸡头寨的人物就不会那么难以索解了吧?

在《回声》中,造反派中的知青路大为简直不能理解为什么神圣的"文化大革命"会蜕变为无知愚昧的械斗? 他认为这是"道道地地"的农民意识! 即使是土产的根满,也鄙视参加械斗的乡民们在革命的口号下所进行的荒唐的迷信活动,肃然正色道:"革命造反派何事搞起'四旧'来了?"这些剧中人对着他们自己演出的戏发怔,觉得这是一个谜。韩少功在当时看出了这出戏的荒唐,他就来极写这种荒唐以讽刺世相、烛照政治动乱之主观虚妄;但是,他还没有来得及想到去解开这个谜。

只是到了写《爸爸爸》的时候,他才企图"在立足现实的同时又对现实世界进行超越,去揭示一些决定民族发展和人类生存的谜"。从这个角度去理解《爸爸爸》,在这篇笼罩着历史烟云的远古神话、山中古歌、民族史影中,确乎隐隐有一种作家释放出来的"现代观念的热能"向我们辐射过来。

关于韩少功寻"根"艺术探索的得失,过早地进行评说未必有益。我们还是来看看《爸爸爸》中的四个人物吧。

最引人注目的当然是丙崽。这个白痴见了人不是叫"爸爸"就是骂"×妈妈",这是他唯一的两句话,其中一句重复拖长了,就成了小说的标题,这也可见丙崽这一形象在作家心目中的重要。就这个形象的自身而言,作家大概是想强调他那简单低能的思维方式、处世态度、语言习惯所含有的象征意义的。对于这象征意义,人们尽可以根据自己的生活经验、具体心境去作淋漓尽致、求索甚深的发挥。但我觉得,就这种白痴特征或生理病态而论,它本身并没有多少社会生活内容、社会关系沉淀于其中。倒是这个人物的遭遇所烛照出的别人的嘴面和社会的心理更引起了我的兴趣。

丙崽的"爸爸爸"和"×妈妈"这两句话,并不是这个白痴的头脑里固有的,而是在他"被寨子里的人逗来逗去,学着怎样做人"时学会的。这两句话与其说是丙崽的思维方式、处世态度、语言习惯,不如说是属于寨子里的人的,人群的。鸡头寨打冤家时居然借用丙崽这两句话来占吉凶,以为可以代表"吉凶二卦",更是这两句话属于众人、反映了闭塞的山民们的简单思维方式的证明。

把"爸爸爸"和"×妈妈"这两句话教给丙崽的山民们,却又因为这两句话屡屡取笑他、毒打他。对这样一个白痴、一个无力自卫的弱者的态度,说明了鸡头寨离人的世界还多么远。阿城写过一篇《傻子》,说走在街上的傻子,就是他的家庭在外面蠢起的一杆旗帜(道德的旗帜)。又说,傻子是个常量,而对待傻子怎样的他的家人则是个变量。因此以傻子推知其家人道德的短长也就很容易了。这真是极明达圆通的看法,移用于丙崽与鸡头寨人亦然。事实上,丙崽娘对于她的傻儿子和山寨人的关系,对于鸡头寨人的人的水准,是有清醒的估计的。你听她怎么哭诉:"你天天被人打,吾天天被人欺,大户人家的哪个愿意朝我们看一眼?"即是在同宗同族的鸡头寨,社会的分野映在丙崽这面旗上,也照样是严峻的。可惜这方面开掘太少。

也许是作家更经意于把丙崽作为一个象征的意象来表现吧，这个人物作为一个社会典型的形象相对比较弱，所以它在审美价值上离阿 Q 或狂人就还比较远。

真正有点阿 Q 味的不是丙崽，倒是那个性格刻画相当丰满的仁宝。在这个人物的刻画上，韩少功充分显示了他那种创造单纯的、透明的"杂色的人"的本领。他笔下的仁宝，真正是把生理本能、社会特征、思维习惯、情感反应乃至潜意识等，全部向我们呈露了。这位俨然乎山寨的新派人物、宗族的拼死英雄，其实是很有点乖巧滑头的。他对打冤的正义性的解释以及他那些心情沉重、语义哀戚的遗嘱，其实是他心造出来的英雄幻觉，实在使人忍俊不禁而又玩味不舍。这种包藏着自己的小欲望在场面上混的人物，更是民族生活病态的结晶体。他会生存很多世代。《回声》中的根满，不就有几分仁宝气吗？这一对"活宝"，时代不同，病根则一。他们的存在，提示着改造民族性的课题的长效性。

另外两个人物，丙崽娘虽然有神神乎乎的一面，仲裁缝也有作古正经的一面，但他们的内里，却是人性的善和勇。丙崽娘的慈祥的、自为、自得、自足的母爱，使这一对母子在泥途中挣扎的生活，略有了一点人的温馨；而仲裁缝在丙崽成了孤儿受到"祭刀"的威胁时伸出的援手，他在山寨迁徙时留青壮不留老弱的决定，显得那样悲壮、沉勇而有气度。他是把民族送到新的生路上去的一个自我牺牲的勇者。也许，正因为有丙崽娘、仲裁缝们的存在，有那些从容饮下毒汁的老少们的存在，记录民族迁徙的古歌才"毫无对战争和灾害的记叙，一丝血腥气也没有"，才成为"一首明亮灿烂的歌"吧？

丙崽、仁宝、丙崽娘、仲裁缝，这都是一些生活在旧社会的人物，却也是一些缀连在民族的生存链上的人物。在他们身上，沉积着几千年的过去，也预示着后来。这些性格的病态和古风里，确实揭示着某些"决定民族发展和人类生存的谜"。在这方面，韩少功的探索是有成效的。但是，我觉得作家在进行这一类探索时，过分隐藏自己"立足现实"的脚印，过于追求"对现实世界进行超越"，多少有些把鸡头寨孤立起来浸在单纯的神话、传说中的味道，无形中失落了民族发展和人类生存的一个个具体的社会阶段、社会形态的某些实在的内容。这不能不有些削弱《爸爸爸》中的那些艺术上刻画得活灵活现的人物的典型意义。民族发展和人类生存的谜，并不能借这些人物的烛照而完全地霍然解开。这就是我觉得略有遗憾的地方吧！

在韩少功的三篇近作中,比较起来,我最欣赏的是《蓝盖子》。这篇小说语气极为平淡,但所叙之事,所写之人,却使我们感到沉重和刺痛。这是在一个可怕可诅咒的时代,发生在一个可怕可诅咒的苦役场里的一个可怕可诅咒的故事。主人公陈梦桃原是个有点浪漫蒂克的人,恋爱时因为女方名字中带了个"桃"字,于是改名梦桃,表示对爱情的忠贞。这样一个感情纤细的人被扔进苦役场去做埋死人的差事,最后终于发疯了。这是一个生活的折磨怎样使人变疯的故事,它使我想起《月兰》,那是一个生活的压力怎样使人踏死的故事。这个故事和那个故事,都是那个愁惨的年代的真实图画,都是作家的沉痛控诉。然而,《蓝盖子》的故事,写得多么成熟、凝重、平静啊!它没有《月兰》里的那种直接闪露的社会正义的怒火,人类良知的呼号,但是,在作家有点轻淡而悠远的不经意的谈话里,那个摧残人性、吞噬生命的人类的苦役场受到了致命的、艺术的一击。在极为严谨、精细、内涵丰富的笔触下,我们几乎可以清晰地看到一个善良的灵魂怎样被压裂的心理过程。

陈梦桃大约是有一点知识分子的柔弱的,苦役场的苦役使他累得尿湿了裤子,"呜呜地哭起来"。他"每次集体受训到得最早,头也低出了最大限度",终于得到了优待,领了埋死尸的差事。他强忍着恐惧,开始了这种可怕的"工作",也开始了精神上的分裂过程。一方面,他在埋人这一特殊的差事中,"陶陶然体会到肩头没有抬石的杠棒,身后没有愣头愣脑的枪口"的快活;另一方面,他的灵魂还是免不了在冷冰冰的死人面前发抖。这种"快快活活的恐惧"就这样煎熬、挤裂着他的精神。待到他对面床上的人也需要他去处理时,他终于瘫下去了。也许还能意识到灵魂沉沦的危险,他也挣扎着要救出自己。他开始热心地做好事,尤其对几个完成定额有困难,"被墙角那捆稻草(用来搓捆死人用的草绳的稻草)弄得心惊肉跳"的人极为关切。但是,这种异常的关切,却招来异常的反感和恐惧,因为他似乎变成死神附体的不祥之物了。"他越来越莫名其妙地内疚,而越做好事就越遭更多的咒骂。"死神的威胁和压力,以直接和间接的方式,使他的精神终于崩溃了。从寻找那个永远也找不到的蓝盖子开始,他疯了。他是罪恶的时代逼疯的。即使是在他恢复自由以后,他也找不回过去那个正常的(善良而又有点浪漫)的自己了。

在冷漠地写出这个沉重的故事之后,韩少功这样写道:

事情既是被谈着,也就有点轻淡而悠远了。我们马上可以谈别的,谈姓氏学,谈吃猪脚,谈核裁军谈判,谈谈而已。

我脑子突然显得很笨,半天还没有想到一个话题,甚至没想出一句话,一个字。

至哀无语!"文化大革命"的结束,已经快十年了。血痕或洗去,或冲淡了。很多人对自己做过的事或经历过的事,都已忘却。韩少功的《蓝盖子》,是一次为了忘却的回忆,抑或是一支为了未来的晨曲? 两者可能都是。

画出了我们国人的这个被残虐的灵魂,韩少功也许会感到自己灵魂里的精神负荷稍稍减轻一些了吧? 他把自己写过的像《月兰》那样的伤痕文学在一个新的历史阶梯和文学水平上升华了。

三

心理学告诉我们:一个人对颜色的感受、爱好,有时是能反映他的气质、他的情绪、他的精神追求的。我们已经说过,韩少功喜爱蓝色。牵引着他在人生和文学的长途上不懈地前行的,是一个蓝色的梦。

那么,考察一下韩少功小说中的知青形象——这也是一些喜欢做蓝色的梦的人——潜入到他们的蓝色的梦里头去探寻诗、探寻哲学,也是更深入地认识韩少功的一个途径吧?

几乎所有韩少功的重要作品——除了《爸爸爸》之外——都有一个知识青年形象存在,这一事实再清楚不过地向我们提示着韩少功的小说创作的特殊的生活基础。也就是说,作家本人的生活足迹,作家自己对生活的沉思、感慨、追求,是那样清晰地留在他创造的艺术世界里。在这个意义上,也可以说韩少功的小说是知青文学在南方的一个重要的分支。不过这是非常独特的分支。

独特就独特在,韩少功一般说并不独立地描写知青的命运(《远方的树》大概是个例外)。他笔下的知青形象,当然也参与生活,但更多的时候是作为生活的观察者、解释者和沉思者出现。这些知青形象组成了一个既独立又与农民世界相通的特殊世界。这一特殊世界在韩少功的小说中存在，主要并不是为了显示和说明自身，倒是为了显示和说明那个我们已经详尽分析过的农民世界；为了不那么黏滞于农民世界；为了能够从这个农民世界中提摄出某些苍茫悠远的诗和哲学，获得小说艺术的神韵。

　　韩少功的蓝色的梦，大概是从童年就开始做的。《晨笛》写的可能就是他的童年感受。《晨笛》描写一个感情丰富，善于想象的农家孩子与大黑牛的友谊，写了农村生产活动、经济生活中发生的那些孩子不理解的变化，写了由这些变化导致的大黑牛的被宰。在大黑牛已经无可挽回地要被杀的时候，孩子流泪了。"他咬着牙，似乎想到一个很难解答的问题：……为了生活就要伤害朋友吗？……就要会骂、打、讥笑、冷淡、想诡计、甚至吃朋友吗？"在孩子的这个幼稚的然而伟大的疑问中，就包含着小说家韩少功的最基本的伦理态度。这种伦理态度随着他对生活、对人与人关系了解的加深也不断加深、丰富，但最基本的元素，却在孩子悼念大黑牛的清泪中闪烁了。作家写道：

　　　　鲜红鲜红的太阳昂起了头。孩子还在吹着，吹着，笛声融进了朝霞，融进了永恒的蓝天。孩子的泪珠也许是幼稚可笑的，但泪珠培育了他的心，一颗种子——那是人类希望的种子，那是头顶上的星星。

　　《火花亮在夜空》中的小芸，不理解爸爸妈妈为什么不敢接慈爱而孤单的姑妈回家过年，难道因为姑妈曾经被迫当过资本家的老婆就应该受到这样的歧视吗？小芸从这件事"窥视到了一片陌生的天地"，人与人互相防范和躲避，用复杂的"生存外观"来掩盖自己的真实内心的"陌生的天地"。她喊出"美好的生活，人类的心灵，该用爱和善来滋养"，勇敢地独自找到姑妈那儿去了，给她带去一个孩子所能给的爱和温馨。小芸的朦胧的伦理意识与《晨笛》中的男孩的心声是相通的。被除夕夜的花炮的火花所映亮的夜空与融进了晨笛的"永恒的蓝天"，都是充满了纯真的爱与善的美好世界的象征。

　　这同一主题在《癌》里得到了更有力的表现。郑星星因为被误诊为癌症，在绝望中有了脱下自己的"生存外观"的勇气,决心在生命的最后时光里和被迫划清界限的妈妈厮守在一起。在她静等着妈妈到来时,"她梦见了蓝蓝的天"。但是,当她知道了是误诊时,她和关心着她的"大家"都陷入了一种尴尬的处境,那种政治压力下的利害计较好像比癌还可怕,阴影又把她笼罩住了,这时,"她梦见一片灰色的海浪"。在这里,"蓝蓝的天"和"灰色的海浪"是作为两种对立的人间境界而出现的。

这种对立也出现在"蓝色的茅草地"中。知青小马和场长的女儿雨的恋爱,是茅草地这个精神沙漠里开出的唯一的人类美好情感之花。当作家的笔写到这一对小儿女的柔情时,就流泻出了诗的辉光:

> 隐隐约约的甘溪像一抹水银,发出蓝宝石的光芒,像童话中的生命之湖,像一个紫色的梦境。天地间一片无边的,神秘的,柔软的蓝,好像有支蓝色的歌在天边飘,融入草丛,飘向星空。

这使我们想起,在那篇相对较少诗意的《回声》里,当路大为凭吊为他而惨死在毒箭下的竹珠时,留在他记忆中的,是一个蓝色的夜:"那个夜晚,满垄蓝色的雾气又沉又凉,月光撒下一片银色的雾。"在小说冷峻、暗淡、滑稽的画面中,这蓝色的雾是唯一凝聚着温情和美的东西。

这也使我们想起,在那篇可以称为农村青年的命运之歌的《那晨风、那柳岸》里,伴随着乔银枝的生活道路弯弯曲曲地向前流淌的,是那条蓝蓝的青龙溪:"天蓝蓝的,江水像镀了蓝色的锌,上了蓝色的釉,光滑滑,沉甸甸。"而心里怀着爱的乔银枝,在为倔强的袁昌华洗衣服时,甚至产生了这样的美好幻觉:"手里这几件衣,是在蓝天中偷偷地洗吗?洗出了片片阳光吗?"

可见,当韩少功的笔触及青年们的爱情生活时,蓝色,是他心目中的爱的柔和色,是纯净的人之诗的色调。

蓝色也是韩少功所向往和追求的理想和信念的颜色。《飞过蓝天》就是作家吟唱出来的一曲最动人心弦的理想和信念之歌。而这支歌的基本色调恰恰是蓝色的。那只叫晶晶的鸽子,为了寻找主人、寻找故乡,飞过了多么艰险的万里云程啊!"对于晶晶来说,寻找成了性格和习惯,成了生命的寄托和生活的目的。为了寻找不能忘怀的一切,它穿过了白天和黑夜,从远方飞向远方,那响彻长天的鸽哨,把信念刻进了蓝天。"由于晶晶的启示,外号叫麻雀的知青从酒酣昏睡中醒来了。他相信:"晶晶死后一定变成了那淡蓝色的小花,有金色的花心。它在黎明时生长出来,像钻石一样闪烁着光芒。它在说:'我爱你。'"他"望着蓝天",望着刻着不懈的追求和寻找的蓝天。可以相信,他将会走上一条新的生活道路。

最后,蓝色还是韩少功发现的生命的原色。《归去来》中那个被山寨人误认为是"马眼镜"的黄治先,不是在山寨洗澡时,才发现了自我的生命的原色吗?"头上那盏野猪油的灯壳子,在蒸汽中发出一团团淡蓝色的光雾,给肉体也抹上一层蓝。穿鞋之前,我望着这个蓝色的我,突然有种异样的感觉,好像这身体很陌生,很怪。……我也是连接无数偶然的一个蓝色的受精卵子。"看,蓝色几乎渗入韩少功关于人类的起源和本性的哲学沉思里去了。那个被折磨得失去精神生命的陈梦桃,他所苦苦寻找的失去的瓶盖子,不也是蓝色的吗?

总之,我们抓住了足够的证据,证明了蓝色是和韩少功的精神气质、伦理态度、理想信念以及他对爱情与生命的独特感受和理解相联系的一种大自然的色调。这当然仅仅是描述。要探究韩少功的蓝色的诗、蓝色的梦的精蕴,还需要结合韩少功讲述给我们听的人生故事进行分析。

我们已经说过,几乎从童年开始,韩少功就确定了他追求人类相互关系中的爱与善的基本的伦理态度。这大概是他的蓝色的诗、蓝色的梦的基本的情感质地。人们往往容易注意韩少功小说中的严峻的人生内容,被他冷峻有力的透视力所撼动。其实韩少功的小说中,还有更重要的一面,那就是他小说中强烈的情感内容,那种把读者引入纯洁崇高的境界的拥抱人生的热力。这使他不黏滞在摄取到的沉重的现实图景里,而能升华出一种悲悯人类、渴望光明的博大的人道主义的感情,推出一种鉴古思今、叩问历史与自然、把握人世无限感和永恒感的哲学世界观。对于我来说,这是他的那些最好的小说中最迷人的部分。在有深度、有力度的小说里,绝不仅仅只有形象才有魅力;那些附丽于形象而且优美机智地抒写出来的关于人生、社会、自然等的思想,同样是构成小说魅力的不可缺少的因素。

如果说,在韩少功早期的代表作《月兰》里,被月兰的惨死所震动的那个年轻人的内心波涛,虽然也有力地扣打着我们的心弦,但我们仍然能够感到作家的人生的沉思,还没有达到深沉的境地;那么,到了写作《风吹唢呐声》的时候,作家从德琪的命运中触发的那些人生感慨,却已经具有一种深邃的风貌,能够久久地搅动读者绵远空阔的遐想了:

> 他化入青山,似乎与我无关了。我并不很熟悉他。我们被命运分隔在两个生活领域。但我想我是会记得那些白天和黑夜的。在我人生的旅途中,它们帮助我理解贫穷和富足,理解人在种种物质压迫面前应有的坚定。它们将使我在每个黎明想起:那善与美永恒的星光,怎样照耀着人类世世代代的漫漫长征,穿过黑暗,指向完美……
>
> ……我越过空明月色,又想起了远方。那也是在这个星球上吗?那霓虹灯下驰过闪亮的轿车,比肩接踵的人流浮卷着喧闹。到处是人和人……
>
> 我要好好地生活。

记得第一次读《风吹唢呐声》,读到德琪死去时,我的心情沉重到了极点,一团巨大的郁结,压得我喘不过气来。这时,作家的深沉而又饱浸感情的人生议论,舒解了我的郁结,使我得到了一种净化。最后那一句"我要好好地生活",几乎是从我自己的嘴里喃喃地说出来的声音了。

如果说,在韩少功过去的作品《西望茅草地》和《回声》中,那对"像一座座坟墓,像一个个乳房,像一排排历史丰碑"的远山的秘密的叩问,那对重叠的群山的想象和思索——"这些山,是神话中的怪兽,躲在这个世界的角落里歇息;或者,是巨大的坟墓,埋葬着一个民族过去几千年的痛苦和不屈,欢乐和希望;或者,是大地生命波涛的突然凝结。"——多少还有些嵌入形象画面的感觉;那么,到了写《爸爸爸》和《蓝盖子》的时候,这种对民族发展和人类生存之谜的叩问和探求,已经和小说的形象画面浑和地汇成一体,并成为提升小说的意蕴的诗化的神来之笔了。

《爸爸爸》的生活画面是相当沉滞、阴暗苍凉的。作家把民族生存的老根周围的腐殖土全翻开来了。在一场血腥、愚昧的宗族械斗之后,在老弱病残饮毒汁死去后,青壮年开始迁移到祖先所从来的东方去。这时,作家暗暗地把他的祝福,送到开始悲壮地迁徙的山民的行列中去。他不但描绘了祠堂檐角那用山树山泥烧出的伤痕累累的老凤,想象它"还想拖起整个屋顶腾空而去,像当年引导鸡头寨的祖先们一样,飞向一个美好的地方"。而且,他描绘了唱着"简"的一群,描绘了"这种水土才会渗出这种声音"的古歌:

　　　　这种歌能使你联想到山中险壁,林间大竹,还有毫无必要那样粗重的门槛。⋯⋯

　　　　还加花,还加"嘿哟嘿"。当然是一首明亮灿烂的歌,像他们的眼睛,像女人的耳环和赤脚,像赤脚边笑眯眯的小花。毫无对战争和灾害的记叙,一丝血腥气也没有。

　　　　一丝也没有。

民族的向上向光的生命力,跨过了惨剧的遗痕,踏着人生的铁蒺藜,高唱着前进。这是怎样富有诗意和哲理的描写啊!

而那篇浓缩了一个时代的悲剧的《蓝盖子》的结尾则是这样的:

　　　　我又看见前面那一片炊烟浮托着的屋顶,那屋顶下面是千家万户。穿过漫长的岁月,这些屋顶不知从什么地方驶来,停泊在这里,形成了集镇。也许,哪一天它们又会分头驶去,去形成新的世界。静悄悄地来了,又静悄悄地去。暂时寄托在这小小的港湾,停棹息桨,进入淡蓝色的平静和轻松。明天早晨,它们就会扬起风帆么?——我仔细地看着他们。是的,那里没有一个字。

　　　　像没有了盖子。但我会找到的。

那种由于陈梦桃的悲剧所带来的压抑情绪和脑意识空白,就这样被这种平静中的希望驱散、填满了。贯穿在韩少功全部作品中的那种理想信念、伦理热情,在他的近作中取了一种沉实凝定的风貌。人们不太容易看见它的流露,但是它存在着,发展着⋯⋯

这是一个在动乱的年代里走过来的知识青年对生活、对社会、对民族、对历史的绵长的沉思。韩少功的这种沉思,几乎渗透在他笔下所有被卷入社会漩涡中去的知识青年的一个共同特征。《月兰》中充满负疚和忏悔之情的"我"在沉思;《回声》中扮演了不光彩的角色的路大为在沉思;《西望茅草地》中受伤害的小马在沉思;《那晨风、那柳岸》中那位倔强、激烈的袁昌华也在沉思。这种沉思在《远方的树》和《归去来》中发展得最为充分。

《远方的树》比较深切地剖露了知识青年田家驹的内心世界,把这个有才能、有力量、有见解、不满足于温饱而渴望着发展的知识青年在那个"晃荡的变形的世界"里的苦闷描写得淋漓尽致。他的形象,和老实呆板的刘力、纯朴深情的小豆子,形成了鲜明的对照。对于田家驹来说,在逼仄的世路中走出发展自己的潜能、释放自己的才智的道路,这个人生的信念是高于一切的,超越了一切传统的善和美。所以,他毫不客气地请求刘力让出了上大学的名额;也毫不犹豫地告别了深情邈邈的小豆子。他的性格是冒险的,勇于自我选择、自我设计的性格。他何尝不珍惜小豆子的感情,但他知道,按照自己的天性,他"永远也不会画她的"。他用来斩断情丝的是"我要轻松,不要牵挂"。这和《那晨风、那柳岸》中袁昌华婉拒乔银枝时的心理状态几乎是一模一样的。只不过从在人生的挫折中成熟起来的乔银枝已经"懂得了生活中更重要的一些东西",已经有了自己的精神追求,她其实并不奢望得到爱情,甚至愿意帮助对方来打掉自己的奢望;而小豆子的精神发展则尚未到达这种具有新质的阶段,因此更难堪于这失恋的隐痛。田家驹是清醒地把爱情置于人生第二义的位置的。他认为:"爱情死了,在非情爱的爱河中变得更深广,更纯净,更浩荡永恒。需要抛弃什么,就抛弃吧。人要斗争和前进,不能把好事都占全。不要奢望完美。"所以他并不太怀念小豆子家门前的那棵远方的树,而要画一棵经过他炽热的主观情绪浸润过的树——带着"狂怒的呼啸","热烈的歌唱","刻记着大地的苦难和欢乐","燃烧着大地的血液和思绪"的舞蹈着的树。

和《远方的树》中的田家驹那种对乡村的邈远而又略带怀疑的沉思不同,《归去来》中的黄治先对山村的沉思却是切近而又略带梦幻的。在他的沉思展开的山村斑驳的风情画中,也有一个黄治先"不敢舔破"的爱情故事——"马眼镜"和四妹子的姐姐的爱情悲剧,绝类田家驹与小豆子的爱情悲剧——但这个故事被淡化为一缕怨望,并没有成为《归去来》的主要情绪。这篇写得有些费解的小说的主要情绪,我以为是年轻的生命在民族的古老传统和旺盛活力的震撼下对自己的新的观照和发现。黄治先被误认为是"马眼镜",于是阴差阳错地窥见了"马眼镜"和山民们在那个愁惨的年代里所经历的一些可悲可叹的往事,也窥见了"马眼镜"离去后山村的一些可喜可泣的新事。所有这一切使黄治先深深地震动了。在这深山中的古老而又新鲜的人情世态面前,他感到困惑和迷醉。他觉得:"似乎自己就要被一股莫名的力量拉住,就要往这地缝深处沉下去再沉下去。"《归去来》,整个地就是一个探求民族生活底蕴的知识青年在山村古老、朴野而又有生气的生活面前的困惑和震动。

因此,与其说《归去来》是韩少功艺术思索的终点,不如说是他探求民族发展和生存之谜的起点。

他正在向前走去。

那个蓝色的梦,始终在他前头闪烁着。

1985 年 8 月 25 日夜写毕

(原载《芙蓉》1986 年第 5 期)

忧郁的土地，不屈的精魂
——莫言散论之一

季红真

他沉默着走上文坛，像大地活泼的精灵，神出鬼没，任性恣情，全不顾艺术的成规戒律，一支笔呼风唤雨，赋灵于草木众生。于是，出现了北方古老的土地，土地上颓败而喧嚣的村镇，村镇里形状各异的人生，人生中历久弥新的故事。而热情洋溢的红色主旋律，就像氤氲的地气，从世世代代的贫困战乱与生死仇怨中，从祖祖辈辈的屈辱压抑与希冀抗争中，丝丝缕缕升华汇聚，透过漫无边际的高粱地，越来越激昂高亢，惊天地、泣鬼神，民族的血性精魂便以这翻腾狂舞的红色主旋律，呼唤着众多在现代生存的困扰中日趋萎缩的生命。

这便是莫言的小说，如歌如画，如剪接奇妙的电影，如音响嘈杂的现代音乐——繁多的意象与痛苦纷扰的情绪，都以原子裂变般的冲击力，震荡得人们头晕目眩，这使我们不能不首先关注这位才华横溢的小说家独特的叙事个性。

一、长歌当哭，独抒性灵

莫言小说的叙事方式可谓变幻莫测，粗粗浏览一下他的多数作品，发现大致有三个时期的变化。《民间音乐》、《售棉大道》等早期作品，故事都很简略，作者大多采用第三人称的全知视角与情绪明朗的高调叙述，笔触细致的内心描写，赋予自然时序的简约情节以明丽温馨的情绪基调。其中,《黑沙滩》一篇则是一个例外,悲愤凄楚的情绪一下打破了作品原有的格局,开启了莫言小说的又一种情绪基调。

自《透明的红萝卜》开始,莫言小说的叙事方式明显地复杂起来,或以第三人称的全知与部分全知视角,默察式的低调叙述,使情节的安排几近于故事叙述的时序(如《筑路》、《枯河》、《断手》),《透明的红萝卜》的叙述语调则呈现为由低到高的渐次发展;或以第一人称的语调转述往日的故事(如《大风》、《白狗秋千架》);或以第三人称的全知视角为主,间杂转述、旁述的频繁变化,且意象纷呈,时空交错,《球状闪电》最为突出。

在这些叙述方式复杂起来的作品中,明显地存在着几种不同的情绪基调。《筑路》、《枯河》、《断手》、《大风》、《白狗秋千架》等作品,或沉郁,或苍凉,或寂寞,或凄楚,都近于悲凉。而《透明的红萝卜》、《球状闪电》等作品则同时穿插着他早期作品明朗欢快的情绪基调。在《透明的红萝卜》中,这种情绪凝结为"红萝卜"的意象,在沉滞的总体氛围中,如一个明朗的音符,越来越高亢响亮,近结尾处,激情涌动,外化为一片灿耀的金红色。

从《秋水》起,至《红高粱》系列的作品,叙述语调却相对地单纯起来,其他叙事方式的诸因素则异常灵活地排列组合,迅速演变,但大致地说,基本上是以第一人称的全知视角,转述追忆出祖父辈的旧事。说这组作品的叙述语调重新变得单纯,并不是意味着回到他早期作品明朗温馨的情调,乃是忧郁与欢乐并存,惨烈与悲壮共生,但基本保持了主观情绪明朗的高调叙述。莫言的《罪过》、《红蝗》等晚近作品,则继续保持了其高调叙述的语调,只是内心独自的叙事视角与频繁跳跃的意象剪接,使作品的内在意蕴越发纷扰繁复。

在莫言的小说创作中,《透明的红萝卜》无疑是一个转折性的作品,这部作品的前半部分语言朴实,全部语义都与特定时代的乡土生活相关联。而自"红萝卜"的意象出现以后,作者逐渐转为以黑孩的感觉为视角,在他朦胧的向往中,出现了一个异彩缤纷的童话世界,到结尾处,一直沉默着的莫言再也按捺不住了,从那个瘦小黧黑的身躯中跳了出来,以至于用完全不同于前半部分的湖光潋滟这个诗词断句,来状写黑孩眼中的泪水。此后,莫言越来越多地采用第一人称的叙述,审美的趣味也发生了明显的变化。审美态度更多地从东方式的静观向西方所谓"酒神精神"的浪漫表现转移，技法也明显地纯熟起来。一方面，写实的严谨使丰富的细节加强了作品的故事性；另一方面，他几乎调动了现代小说的全部视听知觉形式，使作品的容量迅速膨胀，大量主体心理体验的内容带来多层次的隐喻与象征效果。这变化都可以使我们确信，莫言是一位偏重主观体验的表现派作家。他的小说无论其内在的情绪怎样变化，但"独抒性灵"则是其一以贯之的基本精神。

一般说来，这是这个时代小说叙述的普遍特征，有一时代民族历史生活的现实根据。长期的禁锢一经解除，好像是对上一时代社会性失语症的补偿，人们以空前的表达热情，急切地抒发着自己对生活的理解、感受、认识、思考，汇成"浪漫的八十年代"汹涌的文学潮头。

而莫言小说尤为突出的是，他大致是以超验的感知方式，表现了充分矛盾的内在纷扰，几乎是将一种最初始状态的情绪直接地表达了出来。一方面是凄楚、苍凉、沉滞、压抑，另一方面则是欢乐、激愤、狂喜、抗争。这极像交响乐中两个相辅相成的旋律，彼此纠结着对话。前者是经验性的，后者则是超验性的；前者是感受、体验，是对外部生活的情绪性概括，后者则是向往，是追求，是灵魂永不止息的呐喊。

这两种节律的情绪常常在他的作品中，呈现为超常的强度状态，由此而产生出痛苦纷扰的总体特征，而忧郁则是其主调。也就是说，莫言所表达的痛苦，并不限于在外部现实中直接体验到的苦难，更多地来源于这矛盾着的情绪带给主体心灵的纷扰与不安，是生命自身的冲突，因而也就更多地带有形而上的主体心灵特征。而忧郁的主调，也正是这不胜重复的灵魂，将被压抑的生命力不断外化为生动鲜活的艺术具象之后，如释重负般的叹息。

毫无疑问，莫言是一位敏于感觉而富于想象力的作家。然而即使是本性所致，这也绝不仅仅是个人的才分问题。正如马克思所指出的那样，一方面，"人以全部感觉在对象世界中肯定着自己"，另一方面，"五官感觉的形成是以往全部世界史的产物"。世界史太漫长，我无力也无须溯寻，但追踪一下这位作家走过的足迹，对进一步分析他作品中全部知觉内容形成的外部现实，还是有必要与可能的。

二、"我"自何来,欲之何往

首先,莫言生长在农村,少小习稼穑,深知农事的艰辛,家境贫寒,谙熟乡土社会的世态人情,而后又做工从军,由战士到干部,具有较为广泛的生活阅历。在较短的时期内,他由保守、封闭、贫穷的农村,到政治文化的中心城市,未及而立,就成为名重一时的作家。这样迅速更迭的外部经历,必然带给心理以一定的负荷。要习惯于比较豪放粗疏的情感方式和行为方式的人,短期内适应严密的城市人际关系,首先就面临着文明的压抑,从而出现孤独忧郁的感受,以至于痛苦纷扰,这原属必然。

其次,莫言的家乡山东是中国正统文化规范儒教的发祥地,和上古时期就开发繁荣起来的北半个中国多数地方一样,这里法制统治严密,血缘伦理的家族关系与皇权至上的政治伦理高度统一的封建伦常关系深入民众心理,受礼教的长期影响,形成世代因袭,有如遗传密码一样的自律性心理机制。而另一方面,作为农耕地区,人们原来重实际而少玄想,且河流较少交通便利,于是较之于江南地区便有了明显的差异。旱田耕作相对粗放,地势开阔宜于战事,历来是兵家相争之地,从上古、中古到近代,都是王侯逐鹿之所,近代外族入侵屡屡不断,伟大的抗日战争也以这里为主要战场,因此,民风悍野,盗匪丛生,历来多慷慨悲歌之士,乃复仇雪耻之乡。即使是在非农耕的行业中,以上因素也明显地体现为家族式的经营方式与帮会性的社会组织。这样独特的文化形态,本身就存在着内在的矛盾,即礼教规范的严密束缚与野性不泯的生命本能抗争。在缙绅阶级中,自然免不了"理学好色"、"名士多钱"之类的谑谈。在民间则以一种更为朴野,故而也就更为惊心动魄的方式表现出来。一经被现代人的文明意识照彻,自然就显示出"最美丽,最丑陋,最超脱,最世俗,最圣洁,最龌龊,最英雄好汉,最王八蛋,最能喝酒,最能爱"[1]的朴野形象,激发出纷扰的主体情绪。

---

① 见《红高粱》。

其三，莫言的童年，正是中国农村最沉寂、最萧条的时期。一方面，政治稳定，虽然没有战祸匪患，个体人生的自由度在严密的现实关系束缚下，也变得日益狭小，更不用说先人所经历过的激烈场面。另一方面，政策的失当导致长期的经济停滞，在贫困愚昧的基础上又极容易滋长封建特权。这种沉重的时代氛围，无疑都对幼小的心灵有着严重的影响。他在贫困与沉寂中度过的岁月，形成了对世界最初的印象。在贫困与沉寂的压抑下，作者早熟的洞察力极容易敏感于人性的富美与丑陋，良善与邪恶。这样沉重的记忆会影响他的终身，造成莫言对人生悲剧底蕴的诗意感受。

进一步说，无论是童年贫困沉寂的记忆，还是都市的混乱嘈杂，或是说乡土社会的野蛮愚昧与都市文明的虚伪，都带给作者以内心的压抑感，使他上升为理性，忧虑着整个民族"种的退化"，回首于历史烟尘中祖父母辈中国人奇异的往事，去寻找那棵属于自己的"红高粱"。

在这种忧虑中，又分明体现着一种人类感，这是每一个民族在面临新的生活抉择，特别是看到一种传统的生活方式行将解体的时候，都会感受到的情绪。近代人类由自然经济的农业文明向机械工业的都市文明迈进的时候，各民族的哲人智者们都发出过同样的叹息和感慨。这实在不能以社会发展模式为依据，简单地评说为向后看，或反对历史进步云云。即使是历史的进步也同样充满了痛苦，面对现实困境的时候，人类必将在过往的历史中寻找激情。而且，无论人们生活在怎样舒适的超自然的工艺环境中，也会唱起对自己的摇篮——大自然永恒的恋母情歌，因而才有了各民族的作家、诗人们，世代吟哦万古不绝的世界性文学主题。且不说托尔斯泰、陀思妥耶夫斯基式的迟疑与对人类良心的残酷责问，就连激烈反封建的卢梭，最终也徒劳于返朴归真的热切呼唤，更何况，就连无产阶级文学之父的高尔基，在狂呼革命的《海燕》之前，也曾托意于罪犯流民们的奇异生活，写了大量浪漫情调的流浪汉小说。这实在是一种人类心智中的永恒现象。

在我们现当代的小说中，这种忧虑也时时闪现。有沈从文、朱自清式"感时伤世"的"沉郁隐痛"，有钱锺书《围城》式的揶揄嘲讽，这正是同一精神的两个方面，而在近年小说中则尤其集中。但道德礼仪之邦的"实践理性精神"、"重教化"、"文以载道"的文学传统，似乎使人们更敏感于金钱对世风的污染，与人际关系的淡化。

这种忧虑自然有着社会矛盾的现实根据,是时代生活的产物。也许这个时代有良知的中国人是活得最压抑的。一方面是从封建传统中因袭来的严密束缚,另一方面是欲望的膨胀,在禁欲的压抑与纵欲混乱的夹击之中,灵魂的孤岛越发"茕茕孑立,形影相吊"。于是便有了蒋子龙式的激愤不平,有张承志式人生人情永难完善的感叹,有韩少功式绝望的呐喊,也有李杭育"最后一个渔佬"式顺乎时势安于自守的乐观坦然,有贾平凹式对浑茫世事与微渺人生无可奈何的叹息,有乌热尔图式沉入肃穆中的巨大感伤,更有阿城式或退避内心的大默不语。

　　而莫言之所以为莫言,就在于他几乎不需要知解力的逻辑概括,仅凭直觉,就本能地感受到民族这一时代的矛盾与骚动不安的情绪(这一点他很像萧红),并以山东汉子的血性与军人的勇敢去承受它。或者说,他的整个生命感受着民族这一时代的痛苦纷扰,并把它对象化在故土高密东北乡的人事景物中,宣泄出"极端仇恨"与"极端热爱"的强烈情绪。

　　正是浸淫在整个人格中的乡土社会的文化心理背景,时代的矛盾与民族的情绪,加上先天的禀赋与外部的际遇,造就了莫言的叙事个性。而20世纪现代艺术重本体体验的美学浪潮,又契合于他的感知方式,启示他更为自觉地表现自己的体验,从而成为当代小说家中,最早以艺术实践(不仅仅是在理论上)甩掉理性重负的作家之一。他有如一位弹奏着六弦琴的行吟歌者,听凭自然的灵气与生命的骚动,编织着游子梦中的色彩与音响,而高密东北乡实在只是负荷着这全部主体情绪的一个载体。

三、带泪的挚爱,明朗的忧郁

　　莫言终究是幸运的,有一块梦魂牵绕为之钟情的土地,可以避免灵魂被放逐的苦恼。于是,怨愤与温馨、痛苦与狂喜……生命的全部欲动,都在这里得到对象化的艺术肯定。读他的小说便常使人联想起两位诗人命题不同而立意相近的两句诗:"为什么我的眼中常含泪水,因为我对这土地爱得深沉"(艾青),"连我的忧郁也是明朗的"(普希金)。正是这带泪的挚爱与明朗的忧郁,构成了他作品内在的情感层次，而催化着这全部情感的自然是那土地自身的人生意蕴。乡土社会的全部生存历史，早已像遗传密码一样，储存在这位作家的心理意识中，以至于我们在他多数作品的人物关系中，大致可以看到一个模糊的隐喻系统。

在莫言的笔下，祖父、祖母辈的主要人物，几乎都是能人好汉，他们几乎都是形象魁伟美丽，活力充沛，性情剽悍，血性方刚，情感奔放，带有浓烈的豪强气息。《秋水》中的奶奶听凭情感的召唤，随着爷爷一把火烧了娘家的庄园，漂泊到莽荡草洼中，艰难地开辟生活。那为了白衣盲女而杀了哥哥的黑衣汉子，与为报父仇而杀了黑衣人的紫衣女人，也全都枪法精湛，性情骁勇。这篇小说的意旨颇近于鲁迅的《铸剑》，但在复仇雪耻之外，又有男女情爱的内容。而且，《铸剑》的故事是子报父仇与为民除暴式的政治仇杀，《秋水》则主要是情爱引起的血亲仇杀。这个特点几乎贯穿在莫言小说中所有涉及祖父母一辈人的故事中。《老枪》中的奶奶，为了家业而亲手枪杀了滥赌成瘾的爷爷，父亲也为不肯受辱而以枪自杀。《红高粱》中的余占鳌，杀死致使自己受辱和母亲姘居的和尚，又为对奶奶的钟情而杀死她婆家的父子俩，进而是杀死侮辱奶奶的土匪白脖子，这种最朴素的尊严感，使他最终成为乡民领袖，和侵略者进行殊死的搏斗。他的外部经历虽然起伏动荡，惊心动魄，但其内在的心理逻辑却非常的简单，全部行为几乎都是由生命的本能驱使着争强斗勇，虽然终不免失败的英雄末路，但正合于中国民间项羽式本色英雄的人格理想。至于奶奶为幸福工于心计，二奶奶为爱情不计荣辱，以及她怨愤冲天的"奇死"，还有《红蝗》中的四老妈，挂着破鞋骑在驴背上，严词怒骂食草家族中虚伪成性的男性尊长们，也委实都表现出女性的大智大勇。

《大风》中的爷爷则是另一类好汉，他精通各路活计，干什么都可以很出色。尽管作者没有展开他任何一点外部经历，但他漫不经心唱起的一字打头的小曲，却透露出他饱经忧患的心态。这个人物的全部性格都是在大风的袭击中挺立起来的，他的顽勇表现在韧的坚持。还有《红高粱》系列中的罗汉大叔，一向忠厚智慧，但在惨烈的凌迟场面中，却表现出难以想象的刚勇。他们是平凡而坚韧的英雄，就像那大风过后"最后一株"夹在车梁榫缝里"不知是红还是绿"的老茅草。

在这两类外部经历与性格特征都很不相同的人物身上，基本的气质却是相通的，那就是体现在整个人格中的风骨，以及由此而带给生命的厚重感。同时又体现着民族民间精神的两个方面,一是勇敢抗争,一是勤劳耐苦。这两个方面构成中华民族的内聚力。

相形之下,父母一辈的绝大多数形象,则显得毫无生气。他们几乎为了最基本的物质生存而耗尽了生命的全部光彩,贫困、卑屈、潦倒、懦弱、愚昧、保守、自轻自贱、自私残忍。《枯河》里的父亲,在权势面前永远是低首哈腰,为了讨好书记,也为了发泄内心的积郁,不惜恶打自己的孩子。《球状闪电》中的父母则愚昧保守,完全无法理解儿子的追求,而且自私褊狭。《爆炸》中的父亲是粗暴专制而又卑屈可怜的。《欢乐》中的母亲最大的梦想是儿子考上大学荣宗耀祖,并为此去乞讨。《罪过》中的父母,则自私得近于凶恶。不仅是父母们,整整一时代的农民儿子都被宿命的阴影笼罩着,即使把生命的需求简化到最基本的食与性,也难于支撑起一个人起码的尊严。《黑沙滩》中的疯女人,只有靠乞讨才能勉强养活自己的女儿。《欢乐》中的兄嫂,为了要一个儿子一生再生,被生活折磨得一个凶悍刁钻,一个懦弱无能。《透明的红萝卜》中黑孩的继母,则潦倒得酗酒,并以虐待黑孩发泄内心的孤苦。《雨路》中四个主要男人都是因为贫苦愚昧而丧失了正直的生存希望,沦入半劳改性质的筑路队,结果又都为了一点点可怜的欲望而各自走向自己的末路,两个死掉(其中一个是自杀),两个丧失了正常的心智能力(其中一个陷入疯狂)。

在这样潦倒、贫困、愚昧的生存状态中,任何文明优雅的素质,都如《筑路》中那个纨绔气十足的武高一样,只能使人反感。而另一生存环境中的女子,也就像《球状闪电》中的毛艳那样,飘逸如神话中的仙女。何止是在另一生存状态中的女子,就是在乡土社会中,极度贫困带来的性的压抑,也极容易导致对异性的恐惧,杨六九对白荞麦的幻觉(见《筑路》),正是这种变态心理的形象显现。而妇女本身也难于挣脱两种不断重复的命运:要么被人玩弄始乱终弃,要么贫贱终生。《筑路》中回秀的结局,作者尽管没有明确交代,但结尾处女压路机手的故事,却暗示着她可能有的境遇。白荞麦守着一个植物人生活了六年之后,迈出了决绝的一步,结果却压垮了杨六九的心理承受力,前途也就可想而知。

在父母一代人物的性格中,既集中了民族性格中最落后阴暗的方面,又表现了人性中最丑陋邪恶的内容。作者在这一个个被贫困愚昧扭曲得衰朽的生命中,寄托了深切的悲悯,尽管他努力掩饰起自己的感伤,也还是使我们感受到博大的挚爱，虽然其中也夹杂本能的厌恶。

在莫言的小说中，最复杂因而也是最重要的形象，是和叙述者同辈的形象。说他们复杂并不是说他们外部经历复杂，相反，这些人物外部的经历几乎都惊人的贫乏，他们一落地就背负着父辈沉重的人生，在冷酷的人世上苦熬岁月。正是这种贫乏而沉滞的生活，使这些人物几乎都带着与生俱来的忧郁症，显现出异乎他们年龄的复杂心绪。黑孩（《透明的红萝卜》）少小丧母，父亲出走，备受继母的虐待，不得不独自扛起生活的重担，小小的年纪就沉默如老人。《枯河》中的小虎，则莫名于四周冷酷的现实，本能地厌恶父兄在权势面前的卑躬屈节，最后以死来羞耻整个成人世界。《大风》中的"我"，也从小就熟稔祖父和母亲的辛劳的生活。说他们重要则是因为，作为作者艺术化了的自我形象，这些人物复杂的心绪，正是作者审视乡土社会以及整个民族历史生存的一个基本视角。并且，他由这个视角，完成了对过往历史生存的情感评价，将忧郁的情绪基调，贯穿全部创作，形成独具自身情感形式的美学风格。

这些性情忧郁的乡村青少年，几乎本能地厌恶父辈的人生，渴望着另一种更温暖、更明朗、更富魅力的人生。在少年，这是生命本能的抗争（《枯河》），是近于恋母般的异性的吸引（《透明的红萝卜》），是对先辈钢骨血缘的遥远感应（《老枪》）。在青年，则是由于接受了新的文化教育，而时代的机缘又为他们提供了改变命运的现实机遇。《欢乐》中的"他"含辛茹苦，希望通过升学而脱离土地；《球状闪电》中的蝈蝈，则通过经营畜牧业，而首先在经济上翻身，摆脱了父辈的贫困。因而他们的忧郁又都带有着明朗的色彩。

然而，即使如此他们也几乎无法摆脱命运的纠缠。黑孩在继母所代表的亲情冷酷、小铁匠所代表的传统因袭、到太阳所代表的政治荒谬三种力量的现实挤压下，朦胧而美好的憧憬很快就随着红萝卜的影像破灭了。《老枪》中的"他"，徒有父辈的勇气，却怎么也打不响那支象征家族血性的老枪，然而漫不经心的一瞬间却突然勾动了枪机，反而引爆枪膛而自伤。《欢乐》中的"他"，在政治、经济、亲缘关系与性的多重压抑中，再也无力抗争进取，在死的永恒中寻求解脱。蝈蝈虽然在经济上翻了身，却无力挣脱亲缘关系所纠结着的全部村社传统，在毛艳与妻子茧儿各自所代表的两种生存方式之间徒然挣扎，只有寄志于事业，然而又险些让一个意外的球状闪电将其毁于一旦。至于《白狗秋千架》里的暖，则几乎是在飞到天上的梦中，突然摔了下来，扎瞎了眼睛，断送了一生。《三匹马》中的刘起，牺牲一切惨淡经营起来的三匹马，也由于他悍野的性情得而复失。就是那些脱离了土地，进入城市的人们，也终于难以解脱传统的羁绊，《爆炸》中的"我"，在两种生存方式的撕扯中，从躯体到精神都面临着爆炸式的崩溃。如此看来，那意外的球状闪电，就有了双重的隐喻意义：一方面是作为奇迹，与鸟状怪人共同构成对世代梦想的喻示；另一方面，又是不可抗拒的命运神力的象征，而蝈蝈那莫名其妙的遗尿症，就不仅是生理心理的缺陷，也契合于球状闪电的灾祸，暗示出人们无法超越的内在限制。在这个由人物关系构成的隐喻系统中，显然隐含着这样的喻义。血性钢骨的祖父母们，是民族民间勤劳勇敢精神的化身，是自在自为的人生与人性的代表，也是最富魅力与活力的生命之象征。懦弱苟且的父母辈人物，则是民族性格中愚昧麻木保守等落后素质的代表，是屈辱卑贱的生存写照，也是人性衰朽种族退化的象征。而第三代人，则宿命般地被这两种生存状态中的内在冲突纠缠着，因而痛苦不堪地挣扎于内心。这显然是作者内心冲突的艺术投射。从中使我们看到，无论作者是否意识到，他都本能地承袭了鲁迅以来，中国富有人道精神与变革意愿的知识分子不可避免的精神矛盾。他对民族性格中苟且麻木、懦弱保守等落后素质，有着近于仇恨的厌恶，于是寄情于奇崛的传奇故事，以托复仇雪耻抗争奋进的理想精神；然而，又意识到这可怕的生存状态历史与现实的强大，对背负着苦难的人生，无论其多么潦倒，又怀有深切的同情。就像《祝福》中的"我"没有能力回答祥林嫂的问题，《白狗秋千架》中的"我"也难以正视暖那实在得近于荒唐的要求。所不同的是，鲁迅毕竟是以先驱者居高临下的悲怜目光，而莫言则在精神上与这些弱小者共着命运。除此之外，莫言和这个时代的许多作家一样，对个体人生命运中的偶然性，带有更多哲学人类学意味的探究。人性在极窘困与极壮烈的生存状态中都显露出来的邪恶共相，在寂寞暗淡的童年与沉滞压抑的父辈生活中开始的人生启蒙，都使"我"不断地谛听着那遥远的血缘呼唤，感受到那沉实平缓的底蕴。于是，一方面在生活外部变幻的色彩中，始终铭记着爷爷一支小曲所启示的艰辛人生，质朴坚韧如那棵志茅草，早早和比自己大六岁的姑娘订了婚（见《大风》），母亲在小鸡身上寄托的微小希望，因此才比那脱离土地的理想，带给人更多的"欢乐"（见《欢乐·篇外篇》）；而那个被荣誉冲昏了头脑的残废军人，也只有在舆论逆转之后，才领悟到更平凡因而也更坚实的人生真谛(见《断手》)。另一方面，又始终被更丰富温暖的生活，更壮阔激烈的场面，更激情自由的人生选择，更尊严坦荡的生存，更真实舒展的生命形态吸引着。浩茫无涯的秋水，溢彩流金的红高粱，洁白如雪的梨花，和在这优美场景中活动着的钢骨血性的先人们所喻示的抗争——自由的精神，使灵魂永远受着不可抗拒的诱惑。于是，这两种精神，更确切地说是种族记忆中民族伟大精神的两个方面，也是人类精神中两种英雄素质，彼此之间发生了抵牾，精神之光也终于难以照彻生命底处那一团永恒的黑暗。

　　这里出现了这样三重彼此纠结着难以理清的矛盾。首先，是这一代平民化(或者说来自平民)的知识分子，面对贫困弱小的民众生存，"哀其不幸，怒其不争"的情感矛盾。其二，他努力从中挣扎出来，追寻着理想的精神，由此产生对整个民族"种"的忧虑，然而，又陷入第二重矛盾，即两种英雄品质之间的矛盾，尽管由此带来作品的情感张力，形成不同情调的作品风格，但精神终究是矛盾的。其三，则是矛盾着的情感与矛盾着的精神之间的冲突，因为前者的情感指向是善的精神，而后者的理想核心是生命意志，是本能力量的实现，因此是一般所谓恶的精神。莫言始终在这些内在的纷扰冲突中挣扎着，只有不断地外化，不断地投射，却难有彻底的解脱，于是便有那源自本体，贯注于全部作品中的忧郁主调。就连那激情涌动的《红高粱》系列的作品，在叙述者"我"那百荡千回，起伏奔涌的情绪中，也流露出难以驱除的忧郁。

四、精骛八极，思絜万仞

　　在莫言笔下人物的隐喻系统中，祖父母一代人无疑是民族血性钢骨的理想化身，是朴野自然(也是相对自由自主)的人生人性的对象化肯定。由这组贯注着审美激情的人物，作者完成了对两种生存现实的否定。

　　最体现批判精神的，显然是那些性情忧郁的乡村青少年们直接背负的村社传统，是集中显现为血缘伦理为基础及至政治伦理的传统生存模式。对这一生存模

式中各种严密而微妙的人际关系,作者并没有系统的社会学、政治学的解剖,他像
《民间音乐》中那个盲目的民间乐师一样,用灵气溢动的整个生命,去感受那形色各
异的人生中永难挣脱的外在束缚,那无论是情爱还是聪明才智永远无法实现的幻
想,并用忧郁的情调传达出来。匮乏经济的窘迫生存条件,不允许人们有任何一丝
浪漫的幻想,生存的全部意义又似乎仅仅在于最低级的动物性种族——家族延续
(见《欢乐》),柔情关系中那貌似无私的父母之爱,掩饰在长幼尊卑关系中绝对自私
的利己原则(见《爆炸》),有时就连那层薄薄的温情脉脉的人情面纱,也被赤裸裸的
专制暴虐撕得粉碎(《枯河》);至于两性关系更是极尽物质功利的实质,借助礼教的
形式,扭曲着人性(《红高粱》中的奶奶就是为了一匹骡子,而被父母许配给麻风病
人,《筑路》中的白荞麦则必须遵从礼法,与一个植物人厮守终生)。最要命的是,那
古老的生存模式,似乎周而复始永无休止,使所有想挣脱它的人,都像《球状闪电》
中那个梦想飞行的鸟状怪人一样,在父亲像车辙一样深刻、历史一样庄严的皱纹
(见《爆炸》)面前,显得怪诞疯狂。

　　其次,则是与村社传统相关联,而表面上又作为文明标志的生存现实。尽管作
者并没有正面展开这种生存现实的全部内容,但在其晚近作品《红蝗》中,作者的情
感否定倾向极为清楚。他以叙述者的心理时间为坐标,串联起时隔五十年的两场
蝗灾,不同空间环境中的心理体验(仍然是充分感觉化的),强化了作品的怪诞风
格,而两种生态现实的异中之同,也就明显地呈现出历史的巨大惯性。那衣冠灿
然、朗声宣道又暗出风流的伦理学教授,与食草家族男性尊长四老爷、九老爷们之
间,共有着民族正统规范文化造就的男性心态原型。而被人始乱终弃无从发泄,打
了"我"两个嘴巴的女人与骑在驴背上挂着破鞋撕毁休书怒斥衣冠禽兽的四老妈之
间,也出现了正统规范文化压迫下,妇女命运与心态的共性。封建社会男尊女卑的
正统规范,造就了男女两性各自极端病态的心理。男权中心社会封建礼教的赫赫
威法,导致男子的极端虚伪,被鄙弃、被愚弄的屈辱地位形成女性心理中潜抑的、对
男性的极端仇恨。

　　这种纵向的心理沿革,有着一定社会学的根据。正如许多社会学家所指出的
那样,作为农业民族,中国的城市是由农村发展而来,历史的变迁使村社的传统仍

然保持在城市居民的心理意识中,因而呈现出整个民族乡土社会的性质。① 换一个角度,也可以说,民族的集体潜意识中,男尊女卑的种族记忆,就决定了即使是在物质发达的都市文明中,实质上也是男权中心的社会。这就决定了男女两性各自精神心理,在同文化传统制约下的同样不健全。在这样的文化心理背景下,人性是最难以正常实现的。因此,莫言所否定的两种生态现实,内中的民族心理原型是一个,都是给缙绅阶级规范化了的,然而也是虚伪、残忍的道德模式。正是这一伦理层次的认识前提,使莫言的小说中充溢着泛性的苦闷,这生命自身的苦闷,比外部的羁绊形成更为沉重的压抑。

不仅如此,对民族伦理生存历史与现状的洞悉,更深一层的探索,则是富于哲学、人类学意味的对于本体人性的理知。因而,莫言对“种”的忧虑中还包括对人性的深切怀疑。他在不同时代题材的作品中,都写到人性自身的残忍(特别是写到婴幼儿时期,人所表现出的本能的凶狠),除了社会礼法的扭曲外,也有本能的邪恶。这正是同一问题的两个方面。对伦理规范非人性质的反抗,导向对自然人性的审美肯定,而对人类原欲中邪恶天性的发现又导致对人性自身的怀疑,其中便有了对更合理的伦理规范的理想。在这个循环演进的认识过程中,容纳了人道精神的永恒理想。前者使他对民族伦理生存的历史与现状的批判,上升为对人类整体生存的道德忧虑(在《罪过》中,作者对叙述者“我”潜意识的披露,透露出这一怀疑倾向),后者则构成他对人类原欲的深刻恐惧(这在《红蝗》这部中篇的题目上,就可以得到充分的暗示)。《秋水》中由白衣盲女唱出由爷爷传下来的小曲,最形象地表达出这种近于无可奈何的忧虑:

> ……绿蚂蚱吃绿草梗。红蜻蜓吃红虫虫。紫蟋蟀吃紫荞麦。来了一只大公鸡,伸着脖子叫“哽哽哽……噢……”

这种忧虑显然有着现实的契机。道德礼仪之邦,伪善僵死的伦理形式,弱肉强食的生存实质,在“五四”运动开启的中国近代第一次理性对文化心理的反思中,即

---

① 可参看费孝通的《乡土中国》。

暴露出其非人的实质。在目前这个突然打开禁欲囚门的时代,欲望膨胀的狂潮,带来又一次民族心理的分裂,精神价值观念的崩溃,最集中地体现为伦理规范的紊乱,所谓道德更多地变成党同伐异的工具,人们通常是左手拿着旧道德,右手拿着新道德,为我所用而已。这极容易造成人们内心道德意识的混乱与对人性的怀疑,乃至于对人的恐惧。①

　　莫言似乎迷失在这样一个彼此纠缠,犹如怪圈一样循环往复的矛盾中:现实的压抑带来泛性的苦闷,于是有对生命意志的本能呼唤,而对人类原欲的深切恐惧与对人类生存现实的道德忧虑,又使他陷入对人性更深刻的怀疑,从而更强烈地呼唤着生命意志的本能抗争……只有在这个层次上,我们才能理解他作品中那永难驱除的忧郁所蕴含着的生命内在冲突,以及丰富的人性内容;才能理解溢彩流金的《红高粱》系列作品中,被作者满怀崇敬讴歌的先辈中国人在扭曲中蓬勃生长的人性,在激烈壮阔岁月的烟尘中,闪烁着的血性钢骨的史诗灵魂。这是性情的真与生命的善,高扬于僵死虚伪的伦理形式之上,纠缠于人类永难战胜的原欲之中,获得宗教般神圣光彩的至美内容,是精神自由自主的交际漫游,是理想别无选择的绝望抗争,是灵魂对自体生命内在苦闷的积极超越。总而言之,是类似司汤达笔下意大利激情的浪漫主义情致。

　　人们在这个充满欲动的世界上艰难地生存,有压抑就有抗争,千百代人都翘望着那颗明朗的自由之星。然而,任何个人的认识能力都是有限的,以有限而无法穷知无限;任何一个个体的生命都是脆弱的,难以承受那永恒的苦难,理想精神也永远无法超越人性的极限。所以,无论历史怎样进步,每个时代的人都曾感叹世道艰难,都免不了悲观情绪,便要寻求精神的解脱。正是这一人类心智中永恒的矛盾,构成了世代相袭的斯芬克斯之谜。而尼采的"酒神精神"与叔本华的圆寂理想,也不过是反映着这一矛盾的两个方面而已。莫言小说中对先辈风骨中两种精神的赞美,也正是生命在这两极的摆动,这无疑显示着东方式的智慧。人们为了生存的内在平衡,总是要寻求精神的支柱,不同的心性常常导致对不同方面的偏重。尼采倾向以强力意志对人世苦难的承受,结果他疯掉了;叔本华主张对欲望的克服,结果

---

　　①　可参看莫言《〈奇死〉后的信笔涂鸦》。

灵魂被绑缚在自己理论的十字架上，接受后人的审判。而莫言则兼有着肯定与怀疑这两种精神，他既蔑视着陈规旧法，强烈地抗争着非人的现实束缚，又极重视自然人性真实合理的伦理实现，赞美那些隐忍的英雄。所以，我们说他作品中那些充满了现代人情绪骚动与本体经验的浪漫主义情调，就其精神肯定来说，仍然是民族的。

这种浪漫主义的民族特征还表现在他那永远被记忆纠缠着的梦呓般的演述方式。夹叙夹议，间杂转述，所述内容尽英雄好汉们的雄奇经历，且叙述者特定的民间长者身份，又进一步强化了故事的传奇色彩，抢掠争战，杀人如麻，却绝不给人以恐怖感。这颇近于人类上古诸如《荷马史诗》，以及我国中古《三国》、《水浒》一类英雄传奇的特征。所不同处在于，他笔下的人物出身卑贱，不拘礼法，蔑视陈规，绝无《荷马史诗》中人物神系血统的高贵，也无《三国》、《水浒》中人物不同程度的封建正统伦理品格与王道思想。尽管他们也时时被往古的帝王将相们感召着（如《大风》），小有势力也免不了争雄称霸胡作非为（如《红高粱》系列中的余占鳌），但终究比那些人物要朴实得多，是地地道道民族民间的本色英雄。

不可否认，在这些人物的英雄光彩中，闪动着二十世纪人们重视普通人活动的历史意识，但要在这样一些豪强气息极浓的传奇角色中去分析作者成熟的历史意识，不如说作者借助历史的场景，寄志于先辈的不屈的精魂，浩歌狂舞，穷极天地，瞻望古今，抒发自己被僵死的传统规范与虚伪文明压抑的生命激情更恰切。归根结底，是在现代意识观照之下，民族民间的浪漫主义情致。

1987 年 7 月　北京

（原载《文学评论》1987 年第 6 期）

古老大地的沉默

——漫说《厚土》

李庆西

你忽然就觉得,下沉的太阳不是坠向西山,而是落进了她那双昏花的老眼。

——《厚土·合坟》

李锐的《厚土》以为数不多的篇什构筑了一个不大的世界。[①] 人物不多,人物关系很简单,人物本身更简单。这里没有宗族械斗和冤家仇杀,没有真正的硬汉和刚烈女子,没有自我发现和躁动不安,也没有哄抢西瓜;该有的和不该有的都没有,真是一个可怜巴巴的世界。在那些古老的山梁下,农民依然面朝黄土背朝天,日复一日地劳作不息。打量这些老实巴交的男人和毫无见识的女人,你难以设想日后他们中间也会出现几个农民企业家。农村变革的曙光不知何时能够投射到这片贫瘠的土地上。

尽管如此,这是一个值得注意的世界。这里边有着生存的执着,有着死一般的沉寂,既质朴,又深邃。有那么一些你一下子捉摸不透的东西,倒也是一个完整的世界。

---

① 《厚土》七篇作品分别见于《人民文学》1986 年第 11 期(《锄禾》、《古老峪》),《山西文学》1986 年第 11 期(《选贼》、《眼石》、《看山》),《上海文学》1986 年第 11 期(《合坟》、《假婚》)。

一

简单说,《厚土》的人物主要是三种类型,即队长、女人和她们倒霉、无能的男人。为什么写这三种角色,而不是其他各色人等? 这就值得琢磨一番。也许在作者眼里,正是这三种角色构成了穷乡僻壤最常见的生活场景。

《选贼》乍一看类乎一则滑稽小品。倒是直截了当地呈示着三种角色之间的某种法则。场院上丢了一袋麦子,队长主持"群众破案",要大家投票选出一个"贼"来。不曾想,大家选出来的就是他队长本人。如果故事仅仅到此为止,倒只是一则开心话,纵然有趣也毕竟失之肤浅。好在这儿没完,因为队长火了,一甩手走了。这一来倒引出颇有深度的一笔,村民们开心一场,竟又惶恐一场。"他要真不干,今后晌当下就没有人喊工派活,弄不好真要把麦子耽误了。"在这些农民的古老观念中,"人无头不走,鸟无头不飞"。离了队长真还不行,且不说别的,年底的救济粮款就弄不回来。于是,刚刚出一口气的村民们又得把这口气憋回去,这就得想办法把队长请回来。然而,这儿作者并没有写到那些庄稼汉的心理屈辱,事实上他们自己并不觉得这里边有什么屈辱之处。他们只是为眼前的事情犯难,商量半天还得大伙一块去。想到女人在队长面前好说话,便一致通过"让婆姨们走在前头"。平时开会靠边纳鞋底的婆姨们这当儿受命于危难之中,成了重要角色。

不错,队长喜欢女人。这一点大伙心照不宣。

在《厚土》展示的生活场景中,队长必然是搞女人的角色。《选贼》仅仅是暗示了这一点,而在《锄禾》中,队长跟那个"红布衫"几乎就是明来明去。《假婚》也有这一细节,队长将那个讨吃的外乡女人捏合给村里的光棍汉之前,自己就"先过了一水"。《眼石》中赶车的"花手巾"更是逮着机会就下手,他不是队长,却也是村里的"人尖儿",那股颐指气使的架势跟队长没有两样。

这里,作者仅仅是揭露农村基层干部侵凌乡里的劣迹吗? 其实,仔细一想,这些队长除了搞女人,再就是偷一袋麦子,多占些救济粮款而已。作者远远没有写到令人发指的份上(事实上,某些农村干部的为非作歹比这里写到的要严重得多,其他作家的一些作品已有深刻揭示)。

然而,事情却包含着真正的残酷意味。不难推想,除了那些婆姨,队长眼皮底下还有别的什么东西可以掠取吗?权力毕竟无法超逾这个现实王国。那些黄土堆积的山梁下边,竟是这般贫穷。女人几乎就是这片古老土地上的仅有的财富。

二

一切都很平静,偶尔闪过愤怒的火星,也是瞬现即纵。

队长只消在分配救济粮款时记着心里那本账,兑现平日的承诺,搞女人就似乎永远是天经地义的事情。

男人们永远是这般窝囊。如果说他们有过屈辱和愤怒,也和木然中偶尔得到的快活一样,很快在女人身上消解了。《假婚》中的光棍汉子就是这样,心里诅咒着"狗日的"队长,却只能把一腔狂潮倾泻在那个被队长"过了一水"的女人身上。这就是男人的"愤怒"。仿佛他再多过几"水",问题就解决了。

就连这样的"愤怒"也不常有。许多人一辈子也没进出过一个火星。《看山》中的老牛倌就是一种更窝囊的角色。队长要撤换他的差事,他一万个不情愿,也只能在心里嘀咕。而"若是队长站在我面前,若是队长真的把替换的人找了来,他只会笑笑,只能服从的,他想不出有什么可以不服从。不由得,他又想起撒手而去的老婆……"是呀,身边没有了女人,连宣泄的地方都没了。老头儿只好在野地里快快地看山,作一些无聊的想象。

当然,也不尽是无聊。在老牛倌看来,山就像人一样,脊梁朝上拱着拱着,总有挣扎不过的时候。毫无疑问,山在这里具有一种象征的含义:

> 当初朝上举的时候,也不知受了多大的委屈,生了多大的气。
> ……只能在苍天之下忍受屈辱的山们沉默着,木然着,比肩而立,仿佛一群被缚的奴隶。沉默聚多了,便流出一种对生的悲壮;木然凝久了,便涌出一种对死的渴望;于是,从沉默和木然中宣泄出一条哭着的河来,在崇山峻岭之

中曲折着，温柔着，劝说着。

对山的慨叹，实际上是老头儿的自我哀怜。这里写出了潜意识中的人生挫折感。

在《厚土》七篇作品中，《看山》是相当重要的一篇，它以纯粹的散文笔调在不同叙述层面上涵括了几乎整个《厚土》系列的全部主题含义。尤其是对这个封闭的乡村社会中的男人做了完整、深刻的描述。窝囊汉子的沉默，不仅是苦难的写照，也不只是善良的愚昧，更有着卑琐与褊狭。当老牛倌的视线转移到山脚下的村庄时，无意中看见了队长的婆姨上茅厕的情形。"太阳底下白亮亮的屁股"竟使老头儿顿生一种阿Q式的报复心理，他"把烟袋叼在嘴上，看着，笑着，就仿佛茅厕里有人在唱戏"。这一时刻，他那种屈辱心理变得熨帖了。然而这种快意并不能够持久，随即而来的是一种惶恐，"就像偷了别人的东西"，慌慌的又把目光移向别处。

很明显，此处老牛倌的窥视和"报复"，对比《选贼》中村民们"投票"的集体行为，完全具有相同的心理内容。尤其"报复"之后转而出现的惶恐更是如出一辙。

这里，如果说偶尔闪现的报复心理表示了某种可怜的自我（Ego）冲动，那么随之而来的惶恐则意味着不可抵衡的超我（Super Ego）的力量。这种自我压抑的反应形成，实际上并非"这一个"或"那一个"的心理状态，并非表现为个性的内在冲突，而是一种集体无意识的防卫机制，它暗示着"国民性"一词所涵纳的某种内化的文化困境。其中包含着古老而又残酷的伦理、道德和价值法则。

这个世界的关系看起来就是这么简单，一方面是窝囊汉子们的屈从和惶恐，一方面是少数人的强权霸道。然而，这事情与其认为是强权造成了屈从，倒毋宁说屈从者的卑微、褊狭滋养着强权。这般相辅相成的伦理关系，在农民的心理上更有着深刻的同一。

老牛倌做了一个梦。梦见自己在牛们中间做了队长。窝囊汉子一下子变得神气活现，也竟颐指气使地给大伙分派活计：你去担水，他给我烧汤做饭……"它们都是只会服从……没有谁不听话的。"

窝囊汉子真要做了队长，必然不会窝囊，必然也搞人家婆姨，没有不搞的道理。

<h1 style="text-align:center">三</h1>

有人说,《厚土》是对民族素质和国民性格的剖析与批判。这话不错。不过我们见过许多小说都渗透着这种文化批判意识,远的鲁迅那一代的不说,近前的"寻根"小说中也屡见不鲜。《厚土》的要旨倘仅限于此,怕是步了人家后尘。

又有人说,《厚土》不同于其他寻根派小说之处,是对农民处境的真正理解,是一种"将心比心"的艺术把握。① 此说不大确切。在大家熟识的寻根派作家里边,写农民写得透彻的确乎不在少数,而有些作家,如韩少功、张炜、矫健、王润滋、莫言、贾平凹等人,在对乡土社会表现的丰富性上还大大超过李锐,至少就目前比较,他们的艺术世界宽阔得多。

其实,李锐有自己的特点。这个特点不在一般评论家眼界中的深度和广度。《厚土》固然有深度,却并未以深度而独领风骚。我读《厚土》,感觉到有一种别的东西。我想,这跟作家观照世界的视角有关。同样是对国民性的省察与批判,李锐笔下这个乡土社会的构造确有它的独到之处。

将《厚土》的七篇作品联系起来看,不难发现,它们很少具有冲突的因素。或者确切说,矛盾往往未等冲突起来就已经被解决了。《眼石》中的拉闸人和《假婚》中的光棍汉还算是那些男人里边稍有血性的汉子,而他们最终还是服从了那个超我的法则。拉闸人的婆姨被赶车的"花手巾"搞了,这下就是闹出命来也不奇怪。可是事情并没有闹到那份上,既然有冲突的因素,也便有化解的办法。

《古老峪》中,隐隐地透露着父女间的牴牾,做爹的要女儿出嫁,女儿不干。这场早晚要爆发的矛盾,在作者笔下被延宕着,有意搁在一边。此中的情况本来可以编织一篇意蕴丰富而又波澜迭起的悲喜剧,做爹的尽管舍不得闺女又不能不逼她出嫁,而闺女对爹又是可怜又是可恨打断骨头连着筋。可是在作者眼界里没有这些。在《厚土》这个世界里,矛盾早晚要被解决,做爹的早晚还得包办女儿婚事,女

---

① 见陈坪《深切的体察与理解——评〈厚土〉的艺术追求》一文,载《当代作家评论》1987年第4期。

儿早晚还得依命出嫁。也许并非没有反抗和呐喊，并非没有真实的冲突，然而一声微弱的呐喊，对于偌大个沉寂的世界来说只是无济于事。村民们依然干活、吃饭、睡觉。在他们日常生活中，你觉察不到任何事变的迹象。

对于一切可能存在的矛盾冲突，作者采用了一种缓解手法，从未使故事发展到所谓应该达到的某种高潮，因而使读者因既往的阅读经验提示而产生的期待一再落空。这种反悬念处理的效果不错。从这些方面看，《厚土》完全是现代叙事风格。它大胆摒弃了那种小题大作的花哨的戏剧程式，而代之以沉静、冷峻的现实主义态度。作者有意不展开矛盾冲突，并不是在回避矛盾，他让我们看到一幅矛盾自生自灭的画卷。窝囊汉子脚下这片古老大地正是在矛盾的自生自灭中保持着固有的沉寂。这里展示的人生世相足以使人心灵颤栗，却又使人欲哭无泪。我们看到的正是一种矛盾缓解和生命窒息的过程。

小说创作一般着眼于打破平衡，而《厚土》的内在轨迹却相反趋于平衡。这种结构方式即使不算独特、罕见，也很值得玩味。显然，也跟作者的审美态度有关。结构作为一种方法，无疑表示着作者对中国乡土社会（尤其是作者熟识的吕梁山区）和农民心理的某些基本看法。在作者眼光里，历史发展之缓慢不但表现为物质形态的固着，更深一层看在于农民心理的停滞状态。这就是《看山》中所说："山们还是一如既往地沉默着，木然着，永远不会和昨天有什么不同，也永远不会和明天有什么不同。"

四

这个古老的世界靠什么维持它固有的秩序，靠什么去缓解随时发生的矛盾和可能引起的冲突呢？

有一种约定俗成的伦理法则起着作用。其要义可以归结为一句话：各人管好自己，别出事儿。乍一听好像是幼儿园老师带领孩子出去郊游时的叮嘱，但成年人何尝不是如此管束自己。成年人倒是更有这种自觉意识，内中正是儒训的修身为本。当然，那些整天价面朝黄土的庄稼汉子未必勤勉修身，也未必知书达礼，可是他们确实懂得祖宗的遗训。此中的道理抑或可以倒过来解释:圣人的礼法,那些写在书上的道理,其实并非天神的启示,倒是早在上古生民的身体力行之中。说到底,农夫还是圣人的老师;一代一代农民的克己忍耐,正是圣人立言之本。故而圣人们的不朽文章,倒是为着教训读书人来着。

管好自己是一个前提。《锄禾》中的黑胡子老汉干活干得累了,唱几句戏文;心里积攒了愤懑,也唱几句。唱过了,也就"算毬了"。明眼见得"红布衫"和队长一前一后下了河滩柳丛,就当不看见。这不干他的事,也不干别人的事。他关照学生娃"别去",不过也是轻漫的一句,学生娃去不去也不干他的事。同样是"学生娃"出身的李锐,起初一定摸不透农民的这般心理。有时,在跟自身利益相关的事情上,他们即便耐不住朝前迈出一步,然后想想还得退回来。像《选贼》里边,大伙乐过一阵之后,也都觉得自己犯傻。

农民有犯傻的,却很少有犯精神病的。在《厚土》这个苦难世界里,从来没有精神崩溃或不可收拾的心理危机,更没有什么信仰危机之类。因为他们善于随时调节心理上出现的倾斜。有时彼此间的自我调节还形成一种互相协调关系,《眼石》就是这样一个例子。那个搞了人家婆姨的"花手巾"一定是意识到自己理亏之处,转过来用自家婆姨"补"了拉闸人。而拉闸人前宿眼见得"花手巾"的大胆妄为而不敢做声,也正是觉着自己欠着他的人情。只因为金钱和女人之间的交易并非公平合理,弄得拉闸人一路愤愤不已。而一旦人家的婆姨作了偿付,好似银货两讫,他心里也就摆平了。拉闸人出了人家房门还硬铮铮地撂下一句话:"钱我还你!"

这种以人情世故为中心的自我调节,好像是一帖祛灾消祸、扶本正气的灵丹妙药,能使乖谬得以纠正,也使一切烦忧化为乌有,从而保持自身的心理平衡。《厚土》在对农民心理及其真实的文化困境作出观照的同时,显然将表现的重心摆在这种平衡上面,并且着意揭橥以此为基础的某种稳定的伦理关系。不过,作品在完成最终的平衡之前,有时也呈示一定的倾斜。这种势态,有的比较明显,如《眼石》、《假婚》等;有的则若有若无,微妙、朦胧而不易觉察,如《合坟》就是相当隐蔽地表现了这一心理过程。在前边的论述中我一直没有提到这篇作品,未免出于一种谨慎的考虑:一来它跟其他各篇多少有些不同;二来它是一种更为含蓄的心理描述,随意扯来可能有把握不到的地方。

《合坟》是一个"配干丧"（别处有称"配阴亲"的）的故事。老支书和村民们作主，给十四年前死去的女知青在阴间"捏合一个家"。一个庄严而又荒唐的迷信勾当。不过，至少对老支书来说，这事情丝毫没有乡村婚丧喜庆的娱乐成分。老支书的灵魂中一定潜伏着什么不安的东西，也许那个姑娘的死一直使他怀着隐隐的内疚。不过死人的事作者特意交代清楚，十四年前那桩事故不是他的责任，他不是一个必须忏悔的角色。然而，这里有一个微妙之处：在人们心里，尤其是潜意识中，责任与良心并不是分得那么清楚的。不管作者是否意识到这一点，实际上他恰好成功地把握住心理描述的某些诀窍，将老支书的心理症结摆在责任与良心之间。而更重要的是，这里将一个人的死联系着人们共同经历的一段颠倒混乱的时光。

引起人们心灵颤栗的东西，表面上看来似乎是那一具体事件，是那个十四年前的亡灵，而真正的缘由却是那一整段历史。

老支书当然不可能意识到要对那一段历史负什么责任，但历史的错误以及如今依然贫困的现状却可能折磨着他的良心。在他朦胧的感知中，往事愈益不堪回首，甚至不可言说。他只是清楚地记得，十四年前的某一天，白白地死掉一个女知青，这一切的一切，造成了一种乖讹的心理状态，不知不觉地发生了倾斜。是的，他自己都不能清晰地意识到这些。同样，受着潜意识的驱使，他又在竭力恢复心理的平衡。于是，对于死者的祭奠，实际上成了他拯救灵魂的一种方式。甚至，他对村民们发威，骂别人"迷信"，也都具有相同的心理内容，只不过表现出来是一种逆反的形式。

《合坟》在心理开掘的深度和广度上显然都超过了其他各篇。不过它内在的结构依然体现着《厚土》的一贯风格，依然是一个没有故事的故事。在别的作家手里，老支书这般心理状态或许可以铺展到不同人物身上，造成某种尖锐而又不乏深度的冲突；而李锐则使自己的人物管好自己，哪怕是人与人之间的是非之争，从自己身上就能解决。

在这一点上，《厚土》七篇作品无一例外：甭管那主儿吆喝什么，到头来什么事情都没有发生。

五

说穿了,无论是心理状态的平衡,还是现世秩序的稳定,在这里都有一种"假"的东西支撑着、调和着。

无论是"红布衫"对队长的斥骂或应承,还是黑胡子老汉那种漠然态度;无论是窝囊汉子们那副卑谦神情,还是老牛倌脸上"露出一丝报复的笑容";无论是拉闸人和"花手巾"的言归于好,还是古老峪那家父女之间的紧绷绷而又遮遮掩掩的气氛;一切的一切都掺杂着一个"假"字。

队长领来的那个不花钱的婆姨也是假的,而假中有假。光棍汉将无限的烦恼和愤懑化作"野蛮的痉挛和喘息",一股脑儿倾泻在这女人身上,毕竟搞错了地方。

拉闸人的婆姨叫人搞了,在他眼里就成了"假"的。"假的,一万辈的祖宗!"从县城回来的一路上,他心里不停地诅骂道。然而,转过来人家的女人"补"了他,"假"的似乎也就不假了。当然,他们重新恢复的"生死之交"也不会再是真的了。

并非所有的一切都出自内心的虚伪。实在说,虚伪的不是这些农民,而是他们所恪守的那种伦理法则以及世世代代养成的那种心理习惯。然而,事情倒是"假作真时真亦假",正如《合坟》中的老支书,一边口口声声反对迷信,一边又用那种迷信方式进行良心反省,结果却使内心的真诚变成了形式化的伦理的虚伪。

六

两年前,我在评说韩少功的《爸爸爸》时,谈到过审美对象的群体化问题,认为当时出现的寻根小说标志着"小说创作开始从诉诸知识分子的个体意识转向表现民族的集体意识和集体无意识"①。后来在另一篇关于韩少功的文章里,又进而从

---

① 《论〈爸爸爸〉》,载《读书》1986 年第 3 期。

艺术思维方面分析了韩少功近作的非典型化倾向,对那种放弃个体性格刻画而投入群体心理描述的艺术途径表示关注。[①] 现在读李锐的《厚土》,我感到这条途径的确有着广阔的前景。

《厚土》写人写的不是个人,是人们,男人们和婆姨们。作为象征或是对应,作者也写了牛们,羊们、鸡们、树们、草们、山们。

如同山川草木依循着大自然的规律,人们生活中必然恪守一定的法则。《厚土》透过农民的生存境遇揭示了人们心理上沉默状态,而这种状态本身就是一种古老的法则。倒真是"一万辈的祖宗",仿佛一万辈也变不了。

莫非也是一种"生的悲壮"?

1987 年 8 月 20 日杭州翠苑

（原载《文学评论》1987 年第 6 期）

---

① 《他在寻找什么——关于韩少功的论文提纲》,载《小说评论》1987 年第 1 期。

马原的叙述圈套

吴　亮

在我的印象里，写小说的马原似乎一直在乐此不疲地寻找他的叙述方式，或者说一直在乐此不疲地寻找他的讲故事方式。他实在是一个玩弄叙述圈套的老手，一个小说中偏执的方法论者。

马原声称他信奉有神论，这当然为我们泄漏了某些机密。不过我这里更感兴趣的是马原喜用的方式，就是说，解释他是以何种方式来接近他那个神的，比考辨这个神究竟是什么更有意思。也许，马原的方式就是他心中的那个神祇的具体形象，方法崇拜和神崇拜在此是同一的。如果说马原最终确实为自己创造了一些独特的小说叙述方法，那么也可以有把握地说他同时是一个造神者。

我再重复一遍，马原的有神论即是他的方法论。

为了证明我上述的论断，以下我就需要详细地予以阐释。阐释马原是我由来已久的一个愿望，在读了他的绝大部分小说之后，我想我有理由对自己的智商和想象力（我从来不相信学问对我会有真正的帮助）表示自信和满意；特别是面对马原这个玩熟了智力魔方的小说家，我总算找到了对手。阐释马原肯定是一场极为有趣的博弈，它对我充满了诱惑。我不打算循规蹈矩按部就班依照小说主题类别等等顺序来呆板地进行我的分析和阐释，我得找一个说得过去的方式，和马原不相上下的方式来显示我的能力与灵感。我一点不想假谦虚，当然也不想小心翼翼地瞧着马原的脸色为赢得他的满意而结果却于暗中遭到马原的嘲笑。更坏的是，他还故作诚恳地向我脱帽致敬。我应当让他嫉妒我，为我的阐释而惊讶。自然，顺便我无妨在此恭维一句：马原是属于最好的小说家之列的，他是一流的小说家。这种恭维也许过于露骨，有当面阿谀之嫌，所以我又要公允地补充一句：最好的小说家（或一流小说家）当然不止马原一个。

说远了没意思。好吧，现在我言归正题：马原的叙述圈套。

马原在他小说叙述中的地位

首先，马原的叙述惯技之一是弄假成真，存心抹煞真假之间的界限。在蓄意制造出这么一种效果的时候，马原本人在小说中的露面起了很大的作用。马原在他的许多小说里皆引进了他自己，不像通常虚构小说中的"我"那样只是一个假托或虚拟的人，而直接以"马原"的形象出现了。在《叠纸鹞的三种方法》、《拉萨生活的三种时间》、《虚构》等一些小说里，马原均成了马原的叙述对象或叙述对象之一。马原在此不仅担负着第一叙事人的角色与职能，而且成了旁观者、目击者、亲历者或较次要的参与者。马原在煞有介事地以自叙或回忆的方式描述自己亲身经验的事件时，不但自己陶醉于其中，并且把过于认真的读者带入一个难辨真伪的圈套，让他们产生天真又多余的疑问：这真是马原经历过的吗？（这个问题若要我来回答，我就说："是的，这一切都真实地发生在小说里。至于现实里是否也如此，那只有天知道了！"）

在这种混淆真假界限的想象活动里，马原是不是为了炫示他的独特经历，并且不惜想入非非虚张声势地往上增加一些令人惊异或使人羡慕的传奇色彩呢？当然，这种用意也许不能完全排除。不过我更关心的是，马原通过真事真说和假事真说的方法——我曾猜测过他的《虚构》和《游神》均有大量想象的情节——让自己进入一种再创经历、再创体验和再创感受的如临其境的幻觉，而这幻觉正好是被马原十分真实地经验到的——即在写作时被经验，或者说，是在叙述过程里被经验。在此，追问事情是否如此这般地发生，完全是不必要的。但我相信马原被自己的虚构能力和幻觉骗得不轻，除了年龄、身高、籍贯和履历，他关于自己的真实记忆不会太多太详细。他很大程度上是生活在他编织出来的叙述圈套中了。

作为某种更为有趣的自我欺骗的补充游戏,马原还别出心裁地由经他之手虚构出来的小说角色之口来返身叙述马原本人。《西海的无帆船》中插入了一整段姚亮的自我辩解和对马原惯然的指控,这节外生枝的题外话产生了某种颇有恶作剧意味的滑稽效果,好像一个机器人被接上电源有了自己的行动意志以后开始蠢蠢欲动试图脱离和反抗制造它的工程师——姚亮显然是马原想象中的人物,可是他已经具备能力抗议他的主人马原对他的任意描写了。特别是当姚亮看到了马原写小说的某些惯用手法并不无刻薄地将它揭露出来时,马原是在借姚亮之口泄露自己、交待自己,还是一种迷魂阵、障眼法,或者是为了满足难以抑制的淆乱真假的幻想欲?我不认为这仅仅是即兴的游戏之笔,它肯定源于一种很难摆脱的反复出现的心理冲动,因此在马原小说的其他场合可以不断看到马原被他的小说人物返身叙述的段落,例如《涂满古怪图案的墙壁》和《战争故事》里均有类似的文字。这当然不是偶然的。我觉得,马原一定在内心深处怀着某种希望被人叙述被人评价被人揭露的愿望,而这种愿望的最好满足方式显然是他自己的小说——既然他已经把他的小说看成了唯一的真实,既然他已经部分地生活在他的小说里,他就更无意识地充分运用这种便利了。

在小说的虚构活动里拓展自己的有限经验进而将它示于他人,这一活动实际上源于对文字叙述的迷信。我认为迷信文字叙述的小说家是真正富有想象力的,他们直接活在想象的文字叙述里。最好的小说家,是视文字叙述与世界为一体的。马原本人在他小说中以不同方式出现,其实正是这一心理状态的显露。他不像大多数小说家只是想象自己生活在虚构的文字里,他是真的生活在自己虚构的文字里。或者干脆说,没有什么虚构,马原的小说就是衡量它是否真实的标准,不存在小说之外的真实对应物,所以也就没有什么虚构。同样,马原和马原小说中的马原,根本没有必要进行真与非真的核实和查证。可以断言的是,马原在他小说里显示给我们的马原,其本来的真实和经篡改过的真实是同样的多,但我不追究这个极次要的问题。我只想说我看到马原和马原小说中的马原构成了一条自己咬着自己尾巴的蛟龙,或者说已形成了一个莫比乌斯圈,是无所谓正反,无所谓谁产生谁的。

马原的朋友们和角色们

　　马原由直接叙述自己和间接地通过角色之口叙述自己，也可能是为了把自己逼入一个圈套，迫使自己去感受此时此刻他面临的一切。马原一般很少扮演一个临居小说之外或之上的局外人和全知的上帝（《拉萨河女神》里马原是退隐不见的，可看作局外人；《大师》中最末一段抖落使人战栗的关于命案的真相与始末，马原则是全知的）。在更多情况下，他不是在小说以外打量他的故事和人物，而是混居在小说内部参与着这些故事并接触着这些人物的。

　　马原的这一特殊地位，便决定了他的小说里总有他的朋友，他的熟人、至交、萍水相逢的邂逅者和其他各类与自己发生联系的人们。这一现象，也就很自然地解释了在马原的不同小说里为什么总会重复出现的名字（陆高、姚亮、大牛等等），而其他一些角色看来也是彼此相识的——刘雨、新建、子文、午黄木、小罗等等，还有白珍、尼姆、央宗等等——这些人全以马原为核心，是马原的人际圈。他们有声有色地环聚于穿梭于马原的周围，为马原提供故事的同时也就随之活在马原为他们而写的故事里。究竟是他们不断塞给马原故事，还是马原塞给他们故事，或把他们塞在马原的故事里，则又是一个复杂的环套了。

　　从马原的小说中可以发觉种种迹象，这些迹象使我相信马原施展了他的分身术——陆高和姚亮这两个尾随着他的男人原是他本人的两个投影，他们彼此攀谈、打闹和调侃，他们相互窥探、陈述和反驳，其中多少含有马原的自恋特征。当然我无须去考辨这两个影子人物的真正心理成因，不妨就将他们看作是马原小说中的马原最密切的两位朋友，这样更妥当些。若仅此而言，这两位朋友和马原小说中的马原之间那种奇妙的心灵感应，他们彼此吸引又彼此排斥的言行，仍使我执意以为那完全是马原个人想象和心理历程外投的结果。倘若不据此揣测马原个人的某些秘密，那么我要说，凡是写到陆高和姚亮的小说相对之下都是可读性较弱的，因为它们几乎无例外地专注于心理分析，一头沉浸到男人的内在精神和性格的自我摸索之中。在这方面，"情种、小男人和诗人"是一把非常有用的钥匙，它宿命般地预言了马原在《零公里处》之后的许多小说将照此原型诞生。"情种、小男人和诗人"十分简扼地排列了三个词,它们组成推动上述心理分析和自我探索的隐蔽动力,又显得是大事张扬的广告或公开的图解。我得说这里也设置着马原蓄谋已久的圈套。他要人们相信他的故事,又不全信他的故事;他要显得坦率自如,却又故意作出羞羞答答的样子。怎么都要落到他预备好的叙述圈套里,迟早。幸好我是将它识别出来了。

在马原近期的小说里面(除了《战争故事》和《涂满古怪图案的墙壁》等少数几篇),自我探索和心理分析的因素在减弱,可读性则大大增强了。我指的是他的《虚构》《错误》《游神》《大师》和《黑道》。这些小说里不再有姚亮和陆高,一些陌生人、邂逅者开始轮番地介入了。他们成了马原近期小说中的主要角色和情节推动者,马原本人不是成了参与者至少也是一个目击人,一个记事人。马原在这里发挥了他善于制造悬念和激发起人们好奇心的特长,把他的角色们纷纷讲述得绘声绘影。这些角色们,部分源于马原的结交和往事回忆,部分源于马原的外部观察和奇思怪想。故事为角色而设,角色又为故事所召唤,这是一种双向的共生的虚拟,它们和马原小说中的马原及他的朋友们,一起组成了一个被马原津津乐道地娓娓叙述的经验世界,在小小的印刷物领地里领取了身份证,便在那里安居了。他们没有一个是安分的,多少要经常惹出一点事端,给马原的灵感以刺激。他们向喜欢冒险和幻想的马原频频透露没头没尾和根本无法确知全过程的神秘经历,他们提供戏剧性场面和细节。事实上也许正是如此:马原的灵感和他所有朋友们角色们的神秘经历是同时存在着的。

马原的经验方式和故事形态

马原的经验方式是片断性的、拼合的与互不相关的。他的许多小说都缺乏经验在时间上的连贯性和在空间上的完整性。马原的经验非常忠实于它的日常原状,马原看起来并不刻意追究经验背后的因果,而只是执意显示并组装这些经验。《叠纸鹞的三种方法》《战争故事》分别组装了几段彼此无因果关系的偶然经历(或道听途说);《风流倜傥》组装了几段关于大牛的奇闻轶事;《拉萨生活的三种时间》组装了一些神秘未明的日常小事;《错误》组装了故人往事彼此关联又错开难接的记忆;《大师》组装了一连串引人入胜的关于艺术、走私、遗产、命案和性的悬疑现象;《游神》则组装了围绕古钱币和铸币钢模的徒劳冒险。所有这些组装,都是逻辑不清的,只有表面前后相续的现象在透露若干蛛丝马迹,人们可以照自己的方式去理线索,也可能百思不得其解。这都没什么,因为生活对我们来说多半是如此呈现的。马原在进行他的故事组装时,没有一次不漏失大量的中间环节,他的想象力恰恰运用在这种漏失的场合。他仿佛是故意保持经验的片断性、此刻性、互不相关性和非逻辑性。这种经验的原样保持在马原的小说里几乎成为刻意追求的效果,比如存心不写原因,存心不写令人满意的结局,存心弄得没头没尾,存心在情节当中抽取掉关键的部分。马原的小说在这一点上酷似生活本身——它仅仅激起人的好奇,却吝啬地很少给好奇以满足。马原不像是卖关子,人为地留下所谓的"空白",或者布下迷魂阵,心里对真相一清二楚。不,我想说马原是从来不甚明白他小说背后隐伏的真相的,一如他对待神秘的八角街本身。他知道了肯定会无保留地说出来(他对《大师》的真相就知道得太多太详细,所以忍不住地全揭露了),他不说是因为确实不知。马原小说所显现的经验方式,表明了马原承认了如下的事实:世界、生活和他人,我们均是无法全部进入的。是我们在那些现象之上或各种现象之间安置上逻辑之链的(别无选择),而这样做又恰恰违背了经验的本体价值,辜负了经验对人构成的永恒诱惑。

马原对经验的这种非逻辑理解,就必然相应造成了他故事形态的基本特点。既然在经验背后寻找因果是马原所不愿意的,那么在故事背后寻找意义和象征也是马原所怀疑的。马原确实更关心他故事的形式,更关心他如何处理这个故事,而不是想通过这个故事让人们得到故事以外的某种抽象观念。马原的故事形态是含有自我炫耀特征的,他常常情不自禁地在开场里非常洒脱无拘地大谈自己的动机和在开始叙述时碰到的困难以及对付的办法。有时他还会中途停下小说中的时间,临时插入一些题外话,以提醒人们不要在他的故事里陷得太深,别忘了是马原在讲故事。

马原所讲的故事,虽然在该孤立的故事范围内缺乏连贯性和完整性,却耐人寻味地和其他故事发生一种相关的互渗的联络,这可以由他的小说经常彼此援引来得到证明——《大师》的开首提到了《风流偶傥》,《拉萨生活的三种时间》里,提到了《康巴人营地》,《涂满古怪图案的墙壁》则提到了《西海的无帆船》和《中间地带》(这篇小说的作者之一居然就是姚亮本人！可见马原是个故弄玄虚的老手)等等——这样,马原的这一招术本身也构成了他故事的一个重要内容。

这么一种非常罕见的故事形态自然是层次缠绕的。它不仅要叙述故事的情节,而且还要叙述此刻正在进行的叙述,让人意识到你现在读的不单是一只故事,而是一只正在被叙述的故事,而且叙述过程本身也不断地被另一种叙述议论着、反省着、评价着,这两种叙述又融合为一体。不用说,由双重叙述或多重叙述叠加而成的故事通常是很难处理的,稍不留意就会成为刺眼的蛇足和补丁。唯其如此,我就尤其感到马原的不同寻常之处:他把这样的小说处理得十分具有可读性,其关键在于,马原小说中的题外话和种种关于叙述的叙述都水乳交融地渗化在他的整个故事进程里,渗化在统一的叙述语调和十分随意的氛围里。对此我的直觉概括是,马原的小说主要意义不是叙述了一个(或几个片断的)故事,而是叙述了一个(或几个片断的)故事。

马原的重点始终是放在他的叙述上的,叙述是马原故事中的主要行动者、推动者和策演者。

马原的观念及对他故事的影响

论及马原的观念,很容易给人以一种偏离我的主旨的错觉,因为从一开始起我就在题目上规定了自己的论述范围,即马原的叙述圈套。可是,完整地看,这个叙述圈套是涵带有观念性的。或者说,这种观念已经深伏在马原的经验方式和化解在他的小说叙述习惯里。结果,关于马原的观念,就显得无比重要,以至使我无法回避。

我所关心的马原的观念,并非是马原本人企图塞在他的小说里的外在意图和见解,或者是他偷偷地想假借他的故事来隐喻、象征、提示的抽象概念。对这一点我并无兴趣,当然,我也不反对别人这么去破译。我这里想要论及的马原的观念,已经是贯穿在他的叙述本能之中,贯穿在他每一次具体的叙述故事的过程里。它们不是超出具象指向抽象彼岸的,恰恰相反,它们滞留在具象此岸,在此岸即涵带有抽象性质的。

我想用叙述崇拜、神秘关注、无目的、现象无意识、非因果观、不可知性、泛神论与泛通神论这八个词来概括马原的观念。

马原的小说大多数都流露出对文字叙述的极端热衷,这种叙述行为已经成为唯一的一次真正经历或亲身体验。叙述在此除了担负着追忆往事和记录在过去时态中发生的事件的工具功能外(如《零公里处》和《错误》),更多情况下它本身就是往事和事件。当叙述在形成着自身的时候,往事和事件便以"正在进行"的样式展示出来。以《涂满古怪图案的墙壁》和《拉萨生活的三种时间》为例,它们均是以边叙述边发生的样式展示给我们的。马原似乎相信,只要他开始进入(或沉浸入)叙述状态,故事就会自动涌来,叙述具有一种自动召唤故事的符咒般的神奇功能。至于这故事有什么内在意义,他通常是无暇予以细究的。

马原对这种因叙述而涌来的故事既然失去了有效的理智控制,那么自然,一种由叙述的符咒呼唤来的东西就会对马原构成反控制。果真,一个一个人物、意象、场景接踵而至,它们由于不带有明确的意义,就显然是十分神秘的。所谓神秘,即是孤立的、原因不明的和超出常识理解范围的现象,马原一般不去推测这类现象的背后制导因素,他被这些自行地接踵而至的现象所吸引是因为他在骨子里是喜欢神秘的,他对探讨神秘的起因,不释除心中的神秘感,相反,他更愿意怀着某种虔诚去关注神秘。在马原的小说里,神秘没有装神闹鬼的意思,而只是一系列来历不明的东西和突然消失不见的东西。我想这一点是无须详细举出例证的,因为它确实到处可见,只要回想一下马原的《拉萨生活的三种时间》、《游神》、《大师》以及《黑道》的某些段落即可。

由于有了上述对现象自动涌来的神秘关注,那么,一种无目的的意图就悄然地暴露出来了。马原在一头陷于他的想象和叙述中时,除了某种莫可名状的冲动和快感,我敢说他不清楚别的外部目的。特别是功利性目的,是根本和马原无缘的。功利性的目的,只会驱使人的感觉和经验,进入一个被事先限定了的轨道,而马原恰恰是不可能被事先限定的。他的写作是非常自动化的。敞开而无边,完全为一种强烈的兴趣所吸引,是他所有小说叙述的最根本动力。我以为,无目的是合乎马原小说的形成之因的。

有了这么一种观念,就必然对现象产生浓烈而持久的好奇,因为这种好奇不关涉到现象和人的利益与效用,所以就显得无限生动。马原经常在他的小说里罗列种种没有什么明确旨意的现象,他情愿将现象仅仅作为现象来予以仔细欢赏、想象和描述。换言之,现象本身是不意识到自己的,那么,人对现象的无意识观照也就不会歪曲现象的原态。严格地说,人总是通过他特有先入为主的方式去观察外在的世界,因而外在世界不可能纯粹以它原来的模样进入人的视界;不过,马原的方法,恰好是夸大了外在世界的自动性和无意识涌现。我以为《冈底斯的诱惑》是这种现象无意识的典型见证。我断言马原是在无意识中从事《冈底斯的诱惑》的写作的,尽管人们可以从中引申出种种饶有深意的涵蕴,但绝对没有一条是被马原意识到的。马原的功绩,正在于这种脱离意识的现象描绘——不管是亲历的还是心理的——保证了充分的伸缩空间与富有弹性的想象性时间维度。

一旦把现象从所谓的规律中孤立地凸现出来,它们彼此的因果联系,也就显得无关紧要了。说到马原在他的小说中经常表现出他的非因果观,我想提一提《拉萨生活的三种时间》。首先,康巴人赠送给马原的银头饰就是无缘无故的、没有原因的。随后,家中天花板里的响动也是带有原因不明的恐惧感的。当然,末了马原开枪射杀了正在天花板夹层里捕鼠的黑猫贝贝,真相大白以后,仍留下不解之谜:马原朋友午黄木家里类似的声响又是什么造成的呢?那十几根会走的(?)羊肋骨是怎么回事?我还想提一提《错误》。这篇小说情节的逐渐"错位"使因果联系发生了移动:军帽失窃—江梅生孩子—孩子的来龙去脉—和黑枣的斗殴—二狗捡来的孩子—赵老屁的失踪—二狗的死和江梅的死,这些前后接续的事件,因果都是不甚明了的。马原十分善于讲这么一些由无因之果或有因无果组成的故事,《游神》就是没有结果的、或者说是结果落空的;《风流倜傥》东拉西扯地写了马原的朋友大牛和女人的风流事,收集古钱的癖好和他如何去天葬台捡骷髅,末了又横生枝节地"胯骨断了",不了了之。我以为这种料不到的、意外的、偶然的故事结局,乃是马原非因果观的一个证据。

与以上非因果观相联系的,便是马原在心底里,已识出了现实世界的"不可知性"。上面提及的《游神》还有《黑道》,都是不可知性的经验记录与想象记录。马原笔下的生活是难以完全进入和彻底明了的,它们像一个偶尔泄漏出若干光亮的秘密后台,大部分真相都被深深藏匿起来,只给你看前台的表演,那肯定是不能全部相信的。可惜的是,谁都进不了真正的后台。每个人的生活、行踪、意欲,都有一个不向外人敞开的后台。

与此相关的是,当马原在叙述了生活真相的不可知性时,他仍然不忘记卖弄他的那段第一手的阅历,好像他是一个非常深入生活的人。《大师》详细描写了唐嘎布画画师、独眼女人、女模特儿、走私、神秘小楼、古董分类、壁画、性爱和性变态、命案、失踪、火灾(顺便说说,《大师》是马原迄今为止可读性最强的一篇小说,是一只真正的好故事),虽然写得充满悬念,大肆渲染紧张气氛,可是依然给我一种忐忑的、不祥的、惊疑的、难辨的宿命之感。归根到底,宿命感就是不可知性的最后根源。在《大师》的种种情节构成要件之间,布满了不可知的网络,它是一种整体的恍惚的和骇人听闻的不可知。

现实是如此的遍布着不可知性,于是,一种神秘的倾向就开始露面了。如果我愿意相信马原声称自己为有神论者的说法是可靠的,那么,这个神就不会是一个人格神,也不会是一个具形神。应当说,这个神既是遥不可及的,存在于冥冥之中操纵着世界的万物生死荣衰兴灭,在马原灵感到来之际向他显露真容;又是遍及于日常的平凡经验里,以至唾手可得。马原的神是包诸所有,体现于所有普遍现象之中。我们把这种有神的观念称之为"泛神论",总之它是普遍的存在于现象背后决定了现象而人的有限经验又永远无法靠近的东西,只有少数人在少数的瞬间能够突然地窥见它、感应它、体现它。宗教、科学、艺术、技巧都是一些通神的杰出者以不同方式窥见神、感应神、体现神的人间结果。

这样,泛神论就必然导致泛通神论。我觉得这是马原的最后一个,也是最核心的一个观念,它由叙述崇拜为发端,又回复到叙述崇拜中去。这里也存在着一个魔术般的圈套。叙述故事实在是马原试图接近神最后体现神的唯一有效方法。对于马原来说,叙述行为和叙述方式是他的信仰和技巧的统一体现。他所有的观念、灵感、观察、想象、杜撰,都是始于斯又终于斯的。

关于马原的另一些想法

　　马原也有纯粹为了一个观念的启示而写作的时刻。在《涂满古怪图案的墙壁》的题目下,有一段摘自《佛陀法乘外经》(这是马原一直在写的一部经)的话,这段话正好又提到了《涂满古怪图案的墙壁》。显然那又是马原一个自我相关的叙述圈套。在一篇小说里彼此叙述,自我解释,将关于该小说的想法纳入小说之内,它就给人某种自身循环之感,马原是常常在作这种努力推动自己的小说使之循环不息的,他想造成预言和占卜的效果,而且他果真把这种效果造成了。预言和占卜是马原深层的渴望。

　　马原自我相关的观念和自身循环的努力源出于他另一个牢固的对人类经验的基本理解,即经验时而是唯一性的,我们只可一次性地穿越和经临;时而是重复性的,我们可以不断地重现、重见和重度它们。自我相关和自身循环,都是既唯一又重复的,它们给了马原以深刻不移的影响,以至他在自己的小说叙述里,往往出现有趣的悖论,或说又是一种"自我相关"和"自身循环"——他在说经验一次性的时候,他常常重复在说;他在说经验是重复性的时候,又恰恰是一次性的。这可以由他的《虚构》为有力佐证。

　　但是马原又不是一个小说领域里的玄学家,他甚至也不是魔术师。当然他偶尔也说几句咒语、箴言,或者玩几个小小的戏法。从 1986 年起,马原的小说明显地增强了可读性——这话我已经说过多次了——作为马原叙述圈套的阐释,我自然不能跳开这个问题。可是,由于我觉得不算是困难的问题,所以我愿意出让这个问题,由别的人来阐释(轻松的工作)。此刻我还愿意出让我的又一些想法,给别人参考:马原小说的可读性因素很大程度上是狡猾地利用(或娴熟地运用)了如下的故事情节核——命案、性爱、珍宝。他还在里面制造各种悬念,渲染气氛,吊人胃口也是他的惯用伎俩——我这里之所以放弃这些想法,主要是考虑到这些问题的"发现"与我的智力不相称。

不再提马原

写下这个小标题即已犯了错误，我说不提却又在不再提三个字后又提了。

马原是使我无法摆脱的一个玩圈套的家伙。我想我对马原最好的评价是：请仔细读一读我这篇文章的每一行，在里面你会找到最好的一句，那就是了。

一九八七年一月中旬

（原载《当代作家评论》1987 年第 3 期）

茅盾与中国乡土小说

丁　帆

一

作为中国现代小说的两大题材——知识分子题材和农民题材——的描摹者，人们似乎更看重茅盾对于小资产阶级知识分子的心理描写。就总的质量而言，除去长篇以外，就短篇小说（因为茅盾乡土题材的小说均为短篇）来说，成就较大的还是"乡土小说"。

其实，茅盾小说一旦进入"乡土"视阈，就显现出思想和艺术的深邃与精湛，我们当然不能简单概括为"乡土的童年视角"给小说带来的新鲜感。但是有两点则是肯定的：一是由于"为人生"的思想观点拨动着"五四"反封建主题的琴弦，作者在这一悲凉的封建土壤上看到了革命后的更深刻的悲剧，于是，那种以一颗拯救民族和农民于危难之中的忧患之心，促使作者把时代的选择和农民的悲剧置于描写的中心。二是由于"乡土小说"给人以风土人情之餍足，最能满足一种风俗民情的审美需求，这种审美形态对于发掘整个民族文化心理结构恰恰又呈一种和谐的对应关系。

基于上述两点，茅盾的"乡土小说"题材作品之成就是颇为惊人的，同时也是令人惋惜的。就"乡土小说"题材的作品来看,茅盾的这些短篇是篇篇珠玑,可谓名篇佳作:《泥泞》、《小巫》、"农村三部曲"、《林家铺子》、《当铺前》(这两篇属于小城镇题材,与"都市题材"相比较,仍为"乡土题材",因为它从侧面描写了农村经济的破产和农民的悲剧命运)、《水藻行》。这些仅有的七八篇"乡土题材"小说应视为茅盾短篇小说的珍品。我们设想,如果茅盾在大革命后直接转向"乡土小说"的创作,那将会是怎样的一个结局呢? 如果茅盾在《子夜》这部巨构之中没有像现在这样将农村土地革命后的情形进行缩略描写,而是充分地展开和深入,那将会给《子夜》带来的是怎样的一个恢弘的景观呢? 那将给中国整个社会的剖析引入到怎样一个深层的境地呢? 而茅盾放弃了这类描写,这不能不使人惋惜,倘使这一题材的描写继续和深入下去,茅盾四十年代的短篇小说创作就不会逐渐平庸。

也许茅盾在自己的生活道路上和艺术创作道路上的选择是"身不由己"的话,那么他在自己的理论阐述上是相当清醒的。二十年代初期,茅盾与郑振铎一起倡导"乡土文学",他们受到"文学研究会"中坚周作人的影响,竭力将《小说月报》、《文学周报》办成倡导乡土文学的有力阵地,中国的许多优秀乡土小说作家正是在这两个刊物的扶持下走上文坛的。二十年代初,作为"文学研究会"的理论家,茅盾只是把鲁迅的《故乡》、《风波》之类的小说归纳为"农民文学","文学上的地方色彩"。然而,对于"地方色彩"这一概念又是作何解释呢? 在茅盾与刘大白、李达编写的《文学小辞典》中,其"地方色"之词条是这样说明的:"地方色就是地方底特色。一处的习惯风俗不相同,就一处有一处底特色。一处有一处底性格,即个性。"[①]当然,这种概括未必就准确,但是可以看出,茅盾等人在"乡土小说"尚未形成之前就特别强调了作为"农民文学"题材的艺术特征,因此,当他在一九二八年撰写《小说研究ABC》时就特别为"地方色彩"这一乡土小说的重要特征作了诠释:"我们决不可误会'地方色彩'即是某地的风景之谓。风景只可算是造成地方色彩的表面而不重要的一部分。地方色彩是一地方的自然背景与社会背景之'错综相',不但有特殊的色,并且有特殊的味。"显然,这里的诠释是符合"文学研究会""为人生"创作宗旨

---

① 《民国日报》1921 年 5 月 31 日副刊《觉悟》,转引自严家炎著《中国现代小说流派史》,人民文学出版社 1989 年 8 月第 1 版。

的。只不过,论者尚未将"世界观"当作先行的条件。随着阶级观念的逐渐强化,茅盾在给"乡土文学"进行最后规范时,把重心移向了作家世界观和人生观这一主体,他说:"关于'乡土文学',我以为单有了特殊的风土人情的描写,只不过像看一幅异域的图画,虽能引起我们的惊异,然而给我们的,只是好奇心的餍足。因此在特殊的风土人情而外,应当还有普遍性的与我们共通的对于运命的挣扎。一个只具有游历家的眼光的作者,能给我们以前者,必须是一个具有一定的世界观与人生观的作者方能把后者作为主要的一点而给与了我们。"①我以为,即便在理论上,茅盾也同样陷入了一个"怪圈":一方面是在倡导写实主义时所要求作者采取的对生活冷峻,客观、中性的创作态度;另一方面又在"表无产阶级之同情"的世界观的促动下,作者又不得不时时想跳将出来进行"表白"式的演说,这一矛盾的背反现象困扰着茅盾,这就不得不使作者在夹缝中去寻觅一种得以解脱的中介力量。于是,在他自己的乡土小说创作中,我们似乎时时看到先生窘迫尴尬的面影。然而,我们又不得不佩服先生在二者之间穿梭时游刃有余的艺术功力和技巧。

<h1 style="text-align:center">二</h1>

　　研究茅盾的乡土小说,首先应看看在写三部曲前的两篇作品《泥泞》和《小巫》。

　　《泥泞》是一九二九年四月在日本所作,茅盾曾在回忆录中作过检讨:"不过那是写得失败的,小说把农村的落后,农民的愚昧、保守,写得太多了。"②平心而论,这篇小说作为农村乡土题材小说的第一次尝试,茅盾采用了鲁迅式的"曲笔",深刻地揭示了大革命失败的根本原因就是没有充分地发动起最广泛的农民阶级,使他们从自发的革命走向自觉的革命道路。就小说的艺术描写来看,《泥泞》的技巧相当圆熟,作家试图以不带情感色彩的笔墨去描摹一场带有闹剧成分的悲剧。整个作品不断幻化出黄老三对那幅标致的裸臂女人画像的馋涎——这就充分地揭示出

---

①　《关于乡土文学》,《文学》1936年2月1日版。

②　《〈春蚕〉、〈林家铺子〉及农村题材的作品》,《我走过的道路》(中),第137页。

农民革命动机的盲目性，"共妻"只作为一种动物本能的需求和欲望，它促使农民只是浅表性地拥护革命，而根本没有认识到革命的本质究竟是什么。因此，当反革命力量在绞杀革命力量时，将这些尚未觉悟的农民的糊里糊涂的头颅一起砍杀时，黄老三竟如阿Q一样仍在做他的性欲之梦，这样的悲观情绪当然和大革命后茅盾的心境相吻合，但这种悲剧性的揭示无疑是一帖革命的清醒剂。为什么反革命的军队到来后烧杀奸淫反而被农民视为"正常"，而共产党游击队发动农民（包括妇女）革命却被视为异端邪说，这正是革命没有更深入地发动起农民而导致悲剧性失败的根本缘由。尽管八十年代初茅盾仍以为此篇写得太阴暗悲观，但我们仍可从中看到客观历史的足音。然而，在整个技巧手法的运用上，作者采用了背景（包括政治社会与作品环境背景）的淡化描写，这样便增强了小说的多义层面。那么最值得注意的是作者采用了部分的"现代派"手法，用"幻觉"来组接黄老三的意识流动，非常巧妙而深刻地去触及主题内涵，整个小说的隐喻层面，似乎就悬系于黄老三这不断浮现出的"画像"，把革命动机与个人本能欲望之间的联系勾连得丝丝入扣。在整篇行文中，作者几乎是以完全中性的客观描写来结构全篇的，倘使读者不对当时的各种复杂的背景以及作者的心境加以考察，单凭直觉亦难以解读作品的语码。可是，当你打开整个小说的隐喻层面，你就能愈加体味到作者世界观和人生观渗透于其中的悲苦哀号。当然，我不认为这悲苦的哀号就是悲观失望的情绪，它终比那种盲目的极左情绪更高明得多。这种对于大革命前后农民革命运动的评价，用一种冷静低调的处理方式进行艺术曝光，看似客观中立，实则上是饱含了作者血和泪的情感的。我们不能因为种种政治原因，亦像茅盾那样，对《泥泞》这部作品不作真诚客观的历史的和美学的分析。

茅盾在写《子夜》的同时，于一九三二年二月间写了一篇农村题材的乡土小说，《小巫》，这部作品也是历来不被人们所注意，连茅盾亦很少提及它，究其原因，当然是多方面的，然而总的说来，它是与被世人所公认和瞩目的《子夜》总构思不甚吻合的，我们知道，"为什么我正好在一九三二年转向了农村题材，而且以后几年又继续写了不少农村题材的作品呢？这也有它的机缘：其一，在最初构思《子夜》时，如上所述，我原是打算其中包括一个农村三部曲的，因此，也有意识地注意和搜集了一些农村的素材；现在《子夜》既已缩小范围，只写都市部分了，农村部分的材料就可以用来写其他的东西。……"①茅盾和茅盾研究者们似乎只注意《林家铺子》、《当铺前》以及"农村三部曲"的主题格调与《子夜》总主调的和谐统一,它们弥补了《子夜》未能完成的农村线索的构图,帝国主义的经济侵略导致了农村经济危机,引发了农村各种矛盾的日益尖锐化,这都是回答了中国的命运和前途的理论命题的。而《小巫》在其发表前后的"革命文学"高涨的年代里,当然要被打入"另册",难怪当时"罗浮评《小巫》只用一句话:'在意识上,这篇是比较模糊。'"②其评断为"在茅盾作品的意识上,关于封建意识的阶级意识的对比,常是前者非常浓厚而后者像烟一样的轻淡"③。茅盾自己对这部小说的感情当然也是随时而变的,可以看出,在他的心灵深处还是喜爱这部作品的,因为在茅盾的选集、文集中这部小说屡被选中。后来他接受了"阶级意识模糊"的说法,将其"失败"之原因归咎于是在回乡以前未经实地考察而作,则是很难圆说的。一部作品的创作高下并非是以实地考察为准绳,相反,许多优秀作品的成功恰恰在于对某种情感和对某种社会本质现象的深刻把握和揭示。《小巫》所揭示的是封建主义残余弥漫农村而扼杀人性的事实,同时愚昧、盲目的封建统治氛围也遏制着农民的真正觉醒。从表面上来看,作者没有用阶级分析的眼光去描写书中的人和事,但人们却不知道批判封建主义本身就是一种阶级意识,正如茅盾所言:"在这里,罗浮似乎把封建意识和阶级意识看作两个东西,其实封建意识也是一种阶级意识——封建社会的统治阶级的意识。"④从中,我们可以看出,八十年代茅盾在临终前唯一透露出的对《小巫》的辩解。那么,写《小巫》的动因究竟是什么呢?

从写作日期上来看,写《小巫》亦正是作者为华汉(阳翰笙)写再版"序"——《地泉读后感》之时。在这篇文章中,茅盾借题发挥,批判了"革命文学"的失败乃是作家"(一)缺乏对社会现象全部的非片面的认识,(二)缺乏感情的去影响读者的艺术手腕"。"一个作家应该根据他所获得的对于社会的认识,而用艺术的手腕表现出来。"而不是靠"脸谱主义"去描写人物,靠"方程式"去布置故事情节,正由于茅盾满

---

① 《〈春蚕〉、〈林家铺子〉及农村题材的作品》,《我走过的道路》(中),第138页。
② 《〈春蚕〉、〈林家铺子〉及农村题材的作品》,《我走过的道路》(中),第138页。
③ 《〈春蚕〉、〈林家铺子〉及农村题材的作品》,《我走过的道路》(中),第139页。
④ 《〈春蚕〉、〈林家铺子〉及农村题材的作品》,《我走过的道路》(中),第140页。

怀激情批判了非文学性、非艺术性的小说倾向后,才把这种对于文学的见识溶化在他精心刻画的《小巫》身上:总体把握全部社会现象,抽象出具有本质内容的主题;用炽烈的感情去艺术地描写人与事件。这一尝试,使我们今天的读者从中看到了《子夜》中吴老太爷的灵魂,看到了曾家驹的面影、看到了农村到处在杀戮淫乱之中的混乱场面……这些都是后来《子夜》"方程式"所不能见到的影像。同样,小说并没有明显点出背景,尤其是后半部分,作者采用的是在现实与幻觉的交叉中进行人物的意识流动描写,读来扑朔迷离,但整个小说的总体意向是十分清楚的,它完成了作者用"间接"的艺术手腕来表达自己对农村社会的本质认识。作者在整个叙述过程中所采用的是作者(等于叙述者)在中性客观的描写中不断"闪现"和人物意识(即人物视角)活动交叉描写的方法,这就构成了整个作品若隐若现、若即若离的艺术效果——既有观点的"闪现",又充满了魅人的艺术力量。

　　茅盾作为一个政治和文学的"狂乱混合体",他的政治观念和文学观念亦是一个"矛盾体",当他兴奋于政治运动时,往往会忽略文学的特殊规律,而当他在政治场上失意时,则又沉湎于文学的艺术性和审美性。《子夜》和"农村三部曲"所要表现的主题却是明摆着的,连我们今天的读者也一目了然,但在"革命文学"时代里,一些社会批评家们仍然不满意小说中所显现出的"无时代性"和"狭小范围的观照式的自然主义",以及"超阶级的、纯客观主义的态度"。[①] 我以为"农村三部曲"之所以成为不朽之作,就是因为茅盾在"革命文学"的浪潮中,恪守了现实主义小说尽力隐蔽观念的精义,将观念隐藏在画面、场景、人物、事件的背后。尤其是《春蚕》,它之所以成为"农村三部曲"的上乘之作,就是因为作者非常巧妙地寻找到了"再现"与"表现"的最佳中介值,这就是用象征和隐喻来贯穿整个作品,使人和事、场和景充满着"寓意"效果。我们知道,茅盾许多有成就的小说创作多取名于自然景观,以此来象征隐喻一种观念,也即主题内涵的高度浓缩:从《蚀》三部曲到《夕阳》(《子夜》原名),从《虹》、《路》到《腐蚀》等,均为一种自然现象,而其中之深刻艺术内涵却是令人深思的。"农村三部曲"亦不例外,《春蚕》、《秋收》、《残冬》本身就寓意着农民从破产而走上自发革命的整个过程,而每一单篇则又为一个独立事件的过程,这

---

① 《〈春蚕〉、〈林家铺子〉及农村题材的作品》,《我走过的道路》(中),第141页。

一过程则又形成一个整体的象征:如《春蚕》则是农民在充满着绿色希望的蚕事中走上悲剧道路;《秋收》则是农民在金色的希望田野上幻灭的现实;《残冬》则是在饥寒交迫之下的农民的最后挣扎。作者在总体构思中就异常明确地试图以象征隐喻作中介来完成对农村悲剧现实的概括。其中最下功夫的要算《春蚕》,有人以为作者对于整个小说风俗描写的铺排只是完成作者倡导的"异域情调"之赝足,这无疑是一种偏见。我以为《春蚕》的一切描写中都渗透着作者强烈的意图,老通宝一家在蚕事活动中的表现,以及荷花偷蚕等情节所构成的意义恰恰是一种本体的象征内容:单凭勤劳俭朴能够得到应有的补偿吗? 而整个作品每一个场景,每一个景物,每一个细节动作都孕育着活的"内在动作",开篇时作者通过老通宝的视角所看到的那幅绝妙的情景足以回答了农民必将遭受灭顶之灾的最后的悲剧命运归宿,那小火轮经过时,那条赤膊船上的农民紧紧地抓住岸边的茅草,试图在涌来的冲击波中得到哪怕是一点微弱的平衡,难道这仅仅是一种纯自然景物的描绘吗? 难道它不是隐喻和象征着帝国主义(小火轮)的经济侵略已渗入到中国的内陆(官河)而造成毫无依托的中国农民(赤膊船)在飘摇之中本能的求生欲望(抓住岸边的茅草)吗? 作品一开头就把这种充满着深刻含义的视觉画面推在读者面前,其用心当是良苦的。就连两岸农民用石头砸小火轮的细节描写也不是"闲笔",它道出了农民对于"小火轮"的一种本能的、直觉的、也是盲目的反抗情绪。总之,整个小说的氛围的渲染都是紧扣着暗示农民命运这一主旨展开的,在阐释观念时,作者不采用自己跳出来进行"旁白"和以"画外音"的形式插足于作品的行动,而是"借景抒情",把艺术想象的空间留给读者。象征和隐喻帮了茅盾的大忙,这也是茅盾熟谙的艺术手法,这在他的早期作品《蚀》和《野蔷薇》中已表现得尤为鲜明。而这一时期,茅盾在批判"革命文学"时,把唾弃"恋爱与革命"的结构,唾弃"宣传大纲加脸谱"的公式,唾弃向壁虚造的"革命英雄"的罗曼司,唾弃印板式的"新偶像主义"的文学主张和观念运用于"农村三部曲"的创作,应该说是对于乡土小说创作的一种具有指导意义的建树。起码,在这一领域的创作中,茅盾"农村三部曲"的尝试,在一定程度上是把乡土小说的创作正在向蒋光慈那样的"革命文学"口号式倾向迅速滑坡的危险倾向作了适时恰当的调整,使乡土小说向二十年代的写实主义方向皈依,这就是它在文学史上占有地位的重要意义所在。

　　茅盾写过"农村三部曲"以后，除《当铺前》和《林家铺子》外，只写过一部短篇乡土小说，这就是《水藻行》。《水藻行》是茅盾一九三六年二月中旬受鲁迅先生之约，为日本改造社的山本实彦先生在《改造》杂志上介绍中国现代文学作品所特地撰写的，本来说好由鲁迅先生译成日文的，后因鲁迅病体缠身，就由山上正义代译成日文发表，这亦是茅盾唯一的一篇先在外国发表的作品。茅盾之所以珍爱这部作品，恐怕亦不仅仅是珍爱他和鲁迅的这份友谊，其中还有一个重要的因素就是："我写这篇小说有一个目的，就是想塑造一个真正的中国农民的形象，他健康，乐观，正直，善良，勇敢，他热爱劳动，他蔑视恶势力，他也不受封建伦常的束缚。他是中国大地上的真正主人。我想告诉外国读者们，中国的农民是这样的，而不像赛珍珠在《大地》中所描写的那个样子。"①这段话是茅公八十年代所补充的创作目的，这和创作《水藻行》的初衷究竟有多大的距离呢？后人难以判断。但有一点可以相信：作品的主旨是在描写农民的积极的生存态度，反对封建伦常，崇尚健康的自然的两性关系；同时弘扬扶助赢弱之民风的可贵，将这部小说的主题内涵引向重返大自然。这种返朴归真的社会观念，在茅盾的小说中是很少出现的，民族精神不是以固态的，多以劣根性状态而出现于作品之中，那种在逆境中表现出的豁达的生存意识，以及执着于现实生活本身的向上意识，支撑着民族繁衍的力量，使人读后为之一振。然而，这一与茅盾许多优秀作品大相径庭的作品却很少受人注意，其重要原因就在于左的思潮制约着人们对它难以进行客观的评价。茅盾固然是一直主张首先具备先进的世界观和人生观的，那么这篇作品的世界观和人生观似与传统相背，也与无产阶级世界观和人生观似有格格不入之处，与前期茅盾和后期茅盾都有人格上的分离，我不敢妄断这是作者二重性格的另一面呈现。但这种返归自然之心从他不挑一篇旧作发表，而特意要"赶写一篇新的，而且专门写给外国读者的"，以及有别于赛珍珠的《大地》来看，作者是有意识来写中国人身上存活着的充满着壮年气息的精和力的。因而，根据这一主题的需求，作者完全淡化了背景。而且，"我没有正面去写农村尖锐的社会矛盾，只把它放在背景上。我着力刻画的是两个性

---

①　《抗战前夕的文学活动》，《我走过的道路》（中），第 355 页。

格、体魄、思想、情感不同的农民"①。从这两个反差很大的农民性格的冲突中,茅盾寻觅到了正常的自然的性爱要求和在逆境中的共同生活的契机,这不是一个"三角恋爱"的公式,财喜、秀生、秀生娘子三者之间的冲突,终于在茅盾刻画的生存逆境和人的生存需求中得到了和谐的统一。全文充满着风俗野趣的描写,尤其是民谣中的性饥渴描写,作者并没站在一个批判的视角上去描写,而且与全文的情节线索紧紧相扣,表达了作者对于这种自然本能属性的某种认可的态度,它阐释的是中国人的另一种超越悖逆封建伦常的活法,当然这与中国边远山区的"拉边套"则是两码事,因为故事之背景是发生在文化经济发达的江浙地区,其含义就大不相同了。整个小说似乎是站在客观中性的立场上来叙述故事的情节,但是其表现的观点却是清楚的。其现实主义和自然主义的写作状态是很难加以区别的,但作品的总体意向却是超常的。茅盾钟爱此篇作品不仅可以在回忆录中寻觅踪迹;即便是五十年代《茅盾文集》中也可看出作者选其时的心境,有些地方风俗,茅盾还特地为之加注。

综观茅盾的乡土小说实践,可以看出,茅盾虽然在每一篇什中表现出的"客观"和"主观"之间的矛盾状态是有所不同的。但他基本上是遵循了写实主义创作方法的,与二十年代的乡土小说流派的创作情形相一致。难能可贵的是,茅盾在整个创作过程中,试图将象征隐喻等手法变成一种中介,以缓冲主客观之间的矛盾,减少两者之间在作品中的"摩擦系数",从而架起两者之间不可逾越的桥梁。这些有益的尝试和贡献,将是后人永可借鉴的地方。

三

"五四"以来的任何文学理论家都没像茅盾那样注重于作家和作品的理论建设。然而,几乎是从评论鲁迅小说开始,在整个半个多世纪的文学评论活动中,茅盾对于乡土小说的评论恐怕要占绝对优势。

---

① 《抗战前夕的文学活动》,《我走过的道路》(中),第 355 页。

当茅盾开始接手《小说月报》时,首先就以编辑的身份对一些乡土小说加以评点和张扬。在一九二一年八月十日出版的《小说月报》第 12 卷第 8 号上,茅盾写了著名评论文章《评四、五、六月的创作》,他在宏观分析鲁迅、叶圣陶等人的作品时感叹:"就实在的情形而论,现今从事创作者和农民生活倒还时常有点接触,做起小说来,应该比描写劳动者生活的作品要好一些;不谓比较成绩,两者还是相差不远。这恐怕是近年来文学界提倡'自然美'的流弊。因为有了一个赞美'自然美'的成见放在胸中,所以进了乡村便只见'自然美',不见农家苦了! 我就不相信文学的使命是在赞美自然!"由此可以清楚地看到茅盾在乡土小说理论的阐述中,首先将世界观、人生观放在首要位置,而将风俗与地方色彩放之次要位置的主张是异常鲜明的。在众多的作家作品之中,《中国新文学大系·小说一集导言》可谓茅盾对第一个十年小说创作的经典性概括,尤其是对乡土小说的准确评价,应该说是具有历史眼光和科学态度的。如在评价乡土小说作家彭家煌独特风格时,首先赞扬的是作者"纯客观"的态度,然后就是大加赞美作者"浓厚的'地方色彩'、活泼的带着土音的'对话'、紧张的'动作'、多样的'人物'、错综的故事的发展——都使得这一篇小说成为那时期最好的农民小说之一"。这些切中肯綮的评论,不仅仅是对单个乡土小说的理论建设作出了很大贡献。又如在《关于乡土文学》一文中对马子华小说《他的子民们》的评论,导致了作者对于乡土小说那个经典性的解释,尽管这种理论的概括还存在着许多偏颇之处,然而,它对后来几十年的乡土小说的建设起着不可估量的影响力。茅盾常常是在"散点式"的评论中,总结概括出具有普遍意义的理论命题来,具有大理论家之风范,这是毫无疑问的。

在茅盾生花的评论淘洗下,二三十年代走出了一个"乡土小说流派",像王西彦、王鲁彦、许地山、彭家煌、丁玲、萧红、艾芜、沙汀等一大批作家的勃兴都是与茅盾的扶植分不开的。解放后一大批农村题材小说作家亦是在茅公的"鼓吹"之下走进文坛。茹志鹃、管桦、马烽、杜鹏程、李准、李满天、王汶石、玛拉沁夫……这些当年文坛新秀无一不是在茅公的奖掖之下更加出息的。也许是由于茅公解放以后不再搞创作而专注于评论,在他的精心培养下,中国乡土小说作家在整个创作领域内发挥了最大的能量,其重要的作品多出自乡土小说创作,虽然在整个三十年间(1944—1979)的乡土小说创作中出现过重大的失误,但是,这与倡导乡土小说创作本身没有多大关系。当然,茅盾在五十年代末的那组关于现实主义理论的阐释(如《夜读偶记》等)为"假大空"文学的发展起了推波助澜的作用,这倒是一个批评家的悲剧,但又有谁能逃脱这"历史的必然"呢? 六十年代后期茅盾缄默不语,这就是一种无声的反抗了。这些当是另一篇文章所阐述的问题,在这里就不赘言了。

作为一代宗师,茅盾和鲁迅在实践和理论上培植了中国的乡土小说,而茅盾更是在长达半个多世纪的岁月里一直坚持着对乡土小说的实践尝试和理论弘扬,在文学史上写下了一页又一页的不朽篇章,这是茅盾研究工作者和文学史家值得深入研究的课题。本文仓促成文,只不过是提出这一论题而抛砖引玉罢了。不当之处,当请学人批评指正。

(原载《浙江学刊》1992 年第 1 期)

我读杨争光

韩子勇

杨争光是继莫言之后的又一个写土匪高手，尽管他们路数不同、效果各异。

土匪在中国历史上的确比较经典。你甚至可以说这是一种传统——一种传统之外的另一片相当醒目的风景，特别是考虑到农业社会这样一种无法回避的文化背景，土匪作为生生不息的普遍现象，简直就是形而上的象征。杨争光写匪，写得很宽泛，是把匪当成一类人、一种人性侧面、一种生活方式或文化角色来写的。他笔下的土匪，与我们从各类书籍熟闻惯见的草莽英雄有很大的不同，不再是与我们十分相异、行为难以理喻的那类两脚动物，而是与我们相离很近、很生活化，甚至就在我们中间，是我们难舍难分的一部分。

在小说《黑风景》的开头，"看瓜人"与"吃瓜人"的争执与冲突十分简单、十分平淡，双方处在同一等级上，有一种亲切的日常性质。这种偶发性本来就没有什么特定如此的理由，仅仅由于彼此根深蒂固的生存习惯，才使故事得到发动。在这里，那种"山雨欲来风满楼"的紧张感与戏剧性消失了，一切都油然而生，土匪与农民的区别、意识和身份，不是被作者从主观上予以夸大和强调，不是在某种既成观念的笼罩下事先赋予人物以明确的判断与估量，而是使"事件"不受干扰地得以恢复——恢复到既发时刻所可能具有的蒙昧状态：因为这部小说的叙述目标本来就不是为了演绎一个惊心动魄的民匪冲突的故事。这个原则在以后的故事发展中得以贯彻，在我看来，最紧张、最阴森、最令人毛发倒竖的人物并不是那些时而愚钝、时而暴虐、时而甚至有点天真顽皮的众匪,而是匪祸当前村民们的人性表演。比起在匪窝中的那种疏朗、蛮野和戏谑,吃萝卜的老太太更让我感到恐惧,她所投下的阴冷砭入骨髓,而所谓"黑风景"的喻象也似乎由此而来:这是一个关于心灵环境的寓言,比起那种表层分类的"匪",它所透露的是人性中某个阴暗的侧面。

杨争光的确不是那种拘泥于生活表层形态的小说家,在他剑拔弩张的惊险故事里,总有一种十分平静的、十分残酷的生存法则显现出来。譬如棺材铺老板的杀人与诱杀,从表面的证据来看似乎是土匪出身的身份习惯在作怪,就像隐隐作痛的盲肠,是退化中的提醒。而实际上,这也是一种营生、一种行业、一种讨生活的方式、一种相当普遍又相当隐蔽的存在,不同之处仅仅在于故事是通过"棺材铺"这样一个比较极端的意象来展开的。在这里我们看到,无论是《黑风景》,还是《棺材铺》,一个毫不起眼的事端就可能酿成普遍的搏杀,生存变得十分脆弱而缺乏逻辑的理性,故事的发动失去了"征兆",变得十分突然,让人猝不及防。这种效果与叙述者抵抗传统故事的努力有关:杨争光似乎主动地放弃了从表面阐述生活的权力,而是让事物本身发言。这样,一种存在的出现就不是我们所熟悉的那种由小变大、由弱变强,最后获得一种稳定的形态,而是"整装"地出现,结构性地出现。那种先验的组织故事的方法与范式说到底还是为通过故事这个器皿与工具,说明一个事先存在的什么道理。因此,从这个意义上说,杨争光的"事件"不是成长于故事之中的,它是早已如此的生存完形,不需要主观升级与引诱就能够得到兑现。正因为这样,阅读杨争光的小说,往往给我以如履薄冰的感觉,生存显得无常而又自然,不可测度但又源远流长。譬如《赌徒》中,脚夫骆驼一心想着女人甘草,而甘草的心思则追慕于八墩,八墩最大的愿望是要赌赢一回——最终却输在琐阳手中。这几个人物有一种十分可怕的固执,如果稍微退让一步肯定会活得更好,这在旁观者看来是十分明了的事——但是,他们肯定有更为内在的"理由"支持他们必须如此,生存在这里变为十分具体的悖论。人活着就是一个念头,不管这个念头是多么荒谬、多么不堪一击,但对当事者来说却无法更改、无法控制,仿佛具有难以摆脱的魔性。这就是生活,几个原本可能毫不相干的人由于一些貌似松散实则紧凑的联系被牢牢拴在一起,形成一个十分奇怪又十分自然的链条,结果就在这个链条上吊死。在这里,所谓"赌徒"是泛指,每个人都可能是他自个的赌徒,他以自己为赌注,想赢回自己,最终却输得一塌糊涂。人,也许是唯一有赌性的动物。面对这种普遍的事实,你尽可以说这很无常,这很脆弱,这非常可怕,但真正置于其中者却意志坚定,百死不悔,谁又能说这不是向自己的命运挑战呢? 他们为自己设下残局,自己又成为残局中的某个棋子,成为被摆布的内容。一辈子想赢一回的念头没有错,一辈子追求某个女人或男人的念头没有错,但他们放在一起,形成难舍难分的关系,却让人感到荒谬。赌性肯定是人性的一部分,赌性也肯定是主观能动性的一种,赌性中有一种变质的因素,赌性仅仅与必然性失之交臂才落得如此骂名——但必然性又是什么呢? 必然性不是事成之后才得以"确证"的吗? 这种自动的事实又有什么意义呢?

读了杨争光的小说,我觉得他对农民所知甚深。我不知道我这种感觉是怎么形成的,因为从表面看,杨争光的小说人物倒是少有那种我们通常熟悉的农民类型:故事既不是发生在田野里,主角也少有面朝黄土背朝天的耕夫。相反,他所描写的人物和生活倒往往是农业社会的边际部分:故事中出现的景物不是匪窝、荒野,就是小镇——而且特别强调小镇四周是漫无边际的戈壁,是寸草不生的地方。这些小镇与其说是农业生活的中心,倒不如说是驿站,是一些乌七八糟的人混迹讨生的地方。"农民"这个类型很有意思,严格地说所谓城市人、商人、工人、革命家、流氓无产者、土匪都与农民有很深的渊源关系,都是从这个根上分蘖出来的枝条,都是它的变种或过渡形态,因此这众多的类型都带有某种暂时性或表象色彩。许多人不管进入怎样的社会分工的外部包装,骨子里还是个农民;许多人脱离农民身份已久,自以为已脱胎换骨,但临到老了又不知不觉地开始"返祖";许多人把自己身上的农民血液当成生平最大的敌手,搏斗了一辈子,但在关键时刻仍求助于农民式东西逢凶化吉。农民,这个众说纷纭的强态类型,几乎生长着各种主义和思潮,成了某种灵魂的归宿和理想的家园,成了一种价值观念或生存方式,成了从各种角度和方向被反复使用的象征。夸张地说,中国文学、中国小说如果没有在农民这个类型上取得成功,就应当认为是一种致命的不足。

杨争光的小说尽管很少直接地正面触及农民群体和农民生活,但那种氛围、那种人物秉性和思情流动却是浸透着他对农民的思考。在这里,局部的或具体的描写对象并不重要——譬如刘震云,他写农民、写市民、写领导层、职员或机关生活,但不管写什么,都能够直接或曲折地传达出他对农民感悟与思考——杨争光的小说人物可以是土匪,是赌徒,或者是商人或脚夫,但他们都被处置在一个大的背景下,过着貌似各异但却共通的生活。譬如还是那个《黑风景》的开头,老实巴交、貌不惊人的"看瓜人"竟突然火起,把乱砸西瓜的土匪打死。表面上这似乎超出农民行为能力的极限,但实际上正是农民思维的结果,是情理之中的事,他不能不这样,他疲软的血性在他所思所想的合理范围,而一旦超出了这个范围,让他实在想不通,你碰到的就不再是头蔫牛,而是咆哮的狮子。同样是这个厉害的"看瓜人",在以后的表现中又有点逆来顺受的样子,表面看来不符合性格逻辑,但实实在在是他按自己一如惯常的思维方式行事,倒真不是怕了什么。再比如《赌徒》中的那个窝囊脚夫骆驼,你说他死乞白赖自讨苦吃,其实又有点悲壮的意思,你说他固执,他又好像把一切想得很透。你没法再要求他什么,你不能要求他,他是个"农民",他按自己的方式行事,过自己的生活。还有那个棺材铺的老板,聪明中透着一种愚蠢,被自己设计出的结果所打倒,仿佛一切都不受控制,人只是过程展开的发动者,一切变得出乎意料。杨争光对农民的思考,不是在优越与局限的两极中打转转,而是一种对血性的感悟,是从那些看似不像农民的反常举动中感受和发现农民的全部可能与承受,从而揭示农民的心灵世界。与此相适应,他选择的题材与人物身份也恰好带有一种边缘性与过渡性,是一种逆向的求证和说明。

　　杨争光的小说有一种"舞台效果"。人物不多,故事也不曲折,"道具"也相当简单,背景很干净,几下就弄出一条街景、一座小镇,配角少而精,很有代表性地选择那么几个。但是,效果很好,故事既清楚又热闹,情节出人意料而又异常完整。杨争光的小说有一种"完成性",荒原突起的一座小镇,小镇边缘明确,设施齐全,人物立刻就像在自己家中那样开始活动,绝没有片刻的迟疑或不适,没有那种人物出场时的"拖延"与强调。有时人物也需要外出几天,背景随之虚了起来,就像一种消失,就像离家出远门时的杳无定踪,在这时我们需要等待,需要倾听布满风尘的敲门声,而不是鬼鬼祟祟地尾随其后。当然,也有落下帷幕的时候,这时,人去屋空,月淡星稀,只有布满痕迹的道具作静哑状。

　　杨争光优美的叙述,常常勾起我一种幻觉,总觉得在某个失去联系的地方曾经有过那么一处人烟,那么一群人物,遥遥无期、与世隔绝而又让人日思夜想。这种距离感,这种完整性,这种审美过程中明确的"进"与"出",这种团块式的中心结构和一波三折的场次特点,的确像是为我们提供了一个身处闹市但却闹中取静的封闭舞台,就像某个山沟藏着一处村落,或者戈壁突然出现一块绿洲。

杨争光的小说是西部的,尽管他可能从没有想过要写什么西部小说,但人物、语言、思维与叙述都是西部的,心机与笨拙也是西部的——更重要的是,作为一个西部人,作为一个西部读者,读他的小说我有一种积藏已久、呼之欲出的很熟悉的感觉,譬如那些缺乏联系的封闭的小镇,那种残破、陈旧、蛮野和富于力度的氛围;譬如人物的寡言少语和独白式、自言自语以及念念叨叨的重复,与这种语境相同步的是黏重迟滞和相当顽固的心理活动;譬如奇奇怪怪但又普普通通的个性呈现,以及人物行为的突发性、举止失常和表面的心如止水;譬如空气、植物、人名、气味、风土和街道的扬尘与石子……所有这些都与杨争光特有的叙述口吻非常合拍,弥漫出一股漫不经心但又惊心动魄的西部味道。杨争光写西部,不是流连于皮毛,流连于所谓人所共识的"西部特色",而是力图从司空见惯的景物中达到与西部的神交,因而阅读杨争光的小说,就时常会有这样的效果:他直接提供于人的西部供词甚少,他倾向于在无为的状态中找到与西部的交流孔道——这是一个可以感受的世界,这是一个剔除了"西部模式"诸多条款的世界,所有可能勾起人们猎奇心理的哗众取宠与精巧卖弄都被摈弃了。他还原给西部以质朴健康的审美精神和生活情调,他克服了那种因急于倾诉而走上矫情与夸张的审美流毒,使得我们的阅读接受得自然起来。

（原载《文艺评论》1992 年第 4 期）

汪曾祺的意义

黄子平

一、"现代抒情小说"

1980年夏秋,花甲老人汪曾祺重新提笔写小说。先写了《异秉》,是将三十二年前的旧稿(早已遗失),重写了出来。接着写了《受戒》。这一篇,据汪先生说,写之前跟一些朋友谈过,"他们感到很奇怪:你为什么要写这个作品?写它有什么意义?再说到哪里去发表呢?"[①]如今,淡忘了当年的文学"语境"的人,也许会对这"奇怪"感到奇怪:这就叫浩劫之后的"心有余悸"吗?

事实上,《异秉》被江南的一家杂志拿去,压了好长时间,几经周折才发表,后来也并未引起太多的人注意。至于《受戒》,因比《异秉》早发表于京城,则较引人注目。汪先生说:"最初写时我没打算发表,当时发表这种小说的可能性也不太大。要不是《北京文学》的李清泉同志,根本不可能发表。在一个谈思想创作问题的会上,有人知道我写了这样一篇小说,是把它作为一种文艺动态来汇报的。"[②]人们毕

---

① 《美学感情的需要和社会效果》,《晚翠文谈》(以下引自本书只注明页码),浙江文艺出版社 1988 年版,第 24 页。

② 《小说创作随谈》,第 51 页。

竟是敏感的。无论喜欢还是不喜欢，他们都意识到了：汪曾祺小说在当时文坛的出现具有显而易见的"异质性"——当然，直至今天，这种"异质性"也未得到很好的阐明，更谈不到从文学史的角度去探讨其意义了。

　　当时的文学创作，可以大致分析出两大潮流：一是"伤痕文学"和初见端倪的"反思文学"，是感伤的、愤怒的、政治化和道德化的、英雄主义的和悲剧色彩的，是以上种种情调的粗糙混合物。一是受了点刚刚介绍过来的卡夫卡、萨特的影响，面对荒谬的世界探讨"生存"本身的充满了困惑和不安的尝试之作。前者依据的是50年代理想主义的价值体系，试图恢复所谓"十七年"的"革命现实主义传统"；后者直接与两次大战后的西欧文学认同，凭借大劫难中的共同体验表达青春的抗议。突然，出来了一篇充满了内在欢乐的《受戒》，而且这欢乐是"四十三年前的旧梦"，是逝去的"旧社会也不是没有的欢乐"。[①] 小说撇开了几十年统帅一切的政治生活的纠缠，用水洗过了一般清新质朴的语言叙写单纯无邪的青春和古趣盎然的民俗。悲愤哀伤惶惑、"愁云密布"的文学天空中蓦地出现了一抹"亮色"，却不是主张"走出伤痕"（其实是"粉饰伤痕"）的批评家们所希望的那种"亮色"，从探讨"生存"困惑的新进作家眼中看来，对生活的这种诗意化肯定也是不可接受的。"姥姥不疼，舅舅不爱"。谈到自己的作品时，汪曾祺某次引述了这句北京俗语。

　　他清醒地意识到其作品存有一个是否"合时宜"的问题。在当时，如下的解释绝不是多余的，而且也是真诚的："我们当然是需要有战斗性的，描写具有丰富的人性的现代英雄的，深刻而尖锐地揭示社会的病痛并引起疗救的注意的悲壮，宏伟的作品。悲剧总要比喜剧更高一些。我的作品不是，也不可能成为主流。"[②]富有讽刺意味的是，作家本人和他的批评者，都没有预见到数年后的"文化热"、"寻根文学"和李陀所说的"意象的激流"的出现。数年后，年轻的、激烈反传统的批评家著文指责汪的小说是"怀恋传统文化"的始作俑者。汪先生说："我看后哑然。"[③]这可以说都是始料不及的事情。

　　熟悉新文学史的人却注意到了一条中断已久的"史的线索"的接续。这便是从

---

① 《关于〈受戒〉》，第3页。

② 《关于〈受戒〉》，第5页。

③ 《桥边小说三篇·后记》，第119页。

鲁迅的《故乡》、《社戏》,废名的《竹林的故事》,沈从文的《边城》,萧红的《呼兰河传》,师陀的《果园城记》等等作品延续下来的"现代抒情小说"的线索。[①] "现代抒情小说"以童年回忆为视角,着意挖掘乡土平民生活中的"人情美",却又将"国民性批判"和"重铸民族品德"一类大题目蕴藏在民风民俗的艺术表现之中,借民生百态的精细刻画寄托深沉的人生况味。在"阶级斗争为纲"愈演愈烈的年代里,这一路小说自然趋于式微,销声匿迹。《受戒》、《异秉》的发表,犹如地泉之涌出,使鲁迅开辟的现代小说的多种源流(写实、讽刺、抒情)之一脉,得以赓续。

事实上,据汪先生自己说,写《受戒》之前几个月,因为沈从文先生要编小说集,他又一次比较集中,比较系统地读了他的老师的小说。"我认为,他的小说,他的小说里的人物,特别是他笔下的那些农村的少女,三三,夭夭,翠翠,是推动我产生小英子这样一个形象的一种很潜在的因素。这一点,是我后来才意识到的。在写作过程中,一点也没有察觉。大概是有关系的。我是沈先生的学生。我曾问过自己:这篇小说像什么? 我觉得,有点像《边城》。"[②]

但是,"现代抒情小说"这一条"文学史线索"只说明了汪曾祺复出的一方面意义,其乡土的、抒情的特征,可能遮掩了不易为人察觉的另一面。

二、40 年代 · 80 年代

前边讲到,80 年代初的文学中大致可以分析出两大潮流。"伤痕—反思文学"试图承继"十七年"的"革命现实主义"传统,骨子里却弥漫着与"五四"时期相似的感伤情绪和浪漫憧憬。"生存文学"则直接从域外汲取灵感和整理浩劫体验的技巧和模式。汪曾祺的旧稿重写和旧梦重温,却把一个久被冷落的传统——40 年代的新文学传统带到"新时期文学"的面前。

不妨先看看 80 年代初发生的另一件颇重要的事情:《九叶集》的出版。40 年

---

① 参见黄子平的《论中国当代短篇小说的艺术发展》,《文学评论》1984 年第 5 期;凌宇:《中国现代抒情小说的发展轨迹及其人生内容的审美选择》,《中国现代文学研究丛刊》1983 年第 2 期。

② 《关于〈受戒〉》,第 4 页。

代九个较年轻的诗人的作品的选集,三十多年后重新刊印问世,立即使治文学史的人们对当年诗歌状况的理解产生重大调整。九诗人与汪曾祺年龄相当,其中的数位亦正求学于昆明的西南联大。其时,年轻的英国现代诗人兼评论家威廉·燕卜荪(William Empson)正在这个大学任教,将叶芝、艾略特和奥登的诗介绍给了他们。"九叶"之一袁可嘉后来总结说:"中国 30 年代的新诗运动经过前辈诗人戴望舒、卞之琳、艾青、冯至等的努力,已在借鉴西方现代诗艺方面开辟出一条道路。他们结合着实际生活(国家的和个人的)和民族传统(古典的和新诗本身的),又融合西方现代诗艺,正日益丰富着'五四'以来的新诗。当穆旦和一批青年诗人,在 30 年代末 40 年代初在昆明西南联大开始创作的时候,他们既受到前辈诗人们的影响,又受到西方现代派诗人里尔克、叶芝、艾略特和奥登等人的熏陶",遂形成了推进新诗"现代化"的 40 年代的"新诗潮"。[①] 40 年代的青年诗人所接受的外来影响显然与"五四"时期的郭沫若们有很大的不同——郭沫若们从 19 世纪的浪漫主义文学中汲取营养,"九叶"诗派却与本世纪的"反浪漫"的现代主义文学相通。与时下许多人仍从浪漫主义的角度去理解现代派的想法正相反,叶芝、艾略特的骨子里却对古典主义一往情深。正是在这样的世界文学背景下,40 年代新文学(不光是诗)全面走向成熟。成熟的标志是:"五四"以来激烈对立冲突的那些文化因子,外来的与民族的,现代的与传统的,社会的与个人的,似乎都正找到了走向"化"或"通"的途径。明白这一点,或许有助于理解何以像沈从文或汪曾祺式的"古典式"的乡土抒情小说却具有现代意味,何以穆旦等一批诗人的创作在海内外越来越引起重视。

　　"九叶"诗人之一唐湜回忆说:"1947 年秋,一次我去上海致远中学找汪曾祺,当时我读了曾祺的许多剪报与手稿,想给他写篇像样的评论;可他拿出一本《穆旦诗集》,在东北印得很粗糙的,说:'你先读读这本诗集,先给穆旦写一篇吧,诗人是寂寞的:千古如斯!'我这才细细读了这厚厚的一本诗集,感到是这么阔大、丰富、雄健、有力,有我从来没有读到的陌生感或新鲜感。"[②]其实穆旦诗作的沉雄、凝重、生

①　袁可嘉:《诗人穆旦的位置》,《一个民族已经起来》,江苏人民出版社 1987 年版,第 16 页。
②　唐湜:《忆诗人穆旦》,《一个民族已经起来》,第 154 页。

涩、自我搏斗的风格,与汪曾祺后来的作品风格相去甚远。但当时汪曾祺也写诗,并试图"打破小说、散文和诗的界限"①,与穆旦们有文心诗心的相通之处,是毫无疑问的。

人们果然也就读到了汪曾祺写于40年代的那些小说。比如《复仇》:

> 太阳晒着港口,把盐味敷到坞边的杨树的叶片上。海是绿的,腥的。
>
> 一只不知名的大果子,有头颅那样大,正在腐烂。
>
> 贝壳在沙粒里逐渐变成石灰。
>
> 浪花的白沫上飞着一只鸟,仅仅一只。太阳落下去了。
>
> 黄昏的光映在多少人的额头上,在他们的额头涂上了一半金。
>
> 多少人逼向三角洲的尖端。又转身,分散。
>
> 人看远处如烟。自在烟里,看帆篷远去。
>
> 来了一船瓜,一船颜色和欲望。
>
> 一船是石头,比赛着棱角。也许——
>
> 一船鸟,一船百合花。
>
> 深巷卖杏花。骆驼。
>
> 骆驼的铃声在柳烟中摇荡。鸭子叫,一只通红的蜻蜓。
>
> 惨绿色的雨前的磷火。
>
> 一城灯!

这是"意识流",闪过了背剑的旅行人一生中的"各色的夜"。现代的"意识流"小说,流的却是某种很古很古的东西——一种天涯漂泊感,你能分得出它是属于传统,还是属于现代? 汪曾祺谈到过他颇受影响的两篇中国人写的"意识流小说":"中国第一个有意识地运用意识流方法,作品很像弗·伍尔芙的女作家林徽因(福州人),她写的《窗子以外》、《九十九度中》,所用的语言是很漂亮的道地的京片子。

---

① 《汪曾祺短篇小说选·自序》,第15页。

这样的作品带洋味儿,可是一看就是中国人写的。"①80 年代初再读《复仇》这样的小说是令人惊喜莫名的,须知当时的批评界还在为王蒙的小说是不是"意识流","意识流"洋人用得我们用得用不得而争论不休哩。人们还读到了《老鲁》、《落魄》和《鸡鸭名家》。正如《九叶集》的出版改写了"新诗史"那样,一个三十多年前就崭露才华的青年小说家被重新认识了。

三十多年来,中国当代文学走着曲折坎坷的路,其中的一大教训是它拒绝了40 年代除延安文艺以外的新文学遗产。郭沫若机灵地转去写《防治棉蚜歌》和旧体诗词;茅盾撇下众多未完成的长篇小说去搞行政;巴金到了晚年才在《随想录》中大彻大悟;老舍的《茶馆》若不是因了导演焦菊隐的卓见就会写成配合人民代表选举的宣传品;曹禺再也未能贡献一部与《雷雨》、《日出》、《北京人》、《原野》水平相当的剧作;沈从文转业成了文物专家;冤案断送了胡风作为杰出的文学批评家理论家的生涯。还可以数出好些名字:艾青、何其芳、张天翼、吴组缃、卞之琳、冯至、艾芜……有人说,损失最大的还不是这些在二三十年代就已经成名的作家,毕竟,他们已经写出了他们当年可能写出的最好的作品。最令人叹惋的是 40 年代末才二十来岁的那批大有希望的青年诗人和作家,刚刚开花,还来不及结果就枯萎了,比如说,穆旦和路翎等人。这种说法,前半过于绝对,后半却不无道理。

汪曾祺将他近几年谈论文学的文字编成个集子,取书名曰《晚翠文谈》,用的是《千字文》里的典,"枇杷晚翠"。他说,枇杷是常绿的灌木,叶片经冬不落,愈是雨余雪后,愈是绿得惊人;再就是花期极长,头年冬天就开始着花,"你就等吧,要到端午节前它才成熟,变成一串一串淡黄色的圆球。枇杷呀,你结这么点果子,可真是费劲呀!"这"典"当然有点夫子自道的意思:"我自二十岁起,开始弄文学,蹉跎断续,四十余年,而发表东西比较多,则在六十岁以后,真也够'费劲'的。呜呼,可谓晚矣。晚则晚矣,翠则未必。"②尽管汪曾祺说他"并没有多少迟暮之思","没有对失去的时间感到痛惜",倘若超出个人的角度,着眼于文学史,则这"费劲"的感慨和自嘲就深而且广了。

---

① 《我是一个中国人》,第 41 页。
② 《晚翠文谈·序》,第 2 页。

　　汪曾祺是40年代新文学成熟期崛起的青年小说家在80年代的少数幸存者之一。历史好像有意要保藏他那份小说创作的才华,免遭多年来"写中心"、"赶任务"的污染,有意为80年代的小说界"储备"了一支由40年代文学传统培育出来的笔。显而易见的事实是,并非每一个活到了80年代的人都能将多年前的花结成果。"晚"而能够"翠",必有些特殊的原因吧?

三、复苏与中介

　　汪曾祺说:"我赶上了好时候。"

　　"三十多年来,我和文学保持一个若即若离的关系,有时甚至完全隔绝,这也有好处。我可以比较贴近地观察生活,又从一个较远的距离外思索生活。我当时没有想写东西,不需要赶任务,虽然也受错误路线的制约,但总还是比较自在,比较轻松的。我当然也会受到占统治地位的带有庸俗社会学色彩的文艺思想的左右,但是并不'应时当令',较易摆脱,可以少走一些痛苦的弯路。文艺思想一解放,我年轻时读过的,受过影响的,解放后被别人也被我自己批判的一些中外作品在我心里复苏了。"①这话说的是实情,也确实是汪曾祺的幸运之处。漫画家廖冰兄曾画过瓮中人于瓮碎之后仍作瓮状而立,见之令人苦笑,汪曾祺却"较易摆脱",一旦断而后续,其小说创作立即如"晚饭花"一般赫然开成一片。前边讲到过,这幸运具有超出个人的、文学史的意义。

　　令人感兴趣的是在他的心里"复苏"了的是哪些中外作品。与那些只是重刊旧作的老作家不同,汪曾祺是80年代相当活跃且影响颇大的仍在创作的小说家,他所承受的文学传统经由他的创作为中介,带进了"新时期文学"。所以弄清楚这些还"活"在80年代小说创作中的文学传统,就不是毫无意义的了。这些"复苏"的文学作品,我们现在知道,古人有庄子、归有光、桐城派和一些"杂书";洋人有契诃夫、阿左林、纪德、弗·伍尔芙;近人有鲁迅、废名、沈从文。这些名字的集合乍看有点

---

　　① 《晚翠文谈·序》,第4页。

古怪,其实并非毫无相通相同之处,毋宁说其相关性是很明显的,它们显现了"中国现代抒情小说"在一个作家身上体现出来的古今中外的某些渊源。我曾在别处谈到,作为"印象主义"小说家和剧作家的契诃夫,在贯通中外古今文学传统时所起的重要"中介"作用。① 一个少年时熟读《先妣事略》、《项脊轩志》、《寒花葬志》的人,欣赏归有光"以清淡文笔写平常人事"的手法,当他读到契诃夫时将感觉如何呢?汪曾祺的一个颇新鲜的说法回答了我以前模糊的揣测:"我觉得归有光是和现代创作方法最能相通,最有现代味儿的一个中国古代作家。我认为他的观察生活和表现生活的方法很有点像契诃夫。我曾说归有光是中国的契诃夫,并非怪论。"② 显然,这种已经"归有光化"了的契诃夫传统或已经"废名化"、"林徽因化"了的伍尔芙传统,是较易被后起的作家们接受的。

所谓"复苏"也只是相对而言,传统不可能原原本本地"保鲜"然后"解冻",只能被 80 年代的当代人"重构"。就汪曾祺自己而言,那些中外作品的影响,如今也都已消融在自己的风格中去了:"我现在岁数大了,已经无意于使自己的作品像谁,也无意于使自己的作品不像谁了。别人是怎样写的,我已经模糊了,我只知道自己这样写法,只会这样写了。我觉得怎样写合适,就怎样写。"③ 时间从记忆和遗忘两方面帮助了作家,前者使 40 年代接受的文化遗产重新进入了 80 年代的创作系统,后者使这些遗产以"酿制"过的浑成的而不是生涩的形态进入这一系统。菌子已经没有了,但是菌子的气味留在空气里。现代与传统的虚假对立在这团搓揉了近四十年的面里已经消弭了。当新进作家笨拙地从头学习"意识流"或"笔记小说"时,汪曾祺的小说令人惊喜地提供了可作参考的由"生"至"熟"的一条路径,而且,他带你由这条路径去重新认识了沈从文、废名和鲁迅,重新认识了那些古人和洋人。尽管,汪曾祺说"你要认老师,还得先见见太老师"④,取法乎上,得乎其中;但是,成功的学生的榜样毕竟比老师或太老师更易亲近。

现代派的意识、技巧,40 年代新文学成熟期的经验,怎样有机地组合在渗透在

① 黄子平:《笔记人间》,《当代作家评论》1987 年第 5 期。

② 《晚翠文谈·序》,第 4 页。

③ 《谈风格》,第 102 页。

④ 《谈风格》,第 105 页。

一个 80 年代中国人对乡土文化的审美表现之中？这正是身处日趋激烈的东西方文化碰撞中上下求索的一部分新进作家深感兴趣的事情。汪曾祺的小说遂成为 80 年代中国文学——主要是所谓"寻根文学"——与 40 年代新文学、与现代派文学的一个"中介"。不必夸大这一点，却也无法忽视它。

四、语言和态度

从风格、文体、叙述语言等方面来讨论这一"中介"作用自然是对路的。汪曾祺本人极重视这些方面，他的小说成为许多从事"文本批评"的朋友的好材料。但在汪先生本人看来："小说作者的语言是他的人格的一部分。语言体现小说作者对生活的基本的态度。"①文本连着人本。限于篇幅，我想直截了当地切入"态度"这一层面来讨论问题。由他承继的文学传统和汲取的外来营养，汪曾祺的叙述风格给 80 年代中国文学提供了何种"对生活的基本的态度"？从分析小说入手是另一篇文章的任务，从我现在的角度（文学史的角度），我对汪曾祺的两类文字感兴趣：一是由他所强调的他的老师沈从文的当代意义；一是他对年轻作家阿城和何立伟所作的评论。

有关沈从文的文章有好些篇，值得注意的要数《沈从文的寂寞》："沈先生的重造民族品德的思想，不知道为什么，多年来不被理解。'我作品能够在市场上流行，实际上近乎买椟还珠，你们能欣赏我故事的清新，照例那作品背后蕴藏的热情也忽略了，你们能欣赏我文字的朴实，照例那作品背后隐伏的悲痛也忽略了。''寄意寒星荃不察'，沈先生不能不感到寂寞。"②那么什么是沈先生所希望重造的民族品德呢？汪曾祺大段引述了《从文习作选·代序》里的话，相信在"另外一时"，人们将"从一个乡下人的作品中，发现一种燃烧的感情，对于人类智慧与美丽的永远的倾心，康健诚实的赞颂，以及对愚蠢自私极端憎恶的感情"。汪曾祺发问道："莫非这

---

① 《关于小说语言（札记）》，第 82 页。
② 《沈从文的寂寞》，第 161 页。

'另外一时'已经到了吗?"①这或许是满怀希望的发问,这正可以解释他读到阿城和何立伟的小说时的那种欣喜的心情。

惯于用哲学史的大范畴来硬套当代文学作品的人,或许以为汪曾祺会往"道家思想"方面与阿城认同。出乎意料之外,汪先生说:"我不希望把阿城和道家纠在一起","我不希望阿城一头扎进道家里出不来"。就凭棋呆子王一生的那副吃相,恐也与道家风范相去甚远。汪曾祺欣赏的恰恰是阿城写了"吃"和"下棋"。"正面写吃。我以为是阿城对生活的极其现实的态度。"汪先生自己的小说也极注意写"吃",把吃看作人的基本生存方式,在《卖蚯蚓的人》里有极醒豁的表露。"下棋"则体现了另一层次的生存价值,自我实现的需要。人是需要这么一点精神的。汪曾祺笔下的许多人物,也正体现了这种日常劳作中的"真人生"。他赞赏阿城这一代"知青"在底层得来的领悟:"老老实实地面对人生,在中国诚实地生活。"②

对何立伟,则是从他与废名的异同来立论的。何立伟"像一个坐在发紫发黑的小竹凳上看风景的人,虽然在他的心上流过很多东西"。他写一种封闭的古铜色的生活,溢着栀子花一样的哀愁,这哀愁与废名相似,出于对生存于古朴世界的人的关心。但汪曾祺欣喜于他的不停留在哀愁里,终于表现了忧愤,在手法上也突破了"绝句"式而接近了"五古",认为何立伟走过的这条道路和自己"有点像"。③

汪曾祺对前辈后生的阐释其实也阐释了自身。集中在两点上:一是热爱生活,在任何逆境中也不丧失对生活带有抒情意味的情趣;一是要在事业、职业、日常劳作中追求一种人生境界。可以说并无多少深刻或高超之处,简单得近乎老生常谈。但是,在每一个"价值失落"因而急需"价值重建"的年代,人们总是先回到最简朴最老实的价值基线上。有一些基本需要决定了一些基本价值,比如前面提到的"吃"。蔑视老百姓的基本生理需求带来的恶果至今仍在困扰国人。还有一些建立在安全、人际交流等需要上的价值,如勇气、谨慎、忠诚等。最后是建立在自我实现的需要上的价值,如信仰、理想等。我们的时代绝非价值的缺乏,价值的内容和结构有所变易,但其基线不会消失,也很难设想文学创作会往"价值真空"中进行。我们的

---

① 《沈从文的寂寞》,第161页。

② 《人之所以为人》,第189—194页。

③ 《从哀愁到沉郁》,第195—202页。

时代是价值系统的冲突混乱。在这旷日持久的混乱中,一批"知青"作家回到了最简朴的价值基线上思考"真人生",因而与 20 世纪中国文学中一些先辈的思考不谋而合。只停留在这条基线上是危险的,但取消一切基线的态度不可能被他们接受。你会说,用审美主义或抒情的人道主义来维持中国知识分子的独立人格和生活勇气,是软弱无力的,正如一些自恃掌握了"铁的必然性"并自认"残酷"的批评家一再申说的那样。然而我们将继续在混乱中细心比较各种"态度"。比较的责任是沉重的。但必须先有"态度"。

我愿意这样来理解汪曾祺的意义。

1988 年 10 月于海淀蔚秀园

(原载《作品与争鸣》1989 年第 5 期)

废墟上的精魂

——《白鹿原》论

雷 达

一

我从未像读《白鹿原》这样强烈地体验到,静与动、稳与乱、空间与时间这些截然对立的因素被浑然地扭结在一起所形成的巨大而奇异的魅力。古老的白鹿原静静地伫立在关中大地上,它已伫立了数千载,我仿佛一个游子在夕阳下来到它的身旁眺望,除了炊烟袅袅,犬吠几声,周遭一片安详。夏雨,冬雪,春种,秋收,传宗接代,敬天祭祖,宗祠里缭绕着仁义的香火,村巷里弥漫着古朴的乡风,这情调多么像吱呀呀缓缓转动的水磨,沉重而且悠久。可是,突然间,一只掀天揭地的手乐队指挥似的奋力一挥,这块土地上所有的生灵就全都动了起来,呼号、挣扎、冲突、碰撞、交叉、起落,诉不尽的恩恩怨怨、死死生生,整个白鹿原有如一鼎沸锅。在从清末民元到建国之初的半个世纪里,一阵阵飓风掠过了白鹿原的上空,而每一次的变动,都震荡着它的内在结构:打乱了再恢复,恢复了再打乱。在这里,人物的命运是纵线,百回千转,社会历史的演进是横面,愈拓愈宽,传统文化的兴衰则是精神主体,大厦将倾,于是,人、社会历史、文化精神三者之间相互激荡,相互作用,共同推进了作品的时空,我们眼前便铺开了一轴恢宏的、动态的、纵深感很强的关于我们民族灵魂的现实主义的画卷。

　　我也很少看到当代作品中像《白鹿原》这样,把人在历史生活中的偶然与必然的复杂微妙关系,揭示到了如此出神入化的境界。那种常见的,作者受某种观念驱使,又让人物去体现这种观念的"手"放松了,一任隐蔽的规律性在作品中自由前行。近五十年岁月,在白鹿原这块土地上,盛衰兴替,人事沧桑,变动不可谓不剧烈,但是,你将奇妙地感到,一旦舍弃了表层变动,后面是一个深邃的海:几乎每个人的生死祸福,升降沉浮,都是难以预料的,出人意表的,却又是不可逆转的,合情合理的。书读到一半的时候,没有人能像读有些作品那样,预知主要人物的命运归宿。好像有种不可见的"道"主宰着一切,又好像高踞云端的上苍默默注视着人群,每个人都恪守着自己的性格逻辑行动,每个人都被自身的利欲情欲驱遣,他们争夺着,抵消着,交错着,平衡着不断地走错房间,最终谁也难以完全达到预想的目标,谁也跳不出辩证法的掌心,大家仿佛都成了命运的玩物、天道的工具,共同服从于一种不可抗拒的强大的必然。这可真是令人惊讶的真实,它既不同于非理性的、不可知的历史神秘主义,也不同于把人当作"历史本质"的理念显现符号的先验决定论。

　　在阅读《白鹿原》的整个过程中我强烈感到,原先的陈忠实不见了,一个陌生的大智若愚的陈忠实站到了面前。他在什么时候悟了"道",得了"理",暗暗参透了物换星移、鱼龙变化的奥秘? 在陕西灞桥镇闭门谢客,著书五载的陈忠实只是朴素地说:"当我第一次系统审视近一个世纪以来这块土地上发生的一系列重大事件时,又促进了起初的那种思索,进一步深化而且渐入理想境界,甚至连'反右'、'文革'都不觉得是某一个人的偶然判断的失误或是失误的举措了。所有悲剧的发生都不是偶然的,都是这个民族从衰败走向复兴复壮过程中的必然。这是一个生活演变的过程,也是历史演进的过程。"[①]同样的话,别人也说得出,但理性的感知与饱和着生活血肉的感悟是大不一样的。对于创作出"白鹿原"整体意象的陈忠实来说,这是了不起的觉醒和发现。陈忠实的全部努力,就在于揭去覆盖在历史生活上的层层观念障蔽,回到事物本身去,揭示存在于本体中的那个隐蔽的"必然"。

————————————

　　①　转引自《陈忠实答李星问》,《小说评论》1993 年第 3 期。

由于廓清了某些观念的迷雾，浮现出生活的本相，尽管《白鹿原》的取材、年代、事件已被许多人写过，《白鹿原》依然呈现出全新的面貌，给人以刮垢磨光后的惊喜：惊喜于那么多本在的人物、心理、文化形态何以到了今天才被发掘出来。

《白鹿原》是一个整体性的世界，自足的世界，饱满丰富的世界，更是一个观照我们民族灵魂的世界。说它是民族灵魂的一面镜子，并不过分。对一部长篇小说而言，它是否具有全景性、史诗性，并不在于它展现的外在场景有多大，时间跨度有多长，牵涉的头绪有多广，主要还在于它本身是否是一个浓缩了的庞大生命，是否隐括了生活的内在节奏，它的血脉、筋络、骨骼以至整个肌体，是否具有一种强力和辐射力。《白鹿原》正是以这样凝重、浑厚的风范跻身于我国当代杰出的长篇小说的行列。

二

若仅就聚拢生活的手段、概括生活的基本方式而言，《白鹿原》并无多少标新立异之处，它不可能逃出许多经典的现实主义作品已经提供的范式。白鹿原是一片地域，黄土高原上一块聚族而居的坡塬，散落着几个村庄。最大的白鹿村由白、鹿两姓组成，形成一个大宗族，一个典型的基层文化单元，一个血缘共同体组成的初级社会群体，"它具有初级性和稳定性，外延可以很方便地伸向广大社会，内涵可以是广大社会的缩影"。于是，《白鹿原》采用了"通过一个初级社会群体来映现整个社会"①的方法。事实上，《红楼梦》、《静静的顿河》、《喧哗与骚动》、《百年孤独》从大的结构框架来说，莫如此。我国当代长篇小说中，《太阳照在桑干河上》、《暴风骤雨》、《创业史》、《艳阳天》、《芙蓉镇》、《古船》等，也概莫能外。

然而，方式终究只是方式，问题在于你究竟翻新了什么，注入了什么，有多少独特的、重要的发现，概括了多少新的社会历史内容和民族文化底蕴。我们不妨拿《白鹿原》与《艳阳天》略作比较——两作的时代背景和主旨不同，但也不是绝对不

---

① 薛迪之：《评〈白鹿原〉的可读性》，《小说评论》1993 年第 4 期。

可比。两作相比,真有恍若隔世之感。按说,白鹿村与《艳阳天》里的东山坞,同是北方农村,同属一个文化源流,不是没有一脉相承之处的。可是,东山坞的一切生活形态,一切人物及其心理,都用阶级斗争的漏斗分解过了,尽管浩然在当时允许的范畴内还是表现了难得的才情,全书也不乏细节的生动与丰富和某些人物的活脱的生命,但观念化毕竟排挤和钳制着生活化,肖长春们,焦淑红们,马之悦们,马老四们的一言一动,一怒一笑,无不与阶级斗争和路线斗争挂钩,只有在"斗争"的间隙,才流露出少许自然的世俗感情和人间气,与《白鹿原》的写法相比,它不知遗漏了多少文化意蕴和精神空间啊。对于中国农民性格和灵魂的探索,以及养育他们的文化土壤和精神血缘的挖掘,它都淡化掉了,因而它只能是一部缺乏深厚的文化根基的作品。《白鹿原》写了"最后一个地主"白嘉轩,这个人与传统文化有千丝万缕的联系,甚至他本身就是传统文化的象征;《艳阳天》倒也写了个地主马小辫,这个人除了念念不忘破坏和变天,他那"心不死"的"心"里就没有更多的东西可言了。诚然,地主也是多种多样的,但它属观念的工具还是鲜活的生命,有无丰厚的文化内涵,还是不难判别的。直到今天,我仍然认为《艳阳天》对于它的时代而言不失为比较优秀的长篇,但它的构筑太多"左"的阶级斗争观念的廊柱,它在无情的时间的冲刷下东倒西歪也就不足为怪了。

同样,《白鹿原》与《芙蓉镇》也不是不可以略加比较。这两部作品的时代和主题不同,但概括方式近似,都是透过"小社会"的旋转变化来隐括大社会、大时代的变迁。《芙蓉镇》也在对历史进行深切反思,那反思集中在拨开"阶级斗争扩大化"(此系当时的提法)所布下的迷阵,寻踪辨迹,力求还历史和人物以本来面目。它的最大功绩在于恢复和坚持了"写真实"这一现实主义的要义,因而它对极"左"路线破坏下的中国农村现实的揭示是深刻的,它对三中全会的路线和政策的拥护也是由衷而热烈的,加以作者奇妙地把湖南山镇的风土人情与政治斗争的狂飙巨澜糅合起来,使作品焕发出久违了的艺术魅力。可是,冷静一想,作者的眼光终究局限在一个短时期内,他虽然扬弃了"左"的"阶级斗争理论",但没有也不可能摆脱狭义的政治本位视角。这当然是当时的思想解放的程度和风气所局限,但它不可能不影响作品去发掘更深邃更广大的真实,尤其是影响了作品的文化意蕴的深度。

那么《白鹿原》呢? 如果说,《芙蓉镇》的写法是对《艳阳天》的写法的一次否定

（哲学意义上的）和反拨，表现了现实主义发展的某些征兆的话，那么《白鹿原》又是对《芙蓉镇》的写法的一种提升和深化，同样传递着现实主义在当今中国文学中推进的最新信息。就在《芙蓉镇》发表后不久，我国思想界兴起了研究文化的热潮，文学界也掀起了一股"寻根热"，无论其创作实绩如何，这一思潮乃是思想解放运动的继续，它扩大了人们的眼界，把"文化"这一尘封多年的、更为广大的视角引入了思想界，大大扩充了人们审度生活的眼光和认识世界的图式，打破了固守着单一的政治视角的狭局。人们意识到，看取生活的眼光，总会受到媒介和角度的制约，认识活动终究还是主观世界的活动，怎样使这个主观世界更接近事物的本质，就需要多种视角的互补和矫正，这才有可能趋向本体的最大真实。这并没有取消政治视角、经济视角的意思，而是还须动用文化参照的眼光，学会把事物放到长时期中，追本溯源、寻根究底的本领。《白鹿原》并没有回避本世纪上半叶一系列重大的政治事件，如辛亥革命，国共合作，大革命，抗日战争，解放战争等都或直接或间接地涉及了，当然它的焦点始终聚结在白鹿原上的宗法制和礼俗化的农村，但是，在这里，无论是大革命的"风搅雪"，大饥荒大瘟疫的灾祸，国共两党的分与合，还是家族间的明争暗斗，维护礼教的决心，天理与人欲的对抗，以至每一次新生与死亡，包括许许多多人的死，都浸染着浓重的文化意味，都与中华文化的深刻渊源有关，都会勾起我们对本民族历史文化的深长思考。这也许就是《白鹿原》与《芙蓉镇》在把握生活、反思历史上的最明显的不同。《白鹿原》无疑具有更大的文化性、超越性、史诗性。虽然都在观照一个村庄，从《艳阳天》到《芙蓉镇》再到《白鹿原》，作家们的眼光发生了怎样深刻的历史性变化啊。

为了使《白鹿原》达到足够的心理深度和文化深度，作者切入历史生活的角度和倚重点也很值得注意。作者在卷首引用了巴尔扎克的一句话："小说被认为是一个民族的秘史。"不管巴尔扎克说这话的本意是什么，也不管它有无奥义，由这句话再证之以作品，可看出陈忠实独特的追求。秘史之"秘"，当指无形而隐藏很深的东西，那当然莫过于内心，因而秘史首先含有心灵史、灵魂史、精神生活史的意思。《白鹿原》的叙述风格确乎具有很强的心理动作性；它的笔墨也确乎不在外部情节的紧张而在内在精神的紧张。更重要的是对"民族秘史"的理解。那自然是相对于历史而言的。民族历史通常是指政治史、军事史、经济史和一般意义的文化史，那么陈忠实所理解的"民族秘史"是什么呢？简而言之,家族秘史。家族制度在我国根深蒂固,有如国家的基础,故有"家国一体"之说。重在写家族,也就深入到了宗法社会的细胞。但作者又不是一般地写家族秘史,他的写法带有浓重的"家谱性质",也就是说,他要力求揭示宗法农民文化最原始、最逼真的形态。在作者看来,白鹿原所在的关中地区乃多代封建王朝的基地,具有深潜的文化土层,而生成于这个土层的白、鹿两族的历史也就典型不过地积淀着我们民族的文化秘密。我们不会忘记,《白鹿原》以怎样精细曲折的笔墨描写了"天然尊长"借乡约、族规、续家谱来施展文化威力,甚至不吝篇幅把族规的原文都存留下来。《白鹿原》固然是个宏大的建筑,但究其根本,它的基石乃是对中国农村家族史的研究;它是枝叶繁盛的大树,那根系扎在宗法文化的深土层中。所以,与其说它是"通过初级社会群体映现整个社会",不如进一步说,它是通过家族史来展现民族灵魂史。

　　写宗族制度、宗法文化自然并非《白鹿原》的新发现,鲁迅先生开创的新文学运动早就省察及此,洞若观火;冥顽不灵的赵太爷、鲁四老爷之流也早在一些中短篇小说里露面,这些代表人物的可憎面目我们绝不陌生。在现代文学的发展中,矛头直指宗族罪恶的也不在少数。可是,我们细细检点一番后发现,正面剖视农村家族内部结构的作品并不多,家族尊长的面目也多少有点凝固化、模式化了,更多的作品把重点放到冲出家族牢狱的新生代身上,家族本身的文化形态和历史变迁反倒被遗落了。《白鹿原》恰恰是把白、鹿两族的生存状态作为宗法文化的完整模型,置放在风雨纵横的历史进程中,进行正面的、系统的、深刻的综合审视。作者的视线有时也随白、鹿两家的子孙活动,转向城市、根据地或抗日前线,但那视点始终又回落到家族的历史文化变迁上。而且,最重要的是,作者的审视是站在今天思想文化高度的重新审视,那诸多的新发现,那宗法文化的余晖和临近终结,就不是过去的文学可以包括。

三

　　《白鹿原》的思想意蕴要用最简括的话来说,就是正面观照中华文化精神和这种文化培养的人格,进而探究民族的文化命运和历史命运。倘与另一部政治文化色彩浓厚的长篇《古船》相比,可以说:《古船》写的是人道,《白鹿原》写的是人格。

《白鹿原》的作者,对于浸透了文化精神的人格,极为痴迷,极为关注。他虽也渲染社会的变动,但真正的目的是,穿越社会,深入膝理,紧紧抓住富于文化意蕴的人格,洞观民族心理的秘密。在他看来,一个富有文化价值的人格,犹如一把钥匙,可以打开民族文化的库藏。支配中国社会几千年的文化传统,它的人伦精神,思维方式,生活观念,以至伦理型文化的特征,均可通过人格的结构反映出来。《白鹿原》有多少充满魅力的人格啊,白嘉轩、朱先生、鹿子霖、黑娃、白孝文、田小娥、鹿兆海、鹿三……哪一个不是陌生而复杂。其中,白鹿村族长白嘉轩,尤被作为中华文化的正统人格代表,突现于作品中,占有举足轻重的地位。

面对白嘉轩,我们会感到,这个人物来到世间,他本身就是一部浓缩了的民族精神进化史,他的身上,凝聚着传统文化的负荷,他在村社的民间性活动,相当完整地保留了宗法农民文化的全部要义,他的顽健的存在本身,即无可置疑地证明,封建社会得以维系两千多年的秘密就在于有他这样的栋梁和柱石们支撑着不绝如缕。作为活人,他有血有肉,作为文化精神的代表,他简直近乎人格神。

白嘉轩是作者的一个重大发现。现当代文学史上,虽不能没有原型,但的确没有人用如此的完整形态,如此细密的笔触,如此的评价眼光描写过他。在经济上,他当过地主,尽管因解放前三年鹿三已死他未再雇长工,恰好“漏了网”,但这并不能说明他不具备地主阶级的思想意识。作者写他,不是纠缠在常见的阶级斗争眼光下的善善恶恶,也不是按照常见的反面形象的模式来处理,而是超越了简单化的批判层面,从文化的根因上来写。对于他的狡黠,迷信风水,视土地如命,作者倒也没有放过。小说开始不久,他就精心策划了一场买地戏,内心欲火中烧,外表上显出可怜和无奈,可谓深谙人心之道,目的则在把鹿家的风水宝地弄到手,保佑白家福运绵长。这不是典型的地主阶级的思维吗?但这些不是白嘉轩的重心所在,由于他终生不脱离劳动,生活方式与自耕农并无不同,他表达的实际是农民的思想情绪,这个深沉的精灵似的人物远不是一般的地主可以望其项背。其实,在静默的、较为封闭的农村,至今我们仍能嗅到白嘉轩的灵魂的残余气息,这种封建精英人物长久地活在我们民族的精神生活中,陈忠实终于捕捉到了他。

　　白嘉轩一出场,就以他的"六娶六亡"以至不得不娶第七房女人的传奇经历先声夺人。小说劈头第一句话便是:"白嘉轩后来引以为豪壮的是一生里娶过七房女人。"有人发现这一段有声有色的描写与后面的情节关系不大,就认为不过是有趣的楔子或哗众的手段罢了,或认为无非是写其传宗接代的生活目标而已。其实不然。这里既有生殖崇拜的影子,又在渲染这位人格神强大的雄性的能量,暗喻他的出现如何不同凡响。作者写这位白鹿原的族长,有意疏离其社会性,强化其文化性。白嘉轩对政治有种天然的疏远,他的全部注意力集中到内省、自励、慎独、仁爱上去,监视着每一个可能破坏道德秩序和礼俗规范的行为,自觉地捍卫着宗法文化的神圣。控制他的人格核心的东西,是"仁义"二字。"做人",是他的毕生追求。"交农事件"中,于情急中长工鹿三代他出头,他大为感动,那评价是这样一句话:"三哥,你是人!"这个评价也是他自己的心迹表露。人者,仁也,包含着讲仁义,重人伦,尊礼法,行天命的复杂内涵。他未必受过系统的儒家教育,但他对儒家文化精义的领悟和身体力行,真是活学活用,无与伦比。他淡泊自守,"愿自耕自种自食,不愿也不去做官",一生从不放弃劳动。他的慎独精神仿佛是天生的,说"人行事不在旁人知道不知道,而在自家知道不知道"。他的心理素质的强韧,精神纪律的一丝不苟,确实让人惊叹。他有如一个逆历史潮流而行的舟子,一个悲剧英雄,要凭着自身的最后活力坚持到最后一息。正是这种精神力量,使他享有桃李无言的威望。

　　按说,白嘉轩所信奉的文化,所恪守的戒律是最压抑人性的,他却表现出非常独立的人格,不能不说是个奇迹。这大约也是需要我们重新审视传统文化的一个方面吧。如果权且抛开阶级属性和文化属性仅仅作为一个人来欣赏,白嘉轩沉着、内敛、坚强、豪狠,不失为大丈夫、男子汉,具有强大的魅力。他的身形特点是"腰板挺得太直太硬",后来被土匪打断了腰,自然"挺"不下去了,佝偻着腰仰面看人,如狗的形状,但在精神上,他依然"挺得太直太硬"。这个人,真有"三军可夺帅,匹夫不可夺志"的勇毅,"尚志"精神贯彻始终。当然,这里的独立人格与近代民主思潮所谓个性解放、人格独立不可同日而语。

　　为了维护他的人格尊严和他所忠诚的纲常名教,白嘉轩遭受的精神打击异常残酷。在家族内部,他把教育视为头等大事,言传身教,用心良苦。他深夜秉烛给儿子讲解"耕读传家"的匾额,唯恐失传,强令儿子进山背粮食,为的是让他们懂得"啥叫粮食"。长子白孝文新婚后有"贪色"倾向,被他警觉,及时遏制;小女儿白灵是他掌上明珠,任其娇纵,可是一发现白灵有离经叛道的苗头,他即不惜囚禁,囚禁失效,他居然忍痛割断父女关系,"只当她死了"。凡是事关礼教大义,他就露出了很少表露的残忍性。对于白孝文的堕落,他痛心疾首地说:"忘了立身立家的纲维,毁了的不只是一个孝文,白家要毁了。"孝文倒向荡妇田小娥的怀抱一节,是深刻揭示白嘉轩的灵魂最有力量的情节。起初这只是"杀人的闲话",等到眼看就要证实的瞬间,作品写来真有惊天动地,万箭钻心之力:"白嘉轩在那一瞬间走到了生命的末日,走到了终点,猛然狗似的朝前一纵,一脚踏到窑洞的门板上,咣当一声,自己同时也栽倒了。"这真是灵魂的电闪雷鸣!能够承受一切的白嘉轩,在这个静静的雪夜体验了真正意义上的精神死亡和彻底绝望,他被真正击中了要害。我们不能不赞赏作者的诛心之笔。然而,即使面对如此摧毁性的打击,白嘉轩也还没有倒下,只见他的精神之可惧,生命力之泼旺。他说:"要想在咱庄上活人,心上就得插得住刀!"鹿三的一句"嘉轩,你好苦啊!"道尽了他为维持礼教和风化所忍受的非凡痛苦。

白嘉轩的人格中包含着多重矛盾,由这矛盾的展示便也揭示着宗法文化的两面性:它不是一味地吃人,也不是一味地温情,而是永远贯穿着不可解的人情与人性的矛盾——注重人情与抹杀人性的尖锐矛盾。这也可说是《白鹿原》的又一深刻之处。白嘉轩人情味甚浓,且毫无造作矫饰,完全发乎真情,与长工鹿三的"义交",充分体现着"亲亲、仁民、爱物"的风范;对黑娃、兆鹏、兆海等国共两党人士或一时落草为匪者,他也无党派的畛域,表现了一个仁者的胸襟。可是,一旦有谁的言行违反了礼义,人欲冒犯了天理,他又刻薄寡恩,毫不手软。他在威严的宗祠里,对赌棍烟鬼施行的酷刑,对田小娥和亲生儿子孝文使用的"刺刷",令人毛骨悚然。他的一身,仁义文化与吃人文化并举。田小娥死后,尸体腐烂发臭,后来蔓延的一场大瘟疫据说就是由她引起的,村人们无不栗栗自危,对这昔日的"淫妇"、"婊子"烧香磕头,还许愿要"抬灵修庙"。白嘉轩却不顾众怨、沉静如铁,说:"我不光不给她修庙还要给她造塔,把她烧成灰压到塔下,叫她永世不得见天日。"他果然在小娥的旧居上造了塔,连同荒草中飞起的小飞蛾一并烧灭。这个最敦厚的长者同时是最冷血的食人者。

　　的确,白嘉轩把"仁义"发挥到了淋漓尽致的程度,他的私德也几乎无可指摘,这容易使人产生作者是否无条件地肯定传统文化的疑问。只有把与白嘉轩对立的另一人物鹿子霖拉出来一起考察,才能看出作者的思考是深刻的。如果白嘉轩是真仁真义,鹿子霖就是假仁假义。白、鹿两家的矛盾贯串始终,这两家也确乎为争地争权发生过一些冲突,特别是鹿子霖的巧设风流圈套拉孝文下水,深重地伤害过白嘉轩。但我以为,白、鹿两家的矛盾并不像有些作品,纠缠于一般的政治、经济纷争,它是高层次的,主要表现为人格的对照,精神境界的较量。鹿子霖是白鹿原的"乡约",是反动政权布置在村社里的爪牙。他贪婪、阴险、自私、淫荡,舍不得放弃任何眼前利益。他也耐不住半点寂寞,"官瘾比烟瘾还难戒";他被欲望和野心燃烧着,一面在上司田福贤面前摇尾乞怜,一面在田小娥身上发泄疯狂的占有欲。他的两个儿子都很成材,兆鹏是中共高层领导,兆海是国民党内的抗日军官,他除了在不同时期从儿子们身上分些余炎,夸耀乡里,并无多少真挚的骨肉之亲。真是尊长不像尊长,父亲不像父亲。白嘉轩对官职坚辞不受,他却为谋官极尽钻营;白嘉轩不靠官职声威自重,他却必须借一个官名撑持门面。冷先生一语"你要能掺上嘉轩的三分性气就好了",点穿了他极端自私的卑污人格。他有时毒辣得惊人,看着因捉奸而气昏倒地的白嘉轩,"像欣赏被自己射中倒地的一只猎物";有时又怯懦得可鄙,受儿子牵连入狱后逢人表白,以泪洗面。当然,他也不是天良泯绝到了万劫不复,"麦草事件"中他与儿媳妇在性心理上一报一还,耳热心跳,潜台词丰富,但终究还是在乱伦的边缘收住了脚。再说,他的贪婪燥热,急功近利对白鹿原的沉滞生活也许还有点推动作用呢。作者把白嘉轩的道德人格与鹿子霖的功利人格比照着写,意在表明:像白嘉轩这样的人,固然感召力甚大,但终不过是凤毛麟角,他所坚持的,是封建阶级和家族长远的、整体的利益,他头上罩着光洁的光环,具有凌驾一切富贵贫贱之上,凛然不可犯的尊严,但是,真正主宰着白鹿原的,还是鹿子霖、田福贤们的敲诈和掠夺,败坏和亵渎,他们是些充满贪欲的怪兽,只顾吞噬眼前的一切。于是,白嘉轩的维护礼义,就面临着双重挑战:一面是白鹿原上各式各样反叛者的挑战,一面是本阶级中如鹿子霖们的挑战。江河日下,道将不存,他怎不倍感身心交瘁呢!

毫无疑问,白嘉轩是个悲剧人物,他的悲剧那么独特,那么深刻,那么富有预言性质,关系到民族精神生活的长远价值问题,以至写出这个悲剧的作者也未必能清醒地解释这个悲剧。质而言之,白嘉轩的悲剧性也即民族传统文化的悲剧性,就是二十世纪末叶的今天,这个悲剧也没有绝迹,现代国人不也为找不到精神家园和文化立足点而浮躁、焦灼吗?我们看到,虽然白嘉轩在白鹿原上威望素著,但在几十年颠来倒去的政治斗争中,他愈来愈找不到自己的位置和空间,愈来愈陷入无所作为的尴尬。怀抱着仁义信念的白嘉轩发现,昔日滋水县令授予"仁义白鹿村"的荣耀已成旧梦,暴动、杀戮、灾祸、国难、流血的武装斗争却接踵而来,他无力回天,只能和他的精神之父朱先生一起,把白鹿原喻为"烙烧饼的鏊子"了。纵观白的一生,可谓忧患重重,创巨痛深。他为反对横征暴敛发动过"交农事件",大革命他被游街示众,事后并不参与血腥报复;他被土匪致残;他经受过失女之痛,丧妻之悲,破家之难,不肖子孙的违忤之苦……但这一切都不能动摇他的文化信仰。他坚持认为,"凡是生在白鹿村炕脚地上的任何人,只要是人,迟早都要跪倒到祠堂里头"。他的文化态度决定了,他既看不惯共产党,也看不惯国民党,在现实斗争中无所凭依,就只能做些积德行善,维持风化的事务,到了最后,他除了在冷寂中续续家谱,已无所事事。这不是一个抱着农民乌托邦的理想主义者吗?

究其根本,白嘉轩的思想是保守的、倒退的,但他的人格又充满沉郁的美感,体现着我们民族文化的某些精华,东方化的人之理想。我同意这样的看法:"白嘉轩的悲剧性就在于,作为一个封建性人物,虽然到了反封建的历史时代,他身上许多东西仍呈现出充分的精神价值,而这些有价值的东西却要为时代所革除,这些有价值的东西就显出浓厚的悲剧性"①。我想,只要我们懂得把封建思想和传统文化区别开来,白嘉轩的某些精神品性在今天仍具某种超越性和继承性,是不成其为问题的。问题在于,作者缺乏更清醒的悲剧意识,小说临近尾声如强弩之末,白的悲剧性本应愈演愈烈,作者却放弃了最后"冲刺",遂使"生于末世运偏消"的悲剧力量的挽歌情调大为减弱,实为全书最大之遗憾。

---

① 费秉勋:《评白嘉轩》,《小说评论》1993 年第 4 期。

四

　　《白鹿原》终究是一部重新发现人,重新发掘民族灵魂的书。在逆历史潮流而行的白嘉轩身上展现出人格魅力和文化光环,这是发现;但更多的发现是,在白嘉轩们代表的宗法文化的威压下呻吟着、反抗着的年轻一代。《白鹿原》一书中交织着复杂的政治冲突、经济冲突和党派斗争、家族矛盾,但作为大动脉贯穿始终的,却是文化冲突所激起的人性冲突——礼教与人性、天理与人欲、灵与肉的冲突。这也是全书最见光彩,最惊心动魄的部分。无数生命的扭曲、荼毒、萎谢,构成了白鹿原上文化交战的惨烈景象。人不再是观念的符号,人与人的冲突也不再直接诉诸社会观和价值观的冲突,而是转化为人性的深度,灵魂内部的鼎沸煎熬。

　　如果抛开一个阶级一个典型的成见,我们将发现,黑娃也好,白孝文也好,田小娥也好,他们都是直接从生活中提取的异常复杂的形象。田小娥不是潘金莲式的人物,也不是常见的被侮辱与被损害的女性,她的文化内涵相当错杂。她早先是郭举人的小妾,实际地位"连狗都不如",是一种特殊的锦衣玉食的奴隶,性奴隶。她与黑娃的相遇和偷情,是闷暗环境中绽放的人性花朵,尽管带着过分的肉欲色彩,毕竟是以性为武器的反抗。她和黑娃都首先是为了满足性饥渴,但因为合乎人性和人道,那初尝禁果的战栗,新锐的感觉,可以当作抒情诗来读。小娥的人生理想不过是当个名正言顺的庄稼院媳妇罢了,可这点微末的希望也被白嘉轩的"礼"斩绝了,不准她进祠堂因而也不被白鹿原社会承认。黑娃出逃后,她伶仃如秋燕,无依无靠,鹿子霖趁机占有了她,她虽出于无奈,但也带着出卖性质。社会遗弃了她,她也开始戏弄社会;她是受虐者,但也渐渐生出了施虐的狠毒。只是,她常常找错了对象。她的诱骗狗蛋,已有为虎作伥之嫌,至于在鹿子霖的教唆下,把白孝文的"裤子码下来",则已堕为宗族争斗诡计的工具。白嘉轩用"刺刷"当众打得她鲜血淋漓,这固属封建礼教对她的摧残;她以牙还牙,诱白孝文成奸,给"清白"泼污水,也不失为予与汝偕亡的决绝;可是,受鹿子霖操纵,等于助纣为虐,又使仅有的一点正义性消失殆尽。这是多么复杂的纠葛! 善耶? 恶耶? 是反抗,还是堕落? 是正义，还是邪恶？实难简单判断。

这个"尤物"、"淫妇"以仅有的性武器在白鹿原上报复着，反抗着，亵渎着，肆虐着，她是传统文化的弃儿，反过来又给这文化以极大的破坏。设陷阱败坏孝文的名声，本出于报复的恶念，目的达到后她却没有欢悦，只有沉重；她对孝文原本满怀敌意，待孝文倒入她的怀抱，她又顿生爱怜的真情；她教孝文抽大烟本是出于爱心，结果使孝文更加沉沦。这心态又是何等复杂！她是连自己也以为下贱的，但在构陷孝文成功后的"狂欢"之夜里，她却"尿了鹿子霖一脸"！这个奇举，是她对鹿子霖卑鄙人格的一种最奇特、最恶谑、最蔑视的嘲弄，只有她才干得出来。这一笔堪称绝唱。鲁迅先生谈到陀思妥耶夫斯基时指出："他把小说中的男男女女，放到万难忍受的境遇里，来试炼它们，不但剥去了表面的洁白，拷问出藏在底下的罪恶，而且还要拷问出那罪恶之下的真正洁白来。而且还不肯爽利的处死，竭力要放他们活得长久。"作家写的田小娥，真也近乎这样的人性深邃程度。她以恶的方式生，又以恶的方式死。她被自己的公公鹿三杀害，但鹿三并不是真正的凶手；鹿三是善良的笃信礼教的劳动者，连鹿三都不能见容，可见宗法文化对她是何等深恶痛绝。她当然斗不过白嘉轩，白嘉轩有武器，那就是经过几千年积淀和磨砺的道统，她没有武器，只有肉体和盲目的报复心理，她的毁灭是必然的。她死后尸体腐烂，居然引发了一场大瘟疫，这个恨世者用她年轻的生命表达了对旧文化的抗议，尽管是病态的、有毒的抗议。

同样触目惊心的，是白孝文的命运突变，大起大落。如果田小娥是被传统文化从外面压碎的话，那么白孝文就是从旧文化营垒中游荡出来，险些自我毁灭的浪子，他的文化拷问意义比小娥更深刻。为了培养这个族长的接班人，白嘉轩耗费了多少心血啊，真是惕惕厉厉，如履薄冰，孝文也果然不负厚望，一副非礼勿亲、端肃恭谨的神态，他从精神到行动都俨然新任的族长了。可是，这个孝子贤孙却像沉默的活火山潜藏着危险。这一点白嘉轩没有觉察，他自己也不知道。田小娥的诱惑等于打开牢门放出了他躯体中的野兽，尽管他起初怒斥着这下贱的女人，但恶兽放出便不可收拾，禁锢解除便欲海难填。他通奸，他吸毒，他沉迷在幻觉中，成为人人不齿的败家子。这个从德高望重的白门楼逃逸出来的不肖子孙，经过了从灵的压抑到肉的放纵的迷狂；他不具备任何革命性，因而只能受躯壳支配，"世界也就简单到只剩下一个蒸馍和一个烟泡儿"了。小说写他与小娥最初的性活动,"那个东西"戏剧性地忽而中用忽而不中用,其实在写灵与肉的分离、礼教的压抑对人的残酷捉弄,颇为深刻。

诚然,揭露礼教对人性的压抑并不是个新话题,但是,站在二十世纪末重新发现人的高度,以文化批判的眼光深入探究民族灵魂,揭示宗法文化下人的可怜、扭曲、变态的惨相,就具有了现代意义。作者的笔伸向人的潜意识深层。比如,鹿子霖的儿媳妇,新婚一夜后,就不再过正常生活,丈夫兆鹏厌弃她且渺无踪影,她渐渐产生了性妄想,公公的挑逗加剧了她的谵妄,肉体成为罪恶的牢狱,这个善良本分的农村妇女陷入不能自拔的绝路,患上淫疯病,终于死去。礼教杀人,杀得残酷,她的牺牲几乎找不到凶手。

也许我们会感到困惑:作者一面不无赞赏地描写白嘉轩的仁义境界和人格魅力,一面又毫不留情地揭露宗法文化的噬人本质,这不是自相矛盾的悖论吗? 其实,作者的出发点是共同的,这出发点就是一切为了"人",怎样使人从人之暗夜走向健全、光明之路。由于"人"回到主体位置,对民族灵魂的探索占压倒地位,因而人的历史不再是与政治经济发展史相平行的被动的活动史,获得了本体意义上的相对独立性,才出现了这种貌似悖论的现象。试想,如果不是把表现"历史地发生了变化的人的本性"(马克思)放在首位,不是突出了文化性格,《白鹿原》与许多反映农村历史变迁过程的作品又有多少区别? 它还能拒绝平庸吗?

五

《白鹿原》的作者不再站在狭义的、短视的政治视点上,而是站到了时代的、民族的、文化的思想制高点上来观照历史。他以民族心史为构架,以宗法文化的悲剧和农民式的抗争作为主线来结构全书。每一个重大的历史事件和每一次大变动,都使白鹿原小社会在动荡中重新聚合,都在加深这一悲剧。作者势必遇到的问题是,怎样把政治上的阶级斗争、党派斗争,经济上的状态和人与自然的斗争,纳入文化审视的大框架中。虽然,它突出着人的主体地位,深掘着个体的文化内涵,但是,倘若脱离了具体的政治经济斗争，它给自己规定的文化主题无论多么高深，也必将流于虚飘。现在，《白鹿原》里的众生不是抽象的文化符号，他们一刻也没有停止具体的、历史的社会实践和相互猛烈撞击，可是，他们又一个个展现出丰沛的文化性格，此中的奥秘何在？作者是怎样处理人、历史、文化的关系的？

我不认为作者已经全然放弃了阶级斗争的评价眼光，他的努力在于，即使写阶级斗争，也尽可能多地浸淫浓重的文化色调，把原先被纯净化、绝对化了的"阶级斗争"还原到它本来的混沌样相，还原到最大限度的历史真实。这当然不是外敷一点文化的油彩就可以奏效的，而是，既看到阶级关系，也看到某些非阶级因素，既看到党同伐异，又看到共通的民族心理模式。

我们注意到，《白鹿原》里的人与人的关系，有种"斗不够、打不散"的奥妙，似乎谁也不能容忍谁，谁又离不开谁，这种相互斗争又相互依存的关系长久地维持着。家族之间如白家之与鹿家，国共两党之间的兆鹏、白灵之与兆海、岳维山，宗族领袖之间如白嘉轩之与鹿子霖，情敌之间如黑娃之与孝文，主仆之间如白嘉轩之与黑娃……除了鹿三与白嘉轩的关系有些特殊，其余的真是打得难解，合得难分。作品中有一趣节：白灵与兆海这对恋人，在国共合作时期曾用抛一枚铜元来决定谁姓"国"谁姓"共"，虽属游戏，却象征着一种真实。他们后来果真戏剧性地交换了各自的党派属性。这种不弃不离的描写，正是进入了规律性思考的表现，颇有几分参透了天地造化的味道。作者的创造性在于，他在充分意识到文化制约的不可抗拒的前提下，把文化眼光与阶级斗争眼光交融互渗，从而把真实性提到一个新高度。主要人物黑娃的成功创造，即是一例。

黑娃不同于我们熟悉的那种草莽英雄，也不是由农民成长起来的共产主义战士，而是宗法文化的牺牲品，虽然他们做过的他都做过。黑娃的阶级意识是天然的，又是模糊的，尽管白嘉轩对他的父亲鹿三优厚有加、极为器重，他仍然对白含着敌意。潜在的、不自觉的敌意。白家的儿女待他也不薄，一起上学堂，还给他冰糖吃。他永远也忘不了这世界上最好吃的东西。可是，在他当了土匪冲进白家时，他还是由不得自己对着一袋冰糖撒尿。这又是一种本能的仇恨。他怀着对富人和祠堂的憎恨，投身大革命，打土豪，闹农协，砸宗祠里的石碑，掀起一场"风搅雪"。然而，可悲的是，他虽在毁族规，砸招牌，却一点也没有跳出宗法文化的樊篱。他一度沦落为流寇、土匪,支撑他的无非是江湖义气;他后来又归附过国民党,再后来大彻大悟,投到朱先生门下埋首四书五经;解放前夕他率部起义,竟因白孝文的暗算而被人民政府错杀。临刑时,他拒不与田福贤、岳维山之流站在一起受刑,表现他至死也未失去阶级本能。

黑娃的经历可谓极尽曲折,其文化意味更是引人深思。虽然他金刚怒目,敢作敢为,不愧顶天立地的好汉,虽然他国、共、匪、儒家信徒一身而四任,但他仍在长夜中摸索,他的困境实为我们民族的文化困境。若仅从文化意义看,他的革命比起阿Q的革命来,并没有多少实质性的进步。尽管他比阿Q坚强得多,行动得多,但他也如阿Q一样,并没有真正清醒地意识到自己的奴隶地位,特别是封建宗法文化的奴隶的地位。他像一个盲目的弹子,在世事如麻的棋局中撞来撞去,始终撞不出文化怪圈。他与白嘉轩原本势不两立,最后却走到了一起,跪回到白的宗祠里。我不知道作者究竟是以赞赏的还是遗憾的心情在看黑娃的忏悔、修身,拜朱先生为师?在我看来,这除了证明传统文化的黑洞具有极大吸力之外,声泪俱下的黑娃的呢喃"不孝男兆谦跪拜祖宗膝下,洗心革面学为好人乞求祖宗宽容",是颇有些滑稽的。黑娃在解放战争的枪炮声中作此抉择,这真能安顿他的灵魂吗?无疑的,这只能仍是悲剧,文化的悲剧,精神的悲剧。

我发现,只要作者坚持从民族文化性格入手,就写得深入;一旦回到传统的为政治写史的路子或求全、印证、追求外在化的全景效果,就笔墨阻塞,不能深入。鹿兆鹏的地位本是极重要的,他是中共省委委员,多次大斗争的策划者,但作者吃不准他的文化性格,又怕不写他不足以概括全景,于是,这个人物似乎经常露面,又一触即走,入不了"戏"。他甚至斗不过田福贤,他的作为好像只是秘密地开过一次省委扩大会,搞掉过一个叛徒;而这,也还是通过作者交代出来的。由于作者对都市历史较为生疏,写地下斗争的章节缺少声色。比较起来,倒是白灵与兆海这两个年轻的出走者、叛逆者写得动人,他们的命运有极强烈的感染力。原因是,他们虽然远离了白鹿原,但灵魂还留在白鹿原上,所谓"白鹿精魂"。他们都没有死于敌人的枪下,却死于自己人的锋刃,不也是文化的别一种悲剧么。

我始终认为,陈忠实在《白鹿原》中的文化立场和价值观念是充满矛盾的:他既在批判,又在赞赏;既在鞭挞,又在挽悼;他既看到传统的宗法文化是现代文明的路障,又对传统文化人格的魅力依恋不舍;他既清楚地看到农业文明如日薄西山,又希望从中开出拯救和重铸民族灵魂的灵丹妙药。这一方面是文化本身的两重性决定的,另一方面也是作者文化态度的反映。如果说他的真实的、主导的、稳定的态度是对传统文化的肯定和继承,大约不算冤枉。我并不完全同意他的文化价值观念,但我坚决捍卫他作为一个作家保留自己独特的评价生活的眼光的权利。作家就是作家,他不是社会学家、历史学家、文化史家、哲学史家,他没有必要必须与一般的社会史、文化史、政治史的观点保持一致,这就好像许多优秀的批判现实主义作家,从来就不与市场经济保持一致,从来就批判着金钱的罪恶一样。这是不影响他们揭示出充分的真实的。换句话说,正是他们世界观与创作的矛盾,使他们看到了别人看不到的隐蔽的真实。对我们的作家来说,可悲的倒不是出现了这种错位和矛盾,而是这种矛盾太少,太不深刻。当然,这样说并不是要否定深邃的、富于穿透力的思想眼光往往可提取更大的真实的意义。

由朱先生这个人物,是不难透露出作者倾向性的消息的。如果白嘉轩只达到道德境界,那么作者所塑造的关中学派的大儒朱先生,就进入天地境界了。钱穆先生曾对"天地良心"四字有过绝妙的解释,他说:"(天地良心)但亦可谓天属宗教,地属科学,心属哲学,宗教、科学、哲学之最高精义亦可以此四字涵括,以融通合一。亦可谓中国文化传统即在此天地良心四字一俗语中。"①(重点为笔者所加)朱先生其人也正就浸淫着"天地良心"四字。他确乎继承着中国士大夫中独善其身,淡泊退藏的一脉,每当事关民生疾苦,他又肯挺身而出,如只身却敌,禁绝烟土,赈济灾民,投笔从戎,发表宣言等,突出表现了他的民本思想。但就个人生活而言,他与政治严格保持距离,绝仕进,弃功名,优游山水,著书立说,编撰县志。国民党想借他的名声欺骗舆论,威胁利诱他发宣言,他决不屈从,表现出富贵不能淫,威武不能屈的凛凛气节。他又料事如神,未卜先知,状类半人半仙。他平生只出过一次远门到南方,颇不耐烦南人的狡黠,抱着很深的成见,从此隐身林泉,过着一箪食一瓢饮式的清淡生活。这样的描写,自然是文化气息再浓厚不过了,可是我总觉得,朱先生缺乏人间气和血肉之躯,他更像是作者的文化理想的"人化",更接近于抽象的精神

---

① 钱穆:《现代中国学术论衡》,第 80 页。

化身。

这个判断可能有些武断,但我们是可以提出许多问题来问一问的。比如,朱先生身处清末民元,他为什么一点也没有受到康梁以至孙中山思想的影响?他对诸如大革命、国共两党究竟抱何种看法?因为,作为当时的一个知识分子,哪怕是隐士型的知识分子,也不可能毫无立场。他称白鹿原是"翻烧饼的鏊子",其实是各打五十大板。他虽然拒发宣言,但主要是为了保全自己的名节。他的最后一卦是算定共产党要胜利,但根据是国民党旗上的"满地红"。弄不清是出于深刻的看法,还是一种神秘主义的机敏?他死后墓砖上刻着"折腾到何日为止","文革"中被学生们挖出,引起一片惊呼。连几十年后的"文革"他也料到了。我并不是说,作者不可以用"神化"的浪漫笔调,只能用写实的方法,而是认为,朱先生对一系列重大问题太朦胧了。他时而让人想起伯夷叔齐,时而让人想到超现实的神仙。他死后终于化身为白鹿飘逸而去。

问题不在于能不能这样写,而在于作者为什么要这样写。我想,作者站在中华文化的立场上是无可厚非的,他着力表现中华文化的深厚,博大,源远流长,根深叶茂也无可厚非,但是,要真正看清传统文化的利与弊,又不可仅仅固守在本民族文化的立场上,还需要借镜外来文化的眼光,看到传统文化面临的挑战,才能更深刻地探索中华文化的历史运命。沉醉于朱先生的飘逸,欣赏朱先生的高蹈,召唤朱先生的退隐,连同他的神秘主义,作为审美对象固然是不错的,但毕竟不是中华文化的当代出路。我想陈忠实这样写是不奇怪的,甚至其他来自农村的作家这样写也是不奇怪的。对于血统农民的儿子,血管里流淌着传统农民的血液,精神上饱受农民文化熏陶的陈忠实来说,他更容易认同农业文化及其哲学观,更容易接受重理轻欲、贵义贱利的传统观念。作家的思想倾向到底还是影响了他的艺术世界——"白鹿原"毕竟是个封闭的、自足的世界。这个艺术世界对于它的存在状态来说是极为真实的,对于未来的世纪来说,它提供得最多的还是教训,而不是广阔的文化前景。

六

　　《白鹿原》的出现，给当今寂寞的文学界带来了新的震撼和自信，它告诉人们，我们民族的文学思维并没有停滞，作为社会良知的作家们，也没有放弃对时代精神价值的严肃思考。这样大气的作品，没有足够的沉潜和冷静，没有充分的积累和学养，是断然写不出来的。它是那样的饱满，厚实，绵密，又是那样的古拙，苍凉，沉郁。尝有读者说："看《白鹿原》有听秦腔的感觉。"这是准确捕捉到了它的风格特质。《白鹿原》确实深入到了秦汉文化的魂魄，以至它使我们蓦然想起这样的诗句：秋色从西来，苍然满关中。五陵北原上，万古青濛濛。……

　　然而，《白鹿原》的出现又绝非偶然。它不可能在八十年代出现，但正是八十年代为它准备了条件。我们可以明显地感到，凡是新时期文学发展中的重要的积极变革成果，都对《白鹿原》的创作发生了或直接或隐蔽的影响。倘若没有思想解放运动，没有深长的政治反思、经济反思和文化反思，没有文化寻根，没有现代主义思潮的激荡，没有外来文学的广开思路，《白鹿原》是不可能产生的。所以，在充分肯定作者的厚积薄发的同时，应该看到它是新时期文学发展到现阶段的一次飞跃。它在人们盛谈"后新时期文学"的时候出现，似乎又一次证明着物质发展与精神生产的不平衡。

　　读《白鹿原》，对它的艺术形态会感到几分陌生。作为一部现实主义作品，它的现实主义不是原有的概念、范畴、方法特征可以轻易概括的，就像一个正处在嬗变中的新东西难以命名一样。它无疑在认识方式和概括方式上继承了传统现实主义的优势，但它又明显地、有意识地克服着以往现实主义（主要是"革命现实主义"）的某些局限，例如，对政治视角的过分推崇；突出理性、意义、本质的要求对表现生活原生态的削弱；戏剧化和两级化的倾向；强调社会属性，轻视文化属性和自然属性的倾向，等等。以往许多作品的一个突出弱点是，在捕捉生活时，往往只抓住了理性的经络，却让大量生命的活水和层次丰富的"生活流"从指缝间漏掉了。《白鹿原》除了用文化眼光统率全局，化解全局外，一个最突出的特点是，找到了一种有能量、能张力的叙述方式。它有如一股叙事流,融动作、心理、质感、情绪于一体,推动情节,充满动势,浩浩乎漫流而下,取代了笨拙的对话和慢悠悠的描写。它的意义绝不限于叙述语言,它是一种浓度很大的,致力于回到事物本身的现实主义创作精神的表现。这也许是新写实小说对作者的启发吧。

但《白鹿原》绝不是跟在新写实小说身后亦步亦趋,它的气度要大得多。如果说,新写实小说对传统的典型观深表怀疑的话,《白鹿原》的作者对之仍然尊崇,典型人物的刻画仍是他惨淡经营的核心。不过,他对典型性格的理解更侧重于典型的文化人格。在对人的描写上,《白鹿原》有两方面极具突破性质。一是强烈的、不可臆测的命运感。每个人物都沿着自己的命运轨迹在运动,到处都是活跃的元素,而每个人的命运又都不是直线,无不极尽峰回路转,柳暗花明,冲波逆折,腾挪跌宕之妙,好像九节鞭似的曲折。这里并无人为的编造痕迹,而是人生的复杂、曲折、丰富的真实显现,是深化了的现实主义的表征。不是深刻地洞悉人物,不是大力排除"理念"和"本质"的干扰,人物是不可能如此充分地暴露自我的。

第二个方面更加重要。那就是,随着作者对人本身的重新发现,人的自身世界的扩大,作者表现人的手段也更加丰富,突破了拘守理性的传统现实主义的疆界。作者把潜意识、非理性、魔幻、性力、死亡意识等现代主义感兴趣的领域和手段,大胆借进了自己的方法世界。其中以通过性意识活动展示人物的文化精神和生命活力显得突出。作者力图写出社会属性、心理属性、生物属性相统一的完整的人性。在死亡大限面前深掘灵魂,更是《白鹿原》的一大特色。它写了很多生命的陨落:小娥之死,仙草之死,孝文媳妇之死,鹿三之死,白灵之死,兆海之死,朱先生之死,黑娃之死……真有各有各的死法,充分表现了每个人都是独一无二的人,一反过去有些作品在死亡描写上的大众化、平均化、模式化的平庸。这些死亡,绝无雷同,它通过"无"让人看到"有"的价值,且能超升到文化境界中去,真所谓"知死方能知生"。这不也是现实主义的具体而微的发展变化么。

当然,《白鹿原》也时有驳杂、生硬、不协调的部分,借鉴和糅合的功夫还不到家。不少论者指出他受《百年孤独》的影响,事实上,他受俄苏现实主义文学史诗观的影响更为明显。《静静的顿河》里流荡着哥萨克民族的犷悍之气;仿佛受了葛利高里的启发似的,《白鹿原》里的白嘉轩,则浸润着秦汉文化的血脉,以及那块土地上的山水风云和艰苦卓绝、忍辱负重的精神。作者一再说,他写的是"白鹿精魂",一部《白鹿原》展示给我们的,不正是宗法文化废墟上的民族精魂吗?

在我国当代现实主义文学的发展中,《白鹿原》无疑带有过渡性、不确定性,它的作者致力于原生态与典型化的整合,文化审视与社会历史概括的整合,现实主义方法与某些现代主义手法的整合,取得了突出的成绩。站在今天的历史高度来看,开放的现实主义具有多种可能性,更高的峰峦还在前面。

(原载《文学评论》1993 年第 6 期)

大地守夜人
——张炜论

张 新 颖

一

　　一连几个晚上，写下上面这样一个题目之后，就再也写不出一个字。本来是因为要说的话一遍遍在心里翻滚，要像作家本人那样"激切地理解和欣悦地相告"，可是真开始动笔，却感到有一种什么东西在阻塞着表达。这不免令人懊恼。后来我慢慢明白，我无力先清除掉这阻塞再作表达，我必须在对阻塞的克服过程中完成表达。这会是一个什么样的过程呢？我说不准，但我非常明确的是，推动我来做这件事的，是一种复活的欢乐，它得自于张炜的作品，特别是《九月寓言》，因此，我现在来谈张炜，从最初的情形看，并不出于某种深思熟虑的动机，而是不能自抑的欢乐使然。

　　还有什么样的欢乐比复活的快乐更大、更真实、更令人沉醉和冥思？然而叙述又必须对抗阻塞，痛苦要和欢乐相伴相随是无法避免的了。

二

在张炜从一九八○年开始发表小说到现在的十余年时间里,当代文学的变化颇有些让人目不暇接,文坛热浪一潮连着一潮,趋变弄新作为相当长一段历史时间内僵化文学的反弹,作为对压抑性的意识形态话语的叛离,为当代文学的发展进行多向探索,开启了多种可能性空间,因而受到批评时尚的鼓励,甚至赋予这种方式本身以肯定的文学价值,几乎无暇顾及和探讨这种方式的价值和可能性的限度。张炜给人的一般印象似乎是,既不开风气,也不凑热闹,不追随什么人,后面也没有一大帮追随者,一个人做一个人的事情,把写作当成劳动,一个字一个字往稿纸上刻,于是就有了《芦青河告诉我》(1983)、《浪漫的秋夜》(1986)、《秋天的愤怒》(1986)、《秋夜》(1987)、《童眸》(1988)、《美妙雨夜》(1991)等中短篇小说集。这期间长篇小说《古船》(1986)的问世给文坛带来强烈的震撼,也让不少人心里暗暗为张炜捏了一把汗:在为新时期文学贡献了当时最优秀的一部长篇之后,在调动和使用了长期积累的思考、才识和气力之后,张炜还能再写出些什么?几年以后,长篇小说《我的田园》(1991)几乎是悄悄地出版了;接下来的一年,长篇小说《九月寓言》发表——这好像是不可思议的事情,我们简直不敢期待会有这样一部如此令人激动的作品。

因为有了《九月寓言》,我对张炜在这之前的作品也获得了新的体认。比如说,以前零零碎碎地看那些中短篇小说,常常觉得不太够味,形式上缺乏“创新”,内容也说不上有多么“深刻”,现在把这些作品连贯起来重读,才反省自己也许是吃惯了放了太多味精的东西,口味变坏了也难说。张炜有篇小说叫《采树鳔》,看了这个题目没有什么特别的感觉,甚至没想起这个题目说的是什么,但读着读着,尘封的记忆就被冲开了,童年的情景像潮水般涌来。原来我已经把什么叫树鳔忘得一干二净,小时候喜欢做的事已经被所谓的知识、经历、眼花缭乱的新奇事物淹没了。小说还给我一段生活,让我心里重新装下那晶莹透亮的树鳔,它“是从树木的伤口、裂缝中流出来的”,“是大树干涸凝结的血液和精髓”。这些年张炜由着心性写,心性变创作也变,从少年感觉写到成人有悲悯与苦辩,写到浑然天成的大境界,变化不可谓不大,但心性在则变化必有根有源,而心性之作在当前文学中的缺乏更反衬出张炜之变的内在性和相对稳定性,对比于外在的随机应变,内在的自然变化毋宁说更像是一种"不变"。

三

在《关于〈九月寓言〉答记者问》中,张炜说:"我想把所处那个小房子四周的'地气'找准,要这样就会做得很完整。"这句话可供阐释的空间很大,至少有这么几个问题:"完整"显然是作为一种写作理想来追求的,它内含了价值肯定性,我们能不能把它解释得更具体一些? 为什么要找准"地气"就会做得"完整"? "地气"又是什么?

《九月寓言》的绝大部分是藏在登州海角一个待迁的小房子里写出的,"小房子有说不出的简陋","隐蔽又安静","走出小房子往西,不远就是无边的田野、林子。在那里心也可以沉下来,感觉一些东西"。"那个小房子不久就要拆了,我给它留下了照片。五年劳作借了它的空间、时间和它的精气神,我怎么能不感激它。小房子破,它的精神比起现代化建筑材料搞成的大楼来,完全不同。它的精神虽然并不更好,却更让人信赖和受用。"一般来看,这里说的只是一个写作环境,其实质却是探讨生存的根基的一种具体和朴素的表达。在这里张炜提出土地、野地的概念。人本身是不自足、不"完整"的,是土地的生物,也只有挨紧热土、融入野地才能接通与根源的联系,才能生存得"完整"。"土地精神是具体的,它就在每个人的脚下",而且,它有其恒定性。但是,"难的是怎样感知它"。

对于当代人来说,土地的精神在很大程度上是被隔离开了。要感知它,必须穿过隔离层,必须有勇气敢于大拒绝,习惯大拒绝。被拒绝的不仅是吵声四起的街巷,到处充斥的宣传品、刊物、报纸,追求实利的愿望,蛮横骤起的浮华和粗鄙的财富,而且是包括所有这一切在内的整个的生存方式。这样的大拒绝无疑过于艰难,它仿佛是想以个体的力量与整个人类发展的方向相对抗,因为现今的生存本身即是人类社会历史运作的结果。最常见的情形可能是,这样的对抗因为力量相差悬殊而使对抗的个体沮丧绝望,失魂落魄。但张炜身上出现了相反的情形,拒绝的个体获得了无穷的支撑力量,个体因为融入根源而不再势单力孤,个体的拒绝也就是土地的拒绝,相对于土地,它所要拒绝的东西反倒是短暂的,容易消失的了。

然而简单的道理在当下越来越难以被理解和接受,朴素的东西在离朴素越来越远的现代人眼里竟成了最不易弄懂的了。这样的状况潜在地影响着张炜的创作。张炜不大叙述情节曲折复杂的故事,在许许多多中短篇里,他常常只是设计一个基本的场景,借小说里的人物,苦口婆心,把自己所思所想所感一一道出,像《远行之嘱》、《三想》、《梦中苦辩》等在此一点上表现得尤为突出。在另外一些作品里,张炜更注重展现具体的生命形态,把大地上生存的欢乐与苦难真诚写出,把大地本身的欢乐和苦难真诚写出,《九月寓言》是这一类作品的典范之作。

张炜带着一身清纯的稚气踏上文坛,在一批充盈少年感觉的作品发表之后,当时的批评界和张炜本人都产生出不满足的感觉,曾经有论者指出:"他的人物似乎都被自然淘洗了似的,作品的社会色彩也被自然冲淡了。这曾形成了他的作品的艺术特色,也形成了他的创作的局限。"[1]"所以摆在年轻的张炜面前的课题是,如何在坚持自己艺术个性的前提下,面向复杂激烈的社会矛盾,深化作品的主题。"[2]从我现在的眼光看来,这种被张炜自己在理性上认可的说法却未必就特别合乎他本性的自然要求,但另一方面,试着去接受与一己的性情不是一触即合的东西也未必是坏事;再说,张炜本性中的正义感与善良在他阅历增加的同时一定也在冲击着他的心灵。半是有意识地寻找自己创作上的突破,半是基于作为一个艺术家基本的责任感,逼得张炜没法在社会的不义和人间的苦难面前闭上眼睛,《秋天的思索》、《秋天的愤怒》等作品就反映了张炜此种情境中的心绪和想法,这当中包含了种种被压抑着的痛苦和愤怒,从这一类作品很自然地过渡到了长篇《古船》。

我始终认为,《古船》以及它的代表作的同类作品,是张炜创作中的"例外",是张炜刻意努力的结果。按照常规来衡量,《古船》可能是张炜写得最具小说形式的

---

① 肖平:《秋天的愤怒·序》。
② 宋遂良:《芦青河告诉我·序》。

一部小说,在处理的题材上选择了文学史上的基本话题,写人间世界,反思历史,关注现实,检讨人性,忏悔罪恶。在这一切之上,是作家布满血丝的眼睛,冥思苦想的神情和悲天悯人的胸怀。在洼狸镇数十年的苦难历史包围和纠缠之中,隋抱朴一个人孤单地守着磨房,不言不语,白天黑夜地琢磨苦难的根源和彻底消除苦难的途径。他一遍一遍地读《共产党宣言》,想从它与洼狸镇的关联中寻出真义,找到把生活过好的办法。在《古船》中,张炜对人性和苦难的反省触到了根底,具有惊心动魄的力量。赵多多贪婪无度,多行不义,惯于残杀和剥削,他掌握洼狸镇人的命根子粉丝厂当然只能滋生苦难;但把粉丝厂从赵多多手里夺过来,换一个人,比如隋见素,就会摆脱苦难和流血吗? 隋抱朴并不相信共同承受了太多苦难的弟弟,苦难承受者对苦难的反抗很可能只是导致苦难的延续和扩大,而并不根除苦难。"你这样的人会自己抱紧金子,谁也不给——有人会用石头砸你,你会用牙去撕咬,就又流血了。见素! 你听到了吧? 你明白了没有!"罪恶不仅仅只存在于某几个人身上,人类本身即有孽根,孽根不除,苦难难免。而且,苦难一有机会就会被人"传染","他们的可恨不在于已经做了什么,在于他们会做什么,不看到这个步数,就不会真恨苦难,不会真恨丑恶,惨剧还会再到洼狸镇上"。

　　到《九月寓言》,苦难依然存在于小村人的生活中,但是我们读《九月寓言》最强烈的感受却是生存的欢乐和生命的飞扬,《古船》里那种透不过气来的紧张、压抑之感被一扫而空,而代之以自由流畅纵放狂歌的无限魅力。为什么会有如此迥然不同的艺术效果呢?

　　在某种意义上,张炜慢慢"接受"了苦难。苦难是生活最好的老师——这一古老朴素的观念进入了张炜的意识,更重要的是,张炜对苦难的反省使他产生了一种转换和杜绝苦难的想法,那就是,苦难经历所激起的对于苦难的憎恨并不一定导致以恶抗恶,也有可能成为一种向善的力量,人在苦难中学会了真诚和善良,懂得了正义和互爱。苦难在《九月寓言》中的"可接受性"或许包含了这样的意思,但对上面问题的解答主要还不在于此,我们可能还需要另寻路径。

　　回到曾经提出要讨论的"完整"概念,我们可以试着做出这样的推断:《古船》的世界是不"完整"的。这一点还可以说得更明确一些:《古船》写的是人间世界,而人间世界是不"完整"的。这一发现对于一向自居于万物中心的人类来说可是件吃惊的事。《古船》的世界拥挤不堪，浊气深重，隋抱朴最后虽然站了出来，但仍让人担心他是否真能肩起重负而不被再一次压垮。对比《九月寓言》，则大大不同。《九月寓言》造天地境界，它写的是一个与外界隔绝的小村，小村人的苦难像日子一样久远绵长，而且也不乏残暴与血腥，然而所有这一切因在天地境界之中而显现出更高层次的存在形态，人间的浊气被天地吸纳、消融，人不再局促于人间而存活于天地之间，得天地之精气与自然之清明，时空顿然开阔无边。万物生生不息，活力长存。在这个世界里，露筋和闪婆浪漫传奇、引人入胜的爱情与流浪，金祥历尽千难万险寻找烙煎饼的鏊子和被全村人当成宝贝的忆苦，乃至能够集体推动碾盘飞快旋转的鼹鼠，田野里火红的地瓜，几乎所有的一切，都因为融入了造化而获得源头活水并散发出弥漫天地，又如精灵一般的"魅"力。

事实上《九月寓言》所写，既不神秘也不玄虚，那是最实在的生活。为数不少的当代人因为远离这种生活而不能理解、不能感受这种生活，我却在读这部长篇时获得了无与伦比的愉悦。不仅因为我童年的生活复现了，更重要的是因此而重新建立起与土地那种与生俱来的亲情，重新拥有一些真实的苦难和欢乐共生并存的日子。"谁知道夜幕后边藏下了这么多欢乐？一伙儿男男女女夜夜跑上街头，窜到野地里。他们打架，在土末里滚动，钻到庄稼深处唱歌，汗湿的头发贴在脑门上。这样闹到午夜，有时干脆迎着鸡鸣回家。""咚咚奔跑的脚步把滴水成冰的天气磨得滚烫，黑漆漆的夜色里掺了蜜糖。跑啊跑啊，庄稼娃舍得下金银财宝，舍不下这一个个长夜哩。"小说写基本的食、色，写真正的欢乐和苦难，这其中的情景应该是每个人记忆中的情景，像张炜说的那样："实际上这本书更接近很多人的乡村生活回忆录——越是这样，他们当中有些人越要惊讶地拒绝。这真没有多少必要。"即使这样的情景不存在于个体的记忆中，它也应该而且一定存在于一个种族、一个民族，甚至是整个人类的历史记忆中，道理简单到再也没法简单，我们人类就是从这里，从这样的情景中走过来的。也许，我们已经走得太远了。

走得太远就需要返回。历史发展、社会进步和人的进化的观念向来是只承认、只倡导向"前"的，一味地向"前"，甚至顾不上、想不到应该不时回过头来校正一下方向，那么，走得越远就可能偏得越远。在张炜的小说中，有不少篇章是用一个基本定型的结构来展开叙述：一个城里人，在城里生活得烦躁不安、无聊乏味，或者是因为一个偶然的原因来到农村,通常的情况是他来的地方就是他出生或成长的地方,于是,他在这里才恢复了对生活的真切感受,人生才似乎可能有所为。这里很容易出现一种不加仔细思索的"误读",似乎是张炜明显地提供了一个现代工业文明和农业文明对立的模式,在价值取向上表现出田园主义的历史反动。这一许多人都耳熟能详的说法套在张炜身上过于牵强,不仅仅不说明问题而且掩盖了张炜一己的思考和感受。张炜想表达人对于自我的根源的寻求,而自我的根源也就是万物的根源,即大地之母。张炜竭力想要人明白的是:大地不只是农业文明的范畴,它是一个元概念,超越对立的文化模式,而具有最普遍的意义。短篇小说《满地落叶》情节很简单,是说"1985年秋天我在胶东西北部小平原的一个果园里住了一个星期",遇到一个从城市跑到果园深处做乡村教师的姑娘肖潇,两人之间有这样一段对话:

　　　　肖潇贴着一株梨树站下来。她问:"你刚踏入果园的时候,没有什么奇怪的感觉吗?"

　　　　我回忆着刚来那天的印象。她自语似的说下去:"我第一次出差路过这儿,简直给惊呆了。这么大一片,完全是另一个世界呀。在那座城市里我老有一种做客的感觉,原来是这个世界在等待我。我就要求调到了这里。"

　　　　"那座城市是我们的出生地,它变得生疏了;而这里倒好像生活了几辈子的地方。"我说道。

　　　　她热切地看着我:"真是这样。"

在"我"告别果园和肖潇的时候,心里是这样想的:"此行以及关于此行的一切是生活中的一瞬,但又似乎包含了人生全部欢乐和全部悲怆。"

到长篇小说《我的田园》,《满地落叶》中对一片果园的精神感念强化成直接有力的行动,主人公来到乡下,承包了一片残败荒凉的葡萄园,用几年的时间使葡萄园变成了丰收的乐园和身心的栖居之地。"我的田园"是一个精神乌托邦,同时,寻找它和建造它又是人在现实中的急务。事实上,对于大地来说,这样的乌托邦却是最实在不过的,它保证每一个走向大地的人都不会两手空空,一无所获。大地是什么？它默默无语，只有走向它，投入它，才能感知、领受它的恩泽和德性，它的柔情和力量。大地不是理智的对象，更不是等而下之的实利和技术的对象，人越来越会按照知识、权力、利益、效率、速度等，以及其他一切相关的现代法则来言说和评价，对于无法用这样的法则来言说的事物常常持强烈的拒斥态度，似乎是，不可言说的，就是无关紧要的，就是可以忽略不计的。大地的真义隐而不显。如果说当代社会还熟知这个词，那也只是熟知它被现行的言说法则所歪曲后的意义，而这个意义是可以图谋、可以算计、可以分割的，于是大地的厄运就自人间降临，人类这个大地的不肖之子就成为大地肆无忌惮的暴君。即使是反对对大地施暴，反省人类行为的人也不免对于大地的真义茫然无知，保护环境的用意不就是"利用"环境吗？人类自我中心的顽症怕是到了无法医治的地步了，自我中心的庸俗、肤浅大行其道，在贤明的君主和暴君之间将会有一场旷日持久的争斗。然而大地就是"环境"吗？人与大地之间就是这样的关系吗？在当代文学绝少见到的至性深思的散文《融入野地》中，张炜把他一直在感受着的想法明确地表达出来："人实际上不过是一棵会移动的树"，人只不过是大地的一个器官。"我跟紧了故地的精灵，随它游遍每一道沟坎。我的歌唱时而荡在心底，时而随风飘动。""我充任了故地的劣等秘书，耳听口念手书，痴迷恍惚，不敢稍离半步。""从此我的吟哦不是一己之事，也非我能左右。一个人消逝了，一株树诞生了。"

正是跟大地重新建立起根本性的联系，才能使自身不能"完整"的人间"完整"起来。而意识到人是大地的生物或器官，是大地之子，才能进而破除人类自我中心主义的迷障，放宽视野，看到大地的满堂子孙，再进而反省人类在整个宇宙结构中的恰当位置，反省人类对待自我之外的生命和事物的态度及方式。大地养育万物，而人类只是其中之一，丝毫也不意味着人类的渺小和微不足道，恰恰相反，对大地的亲情和尊重正引导出对自我生命的亲情和尊重，同时也特别强调出对大地之上其他生命的亲情和尊重。在我们这片土地上大概到处都发生过的一件事对张炜刺激很大，它甚至曾经成为规模浩大的"活动"或者"运动"，那就是打狗。张炜几次提起它，还以此为因由写成了小说《梦中苦辩》。类似于打狗这样的行为会被一再重复，"因为它源于顽劣的天性，残酷愚昧，胆怯猥琐，在阴暗的角落里咬牙切齿"。进一步的事实是，"对其他生命的不宽容，对自己也是一样"。而任由仇恨蔓延，必然激起大自然的反击,梦中苦辩的老人泪水滚烫,"真的,我总觉得大自然与人类决战的时刻要到来了!……"《问母亲》、《三想》都是张炜充满揪心之痛的醒世之作,他为被残暴对待的大地上的生命和残暴对待大地的人类泣血长歌,忧愤不已。特别是《三想》,并置一个在大自然中流连忘返的"奇怪的城里人"、一只遭受了人类伤害的母狼、一棵阅尽大山的荣辱兴衰的百年老树的所思所想,三种生命形式并举,共同反省历史和现实。在一个军事封锁区,"我"发现,"这个世界恰恰是因为拒绝了人、依靠着大自然的汤水慢慢调养,才滋润成今天这个样子。这真是令我无比震惊的又一个事实"。母狼对人类的至高无上的质疑:"人如果真是至高无上的,就除非没有太阳和土地。"老树则无比宽厚地呼吁:"我热爱的人们啊,你们美丽,你们神圣,你们就是我们。你们的交谈就是我们的交谈,你们的生育就是我们的生育,你们的奔跑就是我们的奔跑!"张炜在小说中又一次强调,人的一切毛病,"实际是与周围的世界割断了联系的缘故"。置身大山,面对那些可爱的生灵,"我在这儿替所有的人恳求了……"在《融入野地》里,张炜明确表示:"我所提醒注意的只是一些最普通的东西,因为它们之中蕴含的因素使人惊讶,最终将被牢记。我关注的不仅仅是人,而是与人不可分剥的所有事物。""我的声音混同于草响虫鸣,与原野的喧声整齐划一。这儿不需要一位独立于世的歌手,事实上也做不到。我竭尽全力只能仿个真,以获取在它们身侧同唱的资格。"

　　张炜从自己的切身感受出发,上升到对"完整"世界的思想上的探索和精神上的呼唤,其意义我们一时还很难做出充分的估计和评价。爱因斯坦称赞"敬畏生命"伦理学的倡导者史怀泽的事业,认为"是对我们在道德上麻木和无心灵的文化传统的摆脱"。善良的心会"认识到史怀泽质朴的伟大"。阿尔贝特·史怀泽提出:"只涉及人对人关系的伦理学是不完整的,从而也不可能具有充分的伦理功能。""只有体验到对一切生命负有无限责任的伦理才有思想根据。人对人行为的伦理绝不会独自产生,它产生于人对一切生命的普遍行为。"而"根本上完整的""敬畏生命"的伦理学,使"我们与宇宙建立了一种精神关系。我们由此而体验到内心生活,给予我们创造一种精神的、伦理的文化的意志和能力,这种文化将使我们以一种比过去更高的方式生存和活动于世。由于敬畏生命的伦理学，我们成了另一种人"①。"成为另一种人"也就是张炜"融入野地"之后所感受到的"生命仍在，性质却得到了转换"。达到这样的境界，"自我而生的音响韵节就留在了另一个世界。我寻求同类，因为我爱他们、爱纯美的一切，寻求的结果却使我化为了一棵树。……但我却没有了孤独。孤独是另一边的概念，洋溢着另一边的气味。从此尽是树的阅历，也是它的经验和感受"。

四

写作行为的发生一开始是出于作家个体的内在必然性，当然这里所指的是那种"真诚"的写作；但这种内在必然性究竟包含了哪些成分，颇费猜摸。而对于写作目前的自我设置和对作品意义的自我期待在化为写作的内驱力推动写作的同时，也极大地影响着写作方式和作品的构成。张炜显然不是那种"自赏"的作家，他不仅把写作当成自我表达的形式，更看重它作为一种影响和渗透周遭世界的存在方式。他反复强调自己的写作是一种回忆，亦即要从"沉淀"在心灵里的东西去升华和生发；他也常常说到创作就像写信，是跟自我之外的广大世界联结的途径，在这种联结中获得生命的色彩、生气、意义和欢乐。

张炜说："我觉得艺术家应该是尘世上的提醒者，是一个守夜者。"张炜还说道："当你坐在一个角落时，你就可以跟整个世界对话。"（《芦青河四问》）这两句话放在一起，令人怦然心动。张炜所选择的参与世界的方式是一种与世俗的取向背道而驰的方式，它以对被弃的时间和空间的钟情及拥有来表现。俗世的中心，喧嚣的白昼，社会和现实淹没了自然和大地，功利和欲望遮蔽了隐秘和本质，纷繁多变的表象喧宾夺主，而千万年不曾更移的基根默然退避。只有当世俗休息的时候，夜深人静，大地才自由地敞开，永恒才自在地显露。而尘世的角落，正在大地的中央。人通过返回故地而走向大地，而"故地处于大地的中央"，每一个人的"整个世界都是

---

① 阿尔贝特·史怀泽：《敬畏生命》中译本第 8、9 页，上海社会科学出版社 1992 年。

那一小片土地生长延伸出来的"。然而,要与大地永恒交流和沟通,用世俗的语汇却没法进行,因为在自然万物听来那是"一门拙劣的外语",现代人的感知器官被各种各样的讯息媒介狂轰滥炸,怕是失去了基本的辨析和感受能力,所以我们必须重新寻找能够通向隐秘和本质的感知方式,在这一点上,大概也需要一个返回的过程,恢复人在还没有完全从自然的母体上剥离下来时具有的与大自然对话的能力。这种能力本来是人与生俱来的,但却在人的"发展"和"远行"中不经意失落了。

　　　在安怡温和的长夜,野香熏人。追思和畅想赶走了孤单,一腔柔情也有了着落。我变得谦让和理解,试着原谅过去不曾原谅的东西,也追究着根性里的东西。夜的声息繁复无边,我在其间想象;在它的启动之下,我甚至又一次探寻起词语的奥秘。……还有田野的气声、回响,深夜里游动的光。这些又该如何模拟出一个成语并汇入现代人的通解? 这不仅是饶有兴趣的实验,它同时也接近了某种意义和目的。我在默默夜色里找准了声义及它们的切口,等于是按住万物突突的脉搏。(《融入野地》)

　　大地的隐秘落实到语言作品中,其存在形式如同它在大地上的存在一样,"不是具体的故事、事例,而是沉淀到这一切之中的东西。它们才能构成奥秘,比如时代的、人性的、宿命的、风俗的、禁忌的……是这些说不清的方面"。张炜小说里的事件一般都很简单,甚至简单到每每让人以为不足以构成小说的程度,却又常常产生厚重和使人沉醉或欢乐、使人悲悯或苦思的效果,想来是大地的隐秘和本质源源不断的辐射透过张炜的叙述被我们真切地感受到了。

五

　　大地的隐秘和本质、人类生存的永恒根基通过张炜的叙述被感受,这是既让人欣慰,又让人悲哀的事。欣慰的是我们还能感受,还没有完全麻木不仁,我们有幸还能成为张炜作品的受惠者;悲哀的是我在心里一直有这样的疑问,我不知道如果我们不通过张炜,会不会产生像张炜那样的感受和敏悟,哪怕只是产生那样的冲动? 我们自己有能力、有勇气直接融入大地,获得第一性的感受、思想和精神吗? 在张炜的感受、思想和我们通过张炜来感受、来思想之间,是有不少差别的。我现在明白,正是这种差别,阻塞着我对张炜、对自我复活的欢乐的理解和叙述。但大地的力量引导我走到这里了,它透过张炜的作品依然强大无穷。追求"简单、真实和落定"的现代游子,我们能够找到一个去处吗? 我们能够在张炜"融入野地"之后也踏上那迢迢长路吗?

这条长路犹如长夜。在漫漫夜色里,谁在长思不绝? 谁在悲天悯人? 谁在知心认命? 心界之内,喧嚣也难以渗入,它只在耳畔化为了夜色。无光无色的域内,只需伸手触摸,而不以目视。在这儿,传统的知与见失去了原有的意义。神游的脚步磨得夜气发烫,心甘情愿一意追踪。

一九九三年十一月中旬上海陆地

(原载《上海文学》1994 年第 2 期)

沈从文乡土文学在现代中国文学中的运用（节选）

[美]金介甫 著　　徐新建　译

乡土主义在中国现代文学中的运用①

沈从文的许多早期作品充满着自我抒发、自我慰藉和自我辩解。他尝试过写西方式的爱情与自然抒情诗，并以其早期文友之一郁达夫的风格来写带有散漫与主观色彩的抒情短文，借此倾诉他自己敏感和近于无产阶级的思想观念。出自湘西的乡村习俗和家庭生活中的思乡情绪，一定至少在乡愁方面同样给予了沈和许多成为他读者的具有都市风的中国学生以情感慰藉。

沈也满足了读者们的好奇心。他们读到他对权威的抱怨以及对寂寞传统的表现，而这些均出自一位带有自传性的北平愤怒青年的声音，由此了解到一位真实的文学青年和他的磨难。沈从文乡土作品中许多令人陌生的事物能激起类似的兴趣。苗民中的性习俗、边区暴力、土匪行话和绑票之风（沈复制了他当兵时必定读

---

① 译者注："乡土主义"（Regionalism）在英语中有多种意思，也可译为"地方主义"或"本地主义"等。此处根据文本总体内容译为"乡土主义"。

过的各类赎条）、乡村美景以及异域中的喧嚷码头，所有这些都激起了现代的审美趣味。① 20世纪的中国对其整个疆域都抱有兴趣，而无论是什么族群居住在那里。沈从文把湘西的主题处理为边疆，在作品《会明》（1929）中传达出开发新土地与新资源的现代景象。从他的社会达尔文观念强调体力这一点来看，他没有经常描写这一主题倒是令人吃惊的。

然而沈从文最早的乡土作品被认为包含了比满足人们好奇心更重要的东西。他认真地采用了"五四"时期民粹主义者的修辞学，并考察方言、民歌和民俗，此外作为对中国国语文学和民俗运动的贡献，他的地域色彩并不只是为伟大祖国提供一种乡土贡物，而是为有可能使中国借助其全体人民的文化而复苏的新文化添砖加瓦。沈是靠搜集和加工未被规范化和无结构的街头巷语以及山歌、趣闻和民间故事而起家的。这些搜集、加工的成果被取名为诸如《镇筸的歌》和《湘江的夏》等。沈为自己的诗歌和"散文诗"没有出现当代西方诗歌中不可缺少的"云雀、夜莺、天使以及亲吻和拥抱"等而自豪。他取而代之的是苗族的词汇，以此来避免"我们语言的传统生命萎缩下去"。②

> 矮子杨老五，
> 麻絮③死了天天吃豆腐；
> 怎么天天吃豆腐？
> 豆腐说是清补。④

尽管混合有苗族词汇，沈事实上也还是写了许多欧化的抒情诗（《薄暮》）。刘半农关于从民歌里吸取新的活力与形式的倡导可能对他产生了作用。⑤ 此外周作人的影响也是明显的，比如在沈展示其家乡街头小贩和赌徒闲话哩语的那些"哑

---

① 参见金介甫有关沈从文早年从军生涯和考察民间文学经历的论述，以及将其同人类学和传教士还有回忆录等非文学类材料所进行的相关比较。

② 沈从文：《乡间的夏》。

③ （沈从文原注）麻絮义同"吝啬"；在别处自然训作"烦琐"（1925年，于北京）。

④ 沈从文：《镇筸的歌》。

⑤ 沈从文：《谈朗诵诗》。

剧"中(《卖糖复卖蔗》和《赌徒》)即可见出来。沈还考察了民间故事。他复述过一个他的苗族保姆所讲的故事;1926 年还介绍过一种叫作 Jadaka 的类型(1933 年他或许为了搜集《月下小景》又改写了大量的 Jadaka)。他对研究苗语曾有过短暂的兴趣,因而想回到家乡去搜集苗傩礼仪和宗教戏剧。可他并没有将此付诸实践,而只是通过一位在湘西部队里当兵的表兄帮助,从乡下民歌中整理出 200 首山歌,并把其中的 41 首加上词汇注释和评语发表出来。①

　　然而当时的中国却对沈从文的方言故事持以蔑视态度。读者们发现,这些方言既难懂又粗野。② 鲁迅把沈使用的不标准语嘲弄为"努努阿文"(意为幼儿语)。③沈对自己的方言加以了限制,通过为自己作品加上注释(对《新年》这样的作品除外)。沈早期的方言运用或许的确点自我放纵,可放弃这种继承就等于抛掉自己家乡所提供的丰厚馈赠。

　　但是沈在 1926 年和 1927 年就已开始把家乡传统里的生僻材料变得更为可见和主观,同时也将它们变得更加具有叙述性了。他开始建构自己的文学世界。他的湘西"约克郡"("Yoknapatawpha")如果说在幻想性上与福克纳不同的话,其在表现乡土风味方面则显得更为丰富多彩:火塘、山村、兵营、沅河码头,还有边远苗寨。记忆把沈从文导向了农村和与陡峭山区里与简陋生活相联系的粗野民俗(《山鬼》)。当然,他还没有愚蠢到把自己视为这种相对落后面貌的革新者。除了本地色彩之外,它们至少还有一种现行的中国文学上所欠缺的现代直接性和亲密感。到了 1927 年底,沈从文一直描绘着情感细腻的篇章。《队长》和《山神》捕捉的是一种文化边地的特质;《船上岸上》揭示出一种更为普遍的城乡差别;而在 1928—1929 年的作品中,乡土主题被置于更为有序的使用中了。仅借助于二手的资料,沈变得对心理学有了了解,结果便产生了一种既陈述儒家社会又兼容着泛弗洛伊德主义城市批评的乡土文学。④ 沈感到前者与人的需求是相悖的,因为它赞同对情感的抑制。与之相反,湘西古朴百姓的生活则是自然、健康和"活生生"的。《雨

---

①　金介甫:第 173,326—344,359—370 页。

②　贺玉波:《沈从文的作品评判》,载于其《现代中国作家论》卷二,大光(上海),1932 年。

③　鲁迅致钱玄同的信,《鲁迅书信集》,人民出版社(北京),1976 年,第 72 页。

④　金介甫:第 312—370 页。

后》发现文人正在衰败,而非文人的山歌却充满活力。有时,沈意识到周作人在艾利斯的影响下,发现了有损健康的性压抑。性解放的主题早在 1926 年沈为《镇箪的歌》写的序中就出现了。他在汉苗杂居地区收集的民歌与当地的"路边歌谣"、"求爱歌"或"马郎歌"相同,是西南少数民族地区姑娘、小伙子们作为一种相互结识的方式,以唱来进行(或单独,或山隔山,或在户外的节日里)交流的。这些山歌包含了以植物为象征的人类性隐喻。这种隐喻也一定会使论述过法国传教士有关印度支那山民类似行为之基本记载的马歇尔·格兰里特,感到像《颂歌》中的真实部分一样。① 人类学家们认为,这种山歌常常是一种前奏,其引出的是沈 1926 年欣喜倾吐的那些内容,例如"躺在树叶之床上的健康娱乐"。沈感到奇怪的是,为什么北方人缺少这样的生命表现。

沈创作的浪漫故事,比如苗族的传奇式歌手、美的楷模以及像《龙朱》和《媚金、豹子与那羊》那样对情死的叙述,显然给读者提供了趣味。而城市学生们的兴趣或许又导致了沈写作上的一种根本转向:从军事题材转向自然主义。当然与这种转向有关的背景是,沈在情感上开始同以往的边省兵戎生涯日益疏远,以及移居上海后因受到张作霖政策侵扰而对激进化倾向的背离。这种转变甚至影响了沈对苗族的描写。在刚写了《龙朱》和《媚金、豹子与那羊》的 4 个月之后,作者复述了一个有关苗民的惊人传奇(《七个野人与最后一个迎春节》)。的确,撇开 60 年代不说,就算 30 年代的苗人能被激发起来重新"创造"这样的故事的话,他们也已不能够达到两世纪前的目标了。同样的,《阿丽思中国游记》也以一个苗族女孩遭汉人奸商贩卖的沉痛场面而收尾。

沈从文的乡土文学生涯把他从生活的碎片里引向了既是"世外桃园"又是人间地狱的湘西两重景象之中。他为他的乡土代表——轻微而奇异的"民间故事"创造了一个神话。千百年来,中国"原创性"民间故事传统中所有美好的东西都遭到了儒家学说与官僚统治的削弱,但却在沈从文故乡的民间故事里得到了保存。并且,甚至连沈自己描写的农村衰落也不能与他所叙述的乡间朴素这另一方面相提并论,更不用提在《腐烂》(1929)和《泥涂》(1932)中描写的城市贫民窟了。这里显示

---

① M.格兰特:《中国古代节日与歌谣》,巴黎,1919 年。

的是作者作为地域调色师对恶的展示:创造出一种语言上的"新奇感",还有在肮脏污秽中苟且偷生者们生动迷人的景象。

然而到了 30 年代,沈从文对宗教和来自大学的哲学观念一类的知识有了逐渐增高的兴趣。那时他正好在大学里任教(通过阅读而自修)。使他感兴趣的还包括了更为时新的有关国外先锋派艺术技巧的观念。随着日益远离家乡的成长,他开始使(自己作品的)地方色彩和乡土特征服从于更为远大的艺术目标。他所创造的"乡村"场景越是抽象,便越能更好地愉悦不断扩大的城市读者:因为他们怀念"旧的"、未遭损害的中国。

沈写于民国初期和平年间的田园风格作品《凤子》(1932)和《边城》(1933—1934)便是两个这样的例子。那是他重返湘西以前写的最后著作。这些作品中的少数民族文化意味显而易见,①只不过这种异质特征被升华为地方性色彩而不是繁琐的叙述。《凤子》通过隐喻和民歌描绘了一幅古老镇筸的图画,并体现出典型的湘西苗族所使用的土语方式。②《边城》同样展示了湘西水边和乡镇场景,集中描写的是龙船——这一由古代楚国传承下来的湘西文化象征。一场歌赛决定了一位黑皮肤女英雄的命运。当地有许多禁忌,比如不能在洗涤之前把自己的梦告诉亲戚等。这些因素在相当程度上构成了《凤子》和《边城》的背景。前者是讲关于男人为何活在世上的人生哲学;后者则是对乡村少女青春期及其不断上升之活力的描写。这种活力便是被(作者)采用弗洛伊德象征主义加以详细分析的性觉醒以及对抗其祖父衰老和垂死的力量。沈打算通过《边城》来拓展"爱"的含义:不仅仅是肉体上的性爱,而且还有与人的泛神论信仰相关联的那种精神之恋。现代与传统观念上截然不同的混合,使这篇小说显出一种古典风味,而它的乡土心理学则构造出一个普遍性的问题。不过沈的现代主义观却会在以后促使他(比如说与福克纳

---

① 朱光潜:《从沈从文先生的人格看他的文艺风格》,《花城》1980 年 5 月号。

② 1980 年我(作者)去凤凰访问时,一位教师提供了一个例子。人们请外来的客人用讲故事的方式报出自己的尊姓大名。来者说:"我是一只飞进主人家中的燕子。"回答说:"不对,你是一只蜜蜂,带来了好运。"等等。你可由此想象出理解苗语的困难,从而对沈从文所作的努力表示赞赏。在作品《凤子》中,有位城里人遇见了一位"村姑"。于是(感到)"你像月光里的永生者,阳光下的精灵;既然你不是一颗流星,来自远方的客人,就会知道你从哪儿来,要去何方。姑娘,你就不能停一会儿么?……从前我曾听说过让人迷醉的蘑菇,如今却听见了让人迷醉的歌曲。"姑娘说:"好蘑菇只能在潮湿的空气里生长。它知道何时阴来何时晴。"《凤子》,1982 年,第 356 页。

不同),远离而不是陷入自己的乡土文学世界之中。对家乡的焦虑变得过于与政治直接关联,以至于难以在更为宽泛的认识中得到升华;其变成了"湘西之恋"——一种沈以自己独特方式体现出来的 20 世纪典型的"中国之恋"。

（原载美国《现代中国文学》1985 年第 2 期）

（译载《中国比较文学》1999 年第 2 期）

2000—2010

评尤凤伟的《泥鳅》兼谈"乡土文学"转变的可能性

郜元宝

一、小说:公共媒体之外的另一种声音

读尤凤伟描写民工进城的长篇新作《泥鳅》之前,正好看到"央视"和外地某电视台联合制作的一个纪录片,也是关于民工的,记者深入穷乡僻壤,采访民工及其家属,镜头前我们可以看到民工靠"打工"盖起的新居,也看到没有出外打工的人家仍旧破败的民宅。该节目主题思想很明确:农村"富余劳动力"流向城市是目前可喜的一种社会经济现象,它不仅缓解了城市劳动力市场据说严重匮乏的危机,也为农民(当然是"民工"身份的农民)带来实惠;进城打工,成了改善农民生活的捷径。我不记得配合"央视"制作节目的是哪家地方台,也不知道该节目主题思想是否代表官方观点,不过节目本身确实(据我所知)第一次将通常只有在春运高峰才出现在荧屏上的"民工"作为一个公开的社会问题提出来,也确实报道了一些虽说不无片面的事实,但由此得出的基本结论不管正确与否,都不能拿来作为我们理解《泥鳅》的合适背景。

《泥鳅》是小说而非公共媒体,作家完全可以根据他的观察和体验,从实际收集的材料出发,用自己的方式切入同样的问题,由此写出另一种民工生活。

《泥鳅》中进城的民工并没有给家庭和个人带来任何实惠和生活的改善,他们只是在屈辱、不公和没有安全保障的条件下贱价出卖劳动力以及基本的人格尊严,由此得到的微薄收入仅仅用于糊口,有时还不得不从"家里"借钱来应付急难。他们有的出"工伤"后因为打工单位拒开支票而得不到及时治疗,终身残废,只好愤而转入地下,成为城市黑帮的成员(像蔡毅江);有的因内讧被打致残,只得老老实实回家(如王玉成);有的铤而走险做起绑票打劫的勾当,侥幸得逞后便从熟人视线中消失,成为城市隐形人(如小解);有的经不住打击,发了疯(如陶凤);有的走投无路,沦落为娼(如小寇以及许多发廊妹、按摩女);有的则被官商利用、"触犯刑法"而走向法场(如主角国瑞)。《泥鳅》中的民工,可说是"全军覆没"了。

作者显然不想由此否定民工在"经济学"、"社会学"或"城市学"上的积极作用,只是民工在如今的人文主义知识分子津津乐道的"经济学"、"社会学"或"城市学"上的积极作用并不能掩盖他们实际处境的悲惨。大概这就是历史的悖论吧:所谓"发展"往往只能建立在一部分人或大部分人的悲惨之上。不错,这一部分人或大部分人跟他们以前比起来,今天的遭遇也许算不得什么,但社会的公平和进步与否,不能仅仅从这种单向的只能施之于奴隶或动物的比较中看出;要比较,就不仅要拿他们自己不同时间段作比,还要拿他们和同一时间段的周围人群相比。《泥鳅》的尖锐性正在于写出了和一部分城里人相比之下民工生命的低贱和处境的悲惨:他们还不如城里人餐桌上一盘被吃的泥鳅,吃的人只图个新鲜,吃过就忘,甚至并不拿被吃者当回事。

同样是关注民工,小说《泥鳅》和公共媒体不同之处首先在于它所传达的是"发展"的凯歌声中社会底层受难的声音。

二、真实的乡村图景

如果《泥鳅》仅仅写出当今社会不同人群地位悬殊、分配不公、命运迥异这一点,那它虽然可以和公共媒体区别开来,却也不过发挥了另一种媒体(比如报纸记者"常容容"理想中公正求实的媒体)应该发挥的功能。作为文学作品,《泥鳅》和媒体的区别不仅在于它看到并写出了一般媒体不愿看到或看到了也不愿报道的社会现象,还在于——我觉得主要在于——作者看到了同时也出色地说出了我们这个媒体时代一般社会成员"不能"看到、"不能"说出甚至也"不屑"看到、"不屑"说出的一些更复杂更深刻的社会问题。

尽管年轻的打工者毅然把"家里"抛在后面,"死也不肯回去",但作者没有忘记他们从什么地方来,也没有忘记探讨他们为什么从那里走出。《泥鳅》并非孤立地写民工的城市遭遇,也兼顾到被他们甩在身后的农村,虽然用了不多的几笔,已相当充分地写出了这些年轻的民工和农村的血肉联系,足以让我们想象今天农村的一般情景,也足够让我们认清为什么会一下子冒出那么多"农村富余劳动力"。

《泥鳅》中的民工大多数是高中毕业生,在知识层次上应该属于农村的"精英分子",他们的大量离开,表明今日农村文明程度的整体下降——他们的离开农村甚至就是这种文明程度整体下降的结果。

许多青年农民进城谋生,并没有明确目标,一开始也不是单纯抱着发财致富的想法,多半倒是被农村的客观形势逼迫所致。村长贿选一节,充分说明腐败透顶的乡村政治不可能给农村知识青年以正常发展的机会。八十年代初,何士光的短篇小说《乡场上》写老农民冯幺爸在昔日颐指气使的村支书面前挺直了腰杆,曾经令多少读者为农村的变化而欢欣鼓舞!现在,一个小学教师无端被村长的儿子打伤却只能忍气吞声,最后还是靠上头来的某种精神才对打人者有所吓阻,两相比较,不知道是时代在退步,还是作家们的眼睛出了问题。"一个案件的几种说法"所讲的催缴摊派款项导致干群冲突以至演成人命案,也不是什么偶然现象。农民头上各种摊派款项以及合理与不合理的收费总是屡禁不止,有涨无减。为什么?因为基本政策是维持农村稳定,维持稳定就需要维持稳定的人员,需要一大批"基层干部",必须把他们养起来(八十年代初一度是请他们回家务农的),而养他们的钱只能羊毛出在羊身上:农民必须在经济上供养那些管制他们的"基层干部"。问题的严重性在于养的标准没有一定之规,略高于一般群众是养,像陶东父亲那样作威作福财源广进的村长以及逼死光杆农民、凡事须小车开道警员侍候的乡长也是养。标准不定,农民的负担也就可以无限加重。一开始收点费也许确实为了维持"正常开支",到后来则远远超出"正常开支"之外,成为一些人巧取豪夺的捷径,某些地方甚至雇佣地痞流氓,成立专门的催缴组织,"叫嚣乎东西,隳突乎南北",真正"横行乡里"起来。如此催缴来的钱款大多数滚进了催缴者的难填欲壑,催缴是为了供养催缴者,供养催缴者就无法禁止野蛮的催缴,这样为催缴而催缴、为艺术而艺术的天下,岂是有点志向的青年愿意呆下去的? 所以他们纷纷进城,一方面固然因为穷,因为要承受高速发展的城市资本的压迫,但更贴近的原因还是为了逃避日益窳败的乡村政治以及被乡村政治搞坏了的乡风民风,不愿与之一起沉沦。

进城之前,许多年轻的农民工已经遭受过一次精神挫折,进城之后的遭遇乃是第二次打击。心理学上第二次打击的严重性远远超过第一次,不过没有第一次打击,也就谈不上第二次更加严重的打击。这是大多数在城市打工的民工的"前史"。

三、"他者视角"的建立与"我们的城市"之呈现

虽然民工在城市的活动范围十分有限,但城市生活的一般情形已经可以从民工的生活窥一斑而知全豹了。表面上,《泥鳅》主要篇幅即"下部"国瑞的故事有点像《红与黑》中于连的遭遇,但中国作家往往不习惯对个体内心世界作持久的追踪,尤凤伟也不例外。只能说国瑞和玉姐之间,同于连和德瑞拉夫人之间,有某种形似,作家由此出发的开掘则没有多少可比性。《泥鳅》通过国瑞的遭遇尽量广泛地透视当今城市生活的一般状况,在这方面,作者似乎继承了托尔斯泰在《复活》中借涅赫留朵夫为玛丝洛娃案件上下奔走而全面揭露俄国社会的那种全景式写法。

这一写法的最终目标,对尤凤伟来说,就是引入不同于大多数城市居民认知方式的一种"他者视角"。

作家艾阳只是"书中人物",不等于"隐含作者"(代表作者观点的叙述主体),但艾阳这个位置使他和"隐含作者"之间若即若离。在所有涉及艾阳的文字——比如艾阳作为创作素材记录下来的"性梦",艾阳和搬家的民工以及妓女"小齐"的交往,艾阳下乡的经历,艾阳和记者常容容的关系——中,作家有时仅仅将艾阳写成与书

中其他人物没有任何分别的一个普通角色，有时又似乎和"隐含作者"分拆不开，明显在传达"隐含作者"的某种观点和感情。这样处理，是要让"隐含作者"躲在后面自由地处理他和艾阳的关系，使艾阳既可以适当地代表自己，又可以充当一个面具，"隐含作者"戴着这副面具就可以消失于暗处，他既适当地表达了自己，又不会因为自我表达过于膨胀而挡住读者投向小说人物（包括艾阳）的视线。对艾阳如此，对书中其他人物（尤其是国瑞）也是如此。在每一个叙述单位，"隐含作者"都尽量躲在人物背后，这样人物的视角就自然变成了小说叙述的视角。读者透过这样的视角看出去，无形中也就分享了人物的感受。这样作家既保留了自我表达的自由，也让读者以同情的态度分享人物的视角，尽量让读者摆脱自己立场、利益、习惯、文化上的偏见，从某一群闯入城市的"他者"（民工）的眼睛来反观城市（包括在城市里住久了的城市读者自己）。

　　像《泥鳅》这样关注底层民众而读者对象又未必尽是底层民众的长篇小说，最大的成功也许就是这种"他者视角"的建立。对非民工身份的读者来说，不知不觉中对"他者的视角"的分享，也就意味着在心理上摆脱了自身的狭隘性，达到一种从自身立场出发往往不可能达到的自我认识——首先是换一个角度来认识在民工看来只是迷宫和陷阱的"我们的城市"。

　　《泥鳅》中的"他者视角"，就是民工们的原始善良和悲惨遭遇，是他们根据原始善良和悲惨遭遇发出的直视城市的灼热目光。这是一双双你无法回避的目光，他们审视"我们的城市"，用的不是高晓声笔下刘姥姥式的陈奂生好奇的目光，不是路遥笔下当代陈世美式的高加林兴奋的目光，或者张炜在《古船》中所写的向城市人宣讲真理的狂妄的农村青年隋见素的目光。无论陈奂生、高加林还是隋见素，他们和城市都只存在一种远远望去的美学的关系，《泥鳅》中的民工虽然对城市也不乏美学的审视和不切实际的幻想，但他们和城市毕竟已经发生了非常现实的关系，就像国瑞和他的伙伴们在人民广场作家艾阳的窗前遐想一番之后，立即清醒地回到了现实。

　　高加林、陈奂生只是以个人身份又因为偶然机缘来到还不算是什么城市的小县城，他们并没有和城市或城市人发生什么实质性交往，所以八十年代初的城市读者大可以将高加林、陈奂生作为可以投射自己情感的某种时代共名来接受，或者干脆在他们身上将陈世美和刘姥姥的故事复习一遍。《泥鳅》中的民工虽然只是不多的几个,却代表了一个庞大的社会族群,他们不是偶然的现象,而是社会生产结构调整的必然产物,他们的数量还在急剧增长,而且作为城市生活的"他者",他们已经和"我们的城市"与"城市里的我们"发生了现实交往,"我们"不可能再像对待高加林、陈奂生那样对待他们。他们绝对没有高加林、陈奂生身上所具有的古典加浪漫的色彩,他们因此也绝对没有高加林和陈奂生可爱,但他们就像不中看的泥鳅那样具有一种真实的黏稠性,使我们不可能在他们身上发挥任何轻松的想象。他们看城市的目光是真实的,真实的目光令人无法回避。城市读者不仅可以从这种目光中看到民工们心中的失望、痛苦、憎恨,也看到了他们所看到的"我们的城市",看到了"城市里的我们"的幸福、狂欢、攫取、冷淡、隔膜、道德堕落与肉欲横流。

没有民工的目光,就没有现代城市的堕落本质如此刺目的呈现,而没有这种呈现,现在流行的"城市文学"就很难说是完整的城市生活的写照。民工形象的加入,总算使"城市文学"不再是满街"宝贝"的天下。作为"他者"的民工形象,是传统"乡土文学"新的拓展,也是对目前"城市文学"一种必要的补充。

四、"强充牧师"与"死后回家"

国瑞沦落为男妓,被一个女大学生招去,当他知道对方身份和招他的原因后,就拒绝为她"服务",还劝她不要用这种方式来报复男友的不忠。国瑞的好心并没有换来好报,反而被那个女大学生抢白了一通,说"万幸呵,遇到一个好牧师",后来国瑞自己也懊悔"不该'打肿脸充胖子'充当'牧师'角色"。

这个细节很容易被忽略。作家叙述的不经意固然是一个原因,但中国读者容易忽略这个细节,主要还是因为这个细节本身就不具备引起注意的条件——整个中国现代文化、文学乃至语言都不曾给女大学生和国瑞对话中出现的"牧师"一词以应有的分量,我们甚至不愿意用本来的含义来使用这个来自西方的词语。在现代汉语中,"牧师"与其说是一个具有真实含义的名词,还不如说仅仅是一个与原来含义相去甚远的形容词——我们已经习惯于用这个词来形容某一类言语诚恳而行动可疑的说教者了。

这一语言现象喻示着我们文学中救赎理想的普遍缺失。民工们在陌生的城市遇到一切困难，首先直至最后想到的都还只是现实的拯救者，那个神秘的"吴姐"正是这个现实拯救者最好的代表，国瑞们给"吴姐"打电话求助，几乎是他们在城市的主要通信内容，而"有事找吴姐"也就成了《泥鳅》情节推进的关键部分。表面上，"吴姐"迥异于现代政治神话塑造的领袖拯救者，因为她平凡，可亲，琐碎，但"吴姐"和领袖人物作为现实拯救者的本质并无区别。由于这些现实拯救者的存在，或者说由于社会全体对这种现实拯救者的普遍依赖（虽然他们的拯救行为最终都失败了），"牧师"就永远只能作为形容词而非名词进入我们的生活。

普遍缺乏救赎理想的文学只能描写物质平面的生存，人物内心活动一般不超出其物质生存的范围，内心描写充其量只是为了强化物质生存的紧张性而已。我们的文学对物质生存的描写已经过于发达了，但文学似乎永远也不厌倦这种早就过于发达的描写，而且总是竭力夸大这种描写的重要性，以此逃避更加基本而紧迫的精神问题。这样的文学，无论作者怎样拔高其思想主题，我们也只能看到某种毫无神性的世俗理想，只能看到物质生存的地平线上仍然属于物质的闪光。这道闪光早晚要熄灭：艾阳和国瑞为了抵挡滔滔浊世而为自己假想出来的梦中情人"小齐"的形象就是一个典型。

救赎理想的缺失在物质生存的终点——死——中，表现得最为显目。死亡降临，灵魂不会在身体归于尘土之时追随神明的指引飞扬向上，而只能像国瑞那样"死后回家"，回到曾经寄居的那一方尘土，由亲人来"照顾"——这样的亲人并非拯救者，他们是一样不得拯救的人，他们所能做的，只是以聊胜于无的迷信（为国瑞"扎点什么"）来慰藉死者空虚的灵魂。在这里，就连迷信也蜕变为仅仅关注物质的"烦忙"。小说最后写国祥"为兄弟国瑞善后"绝非可有可无的一笔。这个可以作为短篇独立出来的故事，以其细腻逼真的日常性叙述散发着凄凉、恍惚、虚空的气息，清楚地指示着物质主义时代卑贱的受难者更加卑贱的灵魂归宿。

五、《泥鳅》与中国现代"乡土文学"的转变

最后就《泥鳅》在现代中国"乡土文学"中的地位再略说两句。

通常所说的"乡土文学",首先必须写农民或主要写农民,其次必须以乡村生活为背景。这两个特征是一而二、二而一的关系:"乡土文学"作家描写的乡土生活主体是农民,农民的活动范围基本不超出乡土之外。中国现代"乡土文学"先后出现了许多样式,不同流派、不同作家各自都有不同的价值立场、文学理想和创作方法,但这两个基本特征始终不变。

另外,从鲁迅开始,"乡土文学"就有一个虽然不是基本的但也非常重要的规定,即反映变化中的现在时农村生活。把这条添上去,"乡土文学"的概念就比较完整了。"乡土文学"当然可以写过去时的乡村,《呐喊》《彷徨》好多篇就没有清楚的时间交代,但作者面向当前的创作意识显而易见。纯粹写过去时的乡村,严格说来并不是现代意义上的"乡土文学",把它们归入"历史小说"或别的范畴,也许更加合适。

从"五四"新文学运动开始直到二十世纪八十年代晚期,"乡土文学"一直是广义的"中国现代文学"的主流,这种局面的形成,当然和"乡土"在整个现代中国社会中无可取代的重要地位有关。现代中国城市在政治、经济和生活方式各方面都没有和乡村完全区别开来,加上城市化进程本身的缓慢,就使得城市(包括上海、北京等大城市)一直带有浓厚的乡土气息。知识分子关于民族国家的政治筹划与文学想象,以这种不平衡的城乡关系为背景,也必然带有清晰的乡土特征。就文学而言,"乡土"注定成为中国作家驰骋想象的舞台,所以再超前的"现代意识"也必须在"乡土中国"的生活世界展开,即使像茅盾的《子夜》、穆时英的《上海狐步舞》那样刻意描写都市的小说,也不能不在实际上掺杂一些泥土味,而另一些作品,尽管主人公的活动范围已经超出乡土而进入城市(比如赵树理《李家庄的变迁》、路遥《人生》、高晓声《陈奂生上城》、张宇《活鬼》、张炜《古船》等),却也丝毫不会减少其基本的乡土气息。

一种文学样式一旦成为传统,一方面固然可以由此不断获得扩展与深化(这正是八十年代以来"乡土文学"的"成绩"),但另一方面也不可避免地带来因循与惰性。八十年代以后的中国"乡土文学"虽然有了多方面的发展,但一个致命的弱点,就是未能全方位地追踪和面对农村社会不断发生的惊人的变革,作家似乎不约而同地把视线限制在传统的乡土和农村(这两个词在现代汉语中的区别是前者偏于强调同一个生活世界的传统的一面,后者偏于强调同一个生活世界的当代的一面)。视觉的固定本来无可厚非,而且传统的乡土和农村也确实存在着许多问题,仍然需要文学给予密切关注,但如果"乡土文学"的整体在八十年代以后仍然仅仅将视线局限于乡土农村,许多实际发生的新的变化就会被排斥在外,比如仍然封闭地写农村和乡土的作家,就不可能关心数量庞大的民工进城这个显著的社会现象,而这一社会想象本身既是传统的乡土农村所发生的巨大变化,同时也深深地介入城市,成为城市社会一个不容忽视的存在。民工介于城市和农村之间,不是单纯的城市现象或单纯的农村现象,二十世纪九十年代几乎占领中国文学中心的所谓"城市文学"固然极少关注城市的这一灰色地带,而正宗的"乡土文学"也很自然地将它置于视野之外。尽管"民工潮"已经涌动了多少年,但因为它处于正宗的"乡土文学"和新兴的"城市文学"两不管的地带,所以始终未曾浮出水面。

八十年代以后,如果只写生活在乡土农村的农民,看不到漂流到城市的民工,"乡土文学"就不能说是完整的。打个不恰当的比方,如果八十年代以后反映知识分子的文学仅仅关注国内的知识分子而忽视了去到国外的知识分子的"文化漂流"现象,也不能说是完整的写知识分子的文学。"乡土文学",如果因为概念的限制而只能写仍旧生活在乡土农村的老式农民,那它就应该另外开辟一个分支,即另外探索一个专门关注漂流进城市的广大民工生活的新的文学样式。这种文学样式的出现,不仅意味着传统的"乡土文学"将发生某种内在转变,也会大大丰富目前还单薄之至的城市文学。

因为对农村实际的人员流动比较隔膜,或者一时不能适应这一新的社会现象,八十年代晚期以来,中国的"乡土文学"实际上已经和当代生活出现了某种脱节,这种脱节在文学创作上也有所反映。许多原来熟悉农村的作家渐渐写不出新作品,只好被迫去写城市,而每每以失败告终;许多作家因为不关心现在时的农村,不得不专门去写过去时的农村,"乡土文学"的当代性越来越淡薄,有些作品甚至干脆演变成"历史小说"。九十年代初,山东作家刘玉堂的中篇小说《最后一个生产队》以敏锐地把握到当时农村社会生产形式的更迭以及农民心理变化而著称,没想到这篇小说标题中的"最后"两字竟有点"一语成谶",象征了乡土作家当代意识的普遍缺乏以及单纯写老式农村的难以为继。这以后,"乡土文学"或"农村题材小说"一直在徘徊、犹豫、迷糊的处境中裹足不前。与此同时,南方(广东《佛山文艺》、《特区文学》和《珠海文学》等)倒频繁推出"打工文学",但由于没有主流文学资源的介入,一直不能提高,甚至堕落为以民工生活为素材的当代传奇以及面向民工的低俗文学消费。《泥鳅》的出现,比起领风气之先的"打工文学",可谓姗姗来迟,但它的意义毕竟和单纯的"打工文学"不可同日而语。《泥鳅》之后,主流的"乡土文学"、"农村题材小说"乃至"城市文学"很可能将积极介入民工这一新的生活空间,迅速提升"打工文学"的水平;更重要的是,这种积极介入将打破"乡土文学"的僵局,打破"乡土文学"在描写对象上的自我限制,从而促进传统的"乡土文学"发生某种内在转变。

2002 年 5 月 28 日

(原载《当代作家评论》2002 年第 5 期)

论近期小说中乡土与都市的精神蜕变

——以《黑猪毛白猪毛》和《瓦城上空的麦田》为考察对象

丁 帆

　　90 年代以来,随着文学作品数量倍增,有许多作品遗漏在我们的视野之外。但就乡土小说而言,在大量反映现实生活的作品中,它却成为一个薄弱环节。有些评论家在 80 年代就曾预言:现代工业化的发展将使乡土小说前景黯淡。这种悲观心理一直左右着乡土小说创作和研究。但是,读了阎连科的《黑猪毛白猪毛》(原刊于《广州文艺》2002 年第 10 期)和鬼子的《瓦城上空的麦田》(原刊于《人民文学》2002 年第 10 期)这两篇小说后,我对乡土小说创作的前景有了新的认识。

　　鲁迅塑造的阿 Q 形象给 20 世纪的中国精神史提供了丰富的内涵。近 90 年过去了,阿 Q 在中国没有死去,他作为前现代农业社会的人性特征依然存在。但是,阿 Q 的性格内容在历史进程中的延伸与扩展却没有得到应有的凸显——作为承载文化意蕴的文学符号,他的精神内涵在这个越来越物质化的时代已经发生了裂变! 对此,作家的哲学洞见和体察生活的艺术感悟力,是创造具有时代意义的人物形象的关键所在。而阎连科试图以《黑猪毛白猪毛》这部短篇去揭示时代的历史内容,其中一种近似黑色幽默的笔法所构成的反讽,使我们在有关人性的描写中寻觅乡村社会生活的症结所在。

　　21 世纪的中国与 90 年前的"五四"时代已不可同日而语,在现代社会形态渗透于乡土生活的时候,以官本位为核心的乡土宗法势力却仍有市场。阎连科在农村的日常生活里,敏锐地捕捉到了时代巨变中那未变的部分,用一个变形故事作载体,再现了现代知识分子的启蒙传统,用黑色幽默的笔触又一次掀起了"鲁迅风"。
但这绝不是简单的话语重复。当作品的人物已经变成比阿Q还要麻木,还要悲
哀,还要可怜,还要不争,还要不幸的"虫豸"时,人们还能保持那份写作的矜持与阅
读的潇洒吗? 还能沉潜于纯客观的"零度情感"的冷漠游戏之中吗?

　　刘根宝这个生活在最底层的农民为了家族延续,也为生存的最基本的需求可
以舍弃一切,因为"实在说,没人欺负根宝一家,可就是因为他家单门独院,没有家
族,没有亲戚,竟就让根宝娶不上一门媳妇来"。为了让自己满足做一回男人的自
然本能的最低欲求,他所梦寐以求的就是为酒后驾车轧死人的镇长去坐牢! 为争
得这份"荣耀",刘根宝在四人角逐中可以牺牲人的一切尊严,他在柱子面前的最后
一跪,与其说是人向物质世界的臣服,毋宁说是一个新世纪的农民在向传统的宗法
势力告饶。

　　　　门一开,根宝就扑通一下跪在柱子面前。
　　　　柱子忙朝后退一步,说,根宝,你要干啥? 你这是干啥?
　　　　根宝说,柱子哥,你让我去替镇长蹲监吧,你好歹成过一次家,知道做男人
　　　是啥滋味哩,可我根宝立马就是三十岁,还不知道当男人到底是啥味儿。

　　如果说阿Q的坐牢与被杀还是有着被压迫者的无奈的话,那么,根宝们的主
动却是对这个时代人性与人的尊严的命题提出的诘问和挑战。21世纪广袤的乡
土社群里还有阿Q的子孙,更令人悲哀的是这样的子孙不是个别的,而普遍生活
在贫困者之中。作品描写去替镇长坐牢就像办大喜事一样:

　　　　村里是许多年月都没有这样送行的喜庆繁闹了,就是偶尔哪年谁家的孩
　　　娃入伍也没有这么张扬过,排场过,可今儿的根宝竟得着了这份排场和张扬。
　　　他心满意足地朝村口走动着,到饭场那儿立下来,扬着手,连声说着都回吧,回
　　　去吧,我去蹲监,又不是当兵。然而无论他如何地解释着说,人们还是不肯立
　　　住送他的脚。

　　读到这里，我们笑不起来，而辛酸背后的是彻骨的凄凉，是同情与怜悯的悲剧情感。乡亲们此时的情感是复杂的，但更多的是以为他们把根宝送进"天堂"——为镇长坐牢狱而换取基本的生存权利，也寻觅到了做人的"尊严"，似乎从根宝的身上也看到自己的希望所在！如大伙说的："根宝兄弟，奔前程了，千万别忘了你哥啊。"正是这言行背后的黑色幽默味道，使我们于无声处听到了乡土社会中精神异化的一声惊雷！

　　然而，与"哀其不幸，怒其不争"的"五四"乡土小说的思想命题相比，与那种自上而下的知识分子视角相比，在阎连科这部同是有着强烈批判锋芒的作品中，更深植了一种感同身受的悲悯，因而具有了一种超越具体时空的人性内容！

　　和许多同类作品相比较，也和阎连科以前的作品相比较，这部作品除了谋篇布局中表现出的构思精巧外，我以为最能打动人的就是作者在不动声色的冷峻叙述下所抒发出的对底层农民的人性关怀。如果拿这篇作品与《呐喊》的叙述风格及主题相比较，可以清晰地看出一个事实——鲁迅尖锐、愤懑和哀婉的叙述风格，在阎连科的笔下逐渐化为以同情与怜悯为主调、以尖刻批判为辅调。这在一定程度上也反映出作者的写作倾向，即在当今社会环境下，对于人性的关注光靠尖锐的批判与鞭挞还不够；唤醒人性，使之成为民族性格的自觉，更要靠悲剧的力量来拯救灵魂的堕落，激烈的批判则是辅助性手段。这反映了阎连科小说的审美选择。

　　作为短篇小说，除了笔墨的经济外，那就是乡土小说的风致所在——风俗画、风景画、风情画的描写：李屠户的杀猪场景，村头饭场上的生活素描，夜半抓阄的情景，月夜与东邻嫂子相亲的谈话，全体乡亲的送行场面……均构成了一幅幅有着浓烈乡土气息的画面，为那个荒诞的黑色幽默故事作了十分殷实的铺陈。

　　风景画是中外所有经典小说的描写精华所在，但是随着都市欲望描写的漫溢，风景画描写逐渐被直接的感官描写所取代。这些直接影响到乡土小说描写特征的"去风景"表现，这是对小说，尤其是乡土小说传统美学的颠覆和挑战。但可喜的是阎连科对恢复和改造乡土风景画描写进行了新的探索。在这篇小说中，风景画的描写已不再是以传统的分段方式将画面与人物和人物心理分割开来了，而是将风景、场景，人物、人物心理融为一体，具有了一种心理风景的意味。例如文章开头的描写就很有特点：

　　春天本该是春天的味道,如花的草的,蓝蓝浅浅的,悠忽地飘散。或者,绿绿的,浓浓的,郁香儿扑鼻,似这深巷里的酒呢。可是,落日时分,吴家坡人却闻到一股血味,红红淋淋,腥浓着,从梁道上飘散下来,紫褐色,一团一团,像一片春日绿林里挟裹着几颗秋季的柿树哩。谁说,你们闻,啥味儿? 把夜饭端到村口饭场吃着的人们,便都在半空凝住手中的饭碗,抬起头,吸着鼻子,也就一股脑儿,闻到了那股血味。

　　用通感的艺术手段来描写景、物、人,这本身就使作品具有一种现代小说的品质,而且作者对美丽的春天的着色是独特的,在浅浅的、淡淡的绿色中,作者染上了浓浓而耀眼的红色,使其抹上了一层浓厚的主观色彩,而这色彩给人的心理直觉却是充满着血腥味的。这就暗示出了这篇作品的基调——在没有杀戮的悲剧中,仍旧能够闻到血腥味;在平淡的描写中,见出激越的呐喊;在无奇的色差中,看到灵魂的颤栗——那才是精神悲剧的深刻之处!

　　90年代虽有大量的农民进城的题材出现,但是,作家多是写出了两种文明冲突下生活在底层农民的生存痛苦与精神两难,写出了他们作为都市"边缘人"的愤怒和作为乡村"局外人"的尴尬,而没有真正地写出他们灵魂深处"自我"精神家园的悲剧性失落。我以为,90年代有一些很值得一看的乡土小说,像《乡村情感》、《走过乡村》、《雇工歌谣》等,它们确实将笔触深入到了社会的痛处,尤其是像《雇工歌谣》那种也是具有黑色幽默意味的乡土佳作,可以称之为90年代乡土小说创作的高峰。但是,对于乡土个体灵魂在两种文明挤压下,"自我"异化与迷失的"现代性"病灶在那些作品中没有得以确诊。近年来这类题材又有所涉及,然而,作品所描写的人物却只有生存的痛苦与艰难,而少有生活在最底层的苦难者、孤独者和绝望者的灵魂悲号。《瓦城上空的麦田》却将聚焦对准这一层人物的生活状态,放大了他们变形的灵魂,以及对这个世界的叩问! 鬼子的创作终于从追求空洞的技术层面上回到了对人性的关注。同样是用近于黑色幽默的艺术手法来表现荒诞,但是,作品写出了乡土社会迁徙者与都市文化发生碰撞时灵魂世界的至深悲剧。

　　李四是什么? 李四就是漂游在城市上空的"死魂灵"! 他们想融入这个高度物

质文明的"现代的"或"后现代的"都市里去，成为安装在这庞然大物中的一颗小小的齿轮与螺丝钉。但是，这个被物质所麻木了的城市却永远拒绝了他们。作者给李四安排的第一次"错死"还具有喜剧效果，但主人公最后的自杀使人毛骨悚然。因为第一次"错死"，李四们真正看清了这个城市是拒绝亲情、友情和爱情的，尤其是传统的"乡村情感"只能遭到嘲笑、谩骂与拒斥。其实，比阿Q还要阿Q的李四至死也没有弄明白他的三个儿女为什么拒绝亲情。道理很简单，李四的身份证丢了，他在这个城市里已经没有了证明自己的身份依据。作者用这个象征性的"道具"，为李四开出了"死魂灵"的"身份证"！作为城市的"边缘人"，李四企图在物质化的城市里找回属于他的那份"乡村情感"，而现实生活却给他以致命的打击。

　　主人公李四用一生心血培养自己的三个子女成为城市人，但就是为了向子女讨一份自己六十大寿的生日情感，他闯入城市，却丢失了"自我"，酿就了那个"历史的必然悲剧"！如果说那个捡垃圾的"我父亲"的死还有其偶然性的话，那么李四的死却是必然的。他在这个城市里是找不到自己的生活位置的，他的思想、观念以及行为方式都与城市的规范格格不入，"自我"得不到确认，便成为城市的"多余人"！小说一步步将李四推向了城市的悬崖。当李四当街高声唾骂他的三个子女的时候，"街上的行人都被他的骂声吓住了，都以为可能是个疯子，也可能是个被抛弃的老人，都远远地闪开了"。其实，明眼人都可以看出小说的潜台词：是李四疯了？还是这个城市疯了？抑或是这个时代疯了？！李四的悲剧就在于不甘心失败，而一次又一次地想唤醒子女的情感记忆，事实证明那种记忆只是一种形式，一种不能走进生活，尤其无法走进人的内心生活的摆设而已。这就是物质化城市的病根所在！人与人的隔膜，我们在大量的外国现代派作品中司空见惯了，而在中国的乡土小说里得以如此深刻地表现，还是不多见的。

　　李四的悲剧还在于用传统的伦理道德去打量城市的现实，他永远活在"乡村情感"中，而他的子女却已融入"城市理性"的生活中。他为情感而活着，而子女们却是为理性活着。这就是乡村与城市的区别，这就是传统与现代之分野，这就是人性与理性的搏杀。其实李四的三个子女并不都是良心泯灭的城市怪物，他们祭奠自己父母时的心情也是真诚的，可是他们永远是沿着城市理性的轨道而惯性地滑行着。当李四一次又一次设计试图让他们认出自己来，而他们却执迷不悟："唯独没有人想一想,他们的父亲是不是真的还活着。"物质化的城市吞噬了人性的正常思维,让人变成了非人。"我和李四曾经想过,是不是跟他们的职业有关呢? 是不是他们的职业把他们的脑子弄成了那样? 其实不是的"。李四们是找不到答案的,"城里的很多事情,他也许到死都弄不清楚"。为什么李香、李瓦、李城只能面对那个死去的父母的灵位,而不能面对这个真正活生生的父亲呢? 在李四来说,"我不相信他们真的这么麻木!"但不幸的是这种麻木已然成为一种约定俗成的规则。作品巧妙地安排了一个细节,让"我"与李四用小偷的伎俩潜入李香的家,试图唤醒他们的"乡村记忆"。"然而,我们进了一家又一家,而且往返进出了好几次,我们从来都没有碰到过哪家有人。我们在楼道上倒是碰到过几次楼里的邻居,但没有人把我们放在眼里。我们在开门的时候也碰着有人上楼下楼,但没有人怀疑我们是坏人,就连一丝怀疑的眼光都没有。其实他们咳嗽一声都能把我们吓得半死,但他们见了我们,好像反而把嘴巴闭上了,闭得紧紧的"。人与人之间的隔膜与无情成为都市的现代魔障,这才是横亘在李四与其子女们之间不可逾越的大山!

可怜的李四最后试图用法律手段解决情感问题,但他又错了,他是个没有"身份"和"身份证"的"黑人",他的身份已经被现代文化注销掉了,他的"自我"也已经在这个"人间"蒸发掉了。于是,作者为一个荒诞的故事赋予了哲理内涵。

"李四的任何抗拒都显得力不从心",真实的死一回才是他唯一的选择! 是城市这个怪兽的血盆大口堵死了他可以生存下去的通道,因为那田园牧歌的乡村之家的"归路"也被摧毁了。作者为整个悲剧设计了一个寓意绵长的情节——李四的老伴在听到李四的死讯后悲愤而死,而李四家的房子作为子女的遗产也被拆光卖掉了。"他的房子没有了。他,一个六十岁的老头,也在他孩子的心中死去了,往下,他该怎么办呢?"李四本是个"麦田守望者",是乡土的"麦田守望者",但是,他错就错在把自己的三个子女也当作一片充满亲情的"麦田",而他美丽的播种结出的却是罂粟的果实。

> 我眼里的一朵白云变成了一块麦田,我发现那块麦田是从远远的山里飘
> 过来的,飘呀飘呀,就飘到瓦城来了。
> ······

　　在每一个当父母的心中，他们的任何一个孩子，其实都是一块麦田，等你长大了，等你结了婚，等你有了小孩，你就什么都知道了。从那以后，不管是送来我的李瓦，还是送来我的李城，送到后我都会到这里来，我总是像现在这样坐着，然后看一看天空，看一看天边的白云，我会觉得我心中的又一块麦田，在飘呀飘呀，从山里又远远地飘到了瓦城来了。那种感觉你可以想象是太幸福了，太幸福了。

　　这种具有浪漫诗意的想象曾经是每一个乡土社会中人的精神需求。自 80 年代以来，社会的转型给农民带来了空前的机遇，但是，当这些"麦田守望者"真正进入城市的时候，就会发现社会生活的矛盾与落差，才是造成城乡文化精神反差的原因所在。如丹尼尔·贝尔在《资本主义文化矛盾》中描述的那样：资本阶段所存在着的文化和精神的矛盾是难以克服的。这就是作家在生活中敏锐发现的并能艺术地加以表现的哲理，作者站在关注人性的立场上来铺衍自己的故事，让小说为社会生活平添生命活力！

　　李四想用自杀来唤醒下一代，尽管他的死也是在万般无奈之下别无选择的选择，死得如此悲壮惨烈！可又有什么用呢？此举丝毫没有打动任何人，因为物化了的人麻木了！亦如"我"的感言："这样的故事，在瓦城不会新鲜太久，三五天我就能在垃圾堆里捡到一个，不同的只是故事的真假。可谁能告诉他们故事的真假呢？你告诉给谁呢？"

　　作品的结尾更加强化了叙述母题的内涵。作者用"托梦"的手法，将一个"麦田守望者"的复仇呐喊演化为一个人性的命题："我是冤死的我当然有仇，你一定要替我收拾他们。……你要是不替我报仇，我就死不瞑目。"一个从乡土社会走向现代都市的农民，他的复仇指向不是扼杀他亲手培育的"麦田"，而是指向了这个物化环境中人性的堕落！至此，这篇小说在揭示"城市边缘人"和"乡村局外人"的灵魂异化中，完成了对乡土与都市的一次精神考察。

　　在这部中篇小说里，鬼子设计了一个具有悬念的故事结构，这就使阅读有了"看点"，但构思的巧妙并不能使其成为一部深刻的具有悲剧韵味的作品，就此而言，《瓦城上空的麦田》在荒诞的故事情节中所融进的带有荒诞风格的语言至为重要,使这部小说在整体上达到了更为动人的悲剧效果。

同属具有荒诞意味的小说,《黑猪毛白猪毛》和《瓦城上空的麦田》在叙述方式上却各有不同,一个沉郁,一个激越;一个大智若愚,一个尖刻犀利。虽然在艺术描写上还偶显出粗糙,但它们在抒写乡土生活时那些得心应手的诗意性描写,更为作品抹上了一片斑斓的色彩,"还乡诗人"的作者面影跃然纸上。而且,以这两篇作品为一个考察视角,或许能够看到中国乡土小说在进入新世纪后一个新的支撑点和新的走向。

（原载《文学评论》2003 年第 3 期）

启蒙视角下的民间悲剧:《生死场》

陈思和

一、民间和启蒙的汇集与冲撞

在 1930 年代的文学创作中,由于"民间"的进入,给新文学的创作带来了一股不同以往的生机和活力。民间文化的思潮不像"五四"新文化运动,是在陈独秀、胡适自主意识很强的情形下推动出来的,它是自发的、无意识的(这些作家中,恐怕只有沈从文有些自觉)。中国现代文学发展到 1930 年代,"五四"知识分子的启蒙精神,实际受到了很大的阻力。在这种情况下,知识分子不可能永远处于上不着天、下不着地的无所依傍的状态,所以这时很多知识分子,包括鲁迅以及当时的一些左翼作家,都在思考以知识分子启蒙精神为特征的文学,或者说文化普及运动,如何真正地跟它的对象——中国的民众——结合起来。

这个时候就有一批新生代作家崛起了,他们的新的艺术实践,使得这些问题的解决在创作上得到了回应。这批作家都是来自中国民间和社会底层,这跟"五四"一代不大一样。"五四"一代作家大多数都是出国留学,接受西方思想,然后带了一套思想或社会改革方案回到国内(北京、上海)来推广,有点像今天的海归派。而老舍、沈从文、萧红、艾芜、沙汀、李劼人等,除了李劼人是留法学生,绝大多数来自生活底层,带了一身属于他自己的乡土文化,进入到这个文坛。像老舍,他是从北京市民中长大的知识分子,与市民文化有着割不断的血肉联系。萧红则来自开阔和粗犷的北方,坎坷的生活经历和敏感的内心,使得她的文字非常贴近中国存在的现实。我把从他们创作中体现出来的一个比较广泛的创作思潮,界定为民间文化的思潮。

由此而来的是民间与启蒙的关系问题。从表面上看,它们是对立的。以启蒙的眼光来看,中国的民间始终处于封建的野蛮的落后的愚昧的生活状态中,是需要现代知识分子来启蒙的。启蒙,就是拿了西方先进的文明思想武器来开启民众的心智,提高民众的素质,这是启蒙文学的基本特征。鲁迅所开创的乡土文学就有这个特点,我们读《阿Q正传》、《风波》、《药》等等,在鲁迅笔底下的很多人物都处于被启蒙状态。而民间则是另外一种状况,当一批作家从生活中的民间社会来到文化的中心城市,并且献出自己文学创作的时候,他不自觉地连带出自身的生命能量,他们所要表现的是,在高度的压迫之下,在非常残酷的生存环境之中,中国的民间是如何生存的。

中国的民间其实是非常有力量的,没有力量,它就不可能生存下去。如果以启蒙的角度来看,民间就是落后的、愚昧的、没有力量的,它也理所当然是不合理的,肯定要被消灭。如果用进化论的眼光来看,文明一定要战胜愚昧落后的,强大的一定要消灭弱小的。但是,真正来自民间的作家不是这样理解的,他从另外一个角度来看:中国的民间那么愚昧、落后、糟糕,可是,它没有被淘汰,还在顽强生存。那么,他们在追问维持这种生存的真正力量在哪里?中国的民间生活方式有没有合理性?这些问题过去都没有人认真考虑过。萧红谈到过她与鲁迅的区别:"鲁迅以一个自觉的知识分子,从高处去悲悯他的人物。……我开始也悲悯我的人物,他们都是自然奴隶,一切主子的奴隶。但写来写去,我的感觉变了。我觉得我不配悲悯他们,恐怕他们倒应该悲悯我咧!悲悯只能从上到下,不能从下到上,也不能施之于同辈之间。我的人物比我高。这似乎说明鲁迅真有高处,而我没有或有的也很少。……这是我和鲁迅不同处。"[①]这一方面道出了她的创作所受到的鲁迅的影

① 转引自聂绀弩:《萧红选集·序》,《萧红选集》,人民文学出版社1981年版,第4页。

响,《生死场》就有对国民性的批判,另一方面又表明萧红是站在与鲁迅不同的位置上来观察和表现生活的。一个人受了一些新文学影响,带了自己非常丰富的感情和生活经验闯入文坛,她的作品里面包含了两方面因素:一方面她是受了新文学的影响,她要用"五四"新文学的启蒙精神来剖析她的家乡生活;可是另一方面,她自身带来的家乡民间文化,个人的丰富的生活经历,抵消了理性上对自己家乡和这一种生活方式的批判。这两者之间就产生了非常巨大的冲击力。

《生死场》中,启蒙和民间两种元素体现得都很充分。从大的方面讲,这个作品写的是这里的人是如何从愚昧、麻木的状态到最后的觉醒和反抗,这很明显是以启蒙的眼光来看的。比方说作品中的人物,都如同动物一般生活着,用胡风的话说,就是"蚊子似的生活着,糊糊涂涂地生殖,乱七八糟地死亡"①,用这种居高临下的眼光看待民间生活,看芸芸众生都是没有灵魂的动物一般。像麻面婆,作者写她的语言都是那些蠢笨的动物:"眼睛大得那样可怕,比起牛的眼睛来更大。""那样,麻面婆是一只母熊了! 母熊带着草类进洞。""让麻面婆说话,就像让猪说话一样,也许她喉咙组织法和猪相同,她总是发着猪声。"②同时,作品中对农民文化的软弱性的批判也很强烈,比如赵三本来要反抗地主的压迫,却不幸因失误而进了牢狱,地主为了笼络他,把他从监狱中弄了出来,他出来以后锐气顿失,不断地说"人不能没有良心",拼命为地主讲好话,作者在写这个人的时候是用一种嘲讽的笔法,带着批判意味的,至少可以说他是没有觉醒的,还处于蒙昧的意识中。这都带着启蒙的印记,但如果《生死场》仅仅是这些,那它最多是一部思想进步的作品而已,还谈不上是一部有生命力的艺术品。问题是作者在这同时,凭着她对民间世界的了解和对底层人的情感,以她特有的艺术直感,写出了民间生活的自在状态,这使《生死场》又具有非常震撼的真实,作者没有粉饰什么,就像赵三,中国农民就是这样,为情感而打动,重伦理,讲良心,看重民间简单的原始道义。中国农民天性中本来也有着不稳定性,受了惊受了挫折,他就不敢再尝试了,这是非常真实的,而没有故意去塑造一个高大的农民英雄。包括后来日本人来了,这里的民众已经萌发了反抗意识

---

① 胡风:《读后记》,《萧红全集》,哈尔滨出版社1991年版,第145页。
② 本讲引用的《生死场》原文,均依据哈尔滨出版社1991年出版《萧红全集》。

的时候,作者也没有刻意去拔高什么,写"爱国军"举着旗子从家门口走过,"人们有的跟着去了。他们不知道怎样爱国,爱国又有什么用处,只是他们没有饭吃啊!"(一五、《失败的黄色药包》)这是大实话。在第十三章《你要死灭吗?》中,因为抗日宣誓,找不到公鸡,只好杀与二里半相依为命的羊,二里半也不舍得,但也清楚救国事大,所以酸酸地说了句:"你们要杀就杀吧! 早晚还不是给日本鬼子留着吗!"但当人们在庄严的豪情满怀的宣誓中,非常有戏剧性的一个场面出现了:"只有二里半在人们宣誓之后快要杀羊时他才回来。从什么地方他捉一只公鸡来! 只有他没曾宣誓,对于国亡,他似乎没什么伤心。他领着山羊,就回家去。"这是非常逼真的一幕,在中国民间,似乎没有什么比与个人生存相关的东西更被看重的了。作者在写这些的时候,并非一味地批判,相反,她在更大程度上是不断地在认同和强化这些生存的法则。

　　而且,谈到爱国主义的问题。那是什么时候? 是抗日战争烽火起来的时候,"九一八"事变,东三省已经建立了满洲国,日本人马上要侵略中国,民族感情高涨的时候。在这种时候,很多人出于爱国,出于激励民众保卫国家的需要,往往是把日本人占领以前的生活描写得很好,田园风光,农民与世无争,处在田园牧歌中。然而日本飞机来轰炸了,老百姓流离失所,一切都变得暗无天日了。有一首歌叫《我的家在松花江上》,就是说家乡的土地多好,庄稼多好,人多好,现在我们都失去了。当时抗日的时候,这样的一种宣传是需要的,而且这种宣传是能够激励起大多数人的爱国情绪。但是,萧红不是这样。萧红写到的那种不能忍受的生活,就像胡风说的,像蚊子一样的生活(我觉得小说的前半部分写得好,日军占领以后的场景还是比较概念化的),恰恰是日本人占领以前,是在抗战以前的中国,一个古老的中国。那么当日本人进入以后,生活更糟糕,连蚊子一样的生活也做不到了,人都被杀掉了,然后这些人要起来反抗,那么,以前是不是值得留恋呢? 也不值得留恋。鲁迅曾经说过一句话,当我们在提醒读者做异国的奴隶是很糟糕的时候,千万不要因为这样宣传了,就反过来说,我们宁可做自己人的奴隶。做自己人的奴隶也是糟糕的。对于人类来说,只有两种,一种是自由尊严的生活,一种是奴隶一样的没有自由没有尊严的生活。对于没有自由没有尊严的生活,不管是自己人统治还是外国人统治,都是一个概念,都应该对这种生活方式深恶痛绝。所以,萧红的《生死场》整个境界就比一般当时宣传抗日的要高得多。但是这样的东西不容易被人接受,人家就会说,中国东北的农民那么苦,那么落后,那么愚昧,那么日本人就应该进来。可是萧红,她作为一个作家的良知和严肃性,就在这里体现出来,她并不因为日本人侵略了,就要把以前说得那么美好,这也是《生死场》比较独特之处。

过去很多启蒙知识分子离开自己家乡的时候,好像是掐灭一个香烟屁股,恨不得赶快把这噩梦一样的生活结束掉,然后奔向新的生活。就像 20 世纪 80 年代许多人出国时的感情一样,可是到了新的现实生活环境当中,在现代社会一滚一爬,沾了很多污秽的东西以后,他突然发现,生活并不是他想象的那么简单。所以有的时候,这两种文学也是有冲撞的。这种冲撞在萧红的作品里表现得特别强烈。萧红不像沈从文,沈从文是用美化自己家乡的办法来抗衡都市的现代文明,而萧红则在坚持启蒙立场,揭发民间的愚昧、落后、野蛮的深刻性上和展示中国民间生的坚强、死的挣扎这两方面都达到了极致。所以,我毫不犹豫地认为,萧红是中国现代文学最优秀的作家,张爱玲跟她相比就差得多了,不是差一点,整个生命的容量上不是一个等级上的。张爱玲完全是大都市培养出来的一个非常苍白的聪明女人,可是,萧红是很不聪明的,很粗糙的,甚至有点幼稚、原始,但是,在生命力的伸展方面,她所能包容的丰富性和深刻性,远在张爱玲之上。中国的读者喜欢张爱玲而不喜欢萧红,我觉得是很可悲的。

二、《生死场》的文本解读

(一)原始的生气和生命的体验

《生死场》创作于 1934 年,萧红跟萧军结合后,一人写了一本长篇小说,萧军写的是《八月的乡村》,萧红是《生死场》。当年的 4 月 20 日至 5 月 17 日,《生死场》曾以《麦场》、《菜圃》为题在哈尔滨的《国际协报》副刊发表了前两章,后来萧红、萧军两个人从大连逃到青岛,在青岛完成了这部作品,并将原稿寄给了远在上海的鲁迅,那时他们也不认识鲁迅。同年 11 月,他们两个人也到了上海。他们生活没有着落,作品也发表不出去,只好求助于鲁迅,鲁迅开始通过一些关系帮他们发表作品。本来想通过正常渠道出版他们的著作,但因为内容都与抗日有关,在国民党图书检查委员会那里通不过。鲁迅只好将稿子拿回来,以"奴隶丛书"的名字自费出版,其中只有三部书稿:叶紫的《丰收》,萧军的《八月的乡村》,萧红的《生死场》,鲁迅分别为它们写了序言,对于《生死场》,鲁迅似乎特别重视,还请胡风为它写了《读后记》,他们高度评价了萧红的创作,一下子就奠定了她和萧军在上海文坛的地位。

萧红后来还写过一部长篇小说《呼兰河传》,还有一个短篇《小城三月》,都是非常精致的小说。但我今天为什么偏偏要讲一部还不太成熟的《生死场》呢?并不是说我不喜欢《小城三月》和《呼兰河传》,其实《呼兰河传》是萧红艺术上的一个精品,艺术上几乎达到炉火纯青的状态,《小城三月》是一个迷你的《呼兰河传》,但是,我更喜欢《生死场》,主要是看重《生死场》给中国文学带来的冲击。这个作品很不成熟,但是它有原始的生气,有整个生命在跳动,有对残酷的生活现实毫不回避的生命体验。

萧红在这个作品里面写了东北一个小村庄中一群人生生死死的生命状态,写法上可能会让人挑出很多粗糙的毛病,但作品中惊心动魄的力量也直逼人心。比如第七章《罪恶的五月节》中写到的王婆服毒自杀,棺材买了,坟也挖好了,剩下最后一点气息了,"嘴里吐出一点点的白沫",这时候几年没有见到的女儿回来了,她不知道母亲这个样子,她本来是生活不下去,投奔母亲而来的,所以看到这个情景,感情有一个巨大的逆转:"那个孩子手中提了小包袱,慢慢慢慢走到妈妈面前。她细看一看,她的脸孔快要接触到妈妈脸孔的时候,一阵清脆的爆裂的声浪嘶叫开来。"这种哭声绝对不是那种娇小姐的有气无力的哭哭啼啼,它是迸发出来的,是"爆裂的声浪嘶叫开来",带着一种埋在心底的力量,非常有穿透力。大家都在呼天抢地地哭,男人们都在嚷叫:"抬呀!该抬了。收拾妥当再哭!"好像人死了根本不当一回事儿,他们完全没有感情,只是在完成一件工作,所以要"收拾妥当再哭",这也不是那种细腻的情感,而是粗糙的,没有一点软绵绵的温情。女儿的到来让大家弄清楚王婆自杀的原因,原来是当胡子的儿子死了。大家在心理上已经接受了王婆的死,可谁知道事情却突然又有了变化:"忽然从她的嘴角流出一些黑血,并且她的嘴唇有点像是起动,终于她大吼两声……"于是有人慌忙喊死尸还魂,怎么办?拿扁担去压!"赵三用他的大红手贪婪着把扁担压过去。扎实的刀一般的切在王婆的腰间。她的肚子和胸膛突然增涨,像是鱼泡似的。她立刻眼睛圆起来,像发着电光。她的黑嘴角也动了起来,好像说话,可是没有说话,血从口腔直喷,射了赵三的满单衫。"血都喷了人一身,写得够恶心的,但在垂死挣扎中人的顽强的、坚韧的生命力也可见一斑。写到这里,大家觉得她必死无疑了,人也装到棺材里面了,要钉棺材盖了,但是"王婆终于没有死,她感到寒凉,感到口渴",她说了句"我要喝水",就活过来了,前面非常夸张地写到了死前的挣扎,可是这么平静的几句叙述中她又活过来了,如果我们从理性的角度说,至少前面应该有一个铺垫,她没有死,可是前面写到她那么像死的样子,怎么又会活过来? 当然你一定要找理由也是可以找到的,赵三拿扁担一压,黑的血吐出来,就把毒的东西都吐出来。但是我觉得,萧红的小说里,好多这种场景中对生命的那种体会、那种感受,都是写到了极致,生命不是按照我们正常逻辑在那儿慢慢演化,她写到人死的时候,就把死的状况写到了极点,好像生命已经死灭掉了,可是突然一个转变生命又活过来,爆发出一个新的迹象。在这种极端的状况下生命中本质的东西才显露出来。如果是进入到文明状态,她不会这样写,这种极端的状态属于另外一套话语系统。再比如里面写到金枝怀孕以后非常痛苦,她摘柿子,把青色的柿子摘下来,她妈妈一看到这个情况非常生气,就用脚踢她,然后她就说,"母亲一向是这样,很爱护女儿,可是当女儿败坏了菜棵,母亲便去爱护菜棵了。农家无论是菜棵,或是一株茅草也要超过人的价值。"(二、《菜圃》)这是典型启蒙的话语,鲁迅式的启蒙主义语言,但是它里面写到这种人性的残酷完全出于本能的。这种本能的冲撞,残酷的表现,都是带有血淋淋的惨痛。看到这里,我就想到萧红在《呼兰河传》中所写到的"在我三岁的时候,我记得我的祖母用针刺过我的手指","她拿了一个大针就到窗子外边去等我去了,我刚一伸出手去,手指就痛得厉害"。[①] 估计这是萧红小时候真实的经历,在生命非常粗糙的环境当中,野蛮已经成为习惯,甚至弥散在亲人之间了。萧红有这种惨痛的经验,她才会写出了金枝和她母亲的这种关系。

《生死场》写得很残酷,都是带血带毛的东西,是一个年轻的生命在冲撞、在呼喊。我觉得这样的东西才真是珍品! 她的生命力是在一种压不住的情况下迸发出

---

① 《萧红全集》,第 759、760 页。

来的,就像尼采说"血写的文学"。这样的作品,在文学史上具有至高无上的价值。这不能用一般的美学的观念去讨论,它要用生命的观念去讨论。所以,这部《生死场》是一部生命之书。

关于民间理论,我曾写过很多文章,但是,我一直没有写出一篇谈民间的美学理想的文章,民间的美是什么？很难一下子说得清,但它有这种能力,把一切污秽的东西,转换为一种生命的力量。这样一种东西,很难说美,美不美就看生命充沛不充沛。而生命充沛总是美的,生命的充沛总是带来一种原始的血气、一种粗犷、一种力量,这样的东西在美学上,我认为是最高的境界。第一义的美一定是来自原始生活,来自朴素的大地,是健康的、与大自然是沟通的。至于残缺的美、病态的美、生肺病的美,这是第二义的,第二境界的。就好像我们在讨论人物,像林黛玉当然是很美的,但这是一种病态的美,病态实际上不美,它里面有心理层面,有感情层面,很多东西来配上去讲的才是美的。好像一棵树,一片原始森林浩浩瀚瀚,郁郁葱葱,才是美的,总是比一个盆景,一个松树树枝弯来弯去的要美,你把树枝弯了十二道弯,你说他手工很巧,但这不是树本身美,是你自己做出来的。但是另一方面,自然本身又是可怕的,残酷的,当我们在讨论这个美的时候,绝对不能忘记它残酷的一面。中国的古诗、西方的名画在表现大自然的时候,总是表现恬静的静止的东西,它只选取一个场面,把一个大自然的景象定格下来,这当然非常美。但是,如果你进入到生活场里,到大自然本身当中去,它根本就不是静止的、定格的,它是生生不息的,它美,就是因为它有生命。永恒的东西就不是生命,生命一定是生生死死的。这个生命的转换就是大自然。自然总是一年四季,春夏秋冬,自然里面总归有山崩地裂,有地震,有洪水,无数次循环。人也是这样,总归有死亡有诞生。在这个过程当中,没有一个静止的美,当我们在讨论自然美的时候,静止的美还是第二义的,更高的美是一种动态的美,永远在涌动的这样一种生命的东西才是真正的美。那么,这样一种美的东西,它一定不是纯净的、纯粹的。所以我用了一个词,这个词其实很不好,我把它活用了,就是"藏污纳垢"。藏污纳垢是很可怕的,污和垢都是生命当中淘汰出来的东西,但问题是,大自然一定是藏污纳垢的。我们仔细看看空气,空气里都是细菌、肮脏的东西,大地也是这样,生命也是这样。死的东西,它转化为腐殖质来肥沃土地,就转化出另外一种生命。你走进原始森林,第一个闻到的就是一股腐烂的味道,大量的树叶都掉下来腐烂,以后它就生出肥料,滋养生命。我们所谓的沼泽地就是靠各种各样的死亡的东西去腐烂,然后它形成一个新的有生命的世界。

《生死场》中所描绘的世界就是一个"藏污纳垢"的民间世界。这个作品的开场似乎是很诗意的田园图景:

　　一只山羊在大道边啮嚼榆树的根端。

　　城外一条长长的大道,被榆树荫蒙蔽着。走在大道中,像是走进一个动荡遮天的大伞。

　　山羊嘴嚼榆树皮,黏沫从山羊的胡子流延着。被刮起的这些黏沫,仿佛是胰子的泡沫,又像粗重浮游着的丝条;黏沫挂满羊腿。榆树显然是生了疮疖,榆树带着偌大的疤痕。山羊却睡在荫中,白囊一样的肚皮起起落落。

　　菜田里一个小孩慢慢地踱走。在草帽盖伏下,像是一棵大形菌类。捕蝴蝶吗?捉蚱虫吗?小孩在正午的太阳下。

　　很短时间以内,跌步的农夫也出现在菜田里。一片白菜的颜色有些相近山羊的颜色。

　　毗连着菜田的南端生着青穗的高粱的林。小孩钻入高粱之群里,许多穗子被撞着,从头顶坠下来。有时也打在脸上。叶子们交结着响,有时刺痛着皮肤。那里是绿色的甜味的世界,显然凉爽一些。时间不久,小孩子争着又走出最末的那棵植物。立刻太阳烧着他的头发,机灵的他把帽子扣起来,高空的蓝天遮覆住菜田上闪耀的阳光,没有一块行云。……(一、《麦场》)

榆树,山羊,大道,菜田,高粱地,农夫,这是东北特有的风光,但你马上就会发现它跟沈从文笔下的场景截然不同,《边城》在言说自然美之后,接下来是写民风的淳朴,连妓女都带着情义,但《生死场》首先出场的是"罗圈腿",他的羊丢了,就没头没脑地去找羊,又因踩了邻人的菜而打架。就是在农民劳动之后的休息时间,大家坐在一起闲谈,内容也毫不温馨,与沈从文笔下的老爷爷给翠翠讲的故事不能比拟,这里的王婆讲的故事是充满血腥的,是讲她怎么把三岁的孩子摔死:"我把她丢到草堆上,血尽是向草堆上流呀!她的小手颤颤着,血在冒着气从鼻子流出,从嘴也流出,好像喉管被切断了。我听一听她的肚子还有响;那和一条小狗给车轮压死一样。我也亲眼看过小狗被车轮轧死,我什么都看过。"(一、《麦场》)这完全是一个混乱的肮脏的、甚至令人恐怖的世界。小说中几次写到了坟场,那种弥漫着死亡气息的地方,是当地人生命状态的一种形象的展示,这个场景也充满着隐喻性。先是小金枝被父亲摔死后,所展现的乱葬岗的情景:孩子已经"被狗扯得什么也没有","成业他看到一堆草染了血,他幻想是小金枝的草吧!他俩背向着流过眼泪。""成业又看见一个坟窟,头骨在那里重见天日。""走出坟场,一些棺材,坟堆,死寂死寂的印象催迫着他们加快着步子。"(七、《罪恶的五月节》)生命消失了连个痕迹都留不下,可见生命的价值和分量。这里不是给亡魂们安宁的墓园,这是躁动的、永远也无法安宁下来的世界,在这个世界中,所谓的痛苦和忧愁已经脱离了它本来的意义,变得既不重要但又深入骨髓。在第九章《传染病》中,瘟疫再次将死亡带给了这里的人们,作者写坟场的笔调很低沉,在这低沉的调子背后是一股强调的力量,被压抑的要崩溃的力量,它在展示生命如蚊虫一样低微的同时,也展示了生命的韧性:

乱坟岗子,死尸狼藉在那里。无人掩埋,野狗活跃在尸群里。

太阳血一般昏红;从朝至暮蚊虫混同着蒙雾充塞天空。

……

过午二里半的婆子把小孩送到乱坟岗子去!她看到别的几个小孩有的头发蒙住白脸,有的被野狗拖断了四肢,也有几个好好地睡在那里。

野狗在远的地方安然的嚼着碎骨发响。狗感到满足,狗不再为着追求食物而疯狂,也不再猎取活人。

完全是一幅生命自生自灭、没有人理会没有人关心的图景,这是民间世界的自在的图景。它带着原始的野蛮和血气,就像作品中几次写到的野狗在咬死尸,"嚼着碎骨发响",这是生命跟生命之间的凶残的吞噬,完全是一股令人颤栗的原始状态。作为一个女性作家,萧红能够感受到生活中的这种粗犷和力量,也正是她不同于别人的大气的地方。

(二) 生的坚强和死的挣扎

接下来的问题也很明显,在这样一个民间世界中,人们之间究竟有没有爱的存在? 刚才有的同学在质疑。他认为在萧红的作品里,男女之间的爱、父母与子女之间的爱以及对祖国的爱,这三层爱的意义都是由肯定到否定的一个过程,换言之,爱在萧红的作品里都是毁灭性的。我觉得,这个问题实际上涉及对于民间文化现象的一种认知,这个同学的看法延伸出去,是说在我们中国普通的民间,所有爱的萌芽都会被现实生活所毁灭。这种人生也是悲哀的。这种悲哀是从"五四"以来启蒙主义者的观点来看的,像鲁迅说过,中国是一个"无声的中国",就是说这个民族没有生命力,因为它所有的生命力都被统治阶级压抑住了,那种极端的贫困,那种野蛮的文明,把人的个性全部抹杀了,建立在个体之上的各种各样的心理因素和感情因素都失落了。

那么,我们该怎么看《生死场》? 从这个作品的出版到今天已将近七十年过去了,如果里面的小金枝活着,现在已经是老太婆了,为什么一直到今天我们还在讨论它,讨论爱存在不存在这些问题? 我发现刚才讨论当中,大概有一半以上的同学是从农村来的,都谈到萧红的《生死场》跟自己家乡比较是差了多少,或者说是差不多。我觉得,不在于农村的现实状况是否发生了变化,这不是很重要的一个问题,重要的是人类的感情生活、人类的生命力的表现,这个问题是超越时空的而不是以时间为尺度来计算的。这跟科学不一样,科学有一个时间的界定,比如我们用的是什么车,我们可以用速度来定量分析,今天是马车,明天会变成汽车,后天火车,再后天会变成新干线、磁浮列车,它总要变,而一旦变了,就可以把前面的东西淘汰掉。历史也是有时间界限,我们谈历史一定要谈时间,公元前是什么,公元后是什么。但是,文学是诉诸人的感情和生命的,而人对自我的感受,对生命的感受,永远是从一个原点出发,它不随着时间的发展而变化,在这个意义上是没有时间的。我们今天读屈原的诗,读唐诗宋词,读《红楼梦》,读西方的一些文学名著的时候,如果我们说这个书只不过是古代的一部伟大著作,跟我们今天已经没关系了,那我觉得,这部书就该淘汰了。但真正的文学是不会淘汰的。我们今天读很多古代作品,不能感动,是因为语言变了,比如《诗经》或《楚辞》,我们先要拿了一本词典查,那查下来就趣味索然了。如果我们没有这样一个语言障碍的话,很多问题它还是诉诸人的最基本的东西。那么,一部好的文学作品,哪怕它隔了几百年、上千年,到今天,我们读起来仍然会感受到很多很多,它好像依然活在我们身边。这是文学的魅力,文学之所以一代一代不断地被人咏唱,就是因为它诉诸人的生命、人的感情。但感情是非常不牢固的,因为现实生活要发生变化,它不可能永恒、不可能持久,尤其是要达到非常纯粹的、跟生命相连的状态,只能是在人生中的非常短暂一刹那的瞬间。它稍纵即逝,最好的例证在《浮士德》(Faust)里,浮士德一生都不满足,直到生命的最后时刻他才说,人生是多么美好啊,时光你停一停。那时候他的眼睛已经瞎掉了,他感受到的是幻觉,但这个幻觉当他真实感受到并吐露出来时,他的灵魂就被魔鬼抓去了。因为他跟魔鬼签订了协定,不能满足,不能感受生活的美好。也就是说,即使在西方基督教文化里边,美好也只是一瞬间的,当你感受到这种美好的时候,灵魂已经被上帝或者被魔鬼带走了。但人类存在一天便会不停顿地去追求它、去迷恋它、去感受它,对这样一种情感或生命状态的叙述和表达就是文学,所以我们才会有一代一代的文学。一代一代的文学作品反复咏唱的永远是一个主题,即我们人类生命最本体、最本原的东西,无论用音乐、用绘画、用文字,甚至于现在用现代化的电影,人类在不同的时间,用不同的手段,他所表现的永远是一个稍纵即逝的东西。如果这个东西像一块石头一样存在在那儿,那就不需要人类一代一代去咏唱,只要有一块石头就够了。而恰恰它不是永恒存在的,是稍纵即逝的,所以,爱情是没法证明的,你所有被证明的已经不是爱情,是另外的东西了,那真正存在你心中,也就是一瞬间。那就是人对于美好、对于完美、对于爱这样一系列人类精神生活的永恒探索。文学就是人类一代一代去探索这样一个永远不能达到、但永远要追求的东西。

　　萧红的《生死场》首先就是把自己所有的生命感受跟生活经验毫无保留地、赤裸裸地写给大家看,所以,我相信,《生死场》就是萧红家乡的一个描绘,如果没有这种生活经验就不可能写到这个程度。比如她如果没有自己体会到生孩子的痛苦,她就写不出那么恐怖的生孩子的经验。同样没有母亲那么残酷对待子女,她就写不出金枝和她母亲之间的关系。① 我们在冰心的小说里是读不出这些东西的,冰心整天在说"梦话":什么天上下雨了,鸟躲到树里,心中的风暴来了,躲到母亲的怀里……萧红对所有这一切的描绘,对真实的追求和表现,是一种力量,一种真心的袒露。现在有很多作家,心理比较阴暗,老是去找一些肮脏的东西给人看。但是,萧红这个作品非常坦率地把她对生活的感受和生活的真相都告诉大家,她并没有刻意去强化它,她的有些议论是内心自然、真诚的流露。比如金枝的母亲打女儿,她就说:"母亲一向是这样,很爱护女儿,可是当女儿败坏了菜棵,母亲便去爱护菜棵了。农家无论是菜棵,或是一株茅草也要超过人的价值。"(二、《菜圃》)她这些话中没有那种知识分子高于民众、对民众的愚昧的嘲笑,或者愤恨,而且正是在这种表现当中,萧红把自己的爱心也表现出来。尽管她描写的所有的人都是野蛮的,都是我们今天看来不能忍受的,可是,所有这些人又恰恰是我们生活当中最最宝贵的生命,每个人都是有尊严的。就像麻面婆,麻面婆是一个低能的女人,可是这样的女人,她也知道努力,知道要引起人家注意,她"听说羊丢,她去扬翻柴堆,她记得有一次羊是钻过柴堆。但,那在冬天,羊为着取暖。她没有想一想,六月天气,只有和她一样傻的羊才要钻柴堆取暖。她翻着,她没有想。全头发洒着一些细草,她丈夫想止住她,问她什么理由,她始终不说。她为着要作出一点奇迹,为着从这奇迹,今后要人看重她。表明她不傻,表明她的智慧是在必要的时节出现,于是像狗在柴堆上要得疲乏了!手在扒着发间的草秆,她坐下来。她意外的感到自己的聪明不够用,她意外的对自己失望"(一、《麦场》)。一看就很好笑,傻傻的,笨笨的,但作者的笔调却非常严肃,麻面婆一直想努力把事情做得好一点,这就是人活着的尊严。包括金枝,也包括王婆的丈夫赵三,还有二里半,都是很委琐的人,可是,到最后真正

---

① 1932 年 8 月的一个黑夜,萧红在洪水中的哈尔滨被急送到医院待产,后在极其痛苦的情况下产下一女婴。萧红后来曾在小说《弃儿》中记下自己这一痛苦的经历:"芹肚子痛得不知人事,在土炕上滚得不成人样了,脸和白纸一个样……""这种痛法简直是绞着肠子,她的肠子像被抽断一样。她流着汗,也流着泪。"(《萧红全集》,第 157 页)关于她跟生母和继母的关系大体是这样的:她出生在一个重男轻女的家庭中,三岁的时候,弟弟出世,后夭亡;六岁的时候,次弟出世。弟弟出生后,母亲便把更多精力和爱心都倾注到弟弟身上,对她感情逐渐淡漠。九岁的时候,生母去世,不到三个月,父亲即续弦,"这个母亲很客气,不打我,就是骂,也是指着桌子或椅子来骂我。客气是越客气了,但是冷淡了,疏远了,生人一样"(萧红:《祖父死了的时候》,《萧红全集》,第 927 页)。以上情况也可以参见季红真:《萧红传》,第 19 章"生产前后",北京十月文艺出版社 2000 年版。

关键的时候,那种顶天立地的豪情也都迸发出来了。赵三在抗击日本人的宣誓中流着泪说:"国……国亡了! 我……我也……老了! 你们还年青,你们去救国吧! 我的老骨头再……再也不中用了! 我是个老亡国奴,我不会眼见你们把日本旗撕碎,等着我埋在坟里……也要把中国旗子插在坟顶,我是中国人! ……我要中国旗子,我不当亡国奴,生是中国人,死是中国鬼……"(一三、《你要死灭吗?》)他年轻的时候反抗地主没有成功,窝囊了一辈子,这个时候的豪气又被激发出来了。二里半最后不也是在打听"'人民革命军'在哪里"吗? 萧红写了一群不像人的人,可是萧红没有说,这种不像人的人就没有生存的权利。这些人过的都不是正常人的生活,可是,就在这种生活当中,人也有尊严。正如胡风在《读后记》中所说的:在一个神圣的时刻,"蚁子似的为死而生的他们现在是巨人似的为生而死了"。①

由此,来理解中国民间社会的"爱"的问题,很多东西可能会更明朗。爱本来是一个很抽象的名词,它只有跟情连在一起,并转换为一种感情,作为感情当中的一种因素,我们才能把它说到实处。但不同时间、不同环境、不同空间的人,在爱情这个概念上,理解是不一样的。人类经常说到爱情,当大家在讨论这个问题时,是对爱有过一个界定的。在西方,爱的界定,我认为最早是跟宗教、跟神的概念连在一起的,爱首先是从对上帝的爱开始,把自己完全奉献给上帝,是献身。献身,就是把自己交给别人,或者说,把我的身体或一切奉献给一个抽象的东西,那就是上帝或者神。这个过程叫爱。这个感情后来世俗化,变成人的爱情、情欲、欲望等,但是在世俗化里面,人们在界定爱情时候,一定有个概念,比如,有人说,他们结合又不是为爱情,她是为了一座房子,这种说法很多的,那就是人家看出这个爱里面有功利,你有索取的,有索取的不是爱,爱是一种献身,是一种奉献。当你因为一种喜欢,而不是被迫的,愿意把自己一切交给对方,或者愿意为对方做出自己力所能及,甚至是力不能及也要去做,这样一种动力叫爱。

那么,这种动力是哪里来的? 这是一个感情的因素,但是同时,我认为也有生命的因素。回到伦理学上来说,这是人的一种本能。在人的生命本能里面,有一种东西是要求牺牲自己的。因为人的生命没有永恒,生命从生出来开始,每一分钟、

---

① 《萧红全集》,第146页。

每一秒钟都在死去,生命能量就是不断地在耗费。就是说,生命的过程不是一个生长过程,而是一个消耗的过程,就好像一盆火,火不会永远烧下去的,火点燃了以后,它就是在消耗燃料,到最后,燃料没有了,火就熄灭了。宇宙、地球,实际上都是一个消耗的过程,人的过程当然也是消耗过程,这是最本质的,生命就是这种状态。但是,生命跟其他东西不一样,一本书你把它撕坏,就没了,一个动物或者一个人,他虽然老了死了,可是他有一个再生殖的能力,会再生出另外一种生命力量,比如说,他通过结合生孩子,那么他把生命又移交给孩子,他死掉了,可是孩子还能够活着。我们说某某人的精神永垂不朽,如果这个精神没人问了,那早就死掉了,但是他的思想学说、能量能够传播给别人,别人继承下去,这叫永垂不朽。整个人类也是这样。生命不仅有消耗的本能,还有再生的本能。这是生命的一个基本状态。这样一个过程,是生命运动的过程。而爱,我认为,是一个人的生命本质的感情,它符合两个标准,一个是消耗的过程,所谓的爱一定是把自己的东西消耗出去。另外,爱是有再生能力的,比如我这个爱托给了她,她可以再生出爱,不是说,一生只有两分钟的爱情,比如结合以后,爱的形式变了,会更爱,它会一直生存下去,那么这也是再生的力量。所以我觉得,如果人类没有爱,这个种族就不会延续下去,种族需要通过繁殖,通过生存来使生命延续。那么,这个延续过程当中,爱的力量是凝聚整个力量,但爱是一个比较抽象的概念,如果我们分解到原始的感情,那就是自我牺牲的感情,种族为了使生命保留下来,需要这种自我牺牲,他会牺牲掉某种东西来维护一个群体的东西。那么,我认为,我们在讨论爱的时候,其实最根本的是在这样一个问题上。

可是,随着我们进入了文明时代以后,特别是进入到资本主义时代,人们的宗教意识已经非常淡漠,说西方人的爱是建立在上帝之上,这大概在两千年以前是这样,现在是很难说了。随着资本主义的人对于物质利益的无限制的贪婪和追寻,这样一个基本的生产规律、生产力的刺激和社会发展,人类原始的生命的东西已经渐渐没有了,就被遮蔽掉了。以后,对爱的意识和理解,它本身被修改,就不是本质的东西,是再生出各种各样的意识形态,包括哲学,包括文学,包括很多东西,它在那里演绎什么是爱,然后就会出现各种各样被各种利益所渗透和篡改的爱的意义。这种意义现在是已经被普遍接受,所以当大家讨论到爱的时候,比如说什么是爱,首先想到的,爱应该是在一个很幸福的地方,家庭是非常和睦的,大家已经幻想出现代文明标准下面的爱,这个定义反过来教育大家以后,按照这样一个在一定的物质条件、文明环境下面被修正过的爱的定义,大家就感到,超出文明圈的范围就没有爱。比如我们不能想象,像萧红这样的文学作品还有什么爱,里面到处都是打啊骂啊,都是吵啊闹啊,生命那么容易被消灭,哪里有爱? 我觉得,这里就存在了这样的问题,我们读文学要有这种能量,穿透今天遮蔽在我们眼前的种种文明世界给我们的障碍,深入到生命的本原当中去把握,人的生命是怎么来体现爱的。刚才有个同学讲得非常好,比如农民在萧红的笔底下,首先他表现的是对土地的爱、对羊的爱、对马的爱,二里半为找一头羊可以发疯一样,王婆牵了一头马要去上屠宰场,这个时候那种深沉的感情,我认为这就是爱,这就是人类生命的本原表现了出来,因为这是跟土地、跟生存、跟生命的原始状态连成一片的,所以它会有一种出自本能的爱。

我们不妨看一看第三章《老马走进屠场》中所写的人与牲畜的情感。作者首先写出了一个落叶飘零的深秋凄凉的情景:"深秋带来的黄叶,赶走了夏季的蝴蝶。一张叶子落到王婆的头上,叶子是安静的伏贴在那里。王婆驱着她的老马,头上顶着飘落的黄叶;老马,老人,配着一张老的叶子,他们走在进城的大道。"深秋的落叶,是生命终结的象征,老人、老马、老叶子,既是实景,又是互有联系的生命。这正是内心最虚弱的时候,偏偏又在路上遇到了二里半,问她赶马进城干什么,王婆的表情和动作非常准确地体现出她内心的震动和悲痛:

> 振一振袖子,把耳边的头发向后抚弄一下,王婆的手颤抖着说了:"到日子了呢! 下汤锅去吧!"王婆什么心情也没有,她看着马在吃道旁的叶子,她用短枝驱着又前进了。
>
> 二里半感到非常悲痛。他痉挛着了。过了一个时刻转过身来,他赶上去说"下汤锅是下不得的,……下汤锅是下不得……"但是怎样办呢? 二里半连半句语言也没有了! 他扭歪着身子跨到前面,用手摸一摸马儿的鬃发。老马立刻响着鼻子了! 它的眼睛哭着一般,湿润而模糊。悲伤立刻掠过王婆的心孔。哑着嗓子,王婆说:"算了吧! 算了吧! 不下汤锅,还不是等着饿死吗?"

我们看到王婆的动作已经变得很机械:"振一振"、"抚弄"、"颤抖",到"什么心情也没有",这是内心在震颤。而这马也不是二里半家的,跟他应当没有什么关系,但我们看到他听到要送去屠宰后的第一反应,不仅是"非常悲痛",而且是"痉挛着",慌得不得了。这完全是一个农人对牲畜的天然的情感,这种情感丝毫不矫情,看他用手去摸马的鬃发就能感到真诚。在这里,牲畜是人赖以谋生的工具,但它们却不是简单的工具,是无所傍依的农人们的伴侣、家庭成员,他们用对待自己孩子样的感情去对待它们。接下来处处在渲染老马的最后的情景,是用王婆悲悯的眼光,又痛惜、自责的心情来看的:

> 老马不见了! 它到前面小水沟的地方喝水去了! 这是它最末一次饮水吧! 老马需要饮水,它也需要休息,在水沟旁倒卧下了! 它慢慢呼吸着。王婆用低音、慈和的音调呼唤着:"起来吧! 走进城去吧,有什么法子呢?"

细声细气地恳求老马这番话,也是说给自己听的,她在减轻自己内心的负疚感,从某种程度上看,王婆也从老马的命运中看到了自己的命运,是自己生命耗尽后所不得不面对的结局,下面这段话更清晰地道出了这一层意思:"五年前它也是一匹年青的马,为了耕种,伤害得只有毛皮蒙遮着骨架。现在它是老了! 秋末了! 收割完了! 没有用处了! 只为一张马皮,主人忍心把它送进屠场。就是一张马皮的价值,地主又要从王婆的手里夺去。"最为让人感到心酸的是王婆经历了对可怕的刑场的种种场面的回忆与折磨,终于将马送到了屠宰场要逃开的时候,马是什么也不知道的,它只想跟主人回去,所以又跟着她走了出来,"无法,王婆又走回院中,马也跟回院中。她给马搔着头顶,它渐渐卧在地面了! 渐渐想睡着了! 忽然王婆站起来向大门奔走。在道口听见一阵关门声"。最后王婆是送葬一样地回到家中。这像无声电影中的一个画面,生离死别的场面。如果说他们的生活是极其粗糙的话,那么在这种生活中,同样有细腻的、动人的情感存在。

从生命的本能来看,人是要生存的。生命在一秒一秒地消失,在这个消耗过程当中,人类有一种本能的抗衡,这就出现了一个相反的概念,就是生存。生存就成为人类的伦理的第一任务,我们经常讲"生存第一",因为它是生命最本原的,他明明知道自己生命一天一天在消失,但是,他必须要有一种意识把它拉住,其实是拉不住的,那你不拉住,生下来就死掉了,他还是要拉住。所以这里就出现了人的生命的张力,这个张力就是人跟自身的消耗之间,一个无情的非常艰巨的斗争,我想这个斗争的张力是人类生命当中的第一因素。这种张力在作品中就是鲁迅所说的"对于生的坚强和死的挣扎"[①]。这是在死亡、饥饿、疾病等各种阴影的压迫下,人们默默生存的一种力量,一种坚持下来不被打倒的力量,像作品中一句话所说的那样:"死人死了! 活人计算着怎样活下去。冬天女人们预备夏季的衣裳;男人们计虑着怎样开始明年的耕种。"(四、《荒山》)不是说他们没有感情,而是在强大的生存压力下,他们的感情容不得从容地表达,只能以极端的形式表现出来。成业摔死了小金枝,如果完全是个铁石心肠的人,为什么还要到坟场去看? 王婆摔死了自己的孩子,如果一点感情没有,为什么要不断讲起,他们的心上都是有伤痛的,他们这是不断地在挤出自己的脓血来疗治伤痛。《生死场》中没有太多温情脉脉的东西,它所展示的乃是人生最为残酷也最为真实的一面,而在这里蕴涵的情感则是人类的大爱、大恨和大痛。

(三) 细致的观察和越轨的笔致

有一位同学以凡·高的艺术来说明萧红的创作,这一点非常好。无论是凡·高,还是萧红,他们都不是预设一个艺术形式,他们的创作完全是为了给自己的感情世界寻找一个表达存在的方式,凡·高要表达一种非理性的蓬勃的感情,凡·高的画只能这样画。从绘画来说,它主要是空间艺术,从欧洲的传统,达·芬奇开始,它就有透视法、远小近大等等一系列表达空间的方式。可是,在凡·高的作品里,所有的内在的东西都打开了,所有的都展示在一个平面。这样的创作方式,中国绘画史上也很多,中国山水画从来没有透视法的,陕西户县的农民画也是这样,农民脑子里就没有空间概念,他高兴在角上画一个房子,就画一个房子,高兴在这个地方画朵花,就画一朵花,他脑子里出现的是一种内在生命展现的平面,所有的意象都同时展示在一个空间里面。萧红的小说就有这个感觉。小说是时间概念,它一

① 　鲁迅:《生死场·序言》,载《萧红全集》,第 54 页。

定要有先有后,一个长篇小说一定要发生在哪一年,然后按照时间线索一路下来,如果你要写到以前的事情,那么还要有一个倒叙。可是在萧红的作品里,你很难找出一个时间线索。虽然仔细地看,她是有时间安排的,整个感觉上,她一会儿写这个,一会儿写那个,一个个场面是同时可以展现在你面前,她是在同样一个平面上来展示她的一种叙事艺术。我们通常说萧红的作品就是一种散文化的小说,或者说诗化小说。其实小说本来就没有一个固定的形式,只是我们人为地界定,好像小说一定要有时间线索,有中心,有高潮等等。你看,乔伊斯(James Joyce, 1882—1941)写《尤利西斯》或后来的《芬尼根守灵夜》(*Finnegans Wake*)就是这样,其实很短一点时间,他把它无限扩大,无限扩大以后,他完全可以并置地写出许许多多时间段,在同一个场面上展示出来。他把以前的对小说的理解完全粉碎。西方意识流或者心理小说,虽然没有时间线索,但有心理时间,在萧红的作品里,她连心理时间都抛弃了,展示出来就是一个个人性的场面,这些场面争先恐后地出现。比如她前面一段写一个小女孩跟一个男人在那儿约会,后面一段突然写到一个老太婆牵一匹马去屠宰,这毫无关系,你找不出里面的线索,也没必要找。她给人的感觉就好像中国农民画。这是一种给小说空间带来无限张力的表现方式,而且表达的容量也很大。

为什么会出现这样一种小说的形式?我的感觉,女性作家跟男性作家是不一样的,男性作家写小说,时间性是非常强的。时间的概念在男性的思维里面非常重要,所以他的叙事往往都是直线,一条或者两条直线一泻到底,你看一般的长篇小说都是男性作家写的,四卷五卷,基本线索是一条线不断的,然后其他枝枝蔓蔓可以旁延出去。我觉得,男性作家表达这样的一种思维方式非常恰当,当然他要故意打乱叙事时间、搞意识流也是完全可以做到的。相反女性作家的思维上也有这样线性发展的。比如我们读丁玲的小说《太阳照在桑干河上》,这也是非常好看的一部小说,你几乎读不出一个另外的感觉,她跟男性的小说模式是一样的,完全是一种男性思维。但是,萧红开创了另外一种带有女性思维的叙事方式。

萧红的小说,每一个小阶段有一个旋律,过渡到另一个阶段,又是一个旋律,这样不断地推进,然而旋律跟旋律之间是没有关系的。这样的叙事特点当代也有,举一个非常现成的例子,当代女作家林白,林白的小说就是萧红的思维,林白也写长

篇,中篇,但好像从来没有一个小说故事非常完整、一条线一贯到底的,她的故事也
会发展,也会有主人公,但是她的叙事上,她的情绪上,总是一个一个小高潮,一个
一个小故事。她脑子出现的空间场面,是一个一个片段,很多很多的空间并置在上
面。这跟男性作家很不一样,男性作家总是一个线索,有一个完整的严密的逻辑。
关于这一特点,林白也好萧红也好都还停留在比较感性的、不自觉的阶段,还没有
提炼到一个高的层次。我不知道同学们有没有读过英国女作家弗吉尼亚·吴尔夫
(Virginia Woolf,1882—1941)的《海浪》(The Waves)。我读这部小说的时候,有一
种一直压在海底下的感觉,就好像身体感受着海浪不断打上来,一波一波,人生从
生到死,就像海浪一样,一代一代从年轻开始,到年长,最后到死亡,生命就是圆的
旋律,一波一波的旋律。这个小说的节奏感非常强,但是,在吴尔夫的作品里,你要
找出一个中心人物,一个中心事件,一个主线,那根本就找不到。她的整个故事是
跟着生命的旋律在走。《生死场》也是这个样子,每一章开始的时候,往往是一个静
态的画面和情绪,但人物出现了,都动起来了,当人的内心冲突达到高潮的时候,自
然的画面又插进来了,形成一个回旋,接着再向前冲击开去,形成下一个轮回。从
整个作品看,前九章是展现乡村的不同生活场景,但不是一个平铺直叙,而是在并
置画面的内部都有着激烈的冲突,生生死死的壮剧,都是在这种平静的叙述中,在
略带着一点死寂的气氛中展开的。当瘟疫传播开来,人们感觉"要天崩地陷了"的
时候,前半部分突然结束了,中间插进了一个第十章《十年》、第十一章《年盘转动
了》,这两章在全书中起到承前启后的作用,但绝不是可有可无,它不但给前面的故
事以缓冲的余地,启动了后面的故事,而且在全书的节奏上起到非常关键的作用,
它做了一个小小的停顿,如乐章低沉下来的小回旋,但又酝酿着后一个高潮的到
来。第十章只有四段话,但是萧红在语言节奏的把握上非常准确:"十年前村中的
山,山下的小河,而今依旧似十年前。河水静静的在流,山坡随着季节而更换衣裳;
大片的村庄生死轮回着和十年前一样。"就是这种不紧不慢的语调,而接下来开始
缓缓地启动新的变奏了:"雪天里,村人们永没见过的旗子飘扬起,升上天空!""这
是什么年月? 中华国改了国号吗?"马上紧张起来了,搜查、杀人、反抗都来了。有
意思的是,这中间又插进了金枝到城市中谋生的遭遇,这不仅使后半部分的内容与
前半部分有了联系,不至于割裂,而且又使小说的后半部分的叙述呈现不同的层

面,不单调。结尾,金枝要去做尼姑,实际上使叙述的调子再次低沉下来,而二里半的远行,则给了人们很多的期待和猜想,再次上扬了一下,但不是高扬。《生死场》在整个节奏上就是这样一唱三叹,回旋往复,非常有特点。在西方文学里面,弗吉尼亚·吴尔夫是一个异数,在中国文学里面,萧红是一个异数。

萧红是中国现代文学史上最有文体意识的作家之一,她曾经明确地表达过:"有一种小说学,小说有一定的写法,一定要具备某几种东西,一定写得像巴尔扎克或契诃甫的作品那样。我不相信这一套,有各式各样的作者,有各式各样的小说。"[1]在一生短短的创作历程中,萧红常有大胆的"越轨的笔致",这从《生死场》中可以看出,到后来的《呼兰河传》、《小城三月》已形成特有的风格,那带有诗意的笔致、抒情的句子、回旋的情感,形成了萧红独有的文体特点。但是我们的主流文学,包括我们的评论家都是男性,所以当我们对这个作品进行价值判断、美学判断的时候,我们情不自禁地是按照比较传统的思维方式,我们首先关心这部小说情节有没有高潮,线索是不是清楚,主线是什么,副线又是什么,矛盾冲突是不是激烈,我们用巨大的理性的思维方式去套萧红,去解读《生死场》,那你根本没有办法解释,她不在这个审美的范畴里表达。但如果你仔细读《生死场》,换一种眼光去理解,去贴近这个小说,你真会感到萧红的心在跳动,萧红的血在奔涌,感觉到她的灵魂跟你一起在那儿呼号,你仿佛听得见萧红的声音。我觉得这就是艺术,这就是艺术的冲击力。

(原载《中国现当代文学名篇十五讲》,北京大学出版社 2003 年版)

---

[1] 转引自聂绀弩:《萧红选集·序》,第 2—3 页。

说家园乡情，谈国族身份

——试论贾平凹乡土小说①

[新西兰] 王一燕

　　当代中国作家贾平凹以描绘家乡陕西商州的地方特质于八十年代中期立名中国大陆。解读贾平凹作品的关键是理解贾平凹的身份归属，这不仅是因为他出身农民，文如其人，作品里有高山流水也有乡土风韵，关键是他本人一再声称以陕西为叙述背景的乡土小说意在重申国族身份，他的写作是要"写关于人本身的事，写当代中国人的一种精神状态，力求传递本民族以及东方的味道"②。贾平凹所称的"民族味道"，乃早在八十年代初期作家们便开始在文学和地域文化中寻找的中华民族文化特色。贾平凹深信中华文明起源于陕西，他对自己作品中表达的中国国族身份是信心十足的。他的小说集陕西地域文化民俗传统之大成。陕西的一切，如当地的习惯、语言、食物烹调、地理地貌、民风民俗、民歌古乐等，都成为贾平凹阐述中国的资源及出发点。

　　以文学文本建立中国国族身份可以看作是贾平凹小说的核心。本文将以赫密·芭跋(Homi Bhabha)的"国族叙述"说(national narration)的理论框架来探讨贾平凹的长篇小说。"国族叙述"说的主要观点见于赫密·芭跋的两本著述，即由

---

　　①　贾平凹到目前为止出版的长篇小说包括:《商州》(北京十月文艺出版社 1987 年版),《浮躁》(作家出版社 1988 年版),《妊娠》(作家出版社 1989 年版),《废都》(北京出版社 1993 年版),《白夜》(华夏出版社 1995 年版),《土门》(春风文艺出版社 1996 年版),《高老庄》(《收获》1998 年第 5 期),《怀念狼》(《收获》,2000 年第 3 期),《病相报告》(《收获》,增刊,长篇专号,春夏卷,2002 年)。贾氏的短篇小说见于各种文集。

　　②　贾平凹、穆涛:《平凹之路——贾平凹精神自传》,青海人民出版社 1994 年版,第 65 页。

他构思、编辑、撰文并写引言的《国族与叙述》(*Nation and Narration*)和他本人的论文集《文化在地》(*The Location of Culture*)。[①] 赫密·芭跛强调国族作为一种文化想象常常表现于因时因地因人而异的各类叙述，包括小说、诗歌、电影、新闻报道，等等。民族国家的出现、存在及变异是与各类"叙述"分不开的。"国族叙述"说所关注的不是国族主义的构成，而是国族作为文化在地所特有的模糊性及变异性。本文尝试讨论与贾氏小说有关的三类身份问题：首先是贾平凹的农民作家身份，其次是贾平凹为陕西建立的中华文明本土身份，再就是贾平凹小说作为中国"国族故事"(Chinese national stories)的文本身份。简言之，本文意在阐释贾平凹如何"小说中国"，如何以家园乡情构建国族身份。[②]

一、农民作家

贾平凹的家庭背景以及他的家乡情结对于他的写作具有重大的意义，可以说陕西的存在决定了贾平凹写什么，怎么写。贾氏认为好作家必须达到个性与文风之间的和谐，而其文风又必须取得与写作在地的乡土风情的和谐。就贾氏而言，陕西农民作家的身份也同时决定了其作品的收受与评判。身处边远的陕西，远离中国的中心大都市，贾平凹认为他面对的"距离"是多方面的，包括地理、文化、政治及思想等各个方面，虽然这种距离并非总是不利的或是负面的。1994 年在与友人穆涛的访谈中，贾氏曾说他不属于当代中国文学的任何流派，主要是因为他远居陕西，相对说来与外界隔离。这种隔离的直接效果之一便是他觉得他的作品没有"哥们儿"的捧场与庇护。[③] 虽然中国的当代作家中很多人都有各自的农村生活经历，但本人曾经是农民的屈指可数。其他作家由于政治原因"下放"、"插队"或是用其他方式经历农村，但与这种生于斯长于斯的经历是截然不同的，为作家本人提供的视点也是不同的。

---

① Homi K. Bhabha, ed. *Nation and Narration*, London and NewYork: Routledge, 1990; Homi K. Bhabha, London and New York: Routledge, 1994.

② 王德威：《想象中国的方法》，上海三联书店 1999 年版。

③ 贾平凹、穆涛：《平凹之路——贾平凹精神自传》，青海人民出版社 1994 年版，第 15 页。

二、《商州》与故乡商州构建

　　故乡商州对贾平凹的写作生涯和作品的文学特质构成具有特殊的、十分重大的意义。商州既是贾氏写作的背景,也是其作品的主题、母体,还提供基本的素材。贾氏一再申明他是商州人,是商州土著,二十多年来商州在他的作品中无时不在,他刻意追求的是用商州的文化和语言来建造独特的中国叙述。首先,商州在贾平凹作品中的中心位置同时也反映了他对中华民族起源的认识。对于贾平凹来说,"没有商州就没有中国"①。对商州的认识也延伸到他对中国政治文化的认识。贾氏认为,中国社会几千年来并没有根本的改变,传统的乡土社会依然完好,尤其是在中国的户口制度改革以前,城市与城市之间、城市与农村之间人口流动很少。特别是解放以后到改革开放前实行的单位人事制度,造成裙带关系泛滥。因此,贾平凹感慨直言:"我们许许多多的城市,实在像一个县城,难听点儿,是大的农贸市场。这就是中国的特点!"②贾平凹认为商州的乡村完整地保留了中国社会的农业特性。换句话说,中华民族的起源、文化及历史在他看来与商州的过去和现在都有紧密的联系,贾平凹藉此将中国定位在商州合法化。

　　贾平凹有很多作品用自然与文化作为母体构建中国文化美学画面。从美学意义上来讲,商州在贾氏眼中,具有典型的"中国景观"特色:山峰突起,流水潺潺,林木郁郁葱葱,云雾缭绕经久不散。商州的"自然"景观经过贾平凹的美学移植成为中国文化的载体。就此而言,贾氏的小说《商州》与其散文《商州三录》同出一辙,而且两书几乎同时写作,同时完成。同时阅读两书,会更深刻地体会贾平凹寄寓于商州自然景观的民族性与文化传统。商州当地民间口头流传的故事常常成为贾平凹创作的素材,他认为这些故事里的神秘色彩便是商州,自然也是中国土生土长的魔幻现实主义。商州土话,按照贾平凹的看法,保留了古代汉语的很多词汇和语句结

---

①　贾平凹:《商州:说不尽的故事·序言》,华夏出版社 1995 年版,第 2 页。
②　贾平凹:《商州:说不尽的故事·序言》,华夏出版社 1995 年版,第 1 页。

构，因此他特意在写作中使用了很多商州土语。贾平凹如此总结商州对其作品内容和风格的重要性："我没有学过多少古文，也不是人为地在耍魔幻主义，是商州提供了这一切。"①

发表于1987年的《商州》是年轻的贾平凹离乡进城十年之后心血的结晶。从农村到城市是贾平凹生命中的转折点，由此开始与外界的接触并完成了思想成长的第一个飞跃。《商州》的故事围绕主人公刘成的"逃亡"而展开。二十来岁的刘成出身卑微，但生得相貌堂堂，被商州公安局误判为罪犯逃出商州，遁入商山投靠外祖父货郎董其昌。不幸的是，董其昌爱钱如命，对亲生骨肉也同样吝啬。只是董氏并无子嗣，因此勉强接纳。刘成身为在逃犯，随时准备潜逃躲避追捕。他不间断地逃亡却正好带领读者观光商山。也恰恰是在逃亡中，刘成与一美丽村姑相爱，可是由于两家的世仇，长辈反对，不能如愿。不久刘成与外祖父发生龃龉，又不能回城工作，只得干起了商州最苦最累最危险的营生，从山沟深处的州河里打捞从华山顶峰摔下去的游人尸体。刘成不幸被洪水吞噬，目睹惨状，他的女友纵身跃入州河殉情。爱情的悲剧为他们洗刷了名誉，换回了尊严。一方面，官方终于澄清案情，证实了刘成是无辜的。另一方面，双方家长也被他们的爱情打动，为他们举行阴婚典礼，让其结为夫妇。这样的结局其实是很传统的"团圆"，虽然不是"大团圆"。刘成很像武打小说中的豪杰，战战兢兢地生存在法律的边缘，既是打抱不平的英雄，又是蛮不讲理的官方悬赏捉拿的"罪犯"。这类英雄总是相貌英俊，正义满身，美人倾心，但前途坎坷。作为贾平凹早期作品中年轻男性的代表，刘成虽然社会地位低下，求生于穷乡僻壤，但却是顶天立地的男子汉。

《商州》在两方面与中国八十年代同期的小说不同。其一是内容的创新，八十年代初期当中国大部分作家仍然在对"文革"反省时，贾平凹却开始了文化寻根并从文化的角度开始审视家乡故土村民。其二是小说结构的"复古"，贾平凹试图回到以事件为基础的情节结构。《商州》分为八个"单元"，近似传统小说的章回结构，自然回到章回结构的叙述正是贾平凹梦寐以求的目标，而单元结构叙述的精髓即是以事件为核心来组织篇章，每一单元各自独立。另外，"单元"也可看作一种隐

① 贾平凹：《商州：说不尽的故事·序言》，华夏出版社1995年版，第3页。

喻,就像公寓宿舍楼中的单元,既是大楼的一部分,也是独立的个体,《商州》中的单元与整体故事也是这样一种关系。单元又分为三部分,第一部分讲述商州历史,当地的民俗民风以及传统的商州故事,第二、三部分则描述与传统故事平行的现实。《商州》中的叙述者也如同中国传统小说中的叙述者一样,"他"身为男性,游走四方,纵横古今,游离于事件与故事之外,从不做事中人。[①] 在这一点上,《商州》有别于"五四"以来的大部分中国小说。

三、《浮躁》、《妊娠》、《逛山》中的商州与国族神话

贾平凹的第二部小说是 1988 年发表的《浮躁》。《浮躁》进一步发展了他在《商州》中构建的叙述特色,商州风景仍然也是叙述背景,山山水水随着情节的深化个性越来越鲜明。州河及其岸边的山岭以其独特的个性参与叙述,俨然有欲有望,有情有性。州河给两岸居民带来生生死死,喜怒哀乐,既是灌溉良田的甘露,也为人们提供舟楫便利,洪水泛滥之日更像置人于死地的暴君。"浮躁"首先指的是州河,描写州河能量无限奔腾咆哮,穿山越岭滋润田地摧毁家园。其次是指小说中男主人公金狗浮躁的心态,进而泛指中国八十年代末期广大农民的心态。社会变革带给农民可望可求的致富机会,村村寨寨都跃跃欲试,不再"安居乐业"。总的说来,"浮躁"显然与田园静谧无涉,而旨在表现农民建立新生活的愿望和躁动。

贾平凹写《商州》之时,仍旧在表述其自身周围的文化氛围。在《浮躁》里整个自然环境都内在化与个性化了。商州人和土地有了相似的性格,浑然一体,有顽强勇敢的意志,也有敢爱敢恨的激情。《浮躁》对地貌及人物却更多地进行道家的解读,强调天时地利对人情世故的潜移默化。商州山水的灵气最终都积蓄在主人公金狗的身上。水里出生,浴五行之气,又得名"金狗","金"在其中。命中的金后来又与其女友小水带的"水"获得了平衡。《浮躁》人物、山水景观之间的布局与传统

---

① Henry Zhao, *The Uneasy Narrator: Chinese Fiction from the Tradition to the Modern*, Oxford University Press,1995.笔者同意赵毅衡的观点,即传统白话文小说中叙述人的性别一般来说是男性。

中国画中的布局非常相似，远山近水，茅屋村舍，人物与其他景物一样，仅仅是构图的一部分，且往往不占主导地位。

金狗出生的时候，母亲被州河淹死，金狗命大活了下来。金狗的"狗"字是因为他身上带的鸟形胎记，极像当地人叫做"看山狗"的鸟。金狗没了母亲，随父亲长大。父亲是画匠，从前不是受人尊敬的职业，地位比耕地的农民还低下，金狗小时候常常因此受人欺负。不甘屈辱，更不愿目睹父亲忍辱负重地劳作，金狗常常待在州河上，跟渡船船夫韩文举在一起。韩文举是村里唯一的"贤人"，教育金狗知书识礼，也晓之以本村历史。韩文举的侄女小水因父母双亡跟韩文举长大，与金狗两小无猜，青梅竹马。但好事多磨，这对情人最后终成眷属已是多年以后的事，其间的酸甜苦辣自不用提。不过多年的磨难练就了金狗的意志及战胜山村贫困的决心和勇气。怎样解决农村生活的贫困逐渐成了金狗生活的主要目标。凭着个人努力，金狗参了军并在部队里受到教育。退伍以后他费尽心机终于成了当地报纸的记者，争得了与权力抗争的起码地位和可能。随着市场经济的开放，农民发财致富有了盼头，金狗与同乡们开始建立自己的乡镇企业。可是家族间的世仇注定了金狗发财致富道路上爱恨交织，善恶迷离莫辨，直至最后是波诡云谲、你死我活的争斗。金狗本人入狱，至友被杀。金狗最后的释放纯属偶然：城里一个深爱他的女人自我牺牲与省长的儿子上床托人情救出他来。

作为贾平凹理想中的新型的中国农民，金狗受过中等教育，见过世面，有胆有识。贾平凹通过金狗的形象体现中国农村的变化，尤其是农村社会文化方面的变化。不仅如此，作者显然更为关注乡村根深蒂固的文化传统以及村民之间的人际关系，尤其专注于农村的社会问题，特别是八十年代社会转型时期普通农民的生活与生计。过去与现在紧密地联系在《浮躁》中，而且具体真实地存在着，乡村的经济改革显然受制于传统的中国政治的运作方式，现代性与传统激烈冲突，陕西南部的山村毫无疑问成为当代中国的缩影。商州州河的激流俨然是商州青年八十年代胸中激荡的热情与希望，是中国社会当时对改革的向往。同时期的文学作品，尤其是以改革开放为主题的作品往往着眼于城市的变化，相比之下，《浮躁》以对中国农村社会生活的关注独树一帜。《浮躁》清楚地表明，中国社会的转型对农村的触动并不亚于城市。

　　贾平凹的第三部小说《妊娠》写于 1989 年,得益于贾平凹与一村妇关于妊娠的喜悦与痛苦的一场谈话。贾平凹认为写作与怀孕有很多相同之处,都是痛苦越大喜悦越多。在欢乐与痛苦的交织当中各种各样的故事构成了小说。《妊娠》有五个章节,每个章节都是一个独立的故事。虽然这些故事分时分期写成,分时分期发表,但贾平凹一再强调《妊娠》是作为整体来构思的,也应当作整体来看。《妊娠》的情节不是通常的小说情节,不做通常意义上的"渐进发展",且故事中的人物也不在叙述过程中"善始善终"。《妊娠》中的每一章写一个村子,与下一章的情节并无特定的联系。此外,整个《妊娠》大约写了几十个农民,背景都是陕西农村,可是时代的确定却是十分模糊的。《妊娠》与《浮躁》的区别也恰恰在于对时间的定位。《浮躁》毫无疑问发生在中国改革初期,反映农民如何抓住机会改变命运。《妊娠》却让村民从现代生活和现代社会中退出,虽然偶尔也闪烁一些当代社会的蛛丝马迹,但作者描述的是村民们执着的对衣食住行柴米油盐的关注,以及他们世世代代循环往复的生活。以此再现的自然是贾氏风格的中国历史,其用心似乎是想告诉读者,农民生活使人见微知著,是中国文化的真实本体。如果说《浮躁》是一幅垂直的山水画,画面上是一座山村的工笔素描,那么,《妊娠》便是一轴从左到右的画卷,不同的人物景物分散独立又相关相连,而且无限延伸。

　　然而,任劳任怨的顺民形象只是商州民风的一面,另一面便是江湖侠士的叛逆与侠义。当正义不得伸张、煎熬无法忍受的时候,农民也会摇身一变成为绿林好汉。贾平凹已经塑造了好些农民"土匪"形象,有的凶恶,有的善良,多数集中在小说集《逛山》里,"逛山"是商州话,指上山做"绿林"的生活方式。确实,绿林们生活在深山老林里,不得逛街便逛山。他们脱离主流社会,或是逃避生活压力,或是逃避官府追捕,纷纷落草,各自随心如意。这些人物往往被拔高,被赋予超人的武艺和过人的勇气。贾平凹农民人物中的侠士智勇双全的最高代表应该算是白朗了。白朗是贾平凹同名土匪故事中的主要人物,年轻漂亮,皮肤白皙,武艺超群。这个阴阳双性人以他的美貌和武艺博得众多男女的倾慕,占山为王,统领众人。一般来说,贾平凹的绿林故事往往是脱离历史与政治背景的,绿林好汉们的正义也是所谓民间的正义,非法身份也是由不明确的"历史性"因素造成的。官逼民反的故事里往往是正义与邪恶争斗纠缠,而不是阶级冲突,更远离共产党的启蒙,好像共产党从来没有涉足陕西。绿林好汉自己的根据地远离人烟，山高路险是天然屏障。这种远离社会、远离政治、远离历史的处理说明作者是把"官逼民反"当作文化现象处理的。

　　贾平凹从七十年代中期开始发表作品到 1993 年《废都》出版以前，其作品的题材均为陕西农村的文化积淀和民俗民风。很显然，对贾平凹来说，他对陕西的关注便自然是对中国的关注，乡土中国的"在地"（locale）毫无疑问的应该是陕西，因为陕西的首府西安正是中国黄土高原民族起源神话的中心，陕西农民的家族史很容易被延伸演绎为中华民族的发展史。这样的推衍与隐喻又恰恰与中国共产党所营造的现代中华民族身份的神话不谋而合。贾平凹及许多中国当代的乡土作家都自觉或不自觉地为共产党的民族神话提供了诸多自我牺牲、吃苦耐劳、战天斗地的农民形象，尤其是生活在贫瘠的陕北的农民。当然，贾平凹描写的是陕南的农民，他本人也不至于想要参与共产党的民族神话的营造，不过，他毕竟是当代中国文学重塑民族神话的作家之一。

四、《废都》与负面国族寓言

　　《废都》再次将贾平凹叙述中国的愿望十分贴切地表达出来，只不过在此之前的正面国族叙述突然变成了负面的，转眼之间，在贾氏文本中乡村里活跃无比的生命力被精神颓废及文化垃圾所取代。《废都》以中年作家庄之蝶在古城西京的日常生活为主线来勾画中国社会现状，表现中国知识分子的心理现状。庄之蝶，小有文才，人到中年，其貌不扬，婚外多恋，腐化堕落，实际是一个地道的"反英雄"（anti-hero）形象。庄之蝶名为作家，但天天不外乎饮酒宴乐，吟诗作赋，打卦算命，骄奢淫逸，以感官及性欲的满足来消解社会异化对他的无情打击。庄之蝶本人以及他的各路朋友都极为接近中国传统小说中的旧式文人。西京城的金钱、美女、权力使这些文人无力自拔，因此西京城本身便成为这些文人及他们所代表的中国士大夫文化的暗淡前景的写照。贾平凹的叙述背景突然从农村推移到市井，加上负面的文化国族主义（negative cultural nationalism）及庄之蝶的反英雄形象，他的读者和评论家们不由得大吃一惊,《废都》立即成为全国上下争议的焦点,半年后被禁。如果说《废都》真的讲"错"了故事,错也就错在故事本身使中国上下一致寻求的国族阳刚之气全无觅处。

然而,从很多方面仔细看来,《废都》不仅不是对文化寻根的反叛,恰恰是贾平凹以陕西构建文化中国的继续。废却的首都隐藏着中国文化历史的集体记忆,又为中国文化史提供了空前"真实"的场景。《废都》将中国文化的历史中心设立在古城西京,又将当代中国的知识分子蜕化成文人骚客,并在此之上进一步制造当代文人传统及其身份特质和性行为方式等。对文学作品的评判当然是仁者见仁,智者见智,对一部有很多性描写的作品的反应更是如此。对文学中"性"的特殊性敏感,以性描写的高雅和粗俗来鉴定作品高低,古今中外比比皆是。本文主要探讨的是《废都》的国族寓言(national allegory)表述,①因此不评论《废都》的"性行为"。笔者要强调的是,《废都》的负面国族寓言包括了其人物颓废的性关系,并因此成为当代中国最富争议性的小说。可想而知,《废都》对民族文化的负面描述当然不会人人称道。在中国当代一而再,再而三的富国强民的呼声中讲述民族精神的败落,《废都》自身的文本身份怎么可能是正面的呢?

从地域特征和社会构成方面来看,西京城被赋予了无数的"中国特色",尤其是城市居民崇尚的民间宗教活动被一而再,再而三地创造出来以体现西京的文化特质。佛教、道教、种种民间信仰活动均是勾画西京文化身份的能指符号。《废都》的故事牵涉了好几个庙宇,其中两个与故事基本情节有直接的关系。孕璜寺开篇出场,山门里智禅大师的亮相为整个小说定下大前提。静虚庵的尼姑慧明也是非常人物,与《废都》的男女主角都有密切的关系。慧明与西京市市长秘书媾和以获得许可重建"文革"中被捣毁的寺庙。修复后的开庵仪式实际上是以佛教礼仪为轴心的文化节目大表演,观众包括市长及各色政要商贾,当然也包括西京的文人。静虚庵同时是历史的在地,庭院里大堂间花园中,笔到之处都是墓碑、古钟、对联等不一而足的历史文物。

---

① "国族寓言"在此借用的是詹明信(Fredric Jameson)的观点,不过笔者不认为文学中的国族寓言现象只属于第三世界。赫密·芭跋的国族叙述说并不排除詹明信的"国族寓言"概念,不过是将其当作普遍现象看的,见 Homi Bhabha, ed. *Nation Narration*,第 292 页。

庄之蝶的学生、好友、生意伙伴赵京伍也有相似的盘根错节的家史。赵家家史也与中国历史某些动荡的章节联系紧密，讲述赵家的家族兴衰也就等于叙述中国，进而又将西京与中国现代史连接起来使其有机会扮演重要角色。据赵京伍自述，赵家乃官宦之家，祖上曾是慈禧朝廷里的刑部尚书。清朝末年，列强入侵，赵氏因为主战，名震朝野，为洋人忌恨。后来八国联军攻入北京，慈禧逃往西京，又是赵家祖上保驾。但清朝无力，战败后慈禧与洋人谈判，洋人让交出赵家老爷，慈禧无奈，只好赐死。年仅五十的赵家老爷吞金自毙，自此赵家败落，一条街的房产变卖吃光，最后只剩下了一座院落。悲剧般的家史到了赵京伍的口里，虽有不尽的显赫与遗憾，却毫无凄凉之感。赵氏只嫌遗产太少，赵家一蹶不振，再也没有从政的机会了。显然赵家家史的叙述竭力避免了政治纠葛，因为叙述人要表述的是文化根源，因此，即使赵老爷的业绩不太辉煌，死得也不悲不壮，死心塌地孝忠的又是万民痛恨的慈禧，赵家仍然具有非同一般的文化资本。跟庄之蝶的岳父、岳祖父一样，赵家老爷的文化身份是《废都》文本关注的中心。以同样的逻辑，赵京伍也从不了政，正是因为他做的是古董生意，这个人物才对《废都》文本的文化符号链有实际意义。

因此，对文化历史的近亲关系顺理成章地就转换成了对文化在地的拥有。赵家曾经是西府街的主人，整条街随处可见老式建筑与传统雕塑，非常富有文化特征。随着赵家的日渐没落，赵家现在只有自己居住并招租的一座院落了。可是过去没能保住的家产现在更是要烟消云散了。市政府新近决定拆迁整条街道，用来建体育馆。拆迁之前，赵京伍特意邀请庄之蝶来家观看文物。除了老屋之外，赵家还有很多祖辈留下来的古玩物件，书画收藏，青铜瓷器，古钱币及雕刻等。赵京伍最得意的是他收集的石砚，几乎每一件都是珍品，每一件都有一段故事。

赵家的家史展示了典型的上层贵族败落为平民百姓的过程，文人自家变卖字画也说明了文人及其传统的沦落。败家子赵京伍本人正好是中国古今连接与分离的化身，所作所为也是传统精英文化死亡的迹象。赵京伍当然也是文人，不过是另类文人，在价值取向与生活方式上跟旧式文人有天壤之别。赵京伍的前辈文人，包括庄之蝶本人都有一技之长，或绘画，或书法，或诗词歌赋，总之是直接参与文化原创。庄之蝶对社会的商业世俗化过程深深震撼，不知所从。相比之下赵京伍辈的文化闲人则"经营文化"，用文化冒险，以文化为生，如鱼得水，自在自得，再不吟诗作赋、琴棋书画了。周敏编撰庄之蝶的名人初恋也是文化冒险的例证。赵京伍与庄之蝶对商业化的不同态度与由此产生的不同命运同时说明精英文化的没落,也许这正是作者的用心所在。正如叙述人一再强调的,文化败坏的危险正危及传统的延续,因此也就有了《废都》。

　　贾平凹以《废都》首次描写大城市,标志着贾平凹文化构建的一个重大改向。他住在西安二十年,其间一直关注和描述乡村,描写西安是他酝酿已久的一个步骤。《废都》以城市取代乡村作为文化中国的隐喻,也取代了贾氏作品中一向淳朴的民风和欣欣向荣的乡村田园。城市在贾平凹自《废都》以后的描写中即代表腐败、堕落,文化传统的蜕化以及国族强盛与个人刚健的逐步失落。城市的主题使得贾平凹的人物由从事体力劳动精明强干的乡村农民变为无所事事的城市居民,尤其是“文化闲人”。这些“文化闲人”不需为基本生活操劳,整天价吃喝玩乐饮食男女。与陕西农村的民间文化形成尖锐对比的是西京市展现的市井文化加上士大夫情趣。西京的商业化社会导致传统文化的实践人一个接一个地走向末日。在“废都”里,几乎所有的人、事都不能正常运作:政治腐败,瘟疫流行,男人阳痿,女子风骚,家庭破裂,年轻的一代沉溺于色情、毒品、金钱。陕北农村来的标致女子柳月沦为庄之蝶的情妇,后来作为政治商品由庄之蝶许配给市长跛足的儿子。甚至连牛也被从乡村田园带进了重度污染的城市,染上不治之症,成了城市生活的牺牲品。牛在临死之前,深深地怀念西京以南的家乡终南山。凡此种种,从文化传统的生命力来看,西京根本不可能与商州的山村同日而语。西京城是中国及中国传统未来的缩影。

五、家园乡情与国族身份

　　很明显贾平凹已经不再乐于书写田园和谐天伦之乐,家园已被摧毁,还乡寻根的可能性正逐步丧失。他的注意力越来越集中在城市本身的腐朽,以及来自城市的商业化、全球化对乡村的异化。他的叙述焦点仍旧是农民,贾平凹关心的是“土民”的生存问题。《废都》以后的四部小说,《白夜》(1995)、《土门》(1996)、《高老庄》(1998)以及《怀念狼》(2000)提出的都是相似的问题,即近二十年来市场经济的开放，城市工、商业化的快速发展对乡村的致命的冲击。贾平凹以农民的身份发言，他的叙述充满了对城市的怨恨，《白夜》和《土门》的叙述背景都设在城市边缘，城市不断扩张，吞并乡村，城市周边的农民成了真正的边缘人。《高老庄》与《怀念狼》对当今时事的批评更进一步，工业的扩展，民生衰败，许多村民已经或正在失去生育能力，商州深山里的狼也濒临绝迹。如果说《废都》是对传统士大夫文化的哀悼，那么《土门》便是乡村民间文化的挽歌。贾平凹声言他作品中的人物大都是农民的原因不仅是因为他最熟悉农民，更因为中国人口大部分是农民，只有写农民才能够写出最具代表性的中国人。可是，尽管贾平凹自我认同的身份是农民，写作的人物也是农民，但他并非只是为农民而写作的。换句话说，贾平凹心目中和现实中的读者都不太像农民。恰恰相反，他的作品往往是在中国最大的城市上海、北京、广州等地发表的，只有征服城市读者才能提供给贾平凹真正意义的满足和成功。

虽然为农民呐喊是贾平凹自认的使命，但却并非他唯一的使命。贾平凹也以农民的生存危机暗示中华民族生命力的衰落，越来越多的土地被工业化、商业化吞噬，中国是在快速走向衰落。贾平凹自《废都》以来的国族故事显然与当前中国社会流行的所谓"中国也可以说不"的国族主义背道而驰。虽然《废都》并未使贾平凹本人受到迫害，该书出版后引起的全国性争议及后来的遭禁对贾平凹的创作心态的影响却是长期的并且不可忽视的。他似乎仍然徘徊在《废都》效应的张力之下，认为对《废都》的争议实际是城市精英知识分子拒绝接受农民作家的表现。[①] 因此，他一面继续创作负面国族故事，另一面他的农民形象便一再成为狠毒无情的城市的受害者。这样一来，贾平凹的作品自然越来越沉重，越来越阴暗，小说里的民族传统及个人都愈是前途无着。的确，八十年代，商州故事使他在全国扬名。九十年代，《废都》几乎令他臭名昭著。虽然贾平凹继续写作出版，从前的作品也不断再版，可见他仍有数目相当的读者群，可是对贾氏作品有分量的评论在近几年中却寥寥无几。《废都》效应似乎消解了九十年代初期贾氏在文坛的"中心地位"。

但是，无论是从作品数量还是影响上讲，贾平凹都可以说是中国当代文学的重要人物之一。他的家园乡土故事以及这些故事在寻根意义上起的作用在 1980 年

---

① 贾平凹：《造一座房子住梦：贾平凹散文选》，人民日报出版社 1998 年版，第 143—144、178—179 页。

代和 1990 年代中国的文化热及国族故事的讲述中担任了重要的角色。香港学者许子东认为《商州初录》是中国第一部寻根文学作品。① 作为寻根派的奠基人和主将,贾平凹成功地将陕西的文化构思纳入当代中国的文化景观。他的文学创作直接与那一时期的文化热相呼应,用文学在文化上、语言上、地理上、历史上将文化中国从多方位重新定位。当然,贾平凹对文化中国的定位实际是主动与中心对话,以小说表白他在政治权力边缘写作的"农民"作家姿态。作为农民作家,贾平凹没有必要"深入"生活,更没有必要去与村民"打成一片"。他的乡土文学与知识分子外在的还乡是大相径庭的,这些知识分子无论如何只是短期下放离开城市,他们是属于城市的。贾氏的乡土小说不是由远距离的叙述人讲述的当地故事,而是激情满怀的、土生土长的"龙门阵"。

　　贾平凹在文学中再现家乡的文化传统的出发点绝非地方主义。恰恰相反,文学还乡正是他的文化民族主义意识的表现,是为了讲述国族故事。陕西帮助他不断地发现并证实他所构想的"真实的中国",使他能够寓国于"家"。他的主要人物不是农民就是文人,或者是农民加文人的混合体,就他而言两者都是中国文化的基本元素。他的主题、母体乃其中国情怀的载体,并在他的小说、散文、诗歌中反复出现。贾平凹常常使用"禅"思"道"法,非常留意作品的"中国式"思维方式。贾平凹对作品的形式也非常用心,特别是他的小说,看起来很像是特意模仿明清白话文小说。他非常赞赏中国传统的小说乃"小说"的观点,认为最好的叙述是常人闲谈,从米说到面,最后却止在了二爷的毡帽上。②

　　要了解贾平凹的叙述总策略,必须从他的早期作品开始,意识到他寓于家乡山水民情中叙述中国的用意,然后再过渡到他的后期作品,这样才能对他后期的以颓废城市代表中国有所认识。一则,作为农民作家,贾氏聚焦在家乡的地域特征上,关心的是村民和民间文化。二则,他又几乎是传统文人,作为文人,应以天下为家,不断追寻美学意境,极尽诗词歌赋琴棋书画之能事。这两种貌似对立冲突的志向却恰恰统一在贾平凹叙述中国的大目标下。贾平凹一向认为陕西的民间文化正是

---

① 许子东:《寻根文学中的贾平凹和阿城》,《岭南学院中文系系刊》,1996 年第 3 号,第 81—91 页。
② 贾平凹:《白夜·后记》,第 386 页。

中国上层文化的根底，直到如今陕西的地方文化还可以看到很多上层文化的元素。从语言上来说，贾平凹一再强调陕西方言里保存了大量的古汉语词汇及用法，这些语言现象已经在其他方言里消失了。从文化上讲，陕西的民间文化保留了中国传统的宗教习俗礼仪民风。历史上，从西汉至唐朝上千年时间里朝朝代代在陕西起起落落，西京古城里秦砖汉瓦俯拾皆是，陕西的历史人物很多是中华文明的奠基石。八十年代中期大西北逐渐成为一个文化地域概念，陕西成了中国文化西北的一部分。很多作家主动参与打造所谓"西部文学"，贾平凹也深信中国西北部的地貌最能代表中华民族的性格。同时他还认为当代中国文学的代表人物都来自大西北，跟人们通常说的"北将南才"正好相反。[①] 贾平凹以陕西为祖国的本源，其真正用意是要确立陕西文化是中华文明的祖传正宗。

贾平凹在小说内容与形式上对中国特色的执着也说明他对"文化即政治"所持的态度。当代中国文学的历史告诉我们，作家对文体形式的选择，无论是传统的还是现代性的，往往不是，或不会被看作超越政治的纯美学选择。整个二十世纪中国的思想界充满了对文学形式的意识形态的讨论。一百多年来，中国的作家、批评家，各色政治背景的政客及思想家从来就没有停止过讨论中国文学形式与中国的现代化、中国传统及西方影响之间的关系。对现代化的反应之一便是怀旧，且往往表现在对传统形式的重新起用。正是从这个意义上讲，贾平凹的文学怀旧是对文学现代化发展的一种反动。很显然，他所经验的现代化过程是负面的，因为就贾平凹的观察而言，现代化几乎是西化或商业化的代名词，现代化不是令农民失去家园便是直接摧毁文化传统。因此，贾平凹自《废都》以后的国族故事对中国现代化的前景是悲观的。不是说中国不可能实现现代化，而是现代化会带来"真正的中国"的丧失。贾平凹的文化国族主义表达的是文人心中传统价值的失落与绝望及其对现代化或者是西化的惧怕。总之，贾平凹的国族寓言从陕西的美好的田园风光开始一步步趋向了中华文明的负面乌托邦。

（原载《当代作家评论》2003 年第 2 期）

---

① 孙见喜：《鬼才贾平凹》，北岳出版社 1994 年版，第 651 页。

王家庄日常生活研究

——毕飞宇《平原》札记

汪　政

《平原》书写的是我非常熟悉的生活，在阅读它的日子里，我恍然回到了多年前的故乡。所以，我一开始就将它理解为一部有关乡村日常生活的作品。对日常生活，我是这样理解的：日常生活是物质的、"此岸"的和身体的，因为它承担着人们"活着"的功能；它是连续的，因为日常生活的中断将意味着社会或个体重大的变故，甚至危机；它是细节化的，因为真正的日常生活是由所有获取生活资料的动作与这些动作的对象所组成的；它是个体的，因为不可能有抽象的类的日常生活，它必定因人而异；但同时，又由于人类物质生活的相似性等其他可以想象的原因，它在具有私人性的同时又具有普泛性，它是公众化与非公众化、特殊性与平均化的矛盾体，因此，它总是针对着一定社会的最大多数的民众；最后，日常生活是风格化和多样化的，因为它在最细节化的层面上反映了特定时期、特定地域和特定人群的生活方式，所以，日常生活总是人们最真实、最丰富的生活。特定时期人们的生活面貌是其相应的日常生活的总和，它蕴藏着特定时期人们的价值观念、审美理想、风俗习惯、流行时尚以及文明程度和生活水平，是某一范围人们生活的生态史和风俗史。一切其他生活的最终实现总是以日常生活的变化为最终目的的，因此，日常生活具有本体论的地位，它是起点，又是终点，它完全可以被看成是一个看似简单却是最基本的细胞，因为它几乎包含了人们生活的所有秘密。毫无疑问，在这样的叙述中，我主要的意图是想将显在的政治生活等与人们基本的日常生活区别开来。

别人也许并不这样给《平原》定位。这部作品的故事时间是70年代中期,如果从题材上讲,应该是写"文革"的。这也正常,从毕飞宇以往的写作史来讲,"文革"占了他文字中相当的比重,用他的话说,"我的书写对象至今没有脱离'文革'","在我的创作中,有关'文革'的部分更能体现我的写作"。即使如此,我此前一直认为毕飞宇还没有找到对"文革"满意的带有总结意味的表达方式,从早期的象喻式的《孤岛》开始,他一直在寻找。但有一点,他是清楚的,"对'文革',我们不能拘泥于所谓的'十年',不能简单地认同一次会议,一个政治人物的宣言,我们要从更为细小的地方认真细致地推敲我们的生活,我们的基础心态,我们的文化面貌"。所以,可以说《平原》写了"文革",但这样的立场使他与许多"文革"写作区别开来,比如,与伤痕文学。凭此,日常生活开始进入视野,一种更具质感的记忆有可能浮出水面。可以把《青衣》、《玉米》看成这种理念与立场的尝试,而《平原》则是更大规模也是更成熟的实践,我甚至认为《平原》在日常生活的表达上具有社会学的意义与研究的可能性。

在日常生活这个话题下,我们可以王安忆与毕飞宇进行简单的比较,而且会看清一些有意味的区别。王安忆让人更多地从细节关注她笔下的日常性,而《平原》却同时让人意识到这种日常性的秩序、组织与制度层面。要将这个问题进一步说清楚,可能要借助社会学的大、小传统的概念,在最初的意义上,"大传统"指的是以都市为中心,社会中少数上层士绅、知识分子所代表的文化;"小传统"则指散布在村落中多数农民所代表的生活文化。而在长期的运用中,这对概念已经被不断衍化、丰富、借代与修正,包括它们之间的关系也不是原先所规约的了,但这并不影响它们基本的意义与使用价值,因为它们指出了文化上存在着不同的层面与类型及其对社会生活的作用。王安忆笔下的城市是有大小传统之分的,她举例说苏青比张爱玲、丁玲更理解城市。她认为苏青更接近一个城市的日常生活,苏青没有什么革命的乌托邦,苏青关注的就是一个城市的"日子"。苏青"只说些过日子的实惠,做人的芯子里的话。那是各朝各代,天南地北都免不了的一些事,连光阴都奈何不了,再是荏苒,日子总是要过的,也总是差不离的"。"外头世界的风云变幻,于它都是抽象的,它只承认那些贴肤可感的。"这样的日子不可小觑,"它却是生命力顽强,有着股韧劲,宁屈不死的。这不是培育英雄的生计,是培养芸芸众生的,是英雄蠹立的那个底座"。所以,不能将王安忆回避政治的叙述方式看成是偶然的与技术的,它在本质上是王安忆的城市观。城市的生态并不是由政治来维系,而是由城市人积累起的生活方式来支撑的,这样的生活方式有时也许并不是抒情诗,甚至,它们也是一些特殊的"战争",但这样的战争非关"风云",只不过是城市人为了自我的生存而世世代代挤兑、腾挪与计算的延续。从《流逝》、《鸠雀之战》、《逐鹿中街》、《好婆与李同志》、《"文革"秩事》以及长篇小说《长恨歌》来看,国家的政治生活都被作为一个背景或帷幕,王安忆叙述的是挑开帷幕之后城市的"日子"。如果说前者是大传统的话,那么后者就是小传统了,这个小传统是被王安忆看重的(像上海这样的)城市各式阶层冲突、妥协、趋同的生活方式与价值观。并不是大传统,而是这样的小传统才是城市得以生存与发展的命脉。由于中国社会的特点,更由于20世纪50年代以后,中国的城市组织化程度更高,所以城市的小传统显得更为隐秘,更为内在,呈现为氛围与碎片。所以王安忆的城市小说风格大都较为琐屑。而面对中国乡村则是另一种情形,正如费孝通等所指出的,"乡土中国"在长期的生存中生成出相当强大的自满自足的具有抵御、同化、包容与自我修复功能的文化体制,相对于各个时期的国家制度生活,它们看似弱小,但实际上却相当顽强,从而使中国的乡土生活始终呈现二元并峙的、交融与妥协的局面,不管是早年费孝通、林耀华等人的调查,还是近年庄孔韶、王铭铭、王振忠、郑萍等学者的田野作业都表明了这一点。这些小传统不仅有那些抽象的隐秘的传统价值观与表面的生活修辞,更有建立在血缘宗法与宗教信仰等基础上的乡规民俗,它们比起城市的小传统要更加明晰化、制度化。也就是说,王安忆与毕飞宇的区别实际上是"都市中国"与"乡土中国"的区别。

《平原》确实是毕飞宇"文革"写作的一个明确性的标志,当他换一个视角不再去关注"文革"这一个国家政治生活时,乡村的另一面必然成为表达的中心。"文革"对中国乡村的影响确实是巨大的,但是不是唯一的力量? 它的改造与渗透程度如何? 又是如何改造与渗透的? 在"文革"这种政治程度、组织程度相当高的时代,中国乡村人们的生活所依赖的路径是不是唯一的,如果不是唯一的,那是什么? 毕飞宇"乡土中国"的知识考古为我们展示了一个民间的社会生态,在他看来,这是不应该被遗忘的,否则,那一段生活迟早会被抽象化、简单化、甚至漫画化。

《平原》的叙述是从土地与家庭开始的,它为小说的整体定下了调子,在整部小说中,左右王家庄生活节奏的就是农耕的节候:"麦收之后,庄稼人把原先的金灿灿变成了现在的绿油油。就在同一块土地上,庄稼人又用自己的双手把秧苗一棵一棵地插下去,到了夏至的前后,中稻差不多插完了,而梅雨季节也就来临了。十分准时。从表面上看,这只是一种巧合,其实不是。是庄稼人在千百年的劳作当中总结出来的,是庄稼人的选择,暗含着一代又一代庄稼人的大智慧。在庄稼人一代又一代的劳作中,他们懂得了天,同样也懂得了地。就在天与地的关系中间,庄稼人求得了生存。通过他们的智慧,天与地变得像左臂和右膀的协调,磨豆腐一样,硬是把日子给磨出来了。"连作为国家政治象征的大队支书吴蔓玲也不得不服从这样的日子,甚至是比庄稼人更舍命地投入这样的日子。

《平原》虽不是家族小说,但家族依然是全书的重头戏,主人公端方性格的成就与展示在许多方面都依赖家族这个平台。端方的家庭很复杂,他的生父早死了,母亲沈翠珍改嫁到王家庄王存粮家。早几年,端方寄养在外婆家,十四岁才被迫来到王家庄。王存粮原来的老婆死了,有一个女儿红粉。沈翠珍嫁过来时还拖了另一个"油瓶"端正,后来又与王存粮生了一个儿子网子,这就是端方出场时的身世与家庭背景。在小说所对应的苏北平原农村,这样的家庭是特殊的,而这种家庭的孩子又必然在性格上更加特殊,内向、孤僻,脆弱而又凶猛,自卑而又自傲。端方高中毕业,但在这个农村新人身上,倒是不怎么看得到"大传统"的烙印,而对乡村的处事法则却因为家道的原因从小就熟稔于心。在这样一个人口不多但却是重新组合的家庭里,处理好方方面面的关系并不是一桩容易的事。端方一出场就和继父较上了劲,他在小说中有好几场重头戏都与家庭内部的冲突有关,其中一场是红粉出嫁,这是两个重组家庭内在矛盾的一次爆发,也是一个了结,这场冲突充分显示了端方对乡规民俗的娴熟运用。一切都按出嫁的规矩来,新娘上船,该给父母道别了,道完别,端方就该给装嫁妆的木箱上锁,"这是最后的一个仪式,这个锁必须是娘舅,也就是端方才有资格锁上——只要端方拿住铜锁,用手一捏,锁上,新娘子和嫁妆就再也不是这个家的了"。但红粉就是不肯喊沈翠珍一声"妈",冲突由此而生。较量的结果,红粉顺从了,她的一声"妈"无疑宣示了这个家庭力量的对比与权力的再分配,难怪王存粮无奈地感慨道:"养儿如狼,不如养儿如羊。"端方不仅要依靠乡规民俗证明自己在家庭的地位,还要保证这个家庭在村子中的地位,因为这样的家庭,这样的外来人口,是常常要落下风的。端方回乡不久,网子约村子里的同伴大棒子下河游泳,结果大棒子给淹死了,大棒子家当然不依,抬着尸体到王存粮家闹,端方在这场家族间的冲突中巧妙地利用乡村人的情感潜规则,逼着对方按乡村的丧葬料理完后事同时按乡俗给死者以高规格的祭奠。端方知道,只有对方按照程序走,才有他们一家的活路,谁合理利用乡规民俗,并且得心应手,谁就是乡村生活中的强者。

社会学家庄孔韶在对福建王田县研究之后认为,"文化大革命"的政治与权力之争主要是在城市,乡村不过是一个附属地带;郑萍在对河南南和县郑村的考察后也认为:"大传统以政府为支撑力量,形成的话语空间成为其不断向基层延伸的强大后盾,而此时小传统似乎完全被大传统所淹没,突然间在历史中消失。其实这仅是表层现象,在国家强大政治压力下,表面上人人响应政府号召,而在人们内心深处仍认同小传统……国家权力在渗入地方社会时,小传统的社会力量是不可忽视的。"这些社会力量是什么? 是亚文化的民间族群,是民间宗教、习俗乃至心理与语言,它们与大一统的基层政权、国家主流意识形态与信仰以及流行的政治语言形成潜在的对比与对峙。在王家庄,人们对"党"、"国家"这样的语汇既熟悉又陌生,它无所不在,但又虚空得不可捉摸与识别。吴蔓玲不止一次地慨叹她在这两者之间的尴尬,在所谓集体之下,庄稼人自始至终按个人的方式来理解与处理公共事务。王家庄一方面响着全国统一的普通话社论的高音喇叭,一方面是另一套保证社会有效运行的方言语言现实。端方在王家庄地位的确立并不是想象中的高中生式的,不是以回乡知青的方式来进行的,他靠的是近似流氓无产者的民间族群的方式,他依靠自己的力量、智慧有效地控制了王家庄的一大批年轻人,并在其中逐步形成了自己的权威人格。这群年轻人远离政治中心,不服长辈的管教。在吴蔓玲的眼中,他们是痞子,他们一到夜晚便集聚到一起,习武、斗殴、打群架,这是一种典型的"对立文化"。在王家庄,这样的依照不同年龄、性别、信仰或松或紧的族群还有不少,表面看来是乡村基层政权在运作,而实际上真正起作用的往往是这些民间的社会群落。

宗教信仰在"文革"时期是被严令禁止的,但在事实上总是不可能被真正禁止。

那时的人们常常生活在两种精神世界中。儒、道、佛一直是王家庄的民间精神依靠,这一点连吴蔓玲也奈何不了,她的体会是唯物主义者是无所畏惧的,但唯物主义只能管住白天,却奈何不了黑夜(又是黑夜,黑夜在《平原》中是值得分析的象征语汇。不一定是自然意义上的,它同时指称个别、隐秘、民间、宗教,直至乡村)。以王瞎子、孔素贞等人为代表,一种被改造的功利主义的集儒、道、佛于一体的民间宗教一直左右着王家庄人的生活,并给人们提供最后的答案与安慰。

《平原》给我们描绘了大量鲜活的感性的细节,它们是王家庄人得以在"文革"时期正常生活的秘密,包括婚姻与性。当婚姻因为贫富不均等原因而可能流产时怎么办(比如春淦与红粉的故事),当性在政治与物质的双重压制下得不到释放时又怎么办(比如吴蔓玲、老骆驼的故事)? 不可小看了它们,它们是乡村生活更隐秘的补充机制。总之,一个社会不可能因为灾难、变故、强权的君临而终止延续,相反,正是那些传统的草根力量挽救了绝望,接续了断裂,弥合了伤痕,使生活之河得以流向远方。毕飞宇曾用一个成语来解释这两者的关系,政治就如刀,日常生活就如水,抽刀可以断水是夸张的,是想当然的,因为流水不买刀的账。我要再次强调《平原》里的方言。毕飞宇是一位不怎么注重方言的作家,这让我联想到王安忆,王安忆也不赞同方言写作,而应该用所谓的"普通的语言",但当她在追忆革命霓虹灯下上海的暗夜生活时,却不自觉地放弃了自己的语言理想,大量运用起上海方言。毕飞宇的《平原》,特别是前面部分,令人惊讶地大量使用了苏北方言。我宁愿相信这是他自觉的选择,因为只有方言,才能准确地传达出民间的小传统的状况。其实,方言本身就是小传统的一部分,是民间与地域文化的真正的载体,任何大一统的政治力量都要借助大一统的语言,而大一统的语言对方言总是构成了强大的压迫,相比较而言,方言可能是不文明的,粗鄙的,弱小的,但却是难以消灭的,在乡村社会,方言是以日常口语的方式存在的,而借助于普通话的政治语言则必须凭借文本或在技术支持下的有声文本(如高音喇叭)才能实现,所以,它总是难以渗透到乡村的日常生活,更不易成为乡村人的思维材料与思维形式。当年费孝通认为,国家意志只有"文字下乡"才能实现,而只有在中国社会乡土性的基层发生变化之后,文字才能下乡,看来,至少在《平原》里,这还只是个理想。《平原》中,最典范意义上的意识形态的传播者是由右派顾先生来充当的,从大量的政治原典到普通常识,虽然顾先生耳提面命,苦口婆心,但始终未能找到知音与响应者,顾先生连同他的语言一直未能融入王家庄,这从两方面说明了"文字"的悲哀。

这种语言的并峙与交互实际上是大小传统关系的同构体现。吴蔓玲包括她的上级洪大炮要将王家庄推上当时的政治轨道,也不得不借助于当时当地的乡规民俗。当然,《平原》更多的是叙述了小传统对大传统的包容与解构,特别是喜剧性的解构,这方面小说中有许多有趣的情节。土改是大传统对王家庄的一次胜利,但是在二十年后,土改的受益者老渔叉却陷入臆想、陷入一种强迫症之中,因为他现在的荣耀与富有是以地主王二虎的性命换来的,是以占有王二虎的家产与女人得来的。如何消除这迟来的心理恐惧,老渔叉竟然没有再次借助大传统的力量,虽然大传统就在门外,他跑出去就可以继续革命,寻求心理的支援。他没有,他转向了神灵,他用传统的祭祀习俗,用传统的报应与因果轮回的思维来安排这场演了二十年之久的戏剧的结局,下跪、燃香,最后爬上屋顶,一头栽下来死了,他认为这样反而"干净了"。《平原》里还有一个情节,在毛泽东逝世后王家庄的悼念活动中,坏分子们被集中到四面不靠岸的船上,他们被剥夺了追悼领袖的权利。而就在追悼会的当天晚上,"孔素贞找到王世国,她要做佛事,她要为毛主席超度,她要为毛主席好好念一念《金刚经》"。悼念活动在此被民间宗教重新演义、翻译了一遍,这无疑是对主流话语与仪式的一个反讽。从前面的叙述我们可以看出毕飞宇对端方的定位,端方不能说一点没有冲出乡村的理想,少年时的初恋,高堡镇的繁荣与现代气息和乡村生活的种种不幸使他发了疯地想参军,永远离开这个王家庄,他也曾试图以流行的方式来博取这一切,但是,他总是身不由己,不得要领,他既不能忍受养猪场的寂寞、单调和老骆驼人猪不辨的生活,又经受不住乡村暗夜生活的诱惑,更不能领略吴蔓玲同志式革命爱情的暗示。我一直认为这不仅是端方性格的悲剧,它同时是乡村文化人格的体现,它契合了《平原》的主题,至少在《平原》里,端方不可能走出王家庄。端方的命运昭示着小传统的强大,但更强大的是它的表现者。现在,我越来越认为一个优秀的写实类作家的力量是他对日常生活的想象与图摹。他不必依靠国家书写方式,也不必仰精英知识者的鼻息,他脚踏大地,如有神助地复活了那暗流涌动、原本蓊郁蓬勃的社会记忆。

读完《平原》,正在这大小传统的概念中缠绕不止的时候,又读到了余华的《兄弟》，真让我感到惊奇。《兄弟》，至少目前看到的上半部，倒是正面接触"文革"的，它不似伤痕，胜似伤痕，是当时大传统图案式的写真。在我看来，《平原》与《兄弟》构成了一个相互补充的文本世界，它们共同完成了那个时代全部的叙述。2005年，这两位长时间地考验着读者阅读期待的作家，难道他们有约？

2005 年教师节于南京河西

（原载《南方文坛》2005 年第 6 期）

乡村的自语

——论莫言小说创作的精神及意义

贺仲明

施宾格勒曾说过:"农民是没有历史的,因而没有书写。"[①]这句话在中国传统文学中有充分的体现。即使进入中国新文学时期,以鲁迅、沈从文、赵树理为代表的作家,在作品中广泛地书写了乡村,展示了乡村的历史和现实状貌,但作家们的这些叙述,呈现的基本上是俯视和外在的角度,没有传达出乡村自己的声音。甚至是拥有对农民深厚感情和坚定立场、以作"文摊文学家"为初衷的赵树理,在特殊的政治环境下,所表达的也只能是乡村和政党双重音符的糅杂。在这个意义上,莫言的小说显示了自己的独特,在 1980 年代后较为宽松的文化环境中,他得以较充分地表现出乡村自我的立场,从而在较深层面上表现出了乡村的精神,叙述方法上也融入了更多的乡村文化特征。可以说,莫言小说的创作精神,是乡村的自语。

一、苦难的申诉

如果用一个词来形容中国的乡村社会,我想"苦难"应该是最合适的,无论在历史上还是在 20 世纪现实中,农民都处在社会的最底层,承受着各种利益代表的剥

---

① [德] 斯宾格勒:《西方的没落》,商务印书馆 1963 年版,第 282 页。

削和压榨,笼罩着兵、匪、饥荒以及各种权力争夺所带来的巨大苦难阴影。正因为如此,1980 年代以来的几乎每一个写过乡村故事的作家,都不同程度地关涉到这些苦难,像高晓声的《李顺大造屋》、张一弓的《犯人李铜钟的故事》、刘震云的《故乡天下黄花》、余华的《许三观卖血记》、阎连科的"瑶沟系列",等等。在这当中,莫言以他对乡村苦难的执着和对苦难的独特理解而引人注目。

这首先表现在莫言苦难书写的坚韧和持久上。他的第一篇小说《售棉道上》就是以一场乡村现实灾难为题材,此后几年时间里,他创作了《白狗秋千架》、《枯河》、《透明的红萝卜》等作品,不断深化自己对乡村苦难的叙述。1985 年前后,莫言进入"红高粱"时期,从表面上离开了苦难,转而以另一种方式表现乡村(具体情况后面分析),但很快,在家乡"蒜薹事件"的触动下,他放下手头正写着的"红高粱"续篇,转向了《愤怒的蒜薹》的创作。正如莫言自己所说:"本来《透明的红萝卜》、《红高粱》已经很红了,我完全可以按照这个路线红下去,可这一转向却让我对现实社会进行了直接的干预,因为我的责任感和良心在起作用。"①在《愤怒的蒜薹》后,莫言一发而不可收,从《爆炸》、《红蝗》和《欢乐》,一直到 1990 年代后创作的《丰乳肥臀》、《檀香刑》,以及《牛》、《三十年前的一次长跑比赛》和《四十一炮》等作品中,他叙述了各式各样的乡村故事,几乎无一不与悲苦相随,无一不是他乡村苦难叙述的建构者。

在这个意义上,莫言这段话虽然说于 1980 年代,但以之来印证他整个创作也丝毫没有走样:"我近年来的创作,不管作品的艺术水准如何,我个人认为,统领这些作品的思想核心,是我对童年生活的追忆,是一曲本质是忧悒的,埋葬童年的挽歌。我用这些作品,为我的童年,修建了一座灰色的坟墓。"②

莫言对苦难的执着还表现在他对一些乡村灾难的反复书写上。比如蝗灾,比如童年的痛苦,比如饥饿,都是莫言 20 多年创作生涯的贯穿性主题,在不同的作品中有反复的书写。像《红蝗》、《蝗虫奇谈》、《食草家族》等作品中就反复书写了北方乡村的蝗灾;童年的痛苦和饥饿主题,更是从早期的《枯河》、《白狗秋千架》开始,一

①　莫言:《寻找红高粱的故乡》,莫言《小说的气味》,春风文艺出版社 2003 年版,第 130 页。
②　金汉:《再现与表现的结合》,《昆仑》1987 年第 1 期。

直到最近的《拇指拷》、《牛》和《四十一炮》等,被无数次地反复书写,可以说已成了莫言小说创作最突出的故事母题。

有批评家认为这是莫言创作题材枯竭的表现,但我认为,不如说是因为这些苦难给莫言留下的记忆太深了,凝结在他思想情感的深处,他只有通过反复书写的方式,才能缓释和宣泄这种记忆的苦痛。我以为莫言自己的说法最有道理:"一个作家一辈子可能写出几十本书,可能塑造几百个人物,但几十本书只不过是一本书的种种翻版,几百个人物只不过是一个人物的种种化身。这几十本书合成的一本书就是作家的自传,这几百个人物合成的一个人物就是作家的自我。"①莫言的小说是他自我心灵的抒发,而他认为最能体现他形象的人物是《透明的红萝卜》中那个被苦难所浸渍的乡村孤儿小黑孩,②这正反映出,莫言之所以如此执着于乡村的灾难和痛苦,是因为它们是莫言经历的乡村生活的写照,他自己就是这些痛苦曾经的承受者。

除了题材的繁复和创作的持久,莫言的苦难书写还具有多层面的复杂深度,呈现出从外在—内心,从现实—精神,从写实—抽象的变化过程,从而细致而全面地再现了乡村苦难的面貌。

莫言的早期作品多写现实苦难,艺术表现也以写实为主。最直接的表现是他早期作品中许多主人公都是残疾者,如"总是迷迷瞪瞪,村里人都说他少个心眼"的小虎(《枯河》),被剁掉了食指的大锁(《老枪》),失去了右手的苏社(《断手》),以及失去一只眼睛的暖(《白狗秋千架》)等。这些作品的内容,也多侧重写主人公现实生活中的痛苦,写他们在人生道路上受到的各种打击和失败。

然而很快,莫言开始将笔触落到苦难所给人精神带来的创伤上,更深切地关注人物心灵上的苦痛感受。《透明的红萝卜》是这种变化的最初表现。作品中的黑孩形象曾引起过众多关注和争论,主要是因为作品对这一形象塑造的抽象化,他的苦难感受被虚幻化。也就是说,这一形象具有一定的写实功能,但作者更侧重表现的是他精神上的孤独而不是他现实上的苦难。我们比较一下《透明的红萝卜》和较早

① 莫言:《在京都大学的演讲》,莫言《小说的气味》,春风文艺出版社 2003 年版,第 122 页。
② 莫言:《在京都大学的演讲》,莫言《小说的气味》,春风文艺出版社 2003 年版,第 122 页。

的《白狗秋千架》，两篇小说都叙述了类似的少女失明情节，但叙述情感却不一样，《白狗秋千架》在其中充分宣泄了苦涩悲凉的情感，但《透明的红萝卜》的叙述态度却颇为冷漠。其原因正是莫言对苦难的关注重心从现实向精神的迁移。

　　莫言此后的大部分作品，更侧重从精神层面展现苦难的创伤，同时，在叙述方法上，他也从写实转向抽象，借助荒谬的手法展现苦难的无所不在，揭示受害者的痛楚和无奈，许多作品也因此呈现出浓郁的怪诞和超现实色彩。像《拇指拷》，就是一部带有浓重象征色彩的作品，少年阿义在完全无辜中突然遭遇莫名的暴力，陷身于苦难之中不能自拔，就如同一幕现代荒诞剧。《铁孩》也一样，那个被饥饿和孤独折磨的小孩，最后用来缓解饥饿的食物居然是铁。这当然不是生活真实，而是小孩极度饥饿下产生的幻觉，就如同安徒生《卖火柴的小女孩》中小女孩的幻想，反映的是弱小者肉体和心灵的深切苦痛。这也使我们想到卡夫卡的著名小说《变形记》：在苦难的压力下，葛利高里被异化成了一只甲虫并死亡，这在现实中当然是不可能真正存在的，但它又确实是生活的真实，是人们在无所不在、无可逃避的苦难压力下恐惧感的折射，荒诞中蕴涵的是痛苦和无奈。

　　现实和超现实，写实与荒诞，不同的侧面和视角，展现了苦难的不同方面，也揭示了苦难的切肤之痛和无所不在的弥漫。当然，正如莫言所说："我在描写人的精神痛苦时，也总是忘不了饥饿带给人的肉体痛苦。"[1]莫言小说对苦难的现实和精神层面的揭示大都不是分离的，而往往是密切的结合。像他在 1988 年创作的《愤怒的蒜薹》，既是他最直面现实、批判态度最为尖锐的一部作品，也同时展现了农民心灵的苦痛，对一次现代"官逼民反"事件的写实式再现与对无路可走的农民内心的恐惧和彷徨交织在一起，构成了对农民肉体和精神痛苦的双重揭示。

　　莫言对苦难现实和精神的复杂关注，还构成了莫言小说一个突出的艺术特点，就是场景写实和人物感受的巧妙杂糅，现实世界与感觉世界的高度统一。[2] 这种杂糅和统一，使莫言多层次的苦难叙述融为复杂的整体，而正是通过对苦难的多层次、多角度的挖掘，莫言的小说深入到乡村世界的内核处，把握到了乡村生活的某

---

①　莫言：《饥饿和孤独是我创作的财富》，莫言《门牙》，上海文艺出版社 2000 年版，第 7 页。
②　张志忠：《莫言论》，中国社会科学出版社 1990 年版。

种精神和历史脉络。

二、梦想的天堂

如果莫言只是写苦难,那还不能说他真正表现了乡村自己的声音,因为乡村并非只有苦难,这一阶层之能够历数千年的痛苦而不颓,长处社会底层而不衰,在很大程度上依赖于其独特的幻想式文化精神——这其中多少包含着鲁迅所批判的"好死不如赖活着"的阿 Q 精神,也有自我嘲讽,将苦难娱乐化乃至狂欢化的精神。[①] 像皮影戏、地方戏剧和民歌等中国农民艺术,在将历史、崇高和苦难等进行戏剧化和反讽化的表达中,充分地体现了这一文化精神。这是长期处在社会底层的农民被历史挤压的产物,其中包含着深深的无奈,但也蕴涵着一种生存的机智,是其顽强生命力的体现。

从表面上看,这种幻想与乡村苦难是相背离的,但其实,它们之间存在着密切的相互依存的关系,在一定程度上甚至可以说,乡村幻想是乡村苦难的必然结果。因为中国的乡村是苦难的历史,但人不可能完全沉浸在苦难中,否则就会被苦难淹没与击倒,他必须有所调节,有所回避,最自然的选择就是白日梦,是精神幻想,只有借助于幻想,他才有可能抗击那些无处不在、无可逃避的现实苦难——就像阿 Q 如果失去了"精神胜利法",肯定难以正常地维持自己的生存。但是另一方面,幻想虽然来源于苦难,却不依附于苦难,它一旦成立,就具有了自己独特的气质,是对于乡村苦难的超越,也体现了乡村精神的某种自觉,它的极端表现应该是狂欢精神。

莫言的小说,在很多地方表现了这种幻想,从而在更全面和深刻的意义上再现了乡村精神。最突出的表现,是他在 1980 年代中期创作的《红高粱家族》和 1990年代创作的《丰乳肥臀》。这两部作品从民族战争和爱情两个最能张扬精神力量的角度,集中地表现了中国乡村生命力的原始、顽强和活力,以及壮烈的牺牲精神。

---

① 　比较起来,另一位乡土小说作家刘震云在这方面就有所不足,他的"故乡系列"在表现乡村苦难的方面非常深刻,但他最终将乡村导入绝望,就是因为他没有把握到乡村的另一种精神。参见贺仲明:《"农民文化小说":乡村的自审与张望》,《文学评论》2001 年第 3 期。

这些作品所表现出的激情、浪漫和壮烈,是中国乡村梦想的集中体现和大爆发。

正如前面所说,乡村幻想与乡村苦难是紧密相连的,莫言也往往从二者相融合的角度来进行表现。或者说,莫言在表达乡村幻想时,从来没有忘记过苦难,只不过是掩藏得更严,压抑得更深,换了一种方式和角度而已。在许多作品里,幻想只不过是苦难者试图摆脱苦难命运的一种乌托邦方式。像《枯河》、《透明的红萝卜》、《拇指拷》等作品中的无辜的小受难者,都在无奈之下寄希望于幻想,希望以超人的方式逃离苦难的压迫和束缚。《翱翔》也许更有代表性,陷入包办婚姻痛苦中的新媳妇为了挣脱苦难的命运而开始逃亡,围追堵截之下,她居然飞到了天空中,虽然她最终还是被人用箭射了下来,但飞行这一行为无疑是她超越苦难幻想的最大体现。

即使是莫言那些幻想色彩表现得最充分的作品,也始终没有真正偏离过苦难。像《红高粱》系列中,英勇的村民们尽管创造了种种奇迹,但他们从来都没有摆脱过屈辱和受欺压的地位,他们的每次牺牲、每次努力,所换取的都是失败,都是打击,最后命运无一例外都是悲剧。在这个意义上,《红高粱》中罗汉大爷被"剥皮"的细节具有双重的寓意,它既可以看作是乡民不屈灵魂的象征和赞歌,同时也是乡村苦难和乡村命运的写照。

莫言整个创作中,《丰乳肥臀》是将乡村的幻想与苦难结合得最为典型的作品。小说的主题之一是写母亲的苦难和"忍受痛苦的能力"①,写"母亲们和她们的儿女们在这片土地上苦苦地煎熬着、不屈地挣扎着,她们的血泪浸透了黑色的大地又汇成了滔滔的河流",并试图结合母亲的命运折射中国的百年苦难历史,同时又力图"站在了超越阶级的高度,用同情和悲悯的眼光来关注历史进程中的人和人的命运",讴歌了母亲的生殖力、生命力,认为"丰乳与肥臀是大地上乃至宇宙中最美丽、最神圣、最庄严,当然也是最朴素的物质形态,她产生于大地,又象征着大地"。②作品糅杂了幻想与痛苦,也体现了爱和痛到达极致后的冷酷,因此,作品同时包容着博大的温情,又充斥着残酷、死亡和暴力。

---

① 莫言:《我的〈丰乳肥臀〉》,莫言《小说的气味》,春风文艺出版社.2003 年版,第 62 页。
② 莫言:《〈丰乳肥臀〉解》,《光明日报》1995 年 11 月 22 日。

　　除了将幻想与苦难结合起来叙述，莫言也表现过一些具有某种独立气质的乡村幻想，寄寓着超越苦难的狂欢化精神意图。他当初之将小说《愤怒的蒜薹》改名为《天堂蒜薹之歌》，在某种程度上也许就体现了借梦想以否定、超越现实的想望，此后的《檀香刑》、《四十一炮》等作品，表现了更自足、也带有更强狂欢色彩的幻想精神。《檀香刑》虽然叙述的是一个关于牺牲者故事，但在作者着意的渲染下，超越现实苦难的悲壮和幻想精神已经取代了苦难的中心地位，作品将檀香刑罚作如此精雕细刻的描述，是因为作者已经将这一残酷的刑罚超现实化了，它不再是真正的苦难，已经化为了一种纯粹，一种幻想。同样，《四十一炮》也通过夸张式的叙述方式，消解了故事本身的悲剧色彩。

　　正因为乡村幻想与乡村苦难之间有着割不断的复杂联系，因此，莫言对他笔下乡村梦想的态度也始终有些暧昧和矛盾。一方面，他将这一幻想与自己的苦难记忆密切地联系在一起，另一方面又充满着自豪和自傲的态度，将它看作自己一个神圣的精神领域，进行特别的卫护。例如，在谈到《红高粱家族》、《天堂蒜薹之歌》、《酒国》三部作品时，莫言就曾经说过它们"最深层里的东西还是一样的，那就是一个被饿怕了的孩子对美好生活的向往"。但另一方面，他又曾指出这只是他的想象和虚构："这是我的想象。我的家乡有红高粱但却并没有血一般的浸染。但我要她有血一般的浸染，要她淹没在血一般茫茫的大水中。我的这个家乡是谁也不能侵入的。"①其实，说到底，这都是源于莫言对乡村幻想精神复杂特点的深切体会——乡村幻想既具有超越的愿望，却又难以真正走向超越，沉重的纠结也许是它不解的宿命。

三、精神的独白

　　长期以来，中国现代乡村小说存在着一个叙述上的巨大困境，就是叙述文本和叙述对象之间接受上的矛盾。作家们尽力去刻画乡村人物，描画乡村图景，但他们

---

①　赵玫:《莫言印象》,《北京文学》1986 年第 8 期。

的叙述语言和叙述结构,都与乡村的主人——农民的审美习惯存在着巨大的裂隙,农民也对它们持着冷漠和拒绝的态度。唯一的例外是赵树理,他曾以完全通俗和口语化的叙述方式,赢得了同时代农民的热烈欢迎,成为他们某种程度上的代言者。然而,我们也应该看到的是,赵树理在博得农民认可的同时,却失去了文学的深层艺术境界,失去了更丰富的艺术表现内容,并因此而缺乏真正的后继者。在这一问题上,莫言进行了自己具有独特意味的探索和创新,为中国乡土小说走出叙述困境提供了新的希望。

莫言叙述的一个重要技巧是采用多层次的叙述方法。莫言小说比较广泛地借用乡村人的叙述视角,通过乡村人物的自我叙述安排结构,从而使小说叙述语言具有生动、幽默、调侃和口语化的特点,故事也呈现出强烈的民间化色彩,但另一方面,莫言小说的隐含叙述者又始终保持着重要的地位,他潜在地保持着全知视角的态度和力量,主宰着小说的进程,安排小说的基调、节奏,从根本上控制着小说的发展。在这方面,他的叙述态度始终是冷静而克制的。[①] 为了让这二者达到高度的和谐,莫言小说经常运用乡村儿童的视角叙述故事,因为儿童视角的最大好处是调节起来比较自由,当作品要穿插一些与儿童叙述不完全一致的另外的声音时,它能够过渡得相对自然,同时又不妨碍作品对乡村叙述特点的表现。正是因为运用了多层次的叙述方法,莫言的许多小说故事尽管经常用幼稚、简单的语言叙述出来,故事也通俗易懂,但在故事背后却往往蕴涵着深刻的思想意蕴,甚至具有反讽的艺术效果,从而实现了可读性与艺术性的巧妙统一。

莫言叙述技巧之二是广泛借鉴乡村的文化和文学方法,却又融合着现代小说的技巧。他的小说中经常引用一些古戏文的唱词或民歌,讲述一些逸闻趣事,使小说自然地涂抹上乡村文学和文化的特点,在叙述方法上,他也借鉴中国古典白话小说的技巧,叙事流畅简洁而有所含蓄,故事性强又有所节制。更重要的是,他经常借助于不同乡村叙述者在年龄、身份上的差异,通过他们在叙述上的变化,巧妙地传达出乡村生活和乡村文化的复杂多样,绘成了一幅内容丰富多彩的乡村图画。然而,在浓郁的乡村文化和文学特点之下,莫言其实隐含着许多现代小说的技巧,

---

① 王爱松:《杂语写作:莫言小说创作的新趋势》,《当代文坛》2003 年第 1 期。

像他许多小说的整体结构就具有很强的现代特点,叙述语言也往往隐含着强烈的反讽功能。像莫言为人所称道的作品《牛》,如果不是作者巧妙地以现代结构贯穿起来,如果没有作品对开头和结尾的有意设置,形成巧妙的反讽效果,那个乡村少年的叙述再精彩,也不能达到叙述的深入。

当然,正像莫言对乡村的描述经历了从现实到精神的过程一样,他的小说叙述也经历了一个发展和成熟的过程。莫言最初的那些小说基本上还没有摆脱知识分子式的语言,在 1980 年代中期的《透明的红萝卜》和《红高粱家族》时期,莫言的小说语言虽然已经显示了自己充满张力和象征性的个性色彩,但还略显粗糙简单,没有形成独特的风格。即使是 90 年代初的《丰乳肥臀》,也尚未达到成熟的境界,它以不同时期的上官金童作为叙述者,部分地表现了乡村的声音,尤其是前半部分,他主要作为一个旁观者,较好地展现乡村的历史和声音,也不妨碍隐含全知视角的穿插,但是到了小说的后半部分,上官金童已经成年,已经成了作品所要表现的重要人物,他的叙述者身份就显得有些杂乱,与整个小说的风格不相和谐。

莫言叙述技巧的真正成熟是在 1990 年代以后,在《拇指拷》、《牛》、《野骡子》、《一匹悬挂在树上的狼》、《四十一炮》等作品中,他的叙述技巧得到了细致和完整的体现。而最能体现这些技巧,达到了高度和谐的,还是他于 2000 年出版的长篇小说《檀香刑》。在叙述结构上,作品高屋建瓴地安排四部分,让分属不同阶层的叙述者进行叙述,自然地传达出多音部的声音,又合成了一个相颉颃又相补充的整体,其隐含的全知视角遁于无形。这一点,莫言自己也有所阐释:"猪肚部看似用客观的全知视角写成,但其实也是记录了在民间用口头传诵的方式或者用歌咏的方式诉说着的一段传奇历史——归根结底还是声音。"[①]在叙述语言和叙述方法上,作品也更广泛地借鉴了民间艺术特点,各部分的叙述风格随叙述者身份、年龄的差异而自然形成张力,更具备了丰富和变化,高密的地方戏曲"猫腔"则构成了整个作品的叙述基调,影响了整个作品的叙述走向,地方气息非常浓郁。

正是依靠着叙述上的探索和创新,莫言的小说叙述实现了乡土气息和现代思想的高度融合。他的小说语言、故事,甚至立场、精神,都洋溢着浓郁的乡土色彩,

---

① 莫言:《檀香刑·后记》,作家出版社 2000 年版。

传达出了农民的文化和文学精神,并具备了较强的可读性,但另一方面,他又实现了思想的深入,通过叙述上的整体特征和反讽效果的形成,他的小说远远地超越了故事本身,既体现了对时代政治的批判,对社会历史的思考,也揭示了人性中的复杂和矛盾。与赵树理的小说相比较,莫言的小说表现的农民语言可以说不那么地道质朴,但却传达出了赵树理所缺乏的独特精神,呈现了更深邃悠远的艺术魅力。莫言的小说,使赵树理和鲁迅所代表的中国现代乡村小说叙述上的两难处境得到了一定程度的缓解,为中国现代小说的乡村叙述提供了一种新的方向。

当然,莫言的叙述也不是没有限制,那就是他所表现的更多只能是乡村的精神领域,而不可能像赵树理一样完全深入乡村的现实领域,他可以在深层次上表现乡村人的痛苦、无奈和愤懑,但他难以揭示出乡村人完整写实的现实生活。所以,不能说莫言是完美的,但他确实提供了另一种层次上的乡村叙述,莫言所体现的,不是乡村现实的真实对话,却是乡村精神的深层独白。

四、母亲与大地

莫言能够具备乡村自语的创作姿态,与他在乡村长大,经历过乡村的苦难记忆,接受乡村文化的深厚熏陶,有着直接关系。在乡村近 20 年的生活中,莫言体会到了乡村的苦难,也感受到其中深挚的爱,体悟到乡村的梦想精神,也接受了大地母亲的沉重和执着。在这个意义上,正如著名心理学家荣格所说:"不是歌德创造了《浮士德》,而是《浮士德》创造的歌德。"[1]既是莫言在寻找着乡村文化的创作源泉,也是乡村文化在寻找着莫言,寻找着他作为代言者。

当然,莫言个人对文学的领悟,对乡村的深厚情感和表现愿望,也直接决定他创作的深度和力度。莫言长期把创作之根扎在"高密东北乡"这块融注自己情感和泪水的故乡土地,将"饥饿和孤独"作为自己的精神资源,并且在新世纪初明确表示

---

① 荣格:《心理学与文学》,生活·读书·新知三联书店 1987 年版,第 142 页。

要放弃"为农民写作"的创作立场,转而"作为农民写作"。① 虽然在中国农民文化的现代水平一直没有真正提高的现实情况下,真正的"作为农民写作"是难以实现的,但这充分体现了莫言对创作和故乡深层认知后的高度自觉。正是在这一前提下,莫言对昔日的乡村经历,对故乡有这样的体会:"这时我强烈地感觉到,二十年农村生活中,所有的黑暗和苦难,都是上帝对我的恩赐。虽然我身居闹市,但我的精神已回到故乡,我的灵魂寄托在对故乡的回忆里,失去的时间突然又以充满声色的画面的形式,出现在我的面前。"②这不是空谈,而是他能够把握乡村灵魂、真正表现乡村自我精神的基础。

　　莫言创作的意义是不可否定的。首先,在文学史上,莫言创作为中国文学的真正本土化提供了经验。中国新文学以西方文学为蓝本,自鲁迅开始,新文学作家们一直在为本土化问题而困惑而努力。新文学开拓者们将农民等社会底层人物拉进了文学殿堂,并在文学大众化道路上作出了种种尝试,是这些努力的成果之一。莫言的乡村小说,在表现乡村精神和借鉴乡村文学形式方面,也做出了非常有意义的努力。他所奉献的带有强烈自在色彩的"高密东北乡"世界,是一个真正本土的乡村世界,他所表现的,是真正的中国乡村文化和灵魂。

　　其次,莫言的创作对中国乡村的自主表现,尤其是使农民在文化上能够表现出自己的声音,也是很有意义的。中国新文学一直以启蒙的姿态审视乡村,形成了自己的特点,也构成了难以弥补的局限。莫言站在乡村自我立场上发言,自然表现出了新的角度和立场,展现了农民的历史、现实和美学态度。例如,同样是写乡村苦难,鲁迅等作家从启蒙立场上出发,更侧重于展现苦难于人心灵的扭曲和变异,表示对乡村文化的批判。莫言则不一样,他站在乡村内部、立足于乡村人的角度去写乡村苦难,态度更执着、偏激,却也更真挚、切实。这一点,莫言与赵树理有些相似,只是赵树理表现的更多是乡村的现实声音,莫言表现的则更多是乡村的文化精神。与赵树理的质朴、本色相比,莫言更浸润着乡村文化的机智和幻想。不同角度,形成意义的互补。

---

① 莫言:《作为老百姓写作》,林建法、徐连源主编:《中国当代作家面面观:寻找文学的魂录》,春风文艺出版社 2003 年版。

② 莫言:《会唱歌的墙——莫言散文选》,人民日报出版社 1998 年版,第 226 页。

莫言的创作为中国乡村小说,甚至为中国现代小说提供了可足借鉴的经验,取得了当代乡村小说的最杰出成就。但是,任何作家都不可能是完美的,莫言创作也存在着一些缺陷,影响了他所取得的成就。

首先是在对乡村现实表现和批判上的匮乏。虽然莫言在《白狗秋千架》等早期作品,尤其是在《愤怒的蒜薹》中,较充分地表达了农民的现实痛苦与要求,后来也有个别作品涉及乡村现实,但是,莫言后来的主要创作精力转向了乡村历史和传奇,比较起 1980 年代中后期,1990 年代后的莫言在现实深度和现实批判上都有了一定的退步。虽然我们不能苛求作家应该选择什么样的创作方向,但当下乡村社会正处在剧烈的社会转型中,乡村人和乡村文化的命运都经历着巨大的变化,其中的波澜起伏、洄流激荡,很值得作家关注,也是一个乡村小说作家不可推卸的责任。莫言之从现实转向,多少令人有所遗憾。

莫言之如此变化,根本的原因在于他的文学和历史观念。莫言很信奉艾略特的这段话:"任何一位在民族文学发展过程中能够代表一个时代的作家都应具备这两种特性——突发地表现出来的地方色彩和作品的自在的普遍意义……"[①]他也非常推崇福克纳,试图像福克纳一样"在当前的时代中寻找某种联系过去的东西,一种连绵不断的人类价值的纽带"[②]。正是在这一前提下,莫言这样体会民间历史:"在民间口述的历史中,没有阶级观念,也没有阶级斗争,但充满了英雄崇拜和命运感,只有那些具有非凡意志和非凡体力的人才能进入民间口述历史并不断地传诵,而且在流传的过程中被不断地加工提高。在他们的历史传奇故事里,甚至没有明确的是非观念,……而讲述者在讲述这些坏人的故事时,总是使着赞赏的语气,脸上总是洋溢着心驰神往的神情。"[③]正是这些观念,使莫言更着意于选择乡村历史传奇的叙述,疏离现实和苦难,去侧重表现乡村的浪漫与狂欢精神。

然而,事实其实并不如此简单。中国乡村的传奇故事并不是没有是非、阶级观念,而是隐藏得比较深而已,可以说,在有着沉重而悠久历史的中国大地上,每一片

---

①　艾略特:《美国文学和美国语》,转引自莫言:《会唱歌的墙——莫言散文选》,人民日报出版社 1998 年版,第 244 页。

②　莫言:《会唱歌的墙——莫言散文选》,人民日报出版社 1998 年版,第 244 页。

③　莫言:《用耳朵阅读》,莫言《小说的气味》,春风文艺出版社 2003 年版。

乡村土地都凝结着沉重和苦痛。换句话说,苦难的沉重和幻想的轻灵是乡村精神的两个方面,但正如我们在前面分析的,中国乡村的基调无疑应该是苦难。漫长的底层生涯,铸就了中国乡村的苦难特质,即使是幽默,即使是幻想,也自然地带有一些黑色,包含着沉重的反讽意味,而不像一些西方国家那样诙谐轻松。莫言曾经抓住过这一特质,但也有作品存在着失衡,甚至于存在以幻想取代苦难、掩盖苦难的情况,他的一些作品也表现出缺乏沉重和力量的轻浮,叙述也显得炫奇和饶舌。像《长安道上的骑驴美人》《藏宝图》等作品,就存在着这样的缺陷。过于沉溺于纯粹的"民间"叙述中,会丧失对现实的敏锐,也会失去对乡村精神叙述的全面性。

　　20世纪50年代,孙犁在谈到进入城市后创作变得"迟缓"和"拘束"的赵树理时,曾经将赵树理比作花木:"从山西来到北京,对赵树理来说,就是离开了原来培养他的土壤,被移置到了另一处地方,另一种气候、环境和土壤。"并认为"对于花木,柳宗元说:'其土欲故。'"①对于今天的莫言来说,虽然不再存在像赵树理一样的外在困境,但在精神上,我们也不应该忽略各种社会思潮(包括一些文学批评理论)对他的影响。这些影响有的可能会促进莫言对乡村的自觉和深入,但也有可能会使他走向偏离,变得浮浅。至少他应该防止这种趋向。

(原载《首都师范大学学报》2006年第3期)

---

① 孙犁:《谈赵树理》,《孙犁文论集》,人民文学出版社1983年版,第290页。

乡土经验与"中国之心"

——《秦腔》论

吴义勤

二〇〇五年的中国文坛又是一个令人振奋的"长篇小说年",老、中、青作家在长篇领域里的共同表演再次激起了广大读者对中国文学的期待与信心。在这些作品中,贾平凹的《秦腔》可谓风头最健,引起的争议也最大,肯定者认为"这是贾平凹《废都》之后最好的一部作品;是一九四九年以来中国文学创作上一部不可多得的上乘精品——可以进入经典作品行列的作品;是可以写入现当代文学史的一部作品;这更是给我们提出了几个难以回答的问题的作品;这是将从事文学研究的人置于非常尴尬境地的作品——提出了一些现有理论无法阐释这部作品的问题"①。否定者则视这部作品为"一部粗俗的失败之作"②。不同意见的反差之大,争论之激烈都是近年来所罕见的,堪称是继《废都》之后的又一次"贾平凹现象"。如果说当初的《废都》现象更多由媒体策划炒作而成的话,那么《秦腔》则正好相反,它所引起的热烈争鸣自始至终都有着浓烈的学术色彩,它在纯文学和纯理论层面上所展开的许多话题都有着相当的学术深度和现实意义,而这也恰恰正是《秦腔》独特文学价值的体现,因为,在这样一个时代,文学很多时候都是令人失语的,泡沫性的炒作之外,能够真正在学术层面上引起读者话语欲望的情况实在是太少见了。从这

---

① 韩鲁华、许娟丽:《生活叙事与现实还原》,《当代作家评论》2005 年第 5 期。
② 李建军:《〈秦腔〉:一部粗俗的失败之作》,《中国青年报》"冰点周刊"2005 年 5 月 18 日。

个意义上来说,围绕《秦腔》的争论其实并没有我们想象的那么"严重",各种"分歧"之间的"对"与"错"的较劲也并不重要,重要的是它提供了一个认真检视中国当代文学的历史和现实的视角与平台,促成了一种真正意义上的文学"对话"的发生,并使我们可以通过对一个特殊"文学标本"的解剖来重新思考一些具有超越性和普遍性的更深层次的文学问题或理论问题。

一、乡土叙事传统与"百科全书式"诗学

在二十世纪中国文学的发展历程中,乡土叙事一直是一条主线,并因此形成了稳定而顽固的叙事传统。虽然,这种叙事传统有很多矛盾甚至对立的模式与走向,学术界对此的概括、认识和理解也各有不同,但总的来看,"厌乡"和"怀乡"仍然是这个传统中最基本、最醒目的两个模式,中国乡土文学的诸种叙事形态可以说都是从这两个模式中演绎出来的。而从精神指向和思维惯性来看,这两个模式在对"乡土"的态度上又有着内在的同一性,这表现在:其一,中国乡土文学的叙事伦理是典型的启蒙伦理,对"乡土"的批判、歌颂、怀念甚至"怜悯"都是建筑于"高高在上"的启蒙立场之上的。在这个意义上,鲁迅和沈从文其实并无本质的不同,他们都是把"乡土"作为"他者"或"客体"来观照的,"乡土"从来也没有获得过与"作家"平等的"主体"地位。其二,中国乡土文学的叙事方式都是以"土地"的抽象化和符号化为手段的,"乡土"的被"悬置"常常使"乡土"被遮蔽,无法呈现自身,最终变成了暧昧的工具性的存在。这两点其实也正是中国的乡土叙事虽然传统悠久、规模庞大,却似乎总是令人失望地无法触摸到中国乡土经验的本质和内核,总是给人"不及物"之感的原因。贾平凹新时期以来的写作,总体上看仍是这种乡土启蒙叙事传统的一部分,虽然,他自称是"一个农民",但从新时期之初的《腊月·正月》等中短篇小说到二十世纪九十年代后期的《高老庄》等小说都无一例外地贯穿着对"乡土"和"农民"进行启蒙的叙事视角,因此,不管小说写的是什么"乡下事",但知识分子话语系统不证自明的优越性和崇高感却总是天然地制造了其与真实的"乡土"之间的隔阂、矛盾与游离。这大概也是贾平凹困惑和痛苦的地方。在我看来,《秦腔》正好

是一个转折。贾平凹在这部小说中找到了一条反抗和突破乡土启蒙叙事传统的方式，找到了一条让"自我成为自我，乡土成为乡土"的方式。

　　首先，叙事者启蒙身份的消解。《秦腔》的叙事人问题曾引起了文学界的广泛争议，有些批评家甚至认为小说的叙事是失败的，缺乏逻辑根据。对此，我有不同的看法。我觉得，《秦腔》的叙事人实际上是三个：一是白痴引生，他是小说的显叙事人和主叙事人；一是作家夏风，他是小说的次叙事人；三是隐含作家，他是小说的隐叙述人。正是三个叙事层次、三种叙事视点的冲突、矛盾、对话构成了小说的叙事张力与叙事魅力。白痴引生作为小说的主叙事人，似乎对小说的真实性或逻辑性造成了伤害。因为作为第一人称的叙事，小说对那些叙事人未能亲历场景的叙述确实令人怀疑，而魔幻、荒诞、神秘、超验成分的加入也并不能从根本上弥补小说叙事上的裂痕。但是对《秦腔》来说，这样一个叙述人的设立却是有着非同寻常的意义的，一方面，他以一个疯疯痴痴的非理性的形象彻底颠覆了启蒙叙事传统中理性的正人君子式的叙事者形象，可以说，"疯子"的定位正是对叙事者身份的有效回避。另一方面，他又以自己的"全知性"的"疯言疯语"烛照出了知识分子的启蒙话语系统的虚假性。在小说中，引生实际上是一面"镜子"，具有鲜明的"镜像功能"，夏风、隐含作家在这面镜子面前都只能自惭形秽，根本无法行使"真理代言人"式的启蒙职责。我们看到，与引生相比，夏风在爱情、亲情、家庭、伦理等方面都堪称"失败者"，也从根本上失去了启蒙的资格。他对白雪的爱情远没有白痴引生纯洁、执着、无功利，他对乡土文化的感情也没有引生深厚，作为一个被夏天智驱逐出家门的"浪子"，他有着"负心汉"和"不孝子"的原罪，因而他的所谓成功与荣耀最终全部都变成了"道德劣势"，他不仅不能启蒙他人，而且还不得不接受引生的道德审判。这也是在小说中夏风作为一个作家，但是却似乎还远没有那个身体和心智都不健全的引生更具有理直气壮的叙事资格的原因。而对隐含作家来说，夏风又正是自我的一面"镜子"，他反讽性地隐喻了作家本人的困惑与矛盾。诚如贾平凹在《秦腔》"后记"里所表白的那样："这部书稿真的一直在惊恐中写作，完成了一稿，不满意，再写，还不满意，又写了三稿，仍是不满意，在三稿上又修改了一次。""我的写作充满了矛盾和痛苦，我不知道该赞歌现实还是诅骂现实，是为棣花街的父老乡亲庆幸还是为他们悲哀。"①

　　其次,"百科全书"式日常乡土诗学的建构。启蒙叙事是一种现代性的叙事,它追求的是对于叙事对象理性而逻辑的掌握。就乡土小说而言,它造成的直接后果就是乡土经验的被简化、被遮蔽,以及乡土美学的原生性和丰富性的丧失。《秦腔》对启蒙叙事传统和启蒙叙事话语的背弃,使小说具有了从日常生活层面切入并原生态地呈现乡土经验的可能性。这方面,贾平凹充分显示了他对自我乡土经验的自信,他以"密实流年式的写法"和现象学的具象呈现的方式,倾其所有地奉献出了他的乡土经验。日常的生活画面、精彩的人生戏剧、丰富多彩的乡村细节……使得小说成了名副其实的乡土经验的集大成。小说虽然叙述的只是清风街一年间发生的故事,但是作家的美学追求已经远远超越了"时间"的域限,他要建构的是一个"大而全"的原生态的乡土世界,在这个世界里,不仅三教九流悉数登场,而且乡村日常生活的几乎所有方面,比如"生老病离死,吃喝拉撒睡",婚丧嫁娶,风俗人情,乃至自然界的风雨雷电,等等,也都得到了尽态极妍、淋漓尽致的表现。小说采取的是空间叙事的方式,这种叙事具有很高的经验"浓度"与经验"密度",时间似乎是静止的,但是这种经验的高密度拼接,却正好使小说拥有了"百科全书"的结构功能。正是在这种"百科全书"式的结构中,"乡土"获得了它长期被改写的"主体性",获得了全方位、多层次、立体性地展示自我的机会,"乡土"藏污纳垢的本性得以真正呈现。应该说,在这部小说里贾平凹对乡土的美学想象和文化想象都达到了极致的境地,这是一种真正放松的写作,贾平凹从高度紧张的现代性焦虑和启蒙焦虑中解放出来,同时也解放了"乡土",小说的叙事就像流水,时而波涛汹涌,时而风平浪静,但是它不是人为操纵控制的,而是依土地的本性,在经验的河床上自然流淌的,"清风街的事,要说是大事,都是大事,牵涉到生死离别,牵涉到喜怒哀乐。可要说这算什么呀,真的不算什么,太阳有升有落,人有生的当然也有死的,剩下来的也就是油盐酱醋茶,吃喝拉撒睡,日子像水一样不紧不慢地流着"②。

　　对于贾平凹来说,"经验"的流淌带给小说的不仅是自我解放的快感,还有着浓

---

① 贾平凹:《秦腔》,《收获》2005年第2期,第208页。
② 贾平凹:《秦腔》,《收获》2005年第2期,第203页。

郁的美学、文化学、民俗学、社会学和心理学价值。我们完全可以理解贾平凹在呈现乡土经验时的欣赏、赞美、炫耀甚至不乏卖弄的得意姿态,因为在他眼中,"乡土"生活的藏污纳垢本身就有天然的美感,只有从启蒙叙事的偏执传统中走出来,作家才能发现、宽容和理解这种美感,才会超越建筑在优越感基础上的批判性伦理取向,而建构一种平等、宽容的乡土叙事新伦理。

二、"中国经验"与"中国之心"

《秦腔》所追求的"百科全书"式的乡土诗学,体现了贾平凹对于中国经验的思考。但是,"中国经验"在中国乡土文学中经由知识分子话语的转换,常常会发生某种程度的变异,这个变异的最严重的后果就是对李敬泽所说的"中国之心"的偏离。在山东大学的一次演讲中,李敬泽指出当代中国文学的最大"窘境"就是难贴中国之"心"。他说:"回到文学上,'心'的意义上的文学一直是非常少非常弱的。而'灵魂'意义上的文学一直是中国文学主流,也是文学阐释的主要方向。中国小说的现代建构从根本上说是个'灵魂',是希伯来式的想象对文学、世界和自身的梳理。真正能够触摸到'中国之心'的小说是凤毛麟角。"又说:"'心'与'灵魂',无法绝对地分出好坏,但对'中国之心'的漠视与抑制百年来没有改变。关于中国之心的言说在现代小说中一直是被高度抑制的,那么现在,贴近中国之心,重新走向中国之心,理应成为现代小说的根本性取向。"①

我在这里大段引用李敬泽的话,是因为他确实洞穿了一个被掩藏很久的问题,并揭示出了中国小说一个世纪以来被遮蔽的"真相",他所说的窘境其实正是中国启蒙文学现代性叙事的窘境,他所说的"根本性取向"也正是贾平凹在《秦腔》中所追求的叙事目标。首先,在这部小说中贾平凹成功地在乡土小说中实现了以明清小说的叙事风格替代现代知识分子话语系统的尝试。贾平凹对中国传统叙事资源的看重一直贯穿着他的写作历史,在他看来,小说的创新和突破,西方化固然是一

---

① 李敬泽:《小说精神与中国之心》,《齐鲁晚报》2005 年 10 月 18 日。

条路线,但是中国小说的叙事传统特别是明清小说的叙事传统则是另一条常常被忽略的更重要的路线。因为明清小说的叙事传统对比于现代知识分子叙事显然更适合中国经验的表达,更符合中国人的审美期待与审美习惯,也更能贴近"中国之心"与"中国精神"。明清小说家的写作立场总是贴近底层民间的立场,民间的生活观与价值观与小说的生活观具有天然的同构性,作家对市井众生和民间生活情态、人情世故的执迷使中国小说洋溢着浓郁的人间烟火气,这是明清小说深受市民喜爱的独特魅力所在。贾平凹的小说对这种叙事传统有着天然的亲和力,这也是他的《废都》等小说总是有着浓烈的《金瓶梅》、《红楼梦》印迹的原因。而《秦腔》对清风街芸芸众生的描写同样也深得明清小说叙事传统的精髓,《金瓶梅》、《红楼梦》的流风遗韵在小说中可谓随处可见。

其次,在《秦腔》中贾平凹对"乡土"的本性和"中国之心"的乡村形态进行了多维度的挖掘。从《秦腔》的"百科全书"美学而言,上文我们提到的小说对乡村的人生世态的具象化、细节化的"密实"呈现只是作家诗学建构的一个方面,而作家更深层次的追求则是对乡村的"中国之心"的独到发现与体认——对土地味道的品尝,对乡下人精神、心理、思维、情感的透视——可以说,在《秦腔》中贾平凹要建构的正是中国最底层农民的"心灵博物馆"。小说以群像化的手法写活了各种不同类型的农民,写出了他们复杂而微妙的"中国之心"、"乡土之心"。

夏天义是老一代农民的典型,在他身上,我们看到的是中国农民对土地的纯正情感。他的价值观以土地为中心,他对土地有着质朴而执着的感情,他坚信农民离开了土地就不成其为农民。也正因此,他才要租种进城打工的俊德家抛荒的土地,他才要坚决反对君亭建农贸市场、反对用鱼塘换七里沟的计划,他才要让孙子辈们到七里沟接受教育,他才要一个人到七里沟去像当代愚公一样独自翻地,他才会对孙子辈离开土地如此地伤感:"而使夏天义感到了极大的羞耻的就是这些孙子辈,翠翠已经出外,后来又是光利,他们都是在家吵闹后出外打工去了。夏天义不明白这些孩子为什么不踏踏实实在土地上干活,天底下最不亏人的就是土地啊,土地却留不住了他们!""后辈人都不爱了土地,都离开了清风街,而他们又不是国家干部,农不农,工不工,乡不乡,城不城,一生就没根没底地像池塘里的浮萍吗? 夏天义叹息着这是君亭当了村干部的失败,是清风街的失败,更是夏家的失败!"小说最后夏天义吃土的细节以及最终死于七里沟地震的情节无疑有着强烈的象征意义,它隐喻了夏天义这代农民与土地割舍不断的情感与命运。但是令人遗憾的是这种情感和命运又充满了悲剧性,不仅与时代的气氛,与君亭等后代的追求格格不入,而且同代人对他也并不理解,具有反讽意味的是我们看到在小说中夏天义最坚定的支持者其实只有哑巴和白痴引生两个人,其他人如三踅等只有需要利用夏天义时才会成为他的支持者。某种意义上,夏天义算得上是中国大地上的"最后一个农民",在这里,贾平凹令人痛心地唱响了一代农民对于土地的挽歌,把"农民之死"和"土地之死"的悲壮图景真实而心酸地展现在我们面前。

　　夏天智是乡村知识分子的典型,如果说夏天义是"土地之心"的代表的话,他就是乡村"文化之心"的代表。他对秦腔的热爱和夏天义对土地的热爱遥相呼应,表征了中国农民价值观的另外一个方面,即对乡村的文化人格和道德化生存方式的执着。他在深夜为夏家四周埋"固本补气大力丸"的细节就很有象征意味,象征他这一代人对乡村生存方式的迷恋。作为乡村退休的小学校长,他享受着乡下人对他的知识崇拜、道德崇拜和精神崇拜。他乐善好施,无论在家族内部还是在清风街都是令人尊敬的"权威"。但是,在小说中,我们看到,夏天智同样是一个"复调"式的人物,他内心的矛盾以及与时代的不可避免的冲突注定了他悲剧性的结局。一方面,夏天智有着根深蒂固的文化虚荣感,他所浸淫其中的乡村文化本身就具有相当的复杂性和两面性,其中封建性愚昧文化因子对他的影响本身就难以摆脱。从这个意义上说,他其实正是他所崇拜的文化的牺牲品。例如,为了陪商业局长吃熊掌,他出于乡村知识分子的脸面"哲学"和"受宠"心理,穿得正正规规,差点热昏、饿昏;而一听说林县长要见他,他更是激动得寝食不安,可见"官本位"思想对"文化人"夏天智同样是杀伤力巨大。另一方面,无论在家族还是在秦腔问题上,他也慢慢地成了"失败者"。"文化"的虚荣不但不能拯救夏天智和乡村的命运,甚至连其自身也正在成为"问题"。他无法挽救夏风与白雪的婚姻,把夏风赶出家门也并不能掩盖他的"失落"。秦腔是他的精神寄托,但秦腔的衰落他同样无可奈何。小说从头到尾写了好几次秦腔在清风街的演出,但每一次都无一例外地以闹剧收场。秦腔剧团面临解散,在演出现场甚至还敌不过乡村业余歌手陈星演唱的流行歌曲。秦腔演员们只能靠在乡村婚丧仪式中"走穴"生存。夏中星当秦腔剧团长时制订了雄心勃勃的振兴秦腔计划,可演出到最后不但没有一个观众,还差点被人打了。夏天智出版了秦腔脸谱,每天坚持在家里播放秦腔,可他的收音机最后还是哑了。他身患癌症,最后死去,他的死既是身体的死亡,又更是一种"心死",他所隐喻的正是乡村文化之死。

在《秦腔》中,"村官"也是一个非常重要的人物形象谱系。从老一代"村官"夏天义到新一代的夏君亭、秦安、上善、金莲、竹青等,贾平凹令人信服地诠释了中国式乡村意识形态的复杂性与戏剧性。如果说乡村是中国民间社会的典型缩影的话,那么"村官"无疑处于这个民间社会结构的最上层,他们是乡村意识形态的主体,也是乡村"权力意识"和"权力之心"的载体。小说所展现的"权力"斗争主要在两个层面展开:一是现任村官和"老书记"夏天义的冲突;一是现任村官之间的矛盾纠葛。就前者而言,夏天义是一个有着"光荣"革命历史的老"干部",尽管他的价值观念也许与时代发展之间有了隔阂,但是他对土地、对国家、对党的信仰都是真诚而无私的。然而,在"建农贸市场"和"鱼塘换七里沟"等事件上,为了在与现任村官君亭的斗争中取得优势,他也不得不采用"合纵连横"的意识形态手段,他在用电问题上对三踅的要挟与利用、他在串联和签名告状上的热心都让我们看到了乡村权力意识形态的巨大影响力。就后者而言,我们看到,现任村官君亭玩弄意识形态手腕的能力又显然比夏天义远远高出一筹。他先是用向派出所"打小报告"的手段,让玩麻将的秦安乖乖交出了"村支书"的宝座,又通过巧妙的"捉奸"计使得三踅帮夏天义告状的计划流产,而对付上善的"二心"他更是借对上善与金莲偷情事情的轻轻一点就起到了敲山震虎的作用。甚至在家庭内部,君亭在意识形态方面的能力也大有用场。他在丁霸槽酒楼嫖妓被老婆发现,可一回到家他就把老婆收拾得服服帖帖,并且第二天还公开到酒楼道歉。应该说,发生在"村官"之间的意识形态戏剧其实只是小说中最为表层的部分,而从深层来看,在清风街的每一个角落上演的每一个故事背后也都无不有着意识形态的内涵,从社会层面上的缴费收税风波,到清风街居民之间日常交往与矛盾,再到各个家庭内部的一幕幕喜剧、闹剧或悲剧,比如夏天智家的父子冲突,夏天义家子女间的争吵,等等,都有着显而易见的乡村意识形态和"阶级斗争"的痕迹。这对贾平凹来说,也许正是极为伤感之处,他试图"回乡",但记忆中的想象中的"乡土"已经回不去了,那种原始的、纯净的"乡土"

已经不存在了,他"还原"的"乡土"其心脏和血液里流淌着的都是意识形态的音符。中国式的"乡土之心"是什么?贾平凹给出了"意识形态"的答案。这样的结果,多少有点残酷,但又是不得不正视的真实。

《秦腔》对乡土"中国之心"的建构还表现在对中国式的乡村道德和伦理关系的透视上。中国的乡村是建筑在儒家伦理学说基础上的,而伦理其实就是一种关系,贾平凹正是通过清风街人与土地的关系、人与人之间的关系的变化,折射了中国乡村和中国乡土的伦理变迁。就人与土地的关系而言,农民离开土地正在成为一种不可抗拒的趋势,与此同时,"土地"对农民的意义也正在消失。"农贸市场"、"砖厂"、"酒楼"、"鱼塘"等在小说中都是与"土地"意象相对立的象征意象,它们的崛起对应的正是土地的衰落。"七里沟"是小说关于土地的最后的象征,它在最后的崩塌正是对于土地命运的隐喻。土地公和土地爷的重现、"麦王"的诞生、"泰山石敢当"的石碑都无法抗拒这种命运。与此相呼应,"农民"的流失也是乡土的永恒之痛,清风街的下一代都选择离开土地,剩下的都是老弱妇孺,当夏天智死时,我们看到清风街连抬棺的劳动力都没有了,这无疑是一个象征性的细节——它象征了土地和农民的双重异化。就人与人的关系而言,贾平凹面对的同样只能是人伦关系破碎的现实。小说中,羊娃省城杀人被抓、屈明泉砍死金江义的老婆、书正夫妇因签名事件对夏天义的讹诈等情节勾画的都是乡村人伦关系异化的情景。在清风街,夏家是旺族,也是乡村伦理关系的表率。夏家四个兄弟分别以"仁义礼智"命名,也许正是对这种伦理文化的绝好诠释。小说写道:"在清风街,天天都有致气打架的,常常是父子们翻了脸,兄弟间成了仇人,唯独夏天义夏天礼夏天智一辈子没吵闹过,谁有一口好的吃喝,肯定是你忘不了我,我也记得你。"但是,在小说的现实中,夏家的这种温情脉脉的人伦关系已是越来越难以维持了。夏天礼热衷于赎卖银元,最后死于凶杀,夏天义、夏天智在家族内的"权威"也日渐消失。夏天义不仅在村里失去了象征性的"父亲"伦理权威(下台的村支书),而且在家里也已经成了被儿子欺辱的对象。包谷风波、与庆利的红木桌冲突、儿子家轮流吃饭的悲哀都让我们看到了亲情伦理死亡的悲哀。而儿女们关于父母迁坟出钱多少的争吵以及他死后儿女们关于立碑经费分摊问题的争吵都是乡村亲情伦理和道德伦理崩溃的真实写照。夏天智本是清风街道德文化的典范,但夏风对白雪爱情的背叛也让他建构的道德大厦顷刻间坍塌。夏家逢年过节仍然要一起吃喝,但是这已越来越成为一种勉强的"仪式",那种情感的、道德的、人伦的内涵其实早就被耗空了。比较而言,小说中两条狗倒似乎比"人"更具有伦理内涵和道德内涵。来运和赛虎的爱情同样可歌可泣,它使小说中人间的爱情比如白雪与夏风的爱情相形失色。就是对于"秦腔"的理解,狗也比"人"更强,文化人夏风跟赵宏声说:"我就烦秦腔。"而狗来运则甚至能唱秦腔:"音乐还在放着,哑巴牵着的那只狗,叫来运的,却坐在院门口伸长了脖子鸣叫起来,它的鸣叫和着音乐高低急缓,十分搭调,院子里的人都呆了,没想到狗竟会唱秦腔。"不仅如此,在夏天智死后来运表现出来的"情义"和道德,无疑让未能尽孝的夏风自惭形秽。在坟地,"来运突然地后腿着地将全身立了起来,它立着简直像个人,而且伸长了脖子应着秦腔声在长噱。来运前世是秦腔演员这可能没错,但来运和夏天智是一种什么缘分,几天不吃不喝也要死了却这阵能这样长噱,我弄不清白"。正是在这个意义上,两条狗的命运以及人对狗的残酷与残暴,才更衬托了人性的黑暗。

三、细节叙事与"震惊"效果

关于《秦腔》的争论与对其叙事艺术的认识有很大的关系,事实上,贾平凹的这部小说在叙事领域的探索也恰恰是最为独特和用力的。小说采取"密实流年式"的叙事,这种叙事方式,正如上文所说到的,对于乡土经验的传达有其优势,它有助于让小说最大可能地呈现乡土的"百科全书"式的具象并贴近"乡土之心",但是另一方面它又有先天的局限,那种高密度的乡村生活经验、乡村生活细节,极易给人"沉闷"、"堆砌"之感,极易造成阅读和审美疲劳。因此,对贾平凹来说,如何突破"经验"的重围,达到艺术上的"破闷"效果,是《秦腔》能否取得叙事成功的关键,"我唯一表现我的,是我在哪儿不经意地进入,如何地变换角色和控制节奏"[①]。我们看到,正是在这一点上,贾平凹显示了其叙事上的不俗功力,而其过往小说写作中的

---

① 贾平凹:《〈秦腔〉后记》,《收获》2005 年第 2 期,第 208 页。

许多局限,在《秦腔》中也都有效地转化成了艺术上的优势。这无疑标志着贾平凹对叙事艺术的把握又达到了一个新的境界。

首先,叙事人是小说"破闷"的重要叙事手段。小说的主叙事人"引生"是一个"白痴"性的人物,但是整部小说却都笼罩在他"超常"的视线之内,由于其"身份"的超常性,这使得对小说故事在虚与实、真与假等问题上的纠缠变得不再重要。而他思维的奇特、情感的执着、认知的怪异又恰恰赋予了小说叙事以更大的自由度与灵活性。可以说,经由他的目光、情感和思维的过滤,小说对于日常生活叙事的逻辑困难被自然而然地化解了,而平淡、沉闷、流水账似的生活经由他主观性、偏执性的"误读"也变得神秘、荒诞充满了戏剧性。更重要的是,叙事人一方面对世界的认识存在"智障",另一方面却又是一个比正常人更有洞见的"全知性"、"上帝式"的叙事人,他的视角是复合的,兼有了第一人称和第三人称的叙事的共同特征,正是他使小说叙事的显在层面和隐在层面、可见的与不可见的、现实的与历史的、过去的与未来的、可能的与不可能的都有了"超常"拼接的可能性。第一人称叙事在进入人物内心时的盲点以及主观视野一维性的局限性都因为叙事人的特殊"身份"而迎刃而解。不仅如此,小说不仅赋予叙事人"窥视"一切的特权,同时还让他兼有了发现者和阐释者的双重身份,实际上,他凭"特异功能"沟通了人间与冥界、人与自然、人与动物,其对生活中各种"秘密"、"真相"或"隐情"的发现与道破,恰恰构成了小说内蕴上最为绝妙的反讽,小说的意味由此变得深不可测。正因为他的存在,小说所揭示的各种深层价值冲突变得清晰而集中,而情节的转折和反逻辑性的叙事也变得情有可原,水到渠成。

其次,日常生活戏剧性的发现是小说"流水账"式的叙事具有高潮迭起的震惊效果的保障。《秦腔》的整体风格追求的是对于乡土和"乡民"众生相的还原,因此,素描乃至白描无疑是贾平凹的拿手本领,那些油画般的乡土风俗场景、那些精雕细刻的日常生活细节、那些具象的浮雕式的人物形象都体现了贾平凹对于乡土经验的熟识与自信,他笔下的"乡土"正是因为这种出色的白描功夫而变得感性、立体、丰满。某种意义上,《秦腔》呈现的正是乡村生活细节的盛宴,比如书正端汤的细节、夏天礼吃烧饼和卖羊的细节、梅花掏雷庆口袋里钱的细节、引生偷白雪胸罩的细节等,都足可见贾平凹乡土生活体验的深厚以及对乡村各式人等性格、心理、人性精细入微、出神入化的了解与把握。但是,贾平凹显然并不满足于这种"百科全书式"的展览,他还希望赋予这种百科全书式的"乡土"以内在的冲突和戏剧性。他追求的是"静态"场景中的"动态"效果。因此,我们可以看到,在《秦腔》中贾平凹充分展示了他发现和挖掘日常生活"戏剧性"的能力,整部小说仿佛就像一部多幕剧,一个又一个的戏剧性场景、戏剧性情节、戏剧性人物在小说中不断涌现,而整个剧情也是一个高潮接一个高潮,不仅毫无"流水账"和"沉闷"之感,而且把乡村生活的内在"张力"演绎得淋漓尽致。一方面,《秦腔》特别重视对戏剧性的"事件"的描写。小说从头到尾写了很多"死亡",从夏天礼到夏生荣到夏天智再到夏天义,各种葬礼既有"文化仪式"的意味与内涵,是乡土生活、乡土文化的活标本,同时,这种死亡葬仪的描写又有很强的戏剧性,它在最短的时间里把所有的人生都聚焦在同一视点里,使各自流淌的生活突然有了交叉与交汇,有了冲突,有了戏剧性。小说中的婚嫁、庆寿、建房等场景和事件也都具有同样的叙事效果。另一方面,小说中特别注意对生活中所掩藏的"内在戏剧性"的挖掘。作家并不满足于"事件"本身的外在戏剧性的表现,而总是在"事件"背后挖掘情感、道德、伦理和人性的冲突,以此赋予小说一种内在的紧张感。比如,在夏天智家白雪的婚姻风波中,既有着代际的冲突,文化的冲突,又有着人性的、道德的和伦理的纠葛;在夏天义、夏君亭、三踅关于"鱼塘"的承包事件中,我们也看到了权力意识形态的复杂以及正义、邪恶、阴谋、欲望之间的奇妙冲突;而在抗税事件中,人性中反抗的激情与丑恶的宣泄、群体的狂热与自私的欲望等也都处于一种特殊的张力关系中。对小说来说,外在事件的戏剧性是一维的时间性的,但由此引发的"内在戏剧性"却是持久的、反复的、多维的,它贯穿小说的始终,使小说具有了绵长的韵味。

再次,怪诞、神秘、夸张、魔幻性情节的设置也是小说重要的叙事"破闷"手段。《秦腔》所采取的叙事手法总体上看是非常写实的,但他的写实又分明有着"极端"的效果,这是贾平凹的特长与魅力所在,也是他的小说最受人诟病的地方。贾平凹对神秘、荒诞的事物有特殊的偏好,这既是他的文化背景、审美趣味和思维习惯决定的,也与他的个人气质和话语风格密不可分。《废都》等小说屡遭非议,虽有特殊的背景,但也不能说与他在"性"描写上的夸张而极端的表达无关。而《秦腔》对于怪诞、神秘、荒诞等"怪力乱神"的表现,虽说较《废都》等小说大有收敛,但作家在此方面的"神来之笔"仍然时有所见。《秦腔》所受到的指责很大程度上也都来自于此。比如,三踅嘴里进蛇、引生自残、夏生荣之死、乡人打狗、引生坟地里砸自己粪便以及夏风小孩没屁眼等细节都有夸张和极端之处。对贾平凹来说,对乡土生活这种怪诞、神秘、夸张的处理,既是他的认识论决定的,他始终认为乡土民间的生活就是一种"混沌"的、"藏污纳垢"的生活,他自言:"建立在血缘、伦理根基上的土性文化,它是黏糊的、混沌的",而"以往许多写农村的作品写得太干净"①,在贾平凹的世界观中生活的神秘与荒诞从来都是无法掩盖的;同时,这种处理又更是一种叙事手法,正是这些荒诞、神秘而夸张的情节使小说中原生态的"生活"不断被"搅浑",生活的皱褶被放大,并使"密实的"生活细节有了惊奇和"延宕"的效果。从叙述学的意义上说,它正是一种行之有效的"破闷"手法。与此对应,语言层面上方言土语的运用,以及"粗俗"语言的大量登场,②也有着异曲同工之妙,这既是对语言等级性和意识形态性的打破,又有助于完成对乡土"混沌"形象的还原,也是叙事"破闷"的重要手段,因为对于一部由"无边无际没完没了的闲言碎语"③组成的小说来说,语言的陌生化常常是克服语言滞闷压力的有效路径。

　　最后,大量对联和"秦腔"曲牌的插入也有着重要的"透气"功能。前文说过,《秦腔》的语言总的来看是以生活化的方言、口语为主,但是知识和文化气息的语言在小说中也大量存在,比如关于脸谱的那些"诗赞"以及日常生活中不时出现的"对联",都有着从语言的惯常流向中被打断、"惊醒"的叙事功能,这种反差既是语态的反差,又是价值的反差,对于破除叙事的沉闷有着显而易见的作用。而对于"秦腔",众所周知,其在小说中既是重要的情节因素,又更是一个象征性的因素。关于"秦腔"的内涵及象征意义,评论界已有多种阐释,上文我也略有提及。在这里,我更想强调的是"秦腔"的叙事学意义。对贾平凹来说,"秦腔"当然是小说重要的价值寄托,但这种寄托可能更是虚化的而不是实在的。"音乐还在放着,哑巴牵着的那只狗,叫来运的,却坐在院门口伸长了脖子鸣叫起来,它的鸣叫和着音乐高低急缓,十分搭调,院子里的人都呆了,没想到狗竟会唱秦腔。"这样的描写无疑是反讽

---

① 贾平凹、王彪:《一次寻根,一曲挽歌》,《南方都市报》2005 年 1 月 17 日。

② 对此,李建军在《〈秦腔〉:一部粗俗的失败之作》中有详细的例证,此处不再赘述。

③ 郜元宝、贾平凹:《关于〈秦腔〉和乡土文学的对谈》,《文汇报》2005 年 4 月 1 日。

而象征性的。在小说中,"秦腔"首先是一种更高分贝的"声音",它是一种唤醒的声音,既是一种道德唤醒、文化唤醒、价值唤醒,又更是一种叙事唤醒,它让读者不至于被"密实流年"的生活窒息;同时,"秦腔"还是一种"形象"、一种"图谱",它在小说中的频繁出现,无疑有着特殊的视觉效果,它使平面的密实的文字大幕被撕开了"天窗",从而有了立体感和"透气口",也因此在语言的视觉层面上达到了"破闷"的效果。

（原载《当代作家评论》2006 年第 4 期）

乡村苦难的极致之旅

——阎连科小说论

洪治纲

阎连科是一位对极致化审美境界充满痴迷的作家。他常常带着异常充沛的叙事激情、狂放无度的艺术想象、悲喜并举的叙事语调,在各种极端化的生存境域中,为人们打开许多撼魂动魄却又令人深思的生存场景。从《耙耧山歌》、《年月日》到《黄金洞》、《耙耧山脉》,从《日光流年》、《坚硬如水》到《受活》、《丁庄梦》等,读这些作品,我们不仅要在那些惨烈的细节还原中经受巨大的情感冲击,还要在那些充满绝望与无助的人物命运中饱受人道的折磨。它们将那些来自民间底层的苦难、蒙昧乖张的人性、强悍刁钻的传统伦理与现代美学上的残酷,紧紧地熔铸在激情化的抗争理想之中,并由此构成了阎连科小说所特有的一种异常繁复的审美特质。

一

纵观阎连科二十多年的创作历程,我觉得,阎连科虽然也历经了几个相对明显的"自我变更期"①,但这些"变更",并不像王安忆、贾平凹、铁凝、张炜等作家那样,

---

① 阎连科的自我变更过程大致为:《两程故里》时期→"瑶沟系列"→"东京九流任务系列"→"和平军人系列"→"耙耧山系列"→《日光流年》、《受活》和《丁庄梦》。

往往带有某些本质性的自我超越,而只是对作家初始写作目标的不断强化和深化。在他的早期成名作《两程故里》中,阎连科就已经确定了他对乡村社会内部的权力结构与宗法伦理之间纠葛的深度拷问;而在随后的"瑶沟系列"里,他不仅强化了这一叙事目标,还进一步转向对乡村恶劣自然环境的极致化表达。至此,阎连科基本上确立了他的整个叙事理想:以乡村平民的生活作为叙事背景,全力演绎创作主体对权力体系的解构性反思,对外在生存条件的宿命性抗争。在他后来的绝大多数小说中,其表达主题都没有溢出这两个核心的意识范畴。像《耙耧山脉》、《天宫图》、《坚硬如水》等,主要目标就是向基层权力结构发问;《耙耧天歌》、《年月日》、《日光流年》等,核心目标就是集中向恶劣的自然环境发难;而《受活》、《丁庄梦》等,则将吊诡的权力与恶劣的自然交织在一起,进行一种双向的审度与探究。

　　但让我感兴趣的,首先还不是阎连科如何表现现实底层的权力和自然的恶劣,而是他为何以此作为自己写作的核心目标,并且一以贯之地坚守着。也就是说,作为一个作家,阎连科为何倾其二十余年的心智和情感,专注于中国底层社会的权力结构和生存形态的审美表达? 这种强烈的入世精神,表明了作家怎样一种价值立场和人文情怀? 尽管这个带有发生学意义的追问或许存在着某种自我预设的成分,但是,这种追问有助于我们打开创作主体焦灼而繁杂的精神世界,也有助于我们厘清阎连科小说的特殊价值。

　　阎连科的小说版图是一个相对稳固和封闭的豫西乡村世界。[①] 无论是"瑶沟"还是"耙耧山",在作家的笔下,都永远处于一种自然环境偏僻贫瘠、现实秩序僵固粗鄙、传统伦理积厚沉郁的状态。它们深入中原腹地,既是作家成长的故土,也是作家的精神摇篮。即使是"和平军人系列"看似叙写了现代军旅生活,但无论是作家的立足点,还是主要人物,都拥裹在乡土文化的精神血脉里,甚至承受着农民与军人双重身份的撕裂。这表明了阎连科所构筑的小说世界,与他的成长环境和文化记忆有着密切的关联,而且这种关联是自觉的、清醒的,带着强烈的干预意愿。他曾说:"地域就是作家的世界。一般来说,一个作家的出生地——那一块供他成

---

　　① 关于此点,郜元宝在《阎连科的"世界"》一文中已有详尽论述,此处不再赘述,见《文学评论》2001年第1期。

长的土地,对他的影响非常重要。"而他之所以对豫西故土充满深情,除了这种成长记忆之外,还因为"河南人、特别是河南农村人的生存状况非常糟糕。河南农民所受的外部压榨,以及外部压榨造成的内在的、精神的伤害,给我的印象非常深刻,痛之又痛"①。这里,阎连科用"压榨"表明了他对故土乡村生存状态的尖锐感受,用"痛之又痛"传达了他那无奈无助的体恤性人文立场。事实上,读阎连科的小说,我感受颇深的,是他的叙事一直浸润着某种强烈的愤懑情绪和焦灼心态。即使是在那些具有浓烈的狂欢气息的小说中(如《坚硬如水》、《受活》),也同样隐含了创作主体悲愤甚至绝望的意绪。这种意绪,既表明了作家与现实之间的一种高度紧张的关系,凸现了创作主体对现实生存境遇的极度不满,亦呈现了他那悲天悯人的伦理情怀。

那么,"河南农民所受的外部压榨"究竟是什么呢? 阎连科以他的小说直接告诉了我们:吊诡的基层权力和残酷的自然环境。前者集纳了中原文化丰厚而又沉重的历史积习,甚至浓缩了乡土中国从封建意识形态向现代性过渡过程中的大量文化信息,是河南农民所承受的精神上的压榨;后者突显了中原腹地艰苦匮乏的生存条件,展示了饥饿对生命的反复摧残,对尊严和人格的不断褫夺,这是河南农民所承受的肉体上的压榨。而且,这种精神和肉体上的双重压榨,并非是某一特殊历史阶段的生存状态,而是伴随着阎连科成长至今的生命感受,是他渴望逃离故土而又难舍故土的潜在动因,也是构成他全部写作激情的内驱力。

先看基层权力体系对乡村平民的压榨。对此,阎连科曾有刻骨铭心的体会——

> 我从小就有特别明显的感觉,中原农村的人们都生活在权力的阴影之下,在中原你根本找不到像沈从文的湘西那样的世外桃源。我家是农村的,从几岁开始,对村干部是什么、乡干部是什么、县干部是什么,都有直接的认识和领教。那时候,你的工分、口粮都控制在上边有权力的人手中,上边的人又控制在更上边的人手中,每一个人都是在权力的夹缝里讨生活的。哪怕一点点权

---

① 阎连科、姚晓雷:《"写作是因为对生活的厌恶和恐惧"》,《当代作家评论》2004 年第 2 期。

力,都可以与你的生存密切相关,可以成为你比别人过得好的砝码。直到现在仍然如此……这样的环境,自然就形成了普遍对权力的敬畏和恐惧。你说这是不是民间的心理个性?就我而言,现在虽然出来二十多年了,可是回到农村,见了村干部,仍然一样的毕恭毕敬。一方面是因为你年轻时代已经形成了那种心理烙印;另一方面,即便你自己出来了,老家里还有人在他们的管制下,你同样不敢得罪他们……这种对权力的敬畏与恐惧,一年一年,一辈一辈,便会扩展为你对无所不在的能够左右你的一切力量的恐惧、厌恶和敬畏。①

我们无意去讨论中国乡土社会中权力结构的复杂性和诡秘性,尤其是对于"两程故里"的中原大地,封建形态的宗法观念、刁钻狡黠的人性欲望、隐秘善变的道统意识、僵固愚昧的风俗伦理……这一切沉重的历史积习,早已形成了一整套异常严密的专制性权力结构,也革除了一般百姓自我抗争的自觉意识。但是,面对"每一个人都是在权力的夹缝里讨生活的"真实境域,以及由此产生的"对权力的敬畏和恐惧",我们完全可以想象,在那片土地上生活的乡村百姓是如何战战兢兢,他们的内心是何等的脆弱,他们的命运又是何等的飘忽。阎连科正是意识到了这种权力痼疾对乡村平民所造成的精神扭曲,所以才不惜动用一些锐利的笔触,不断地向这种带有专制化意味的底层权力体系进行解构性的表达。于是,我们看到,《两程故里》中的程天民不断地利用宗法势力和狡猾奸诈的权术来谋求自己的权力资本,而程天青看起来似乎更具现代胸怀和远大眼光,但他谋求权力的最终目标也仍然是为了光宗耀祖。《耙耧山脉》里的村长死后,李贵口口声声地答应为村长办丧事,却在守灵之夜,将一泡热尿尿在村长的棺材里;乡长为了巩固自己的姻亲关系,巧妙地打通二爷这个关口,让村长的儿子顺利地接任村长,而满怀改嫁希望的村长女人由此变疯致死。更为绝妙的是,死了的村长还在墓里夜夜为公章的丢失,与死去的老支书吵闹不休——这足见权力对他们灵魂的影响。《天宫图》里,村长玩弄残弱的路六命如同戏弄一条狗——他凭借自身的权力资本和小小的金钱利益,不仅随意差遣和侮辱路六命,而且让路六命的女人心甘情愿地和自己上床,直到最后长期

---

① 　阎连科、姚晓雷:《"写作是因为对生活的厌恶和恐惧"》,《当代作家评论》2004 年第 2 期。

霸占路六命的女人,逼死路六命。《丁庄梦》里的丁辉虽然白手起家,但是在没有村长、权力处于真空状态的丁庄,他凭借自身一副钻营的本领,在傍上了县教育局局长之后,迅速地由卖血的血王成为卖棺材卖尸体配阴亲的暴发户,最后俨然成为"县热病委员会主任"……如果我们再看看《坚硬如水》里的高爱军和夏红梅在神圣的革命历史语境中,以"狂情暴爱"和"摧枯拉朽"的方式在程岗镇的所作所为,看看《为人民服务》里小勤务兵在革命口号"指引"下的绝望式奔波,那么,我们不仅能够理解阎连科对权力的"敬畏和恐惧",也更能理解他笔下的那些普通平民对权力人物的惶恐和惊惧——在任何一种小小的权力面前,他们都会随时失去亲情,失去道德,失去尊严,甚至失去生命。

再看恶劣的自然环境对乡村平民的压榨。如前所述,阎连科笔下的"瑶沟"或"耙耧山"是河南伏牛山系里一个灾荒不断的偏远之地,地处三省交界之处。在那里,"说山,也不成为山,没树林,也少明石;说河,却终年不闻哗哗的水响"(《两程故里》);土地永远是一些山坡地,"大的二亩不足,小的也就几分,每一块都在深冬中呈现出暗红,连丁点大的坷垃都没有……易塌方的地边都用石块垒着,远看着齐整如盖房的房基。而坚硬的地处,堤埂齐堑如墙,镄痕锨痕闪亮着深色的暗光"(《日光流年》);太阳永远是炽烈而歹毒的,"岁月被烤成灰烬,用手一捻,日子便火炭一样粘在手上烧心"(《年月日》);有时还会六月下雪,冬日酷热(《受活》)……在这种土地贫瘠、灾害频繁、信息闭塞、农民们基本靠天吃饭的自然条件下,"活着"显然已成为一个极其严峻的现实。阎连科自己也说:"对我这一代人来说,最深刻的记忆就是童年的饥饿。从有记忆开始,我就一直拉着母亲的手,拉着母亲的衣襟叫饿啊! 饿啊! 总是向母亲要吃的东西。贫穷与饥饿,占据了我童年记忆库藏的重要位置。"[①]

饥饿不仅仅是一种肉体的折磨,更是一种内心的恐惧。它彻底地掏空了马斯洛心理学上所强调的人的最低需求——自我生存的需求,使"活着"成为每一个生命首先要面对的压力,甚至使他们不自觉地变得惶惶不可终日。这种来自童年的记忆阴影,对阎连科来说不仅是刻骨铭心的,也是他诠释耙耧山恶劣生存条件的重

---

① 阎连科、张学昕:《写作,是对土地与民间的信仰》,《西部华语文学》2007 年第 4 期。

要手段。因此,我们看到,《年月日》里的先爷为了一株玉蜀黍的存活,像堂吉诃德那样与大旱之灾进行不懈的抗争,直到将自己的躯体化为玉蜀黍的水分和养料;《耙耧天歌》里的尤四婆只是在准备死去时,才让自己的儿子吃上五个油馍;《天宫图》里的路六命为了偿还娶媳妇的债务,心甘情愿地让村长与自己的女人通奸;《耙耧山脉》里的寡妇张妞为了能够得到更多的返销粮,最后被逼得上吊自杀;《日光流年》《丁庄梦》里的人们为了彻底地解除对饥饿和贫穷的恐惧,不惜以卖皮、卖肉、卖血来进行绝望的反抗……饥饿以及由饥饿引起的恐惧,以一种最为决绝的方式,彻底地摧毁了耙耧山人活着的信心、尊严,也颠覆了中国传统伦理中最为基本的秩序和观念,使人们对生命自身变得异常漠视。

正是这两个方面的"压榨"让阎连科"痛之又痛",甚至成为他内心深处一直无法摆脱的梦魇,所以,二十多年来,阎连科始终沿袭着这两大主题不断地进行审美思考。这种创作姿态,不仅表明了他的写作是一种入世的、干预性的写作,还折射了他那知识分子的体恤情怀和承担意愿——从某种意义上说,阎连科是一个济世意愿非常强烈的作家,他的激情、愤怒和伤痛,几乎全部源于对乡村底层平民多难生存的关注,就像他自己所说的那样,"我们希求写作的那种历史的疼感,之所以能'疼',就是要求写作者具有独立的觉察与感受,具有独立的怀疑与思考,具有独立承担疼痛的勇气与胆识。如果没有这些,那种疼痛,就只能是破了手指的一声叫唤,是看见了别人流血,就先被吓得墨水流在了纸上的写作"①。阎连科对这种知识分子独立意识的清醒认知,使他在对现实疼痛的理解之中,不仅浸润了创作主体对底层弱势群体强烈关注的情感,对文明秩序下所出现的种种巨大落差的愤懑和忧思,还饱含了一个现代知识分子的尖锐批判和无情的嘲谑,甚至在很多时候还呈现出"哀其不幸,怒其不争"的复杂意绪。

王小波曾说:"对一位知识分子来说,成为思维的精英,比成为道德精英更重要。"②的确,阎连科在直面豫西故土的苦难现实时,始终采取了一种平视性的叙事语调,渗入了创作主体的大量情绪,从某种程度上看,道德化的立场和价值取向十

---

① 阎连科:《关于疼痛的随想》,《文艺研究》2004 年第 4 期。
② 王小波:《我的精神家园》,文化艺术出版社 1997 年版,第 118 页。

分明显。但是,如果透过那些激情和愤怒话语的背后,他的理性思维依然清晰而明确,他那反思和批判的锋芒始终对准了那些苦难背后的根源性因素,尤其是乡村中的权力,以及围绕着权力所形成的巨大的宗法伦理秩序。像《耙耧山脉》、《黑猪毛,白猪毛》、《天宫图》、《日光流年》、《坚硬如水》、《受活》、《丁庄梦》等,都在不同程度上探究了基层权力系统与苦难现实相互勾结、狼狈为奸、助纣为虐的状态,并由此导致了一幕幕不忍目睹的惨烈景象。我有时甚至认为,阎连科的极端化叙事追求,与其说是在凸显乡村平民顽强的生存意志和坚韧的受难品质,还不如说是在拷问乡土文化中权力运作的乖张形态以及某些伪道德伦理的强悍姿态。或许,在阎连科的心目中,这是中国乡村社会在现代变革过程中最艰难、最复杂也是最迫切的痼疾之所在。正是这种深入的思考,使他的创作超越了那些大量地在现实层面上"搔痒"的所谓的"现实主义"作品,而带着某种现代思想启蒙的意味。

这种对权力体系的公开质疑,对苦难现实的执着反抗,与阎连科的平民立场、独立意识形成同盟之后,显示了阎连科作为现代知识分子所应有的批判精神——他将自己安置在公共领域之中,以封闭乡村中的农民代言人身份,努力向这个世界"说真话"。这种代言人身份,恰恰印证了萨义德对知识分子的有关定义,即,它"总是关系着,而且应该是社会里正在进行的经验中的有机部分:代表着穷人、下层社会、没有声音的人、没有代表的人、无权无势的人"①。我无意在此探讨有关现代知识分子的一些基本品质,而只是想说明,阎连科的写作之所以是一种干预性极强的写作,固然与他的个人成长记忆有密切的心理关联,但与他的承担勇气、疗救意愿、独立思想和批判锋芒存在着更大更紧的关联。它显示了一个作家在公共领域中积极介入的自觉性和理性思考能力,也显示了一个作家对各种底层生存隐秘之痛的发现能力和传达热情。而这,在当代作家中,无疑是难能可贵的。

二

作为一种知识分子的批判性叙事,阎连科的写作无疑带着很强的抗争意愿。

① ［美］萨义德:《知识分子论》,单德兴译,生活・读书・新知三联书店 2002 年版,第 95 页。

有很多评论家认为,阎连科常常预设一种生存的绝境,一种宿命的现实,就像《日光流年》在开卷中所言的"天意",是一种无法破解和超越的苦难,然后将人物置入这种境域之中,进行"西绪弗斯式"的抗争演绎。但我并不完全认同这一看法。事实上,阎连科的反抗是双重的。其一,是向恶劣的苦难现实反抗,像《年月日》、《耙耧天歌》、《日光流年》等,始终围绕着"种的繁衍"这一核心意旨,确实带有宿命的意味。其二,在他的绝大多数小说中,主要还是展示对乡土社会内部权力体系的反抗。也就是说,他的很多重要作品并不是单纯地为写苦难而写苦难,而是在传达苦难的痛感体验的同时,为叙事批判的有效性建立起自己的反抗机制。这种反抗,或许是阎连科小说的重要价值所在。

对恶劣自然条件的宿命性反抗,虽然使阎连科的小说在荒诞的意义上展示了生命的强大求存意志和牺牲精神,甚至凸现了人物的某种文化传统禀赋,[1]但是,由于宿命性的在场,我们除了对这种决绝的反抗过程表示震撼和敬畏之外,只能从小说的悲剧效果上给予审美的认可。我甚至认为,像《年月日》和《耙耧天歌》完全是一种夸饰性的叙事,它除了彰显创作主体内心里的某种极致情境,对乡土的恶劣生存进行了一种隐喻性的表达之外,并没有特别的深义。从某种意义上说,这种审美追求,与张艺谋的那些"民族化"电影并没有多少区别。

但我更看重的,是阎连科对基层权力体系的反抗。记得萨义德在谈及福柯的有关"权力"理论时,曾指出福柯的局限就在于"他沉浸于权力的运作,而不能够关切抗拒的过程"[2]。的确,关注对权力的反抗比关注权力本身或许更有意义,因为权力的存在必然会引起抗拒的出现,而抗拒又会加剧权力的专制化运作力度,这是一个不言而喻的事实。阎连科在面对那些盘根错节的乡村权力体系时,在抗拒方式上所做的审美选择是非常尖锐的,也是独具意味的。这一点,最突出地体现在他的《坚硬如水》、《受活》和《丁庄梦》等代表性作品之中。

作为一种对极权时代的隐喻化表达,《坚硬如水》以一种狂欢的叙事语调,展示了"文革"时期的暴力化现实对乡村伦理与基本人性的强力肢解。以前,我们所读

---

① 陈思和先生曾在《读阎连科的小说札记之一》中分析了《年月日》和《耙耧天歌》里所包含的后羿射日、精卫填海等古老文化特征,见《当代作家评论》2001年第3期。

② [美]萨义德:《知识分子论》,单德兴译,生活·读书·新知三联书店2002年版,第111页。

到的有关"文革"题材的小说,大多是通过批判性或忏悔性的叙事,表现创作主体对极权历史的反思,但《坚硬如水》却以崇高神圣的"革命情怀"来定位人物的精神理想,使人物的全部生命激情始终处在"伟大使命"的核心部位,这无疑为解读暴力化的历史提供了一种新的思维向度。事实上,无论是高爱军还是夏红梅,他们对于"革命"的信念是不折不扣的。"革命"是他们生命激情的催化剂。一曲又一曲雄壮的革命歌曲,将他们原始、野性而又血气方刚的欲望不断点燃;一次又一次摧枯拉朽的革命行动,将他们的雄心、斗志和理想推向高峰。高爱军曾深有感触地说:"我替你们发现了你们永生不能发现的伟大规律,那就是世界上最复杂的事情往往最简单,最简单的事情往往最复杂。正是因为革命有这样美妙的千变和万化,深奥和简洁,革命者才会从革命中得到乐趣和刺激,才会有那么多人不畏艰难地投身到革命的洪流中。"正因如此,他们的颠覆性欲望和叛逆冲动所构成的巨大破坏,与"革命"产生了奇特的共振关系——在这种共振关系的背后,暴力的恶性循环便成为一种至高无上的法则和全社会共同遵从的价值伦理,而这,正是阎连科所要触及的权力本质。它与其说是对"文革"暴力的批判,还不如说是对盲目遵从的极权伦理的一次反讽。

　　这种反讽,还表现在作者始终将人物的原欲本能紧紧地纠结在革命化的权力语境中,使性欲与权力又构成了一种奇特的互动状态。高爱军与夏红梅的邂逅,从一开始就在革命的浪涛声中结成了紧密的欲望同盟。随着革命歌曲从四面八方传来,夏红梅很快被"激荡"起来,接着"是她把她的激荡传染给了我",于是,"狂情暴爱和革命就这样暴风骤雨般地开始了",这两个权力化的怪胎便迅速成为程岗镇一带呼风唤雨的人物。一方面,"只有革命的爱情才能带来革命的力量;只有无产阶级的爱情,才能使革命者在蓝天翱翔"。对革命有着病态般迷恋的夏红梅,不仅以肉体激发了高爱军的"革命斗志",而且在情欲的放纵中获得了自我的拯救;而回到程岗镇的高爱军,他在部队所获得的革命理想、人生志趣,也同样因为夏红梅的情欲激发而变得更为坚定和执着。但另一方面,在那种革命化的语境中,性与革命又不可能达成绝对的统一。所以我们又看到,小说中的性与革命常常处在某种对抗性的状态,形成"一种正反同体的奇异现象,性诱发了革命,性又毁灭了革命,革命鼓荡了性,同时又扼杀、葬送了性"①。这种矛盾,就像高爱军自己所感受到的那样:"我们既是一对伟大的革命者,又是一对卑琐的偷情者。既是一对觉悟者,又是一对执迷不悟的沉沦者。"正是在这种既彼此冲突又互为激荡的现实情境中,高爱军一方面花了半年多的时间挖通了与夏红梅偷情的地道,另一方面又带着这位"战友"攻打程寺、深入"到敌人的后方去",不断向权力的高端逼近。如果不是一次阴错阳差的偶然事件,这对"革命同志"完全有可能成为暴力化历史的权力代表。

我之所以强调《坚硬如水》是对极权伦理的一种反讽,是因为它尖锐地展示了"革命"的残酷后果,尤其是对乡村社会各种基本秩序的破坏。当高爱军退伍回乡时,作为"两程故里"的程岗镇远离政治中心,一切显得平静而安详,在高爱军的眼里是"啥儿都和原先一样儿",一潭死水。而当高爱军向村支书要权而不得之后,革命的风暴便开始笼罩这个有着悠久儒家文化积淀的小镇:高爱军逼死了自己的妻子,逼疯了自己的岳父程天青,谋害了夏红梅的丈夫程庆东,在奄奄一息的程天民面前与夏红梅疯狂做爱,四处搜集镇长王振海的黑材料,发动群众火烧程寺……家庭、孩子、亲情,所有这些人类社会最基本的道德伦理颠覆殆尽,阶级斗争成为破坏文明的天然借口,整个现实生存沦入癫疯的非理性状态。而这一切,都是高爱军和夏红梅的"革命"成果,也是他们谋求权力的一种手段。

《受活》更是彻底摒弃了对乡村权力形态的简单化处理。它通过广泛的情节勾连,将单纯的权力纳入乡村社会特有的各种伦理之中,使之与宗法、亲情、血缘和人性等形成一种丰富的、多向度的纠结。在受活村里,最具悲剧性的,并不是自然生存条件的恶劣和绝大多数村民的残疾,而是土生土长的柳鹰雀县长雄心勃勃地带领全庄百姓踏上小康之路的狂想所引发的后果。柳县长的致富思维是:在当地建立一个庄严宏伟的列宁纪念堂,然后从解体后的苏联将列宁的遗体买回来,让无数旅游者前来瞻仰并收取门票。为了筹集巨额的"购列款",他不仅充分利用一切海外侨胞的关系,又通过"受活庆"的启发,大力发掘受活庄残疾人的各种特长,成立"残疾人绝术团",在全国巡回表演……正是在他的热情鼓动下,受活庄经历了一场轰轰烈烈的暴富梦想,随即又在被劫与折磨中消失得无影无踪。在这场癫狂式的

---

①　汪政、晓华:《论〈坚硬如水〉》,《南方文坛》2001 年第 5 期。

求富过程中，我们所看到的，绝不只是一种简单的生存欲望的突围表演，而是中国乡土社会中各种伦理思维与政治诉求之间的复杂纠缠，是一种被意识形态化的梦魇所笼罩的苦中作乐式的"受活"。

这种直逼荒诞真相的叙事目标，最集中地体现在县长柳鹰雀和受活庄的精神领袖茅枝婆身上。这是两个被高度意识形态化了的人物，也是两个价值观念与政治愿望截然相反的权力符号，但是他们的思维方式却是惊人的一致：要不留余地地让受活庄进入自己内心预设的生存轨道上来。由此，两人之间便出现了自由与癫狂、求存与发展、平静与骚动之间的尖锐对抗。这种对抗，既包含了传统与现代的冲突，又折射了权力的控制法则。柳县长内心的求富梦想，固然有其政绩和仕途的需要，有其"父母官"角色的自觉发挥，但从本质上说，还是由于他对权力规则的理解与纷乱的现实之间产生了巨大的错位。正是这种错位，导致了他在处理焦灼而又无奈的生存现状时，不可避免地步入了荒诞的深渊。而茅枝婆作为一种革命化的经验符号，在历史的多次教训中，自觉地形成了"对权力不信任"的观念，所以，她的唯一抗争目标，就是要让受活庄自由而平静地活下来。同时，这两个人的对立，又凸现了欲望诱惑与理性法则、非理性的政治热情与客观化的生存秩序之间的潜在冲撞，也由此导致了柳县长理想的破灭和受活庄最后重归于"天堂般"的平静。

但是，在这种平静的背后，我们又看到作者对现实生存的不安和无奈，苦涩与悲悯。事实上，《受活》之所以让人颤栗不已，就在于作者通过极端的撕裂方式，对某种无边的意识形态进行了无情的肢解，展示了权力思维与中国社会发展的同构性本质。它以反逻辑的超验性叙事为支撑，通过对一些基层权力人物癫疯式政治思维、畸恋式致富追求，以及单一化领导方式的喜剧性披露，使我们在一种高度隐喻化的叙事场景中，看到了人性的许多悲剧真相。这些真相，不仅表现在某些具象化的真实细节中，还体现在各种奇异的想象和四处潜伏的隐喻性话语里——无论是人物命运的设置，还是植物性章节的命名，都预言了某种时空的轮回观。它是想象的狂欢，幽默的舞蹈，又是尖锐的反讽，悲剧的裸示。

与《受活》相似，《丁庄梦》也是从"致富"思维入手。当沩县教育局高局长带着建立"血源村"的政治任务不断来到丁庄时，以丁水阳大爷为代表的丁庄人并没有接受这种权力的指派，即使当了四十年村支书的李三仁被撤了职，丁庄也没有一个人愿意卖血。但是,高局长却巧妙地利用了致富诱惑,让丁庄人集体"参观"了卖血致富的蔡县,从而使丁庄百姓自愿地走上了卖血之路。从权力的运作方式上说,阎连科并没有激化平民与权力之间的直接对抗,而是更多地强调权力的"软手段"——激发百姓的"致富之梦",迫使他们自觉地膺服于自己的政治任务。这里,权力作为艾滋病的始作俑者,并不只是顺利地实现了自身的政治使命,同时在为百姓"圆梦"的过程中,全面催醒了人性里各种潜在的欲望,使丁庄人陷入无法自控的欲望泥潭。事实上,以丁辉为代表的血头,之所以能够在丁庄呼风唤雨,由卖血到卖棺材再到卖尸体给别人配阴亲,成为一种赤裸裸的吸血鬼,关键并不在于他个人的狡黠和阴险,也不在于他的精明和势利,而在于他成功地掌握了某些权力的潜规则,将上层权力巧妙地转化为个人获利的资本。这也使我们看到,权力一旦在欲望的膨胀中失控,其对生命的珍视、对灾难的预警、对痛苦的慰藉,都将成为一种空洞的承诺。

　　当然,从叙事策略上看,《丁庄梦》完全不同于《受活》,它更多地动用了一种"后叙事"手段,强力突显了艾滋病给丁庄人带来的灾难和恐惧,并由此来追溯权力运作的真相及其惨烈的后果。对丁庄人来说,卖血并不可怕,甚至带有某种狂欢的"圆梦"心情;可怕的是,"热病"不断地出现,死亡不断地发生,绝望感大面积地蔓延。阎连科以其对苦难叙事的特殊优势,让话语反复盘旋在那些"等死"的病人之中,使他们在一种彻底无助中等待着生命的谢幕。饶有意味的是,这种令人锥心的痛,既没有得到权力层面的安抚和慰藉,也没有促动权力层面的反思和忏悔,倒是让丁大爷陷入赎罪的深渊——他一方面要为自己当初同意"参观"蔡县而愧疚,另一方面要为儿子丁辉的所作所为而忏悔。他最终亲手棒杀了丁辉,看起来是对丁辉失去基本人性的绝望式惩罚,实质上也暗含了他对冷漠的权力体系的无奈反抗。因此,从本质上说,《丁庄梦》是以平民百姓无边的生存之痛和卑贱的生命代价,隐秘地圆就了极少数权力运作者的欲望之梦。

　　从《耙耧山脉》、《天宫图》到《坚硬如水》、《受活》、《丁庄梦》,阎连科始终怀着一种疼痛和愤懑的意绪,在重构中原大地苦难生存的现实场景中,直击苦难产生的内在根源,揭示并拷问了乡村权力的乖张表现形态。这种揭示和拷问,本身就意味着一种反抗。因为它是创作主体深入思考之后的一种警醒,一种判断,一种鞭挞。尽管阎连科还无法提供一些有效的拯救途径,但是,为民生之苦而呼告、而倾诉,这种审美姿态所体现的良知和正义,已使他在公共知识分子的角色上展示了自己的承担勇气。他自己也说:"激情和愤怒,是写作者面对写作的一种态度,是写作者面对历史、社会和现实的一种因疼痛而独立、尖锐的叫声,是一种承担的胆识,更具体地说,是写作者在面对责任与逃离时的一种极为清醒的选择。这种选择的写作,就是写作者心灵滴血的疼痛,是疼痛中的文学救护。"①为重铸乡村生命的存在尊严,为多难的乡村平民寻求最基本的价值秩序,阎连科试图通过文学的方式来实现其"疼痛的救护",这对于我们当今紊乱而失范的现实,确实具有特殊的意义。

有趣的是,在阎连科的创作中,频频获奖的却是那些对恶劣的自然生存条件进行宿命性反抗的小说,而对乡村基层权力进行解构性反思的作品,却总是被"遗忘"或"忽略",这种尴尬的现象多少有些耐人寻味。

三

当阎连科以一种明确的知识分子立场来对乡村苦难进行审美表达时,他的激情和想象常常会因为内心的积郁而变得难以控制。愈是深入到乡土现实的底层,他便愈是感到改变和拯救苦难的艰辛与无望,也因此变得愈加愤怒和焦灼。这样一来,却直接影响了他对叙事整体的有效调控,使得他的很多小说常常显得饱胀有余而弹性不足,激情奔泻却缺少缓冲,有时甚至出现激情掩盖叙事的情形。

这无论如何都是一种遗憾。在当代作家里,阎连科和莫言都是极为罕见的、具有丰沛叙事激情和巨大想象能力的作家,但他们在发挥自身这一特殊优势的过程中,都存在着叙事控制的问题。在莫言笔下,想象常常成为奔泻的河水,始终带着强劲的冲击力,不断地推动情节飞速发展,尤其是像《生死疲劳》里的六道轮回,道道都是惊心动魄,很少出现节奏上的变化,以至于每道轮回都很难品味到不同的审美质感。而对阎连科来说,影响控制的主要因素并不是想象,而是愤怒和绝望式的

---

① 阎连科:《关于疼痛的随想》,《文艺研究》2004 年第 4 期。

主体情绪。这种情绪常常喷薄在话语之间,使创作主体很难跳到绝对旁观者的角度,对人物进行冷静的表达。我当然不是强调冷静是小说必需的叙事手段,像米兰·昆德拉就喜欢用杂糅性的叙事,而史铁生、韩少功、刘恪等人甚至动用多重文体的融会与整合,但对于阎连科的表达对象而言,冷静而有节制地"呈现"或许比"表现"更具有审美内蕴。

这一点,最突出地体现在《丁庄梦》里。在这部小说中,作者动用了不少现代叙事手法,试图缓解创作主体个人情绪对叙事的干预。譬如设置了一个亡灵叙述者"我",让已经死去的少年来全面介入故事现场;在结构上打破简单的线性逻辑,通过"八卷"有选择地安排故事情节等。但在具体的叙事过程中,作者仍不自觉地调用了大量的抒情性极强的短句,尤其是那些用黑体字排列的、语速很快的话语,基本上超出了叙事的基调而呈现出一种抒情性很浓的特质。虽然就小说的文体而言,这并没有什么不好,但是,倘若我们揣摩创作主体倾心于人物性格的思维逻辑,那么,我们就会发现,这种叙述严重阻遏了对人物性格及其内在深度的凸现。无论丁水阳大爷还是丁辉,从叙事策略上看,这对父子分别代表着传统儒家文化伦理和现代的私利至上法则,而且,作为小说的主要人物,他们所承担的功能就是通过不断的对抗和冲突,揭开"热病"在沙县蔓延的内在过程,突显权力与欲望勾结所产生的灾难性后果;但是,他们的性格从一开始就处在过高的平面上,并一直滑行到终点,并没有随着灾难的加剧、冲突的激化而出现应有的变化。如果再退一步,就那些抒情性话语本身来看,它们只是较多地强调了一种生存感受,或简约地交待事件过程(当然也不乏一些偶尔的重复所指涉的隐喻功能),在审美价值上并没有太多的内涵。

由于选择了一种黑色幽默式的狂欢语调,《坚硬如水》和《受活》在这方面要显得自然一些,但仍然暴露出控制失当的弱点。在《坚硬如水》里,故事的情节推动和人物关系都较为简洁,叙事始终处于情感的高端部位,尤其是对"文革"时期革命口号的使用近乎泛滥——无论是公开场合,还是私下交流,人物几乎离不开革命语录,似乎在语录之外,他们成了一种失语者。这种极端化的处理虽然将人物的身心彻底纳入了革命的情境之中,但也因此造成了人物性格的扁平化倾向,甚至削弱了小说对极权的反讽力量,因为失语者的悲剧毕竟没有主体性明确者的悲剧更具震撼力。同时,高爱军和夏红梅的"狂情暴爱"作为对革命的一种映衬,也被反复地进行夸饰性渲染,但无论革命成功之时,还是失败出逃之时,每一次性爱过程之间的差别并不大,也就是说,人物在性爱中所体现出来的喜悦、愤怒和绝望的不同体验,除了坟墓和程寺两个场景展示了特有的生命灵性,其他地方还缺少巧妙的呈现。因此,整个小说虽然极力将人物安置在神圣和崇高的信念之中,但过度夸饰的叙事又造成一种戏谑性的审美效果。《受活》也同样如此。第一、三、五卷作为故事的发端,叙事颇为从容,但到了第七卷,随着"受活庆"的展开和残疾人绝术团的成立,叙事旋即进入狂欢状态,并一直延续到最后。这种狂欢一波连着一波,泄洪式地直逼悲剧高潮,不仅给柳县长的梦想以致命一击,也将受活庄的人们推向人性沦丧的灾难深渊。应该说,这种狂欢对意识形态化的权力制度构成了巨大的解嘲,但就叙事而言,在其节奏和充盈度的控制上,显得还是有些"过"。

这种操控的过度在《日光流年》上也同样体现得十分明显。如果我们将《日光流年》和余华的《许三观卖血记》进行比较,或许可以更清楚地看到这一问题。从总体上说,这两部小说都是在演绎苦难与救赎的主题,一个是卖皮和卖肉,一个是卖血,但无论从叙事的篇幅还是审美内蕴上看,两者都有较大的差别。《日光流年》达四十多万字,而《许三观卖血记》仅十多万字。《日光流年》从一开始就确立了整个小说的宿命性立场——所有的三姓村人都活不过四十岁,因此,他们的所有努力就是为了活过四十岁的生命大限。围绕着"打破宿命地活着"这一目标,作者设计了前两代村长鼓励生育、大种油菜等,司马蓝作为第三代村长,开始通过卖皮卖肉等手段筹款来挖水渠,试图为全村人延寿。而《许三观卖血记》只是更多地强调人物自身的生存苦难,譬如饥饿、生病等。因此,许三观和司马蓝的共同之处,都是为改变生存的苦难而努力,两个人都把自己的生命赌入其中,但不同点在于,许三观只是在残酷的现实中为自己和家人争取一种更好的生活,司马蓝则要为整个三姓村人的寿命着想——彼此的立意似乎有些"境界"上的差距。

然而,我们还必须看到,许三观卖血是为了妻儿能吃饱饭,能逃避令人恐惧的饥饿,能挽救儿子的生命。从某种意义上说,许三观的卖血并无高尚可言,不仅目的是为了自己的"小家",而且在卖血的时候,还要耍些小手段,拼命地喝四碗水,希望能够将"一碗"血变成"两碗血"。这种情境的设置看起来很窄小,却一步步地辐射出人物深厚的情感基质,尤其是为了给不是自己亲生儿子的一乐治病而疯狂地卖血,使许三观这个世俗英雄在悲悯的人性上迅速获得令人敬畏的效果。而司马蓝不仅自己卖皮,还鼓励自己的相好卖肉,其"鞠躬尽瘁"之中所体现出来的"利他"品质,显然有别于许三观。但由于他的努力先天性地带有宿命意味,缺乏许三观的世俗温情,其人物背后的精神意蕴除了绝望和无助却难有悲悯,因此有人认为,作者"创作寓言的欲望太过强烈,纷繁的景观和别出心裁的结构更多停留在可以欣赏的层面"①。

倘若再从叙事细部来探究,我们同样也会发现类似的问题。譬如,《日光流年》第二十三章"大崩溃"里写卖皮过程整整花了三十多页的篇幅,卖皮之难、人物之焦灼以及卖皮后的痛苦,自然不必说了;而《许三观卖血》里的每一次卖血都不到三页篇幅,同样也涉及了卖血的难,以及卖血后的仪式和痛苦(龙根还为此死掉)。这意味着,两者在审美效果上并没有太大的差别,但动用的叙事篇幅却差别极大。再如,《日光流年》里写司马蓝对妻子竹翠阻碍自己和蓝四十相好而进行的惩罚,绵延数章,甚至频生"杀意",直到妻子死亡,缺乏内在的亲情和夫妻间的人性温暖;而《许三观卖血记》里仅通过第六章六小节对话,以递增式的内在力量完成了许三观对妻子背叛的惩戒,但随着他在妻子的召唤下爬上床,温情缓缓地涌现出来……这些都表明,叙事的有效控制并不一定会伤害审美效果,有时甚至会增添其审美内蕴。

创作主体的情绪控制(尤其是愤怒情绪)所带来的另一个问题,是影响人物性格的丰实度。很多研究者已注意到,阎连科的中短篇里的人物更加丰满,像尤四婆、先爷等,即使是《日光流年》里的众多人物,也各具个性,这恰恰是因为创作主体是带着凝重而冷峻的情感来进行叙述的结果。而在那些主体情绪浓烈的狂欢性长篇中,像《坚硬如水》的高爱军和夏红梅、《受活》里的柳县长、《丁庄梦》里的丁辉等人物,就有些"漫画化"②;即使是《耙耧山脉》和《天宫图》里的村长,也缺乏性格上的差异性,几乎是同一个人物的不同翻版。这是否是因为创作主体对权力符号的

---

① 阎晶明:《欲把小说比寓言》,《文艺报》2001年2月1日。
② 汪政、晓华:《论〈坚硬如水〉》,《南方文坛》2001年第5期。

一种对抗性愤怒所造成的结果？还是作者故意制造的一种反讽式的审美效果？

　　除了创作主体的情绪控制之外，阎连科在对各种现代叙事手法的运用上，虽有不少创造性的开拓，但有时也有些让人费解，甚至出现现代手法与审美效果之间的错位。从开拓性上说，像《日光流年》的倒叙，以一种"索源体"的方式"透示人生的如草木般荣枯轮回的规律"①，的确在宿命性上达成了默契；《丁庄梦》以亡灵的视角，成功地摆脱了客观时空的局限，为叙事的自由提供了保障；《年月日》中对那条盲狗的叙述，为先爷的韧性提供了重要的精神支撑；《黄金洞》以智障者"我"作为叙述者，也很好地切入父子在金钱与性的尖锐冲突之中，为展示日常伦理遮蔽下的人性景观起到了很好的作用。但是，像《丁庄梦》里"卷一"所引用的《圣经》文字，《受活》里用奇数进行章节编排，就让人不明其意。又如，《日光流年》和《受活》里都大量地引入了解释性的"注释"或"絮言"，这种以论文的互文来弥补叙事的空白，使交代性文字剥离叙事本身，在保持叙事的流畅性上当然起到了一定的作用，但有些地方就显得颇为草率。如《日光流年》的第八章仅仅解释一个"肉王"，而且有关"人肉生意"在第六章已有说明，似乎完全不必再做解释。《受活》第九章"絮言"后再加"絮言"，也显得没有必要……这些细节，似乎都隐含了作家的现代主义冲动与实际审美效果之间的差距。

　　应该说，这种现代主义冲动与实际审美效果之间的不协调，在不少作家的笔下都有所体现。譬如，贾平凹的许多小说中对荒诞细节的处理，就显得怪异而突兀，有的甚至是对情色笑话的"魔幻式"转述（如《猎人》）；韩少功近些年的短篇，像《行为方案六号》、《八〇一室故事》等，叙事的理念干预过于强烈，导致小说不断游离于叙事之外；苏童的《蛇为什么会飞》里，为了通过具象化的"蛇"来隐喻人物内心的欲望，作者时不时地让蛇出现在各种场合。至于年轻作家笔下，这种情形更多，像欣力近两年的一系列中短篇《针对薄情寡义者的新法规》、《灵魂纪事》、《大作家马凌之死》等，大多采用了灵魂的叙述者，仅仅为叙述提供了一种全方位视点，与全知视角并没有多少差异；薛荣的《天上掉下个林妹妹》、朱山坡的《山东马》等小说，虽然不乏丰沛的想象和饶有意味的叙述，但在人物的变形过程中，总感到缺乏某种自然

---

① 王一川：《生死游戏仪式的复原》，《当代作家评论》2001年第6期。

的叙事过渡……这种现象,或许隐含了创作主体在叙述变革上的一种困顿,即他们不满于自身非常熟悉的写实性手法,自觉地择取一些现代叙事技巧,试图以此来拓宽自己的叙事空间,但由于叙事技能和审美情趣的局限,往往会形成现代主义手法与现实文本之间的游离。

　　阎连科的小说同样也表现了这种游离的状态。对于传统现实主义的创作方法,他曾表现出极端的愤恨,他曾说:"真正阻碍文学成就与发展的最大敌人,不是别的,而是过于粗壮,过于根深叶茂,粗壮到不可动摇,根深叶茂到早已成为参天大树的现实主义。""从今天来看,现实主义,是谋杀文学最大的罪魁祸首。"因为"真实并不存在于生活之中,更不在火热的现实之中。真实只存在于某些作家的内心。来自内心的、灵魂的一切,都是真实的、强大的、现实主义的。哪怕从内心生出的一棵人世本不存在的小草,也是真实的灵芝。这就是写作中的真实,是超越主义的现实"①。不错,就文学艺术而言,一切真实都源于创作主体的内心,都是一种经过主观化审美同构的真实,从某种意义上说,现实主义的"典型化"法则,也正是这种主体内心同构的一种表现。只不过,在主体性飘摇不定的当代文学历史境域中,主体内心的真实由于不断受到主流意识形态的屏蔽,无法回到真正的个体意志之中——而阎连科所反对的"现实主义",在很大程度上就是指这种被扭曲了的现实主义。因为一个显在的事实是,阎连科的小说最具情感冲击力的,恰恰是他以写实的手段对那些惨烈情境(或狂欢情境)的想象式还原,以及大量方言土语的袭用。尽管它们常常会颠覆我们的阅读经验和日常逻辑,有时甚至还出现一些魔幻的意味,但从根本上说,仍是一种现实主义的内在力量决定了他的小说在审美上的震撼力。因此,如果一定要从"主义"的角度给阎连科归类,我觉得,人们更多的可能还是将他归属于现实主义作家阵营,尽管他的主观意愿里饱含了现代主义的审美冲动。

　　尽管阎连科在叙事上还存在着某些待解的难题,但作为一位在当代乡村写作上具有特殊意义的作家,他的血性气质和执着情怀,他的批判勇气和思想锋芒,他的疼痛、怜悯和愤怒,都直击我们的现实内部,为中国乡村的现代性进程提供了一

---

①　阎连科:《受活·寻求超越主义的现实(代后记)》,春风文艺出版社 2003 年版,第 369—370 页。

种重要的文化参照。王鸿生先生说,"阎连科的奥秘是靠血肉而不是靠观念,抓住了生存本身的关键词",他试图"把他的巨大的想象力、同情心和语言才能推上一条彻底改写乡村中国书写传统的广阔道路"①。这里,我们已很难对"乡村中国书写传统"再进行讨论,但从阎连科对苦难与权力的执着关注与思考来看,他的确已开辟了属于自己的艺术领地。

（原载《当代作家评论》2007 年第 5 期）

---

① 　王鸿生:《反乌托邦的乌托邦叙事》,《当代作家评论》2004 年第 2 期。

地域文化与乡土叙事的"方志性"
——赵本夫乡土小说特色论

逢增玉　姚树义

在中国现当代文学史中,许多作家的写作总是离不开特定地域及其文化的影响,或者说,作家所来自的那块土地及其文化,已经内化为作家的叙事和写作的重要想象资源,成为作家文本世界的独特风景,如鲁迅、老舍、沈从文、张爱玲、赵树理、张伟、贾平凹、莫言等。赵本夫也是这样一位作家,并且他对乡土的书写可以用"专注"来形容,他一直对家乡徐州丰县,尤其是废黄河两岸的乡村世界情有独钟。不论居住在乡下还是城里,赵本夫一直深爱着家乡那片土地,一直把那片土地上的历史文化、风物风景、人情世故作为写作的对象,正因为这样,所以有评论家称他为真正的"中国作家"。赵本夫的写作有着很强的乡土意识,他说:"我一直对乡村、田野、土地怀着浓厚的兴趣。因为我对这些有感情。我出生在乡村,又在乡村长大。几年来我跑过的地方不算太少了,但是没有什么地方能留住我,没有什么比泥土的气息能让我沉醉。"①

赵本夫的家乡是江苏徐州丰县。徐州地处江苏西北部,是南北交通要地,历代兵家必争之地,素有"五省通衢"之称。当地有"自古彭城列九州,虎争龙斗几千秋"的说法。从上古的夏代到近代的辛亥革命,在徐州地区发生的大战争就有二百多起。现代史上更有抗日战争时期的徐州会战、解放战争时期的淮海战役。由于地

---

① 赵本夫:《寻找自己的世界》,《赵本夫文集·隐士》,江苏文艺出版社 1998 年版,第 367 页。

处南北交汇之地,其文化兼有南北特点。春秋战国时期这里属于楚国,刘邦的《大风歌》就是楚歌。刘邦在此处起兵,项羽定都于此。因此这里的文化是楚汉文化的融合。又由于与山东河南等地域相交,使此地更多地受中原文化影响。这使徐州地区与江苏其他地区的文化有明显的不同。历史上的徐州地区土地肥沃,是鱼米之乡,古汴水、泗水从这里流过。古语云"丰沛收,养九州",这里的"丰沛"就是徐州地区的丰县和沛县。

像现当代大多数作家一样,赵本夫对自己的家乡十分钟爱,"我搞创作,并没有更多的奢望,只是希望人们能够了解一点我的家乡的历史和今天,家乡的土地和人民,让世人知道,中国原来还有这么一块地方!"①强烈的乡土意识、故乡恋情和书写故乡的愿望,使赵本夫将自己故乡的自然环境、历史地理、物产工艺、民居建筑、风俗方言等丰富内容铺陈杂糅在小说叙事中,借以展示乡村文化的历史风貌及其蕴涵,当然,它们也作为叙事的内容而具有叙事功能。这种乡土书写不仅增强了乡土特色,同时也是文学化的"地方志",如果借用史学家陈寅恪"以诗证史"、"文史互证"的研究方法,可以勾勒和"还原"出赵本夫小说中丰富绵厚的"方志"内容,这种方志性,是赵本夫乡土小说叙事里不可剥离的历史文化场景和语境。

一、地理空间与乡土文化

《刀客与女人》、《蝙蝠》、《走出蓝水河》、《枯塘记事》等小说都有对作家的家乡丰县县城的描写。《刀客与女人》注重县城独特的街道风格,这种街道风格在秦朝时候就奠定下来,在当地存在相关传说。传说与真实之间的距离有多大不可而知,但是小说中对传说的引用无疑使这种街道形制和当地丰厚的历史文化联系起来。《蝙蝠》写的是县城西北的水塔、新城旧城在建筑、居民生活的不同,细致全面。《枯塘记事》写的是县城的水塘,《丰县简志》记载丰县城老城有四个角落各有一个大水

---

①   赵本夫:《多一点历史的思考》,《赵本夫文集·隐士》,第 299 页。

塘,县志所附的县城地图(解放初期)也显示如此。① 这部小说还写到县城"北关大队是全县回民聚居的地方",而在县志中有这样的记载:"县城北关回民最多,从事剥羊卖羊肉……"②把这几部小说结合起来,丰县县城的基本面貌和历史故事就立体地呈现在读者面前了。这种街道布局以及水塘水塔在《丰县简志》有地图为证,和小说中基本没有变化。小说《混沌世界》里出现了富有当地特色的地名:凤鸣中学。"凤鸣"是最富有丰县历史文化特色的名称。《丰县简志》记载:"丰县建成后,忽然有一天飞来一只大凤凰,落于丰县城,一只翅膀伸向东南,另一只翅膀伸向西北,脖子在城的西南角,后城西南角城墙为凤凰台。后代还在城东南建了塔,并取'凤城'为县名。"③这还与刘邦的故事有关。据当地传说,刘邦降生之前其母难产,喝了城外凤凰台(曾经落过凤凰的土台)泥土才生下了他,由此凤凰台在当地名气大振,历代都修缮。至于小说中提到的凤鸣中学的前身凤鸣书院,也是真实存在的。《丰县简志》说:"凤鸣书院即古育乐馆,本县衙门西。嘉庆元年(1796)丰县上黄水,将育乐馆冲坏。到嘉庆二年(1797),丰县令艾荣松重建,改名为'凤鸣书院'。道光六年(1826),丰县令朱斋修建一新。咸丰年间,接连遭受兵灾,再次毁掉。至光绪二十年(1894),丰县令姚鸿杰捐资修理。于民国年间,先后为师范及实验小学旧址……"④丰县及其周围的几个县,许多村子都以"寨"为名,例如刘寨、田寨、朱寨等。另外一些村子则以"庄"、"村"命名。这些命名到底有什么区别,现在单从村庄的规模上已经看不出来了。然而在解放前区别是明显的。赵本夫的小说《寨堡》、《刀客与女人》等就告诉我们这种区别。寨比村、庄大,寨有寨墙寨门,寨子里住的是富人,也是商业中心。在《江苏六十一县志》的丰县部分有这样的文字:"人和寨、时家寨、保和寨、永贞寨……皆为乡民交易之所。"⑤村、庄规模小,有的只有两三户人家,当然是穷人。《刀客与女人》中,土匪经常袭击的是寨子,村庄只是他们掩护、隐藏的地方。珍珠要在进入寨门之前把话对黑虎说完,因为贫穷的黑虎

---

① 王文升:《丰县简志》,江苏省丰县档案局县志编撰委员会办公室合修1986年版,第35页。
② 王文升:《丰县简志》,第48页。
③ 王文升:《丰县简志》,第7页。
④ 王文升:《丰县简志》,第362页。
⑤ 殷惟和:《江苏六十一县志》,商务印书馆1937年版,第262页。

家住在寨子外。解放后寨门寨墙都拆除了,所以现在徐州一带的寨和村、庄已经没有什么区别了。并且有些解放前以"寨"命名的村庄解放后改成了"村"。地名是文化景观的一种表现形式,往往能体现出一个地方的地域性历史文化。赵本夫小说里出现的地名中,以"圩、堤、堰"作名字的,历史上是水利设施重地或是靠近多水的地方;而"寨"多与民间的匪乱有关,这与小说中描写的徐州故黄河两岸的民风剽悍尚武多出土匪有关;"堡、营、屯"表示历史上曾经是军事据点,明代军籍人家世代相传逐渐据点成为村庄(徐州一带的"屯"与东北农村的作为地名的"屯"不是一个概念,后者仅仅指村庄)。

　　我们还可以通过小说看到解放前徐州地区尤其是丰县一带的民居特色。地主富人一般有前后两院、房屋很多。前后院都有堂屋、东西屋。前院由后门与后院相通。《江苏文化概观》中对徐州一带的民居这样写:"贫穷之家,草屋苇墙,仅容身安顿牲畜而已。大户人家都要有个后门,必须开在主屋的下首即右后方,故称'偏门'。"①《刀客与女人》中,珍珠住后院东屋,帮工刘而宽住西屋,堂屋作仓库用。欧阳岚和一枝花住前院。富人为防土匪骚扰,有的还在院子四角建炮楼,这在《碎瓦》中就有涉及。现在丰县沛县一带的农村还有这种布局的遗迹。穷人家的民居就简单了。像《刀客与女人》中,黑虎家就只有一个堂屋、简单的院子和一个篱笆门。而《涸辙》中,解放后老扁的房屋还保持了以前的样子。一横一竖两间草屋,横的是两间堂屋,竖的是两间东屋。小说里的这种民居风格置于江苏的空间内就具有徐州地方特点。费孝通在《江村经济》中介绍了江南水乡地区的民居,②可以发现与苏北明显不同。

二、物产与器物

　　赵本夫小说中乡土因素体现在小说中人物的日常生活里,比如吃喝说用,只有

---

① 陈书禄主编:《江苏文化概观》,南京师范大学出版社 1998 年版,第 300 页。
② 费孝通:《江村经济》,商务印书馆 2004 年版,第 113 页。

日常生活中的乡土才是真正的乡土生活。徐州地区有许多具有地方特色的小吃，有人作过整理，徐州市区：丸子汤、烙馍、啥汤、把子肉、辣汤、萝卜炸菜、霸王别姬；贾汪地区：素火腿；丰县地区：红富士苹果、圆烧饼、两面油煎包子、羊肉汤；沛县地区：狗肉(特出名——徐州代表)；铜山地区：韭黄；睢宁地区：烧鸡、香肠、黄皮瓜、老豆腐；新沂地区：红烧小鱼；邳州地区：银杏、板栗。[①] 对于作家家乡的特产，小说中多次给予了"还原"与描写。这种生动的还原在小说中是一种情节的需要，更是小说的有机部分。丰县羊肉汤在方圆几百里享有盛名。赵本夫在许多小说里都还原了这一乡土细节，包括它的做法和味道，读后给读者留下深刻的印象。小说《刀客与女人》这样写它的做法："每逢煮羊肉时，选肥一些的切成大块入锅。同时，把几尾活蹦的鲤鱼剖好，也投进锅里，放上各种佐料，一同用大火烧开，之后再用文火炖一会。"[②]出锅后是"一碗汤半碗辣椒"，"喝得哧哧溜溜，满头大汗才过瘾"。[③] 这种做法可能源自在徐州地区流传悠久的彭祖菜系的"羊方藏鱼"，其因将鱼置于剖开的大块羊肉中以文火炖而得名。这也就是在丰县沛县一带流传的鱼汁羊肉的做法。汉高祖刘邦喜欢吃这种羊肉，在徐州地区流传着这样一首打油诗："丰生沛养汉刘邦，鱼汁羊肉饱口福。东征西战探故乡，乐吃鱼汁羊肉方。"[④]关于彭祖，据《史记》记载："黄帝后裔，陆终氏之子，陆终氏生六子，一昆吾，二参胡，三彭祖，四会人，五黄姓，六季连。"季连楚之祖先，彭祖为先祖之三兄，《中国烹饪史略》称他为"中国第一位职业厨师"。《竹书纪年》有尧帝封彭祖于大彭氏国的记载，清代地理学家顾祖禹《读史方舆纪要》说："禹贡徐州之称，古大彭氏国也。"因此徐州又名彭城，现在当地还有一个乡镇叫大彭镇，而以彭祖为名的旅游景点也有多处。另外像烟丝、茶馆的七星灶、纺绳这些特产、器物、手工艺在小说里广泛存在。在小说《刀客与女人》有这样一个顺口溜："丰县的烟沛县的酒，走过九州不离口。"小说《蝙蝠》中，那个一生经历坎坷的冉老太太做烟丝时用冰糖、蜂蜜、香油做配料，这也是当地传统工艺。而面对现代化卷烟产品，小说通过冉老太太表达了对传统工艺的怀念同时

---

① 网易地方论坛"江苏版"。
② 赵本夫：《刀客与女人》，江苏文艺出版社 1998 年版，第 113—114 页。
③ 赵本夫：《历史·民风·乡情》，《赵本夫文集·隐士》，第 194 页。
④ 陈书禄主编：《江苏文化概观》，第 275—276 页。

也隐含了对现代工业化生产处境下的传统工艺的担忧。丰县烟丝小说中已经说了,对于沛县的酒,《江苏六十一县志》的沛县部分这样写道:"产高粱酒,名著遐迩,称沛酒。"①我之所以一再罗列小说中的乡土细节,是为了说明证实这一个个的有史为证的乡土事物的运用,才使小说的故事更具有真实性。赵本夫小说中乡土细节的运用,与中国古典小说对日常器物的铺陈具有一样的效果。

赵本夫对地方历史文化的书写的一个特点,时常是跳出小说的故事进程,直接陈述地方文化。比如在《蝙蝠》里,作者就丢开小说的故事进程直接以大篇幅描写议论老城区的房子,如墙基、门石、檩条,然后写民居内的陈设的文化因素:条几、八仙桌、太师椅、龙凤床、黑砂壶、细瓷茶碗、宣德香炉、歙砚、旧木匣、金手镯、鼎、瓮、瓷坛,还有那些失传了的鬲、鍪、觥、卣、罍,还有瓦砾堆里的秦砖汉瓦;还有那些行走在故黄河滩上的乡村画匠、渔夫郎中、庙僧庵尼、野老村妪以及上述这些人深厚的书法造诣。赵本夫通过大篇幅的铺陈与富有乡土韵味的故事情节把地方文化的"鲜活"性呈现给读者。读者由此感到的是这片土地的古老苍凉,读到的是延续至今的存在于街巷野村的历史凝聚。借用小说《羊脂玉》里的话说就是:"这地方历史。"乡村在赵本夫看来就是历史和文化,那些河道、寨堡、寺观、古碑等无不是包含意义的存在,诱人作历史的沉思,同时成为小说内容的组成部分和语境。

三、民俗与性格

小说最终还是要落实到写人上。写乡土就要回归到人身上体现出的乡土气质上来。散文化小说《到远方去》提到了一个目前只在丰县和其东部的沛县流传的风俗——过年磕头。大年初一,男性和已婚的女性要很早起来,去给村子里的长辈拜年,其方式就是给长辈磕头,起得越早越吉利。在中国传统里,拜年的形式是登门寒暄来互相庆祝新年。还有通过送拜年帖拜年即"投刺"。以磕头的形式拜年曾经是中国北方拜年的流行形式,新时期以来的小说如鲁南的小说《拜年》、曹文轩的小

---

① 殷惟和:《江苏六十一县志》,第 275 页。

说《细米》,对此都有叙写。赵本夫在小说《祖先的坟》写了以骂的粗暴形式表达亲昵的风俗,一种仅限于本家族内部表示亲切的骂人方式,即长辈对晚辈的骂,对子侄辈骂娘,对孙子辈骂奶奶。这一风俗在徐州一带存在,外地人到了这里如果不了解这一风俗,就容易产生误解。在另一篇小说《陆地的围困》里写到了当地长辈对晚辈的通用称呼:乖乖,不论晚辈性别,长辈都给对方这一称呼,而在普通话里这一称呼一般只指婴儿或者儿童。而在徐州地区的其他地方例如铜山县并不流行这一称呼。而小说《混沌世界》中对当地人喝茶的描写更具有地域性。当地人,尤其是乡下,茶就是指白开水。在另外的小说里作家还写到了一些灵异之事。如两个小孩被埋在红芋窖里(红芋窖在当地也属于即将消亡的乡土细节),被救出来后却安然无恙,原来是华祖庙里的华祖显灵救了他们。华佗沛国谯人,曾在徐州丰县沛县一带采药治病,现在当地还有许多华祖庙和一些以华祖庙为名的村子。再比如外祖父从县城回家在路上遇见了小矮人,回到家吸烟时点烟的火苗忽然一下子蹿到了屋顶引起了一场大火。灵异之事无法用科学解释,在中国广大民间流传很多,是中国民间土壤里不可或缺的文化成分。完整真实地再现一个地方的乡土特色,人的精神气质是不可忽视的。徐州一带有大汉遗风,人多崇尚义气。《一统志》说丰县"地邻邹鲁,夙有儒风,然俗好刚劲,尚气节,轻剽急疾,虽庸下莫肯少府"。《中华全国风俗志》称当地"士愿民朴,重廉耻,崇信心"。[①] 因此写这个地方的乡土就不能忽视这一点。《刀客与女人》里写到了这种民间的结拜:陈老刚与赵松坡、刘而宽,黑虎妈与玉梅,黑虎与大龙,欧阳岚与白振海,黑虎与刘轱辘、吕子松。这其中既有因义而真心结拜,也有出于一定目的的假意结拜。正是这些结拜而形成的复杂关系网络,成为小说的重要情节。讲义气和结拜的内涵使其表现形式多种多样,小说《绝唱》里尚爷与关山也是因女人而生义,因义而结拜。《枯塘记事》里有两个人约好去城西北的水塘决斗,回来时却是"一个搀着另一个都血头盖脸",角斗场上的拼杀并不影响两人相拥共同走出水塘,互相救对方一命。

　　赵本夫在多部小说如《黑蚂蚁蓝眼睛》、《混沌世界》、《涸辙》中写到了造成当地人性格剽悍尚义野蛮的原因。那就是黄河决口以后这里是千里无人区。水退后,

---

① 胡朴安:《中华全国风俗志》(上篇)卷二,上海广益书局 1926 年版,第 13 页。

逃荒户重新聚集成村,不仅有善良懦弱的穷苦百姓,还有杀人放火之流。"具有讽刺意味的是,正是那些歹徒,那些恶人,在开拓柳镇的事业中起了中坚作用。自然柳镇的民风也由他们凝聚而成:凶狠、刁顽、冒险、坚韧,代代相袭在他们的血液中,总有一种不安分的东西在骚动。"①文化学理论认为,民族性格的形成往往与民族的早期历史有关。小说中展现的古黄河两岸人民的性格的形成和他们在此生活的历史有关。这片土地因为历史上的多次洪荒之变而成为一片化外之地,人的性格、生活方式也多不为礼教约束,而是适情任性。在赵本夫的小说中,古黄河两岸的人男的多剽悍野蛮,女的多泼辣大胆,她们的泼辣表现为一种心性的自由无羁无绊。例如《混沌世界》中的柳镇的孕妇、猫猫、花妮等人,《地母》的柴姑、茶等。花妮向往的是:"咱也学人家,找个相好的男人吧? 让男人抱抱再去死,也算没白活!"《老槐》里的曼曼嫁给张三后,"还是经常应邀和别的男人睡觉。她总觉得无法拒绝任何邀请她的人,她乐意帮助任何人"。但这种心性的自由并非无原则地放纵欲望,而是表现为只有为了自己所爱的人才敢说敢做,对自己不爱的人则以更为泼辣大胆的方式表示反对。例如《混沌世界》里的梨花为了不嫁给县长做小老婆宁愿去做暗娼。《雪夜》里的玉子在出嫁前把身体献给了自己喜欢的高中生而不是将来的丈夫金疙瘩。

　　小说《陆地的围困》的乡土性还体现在对湖民的精神塑造上。老一代的野蛮、嗜酒、多生和以疙瘩、菱菱为代表的新一代在面对现代文明时的焦虑、执着,交织成为湖民生活的情态。渔民生活的地方叫鲶鱼湾。在另一部小说《涸辙》中,乡民生活的地方叫鱼王庄(村庄的名字来自故黄河的古鲤)。在中国民间文化传统里,"鱼"具有图腾崇拜、生殖信仰、丰稔物丰、避邪消灾、沟通天地生死的象征意义和文化功能。②丰县沛县地区自古多水,沛县古称沛泽,丰县古有丰水。鱼崇拜在当地很流行的,丰县一带有许多叫鱼王庄的村庄。两部小说在空间的命名上真实地反映了乡土及其文化特点。

---

① 赵本夫:《混沌世界》,中国文联出版公司 1987 年版,第 2 页。
② 参见陶思炎:《中国鱼文化》,中国华侨出版社 1990 年版,第 14—16 页。

四、方言

　　刻意在小说中堆积方言往往被认为是一种缺乏底气的表现。就小说而言,语言下面链接的是内容。中国当代作家的创作,对地域的重视达到了相当的程度。我们可以轻易地列出诸如韩少功、张炜、王安忆、莫言、贾平凹、刘庆邦、阎连科等人及其作品。他们的小说彰显他们写的是哪一块地方的人和事。小说与地域通过什么联系在一起的呢? 我们读者如何通过阅读产生了对某一地域的印象? 一是具有地域特色的地理事物和行为出现在小说中;二是小说的叙述语言和小说世界里的语言例如人物的对话,告诉了我们这是发生在哪个地域的故事。

　　生活的神理、韵味往往体现在语言中,这些内容和精神经过普通话的翻译后落在纸面上究竟还有多少韵味呢? 读者在干涩的语言里无法读到生活的神理和韵味,一些生活的内容也只有通过方言才能表现出来。对一个作家来说,"语言的锤炼"和"语言的功用"不仅仅指对普通话语法规范的掌握,更是指如何通过语言的运用,超越说明、叙事层面之上,传达出语言背后的文化神韵。否则就是"瘫痪的语言,无根的语言,没有故乡的语言。它无法脱离情节要素而自立,也没有生命的质感和自然的气息,更不会焕发出某种经由地域文化长期浸润而形成的韵致和光泽"。①

　　在现当代文学作品中,普通话作为一种普遍应用、适应了民族整合与交流的产物,作为一种文化的共同体产物能够保证文学被不同地域的读者接受,理所当然地成为跨地域性的强势性的民族—国家语言。然而在文学写作中,某些文学的内质经过普通话的"翻译"过滤后难免失色甚至消失。当代中国作家明显地感觉到1990 年代的模仿西方现代主义创作的力不从心。那是一种没有方言也没有中国"质感"和"气息"的文学实践。因为西方现代主义文学作为一种异域文学进入中国,首先经过了普通话的翻译,然后我们的作家再用普通话去模仿。这种写作很难

---

① 　王鸿生:《小说之死》,《无神的庙宇》,上海人民出版社 2001 年版,第 120 页。

唤醒作家的语言自觉。另外,我们的作家还模仿西方现代主义文学,着眼于超越语言、地域之上的形而上的观念,而中国本土的生活世界却被忽略和遮蔽了。

　　似乎是为了矫正这种弊端,近年来,越来越多的作家有意识地使用方言写作或者在小说中有意识地键入大量的方言成分,比如《马桥词典》、《受活》、《檀香刑》等。赵本夫无疑也是具有明显的"方言意识"的作家,在西方现代主义文学开始影响我国文学的时候,他的态度是:"我更爱我们民族的东西,做个'土八路'便是我的第二个愿望。"他的语言观是"朴实的、幽默的、有味的"语言,"高明的作家不靠情节取胜,而靠语言的功夫,一句句引你读下去","小说的魅力其实是语言的魅力"。[①] 赵本夫小说中出现的方言是徐州地区方言,这种方言不同于江苏吴方言,也不同于江苏中部的江淮方言,而是北方方言的一种,与山东话有些类似。周振鹤、游汝杰在《方言与中国文化》中这样论徐州方言:"徐州区方言特点的独立性和内部的一致性,是跟它长期以来政区的相对独立和稳定分不开的。徐州附近,隋唐宋三代与今江苏省其他地区分属不同的一级政区,元代更分属为两个二级政区,明清两代独立自成一个二级政区。据《江苏省和上海市方言概况》(江苏人民出版社 1960 年版)所附方言分区图,其中'第四区'恰好相当于清徐州府所辖地(外加东北角的赣榆),即今徐州、丰县、沛县、砀山、邳县、睢宁、新沂、宿迁。"[②]笼统意义上的方言划分往往忽略某一方言地域内的更细小的分支。实际上,在徐州方言区内,丰县沛县由于处于徐州地区的最北端突入山东,因此和徐州方言在一些词汇上也有些区别。这是我们考察赵本夫小说方言因素的基础。由于普通话是以北方话为基础的,所以我们阅读北方作家的小说并不会产生北方人阅读《海上花列传》那样的障碍。阅读赵本夫的小说同样不会产生障碍。所以总体上赵本夫的小说并没有太多的方言标记,这不是因为作家违背自己的语言观刻意用普通话创作,而是因为徐州方言本来就属于北方话;细节上,徐州方言里特有的词汇和语言组织形式的确存在,但是读者没有这种方言环境而感受不到。因此,我们正是从语言细节上来感受赵本夫小说的乡土性。

---

　　① 　赵本夫:《小谈小说语言》,《赵本夫文集·隐士》,第 322 页。
　　② 　周振鹤、游汝杰:《方言与中国文化》,上海人民出版社 1986 年版,第 57 页。

　　在赵本夫的小说中,我们可以看到下列词汇:挨黑、日弄、下店、不咋、天地、洋兴、晌饭、舌头粒子、额拉盖子、胳拉拜子、欢、吓人呼啦的、月亮地、能、黢黑、好户、喝汤、憨、富苗秩、咋来、拉呱、味、怪……这些词汇有些和普通话外形相同但意义完全不同,因为有些方言词汇无法翻译成普通话,只能用读音类似的普通话词汇代替。例如"挨黑"读作"yehei",但是 ye 读轻声,普通话里并没有这个字,只有挨和它的意思接近。张新颖在一篇文章里说:"在方言里,声音比文字重要,有不少方言是有音无字的。"[①]有些方言词汇只能放在具体的对话中才能明白它的意思。比如"咋来",并不是普通话"怎么来的"的意思,在徐州方言里它的意思是"怎么了",相当于东北话里的"咋啦"。"忽然陪睡的姑娘叹一口气。三月说:'咋来?'那姑娘说:'咋也不咋。'三月不信,弯臂揽住她的头:'一准有事,说给我听听。'"再比如"憨",不是憨厚老实的意思。"郝大胖一眯眼:'我和你同辈。'那人又扒出一升:'憨不?没老没少。'"(《仇恨的魅力》)这里的"憨"相当于普通话里的"傻"。

　　我们关注小说中的方言,并不是仅仅在方言词汇和普通话词汇之间做出意义的对等链接。我们关注的是语言下面乡土人的精神生活。换言之,方言是如何表现乡土人的精神的。我们注意到,赵本夫的小说的方言不仅分布在人物的对话里,还分布在日常生活器物的称呼上。一旦从人物对话和器物转移到故事的叙述上来,小说的语言就变成了普通话。赵本夫小说写的都是发生在徐州丰县乡土的故事,所以人物的对话并不需要文字化的语言——普通话。但是作家的写作明显地带有自己的焦虑。一方面他为了还原乡土的真实风貌尽量用当地人的口吻写对话。另一方面,他又深知普通话写作的重要性。这就导致了他的小说中经常出现"这里人把吃晚饭叫喝汤"这种类似注释的句子。中国当代作家的"语言自觉"是指由西化语言写作回归汉语写作。赵本夫长期生活在农村,深受地方文化浸染,所以他的语言风格也是乡土的。地方文化和语言影响越大他的写作中就越容易出现"注释",当语言锤炼到一定程度,一种融合方言和现代普通话的语言风格就形成了,这也就是作家说的"有味的语言风格"。

　　胡适说:"方言的文学所以可贵,正因为方言最能表现人的神理。通俗的白

---

①　张新颖:《行将消失的方言和他的世界》,《上海文学》1994 年第 2 期。

话固然远胜于古文,但终究不如方言能表现说话的人的神情口气。古文里的人物是死人,通俗官话里的人物是做不自然的活人;方言土语里的人物是自然流露的人。"①林斤澜说:"一方水土一方人,方言是一方水土的言的美,一方人物质生产精神生产的总和的味。一个作家只会说普通话,干什么都无碍,只是到了文学这里,就会语言无味,语境不美。"②赵本夫小说中的方言正是其表现乡土世界、表现生长于那片土地上的人物、生活和精神状态的神韵的工具,也是地域文化的标志。

五、故事与历史

每个地方都有自己的历史,一些较好的乡土小说,总能透过复杂的矛盾冲突和丰满的人物形象窥见地方的历史与文化。其实陈寅恪早就用文史互证的方法通过《琵琶行》等唐诗来研究唐代的政治经济与民族变迁。当然前提必须是文学作品具有某个时代和地域的特征或痕迹。赵本夫的部分小说就是这样的作品。《白驹》这篇写于1985年的小说在中国文坛较早地涉及了"生态文学"这一新世纪才日渐凸显的话题。但是与《怀念狼》、《狼图腾》等获得文坛热烈反响不同,这篇小说并未取得多大的轰动效应,没有得到足够的重视。其中原因既与赵本夫为人一贯低调有关,也与时代审美心理有关。

小说在"引子"部分就表明了作家的立场:万事万物是相互依存互相制约的,凌驾于其他生物之上的凶残只能被自然法则抛弃;人类虽有理智,但他所主宰的世界并不比鱼类、恐龙时代好;河流污染,森林被砍伐,万千生命都受到人类的威胁;人恰恰是利用了自己的理智而在对待自然万物时于残忍之外又加了一层阴险和狡诈。小说写的就是人的残忍和狡诈如何一步步把忠诚的狗逼到了绝境,从而离开人类走向森林。

---

① 胡适:《海上花列传序》。
② 林斤澜:《拳拳》,《随笔》2003年第6期。

本文的目的不在于探讨小说的生态意义,而是发觉它的表层叙述下的"地方因素"。通过阅读作者的另外两篇小说《雪里》和《碎瓦》,我们会发现"白驹"有现实的根据,它的身上有那条叫雪里的羲狗和叫大鸟的猎狗的影子。不过作家给狗命名为"白驹"是有另外的意思的。小说中引用了《丰县志》的记载:"北魏太武帝始光六年秋,华山北城外卧一白额猛虎。三日不动。县民结伙远看,还然不赶近。黄昏,虎攀山顶,环顾四周,长啸一声,似有悲音,遂下山缓缓西去,隐入夜色。至此不复见。"华山是丰县一座小山,位于现在丰县华山镇。小说中出现的二郎担山的掌故在丰县沛县一带流传很广,当地有一种建筑格式也叫二郎担山。另外,"华山"还提供了一条"地方因素"的线索。《江苏六十一县志》的丰县部分有这样一段话:"华山在东南(指县城——引者注)三十里亦名小华山,又名东华山,周围磐迂至十余里。西南旧有白驹山,传为汉高祖大会父老处,明时以屡经黄水,夷为平地。"[1]黄水,即徐州方言洪水的说法。这样,"白驹"的命名就有了另外的意义。作为狗的白驹和作为山的白驹有相同的命运:人类毁坏自然、背叛万物的行为如同滔滔洪水,把人类最亲密的朋友逼走。同样,人类世界也会被自然法则的洪水夷为平地。这样,地方因素和作家的写作诉求就有机地联系在一起了。

《陆地的围困》写的是煤矿代表的现代工业文明与渔民生活代表的农业文明的冲突。根据小说提供的信息结合地方史实来看,这篇小说是以微山湖和位于沛县的大屯煤电公司为空间原型的。微山湖地处江苏山东交界处,是南阳湖、独山湖、昭阳湖、微山湖的统称,它从山东济宁大致沿西北东南方向延伸到江苏徐州,长达126公里,宽约5—20公里,面积1266平方公里。小说中说的"北湖到南湖,东湖到西湖,一拉溜四个湖,跨两省十三县"就是指这四个湖。小说中还写道:"几百里湖荡不仅养育着湖上数十万渔家,而且养育着沿岸几百万湖民。就连远处的庄稼人也把这里当作捞外快的好地方。一到冬闲时节,两省十三县的庄稼汉子就吆喝着下湖了。大家结伙成群,拉着板车,带上绳子镰刀,从几十里、上百里外的地方到这里打湖草。一个冬天下来,少说也打三五千斤干草,或拉回家喂牛喂羊,或就地卖掉,就是一笔可观的收入。"这里说的"下湖"是符合微山湖两岸人民生活实情的。

---

[1] 殷惟和:《江苏六十一县志》,第275页。

微山湖对两岸人民的养育可以从当地的歌谣中看出来,"丰沛收,养九州,微山湖两岸度春秋。一湖荷花半湖藕,野鸭成群鱼满舟"①。小说中出现的湖两岸的百姓和官员为了各自利益争水源、湖滩,不惜大动干戈以及"皇帝下过圣旨,北洋大臣曾来平乱,国民党中央曾派官员裁决,共和国的副总理数次亲自视察并主持谈判"也是有历史根据的。据民政资料记载,自从微山县 1953 年设县起两岸人民就为湖滩湖产发生争端。1959 年由于"大跃进"引起的严重饥荒,两岸争端加剧一直延续到 80 年代,大小械斗 400 多次死伤 400 多人。1983 年国务院副总理万里、田纪云亲自主持两岸地方政府谈判,形成了 1984 年 4 月和 8 月的两个文件(中发[1984]11 号和中发[1984]109 号文件),基本上解决了当地因为湖产湖田而引起的两省(江苏和山东)两县(沛县和微山县)的争端。② 所谓"北洋大臣曾来平乱"应该是指 1865 年清政府任命曾国藩为钦差大臣在徐州一带围剿捻军。清军与捻军在微山湖一带的丰县、沛县以及山东的鱼台、嘉祥、巨野等县多次交战,尤以在沛县湖团交战次数最多,因为这里湖水漫漫芦苇杂草丛生是捻军藏身的据点。③ 大屯煤电公司是上海能源集团 1960 年代在沛县开发的一个煤矿,1980 年代形成规模。沛县北部荒原上矗立起一座新城,这就是小说中所说的"一条街",实际上当地人称它为"小上海"。

　　综上所述,对故土的热爱和为故土"扬名"的诉求,使赵本夫的一些小说具有独特的"乡土性"和"方志性",也使之同"五四"以来的现代乡土文学具有相近和相似的文学文化品格。众所周知,乡土文学不仅可以从文学的角度去赏析和阐释,也可以从方志和地域文化的角度去考察其特色和意义,在一定意义上,它们是文学化的地方志和地域文化的标本。通过文史互证的研究方法,可以发现和还原文学叙事中丰富生动的历史文化要素和场景。还原与浮现文本之中或背后的历史和文化的要素与场景,对文学作品价值与意义的敞开与理解,对文学的文化性与审美性构成的过程与奥秘的索解,是非常必要和重要的。同样,蕴涵着丰富文化性和方志性的文学,不仅是重要的文学现象也是重要的文化现象,它们构成了文学史和文化史的

　　① 济宁地区出版办公室:《微湖情》,山东人民出版社 1982 年版,第 120 页。
　　② 靳尔刚、苏华:《职方边地——中国勘界报告书》(下册),商务印书馆 2000 年版,第 422—429 页。
　　③ 郭豫明:《捻军史》,上海人民出版社 2001 年版,第 373、378、387、391、409、410 页。

宝贵的思想资料和精神库藏。对赵本夫的一些小说,也可以作如是观。当然,赵本夫小说里浮现和蕴涵的方志性和地域文化内容远不止如上所论,还可以作更为丰富的开掘和阐述。

(原载《扬子江评论》2007 年第 5 期)

"灵光"消逝后的乡村叙事

——从《石榴树上结樱桃》看当代乡土文学的美学裂变

梁 鸿

一

在世界文学史上,乡村一直是原乡神话式的存在,无论骂它、爱它,批判它、赞美它,背后都有基本的原型意义。乡村是大地、母亲、故乡、家、爱、童年、温馨、苦难等一切本原意义的代名词,它包含着巨大而深远的象征性,文学的基本母题和人类命运的基本命题都能够在这里找到寄托。"乡村",几乎可以说是作家情感的祭坛,忧伤而甜蜜,神圣而深沉,充满着古典的膜拜意味。在对乡村本体的叙述过程中,作家类似于一个收藏家,一个信徒,总是试图在乡村中追寻遥远的时间与空间的叠韵,感受过去的生命与自我生命之间神秘的关联。本雅明在论及传统艺术的价值时,使用了一个非常感性的理论术语——"灵光"(aura)。"什么是'灵光'?时空的奇异纠缠:遥远之物的独一显现,虽远,仍如近在眼前。静歇在夏日正午,沿着地平线那方山的弧线,或顺着投影在观者身上的一节树枝,直到'此时此刻'成为显像的一部分——这就是在呼吸那远山、那树枝的灵光。"①毋庸讳言,在哈代的英国乡

---

① 〔德〕本雅明:《摄影小史》,《迎向灵光消逝的年代:本雅明论艺术——影像阅读》,许绮玲、林志明译,广西大学出版社 2004 年版。

村、福克纳的南方小镇、马尔克斯的马孔多村庄,在鲁迅的绍兴、沈从文的湘西、莫言的高密东北乡、阎连科的耙耧山脉那里,我们都可以感受到这一"灵光"的存在,它由乡村的尘土、阳光与原野,由乡村的生命、神话与历史中折射出来,经过心灵,凝聚为精神的故乡,激发着人类最为深沉的情感悸动。

但是,在李洱的乡村小说《石榴树上结樱桃》中,充满灵光的、神圣的、哀愁的乡村,充满人类与民族所有命运与主题的乡村被隐去了,取而代之的是完全展览式的、世俗化的乡村。阅读《石榴树上结樱桃》,似乎在进行一次非常奇特、怪异的乡村旅程,展现在你面前的官庄村,是一个完全"光裸"的村庄,没有地理性与文化性,原乡神话式的情感及隐喻不再存在。在官庄村的上空,没有乡愁,没有精神意义的还乡,甚至没有了大地、植物与原野,只有事件、人物及现实的进程,乡村仅仅是现代社会的一个元素,一个肌体,不附着任何其他更为本原的象征或寓意。作家用一种准确的风格把乡村分解为一个个现实的行为、事件与语言,冷静而饶有兴趣的肢解、骨架、肌肉、脂肪,筋筋缕缕,丑陋、干巴,令人难堪的逼真。

世俗化,意味着"神圣情感"的消失,是一种现实的存在,没有记忆,没有审美。驴粪蛋就是驴粪蛋,不是故乡的某种象征;猪圈就是猪圈,没有蕴含童年生活的情怀;权谋就是权谋,不是民族文化心理的积淀,只是乡村生活中一个极为平常的元素。而一旦对乡村的"神圣情感"丧失,那笼罩在乡村上空充满本原意味的"灵光"也即消逝,"真实性"成为作家的终极目标,纯然客观的分析,略带嘲讽的叙述,叙述者与叙述对象——乡村——之间有显而易见的距离感。叙述者自由,不受任何限制地进入事件的核心,以一种残酷的理性,把事件本身的进程叙述出来。

在充满"灵光"的乡村意象中,作家,包括读者常被乡村背后巨大的象征性所支配、感染,不自觉地会有膜拜心理。有膜拜,有尊敬,才有诗性,才有文化,才可能进入乡村的文化结构及民族对乡村的文化心理,在此意义上,乡村不仅是作家本人对故乡的回望及精神的本原探索,也是一个民族对自我精神的深层追寻。《石榴树上结樱桃》给我们来一次"祛魅",抛弃乡土小说所特有的主观倾向性和情感气息,抛弃那种深刻的"痛感"和"情感"(它们在形成小说巨大感染力的同时,常常遮蔽着作家的叙述),而致力于"还原"工作,回到现实之中,对乡村现状作客观的描述与最细节的刻画,由此,给我们展现了一个处于世俗进程中的,混沌、复杂的现实生活中的乡村意象。

　　但是，非常奇怪的是，这一"真实"、"世俗"的乡村叙述却带来强烈的陌生化效果，让人"震惊"，这不是我们所熟悉的文学乡村。更重要的是，我们突然发现了"面纱"的存在，李洱的叙述仿佛一把锋利的手术刀，以精确的风格割开面纱，使我们窥到那面纱之后的真相——残酷而真实，细节栩栩如生。女村长繁花面临着村支书的选举，要想选举成功，她的工作不能出任何差错，环境保护、经济发展，尤其是计划生育问题，上面的基本政策是一票否决制；同时，她又必须在村里拉到足够的选票，挫败那些力图取代她的力量。于是，一场乡村大戏就这样拉开了序幕。李洱运用自己运筹帷幄的能力，把这场乡村争斗写得惊心动魄、一波三折，热闹异常。繁花为选举成功而进行方方面面的铺垫，慰问同盟、阴谋策划、请客拉票、做各种亲民表演等，俨然翻版的总统竞选。展现在我们面前的，是现实版的中国乡村，世俗、丑陋，却真实无比。现代文明的各个元素都对官庄村发生作用，生活方式（如手机、汽车）、政治（选举、环保、计划生育）、经济（引进外资、发展企业）等，它们在官庄村的土地上汇合，发生混战，并改变着村庄的生活结构与存在方式。

　　在某种意义上，二十世纪九十年代以来的中国乡村经历着比之前几千年都要更为彻底的变化，在全球化文明迅速膨胀的时代，社会的各种元素，政治的、经济的、文化的，以极其可怕的速度渗透到中国大地的角落，哪怕是最偏远的乡村也不被落下，它们在乡村以奇异的形态互相纠结，并发生影响，产生新的行为与结果。在这样复杂的语境下，仅仅古典的追忆是不够的，仅仅原型性的文化叙述也是不够的，它所牺牲的常常是现实层面乡村生活的真实状态，或者说，只有作家主动撤去情感面纱，主动撤去文化的渗透，乡村本体的存在状态才有可能呈现出来——无关乎家族伦理、文化世情，也无关乎自然伦理、原野大地，它就是地表层面的存在。

　　《石榴树上结樱桃》的叙事者是一个干脆利落的旁观者，而叙事本身也几乎不掺杂更多的情感，完全可称之为"零度"叙事——这在现代派作品中经常出现，但在乡土小说中却几乎没有。作者很少对人物给予情感，没有道德的焦虑，没有对事件的判断，甚至，连通常的暗示性都没有，"以一种实事求是的叙事精神"给我们描述了一个乡村故事。李洱毫不留情地把作家的"精神还乡"之路掐断了，他在与笔者的访谈中用一句话表达了他的写作目的,"我的任务就是要打破这种幻想"①。乡愁、归属感,包括那想象中广袤忧郁的大地原野、亲人朋友,在李洱那里,都是要被嘲笑和被解构掉的东西。在中篇小说《光与影》中,主人公孙良的归乡之路毫无疑问是一条通往彻底黑暗的道路,越是走近乡村,他就越感到虚无、害怕,因为此"故乡"已经非彼"故乡",正如鲁迅在《故乡》中所言,"我所记得的故乡全不如此。我的故乡好得多了"。最后,当孙良热爱的章老师——唯一还携带着故乡印记的人物——被两个高大的学生"挟持"着颤巍巍地出现在孙良面前的时候,归乡本身遭到了最彻底的解构,生活的所有意义都没有了,只剩下偷鸡摸狗的性爱和一碰皆碎的脆弱。生活中最光亮的地方,恰恰充满了更为强烈的阴影。对于李洱来说,他的任务不是书写光明,追寻光亮,而是使阴影部分和其中所包含的复杂色彩最大限度地呈现出来。这一点,我们从《石榴》的女主人公繁花的形象中也能感受出来。繁花不是我们文学记忆中的乡村女性,既不泼辣强壮(乡村生命力的象征),也不温柔贤惠(母性与家的基本隐喻),繁花是一个干练的政治女人,冷漠、理性,在她身上,没有任何关于乡村的文化象征或关于人类命运的本原寓意。她所遵循与付诸行动的原则是政治游戏规则,是权力与智慧的较量,没有情感的成分,虽然在小说的结尾,作者让失败了的繁花流露出些许的伤感,但也基本上是愿赌服输。

　　这是李洱有意识的美学试验的结果,女性形象的模糊与非本质化有效地驱除了读者(或者也包括他自己)心中顽固的对乡村的本质主义倾向。无论如何,在人类心灵景观中,乡村总是与大自然,与本能,与肉体,与人的生理紧密相连,对它的升华愿望几乎可以说是人类的一种情欲本能,而乡村女性,也自然地成为地母的形象,宽广、混沌、丰厚,能够容纳包含一切。繁花不具备这些品质,作者让她(女性)从历史、文化的隐喻中摆脱出来,走进实在的生活与政治之中,时空缩短,一个世俗的、野心家的繁花,一个扎实地进入时代之中的现代乡村女性,虽然不那么复杂,不那么具有传统特性,但却别具意味。李洱自己也这样认为:"这样一个角色非常复杂。对我来讲,这部小说有意思的是,我写了一个乡村女性。在此之前,乡村的女性往往代表母性,我选择这一女性,她被政治化、世俗化。当乡村的女性融入了世

---

① 李洱、梁鸿:《百科全书式的叙事》,《西部·华语文学》2008年第2期。以下李洱的谈话均来自于此。

俗化进程,那么,整个乡村就进入了世俗化进程。这也是我选择女性来作为这部小说主人公的原因之一,虽然我非常不擅长于女性。"

二

应该说,对乡土中国的描述在二十世纪五十年代出生的一批作家如贾平凹、莫言、阎连科、李锐们的笔下已经达到了某种极致或巅峰,这些小说既有对民族国家命运的隐喻意味及对农村文化生存状态的抒写,充满强烈的忧患意识,同时,又满含着对中国大地、原野无以表达的热爱,《红高粱》、《日光流年》、《无风之树》等都是其中的典范之作。要想超越这些作品的确很难。作家从乡村走出,那里有他们生命最初的痕迹,有童年记忆,那里的一草一木是充满呼吸的,它们不需要本雅明那样的"凝视",深沉的情感与生俱来地存在于血液之中,日夜流淌。在这样"灵光"的笼罩之下,这些小说有一个最根本的美学倾向,即乡村作为文化存在的原始乌托邦的象征性(不管作者的目的是反乌托邦还是建构乌托邦),它代表着原始正义、传统理想、生命的自在状态,它是人类的童年时代,而它的命运就是不断被各种秩序破坏并修剪的过程。这样一种大的精神原则使作品内部容易出现潜在的二元对立思维,官方/民间、城市/乡村、现代/传统、致富/良心、金钱/道德,这些对立的因素最后往往指向批判政治与现代文明,由此,当代政治发展史与经济发展史也必然作为负面因素破坏、侵袭着具有原始正义的乡村存在。它带给读者一种博大的情怀和深沉的情感,同时,也有理想破灭后深刻的怀疑精神,使我们看到文明进程的黑洞与繁荣背后的荒凉。从总体来看,这类小说对乡土的书写整体性大于细节性,抽象性多于具象性,较少对处于冲突过程中乡村的结构性变化作"共时性"的叙述,而"共时性"这一概念,在处于全球化、后现代语境的时代,所蕴含的意义要比其他任何时代更为深远。

《石榴树上结樱桃》给我们展示出关于乡土叙事的一种新的美学风格和世界观。这是由技术主义、理性主义与世俗主义所组成的"百科全书式"叙事,强调事物之间的"关联性"、"共时性",最终达成一种"准确的"、几乎是"后现代拼贴式"的诗学风格。在这里,乡村/城市的界限消弭,农民一边搓着脚趾头一边讨论台湾海峡问题,嘴里还时时迸出如"全球化"、"女权主义"等最现代的时代名词,乡村在各种话语的交锋之中变得光怪陆离。作家不再试图描述、感受,而是试图分析、探讨、展示乡土存在。这与阎连科、莫言等人的乡土创作之间有明显的"代际"特征。实际上,从整体发展趋势上看,近几年来,仍活跃在文坛上的六十年代作家如毕飞宇、韩东、李洱都开始涉足"乡村"这一重大题材,毕飞宇的《平原》、韩东的《扎根》等都有这样非常明显的理性主义倾向。

　　这一技术主义与理性主义背后是哲学意义上的世俗精神的渗透,这里的世俗精神并非"庸俗"或"品格低下",而是作家摆脱了"神圣"观念的统摄(它包括各种宏大叙事,政治的、思想的及艺术的),对日常生活进行诗学上的肯定,回归到人性、事物及社会的现实层面,并作出独特的叙事与价值判断。在某种意义上,它具有如本雅明所言的可技术复制时代的文艺"展览化"倾向。[①] 这也是以知识、理性为起点的李洱们的最大精神特征和对文学存在的基本态度。他们信任理性,长于思辨,强调文学的科学性与学科性,感性抒发与情感描写对他们来说只是文学的一个层面。对于中国现当代文学来说,这种观念无疑相当于一次"文艺复兴"。

　　的确,当我们以"世俗"的视野,以"共时"的时空观念重新考察乡村,就会发现,当代乡村生活所呈现的景观涵盖了太多复杂的、相互矛盾的东西。当繁花站在肮脏的猪圈旁,一边打电话商量选举的事,一边搓着泥巴,并思考着官庄村的现代化之路时,某种真实的荒诞意味慢慢渗透出来。此时,几个最为不同的元素形成深刻的映照——最乡土的与最现代的(猪圈与手机)、最落后的与最文明的(泥巴与选举)——展示出处于后现代语境下乡村的"悖谬式"存在,这在某种意义上弥补了"原乡神话"式乡土小说的缺失,给读者搭建了一个通向后现代境遇中现实的乡村之路的平台。乡村生活还是猪圈、泥泞、传统的争权夺利,但行为方式完全变了,手

---

　　① 本雅明认为:"随着绘画的膜拜价值的世俗化,对其独一无二基质的设想也越来越模糊不清了……当然,'本真性'这一概念总是要超越真实的囿限(这在收藏家身上表现得尤为明显,收藏家总是保留着拜物教信徒的痕迹,并通过对艺术作品的占有来分享艺术作品的膜拜力量)。尽管如此,在艺术研究中,'真实性'这一概念的功能是一清二楚的:随着艺术的世俗化,真实性取代了膜拜价值。"本雅明指出这正是传统艺术发生危机的象征,但同时并没有否定艺术的这一世俗化倾向,而是作出理性的辨析。《可技术复制时代的艺术作品》(1934—1935),《经验与贫乏》,百花文艺出版社1999年版,第267页。

机、竞选、民主、环保等时代名词把时空拉得无限近,乡村、城市、现代性、全球化,所有这一切都在一个平台上,纠缠、扭合、互相冲突并且互相改变。这个乡村已经不是原始的、文化的、道德核心的乡村,而是世俗存在的、现实生活中的乡村。正是这一世俗性与真实性,使我们看到在备受现代文明、经济和政治挤压下的乡村的另一面:现代文明从来都是乡村生活的一部分,乡村与现代文明之间并不是简单的二元对立或被侵入与入侵的关系,它也以自己独特的地理性、容纳性杂糅这些外来话语,两者相互影响,相互渗透,并使彼此脱离原有的轨道,而变成全新的事物,恰如文中的颠倒话所言,"石榴树上结樱桃,兔子枕着狗大腿"。一切都显得滑稽、荒谬,却自有它的逻辑和存在空间。

　　在这一意义上,李洱很少作价值判断,在面对现代文明与传统生活、传统观念之间的冲突纠缠时,李洱更多地以一种冷静的姿态,以平视的眼光,以对"复杂性"的本能热爱,以最大的"关联性"把事件发生的过程,把事件过程中人的状态及乡村状态给描述出来。乡村不再原始而封闭,一个农民随时可以了解国际大事,并被胁迫进整个政治发展的潮流之中时,但是,对于乡村来说,这种开放性并非如知识分子所想象的那样,是一种压迫或摧毁,相反,它极有可能是被欢迎的。比如致富(这是很多乡土小说家喜欢的主题)。因为"致富"理念的提倡,整个中国乡村道德、人伦及文化结构遭到了根本性的破坏,朴素的、人情的乡村逐渐消失,那的确是一首挽歌。但是,当以"世俗"视野去观照乡村生活时,你会发现,"致富"有其合理性,它对乡村实质性的影响绝不是挽歌那么简单。乡村不需要挽歌,它需要实在的能够生活的金钱,更进一步来说,它需要金钱以融入整个社会之中,它不想被"另眼相看",这是一种合理的文化要求。"'宁愿富,不怕死'。在死亡与富裕之间,它选择发展。它极力要融入现代化进程,但这一融入过程,有太多的悲喜剧。另外一些作者可能会把它写成一曲挽歌,我对这种哀哀的声音也持一种怀疑⋯⋯而对我来讲,我甚至希望某种改变,只是这种改变给我带来一种感觉的错乱,我不知道这对于乡村是好还是不好,但是我知道这是中国农村的真实途径,甚至可以说它是中国乡村现代化进程的必由之路。"这或许也是李洱执着于进入乡村世俗生活层面的根本原因。

三

　　如前所述,乡村象征原型的丧失与世俗乡村的浮现并不只是作家叙事方式的变化,在这背后,隐藏着作家美学观念上的根本差异和世界观的不同。在理性主义的渗透、技术化的分析等后现代视野的观照中,作家思维范式发生了根本性的变化,乡村"灵光"消逝,随之而消失的不仅是乡土/都市、前现代/现代的二元对立视野,也包括一代作家对乡村的乌托邦幻想和原始主义情结。文学乡村由此也走上了先锋道路,这几乎可以说是一场美学革命。《石榴树上结樱桃》摒弃"我"的情感与存在,以"百科全书式"叙事给我们拓展了一条通往乡土中国的新的途径。它或许使我们少了那份激情和热爱,使我们不得不撕去那总蒙在我们心灵之上的乡愁,但却更容易展示当代中国乡村的真实生活图景及它在当代生活中的坐标,也更容易使我们真正审视中国乡村的现实位置。可以说,它的出现也弥补了当代乡土小说的理性匮乏。

　　但是,总有隐隐的恐慌、害怕和深深的失落感。阅读《石榴树上结樱桃》,感觉叙事很冷酷,筋骨清晰,细节充分,却显得干涩,"情"的成分太少,唯一的温情就是小说结尾那一段,但那不足以挡住整部小说给人带来的严寒感。从总体来看,《石榴树上结樱桃》的"真实"虽然让人"震惊",但却仍然有点过于细枝末叶,没有达到总体的真实(可能与我的美学预设有一定关系?),作品没能进入乡村伦理层面与情感层面,只是把事件与肌理勾画出来,缺少真正的源头,这也使得作品的"技术深度"与"情感深度"几乎成为反比例存在。为什么会出现这一问题?"百科全书式"叙事以追求思辨、深度与复杂性为根本特征,这在李洱的知识分子小说中得到出色的发挥,为什么在乡土小说中显得力不从心了呢? 技术主义、理性主义到底是否能够成为进入乡村的又一通道? 或者说,这种后现代美学思想与技巧对于乡土题材来说是否存在着致命的局限性?

　　南帆在评论《石榴树上结樱桃》时,认为这部作品的"轻喜剧风格"使文本缺乏一种"激越的声音"和"深刻的矛盾","这部小说的叙述者人情练达,脸上挂着悲悯的微笑。他多半置身局外,叙述者与故事的距离即是幽默与调侃的空间。由于叙述者的智慧,种种矛盾的价值观念并没有迎面相撞,以至于不得不分出个青红皂白。相反,它们被巧妙地处理成一系列喜剧式的修辞,例如轻微的反讽,滑稽的大词小用,机智的油腔滑调,无伤大雅的夸张,适度的装疯卖傻,如此等等。这时,开怀一笑就可以将严重的问题暂时搁下……圆熟的叙述是否同时表明,作家并没有及时地发现可能打破生活现状的力量?"①对于书写知识分子生活或当代生活的存在性时,"反讽"作为一种重要的风格非常恰切,它能够把知识分子的尴尬非常贴近地呈现出来,但是,对于乡村书写来说,它是否显得过于轻巧了一些? 而从根本上讲,造成缺乏"深刻的矛盾"的原因并不仅仅是因为小说的"轻喜剧风格",这背后还有一个大的问题,即"世俗"存在的乡村是否就是"真实"的乡村,或者,这一真实度有多深、多远?

《石榴树上结樱桃》给我们展现出现代乡村结构的基本构成和主要矛盾,并力图揭示出当代乡村存在的"悖谬"状态。作者充分地发挥了自己在小说结构、语言和思想上的优势,技巧上无懈可击,同时,又有对乡村问题和乡村生活的洞察力,作者随时而至、出其不意的幽默也给作品平添了几分趣味。然而,在细细品味之后,却又觉得作品缺了点什么东西。作为一个艺术整体,小说缺乏一种力量,缺乏一种能把小说各个成分融合在一起的凝聚力。在《午后的诗学》中,作者用费边的客厅和费边的名言警句为我们营造了一个庸俗化的知识分子氛围,它有些夸张、变形,但却有内核的真实,那就是作者对此种生活有深刻的感受力和理解力,它们构成小说的和谐因素和紧张的张力,知识分子自相冲突、左支右绌的生活扭结在一起,形成一股力量,并最终形成某种象征的意义,我们能领略到其中的不可言传的意味和气息。

在《石榴树上结樱桃》中,你能感觉出作者的束缚感,小心翼翼,认真努力,因为他怕一不留神踩住自己埋下的炸弹,他得努力让读者不看出其中的漏洞和缺陷,这一漏洞就是他还不能完全自由地把握他所要写的人物、生活的整体形象。李洱以他细致而精确的构思,艰苦而认真地思考他所书写的对象及背后复杂的纠缠性,然而,对于乡土生活来说,这只是厚厚尘土之上的最表层的东西。他不能够自由地进

---

① 南帆:《笑声与阴影里的情节》,《读书》2006 年第 1 期。

入他们的心灵世界。这并不是说作家必须曾经是一个农民,必须要完全了解农村生活的全部才能写这样的题材,而是作家对此还没有达到一个感性的充分认识。在认识论的科学框架内,人的意识被规定为从感性到理性,然后再到抽象、升华的过程。然而,在小说领域,却似乎正相反,在这里,需要感性的还原,而不是如前所述的理性还原。只有感性的还原,才能使故事冲破真实的、实在的故事束缚,传达出比真实更多、更大的东西。

可以说,这一新的美学理念成为一把双刃剑,在成就了《石榴树上结樱桃》的同时,也凸显了其缺点。《石榴树上结樱桃》给人很强的无根之感。作品缺乏乡土性,缺少与地理之间直接的联系,没有背景(这在许多时候甚至是作家的有意为之),虽然作者在文中也运用一些河南方言与地方民谣,并尽量让人物语言口语化,但是,从整体上并没有形成一种独特的地域色彩与情感气息,作者竭力所做的是不让你陷入情感之中,而着眼于事件本身。在许多时候,看起来是在还原乡村的细节与具体的事件,但呈现出来的却是问题主义的乡村。作者没有进入真正的乡村内部,或者说,作者的灵魂并没有进入乡村的灵魂内部。当作者把自己的理性和一种纯知识分子的智性思维用于对乡村生活的剖析时,显然有点太单薄,并且,有点文不对题的感觉。

一个作家所能真正把握的,可能就是一个很小的范围。而小说最可怕之处就在于它能在最不经意的地方暴露出你致命的缺点,当然,也会在最细节的地方让人感受到一个作家的“根”之所在。从根本上讲,李洱是一个纯粹的知识分子,只有回到这群人中间,他才能获得写作的真正力量和情感,他的敏感、痛苦的气质是他对纯粹思想的渴求和中国知识分子生活的感受所赋予他的,在这里,他是一名杀手,温柔的杀手,冷酷残忍,但每一刀却也戳在自己心头上,因为,他和他们是同类,有着对同类特有的理解力、宽容度,他能体会到他们的灵魂如何在地狱里痛苦地挣扎,能感受到他们庸俗、做作甚至于无耻的生活背后的空虚和恐惧。这是一个知识分子对人性、对生活的恐惧,是一个以知识、思想为生的人的必然结局。

在与李洱对话时,有一句话引起了我的注意,他说,“我经常有一个想法,想再写一部乡村小说,但它必定与《石榴树上结樱桃》有所重复,我又不大愿意去重复一件事情。”为什么李洱会有“重复”的感觉,而如莫言、阎连科这样的乡土小说家则不会有这样的问题? 这是否与作家的美学出发点有关? 因为,从事件层面,《石榴树上结樱桃》已经涵盖了乡村所有的因素,传统/现代、真实/荒诞,所有现实元素一应俱全,而乡村世俗的、"悖谬"式的现实存在作者也已进行了颇为精深的勾画,但是,这是不是乡土小说的全部? 还有哪些是可以不断书写下去的东西呢——基本元素不变,但其叙事,其结构起点却由一些更为宽广也更为深层的东西组成,如作家的情感,对大地、原野新的认识,等等? 而这些的匮乏是否可以说恰是这一美学起点的瓶颈?

　　这也使我产生了一个大的疑问,如此理智的开始,对于文学中的乡村来说,究竟是幸,还是不幸? 从积极意义上讲,《石榴树上结樱桃》的叙事风格的确给我们带来新的冲击,使乡土产生了新的意义,甚至在某种意义上,它也使关于乡土文学的批评变得充满挑战性。在思考本文时,笔者有明显的感觉,笔者也只能把《石榴树上结樱桃》作为一个事件来分析,你无法把情感渗透其中,你必须是纯理论的思维,否则难以说明哪怕最微小的问题,这与思考如阎连科、莫言的乡土小说时的感觉完全不同。但是,似乎也不能否认,这种光裸之后的琐碎与丑陋,这种对乡土中国元叙事的取消带给人一种隐隐的不安和莫名的恐慌。试想,如果说连乡村、大地都不再能够成为人类、民族最根本的依托之地,那么,我们到哪里去找民族的共同的根及精神的依靠呢? 如果整个民族都失去了建构精神故乡的冲动,以如此科学、冷静的目光审视中国生活,审视古老的大地、山川、河流,而不产生任何更为深沉的悸动,那这个民族将会多么贫乏!

　　但是,反过来说,这能成为问题吗? 或者,对于文学,对于乡村象征性的美学变化,甚至对于作家情感来讲,也并不那么悲观? 随着全球化概念的日常化,随着中国传统乡村的结构性裂变,随着文学观念的丰富多元,富于"灵光"的文学乡村也必然会发生变异,而如何迎向"灵光"消逝的地方则成为一个必然的新课题。或许,只有敏锐的作家才能够为我们"嫁接"出这样真实而又纯然陌生的乡村? 或许,如我这样自相矛盾的批评只是因为作家作品所呈现出的新的美学因子让人无法作出清晰的判断? 从这个意义上讲,李洱《石榴树上结樱桃》本身是否成功也许并不重要,但作为一种新的元素的诞生,它所带来的问题、新的视野和新的可能性却有它极为独特的价值。

(原载《当代作家评论》2008 年第 5 期)

在街与道之间徘徊

——解析孙惠芬乡土小说的文化生态

韩春燕

　　孙惠芬小说中的大多数故事都是一种文化与另一种文化的故事,故事中有一种文化对另一种文化的艳羡、憧憬,有一种文化对另一种文化的渗透、改造,有一种文化对另一种文化的引诱、蛊惑,同时也有一种文化与另一种文化的矛盾、冲突。这一种文化是乡村的泥土文化,这种泥土文化以原始的、落后的方式给了乡村人一种与泥土相关联的野性自然的过日子方式,这另一种文化是小镇文化,是城市文化,这种文化以文明的方式让乡村人不安于那种泥土文化给予他们的原生态的过日子方式,不安于周而复始颜色单一的人生景观,于是便有了不甘,有了挣扎,有了向外的走出,有了向内的回归,便有了孙惠芬笔下乡村男女的悲喜剧——当然,更多的是悲剧。悲剧,是因为故土让他们伤痛,城市更让他们伤痛。他们徘徊在城市的街与乡村的道之间,在文化的夹缝中上演着他们伤痛的故事。

　　辽东半岛的乡村,不同于辽西和东北其他地方的乡村,因为三面临海,因为海港、码头的存在,这里的生活不是封闭的,他们中有许多人曾经走南闯北跑海,有见识,有想法,他们关心国家大事,他们的心比其他地方的人野,他们走出去的渴望也比其他地方的人要强烈,甚至"往外奔"这三个字已经成了他们最高的宗教。这一点,在孙惠芬的家乡庄河乡下,在那个所谓的辽南"歇马山庄"表现得更为典型。

　　《春天的叙述》中的"我"的公公程有旺,从小跟父亲走南闯北,生意做得好时,父亲就领他去看戏,因为"有一回,他的父亲看到兴头,出门时说,等发了大财,一定把家搬到城里，让你妈也看上戏"，所以在他父亲死后，他"因为惦记父亲的话，从此他独自走南闯北，发誓一定到外边立足……"后来集体化道路断了他个体经商的路，也断了他通往城市的路，但他并不甘心，对城市的向往使他一直以城市人的标准要求着自己，"穿干净衣服，听有线广播，知国家大事，做文明青年"，并且因为他工作的地方的偏僻狭小而无限苦恼，也正是对城市生活接近疯狂的渴望，使他爱上了那个叫卢兆明的女知青，奔向新的生活，用他的话来说，"为了这一天，我将不惜一切代价"。然而，他用尽一切努力的挣脱，还是失败了，还是回到了那个与他的理想相去甚远的乡村和家庭，但他在孤独、寂寞，没有脸面的生存中，仍不甘心，他又把向城市、向体面进军的希望放在了儿媳妇和后代人们的身上。"我"公公的一生可以说是与城市的梦想紧密相连的一生。而《伤痛故土》中，"二哥"对城市的渴望也如程有旺一样疯狂，因为妹妹当上了县城的文化局副局长，让他看到了在县城生存下去的希望，毅然拔掉在乡下的根，举家迁往县城，然而，他其实无法融入城市，他"住在县城西侧城郊农民街末尾"，"二哥的房子仅是一排洋房后面的两间偏厦。二哥的偏厦不假思索地融进了农民街的富裕里，就像一个华贵的母亲搂着一个简朴的孩子"。即使靠死皮赖脸获得一个住小城城郊的机会，"二哥""户口，工作，一应支撑全部没有"，"他与这座城市的关系甚至没有四只折页牢固"，并且由于妹妹的调离，他更加"举目无亲、孤独无靠、举步维艰，苦日子充满耐心地在那里等候"，但"二哥"还是在家乡人们面前撑出一片荣归的虚荣。如果说程有旺的悲剧是向外奔的理想破灭的悲剧，那么"二哥"的悲剧则是进了所谓的城市后，失掉根基漂泊无靠的悲剧。走不出去是悲剧，走出去还是悲剧。作者在对故土的伤痛和城市的伤痛书写中，让我们感受到了一种巨大的惶惑。

《保姆》中的翁惠珠就因为小时候在沈阳生活过五年，城市就如同那件象征着文明的夹克一样刻在了她生命和灵魂的最深处，成了她生命和灵魂的一部分，她以保姆的身份进入城市，在最艰苦最卑微的生活中感受城市在她生命中偶尔一现的华彩，可最终城市还是拒绝了她伤害了她，她不得不告别城市，回到属于她的农妇的位置。《民工》中的鞠广大父子进了城，却在非人的民工生涯中饱受欺凌和苦难。《歇马山庄的两个女人》中的李平也进了城，经历的是欺骗、蹂躏、堕落和耻辱。

应该说，宗族，日子，出去，回来，是孙惠芬小说的四个关键词，而宗族、日子却又与出去和回来密切相关,它们之间的关系就构成了关于歇马山庄的叙事,构成了孙惠芬的小说世界。

宗族是中国乡村的神经,是宗族内勾勾连连的关系网络,才有了乡村社会的生命机体。我们从《还乡》中家族人对叔叔的期盼,到《伤痛故土》中家族亲人的失落;从《上塘书》中家族纷乱的争斗,到《岸边的蜻蜓》中家族企业的利益牵连;从《来来去去》中家族根与枝杈的存在状态,到《歇马山庄》中没有宗族之人的孤苦,到处可见当下的乡村中宗族与日子与出去和回来之间微妙的关系。"宗族是中国的。在中国,宗族是由下而上的,宗族是感人至深的,宗族是纯朴的乡情浓郁的人情,宗族既是古典文明又是现代文明,既是血液里的又是意识里的,既是牢不可破的又是重新组合的……"(《伤痛故土》)孙惠芬是懂得中国的乡村社会的,甚至如同邓刚所说,"孙惠芬手中的笔太细太长太尖也太锋利,把养育她长大的那块土地耕得太深太透以至于耕出筋骨、经络和灵魂来"[1]。如同福克纳留下的那个虚构的、神话般的文学地域——位于密西西比州北部的约克纳帕塔法县,孙惠芬创造了一个辽东半岛上的辽南乡村"歇马山庄";福克纳说"我发现家乡那块邮票般大小的土地值得好好写写,而且即使我写一辈子,也写不尽那里的人和事"。我们在孙惠芬互文着的"歇马山庄"系列中也发现了这块土地上写也写不尽的人和事。

辽南农村的人们都豁出命来往外奔,不仅仅是奔向好一点的生活,还是奔向体面,奔向被人高看和敬重。因为在这里的价值评判上,人们崇尚"在外",高看"在外","在外"是一种出息,一种能力,也是一种宗族的希望。所以便有了《民工》中刘大头女人骂鞠广大时"躲,叫你躲他三辈四辈也躲不出地垄,想偷懒,你没那命,有本事你生个儿子在外我看看!"的恶毒咒语,也才有了鞠广大"认穷,也要把儿子供出去!"的"很悲壮也很英雄"的信念,以及最后儿子落榜的失落和悲凉。而《一度春秋》中发誓要供出三个儿子的张守山夫妇与鞠广大的命运又何其相似啊!

要改变命运,要活得有尊严有面子,被村人高看,要从歇马山庄走出去,走进城市,只有让孩子考学这一条寄托着希望的路了。所以,《上塘书》中那户出了大学生的人家,一时间给村子里带来了多少艳羡和幻想:"……那一对老人被孙子接走时

---

[1]　孙惠芬小说集《孙惠芬的世界·序》,大连出版社1993年版,第1页。

的笑脸,在上塘那些做父母的眼前,却从来没失色过,那笑脸绽放得葵花一样,颤巍巍闪耀在前街荒芜的院子里,使他们常常梦里都在想,有一天,自己后人也考上大学,也把自己接到外边,也让自家的院子长满荒草……"

正如《上塘书》中所言,"事实上,上塘的人们,即使供不出大学生,也是要让儿女出去的……他们不但要让儿女出去,自己也要出去……"因为"出去变得越来越容易","不出去越来越不可能"。而他们这种出去,却永远无法在城市扎下根来,变成真正的城市人,因为城市留给他们的角色,或者叫农民工,或者叫小姐。这就注定了他们在城市中的辛酸、苦痛和耻辱,就注定了他们以各种方式对家乡的回归,就注定了"他们一离开上塘,去了他们梦里的地方,他们又发现,他们的梦,居然又回到了上塘"。

从歇马山庄通向城市的路有三条:一条是考学,改变命运,堂而皇之地获得城市人的身份;一条是打工,出苦力,在城市的底层苦苦挣扎;还有一条就是堕落,在城市以非法非道德的方式生存下去。第一条路太窄,过去的没有几人,第三条路太脏,踏上去的也是少数,大多数的歇马山庄人都涌向了第二条路。在孙惠芬的小说中,这三条道路上的风景都得到了展示。

然而,这三条路上不仅奔忙着赶往城市的人群,还奔忙着从城市赶回故乡的人群。《小窗絮雨》、《伤痛故土》、《保姆》等篇什中的"我",以及《上塘书》、《还乡》、《飞翔之姿》等篇什中的"叔叔",都属于自我奋斗,先是有一技之长,然后上学,进入了城市,变成体面的城市人。这样的人,不仅本人在歇马山庄受人敬重,就连他们的亲人和"门第"也因为他们而被人"高看"。然而,即使这样从农村奋斗出去的体面人,他们每天怀想的也是乡下那个家,老家,城市给他们的感受不过是"它在拒绝中昭示着强烈的吸引,它在吸引中又昭示着热情的拒绝,它既当婊子又想立牌坊,它虚掩锦囊示你此地无银,它敞开胸怀告你回头是岸,它总是有理,它似是而非,它真假难辨……"(《伤痛城市》)《歌哭》中"二婶"用生命供出的"堂哥"毕业后在城市中游荡,找不到工作。当然,想象中的故乡是永远回不去的,因为不仅城市给人伤痛,故乡也给人伤痛,他们只能奔波在城与乡的伤痛之中了。而《歇马山庄的两个女人》中的李平,《歇马山庄》中的小青,《上塘书》中的张家二姑娘,她们是沿着第三条道路走的。李平饱受耻辱饱尝堕落之后,以一场隆重的婚礼,"结束了那场城市繁华梦"回归了现实,回归了乡村。小青一次次用身体去换取在城市生活的资格失败后,也无奈地回到了乡下,当然她没有像李平那样死了心,她还要挣扎努力,还有着城市梦,而张家二姑娘的城市生活还在继续中,想也不会有太好的命运在前面等待着她。

　　在城乡之间频繁地有规律往返的,当然是那些民工。"上塘的男人们,一年四季都在家里种地的总是很少的……"他们开春走,年底回,到城里去盖高楼,挣票子,可城市并不是他们的,他们在工地住臭烘烘的工棚,吃夹生的饭,清汤寡水的菜,干最苦最累的活,却还常常到年底拿不到工钱,不仅如此,他们还要常常遭人白眼,受人欺辱,也就是说,他们在城市是没有人的尊严的一群。这一点,从《民工》中鞠广大父子和《上塘书》中申福生在城市的遭遇中就可窥一斑。他们渴望着亲近着城市,但城市却无情地伤害着他们。那么在民工们一次次的往返中,乡村的社会结构,乡村的社会生活,乡村的文化呈现着怎样的状态呢?

　　文化的构成从来是复杂的,乡村文化中也包含着各种不同的文化元素,在孙惠芬小说中一再出现的申家(翁家)既代表着儒家仁义孝悌有规有矩的治家方略,又代表小镇文化对乡村文化的渗透。《舞者》中威严霸道的奶奶是小镇的大家闺秀,她讲究规矩,崇尚文明,所以对同样来自小镇的二儿媳和四儿媳格外偏爱,而二儿媳"许多时光是坐在洁净的褥子上读报纸",四儿媳"金丝绒大襟小褂的衣兜里,常年揣着一条洁白的手帕,每当吃完饭,她就从衣兜里掏出来,擦一擦嘴角,然后端碗漱口水到外面去漱口"。《给我漱口盂儿》中,曾经是小镇有钱人家大小姐的奶奶一直保持着饭后漱口的习惯,而漱口盂儿一定要晚辈递给她。奶奶一生信奉着"不管在什么节骨眼上,都要体面地活着"的信条,用"大姑"的话来说,就是"你奶奶……她真的体面地活了下来。打我们一小,她就教我们懂礼貌讲干净,教我们走路仰着头,她说要是有人欺负我们,她替我们掉脑袋。新社会了,没人要她的脑袋,可是总有一些人要改变她的心……你爷爷在外面跑买卖那会儿,你奶奶连衣裳都不敢洗,一洗,你太奶就拿笤帚打她,可是你奶奶绝不信邪,她拎个包就领上我进城找你爷爷。六十多年,你奶奶从没低三下四苟苟且且地活,她就那么体体面面地活下来!"申家就在这种礼数众多规矩森严的封建家教和新式文明生活方式的结合中形成了与其他人家不同的家风,而这种家风不仅使申家人自豪着,也赢得了众人的"高看"

和敬重。在《春天的叙述》中，作者明确写道："在辽南乡村，讲究家规家教，我们申家已经成了众所周知的典范，我的奶奶是孤山镇上有名的基督徒的女儿，读过国高，我的奶奶要求我们在客人面前，无论大人小孩，要无一例外地恭敬礼貌，即使给客人盛饭，也一定要将双手高高擎起。直到我的嫂子们、奶奶的孙子媳妇进了申家，也没有谁敢打破这一规矩……"正因为申家是典范，正因为母亲善于营造过日子的氛围，才显出了婆家与娘家的门不当户不对，才让婆家觉出了婆申家的女儿是高攀，以至于在《蟹子的滋味》中，婆婆对"人见人敬"的"有威望"的亲家母还充满着巴结和崇拜。

　　"我"的婆家和娘家，是作者精心塑造的两个具有典型意义相互对照的乡村家庭。如果说申家是传统文化与现代文明铸成的乡村典范，那么这一典范在当下亦如乡村的道德秩序一样岌岌可危，面临着崩溃。这一点，我们从申家的儿媳妇身上，从申家儿女们向小镇、县城、城市的挺进中不难发现。乡村道德秩序的破损，乡村文化的变化，我们在《岸边的蜻蜓》家族企业的内幕中，在《四季》申家姐妹务实的婚姻中，在《歇马山庄的两个女人》女人们微妙的争斗中，在《给我漱口盂儿》奶奶最后的命运中，在《上塘书》人们的利益纠纷中，在《歇马山庄的两个男人》与权力的联姻中，在《歇马山庄》翁家的分家和败落中，都可以看到乡村在新的时代种种不可避免的裂变，在这种改变中，新的文化格局正在悄然形成。《歇马山庄》中，林治帮与程买子的权力交接，更是从一个广泛的意义上象征了乡村新的时代的到来。

　　孙惠芬重复着的一种文化与另一种文化的故事，其实也是重复着一个挣断脐带的故事，一个农民渴望脱离土地奔向现代文明的故事，然而，离乡多年，孙惠芬与乡村的脐带一直没断，她笔下的主人公们与乡村连接的脐带也没有断。尽管在歇马山庄"人们无法不看重一个人通过自己的努力切断了跟土地的联系……乡下人奔着奔着，倘若还有梦想，便无不是飞出土地"(《歇马山庄》)。但飞离的翅膀是沉重的，土地永远沉甸甸地坠在这飞离的翅膀下。

　　以到城市做农民工的形式脱离土地是所有"离开"中最耐人寻味的，孙惠芬的目光关注着这些兼有"农民"和"工人"双重身份的特殊群体，追随着他们从乡村到城市、从城市到乡村奔波的身影，在他们往返的路上发现着他们的生活和命运。正如孙惠芬谈到中篇小说《民工》的写作时所说:"……在我后来一次次回到我的故乡,与那些被出民工的男人们撇在乡下空守着土地、老人、孩子和日子的女人们相遇的时候,曾不止一次地想,她们的男人如今与她们、土地、日子,到底是一种什么样的关系呢? 男人不在的日子它们到底是个什么样子? 我不止一次这么想,写出当代农民与他们崭新生活缔结的崭新关系的念头就不止一次冒出来。可是,这个念头在我心里存了一年之久,一直没有动笔。我没有动笔,似乎并非因为我看不清他们,而是希望自己在语言上、在艺术表现上有所突破,希望自己有一个超越。2001 年夏天的一个正午,当我在我家东边的台阶上看到一老一少两个民工扛着行李泪流满面地往车站走,一对回家奔丧的父与子的形象便清晰地出现在我的面前。他们不一定是父与子,更不一定是回家奔丧,可是不知为什么当时在我眼里就是这样。……我一旦走进了父与子的内心,看到了父与子的尊严和命运,便不设防地走进了一条暂时告别工地、告别城市、返回乡村、返回土地、返回家园的道路,在这条道路上展示他们与这一切的关系便成了我在劫难逃的选择。"①

孙惠芬在远离乡土的城市,却窥见了乡土的本质,窥见了乡土表象之下的细细潜流,也许真的是置身乡土倒可能漠视乡土、不了解乡土,缺乏那种刻骨铭心的乡土存在感,而远离乡土却反而走近乡土,走进乡土,走进乡土的精神和内核,把乡土当作自己心灵的家园和灵魂的栖居地。然而,作家笔下乡土的存在感离不开作家对历史和现实的感悟——历史性、整体性、精神性、当代性的挖掘与把握。在孙惠芬的写作中,存在着由内而外——走出乡土,同时由外而内——掘进乡土的双向努力。

"由于农村人口密度小,流动少,人们世世代代居住在一个地方,因而人际关系密切,人们之间存在着千丝万缕的血缘及非血缘的社会关系。人际交往重感情,办事依靠习惯和惯例,重视口头承诺;人们对公共生活参与较少,对个人和家庭以外的事关心不够;……人们生活节奏慢,时间观念淡薄……传统的风俗习惯势力较强,因之人们思想上偏于保守,接受新事物慢。"②在辽东半岛的歇马山庄,这样的

---

① 李双丽:《乡土守望者——作家孙惠芬印象》,《人民日报·海外版》2002 年 5 月 15 日。
② 杨善民、韩锋:《文化哲学》,山东大学出版社 2002 年版,第 95 页。

描述已经是老皇历了，时代的变迁已经使它的生活观念、生活方式、生存状态、文化结构都发生了巨大的变化，在人们一次次的出走和回归中，乡村生活在不停地改变着面孔。

费孝通在他的《乡土中国》中说："从基层上看去，中国社会是乡土性的……我们的民族确是和泥土分不开的了。从土里长出过光荣的历史，自然也会受到土的束缚，现在很有些飞不上天的样子……靠种地谋生的人才明白泥土的可贵。城里人可以用土气来蔑视乡下人，但是乡下，'土'是他们的命根。"①乡土意味着地域，也意味着一种局限。乡土中的人们是土地里生长着的庄稼，对蓝天白云的渴望是他们生长的动力，而他们的根却只能永远埋在土里，他们的存在，也注定了是一种挣脱与归依中的存在。

在 2007 年的新作《吉宽的马车》中，孙惠芬更是将这种挣脱与皈依写到了极致。三十岁以前的吉宽是个懒汉，而唯其懒，他才真正与土地与自然完全融为了一体。"懒惰是一笔财富"。懒汉吉宽整个人敞开着，敞向那个美妙的自然。尽管"歇马山庄这棵老树，并不是一年四季都有叶子，但至少，在我看来，它的无边无际的闲散可让我饱食。小卖店的黑牡丹永远不会知道，一条虫子不吃叶子也是可以享受生活的，比如它可以蜷在某个地方发呆，望天，看云和云打架，听风和风嬉闹。这世界，你不动时，会感到它处处在动。"（《吉宽的马车》）懒汉吉宽没有老婆没有事业没有权势没有金钱，甚至没有一个好的名声，然而，他却拥有着一种美妙的生活，一个美妙的世界，虽然这种生活这个世界和歇马山庄其他人的生活和世界格格不入，但他却在其中自得其乐。

然而一场马车上的浪漫爱情却让他结束了这种平静闲散，空而又满的生活，将他逼入了城市，逼进了另一种喧闹艰难，满而又空的生活。孙惠芬仿佛要在这里写尽这些乡村流浪者在城市中的种种挣扎，她写信奉出大力才是唯一出路的二哥，写把巴结权势当作最高宗教的三哥，写给包工头舅哥当狗的四哥，写把嫁个小老板当作人生理想的许妹娜，写通过搞定女房主进行家装事业的林榕真，写靠提供色情服务来维持生计的饭店老板黑牡丹，当然主要写的是在城市历经磨难人生的申吉宽。

---

① 　费孝通：《乡土中国》，上海人民出版社 2006 年版，第 5 页。

这些人,这些来自乡村的精神突围者,他们大多命运是悲惨的,二哥死了,三哥被老板踹了,四哥活得痛苦郁闷,许妹娜婚姻破裂了,林榕真屈死了,申吉宽为挣一笔钱回老家而低声下气委曲求全,到处碰壁,只有一个黑牡丹仿佛混得还不错,却饱尝出卖自己、出卖女儿、被抛弃、被欺辱的辛酸。他们被城市警察称作"时代的垃圾",偌大的城市,也只能活动在自己的小圈子里,被关在"时代的牢笼"里。

这些乡村流浪者被城市吸引着,也被拒绝着,并在某种程度上也拒绝着城市,而在这拒绝中,又一点点接受着城市,比如黑牡丹最后洗去铅华穿上西装努力品位高雅,吉宽学会喝咖啡蹦迪并且看家装书。不仅如此,作者借吉宽的疑惑,把笔探进了人们的隐秘心理:"乡村男人,没一个不是为了改善家里的生活才出来的,然而他们的生活到底是否真的改善了呢? 经历了这样的改善,是否有了更隐秘的什么东西在吸引呢? 比如,花五块钱就可随便啃女人! 似乎几年来,他们在城里建楼的同时,还建立了他们乡下亲人不知道的另一种秩序,那秩序游离在乡村生活之外,却是结实的、牢固的,大家秘而不宣地维护它,就像维护某种神圣的东西,二哥三哥四哥,从没把黑牡丹开饭店的事情传回歇马山庄,鞠家父子,又从来没把哥哥们的事情说出去。"

尽管在这种精神突围中,一些新的东西在他们生活中和心中形成,但他们毕竟是移植到这座城市的庄稼,无法在柏油路上真正扎下自己的根来,于是他们还是带着满身乡村的烙印,想念他们的根,怀念他们曾经的生活:林榕真在监狱里要听申吉宽唱他自编的那首乡村歌谣;黑牡丹把故乡的蚕茧藏在灯笼屁股里并坚持把饭店装修成庄稼院风格;申吉宽总是梦见他那马车老马河水稻草以及蟑螂虫子和蝉,并把马车模型挂到了饭店的墙上,渴望着有一天能够回去,回到他曾背叛的生活中去。

然而,"林里的鸟儿叫在梦中;吉宽的马车跑在云空;早起,在日头的光芒里呦,看浩荡河水;晚归,在月亮的影子里哟,听原野来风"。这样的生活是属于从前的懒汉吉宽的,是属于作者的审美理想的,也是属于历来中国文人对乡村的美好想象的,而经历过城市万丈红尘的申吉宽再也回不去了,回去的路只存在于回忆中和梦境里了。

曾经的懒汉吉宽是当代乡村的异类,是被轻视蔑视甚至鄙视让他母亲发愁蒙羞的那种人,尽管他对生活有自己的看法和主张,尽管他熟读老法布尔的《昆虫记》,尽管他自尊自爱且善良热情。但乡村的价值观已彻底变了,就如同大哥吉中的才华曾经被人广为称赞,如今因为它带不来财富已变成耻辱标记一样,一个没有财富追求的赶马车的,注定是不配得到别人的尊重的。此时,乡村的权威再不是那些德高望重的长者,不是多才多艺的乡村知识者,甚至不是村长刘大头了,他们敬重的是那些在外面的成功者、有钱人。吉成大哥的家族领袖地位来自他办厂事业的成功,鞠福生的骄傲来自他将在镇上拥有自己的家具厂,许冒生家一时的荣耀来自他女儿嫁了个小老板。正因为如此,大家才拼命地向外挣扎,才认为在外是有出息的唯一路径,也正因为如此,能把他们带到外面的人就是他们的财神爷,是他们膜拜的偶像。为了让孩子进吉成大哥的修理厂,吉华大姐与自己的哥哥弟媳为敌,因为他们的孩子有可能阻碍她孩子更好地发展;为了能在工地上找到活干,无能但有一个包工头亲戚的四哥成了大家礼遇的对象;因为要靠亲戚生存,四哥的老婆给他戴绿帽子他也不敢离婚;甚至懒汉吉宽要进城打工时,本以为年近八十与他相依为命的老母亲会难过会舍不得,却没想到老母亲欣喜地拿出自己的养老钱鼓励儿子在外好好干。

小说中的一个场面可能是这些乡下人来到城市后的最好写照,"我"申吉宽,和三哥四哥经过一番头破血流的挣扎后,相聚到了一起,而"与他们分手我没有回头,我不能回头,因为我不想看到这个城市的街道上有三条丢失了家园的狗"。家园丢失了,而眼前的城市又不是他们的,如此,他们被城市和乡村撕扯着,被记忆和现实折磨着,被不同质地的文化塑造着。于是,不断地有人踏上回乡的路,不断地有人迈上进城的路,当然也有人不断地候鸟般定期往返,而另有一些人,他们走在城市的街上,却踩在乡村的道上。

孙惠芬曾经生动地在小说中写出了这种在街与道文化夹缝间的徘徊状态,在《舞者》中"我"与乡村做过一次永久性的告别之后,"我"以为会是一次彻底的告别,没想到"我在日后的两年中,平均每月,都要回一次乡下,都要经历一次如此这般的告别——我一直是告而不别。其实,是从那次《海燕》笔会开始,我与城市之间,我与乡村之间,我与大庆之间,就产生了欲近不能、欲罢还休的感情。我被城市吸引,却又抵御城市……我想亲近乡村,却又无法融入……我像一头找不到洞穴的冻兽,东一头西一头地乱撞……从七岁那年,我的心就在与母亲告别,我向往小镇,向往外面的世界,可是当我真正走出来,却又觉得这个世界不属于我,我跟这个世界无法沟通……我迷失了家园……城市不能使我舒展,乡村不能使我停留……"

在城市的街与乡村的道之间徘徊,这,也许是乡下人的宿命。

(原载《当代文坛》2008 年第 1 期)

"喊丧"、幸存与去历史化

——《一句顶一万句》开启的乡土叙事新面向

陈晓明

引言：当代乡土叙事的"喊丧"声调

2009年，刘震云出版长篇小说《一句顶一万句》，令文坛颇为震惊。刘震云这些年不知不觉就成为中国当代最激进的写作者，从《故乡天下黄花》开始，他对"故乡"——乡土中国的家园的书写，就显示出与众不同的热情和力量。经过《故乡相处流传》到达《故乡面和花朵》，这是刘震云对故乡书写的无限激进化的路径。中间经历过《手机》的躁动和《一腔废话》的迷惘，《我叫刘跃进》已经很有些清醒了。但《一句顶一万句》还是让人惊奇，那么平静、平实、内敛地叙述乡土中国，却隐藏着那么深刻的忧郁。他仿佛徘徊在乡间，仿佛踟蹰在文坛，"生还是死"？关于书写乡土中国的疑问，这是关于写作的疑问，这是关于不写的疑问。

刘震云这部小说极为大气，手法也极其独特诡异，其包含的主题思想复杂丰富。本文当然不可能全面阐释这部当代的神奇之作，这里想就"喊丧"与"幸存"的经验这一点来进行阐释。

其"幸存"的经验可以从"喊丧"那里显示出来。"喊丧"或许是这部小说并不显眼的一个细节，对于刘震云来说，也可能并没有什么特别的隐喻，甚至有可能不过是他玩弄的一个噱头。但作者不经意玩弄的一个细节,却在文本中构成了一个极有生产性的机制。

小说的主要人物,杨百顺,后来叫杨摩西,再后来叫吴摩西——这个人物的生活史就是改名史。小说开篇不久就写杨百顺在少年时期喜欢听罗长礼"喊丧"。那是乡土中国葬礼仪式上的独特声调,罗长礼本来做醋,但他不好好做醋却喜欢喊丧,远近闻名,谁家做丧事,都请他"喊丧"。小说这样写道:罗长礼仰着脖子一声长喊:

> "有客到啦,孝子就位啦——"
>
> 白花花的孝子伏了一地,开始号哭。哭声中,罗长礼又喊:
>
> "请后鲁邱的客奠啦——"
>
> 同时又喊:
>
> "张班枣的客往前请啊——"①

这或许是小说中一个不起眼的细节,众多的故事中的一个小片断,但这是少年杨百顺最重要的经验,他一直想成为一个"喊丧"的人,事与愿违。后来在他丢失养女巧玲躺在黄河边上的路边,他回想起他的一生做过无数职业都与"喊丧"无关。从做豆腐起,到杀猪,到染布,到信主破竹子,到沿街挑水,到去县衙门种菜,再到卖馒头……他都未能成就自己"喊丧"的梦想。到上部"出延津记"结尾时,路人问他叫什么名字,他想来想去,自己原来叫杨百顺,后来改叫杨摩西,又改叫吴摩西,"但细想起来,吴摩西从杨家庄走到现在,和罗长礼关系最大"。他回答说:"大哥,我没有杀过人,你就叫我罗长礼吧。"杨百顺变来变去,他的本质还是罗长礼,还是一个"喊丧"的人。

当然,"喊丧"显得太过悲戚,这与中国乡土叙事惯常有的乡愁般的情调大异其趣。经典的乡村浪漫情调,被恶作剧般地改变为"喊丧"。这显然并不是刘震云一人所为,三年前,贾平凹就让他的《秦腔》中的主人公白雪后来一直在丧葬上唱秦腔

---

① 刘震云:《一句顶一万句》,长江文艺出版社 2009 年版,第 15 页。

哭丧;而阎连科在《受活》中声称要在墓地写作,那个柳鹰雀就在他为列宁准备的水晶棺材下早早地说刻写上了"柳鹰雀之墓",此前,阎连科的《坚硬如水》就让一对革命造反派情侣在墓地里交媾,随后,他的《风雅颂》里的杨科找到所谓的"诗经古城"废墟,要在那里建立最后的家园。这几位或许不具有全面的代表性,但他们代表着当今中国最激进的乡土叙事,甚至是中国当代最激进的叙事。在 21 世纪,令人想不到的是,最前卫先锋的激进叙事是发生在乡土叙事领域,他们以"喊丧"的姿态与声调开始写作。

乡村中国的经验已经历经无限的写作,变得越来越困窘,越来越枯竭。在"现代的"乡土或者"革命的"乡土之后,20 世纪 80 年代的中国试图从"寻根"那里来发掘乡土新的经验,使之具有现代主义的内涵。"寻根"是中国文学走向世界,与世界文学对话的努力。但这场对话不了了之,并未有能力持续下去。取而代之的还是重写革命历史,把乡土中国的经验置入现代性的革命历程中,去看待它经历的历史变异。《白鹿原》《故乡天下黄花》《笨花》《生死疲劳》等就是这样的"向内转"。乡土中国还是回到自身的世界中,讲述自己的故事,对自己讲述自己的故事。显然,"向内转"的经验也已经被几部大书耗尽,留给想要进一步有作为的乡土叙事,可能的路径就十分狭窄,那几乎只有在绝处逢生。如同幸存一般,能活下来,能活着走下去,那就是幸存的文学了。在这一意义上,或许《一句顶一万句》创造的就是一种幸存的文学经验。

一、幸存的孤独:对友爱或家庭伦理的解构

"幸存"(survival)这一概念可以从德里达的《友爱的政治学》里找到哲学依据。德里达从蒙田的那篇谈友爱的散文里读出那个感叹的句子:"哦朋友,没有朋友。"德里达从蒙田引述的西塞罗的论说中,读出友爱极为独特的意味。西塞罗书写的葬礼挽词,那是对朋友的哀悼怀念,在这里,友爱放射着启示的希望光辉,把朋友的名字许诺给遗嘱之中回归的亡灵,友爱因此超越生命投射希望。在这种投射友爱与激发友爱的希望中,西塞罗相信同一性,那是死者与生者,我的说话与墓地中的

倾听者,我的现在的说话与我对身后的葬词的期许(我死后也能听到同样的朋友在赞美着我的美德)。这是一个同一性与友爱的共同体的问题。葬词对朋友的祭悼其实是与死人展开相互投射和注视,友爱的表达总是在葬礼上被深化,此情此景的友爱总是感人至深。因而德里达会说友爱无论如何,都是幸存的可能性。"此乃哀悼的别名,其可能性绝对是不可期待的。因为,没有哀悼,我们就无法幸存。任何一个活着的人都无法战胜这一重言的逻辑——这一幸存状态的逻辑,即使是上帝,也束手无策。"①因为朋友的故去,我的幸存,我才意识到友爱的重要。或者,死去的朋友是我意识到幸存的参照物,我与死者构成了一种对视的关系。我也将死,终有一死,我死后,也有朋友对我注视。如此看来,德里达对友爱的解释显得异常奇特:友爱是人寻求同一体的一种方式,但更重要的是,它起源于幸存的可能性。

如此看来,友爱表达了证明了幸存,友爱是为幸存,为幸存而友爱。友爱是幸存的可能性,而幸存则是生命的最基本也是最本质的意义。德里达说,"幸存"与名字的那些主题相联系,朋友的名字、名义以及生命的有限性。这些主题唤起记忆和遗嘱。友爱总是与此相关。也许"幸存"是理解友爱的全部起点,但德里达本人并未强调这点,也并未进一步发挥。但对于我们来说,则是可以在此作为起点,去理解刘震云的《一句顶一万句》中的作为幸存经验与他解构友爱之间的关系,由此构成这部小说极为独特的伦理经验和小说叙述的经验。

乡土中国的"喊丧"当然也与西塞罗在墓地的悼词有所不同,但作为一种丧葬的仪式,它也同样表现了生者与死者的关系,尤其是把亲人呼唤到葬礼前。"喊丧"显然是一种更为强烈的哀悼形式,也可能是一种更强烈的幸存经验。"哀鸿一片"是乡土中国丧葬的主导表现形式,它同时也是以血亲纽带重建家族共同体的重要手段。在"喊丧"、幸存与友爱之间,这部小说构成了一种隐秘的关系。

"喊丧"在生与死、在场与不在、个人与共同体之间构成一种多元的奇妙关系。杨百顺喜欢"喊丧",其实也是从这个行为中体会到面对死亡的生命超越可能性(小说后来解释说,"喊丧"和玩社火一样,都有些"虚",参见小说第165页)。确实,"喊

---

① 德里达:《友爱的政治学》(英文版),Verso,1994年版,第13—14页。中文译文参见《〈友爱的政治学〉及其他》,夏可君编,胡继华译,吉林人民出版社2006年版,第28页。

丧"有双重性:一方面是借用死者的权威和恐惧,利用鬼魂的超自然超现实的力量,来规划和建构亲属的共同体;但另一方面,"喊丧"的人却有一种他者的地位,他几乎灵魂出窍,他成为一个旁观者,他指使别人来到死者面前,而他超然于死者的权威之外。在死亡的现场,唤来其他存活的生命向死者顶礼膜拜,还有什么比这样的存在更为令人敬畏的呢? 似乎只有罗长礼可以超越死亡。在那样的场景中,罗长礼也是一个孤独之子,他是唯一的这一个,是唯一的与死者享有同等权力的人物,它实际上就是死者的替身,作为死者的代言人,把生者唤到死者面前,它本质上就是一个"鬼"。罗长礼是复活的"鬼",甚至是不死的"鬼"。他是在场,是时间的停留。他前有死者,后有生者,都与他无涉,他是孤独的,绝对的那个人。他活脱脱就是死者的在场。

　　"喊丧"面对死亡的个人性,其本体论的意义则是一种巨大的孤独感。那是一个没有对象的呼喊,那是向死的呼喊,那种享有的声调、音频、音重——那种美声似的吟唱,与现场的哀号形成深刻的区隔与歧义。由是,幸存与孤独构成一种互补关系。杨百顺着迷于罗长礼的"喊丧",也是他从中体会到那种截然的孤独/幸存的经验。刘震云的人物试图找人"说话",缘于内心的孤独,但越说越孤独,因为语言的误解,更重要在于人心的狭隘和自私。孤独的根本在于人作为一个如此绝对的个体,它无法构建一个共同体。杨百顺遭遇父亲老杨的算计,让他弟弟杨百利去延津上新学,因为杨百顺比杨百利脑子更活泛,怕他翅膀硬飞离了做豆腐的家传祖业。从杨百顺的经验来看,小说中没有看出他的家庭有多少友爱,那只是一个乡村的自然的经济单位,家庭不是友爱的场所,只是生产作坊。杨百顺本质上是孤独的人,他的生存如同一个永远延搁的"喊丧"事件。

　　杨百顺想成为"喊丧"的人,小说虽然并未更多地解释他为什么有此向往,但我们从他后来的人生遭遇可以反证。少年的杨百顺只是羡慕罗长礼的脖子长,声音响亮。在小说中,杨百顺喜欢"喊丧"并非只是单纯的爱好的表达,喜欢看"喊丧"这一行为一出场,其实是少年杨百顺的颇为痛楚的经历。家里羊丢了,他正打着摆子,他不去找羊,却跑去看罗长礼"喊丧",结果遭遇家庭暴力,被父亲拿皮鞭抽了一顿,晚上还是要去找羊。因为惧怕狼和豺狗,他不敢回家,想在外面躲躲。家庭暴力在乡村生活中实在是司空见惯,它就是一种日常经验。这个"喊丧"的场景在小说开始不久,它所引发的故事,却是对家庭伦理的直接颠覆。杨百顺在路上遇到剃头的老裴,被老裴带回家,受到友爱的关怀。小说兜了一个圈子,并非是老裴如何善良,而是路遇杨百顺让他打消了杀人的念头,杨百顺也无意中救下一人命。对于刘震云的叙述来说,"喊丧"未必有意识地与这些随后的情节构成一种隐喻关系,但"喊丧"又实际上与这些随后的情节牵扯在一起,随后的事件、行为都与家庭伦理有关,也都与人伦友爱相关。在乡村的日常生活关联中,亲人与亲友之间,却是如此充满了怨恨与误解,一肚子的冤屈无处诉说。因而教书的老汪解释孔夫子的《论语》中的第一句话:"有朋自远方来,不亦乐乎?"说是因为身边没有朋友,没有人说掏心窝子的话,所以才想着远方的朋友来能说个交心的话。而老汪也是一个孤独之人,他平时每月有两次要在野外长走,他也是一个幸存者,他的五岁的女儿掉进水缸淹死了,他的孤独与幸存也构成一种相互关系,有孤独处就有幸存的经验,幸存的经验也与孤独相通。因而刘震云想表达"千年孤独"的"说话",也同样是一种幸存的经验。①

孤独与幸存都与友爱的严重受损或缺失相关。杨百顺的弟弟杨百利上延津新学,上了半年就解散,解散后他遇到牛国兴,两个人玩起了"喷空",按说两个人是好朋友,也为着替牛国兴送情书,杨百利挨了打,两个人却互相埋怨觉得对方不够义气。杨百利后来又遇上老万,两个人的"喷空"游戏也十分畅快,牛国兴却憋气,他看着坐在马车上与老万说得眉飞色舞的杨百利,恨得牙痒痒的。"喷空"在小说中也是一个颇有隐喻性的情节,这部小说中的人物如此强烈地寻求说话的朋友,而"喷空"也是两个人说话的方式,甚至使两个人意气相投,在虚构的话语中,在话语的虚妄之流中,两个人感觉到心灵交流的通道。刘震云甚至嘲弄了同性交流的方式,那是县长老史与戏子苏小宝"手谈"(影射同性恋),他们"手谈"高潮让杨摩西倒夜壶时撞着了,这就破了"手谈"的好局。所有的"交流",在这里的动机都虔诚,甚至真挚,而结果总是荒谬,大都以失败告终。

亲人、朋友之间的反目在这部小说中几乎构成了"友爱"的二律背反。在小说

---

① 在图书策划人安波舜为这部小说写的序言中,以及书的宣传语句中,这部书被称为表达了"千年孤独",显然这是与马尔克斯的"百年孤独"相比较而作的说辞。

上部,杨百顺为了猪下水觉得师傅师母太小气,结果另谋生路;杨百顺的哥哥杨百业白捡到一个富家女子秦曼卿,缘由是老秦老李两个大户人家因误解使气。这些故事都隐含着朋友之间的误解、反目,以及婚姻的错位,友爱与婚姻都廉价化了,杨摩西变成吴摩西之后,与吴香香的婚姻充满戏剧性,这样的婚姻却隐含着背叛。吴摩西的邻居首饰匠老高与吴香香通奸,其实在吴香香与杨摩西结婚前就瞒着前夫姜虎偷情,后来俩人私奔。杨摩西四处寻找他们,要杀了俩狗男女。但一日在车站附近看到他们俩,生活于贫困中却有说有笑,他们全然不觉得背井离乡颠沛流离的生活有什么苦处,看上去生活得挺快乐。唯一让吴摩西恼火的是,"一个女人与人通奸,通奸之前,总有一句话打动了她。这句话到底是什么,吴摩西一辈子没有想出来"[1]。这又应了刘震云这部小说的题旨,"能说到一块"对于生存的首要意义。"友爱"在一个地方失效,在另一个地方被唤起、被重建,总是以"非法"的形式重建,但这里的"非法"却是对原来的合法的伦理准则的挑战,在伦理法则之外,还有更高的"法",那就是友爱建立于说话与心灵的相通这一根本意义之上。在这部小说中,解构友爱或许是其突出的意向,但寻找友爱、去一友爱、重建友爱,它们总是构成一个循环的戏剧学;它们总是在细微的差异中来重建。牛书道与冯世伦,他们的儿子们,牛爱国和冯文修也在模仿他们重建友爱,然而最终却反目;牛爱国与庞丽娜,庞丽娜与小蒋,牛爱国与章楚红,他们之间都在爱欲的背叛关系中隐含着重建爱欲的可能性,其重建也是隐含着重复与延异的结构。

　　幸存与友爱本来是构成一种响应关系,这既是对个体的孤独感的意识,又是试图寻找超越的途径。按德里达对蒙田与西塞罗的读解,幸存是起源于对亲友的哀悼仪式,通过宣读悼词这一仪式来体会自我的幸存命运。在德里达这里,幸存还是一个具有建构性的经验,友爱要在幸存的经验中来展开,幸存甚至构成了友爱发生和存在的基础。德里达本来是解构友爱的基础,本来幸存是对友爱的解构,但德里达建立起来的友爱与幸存的关联域,也有可能暗示了它们之间的相互生产,特别是幸存经验有可能产生出更为本真的友爱,甚至更具有普遍性的本真。这是反普遍主义和反基础主义的德里达始料未及的。在刘震云的叙事中,幸存与友爱的关系

---

① 刘震云:《一句顶一万句》,长江文艺出版社 2009 年版,第 205 页。

却是在一个相互背弃的结构关系中来展开的,这里面的人物都试图寻找交流,寻求说知心话的朋友,但友爱却终归要破裂,因为误解而反目为仇。在这里因为孤独的绝对性,友爱总是呈现为一个暂时的结构,它总是绝境中的友爱,总是幸存经验中的友爱;因而,它总是要以延异的形式展开。总是转向他处,转向他者,向他者重新开放。牛书道与冯世伦反目之后,他们的儿子们重建了友爱的伦理;但他们终归也要反目,牛爱国另辟蹊径,也有其他的朋友可以说话,杜青海、甚至少年时代的敌人李天智也有短暂的时间说过交心的话。因为刘震云书写的幸存经验一直处于世俗的焦虑中,一直被世俗的困境包围,不断地使之关闭。作为幸存者,意识到幸存的命运,却总是处于偶然开启与关闭的形式中,开启是一个可计算的现实经验。幸存经验中的友爱,或许在德里达的设想中,只能是在神学的意义上具有纯粹性,例如,犹太教意义上的那种兄弟友爱,那种共同体的责任。友爱应该就是一项义务和礼物,没有回馈的礼物。但乡土中国的家庭伦理与友爱显然具有现实性,具有乡土的全面本性。刘震云看透了乡土中国的本性,他给予它一种想象和愿望,给予一定的开启性,却又看到它关闭的必然性。刘震云期盼它重新开启,这些开启总是落入情爱的陷阱。之所以说是陷阱,因为这些情爱都是绝境中的情爱——偷情、私奔、野合……在这种重新建构的情爱关系中,友爱达到新的境界——但不管如何,它的本质都是绝境,都是绝境中的拓路。那里本没有步伐,没有方位,没有未来,通过说话,绝境处的不伦之恋、不义之恋都获得了独有的合理性,"说话",那是人存在的全部合法性,说话就成为人的存在的最高法则,因此,"一句顶一万句"。

二、去历史化:乡土中国的另类现代经验

　　这部小说讲述的故事有一独特之处,它讲述的是乡土中国的"贱民"的经验。主人公杨百顺,后来叫杨摩西、吴摩西,一直在流浪,以各种形式流浪。他不是依附于土地的典型的农民,而是到处游走的"流民"。流民概念通常指的是遭遇自然灾害流离失所的流散在外的灾民,这里我们用"贱民"(multitude)这一概念,则是指那些不安分于土地上进行传统耕种的以小手艺为业的三教九流的农民。

　　这部小说的大结构分为上下二部,那就是"出延津记"和"回延津记","出延津"是吴摩西,"回延津"是吴摩西的外孙牛爱国。出延津吴摩西丢了养女巧玲;回延津是牛爱国找母亲曹青娥(巧玲、改心)的家乡,为的是娘去世前要说的一句话。但家乡已然面目全非,家乡的根不可辨认。牛爱国回延津纯属灵机一动的意外,并没有执着的有目的寻根。吴摩西并没有回他的家乡,而是七十年前二十一岁时去了陕西再也没有回到延津。他的名字也改了,不叫吴摩西,改为罗长礼。这就还了他少年时期要做"喊丧"的罗长礼的夙愿。但是牛爱国却找来找去没有结果,跑到陕西才知道了吴摩西的故事,最后却是听了罗安江的遗孀何玉芬说的一句话:"日子是过以后,不是过从前。"(小说第 358 页)这或许是富有民间智慧的一句话,它针对牛爱国"寻根"的历史化举动给予了明确的否定。牛爱国最终要找的是章楚红,但章楚红据说到北京做"鸡"了。乡土中国是一个始终流浪的故事,一个离家的贱民的故事。"旧乡土"是吴摩西/罗长礼,那是"喊丧";"新乡土"是章楚红,最终可能是做"鸡"。这或许是乡土更加另类的幸存经验,妇女用身体与现代性博弈,这是试图超越幸存的方式之一。

　　我们不难发现,这部作品叙述的人物,主要都是乡村中的三教九流,而不是传统农耕文明意义上的脸朝黄土背朝天的农民。虽然说乡村的农民在农闲时节也会走村串镇,去做点小买卖,以交换生活必需品。但这部小说中的农民主要是在从事农产品买卖和农村手艺活动。杨百顺做过的职业有卖豆腐、杀猪、染布、破竹子、挑水、种菜、卖馒头……没有一项是与种地有关,其他与杨百顺发生关系的人物也大都与种地无关。这些人物从事的职业,除了与杨百顺重合之外,还有赶车的、贩牛的、剃头的、打铁的、卖盐的、卖葱的、做首饰的……这在农村就叫手艺人,农村的生产应该还是以种地为主,北方农村的手艺人在那个年代并没有那么多,手工业也不可能那么发达。刘震云显然是回避了中国乡村主要的生产方式和生活方式,而去写颇为另类的生产行为和生活方式。这些人也都有些另类,他们未必是主流的农民,但却是一些不安分的农民。小说里写道:"杨百顺怵种地,在地里割麦子,大太阳底下割来割去,何日是个头? 还是想学一门手艺。有了手艺,就可以风吹不着,雨打不着……"①看来这些手艺人都是不喜种地,他们并非是一边种地一边做小手艺或小买卖,他们做手艺活就是为了逃避种地。当然,也是因为土地缺乏,他们并没有土地所有权,处于贫困状态,只能做小手艺,这就决定了他们的贱民的社会地位。刘震云写作的这些人,尤其是杨百顺,就是有一种流民的本性,他们就是要背离土地,终至于背离家乡。

刘震云这部表面写实的小说实际并不写实,并不注重反映那个时期的中国农村的社会矛盾或社会问题。无论从生产力发展水平,还是农村的生产方式和生产关系来看,刘震云并没有实写那个时期农民与土地的关系,也没有写农村的阶级矛盾和冲突,在他这部作品中,阶级的概念已经基本取消了。按毛泽东的《新民主主义论》和《中国社会各阶级的分析》来看,刘震云这部小说上半部讲述的历史阶段正是中国的国内的阶级矛盾处于激烈冲突阶段,中国农村当是地主与农民矛盾加剧时期。土地日益集中在地主阶级手中,而越来越多的农民失去土地。②但在刘震云这部作品中,一方面,我们只看到为数甚少的地主阶级,小说写到有三十顷地的老秦与开着粮店药店的老李两家因儿女姻亲陷入困境,反而是老杨这样的卖豆腐的农民占了便宜。阶级关系在这里采取了喜剧的形式,其冲突形式是地主阶级内部的矛盾,甚至也看不出他们超出农民的阶级身份。

另一方面,我们也要注意到,中国经典历史叙事中的革命、战争与民族冲突也没有在这部作品中出现。这一时期的中国社会正是社会矛盾剧烈,三座大山压迫人民,帝国列强与中国的矛盾日益尖锐,先是军阀混战、国民革命、随后是共产革命、日本帝国主义侵入中国,另有国内解放战争、土改……经典的现代历史叙事,如《生死场》、《八月的乡村》、《红旗谱》、《野火春风斗古城》、《地道战》、《太阳照在桑干河上》、《暴风骤雨》等,所有这些经典叙事表现的剧烈的社会冲突,在刘震云这部横跨半个多世纪的作品中,均未见历史风云变幻。刘震云描写的20世纪上半叶的中国农村,几乎是一个与世隔绝,与中国大历史隔绝的社会。如何理解这种书写,这也是一个令人困扰的问题。

---

① 刘震云:《一句顶一万句》,长江文艺出版社 2009 年版,第 47 页。
② 参见毛泽东:《中国社会各阶级的分析》,《毛泽东选集》,第一卷,人民出版社 1951 年版。

　　进入 90 年代,重写中国现代以来的历史,构成中国当代文学历史叙事的一次重要变革,这一重写改变了红色经典的叙事模式,即不再采取简单的被压迫阶级战胜了没落腐朽的地主阶级或资产阶级的历史胜利法则,而是极力消解了历史目的论的意义,也就是历史胜利法则完成的目标被虚无化,或者被暴力的代价所质疑,其本质是对历史暴力的批判。背后的叙事理念则是对历史理性的反思和颠覆,刘震云也是这一重写历史的领军人物,他的《故乡天下黄花》、《故乡相处流传》、《温故1942》等作品,都重写了中国现代性的激进历史。现在,刘震云要从这一当下的经典历史叙事中逃脱出来,他要写作一个更为纯粹的乡村的现代历史,这一"现代"显然是在我们经典性的现代之外,这或许是真正另类的"现代"史,是"不现代"的现代史。

　　确实,在当代已经形成主流的历史叙事中,激进革命总是历史叙事的主导力量,历史暴力总是主角。从《白鹿原》到《尘埃落定》,从《丰乳肥臀》到《檀香刑》,从《圣天门口》到《笨花》……近年来这些重写中国近现代历史的最有分量的作品,都可以看到巨大的历史冲突隐含于其中。其根本思想就是对历史暴力的反思,《白鹿原》试图用中国传统文化来消解现代革命暴力,革命暴力引发的社会历史的改变,不过是政治权力的更替,谁替代谁,一种观念替代另一种观念,终究没有本质区别。既然如此,历史的存在之根基还是传统文化在起作用,只有文化的传承才是民族生存之道,才有正义之永久价值。《丰乳肥臀》则对历史暴力的灾难性进行了全面的反思,暴力对民族和每一个体都没有带来任何肯定性的价值,那只是无止境的对生命的破坏。《圣天门口》则试图把历史暴力视为个人的欲望冲突,在欲望的结构中来重新书写暴力,暴力与欲望的同构同源,使暴力的神圣性进行消解。《尘埃落定》则看到历史暴力介入一种文明的不可避免性,其悲剧性无可逃脱。《笨花》则以更加含蓄的方式反思 20 世纪的革命及其暴力,它试图用乡土生活的坚实性来抵御历史暴力。那些历史暴力给予生命带来的当然也是灾难,乡土的人伦和生活则在历史暴力的介入下遭受破损,只残留下无限的眷恋与痛楚。显然,刘震云的书写完全是另外的路数。这样的乡土中国在 20 世纪漫长的七十年中,实在是令人惊异,是一种去历史化、去暴力化、去政治化的"非—历史"或"不—现代"的叙事。

　　按照中国当代经典化的现代叙事来看,刘震云的这部作品,很不现代,甚至有可能被认为"很不真实"。因为"真实的"现代中国的历史已经被现有占据主流地位的经典叙事所建构,我们理解的现代中国乡村就是被革命与暴力清洗过的乡村,刘震云如此具有小农经济特色的乡村,其中竟然未能贯穿民族国家启蒙与救亡的烽火硝烟,放弃了历史的元叙事,这未免让人难以接受。不过,我们是否也可以从另一角度来认识刘震云如此"去—历史/元叙事"书写的独特意义?

这或许是回到历史本身,回到乡土本身的一种尝试? 在去除经典性的历史叙事之后,这是一种历史的剩余,也许是乡土中国的本真性存在。那是人的历史,而不是历史中的人。上半部"出延津记",这就是杨百顺的历史;下半部"回延津记"似乎是牛爱国的历史。但上下部都无法形成个人整全的历史,现代中国的历史在这里实在太过破碎,个人的生活没有完整性,"贱民"则没有历史,连自己的名字都无法确定,杨百顺、杨摩西、吴摩西、罗长礼……这就有如陈思和所言"无名的时代","贱民"就是无名的人,他知道自己的名、名字、名分并不重要,可随便更改,有时是不得不更改。不过《庄子》有言:"至人无己,神人无功,圣人无名。"杨百顺身为"贱民",当然不可能成为"圣人",不过刘震云也有意以其"改名"来表达个人对其自身的历史、对身外的大历史之超越。

这就是那个历史中的人,这就是"他"的历史,无法被还原的历史,他干脆拒绝自己被命名的同一性的历史。在某种意义上,刘震云书写的历史更加令人绝望,并不需要借用外力,不需要更多的历史暴力,只是人与人之间,那种误解,那种由对友爱的渴望而发生的误解,更加突显了内心的孤独。就是杨百顺这样的还算不坏的人,却动了多次的杀机,他要杀老马,要杀姜家的人,要杀老高和吴香香,在内心多少次杀了人。牛爱国同样如此,他要杀冯文修,要杀照相馆小蒋的儿子,同样不是恶人的牛爱国也是如此轻易地引发了杀人动机。当然,杀人并没有完成,但在内心,他们都杀过人。刘震云虽然没有写外在的历史暴力,但暴力是如此深地植根于人的内心,如此轻易就可激发出杀人动机。

刘震云的书写不能不说在经典性的历史叙事之外另辟蹊径,过去人性的所有善恶都可以在"元历史"中找到根源,革命叙事则是处理为阶级本性,而"后革命"叙事则是颠倒历史的价值取向,但历史依然横亘于其间。也就是说,人性的处理其实可以在历史那里找到依据,而人与人之间自然横亘着历史。刘震云这回是彻底拆除了"元历史",他让人与人贴身相对,就是人性赤裸裸的较量与表演。人们的善与恶、崇高与渺小,再也不能以历史理性为价值尺度,就是乡土生活本身,就是人性自身,就是人的性格、心理,总之就是人的心灵和肉身来决定他的伦理价值。

　　我们说乡土生活的本真性,并不一定是就其纯净、美好、质朴而言,因为如此浪漫美化的乡土,也是一种理想性的乡土;刘震云的乡土反倒真正去除了理想性,它让乡土生活离开了历史大事件,就是最卑微粗陋的小农生活。在很多情势下,历史并不一定就是时刻侵犯着普通百姓生活方方面面,百姓生活或许就在历史之外,在历史降临的那些时刻,他们会面对灾难,大多数情势下,他们还是过着他们自身的"无历史的"或者不被历史化的生活。事实上,现代以来的中国文学要抵达这种"无历史"的状态并不容易,读读那些影响卓著的文学作品,无不是以意识到的历史深度来确认作品厚重分量。一个没有战争、没有动乱、没有革命,甚至没有政治斗争的"现代中国历史",几乎是不可能的历史,但刘震云居然就这样来书写中国现代乡村的历史。准确地说,是无历史的贱民个人的生活史。

　　大历史/元历史终归要逃脱,刘震云就是一个越狱者,它当然极其独异,因而很难被重复,就像越狱者几十年如一日在地底下挖一条暗道,终于挖通了。现在,也没有集体暴动,只有各自心怀鬼胎的越狱者,不只是依靠超常的智慧与能力,还有侥幸,才能死里逃生。

　　越狱之路如此令人疲惫,刘震云连解构大历史的念头都没有,他要做一个"喊丧"的人。那个大历史/元历史消逝得不见踪影,只有贱民的历史,蝇营狗苟,过着贱民自己的生活,贱民始终过着自己的生活,有自己的生活,不要别的,只要能有一个说话的人,只要做一个"喊丧"的人。①

────────────

　　① 这一部分大量地使用了一些与历史相关的有前缀词的复合词:去—历史、元历史、大历史、非历史、不历史……因为这些界定都是在寻找一个接近的意义,在同一性中寻求微妙的差异性。对于笔者来说,这些词在不同的句子中出现,都是有着细微差异的概念,绝不是故弄玄虚的生造。因为篇幅关系,无法一一重新界定,只好请同行朋友和读者仔细辨析了。

三、他者的伦理:个体醒觉意识或另类现代性

或许我们会说,刘震云去除大历史之后,他书写的农民再也没有现代意识,中国的现代启蒙算是白搭了。刘震云把乡土中国的叙事退回到一千年前。《水浒传》里面的农民还想造反,还能逼上梁山,刘震云笔下的农民,如蚁虫般生活。如同鲁迅的阿 Q,被小 D 抓住,就说"我是虫豸"。他们是"虫豸",芸芸众生,芸芸虫豸。刘震云没有廉价地美化历史之外的农民。只要乡土中国农民生存于历史之外,生存于启蒙与救亡的历史之外,他们就是虫豸。本来就是阿 Q、孔乙己、祥林嫂……看看小说中的人物,杨百顺身上隐约可见阿 Q 的精神气质;老汪则不折不扣是另一个孔乙己;而吴香香也不妨看成是对祥林嫂的另一种改写。祥林嫂的毛毛被狼吃了,痛苦不已;而吴香香自己却丢下女儿巧玲与人私奔,结果巧玲也被人贩子卖了,二者之间似乎有着巨大差异,却有着某种暗合。对于刘震云来说,不再有一种高于乡土农民的思想在观照他们,历史发展到今天,叙述者不再迷信未来的前景,也无须召唤他们觉醒去面对现实。这可能是真正的零度叙述,没有历史,没有变革的奇迹,没有未来面向,也就是没有弥赛亚主义。杨百顺后来不过是到陕西隐姓埋名,与他十三岁时的愿望——要做罗长礼那样的"喊丧"的人——还差了一截,他不过是盗用了罗长礼的名字,让他的后代都改姓罗而已。现代性在这里是一个缺席的神话,谈不上破灭,一开始就不存在,也没有结果。杨百顺终至于成为一个徒有其名的"喊丧"的人——罗长礼。

然而,在"去历史化"之后,在回归贱民的生活本身时,刘震云或许惊人地写出了现代中国农民另一种醒觉意识。这一醒觉起源于要交流的愿望,它既古老,又现代。人类之成为人那一时刻,或许就在于他与他人有交流,有话说,可以说话,可以说出自己内心的愿望感受。农民的特征就是沉默寡言,说话与交流总是城里人、文化人的事。农民作为被书写的对象,作为被压迫者或翻身者,他们说的话不可避免总是被叙述的历史理念决定了。当然,在具体的文本中,在具体的情节和细节中,叙述人总是力图还原农民的语言,赵树理的作品被认为如此贴近农民口

语,但背后却也有"翻身解放"的历史理念在起作用。农民源自自己内心的交流愿望,要找个能说到一块的人,杨百顺看到(或听到)了那些能说到一块的人,老高和吴香香,牛爱国看到的是庞丽娜和小蒋,还有他自己和章楚红……他们都能说到一块。

刘震云笔下的农民几乎可以说是一次重新发现,他居然想找个人说知心话,在这部作品中,几乎所有的农民都在寻求朋友,卖豆腐的老杨和赶车的老马,剃头的老裴和杀猪的老曾,不用说上面提到的其他的人。这部小说一直在讲底层贱民说话的故事,这是他们说话说出的故事,心里有话,要找人聊聊。这部小说不再是叙述人的心理描写,而是人物自己的说话,并且总是有对象的说话。交流——按照哈贝马斯的观点,交往理性这是现代社会关系建立的根本基础。乡土贱民以他们的方式去寻求交流,并且以"说到一块去"作为生存意义的价值判断。刘震云显然在这里建构一种新的关于乡土中国的叙事,一种自发的贱民的自我意识。他们也有内心生活,也有发现自我的愿望和能力。尽管这些贱民们的谈话和见识只限于小农经济的生活琐事,限于家乡方圆百里,但是对他人的认识,对世界的认识的可能性在大大增强。

刘震云去除了现代性的大历史,这里展开了贱民的小历史,那是贱民另类的现代性,乡土自发的现代性。它是中国的现代性的史前史,或许就是中国宏大现代性的他者的小史,这也是一种"被压抑的现代性"①。

在关于"现代性"这类论说中,通常没有贱民的位置。贱民总是被划归到前现代,或现代的史前史。但刘震云的关于贱民"说话"还是可以看出另一种现代性的起源。查尔斯·泰勒在其名著《自我认同的根源:现代认同的形成》一书中,分析了个体自觉在现代自我认同中的意义。当然,他思考的是西方的经验,不会是底层贱民的经验。不过我们可以由此来进行比较。泰勒认为蒙田关于现代个人主义的思考与笛卡儿根本不同,笛卡儿是在普通本质的意义上来理解现代人的主体自觉,而蒙田并不寻找普遍的本性;每个人寻找各自的存在。他认为蒙田开创了一种新的、

---

① 王德威认为"五四"之前的晚清小说就有现代性,它显然是被后来的"五四"启蒙叙事压抑住了。参见王德威:《被压抑的现代性》,北京大学出版社 2005 年版。

具有强烈个性的反省。"笛卡儿号召从日常经验中激进地分离出来;蒙田则要求对我们的特殊性以一种深刻的介入。"①这并非只是一个与笛卡儿不同的探索,而是在某种意义上与笛卡儿形成反题的思考。泰勒说,通过艰苦的自我考察,蒙田寻求对特殊性的具有穿透力的领悟,这种特殊性能够在深层的友谊中自发地产生。他同时联系蒙田的生活经验说:"自我既由词语构造,也由词语来探讨;对这两种情况最好是用朋友对话的词语。因为失去了对话,自我的孤独争论在后边要缓慢费力地进行。伊壁鸠鲁或许也对这种理解范围有某种洞察,他把这类核心作用给予朋友间的谈话。"②这里讨论的问题似乎很难与刘震云的小说联系起来,且这里说的蒙田的经验与小说中的杨百顺的经验更是横亘着中西、古典与现代的差别。但有几个关键词是有参考意义的,那就是:个体、特殊性、友谊、朋友间的谈话……这几个关键词,让人很意外地都可以在杨百顺的经验中看到。显然,泰勒十分欣赏蒙田对个体特殊经验的开创,并且在朋友的友爱与对话中来深化这种个体性。在泰勒看来,这是现代开启的另一向度,甚至比之笛卡儿的普遍主体更重要的向度。如此说来,刘震云在杨百顺身上寄寓的那种经验就具有中国现代的独特的意义,虽然说它们之间晚了近四百年,但研究中国历史的学者总是说中国的现代自 19 世纪中叶才开始,而要考虑"现代人"则是更为晚近的事。20 世纪初叶中国乡村的农民并不是自觉进入现代,因为,"现实"是作为社会外部条件来定义的。即使到今天为止,我们也并未发现多少自然本真而又深刻描写中国农民的自我意识的作品。也许也有作品以其独有的方式也触及这一现象或主题,但刘震云的表现则无疑是极为令人意外的。

　　一个卑贱的农民可以理解人与人之间对话的可贵,并把这种友情中的理解沟通看成是人的生活中的最重要的价值,这无疑是一件令人惊异的事,它超出我们过去对农民书写的所有"高度"。即使"十七年"或"文革"中的作品,有"高大全"式的人物,例如梁生宝、萧长春,但他们都是在革命真理的启迪下,在党的教育下成长为

----

　　① [加]查尔斯·泰勒:《自我认同的根源:现代认同的形成》,韩震等译,译林出版社 2001 年版,第 275—276 页。

　　② [加]查尔斯·泰勒:《自我认同的根源:现代认同的形成》,韩震等译,译林出版社 2001 年版,第 277 页。

先进分子的,他们是历史化的人物。杨百顺还是彻头彻尾的贱民,他在历史之外,他凭什么具有这样的"醒觉"? 它不是觉醒,也不是觉悟,而只是醒觉,后者只是个人内在的自然行为的副产品,只是因为需要朋友,想找朋友说话,看重说话,杨百顺已经具有现代个体的独特性了。

刘震云的小说令人惊异就在于他写得如此自然,如此质朴,小说不知不觉就形成了这种氛围:那就是朋友之间的说话相当重要,它是这部书里面的人物自然而然形成的最基本的人生态度,这也是人生哲学,贱民的人生哲学。确实,小说表达一种观念并不难,难的是不能把小说变成观念的附属物,不能把人物变成概念的传声筒。"文革"前的当代小说不能说其概念不先进、不激进,但过于概念化则无疑是文学的死敌。虽然概念并不是小说好坏或高低的标志,但小说叙事中,或者人物形象中是否可以抽绎出有价值的思想和对世界的认识,则可以看出作家与作品的思想深度。《一句顶一万句》本身的叙事与概念无关,它似乎是不具有概念化的那种写作,所谓素朴的"新写实"。在这一意义上,90 年代初的"新写实"并没有终结,"新写实"并不是什么文学的美学理念的变革,而是时代思想意识和历史背景的变化的结果。原有的社会主义现实主义的意识形态理念解体之后,现实主义的最基本的艺术规约就具有创作方法的首要意义。刘震云在 90 年代初就步入"新写实"领域,之所以说"步入",是指他在那时就没有建构宏大历史叙事的冲动,他较早就意识到那种历史叙事是过于强大的"元历史"理念在起作用,他从那样的"元历史"叙事中逃逸出来,他更乐于看凡人琐事,看生活最平实、最原初、最本真的那种状态。刘震云后来一度有意与宏大历史叙事作对,他的那些"故乡"系列,试图把"乡土中国"从大历史中解放出来,但也因此受困于大历史。《一句顶一万句》按说也是史诗结构,也具有为故乡写史的基质,但刘震云成功地逃逸了。他完全写作乡土中国的破碎的日常生活,三教九流,离乡背井,走村串镇,他们与土地无关,于是就与现代以来的农村土地革命及其战争无关。历史观念崩塌了,人物的存在获得了更多的独立性价值,这就是人物形象本身的意义不再对应历史理性,而是可以在他身上产生思想性价值。也正因此,我们可以从杨百顺、牛爱国等人物的身上,看到一种独特的思想的意义。

当然,这种在现代意义上的个人自觉意识,并不是刘震云有意识所为,他不过只是写作底层的贱民之间的交流，寻找朋友友谊，为的是说出心里话。而我们可以从这一行为中看到相当丰富的现代含义。

其一，个体对自我有一种反思性的行动，他要把自己的内心独白对象化，要把心里话说出来。能不能说话，会不会说话，能不能找到人说话，能不能说心里话，都成为底层贱民的"存在意义"所在。这与泰勒读解的蒙田的个体自觉无疑有异曲同工之处。

其二，个体身上体现的民间智慧的原生形态。找朋友说话，意味着个体对外界事物认识具有了广阔性和深刻性，因而需要交流、判断和选择。在典型的中国现代小说叙事中，农民总是沉默者，其社会本质在于接受革命启蒙，他才有对世界和自身命运的正确认识。所有关于人的知识、智慧、选择与决断，都来自抽象的历史理性或革命的真理性。民间智慧的原生形态实际上很少在过去的现实主义小说中得到表现，不是没有表现，而总是表现得过高过大，而使民间智慧没有保持自身的认知范畴，民间智慧其实被历史/革命真理替换了。他们只要一说上现代语言或革命语言，他们的智慧就被真理性偷换了。但刘震云在这部小说中十分真切且朴实地给予民间智慧以自身认知方式和价值取向，保持了贱民的个体认识的特点，使他们在非历史化的交流语境中获得相互的肯定性价值。

其三，友爱伦理替代了家庭伦理。对家庭伦理的表现一直是中国乡土叙事的独特价值所在。社会主义现实主义典范式的乡土叙事，因为得益于对家庭伦理的出色表现而在文学上能够站住脚。但也正因为此，对家庭伦理的肯定性的描写，构成了历史暴力与激进革命叙事的内在质料，成为文学叙事的血肉。中国的现实主义文学因此过于依赖家庭伦理的肯定性表现，它几乎是真善美价值的全部资源。这一点也使中国的乡土叙事表现的社会关系和人的自我意识，始终囿于家的结构之内。

刘震云无疑是最激进挑战家庭伦理的当代作家。我们无法在这里详尽地去梳理他的写作谱系，他过去的作品里就把血缘亲戚关系加以戏谑，给予荒诞性。在这部作品中，传统的家庭伦理关系再次被解构，遭到深刻的质疑，杨百顺与父亲和兄弟之间犯忌和怨恨，杨百业的婚姻（捡到的便宜），杨百顺与师父老曾之间的反目，杨百顺的婚姻及其背叛，牛爱国夫妻之间的背叛，宋解放的家事……而转向寻求家庭伦理之外的友爱/朋友,构成了这部小说中的价值内核,尽管这一寻找依然是被解构的。

友爱/朋友,这就使人物摆脱了家庭和家族而成为个人,这里面的人物面对面的关系是朋友说话,作为朋友就不再是孤独的个体,而是一个在说话中相互肯定的个体,这样的交往被指认为是生活中最积极的和最有价值的时刻,个人的存在有了友爱的支持而显示出独特意义。正如前面提到的泰勒评价蒙田时,把个人的自我意识与友谊联系起来所具有的现代意义,刘震云看到乡土中国的贱民其自我认识和塑造的独特方式,在与朋友说话的友情中,新型的乡村关系有了更深刻的内涵。中国现代启蒙是让农民意识到三座大山的压迫,意识到民族压迫和阶级剥削,这才使中国农民成为历史的主体。这是革命经典叙事对农民成为自觉的历史主体给出的现代路径。但在刘震云这里,或许揭示了中国农民进入现代的另一种方式,那是他们从内心发出的说话愿望而开始的新型的方式,不需要经过历史暴力和阶级斗争就可能进入的另一条现代路径。

四、无法叙述的叙述:汉语小说的另类可能性

这部小说命名为《一句顶一万句》,我们会把它理解为是对林彪那句名言的戏仿,小说中也玩了一个小花招,那就是牛爱国的娘曹青娥临死的时候有一句话没有说出,牛爱国后来跑到延津打听,最终也没有打听出来。只是罗长礼的孙媳妇说了一句话:"过日子是过以后,不是过从前。"这句话让牛爱国震动,似乎颇有生活哲理,但这句话可以顶一万句吗? 似乎也不可。哪句话可以顶一万句呢? 没有,小说中没有这样的话,也并未执着于要找出这样的话。那是指朋友间的或情人间的说话,"能说到一块",那样的话一句顶一万句吗?

然而,在小说的叙述方式方面,这一"顶"字,却有着隐喻意义。它只是表面戏仿林彪的话,实际上则是一句顶着一句,如同英文词的"against",这样,"顶"这个字,就有一种叙述的起承转合的意思。这样来理解,就可以看到这部貌似忠厚老实的小说,其实有着非常大胆的先锋倾向。我想这部小说在叙述方式上有以下几点

可以归纳：

1. 顶与转：不可叙述的叙述。这部小说的叙述显得十分平静，娓娓道来，不急不躁，但却充满了转折。小说的叙述显得枝干横逸，一个叙述迅速转向另一个叙述，一个故事刚开始讲述，还未展开，就牵涉另一个故事，结果转向讲述另一次讲述。第一节只有九页，作为开头却是引出了如此众多的人物和故事，其容量惊人，或曲里拐弯，或套中套，三五个故事结成一体，似乎相干，似乎又无需要拐这么多弯。"跑题"和"顺手牵羊"，是这部小说的显著叙述特色。或许刘震云这里面有着某种叙述哲学，那就是没有什么故事是重要的，一定要在文本占据重要地位，一定要以它为中心来展开叙述。任何叙述都可介入，叙述就是游戏，就是此一故事与另一故事的随机关联。小说整体叙述都可以看出这一特点，每个故事都要牵扯到另一个故事，而每一个故事都无法独立存在，一个靠着一个，一个顶着一个。这么多的小故事随着不同的人物转来转去，每个都十分精彩，都引人入胜，但都无法独立成篇，总是被其他的人物和故事侵入，打断。那种转折与一句顶一句的叙述，显示了汉语言小说在叙述方式上的自由与灵活，也就是其时间可以包容在空间里，无需要众多的句式或语法加以限定，只需要几个时间副词，随时可转折，随时可以回到原来的时间中。

2. 延异式的叙述。小说叙述的转与顶，可以在更大的叙述单位里看到放大的形式结构，那就是延异式的叙述。刘震云叙述的故事绝不是在顺应的关系里来推进，其转折也并不只是句法上的，或人物关系的表面转折，而是故事本身包含着变异与转折。一环套着一环，环环相扣，却又总是节外生枝。如此延异，使得故事简短却充满了无限的可能性，每个故事都显得生气勃勃，因为它有可能变异出别的故事。叙述如同变魔术一般。这部小说里经常有这样的句子评价两个朋友在说话，倾听者听了半天才明白，原来"说着说着就说成二件事"。刘震云玩的叙述花招就是把一件事变成两件事，让它分岔，如同博尔赫斯的"小径分岔的花园"。只是刘震云不搞形而上，他只是让乡土中国的故事自己变质、变味。例如，那个杨百利玩"喷空"的情节，那里面的转折令人惊叹。一个故事说着说着就变成几个故事。看上去像是一场街谈巷议的大杂烩，实则是故事里面的自我延异。这部小说仿佛不是在说"我"的故事，总是在说"他"，每一个他都与另一个他关联，都有可能被另一个他取代。每个人都是主角，都能在故事中出场，每个出场的角色都有一手绝活。叙述就像是"喊丧"，把每一个人喊到死者面前，死者不是别人，是作者正在写作的人物，本来是他的存在，他的故事，但他只好退隐，似乎无法再现，无法在文本中活下去。他被作者的叙述遗忘了，它隐匿了，也可以说它死去了。那些意外地出场的人物，那些本来(按照常规小说的惯例)不要出场的人物，被隐匿的人物，现在走到前台，讲着讲着，讲到他们这些本来缺席的人物身上去了。只要作者把它们喊出来——叙述如同喊丧，"白花花的孝子伏了一地……"那个客观化的绝对的文本就隐没了，那个正在讲述的人物无法完成它的大文本，无法形成一个完整的故事，它的故事被他人替代了。生者以它的表演，以它的客串，以它的友情出演，要成长为文本的中心。但刘震云不允许这样的中心延续下去，它让它延异，让别的人物、别的故事出场。这是在场与不在场的游戏。刘震云的冷幽默玩到家了。这里的延异显得如此诡异，它仿佛是一些亡灵的复活，是一些古典文本的幽灵侵入，它们偶然在里面显灵，却不再有悲剧的气节，毋宁说是"鬼"的喜剧。想想罗长礼、杨百顺、杨百利、秦曼卿……真是一群鬼，他们的出现，活脱脱就是上演一场鬼戏，影影绰绰，如同古典文本里走出的人物，如纸做一般，似曾相识，捕风捉影。刘震云的叙述也是在玩着"喷空"，玩得如此认真，实在是假戏真做，弄拙成巧，这就不是叙述，而是随意的分岔，没有叙述的叙述，总是分岔向着他者，向"鬼"的叙述。

3. 重复的轮回与宿命。这部小说的上下部时间跨度将近一个世纪，但我们看不到历史背景之剧烈变革，相反，历史总是以似曾相识的形式延续，这就是小说中时常使用"重复"的手法。小说一方面是求"变"，那是每个人与自我相异性，与他者的相异性；如杨百顺，他连名字都改变，不管如何变，这些名字还是他自己的命名，他对这个名字拥有主权，但最后却变成"罗长礼"，那是另一个"喊丧"的人的名字，这个名字本来有其主权者，但杨百顺偏偏要失去自己的名分，失去自己的专名主权。小说"求变"也显示在前面曾经分析过的那些随时出现的歧义和分岔，但另一方面，小说却又不断"重复"。吴摩西与牛爱国所处的时代迥然不同，但命运经历却有着某种暗合。小说中如此的故事或细节还有不少，似曾相识、可变异的重复、细微的差别……使得这部看上去平实简朴的小说，其实玄机四伏。

"重复"并非只是某种小说诡计，而是包含着作者对历史和人生命运的一种理解。中国现代历史之变迁十分剧烈,刘震云的"去历史化"试图超越经典的历史叙事,它不只是去写作贱民的卑贱史和个人史,把那些历史戏谑化,同时他运用重复这种手法,来使历史的整体性荒诞化和虚无化。历史之绝对性与神圣性当然也不存在。贱民的历史如此,更大的历史也未尝不是这样。

五、结语:喊丧或者"去乡愁"

当然,要说到这部小说最蹊跷的地方。还是那个"喊丧"。"喊丧"在小说中或许是刘震云玩的一个噱头(就像杨百利玩"喷空"一样),就是这个噱头,如同一语成谶,它终于像幽灵一样在文本中游荡。它也并不只是颇有独特意味的细节,也不只是结构上起到转折作用的标识,我以为,刘震云玩的这个噱头实在是玩大了,他的文本已经被这个幽灵附体,它如此诡魅地把文本间的那些碎片结成一个阴谋的同盟。

"喊丧"是把生者召唤到死者面前,让生者对死者表示哀悼,同时也让生者正视死亡、面对幸存这个事实。"喊丧"这时具有掌控生死大权,它似乎有一种权威,它几乎置身于这个面对死者的血缘的共同体之外,但是生者可以在这个时刻面向死者哀号,以幸存者的姿态离去;而喊丧者却在整个仪式中一直是处于生者与死者的临界线上,他代表着死者在呼吁亲友来到死者面前,他仿佛是来自阴间的人。"喊丧"有如这部小说的叙述姿态,又是它的基调,这是向死的叙述,这是吁请幸存的叙述,这是为幸存招魂的叙述。对于这部小说来说,罗长礼就是一个亡灵,它要不断请出这个亡灵,给它戴上面具,让它发出指令,让他转世或者幸存。

正如我们在本文的开头部分试图提出这样的问题:为什么近期一些关于乡土的叙事,总是要用"喊丧"、"哭丧"、"墓地"这种哀悼死亡的活动? 它无疑表达了这些作家们对乡土的现代命运的一种态度,其批判与反思采取了一种悲观的形式。乡土不再具有浪漫主义的品性,毋宁说只是现代性的尽头,一种不再有其他可能性的绝境。它阻断了浪漫主义的经典乡土——那是逃离现代都市文明的世外桃源,从沈从文、废名、汪曾祺、张炜、迟子建等等,乡土的美丽与人性之美好,几乎是超越现代文明的一方净土,浓浓的乡愁,那是乡土叙事的魂灵。而在另一些具有批判性的作家看来,乡土是改造国民魂灵的去处,是期待人们重建现代民族心智与精神的大地。对于革命文学来说,那是生长生命热力和新生力量的乐土。总之,现代以来的"乡土"都对乡土寄寓着各自的理想性,但现在,理想性是彻底退隐了,乡土不再是他处、别处或乌托邦,而是此在、此地,是面对的绝境。不再有思念故乡的乡愁了,而只有哀悼之余的幸存。

　　哀悼、悲戚当然也未尝不是一种乡愁,但它不是现代之后的归宿,而是现代之前的绝境。这是现代到来之际,传统崩塌的困境。文化失去同一性,个体的心灵无处安放,于是个体要自觉,要寻求朋友说话,只有人与人面对的交流,心灵才能平静。刘震云书写的乡村现代到来时的境遇,实际上也是世界性的问题。乡土中国既是世界的他者,世界也是他的另一侧面。文化、传统、教育、信仰,在这部小说中,都陷入了荒诞的境地,这种荒诞也散发着一种悲戚的乡愁。这是在"去乡愁"中再生出的"乡愁",这就是去死的乡愁了。

　　在刘震云解构乡愁时,他去除的是浪漫主义式的美化的想象,他要在向死的乡愁中,给出现代到来之际,乡土真实的境遇。这是绝境,它如何逢生呢? 这是刘震云无法回答的问题。

　　当然,这一绝境,不会是现实性的评判,它依然是关于乡土的想象,也就是说,关于乡土,我们还能赋予它什么样的使命? 还能给予它什么礼物? 它还能回赠我们什么? 乡土的历史是彻底终结了,我们所有关于乡土的想象都枯竭了,都不再有可能性。唯一的可能性就是幸存,就是面对终结和死亡的幸存。这就是主体自身的问题,主体意识到自身的有限性,主体意识到自己再也不可能给予,不再有浪漫的情愫,不再有乌托邦冲动,不再有超出幸存者非分之想。"喊丧",这是主体对自我的写作绝境的隐喻表达。文学写作变成"喊丧",只有这样的声调,这样的姿态,这样的悲悼仪式,才能呼吁幸存者存在下去。"他最想成为的人就是罗长礼",他最后借了罗长礼的名在异地他乡隐居/幸存,并且奇怪地保存着罗马传教士老詹画的那幅教学草图。写作知道自己再也没有主体身份,再也没有历史的主权,它/他就在向死的名下写作,这样的写作是对写作幸存命运的意识,这才是诚敬的真实的写作。

于是,才有这样的写作,一句顶一万句,并不是一句多么重要,而是一句就顶住一万句了。于是只是不得不说,勉强地说,向死的说,只是幸存的说。

补记:小说在 165 页写到吴摩西想去舞社火:"舞社火有些'虚'。所谓'虚'是一句延津话,就像'喷空'一样,舞起社火,扮起别人,能让人脱离眼前的生活。当年吴摩西喜欢罗长礼喊丧,就是因为喊丧也有些'虚'。……日子是太实了。正因为太实了,所以想'虚'一下。"这或许说出了这部小说的美学秘密吧? 也许说出当代汉语小说在乡土中国经验里幸存的秘密吧?

2009 年 7 月 6 日于北京万柳庄

(原载《南方文坛》2009 年第 5 期)